VULGO
GRACE

MARGARET ATWOOD
VULGO GRACE

TRADUÇÃO
GENI HIRATA

Rocco

Título original
ALIAS GRACE

Copyright © O. W. Toad, 1991

O direito moral da autora foi assegurado.
O desenho da página 20 é reproduzido de *Trial of James McDermott and Grace Marks... for the murder of Thomas Kinnear...* Toronto, 1834 (Cortesia Metropolitan Toronto Reference Library).
Agradecimento é feito a seguir à Faber & Faber Ltd. pela autorização de citar o verso do "The Poems of Our Climate", de Wallace Stevens, de *The Collected Poems of Wallace Stevens*.

Nenhuma parte desta obra pode ser reproduzida ou transmitida por qualquer forma ou meio eletrônico ou mecânico, inclusive fotocópia, gravação ou sistema de armazenagem e recuperação de informação, sem a permissão escrita do editor.

Direitos para a língua portuguesa reservados
com exclusividade para o Brasil à
EDITORA ROCCO LTDA.
Av. Presidente Wilson, 231 – 8º andar
20030-021 – Rio de Janeiro – RJ
Tel.: (21) 3525-2000 – Fax: (21) 3525-2001
rocco@rocco.com.br
www.rocco.com.br

Printed in Brazil/Impresso no Brasil

CIP-Brasil. Catalogação na fonte.
Sindicato Nacional dos Editores de Livros, RJ.

A899v
    Atwood, Margaret, 1939-
        Vulgo Grace / Margaret Atwood; tradução de Geni Hirata. – Rio de Janeiro: Rocco, 2017.

    Tradução de: Alias Grace
    ISBN 978-85-325-2353-2

    1. Romance canadense. I. Hirata, Geni. II. Título.

08-2035   CDD: 813
                                CDU: 821.111(73)-3

O texto deste livro obedece às normas do
Acordo Ortográfico da Língua Portuguesa.

Para Gaeme e Jesse

Seja o que for que tenha acontecido durante todos esses anos,
Deus sabe que falo a verdade quando digo que você mente.

William Morris
A defesa de Guenevere

Eu não tenho tribunal.

Emily Dickinson
Cartas

Não sei lhe dizer o que a luz é, mas posso lhe dizer o que ela não é...
Qual a razão de ser da luz? O que é a luz?

Eugene Marais
A alma da formiga branca

Sumário

I BORDA DENTADA / 11

II ESTRADA DE PEDRAS / 17

III GATO NO CANTO / 27

IV FANTASIA DE UM JOVEM / 55

V LOUÇAS QUEBRADAS / 109

VI GAVETA SECRETA / 153

VII CERCA EM ZIGUE-ZAGUE / 203

VIII RAPOSAS E GANSOS / 259

IX CORAÇÕES E MOELAS / 313

X DAMA NO LAGO / 359

XI TRONCOS CORTADOS / 379

XII O TEMPLO DE SALOMÃO / 403

XIII A CAIXA DE PANDORA / 429

XIV A LETRA X / 455

XV A ÁRVORE DO PARAÍSO / 479

Posfácio da autora / 505

Agradecimentos / 510

I
BORDA DENTADA

Na ocasião da minha visita, havia apenas quarenta mulheres na penitenciária. Isso diz muito a respeito da superioridade da educação moral do sexo frágil. O principal objetivo da minha visita a esse departamento era ver a célebre assassina, Grace Marks, de quem eu muito ouvira falar, não só por meio de documentos públicos, como também pelo cavalheiro que a defendeu em seu julgamento e cuja hábil apelação a salvou da forca, onde seu desgraçado cúmplice encerrou sua carreira criminosa.

Susanna Moodie
Life in the Clearings, 1853.

Venha, veja
flores verdadeiras
deste mundo de sofrimentos.

Bashō.

1

Peônias crescem em meio aos cascalhos. Irrompem pelos seixos cinzentos soltos, os botões testando o ar como olhos de caracóis, depois inflam e se abrem, enormes flores vermelho-escuras, lustrosas como cetim. Então explodem e caem no chão.

No momento imediatamente anterior à sua desintegração, parecem-se com as peônias do jardim do sr. Kinnear, naquele primeiro dia, só que aquelas eram brancas. Nancy as cortava. Usava um vestido claro com botões de rosas, cuja saia tinha três camadas de babados, e um chapéu de palha que escondia seu rosto. Carregava uma cesta plana para colocar as flores; inclinava-se a partir dos quadris, como uma dama, mantendo a cintura reta. Quando nos ouviu e virou-se para olhar, levou a mão à garganta, sobressaltada.

Abaixo a cabeça enquanto caminho, acompanhando o passo das outras, olhos baixos, duas a duas, silenciosamente ao redor do pátio, dentro da área quadrada formada pelos altos muros de pedra. Minhas mãos estão entrelaçadas diante de mim; estão secas e rachadas, as juntas avermelhadas. Não me lembro de nenhuma época em que não estivessem assim. As pontas dos meus sapatos entram e saem de baixo da barra da minha saia, azul e branco, azul e branco, triturando os cascalhos do caminho. Nunca tive outros sapatos que me calçassem tão bem.

É 1851. Farei vinte e quatro anos no meu próximo aniversário. Estou trancada aqui desde os dezesseis. Sou uma prisioneira exemplar e não dou nenhum trabalho. É o que diz a mulher do governador do presídio, eu a ouvi afirmar isso. Sou muito hábil em ouvir a conversa alheia. Se eu for bastante cordata e bastante sossegada, talvez afinal me deixem ir; mas não é fácil ser boa e pacata, é como estar agarrada à beirada de uma ponte depois de você já ter caído por cima do parapeito; parece que você não se mexe, fica apenas ali pendurada e, no entanto, o esforço exige toda a sua força.

Observo as peônias pelo canto dos olhos. Eu sei que não deveriam estar ali: é abril e peônias não florescem em abril. Surgem mais três agora, à minha frente, brotando bem no meio do caminho. Disfarçadamente, estendo a mão para tocar uma delas. Dá a sensação de ser seca e percebo que é feita de pano.

Então, mais à frente, vejo Nancy, de joelhos, com os cabelos despencados e o sangue escorrendo para dentro dos olhos. Ao redor do pescoço, há um lenço de algodão branco estampado com flores azuis, cabelos-de--vênus, o lenço é meu. Ela está erguendo o rosto, estendendo as mãos para mim, pedindo misericórdia; nas orelhas, traz os pequenos brincos de ouro que eu costumava cobiçar, mas que já não invejo, Nancy pode ficar com eles, porque desta vez tudo será diferente, desta vez correrei em seu auxílio, eu a levantarei e limparei seu sangue com minha saia, rasgarei uma tira da minha anágua para fazer uma atadura e nada disso terá acontecido. O sr. Kinnear chegará em casa à tarde, virá cavalgando pelo caminho de entrada, e McDermott pegará o cavalo; o sr. Kinnear irá para a sala de estar, eu farei café e Nancy o levará para ele numa bandeja, como gosta de fazer, e ele dirá Que café gostoso; à noite, os vaga-lumes surgirão no jardim e haverá música, à luz de lampiões. Jamie Walsh. O rapaz da flauta.

Estou quase alcançando Nancy, onde ela está ajoelhada. Mas não quebro o ritmo dos meus passos, não corro, continuo a andar, dois a dois, e então Nancy sorri, apenas a boca, seus olhos estão ocultos pelo sangue e pelos cabelos, mas logo ela se desfaz em manchas coloridas, um punhado de pétalas de tecido vermelho espalhado pelas pedras.

Cubro os olhos com as mãos porque repentinamente tudo escurece, um homem está ali parado com uma vela, bloqueando a escada que leva ao andar de cima, e as paredes do porão me rodeiam e eu sei que jamais conseguirei sair dali.

Foi isso que contei ao dr. Jordan, quando chegamos a essa parte da história.

II
ESTRADA DE PEDRAS

Na terça-feira, cerca de dez minutos depois do meio-dia, no novo presídio da cidade, James McDermott, o assassino do sr. Kinnear, foi submetido à punição extrema da lei. Houve um maciço comparecimento de homens, mulheres e crianças, que aguardavam ansiosamente para testemunhar a derradeira provação de um pecador. Que tipo de sentimentos têm essas mulheres que afluíram em bandos de longe e de perto, enfrentando a lama e a chuva, para comparecer a esse terrível espetáculo, não podemos adivinhar. Ousamos dizer que não são sentimentos muito *delicados* ou *refinados*. No horrível momento, o vil criminoso exibiu a mesma frieza e intrepidez que marcaram sua conduta desde sua prisão.

Toronto Mirror
23 de novembro de 1843

Ofensa	Punição
Rir e conversar	6 chibatadas; chicote de nove tiras
Conversar na lavanderia	6 chibatadas; chicote de couro cru
Ameaçar espancar outro prisioneiro	24 chibatadas; chicote de nove tiras
Falar com os carcereiros sobre assuntos não relacionados ao trabalho	6 chibatadas; chicote de nove tiras
Reclamar da ração quando os guardas mandarem sentar-se à mesa	6 chibatadas; chicote de couro cru, pão e água
Ficar olhando distraidamente ao redor, à mesa de refeições	Pão e água
Deixar o trabalho e ir à latrina quando outro prisioneiro lá estiver	36 horas em cela escura, pão e água

Livro das Punições
Penitenciária de Kingston, 1843

Grace Marks,   *James McDermott*
vulgo Mary Whitney

Tal como se apresentaram no Palácio da Justiça. Acusados de assassinar o sr. Thomas Kinnear & Nancy Montgomery.

2

O ASSASSINATO DE THOMAS KINNEAR E DE SUA
GOVERNANTA, NANCY MONTGOMERY, EM RICHMOND HILL,
OS JULGAMENTOS DE GRACE MARKS E DE JAMES McDERMOTT
E O ENFORCAMENTO DE JAMES McDERMOTT NO NOVO
PRESÍDIO DE TORONTO, EM 21 DE NOVEMBRO DE 1843.

Grace Marks, ela era uma criada
de dezesseis anos apenas,
McDermott era o empregado do estábulo.
Para Thomas Kinnear labutavam a duras penas.

Thomas Kinnear era um cavalheiro
Que levava uma vida sossegada
E realmente amava sua governanta,
Nancy Montgomery era chamada.

Oh, Nancy, querida, não se preocupe,
À cidade eu preciso ir agora,
Para trazer-lhe do banco de Toronto
Algum dinheiro, sem demora.

Oh, Nancy não é uma dama bem-nascida,
Oh, Nancy não é uma rainha.
No entanto, veste-se de sedas e cetins,
Os tecidos mais finos de uma senhorinha.

Oh, Nancy não é uma dama bem-nascida,
Mas me trata como a uma escrava,

Obriga-me a trabalhar de sol a sol,
Ela vai me levar à minha cova.

Mas, Grace, ela amava o bom Thomas Kinnear
E McDermott amava Grace com ternura.
E foram esses amores, como eu relato,
Que os levaram à desventura.

Oh, Grace, suplico-lhe, seja meu verdadeiro amor,
Oh, não, não será possível, não assim,
A menos que você mate
Nancy Montgomery por mim.

Na cabeça de Nancy, seu machado
Um golpe certeiro desfechou.
Arrastou a governanta até a porta do porão
E pelas escadas abaixo a atirou.

Oh, poupe-me a vida, McDermott,
Oh, poupe-me a vida, ela disse entre gemidos,
Oh, poupe-me a vida, Grace Marks, ela exclamou,
E eu lhe darei meus três vestidos.

Oh, não é por mim que imploro,
Nem pela criança ainda por nascer,
Mas pelo meu verdadeiro amor, Thomas Kinnear,
Quero continuar a viver.

McDermott agarrou-a pelos cabelos
E Grace Marks pela garganta,
E esses dois criminosos monstruosos
Até a morte estrangularam a governanta.

O que eu fiz, minha alma está perdida
E minha vida temo arruinar!
Então, para nos salvarmos, em seu regresso,
Thomas Kinnear temos de matar.

Oh não, Oh não, suplico-lhe que não o faça,
Rogo-lhe, aflita, seja clemente!
Não, ele deve morrer, pois você jurou
Que minha amante seria eternamente.

Thomas Kinnear retornou, montado em seu cavalo,
E no assoalho da cozinha expirou,
Debatendo-se em seu próprio sangue.
McDermott, com um tiro, seu coração trespassou.

O mascate foi até a casa,
Quer comprar um vestido desta vez?
Oh, vá embora, sr. Mascate,
Tenho vestidos bastantes para três.

O açougueiro foi até a casa,
Lá ia semanalmente;
Oh, vá embora, sr. Açougueiro,
Temos carne fresca suficiente!

Roubaram a prata de Kinnear,
Roubaram-lhe também o ouro,
Levaram sua charrete e seu cavalo
E para Toronto partiram com o tesouro.

Na calada da noite,
Para Toronto eles fugiram, impenitentes.
Atravessaram o lago para os Estados Unidos,
Achando que poderiam escapar impunemente.

Ela tomou McDermott pela mão,
Muito senhora de si,
E hospedou-se no Hotel Lewiston
Sob o nome de Mary Whitney.

Os corpos foram encontrados no porão.
O rosto completamente enegrecido,

Estrada de pedras

Embaixo da tina ela estava,
E ele jazia de costas, estendido.

Em perseguição, o xerife Kingsmill
Um barco resolveu fretar.
A toda velocidade, atravessou o lago
Para em Lewiston os criminosos alcançar.

Na cama estavam havia menos de seis horas,
Seis horas ou um pouco mais, não importa,
Quando o xerife chegou ao hotel
E energicamente bateu na porta.

Oh, quem está aí, disse Grace,
O que quer comigo?
Oh, que pela morte de Nancy Montgomery
E do bom Thomas Kinnear sofra o castigo.

Grace Marks do banco dos réus se levantou
E tudo se empenhou em negar.
Eu não a vi estrangulada,
Eu não o ouvi tombar.

Ele me obrigou a acompanhá-lo,
Se eu contasse, falava,
Com um único tiro de sua arma certeira
Para o Inferno direto me mandava.

McDermott do banco dos réus se levantou,
Eu não agi sozinho, afirmou,
Mas pelo amor desta bela jovem,
Grace Marks, ela me desencaminhou.

O jovem Jamie Walsh na corte se levantou,
A verdade jurou dizer;
Oh, Grace está usando o vestido de Nancy
E a touca de Nancy, posso ver!

McDermott, no alto do cadafalso,
Penduraram-no pelo pescoço,
E Grace, para se consumir e lamentar,
Atiraram no sombrio calabouço.

Deixaram-no pendurado por uma hora ou duas,
Depois desceram o corpo e sem piedade
Em pedaços o cortaram
Para uso na universidade.

No túmulo de Nancy, uma roseira brotou
E, no de Thomas Kinnear, uma videira nasceu.
Cresceram tão alto que se entrelaçaram
E assim, unido, o casal permaneceu.

Mas toda a sua desafortunada vida
Grace Marks na prisão deverá passar
E, por causa de seu hediondo crime e pecado,
Na penitenciária de Kingston definhar.

Mas se Grace Marks por fim se arrepender
E seus pecados expiar com fervor,
Então, quando morrer, de pé ficará
Diante do trono de seu Redentor.

Diante do trono de seu Redentor,
Será curada, a alma leve.
Suas mãos ensanguentadas Ele lavará
E ela ficará pura como a neve.

E ela ficará pura como a neve
E no Reino dos Céus entrará
E finalmente no Paraíso,
No Paraíso viverá.

III
GATO NO CANTO

Ela é uma mulher de estatura média, com uma figura esbelta e graciosa. Seu rosto exibe um ar de desesperança e melancolia, muito doloroso de ser contemplado. Sua cútis é clara e deve ter sido radiante, antes que o toque de uma irremediável tristeza a embotasse. Seus olhos são azul-claros, seus cabelos, ruivos, e o rosto seria bastante bonito não fosse pelo queixo comprido e curvo, que confere, como sempre acontece com a maioria das pessoas que tem esse defeito facial, uma expressão astuta, cruel.

Grace Marks olha para você de esguelha, com um olhar furtivo; ela nunca o encara de frente e, após um relance dissimulado, invariavelmente volta os olhos para o chão. Ela parece uma pessoa um pouco acima de sua origem humilde...

    Susanna Moodie
    Life in the Clearings, 1853.

A cativa ergueu o rosto; era suave e brando
Como santa esculpida em mármore; ou criança de peito dormitando;
Era tão suave e brando, tão doce e claro,
A dor não poderia traçar ali nem uma ruga, nem
A tristeza, a sua sombra!

A cativa ergueu a mão e apertou-a contra a fronte;
"Fui atingida", disse, "e agora estou sofrendo;
Mas são de pouca valia seus grilhões e ferros fortes;
E, mesmo forjados em aço, não poderiam me
Prender por muito tempo.."

    Emily Brontë
    "A prisioneira", 1845.

3

1859

Estou sentada no sofá de veludo roxo, na sala de estar da mulher do governador; sempre foi a sala de estar da mulher do governador, embora nem sempre seja a mesma mulher, já que os governadores mudam de acordo com a política. Minhas mãos estão cruzadas no colo da maneira apropriada, embora eu não esteja de luvas. As luvas que eu gostaria de ter seriam macias e brancas, ajustadas com perfeição, sem nenhuma prega.

Venho frequentemente a esta sala, tirar os utensílios do chá, limpar as mesinhas e o longo espelho com a moldura de cachos de uvas e folhas e o piano, bem como o relógio alto que veio da Europa, com o sol dourado e a lua prateada, que entram e saem segundo a hora do dia e a semana do mês. O relógio é do que eu mais gosto na sala de estar, embora ele meça o tempo e eu já tenha tempo mais do que suficiente nas mãos.

Nunca antes, porém, eu me sentei no sofá, já que é destinado às visitas. A sra. Parkinson, mulher do conselheiro municipal, disse que uma senhora nunca deve se sentar em uma cadeira que um cavalheiro acabou de vagar, embora ela não tenha dito por quê; mas Mary Whitney disse: porque, sua boba, ainda está quente da bunda dele; o que foi algo muito grosseiro de se dizer. Assim, não consigo ficar sentada aqui sem pensar nos traseiros das senhoras que já se sentaram neste mesmo sofá, todos delicados e brancos, como trêmulos ovos malcozidos.

As visitas usam vestidos de passeio com carreiras de botões de cima a baixo e anáguas com armação de arame por baixo. É de admirar que consigam se sentar e, quando caminham, nada toca suas pernas sob as saias infladas, exceto as combinações e meias. São como cisnes, deslizando sobre pés invisíveis, ou como as águas-vivas junto às pedras do porto perto de nossa casa, quando eu era pequena, antes de empreender a longa e desafortunada viagem através do oceano. Crespas, na forma de sino, ondulando graciosamente no mar; mas, se encalhavam na praia e secavam ao sol, nada restava delas. E assim são essas senhoras: feitas principalmente de água.

Não existiam anáguas com armação de arame quando fui trazida aqui pela primeira vez. À época, eram de crinolina, já que as de arame ainda não tinham sido inventadas. Eu as vejo penduradas nos guarda-roupas, quando vou esvaziar e limpar os urinóis. Parecem gaiolas; mas o que elas prendem? Pernas, as pernas das senhoras da sociedade; pernas confinadas, para que não possam sair e roçar na calça dos cavalheiros. A mulher do governador nunca menciona a palavra pernas, embora os jornais tenham citado pernas quando escreveram sobre Nancy, com as pernas mortas projetando-se debaixo da tina.

Não são apenas as senhoras parecidas com águas-vivas que vêm à casa do governador. Às terças-feiras, temos a Questão Feminina, a emancipação disso ou daquilo, com pessoas reformistas de ambos os sexos; às quintas-feiras, o Círculo Espírita, para chá e conversas com os mortos, o que é um consolo para a mulher do governador por causa do seu falecido bebê. Mas a presença é principalmente de senhoras. Ficam sentadas, bebericando chá nas xícaras finas, e a mulher do governador faz soar seu pequeno sino de porcelana. Ela não gosta de ser a mulher do governador, preferia que ele fosse governador de alguma outra coisa. O governador tinha amigos influentes para fazer dele o governador do presídio, mas nada além disso.

Ali está ela, portanto, e deve tirar o melhor proveito possível de sua posição social e realizações e, embora eu seja um objeto de temor – como uma aranha –, assim como de caridade, sou também uma de suas realizações. Entro na sala, faço uma reverência e circulo pelo aposento, boca fechada, cabeça baixa. Recolho as xícaras ou as arrumo na mesa, depende, e elas me fitam disfarçadamente, por baixo de seus chapéus.

A razão para quererem me ver é que sou uma célebre assassina. Ou pelo menos foi o que escreveram. Quando li isso pela primeira vez, fiquei surpresa, porque costumam dizer Cantor Célebre, Poeta Célebre, Espiritualista Célebre e Atriz Célebre, mas o que existe de célebre em assassinato? De qualquer modo, Assassina é uma palavra forte para estar associada à sua pessoa. Tem um odor característico, essa palavra, almiscarado e sufocante, como flores mortas em um vaso. Às vezes, à noite, eu a sussurro para mim mesma: *Assassina*. *Assassina*. Ela produz um som farfalhante, como uma saia de tafetá pelo assoalho. *Assassino* é meramente brutal. É como um martelo ou um pedaço de metal. Eu prefiro ser uma assassina a ser um assassino, se essas forem as únicas escolhas.

Às vezes, quando estou espanando o espelho com as uvas, olho minha imagem nele, embora eu saiba que isto é vaidade. À luz da tarde na sala de estar, minha pele tem um tom arroxeado, como uma contusão esmaecida, e meus dentes ficam esverdeados. Penso em tudo o que foi escrito a meu respeito – que sou um demônio desumano, uma vítima inocente de um canalha, forçada contra a minha vontade e com a própria vida em risco, que eu era ignorante demais para saber como agir e que me enforcar seria um crime judiciário, que eu gosto de animais, que sou muito bonita, com uma pele radiante, que tenho olhos azuis, que tenho olhos verdes, que meus cabelos são ruivos e também que são castanhos, que sou alta e também de estatura mediana, que me visto com propriedade e decência, que para isso roubei uma mulher morta, que sou ligeira e esperta em meu trabalho, que tenho má índole e um temperamento genioso, que tenho a aparência de uma pessoa acima da minha humilde condição social, que sou uma pessoa dócil, de natureza afável, de quem nunca ninguém se queixou, que sou astuta e insidiosa, que sou fraca da cabeça, quase uma retardada. E eu me pergunto: como posso ser todas essas coisas distintas ao mesmo tempo?

Foi meu próprio advogado, sr. Kenneth MacKenzie, quem disse a eles que sou quase uma idiota. Fiquei furiosa por causa disso, mas ele disse que essa era de longe a minha melhor chance e que eu não deveria parecer muito inteligente. Disse que defenderia meu caso com o máximo de sua capacidade, porque, qualquer que fosse a verdade da situação, eu não passava de uma criança, na época, e ele achava que o caso se resumia a uma questão de livre-arbítrio e se uma pessoa o tinha ou não. Ele era um senhor gentil, embora eu não entendesse quase nada do que dizia, mas deve ter sido uma boa defesa. Os jornais disseram que seu desempenho foi heróico contra chances esmagadoras. Não sei por que chamam a isso defesa, já que ele não estava pleiteando, mas tentando fazer todas as testemunhas parecerem imorais ou mal-intencionadas ou então equivocadas.

Eu me pergunto se ele alguma vez acreditou em uma palavra do que eu disse.

Depois que eu saio da sala com a bandeja, as senhoras olham o álbum de recortes da mulher do governador. Oh, imagine, parece que vou desmaiar, dizem, e Você deixa essa mulher andar por aí à solta pela sua casa, você deve ter nervos de aço, os meus não aguentariam. Ora, bem, é preciso se acostumar com essas coisas em nossa situação, nós mesmos somos praticamente prisioneiros, sabe, mas é preciso ter compaixão por essas pobres e infelizes criaturas. E, afinal, ela foi treinada como criada, é bom mantê-la ocupada, ela é uma costureira maravilhosa, muito habilidosa e experiente, é de grande ajuda nesse aspecto, especialmente com os vestidos das meninas, ela tem um jeito especial com os enfeites e, em circunstâncias mais ditosas, poderia ter sido uma excelente assistente de modista.

Embora naturalmente ela só possa ficar aqui durante o dia, eu não ficaria com ela na casa à noite. Vocês sabem que ela passou uma temporada no Asilo para Lunáticos em Toronto, há sete ou oito anos, e, embora pareça perfeitamente recuperada, nunca se sabe quando elas poderão perder o controle outra vez, às vezes ela fala sozinha e canta em voz alta de uma maneira muito estranha. Não se pode arriscar, os carcereiros a levam de volta à noite e a trancam devidamente, caso contrário eu não conseguiria pregar os olhos. Ah, eu não a culpo, a caridade cristã tem limites, um leopardo não consegue mudar suas pintas e ninguém pode dizer que você não cumpre com seu dever e mostra a devida compaixão.

O álbum de recortes da mulher do governador fica sobre a mesa redonda, coberto com um xale de seda, galhos como videiras entrelaçadas, com flores, frutos vermelhos e pássaros azuis; na verdade, é uma árvore de grande porte e, se você fitá-la por bastante tempo, as videiras começam a se envergar como se um vento as soprasse. Foi enviado da Índia por sua filha mais velha, que é casada com um missionário, coisa de que eu mesma jamais gostaria. É certo que você morreria cedo, talvez nas mãos dos nativos rebeldes, como em Cawnpore, com abomináveis atrocidades perpetradas contra senhoras respeitáveis, e foi uma bênção que tivessem sido todas chacinadas, pondo um fim ao seu sofrimento, pois pense só na vergonha; ou então de malária, que o deixa completamente amarelo e você expira em acessos delirantes; de qualquer forma, antes que pudesse se dar conta, lá estaria você, enterrada sob uma palmeira numa terra estranha. Vi ilustrações dessas pessoas em um livro de gravuras do Oriente que a mulher do governador tira da prateleira quando quer verter uma lágrima.

Na mesma mesa redonda, fica uma pilha de exemplares da revista feminina *Godey's Ladies' Book*, com as novidades da moda que vêm dos Estados Unidos, e os Álbuns de Recordações das duas filhas mais novas. A srta. Lydia diz que eu sou uma figura romântica; mas as duas são tão jovens que mal sabem o que dizem. Às vezes, elas bisbilhotam e implicam comigo; dizem: Grace, por que você nunca sorri ou dá uma risada, nunca a vemos sorrir? E eu digo: Eu acho, senhorita, que perdi o jeito, meu rosto não me obedece mais nesse sentido. Mas, se eu desse uma gargalhada, talvez não conseguisse mais parar e isto também iria estragar a ideia romântica que têm de mim. Pessoas românticas não sorriem, sei disto porque vejo nas gravuras.

As filhas colam todo tipo de coisas em seus álbuns, retalhos dos tecidos de seus vestidos, pedacinhos de fitas, figuras recortadas de revistas – as ruínas da Roma antiga, os pitorescos monastérios dos Alpes Franceses, a antiga ponte de Londres, as cataratas do Niágara no verão e no inverno, que eu gostaria de ver, pois todos dizem que são impressionantes, além de retratos da lady Fulana e do lorde Beltrano, da Inglaterra. E suas amigas escrevem mensagens em suas graciosas caligrafias: *Para a querida Lydia, de sua amiga eterna, Clara Richards*; *Para a querida Marianne, como lembrança de nosso esplêndido piquenique nas margens das águas azuis do lago Ontário*. E também poemas:

Como ao redor do vigoroso carvalho
Se entrelaça a adorável videira,
Para sempre sua será, e de mais ninguém,
Minha lealdade, tão verdadeira. Sua devotada
Amiga, Laura

Ou então:

Embora muito longe de você eu deva andar,
Não deixe seu coração se entristecer,
Nós duas que em espírito somos apenas uma
Jamais realmente separadas poderemos ser. Sua Lucy.

Essa jovem, pouco tempo depois, morreu afogada no lago, quando o barco em que estava naufragou numa tempestade, e nada jamais foi encontrado dela, exceto uma caixa com suas iniciais feitas com tachas de prata; ainda estava trancada, de modo que, embora úmido, nada de seu conteúdo se perdeu e a srta. Lydia ganhou um cachecol dessa caixa como lembrança da amiga.

Quando eu estiver morta e em minha sepultura
E todos os meus ossos apodrecidos,
Quando isso você vir, lembre-se de mim,
Para que eu não seja esquecida.

Esse estava assinado: *Sempre estarei com você em espírito, sua amorosa "Nancy", Hannah Edmonds*, e devo dizer que a primeira vez que o levei um susto, embora naturalmente fosse uma outra Nancy. Ainda assim, os ossos apodrecidos. Estariam assim, agora. Seu rosto estava todo preto quando a encontraram, devia haver um cheiro horrível no ar. Estava tão quente na época, era julho, ainda assim ela se decompôs surpreendentemente rápido, seria de imaginar que ela ficasse conservada por mais tempo na leiteria, normalmente é fresco lá embaixo. Ainda bem que eu não estava presente, teria sido muito perturbador.

Não sei por que elas são tão ansiosas para ser lembradas. De que lhes adianta isso? Existem coisas que devem ser esquecidas por todos e nunca mais mencionadas.

O álbum de recortes da mulher do governador é bem diferente. Claro, ela é uma mulher adulta e não uma mocinha e, portanto, embora seja igualmente adepta de recordações, o que ela quer lembrar não é de violetas ou de piqueniques. Nada de Querida, Amor e Beleza, nada de Amigas

Eternas, nada disto para ela; em vez disto, o que seu álbum contém são todos os criminosos famosos – os que foram enforcados ou aqueles que foram trazidos para cá para se penitenciar, porque esta é uma penitenciária e espera-se que você se arrependa enquanto estiver aqui, e é melhor que você o faça, quer tenha ou não alguma coisa da qual se arrepender.

A mulher do governador recorta esses crimes dos jornais e cola os recortes em seu álbum; ela até encomenda edições antigas com crimes cometidos antes de sua época. É sua coleção, ela é uma senhora e atualmente todas elas colecionam alguma coisa; portanto, ela também tem que colecionar e faz isto em vez de cultivar samambaias ou prensar flores e, de qualquer modo, ela gosta de horrorizar suas conhecidas.

Assim, eu li o que escreveram sobre mim. Ela mesma me mostrou o álbum, acho que queria ver a minha reação; mas eu aprendi a manter o rosto impassível, deixei os olhos bem abertos e inexpressivos, como os de uma coruja à luz de uma tocha, e eu disse que havia me arrependido com lágrimas amargas e agora era uma nova pessoa e se ela queria que eu retirasse o chá agora; mas desde então tenho olhado o álbum, muitas vezes, quando fico sozinha na sala.

Grande parte do que está lá são mentiras. Disseram no jornal que eu era analfabeta, mas, mesmo na época, eu sabia ler um pouco. Minha mãe me ensinou quando eu era pequena, antes que ela ficasse cansada demais para isso, e eu bordei minhas letras com sobras de fios, A de Abelha, B de Bola, e Mary Whitney também costumava ler comigo, na casa da sra. Parkinson, mulher do conselheiro municipal, quando fazíamos consertos em roupas, e aprendi muito mais desde que estou aqui, já que ensinam os presos de propósito. Querem que você seja capaz de ler a Bíblia, bem como panfletos, já que religião e castigos corporais são os únicos remédios para uma natureza depravada e nossas almas imortais têm que ser levadas em consideração. É chocante a quantidade de crimes que a Bíblia contém. A mulher do governador deveria recortar todos eles e colar em seu álbum.

Na realidade, disseram algumas verdades. Disseram que eu era uma moça de bom caráter e, de fato, era assim, porque ninguém jamais se aproveitou de mim, embora tivessem tentado. Mas disseram que James McDermott era meu amante. Escreveram isso, descaradamente, no jornal. Acho revoltante escrever sobre esses assuntos.

Gato no canto 37

Isso é o que realmente lhes interessa – tanto aos cavalheiros quanto às senhoras. Não se importam se eu matei alguém, eu poderia ter cortado dezenas de gargantas, é isso que admiram num soldado, eles mal piscariam os olhos. Não, seria eu realmente uma amante?, esta é a principal preocupação deles, e nem mesmo sabem se querem que a resposta seja sim ou não.

Não estou olhando o álbum de recortes agora, porque eles podem entrar a qualquer instante. Permaneço sentada com minhas mãos ásperas cruzadas no colo, olhos baixos, fitando as flores do tapete turco. Ou ao menos se supõe que sejam flores. As pétalas têm o formato do naipe de ouros de uma carta de baralho; como as cartas espalhadas na mesa na casa do sr. Kinnear, depois que os cavalheiros passaram a noite anterior jogando. Duras e angulares. Mas vermelhas, de um vermelho escuro e denso. Línguas grossas, estranguladas.

Não são as senhoras que são esperadas hoje, é um doutor. Ele está escrevendo um livro; a mulher do governador gosta de conhecer pessoas que estão escrevendo livros, livros com objetivos voltados para o futuro, isso mostra que ela é uma pessoa de mente aberta, com ideias avançadas, a ciência tem feito tanto progresso, e o que dizer das invenções modernas e do Palácio de Cristal e do conhecimento mundial reunido, quem sabe onde estaremos daqui a cem anos.

A presença de um doutor é sempre um mau sinal. Quando não são eles mesmos que estão matando, ainda assim significa que a morte está por perto e, nesse aspecto, eles são como abutres ou corvos. Mas esse doutor não irá me fazer mal, a mulher do governador me prometeu. Tudo o que ele quer é medir minha cabeça. Ele está medindo a cabeça de todos os criminosos da penitenciária, para ver se consegue descobrir, pelas protuberâncias em seus crânios, que tipo de criminosos eles são, se são batedores de carteira, trapaceiros, vigaristas, loucos criminosos ou assassinos, ela não disse "Como você, Grace". E então eles poderiam prender essas pessoas antes que tivessem a chance de cometer qualquer crime, e imagine como isto tornaria o mundo melhor.

Depois que James McDermott foi enforcado, fizeram um molde de gesso de sua cabeça. Li no álbum de recortes também. Imagino que era para isso que queriam o molde – para melhorar o mundo.

Além disso, seu corpo foi dissecado. Quando li isso pela primeira vez, eu não sabia o que *dissecado* significava, mas logo descobri. Era feito pelos médicos. Cortaram-no em pedaços como um porco a ser salgado; no que dizia respeito aos médicos, ele podia não passar de toucinho. Seu corpo, que eu ouvi respirar, o coração bater, a faca retalhando-o – não suporto pensar nisto.

Pergunto-me o que terão feito com sua camisa. Seria uma das quatro que o mascate Jeremias lhe vendeu? Deveriam ter sido três, ou então cinco, já que números ímpares trazem mais sorte. Jeremias sempre me desejou sorte, mas não para James McDermott.

Eu não vi o enforcamento. Enforcaram-no em frente à prisão, em Toronto, e Você deveria ter presenciado, Grace, dizem os carcereiros, serviria de lição para você. Imaginei a cena muitas vezes, o pobre James de pé, com as mãos atadas e o pescoço descoberto, enquanto colocavam o capuz em sua cabeça, como em um gatinho a ser afogado. Ao menos, havia um padre com ele, não estava totalmente sozinho. Se não fosse por Grace Marks, ele lhes disse, nada disso teria acontecido.

Chovia e uma enorme multidão aglomerava-se na lama, alguns curiosos vindos de muito longe. Se minha própria pena de morte não tivesse sido comutada no último instante, teriam me visto ser enforcada com o mesmo prazer insaciável. Havia muitas mulheres e senhoras da sociedade lá; todas queriam ver, queriam respirar a morte como se fosse um fino perfume. Quando li sobre isso, pensei: se for uma lição para mim, o que se supõe que eu deva aprender com isso?

Escuto passos se aproximando agora, me levanto rapidamente e aliso meu avental. Então, ouve-se a voz de um estranho: É muita gentileza sua, madame, e a mulher do governador dizendo: Tenho muito prazer em ajudar, e ele dizendo outra vez: É muito gentil de sua parte.

Então, ele entra pela porta, a barriga saliente, casaco preto, colete apertado, botões de prata, lenço amarrado ao pescoço com perfeição, e só ergo os olhos até o queixo dele, e ele diz: Não vai levar muito tempo, mas eu lhe agradeceria, madame, se pudesse permanecer na sala, uma pessoa não tem que ser apenas virtuosa, tem que parecer virtuosa. Ele ri de sua piada e percebo em sua voz que ele está com medo de mim. Uma mulher como eu é sempre uma tentação, se for possível para eles não serem observados; porque no que quer que digamos depois ninguém acreditará.

Então vejo sua mão, parece uma luva, uma luva recheada de carne fresca, a mão mergulhando na boca aberta de sua valise de couro. Ela sai de lá brilhando e eu sei que já vi outra mão como aquela antes; então levanto a cabeça e o encaro diretamente nos olhos, meu coração se aperta e dispara dentro do peito e eu começo a gritar.

Porque é o mesmo doutor, exatamente o mesmo, o mesmo médico de casaco preto com sua valise cheia de facas brilhantes.

4

Voltei a mim com um copo de água fria atirado no meu rosto, mas continuei a gritar, embora não se visse mais o médico por perto; assim, fui contida por duas ajudantes de cozinha e pelo rapaz do jardim, que se sentou em cima de minhas pernas. A mulher do governador mandara buscar a inspetora-chefe do presídio, que chegou com duas carcereiras; ela me deu uma bofetada no rosto e foi quando eu parei. Não era o mesmo doutor, de qualquer forma, apenas se parecia com ele. O mesmo olhar frio e cobiçoso e o ódio.

É a única maneira de lidar com histéricas, pode ter certeza, madame, disse a inspetora-chefe, temos muita experiência com esse tipo de ataque, esta aí era bem propensa a esses acessos, mas nós nunca cedemos, trabalhamos para corrigi-la e achamos que tinha desistido, talvez seu antigo problema esteja voltando, pois, independentemente do que digam a respeito lá em Toronto, ela era uma louca furiosa naquela época há sete anos e a senhora tem sorte de não haver nenhuma tesoura nem objetos pontiagudos pela casa.

Em seguida, as carcereiras praticamente me arrastaram de volta ao prédio principal do presídio e me trancaram nesta cela, até eu me recuperar e voltar a ser eu mesma, foi o que disseram, embora eu tenha garantido que me sentia melhor agora que o médico não estava mais lá com suas facas. Eu disse que tinha medo de médicos, apenas isto; de ser retalhada por eles, como outras pessoas têm medo de cobras; mas elas disseram: Basta de truques, Grace, você só queria chamar atenção, ele não ia cortá-la, ele não tinha nenhuma faca, o que você viu era só um compasso, usado para medir cabeças. Você deu um grande susto na mulher do governador, mas foi bem-feito para ela, ela tem mimado você demais e isto não é bom para você, ela fez de você um verdadeiro bichinho de estimação, não foi?, nossa companhia já não serve para você.

Bem, tanto pior, vai ter que nos aturar, porque agora receberá um tipo de atenção diferente por algum tempo. Até resolverem o que vão fazer com você.

Esta cela tem apenas uma pequena janela bem no alto, com barras de ferro pelo lado de dentro, e um colchão de palha. Há um pedaço de pão em um prato de lata, um jarro de pedra com água e um balde de madeira vazio para servir de penico. Fui colocada numa cela como esta antes de me mandarem para o manicômio. Eu lhes disse que não era louca, que estavam enganados, mas não me deram ouvidos.

De qualquer maneira, não reconheceriam a loucura se a vissem, porque uma boa parte das mulheres no manicômio não era mais louca do que a rainha da Inglaterra. Muitas eram bastante sãs quando sóbrias, já que a loucura delas vinha de uma garrafa, que é um tipo que eu conhecia muito bem. Uma delas estava lá para fugir do marido, que a espancava até deixá-la toda roxa e contundida, ele é que era o louco, mas ninguém o prenderia no hospício; outra disse que ficava louca sempre que chegava o outono, já que não tinha casa e era aquecida no manicômio e, se não tratasse de convencer bem os médicos de sua loucura, ela iria morrer congelada; mas, quando chegava a primavera, ela ficava curada outra vez porque o clima era bom e ela podia vagar pelos bosques e pescar e, como era parcialmente índia, sabia viver assim. Eu mesma gostaria de fazer isso se soubesse como e não tivesse medo dos ursos.

Algumas, contudo, não estavam fingindo. Uma pobre irlandesa perdera toda a família, metade de inanição durante a Grande Fome e a outra metade de cólera no navio que os trazia para cá, e ela vagava pelo hospício chamando seus nomes. Ainda bem que eu deixei a Irlanda antes dessa época, já que os sofrimentos que ela relatou eram terríveis e havia corpos empilhados por toda parte, sem que ninguém os enterrasse. Outra mulher matara o filho pequeno e ele a seguia por todos os lugares, puxando sua saia; à vezes ela o pegava no colo, abraçava e beijava, e outras vezes berrava com ele e o afastava com as mãos. Dessa eu tinha medo.

Uma outra era muito religiosa, sempre rezando e cantando, e, quando descobriu o que diziam que eu tinha feito, amaldiçoava-me sempre que podia. Ajoelhe-se, dizia, não matarás, mas sempre há a misericórdia divina para os pecadores, arrependa-se, arrependa-se enquanto ainda há tempo ou sofrerá danação eterna. Ela falava exatamente como um pregador na igreja e uma vez tentou me batizar com sopa, uma sopa rala de repolho, e despejou uma colherada na minha cabeça. Quando me queixei, a supervisora me lançou um olhar seco, com a boca cerrada como a tampa de uma caixa, e disse: Bem, Grace, talvez você devesse ouvi-la, nunca a vi fazendo realmente nenhuma penitência, embora seu coração duro esteja muito necessitado disso; de repente, eu senti muita raiva e gritei: Eu não fiz nada! Eu não fiz nada! Foi ela, foi culpa dela!

De quem você está falando, Grace?, ela disse, Controle-se ou serão banhos frios e camisa de força para você, e lançou um olhar à outra supervisora: Pronto. O que foi que eu disse. Doida varrida.

As supervisoras do manicômio eram todas robustas e fortes, com braços grandes e grossos e queixos que se enterravam diretamente no pescoço e nos impecáveis colarinhos brancos, os cabelos retorcidos para cima como uma corda desbotada. É preciso ser forte para trabalhar como supervisora no hospício, caso alguma louca pule nas suas costas e comece a puxar seus cabelos, mas isso não melhorava nem um pouco o temperamento delas. Às vezes, elas nos provocavam, especialmente logo antes da hora de visitas. Queriam mostrar o quanto éramos perigosas, mas também como podiam nos controlar bem, porque isso as valorizava e fazia parecer mais capazes.

Então eu parei de lhes dizer qualquer coisa. Nem ao dr. Bannerling, que entrava no quarto, quando eu estava amarrada no escuro, com luvas amortecedoras nas mãos: Fique quieta, estou aqui para examiná-la, não adianta mentir para mim. Nem aos outros médicos que vinham em visita ao manicômio: Oh, de fato, que caso fascinante, como se eu fosse um bezerro de duas cabeças. Por fim, parei inteiramente de falar, a não ser muito educadamente quando me dirigiam a palavra: Sim, madame; Não, madame; Sim e Não, senhor. E então fui enviada de volta à penitenciária, depois de todos eles terem se reunido em seus casacos pretos: Ahã, ahã, em minha opinião, Meu respeitável colega, Senhor, permita-me discordar. Naturalmente, eles não podiam admitir nem por um instante que haviam cometido um erro quando me colocaram ali.

Pessoas vestidas de uma certa maneira nunca estão erradas. E também nunca peidam. O que Mary Whitney costumava dizer era se alguém peidar numa sala onde eles estejam, pode ter certeza de que foi você. E mesmo que não tenha sido você, é melhor não dizer nada, porque tudo o que vai ouvir é Oh, quanta insolência!, e com um pé na bunda botam você no olho da rua.

Ela sempre teve uma maneira grosseira de falar. Dizia: "Para mim fazer" e não "Para eu fazer". Ninguém lhe ensinou a forma correta. Eu também costumava falar assim, mas aprendi maneiras mais educadas na prisão.

Sento-me no colchão de palha. Faz um barulho como água na praia. Viro--me de um lado para o outro, para escutar. Eu poderia fechar os olhos e pensar que estou perto do mar, em um dia seco, sem muito vento. Do lado de fora da janela, ao longe, há alguém cortando lenha, o machado descendo, o lampejo invisível e então o baque surdo, mas como posso saber se é mesmo madeira?

Faz frio nesta cela. Não tenho nenhum xale, envolvo-me com meus próprios braços, por que quem mais haveria ali para me abraçar? Quando eu era pequena, costumava pensar que, se eu me abraçasse com bastante força, eu poderia ficar menor, porque nunca havia espaço suficiente para mim, em casa ou em qualquer outro lugar, mas, se eu fosse menor, poderia caber em algum cantinho.

Meus cabelos estão se soltando debaixo da touca. Os cabelos vermelhos de um ogro. Uma besta selvagem, segundo o jornal. Um monstro. Quando vierem com meu jantar, vou pôr o balde que serve de penico na cabeça e me esconder atrás da porta e isto vai assustá-los. Se querem tanto um monstro, é preciso lhes dar um.

Mas nunca faço essas coisas. Apenas as considero. Se fizesse, teriam certeza de que eu fiquei louca outra vez. *Ficar* louco é o que dizem, às vezes ficar louco, ficar maluco, como se fosse uma questão de ir e vir. De fato, quando você enlouquece, você não vai a lugar nenhum, você fica onde está. E outra pessoa é que entra.

Não quero ser deixada sozinha nesta cela. As paredes são completamente vazias, não há nenhum quadro nelas, nem cortinas na pequena janela lá em cima, nada para ver, assim você olha para a parede e depois de algum tempo você acaba vendo imagens nela e flores vermelhas brotando.

Acho que vou dormir.

É de manhã agora, mas de qual dia? O segundo ou terceiro. Há uma claridade do lado de fora da janela, foi isso que me acordou. Esforço-me para me sentar, belisco a pele e pisco os olhos e me levanto do colchão farfalhante, os braços e as pernas dormentes. Então, entôo uma canção, só para ouvir uma voz e fazer companhia a mim mesma:

Santo, santo, santo, Deus Todo-poderoso,
Logo pela manhã nossa canção a Ti se eleva,
Santo, santo, santo, onipotente e piedoso,
Deus em três pessoas, a Santíssima Trindade.

Certamente não podem reclamar, tratando-se de um hino. Um hino à manhã. Sempre gostei do nascer do sol.

Então, bebo o restante da água; em seguida, caminho pela cela; depois, levanto minhas anáguas e mijo no balde. Mais algumas horas e isso aqui vai feder como uma fossa.

Dormir com as mesmas roupas deixa a pessoa cansada. As roupas ficam enxovalhadas e também o corpo por baixo delas. Sinto como se tivesse sido enrolada como uma trouxa e jogada no chão.

Gostaria de ter um avental limpo.

Ninguém vem. Deixaram-me aqui para refletir sobre meus pecados e ofensas e isto se faz melhor na solidão, ou essa é nossa opinião abalizada e ponderada, Grace, após uma longa experiência com essas questões. Em confinamento solitário e, às vezes, na escuridão. Há prisões em que eles deixam você na solitária durante anos, sem sequer o vislumbre de uma árvore, um cavalo ou um rosto humano. Alguns dizem que isso torna a pele mais refinada.

Já fiquei trancada sozinha antes. Um caso perdido, disse o dr. Bannerling, uma incorrigível e dissimulada impostora. Fique quieta, estou aqui para examinar sua configuração cerebral e, primeiro, tenho que medir seus batimentos cardíacos e sua respiração, mas eu sabia o que ele pretendia. Tire a mão do meu peito, seu filho da mãe desgraçado, Mary Whitney teria dito, mas eu só conseguia dizer Oh não, oh não, e não havia como me virar e me contorcer, não da maneira como estava amarrada, presa à cadeira, com as mangas cruzadas na frente e atadas atrás; assim, nada me restava fazer senão enfiar os dentes em seus dedos e então viramos, caímos para trás no chão, gritando juntos como dois gatos num saco. Ele tinha gosto de salsichas cruas e roupas de baixo de lã úmida. Ficaria muito melhor se fosse bem escaldado e depois posto no sol para quarar.

Nenhuma janta ontem, nem anteontem, nada além de pão, nem mesmo um pouco de repolho; bem, já era de esperar. Passar fome é bom para acalmar os nervos. Hoje será outra vez pão e água, já que carne é excitante para criminosos e maníacos, eles sentem seu cheiro pelas narinas tal como os lobos, e depois a culpa será toda sua. Mas a água de ontem já acabou e estou com muita sede, estou morrendo de sede, minha boca tem gosto de machucado, minha língua está inchando. É o que acontece aos náufragos, li sobre isso em processos judiciais, perdidos no mar e bebendo o sangue uns dos outros. Tiram a sorte para isso. Atrocidades canibais coladas no álbum. Tenho certeza de que eu jamais faria uma coisa dessas, por mais faminta que estivesse.

Será que esqueceram que estou aqui? Terão que trazer mais comida, ou ao menos mais água, ou vou morrer de fome, vou definhar, minha pele vai secar, vai ficar amarelada como lençóis velhos; virarei um esqueleto, serei encontrada daqui a meses, anos, séculos, e dirão Quem é essa, deve ter sido esquecida, Bem, varra todos esses ossos e sujeira para o canto, mas guarde os botões, não faz sentido desperdiçá-los, não há mais nada que se possa fazer.

Quando você começa a sentir pena de si mesma é porque eles conseguiram fazê-la chegar ao ponto em que queriam. É então que mandam buscar o capelão.

Ah, vinde aos meus braços, pobre alma penada. Há mais recompensa no céu pela ovelha desgarrada. Tranquilizai sua mente aflita. Ajoelhai-vos aos meus pés. Uni as mãos, angustiada. Descrevei como a consciência vos tortura dia e noite e como os olhos de vossas vítimas vos perseguem aonde quer que vades, vermelhos, queimando como carvão em brasa. Derramai lágrimas de remorso. Confessai, confessai. Deixai-me perdoar e compadecer-me. Permiti que eu entre com uma petição em vosso favor. Contai-me tudo.

E então o que ele fez? Oh, chocante. E então o quê?

A mão esquerda ou a direita?
A que distância, exatamente?
Mostre-me onde.

Acho que ouço um sussurro. Agora há um olho, espiando aqui para dentro, pela fenda aberta na porta. Não posso vê-lo, mas sei que está lá. Em seguida, uma batida na porta.
E eu penso: Quem poderá ser? A inspetora? O carcereiro-chefe, que veio me dar uma repreensão? Mas não pode ser nenhum deles porque ninguém aqui lhe faz a gentileza de bater na porta, olham para você através da pequena fenda e simplesmente entram. Sempre bata na porta primeiro, dizia Mary Whitney. Depois, espere até lhe darem licença para entrar. Nunca se sabe o que podem estar fazendo e, na maioria das vezes, não é nada que queiram que você presencie, podem estar com os dedos enfiados no nariz ou em algum outro lugar, pois até uma senhora sente necessidade de coçar onde comicha e, se você vir um par de saltos de sapato saindo de debaixo da cama, é melhor fingir que não notou. Como diz o ditado: Por fora, bela viola, por dentro, pão bolorento.
Mary era uma pessoa de ideias democráticas.

A batida na porta outra vez. Como se eu tivesse escolha.
Empurro meus cabelos para debaixo da touca, levanto-me do colchão de palha e aliso meu vestido e meu avental. Em seguida, afasto-me para o canto mais distante da cela e depois digo, com bastante firmeza porque é melhor manter a dignidade, se for possível:
Entre, por favor.

5

A porta se abre e um homem entra. É um jovem, da minha idade ou um pouco mais velho, o que é jovem para um homem, embora não para uma mulher, pois na minha idade uma mulher já é uma solteirona, mas o homem não é um solteirão enquanto não chegar aos cinquenta anos e, mesmo então, ainda é uma esperança para as senhoras, como Mary Whitney costumava dizer. Ele é alto, com pernas e braços longos, mas não o que as filhas do governador chamariam de bonito; elas têm uma queda pelos lânguidos das revistas, muito elegantes, contidos e de fala macia, com pés estreitos em botas de bico fino. Esse homem tem uma energia e uma vivacidade que não estão em voga e também pés um pouco grandes demais, embora seja um cavalheiro, ou quase isso. Não creio que seja inglês, portanto é difícil saber.

Seus cabelos são castanhos e naturalmente ondulados – rebeldes, se poderia dizer, como se ele não conseguisse mantê-los assentados com a escova. Seu casaco é de boa qualidade, com bom corte; mas não é novo, já que as áreas dos cotovelos estão brilhantes. Usa um colete de tartã escocês, o tartã tornou-se popular desde que a rainha se pôs de amores pela Escócia e construiu um castelo por lá, cheio de cabeças de veados, ou assim dizem; mas agora vejo que não se trata de um tartã verdadeiro, apenas um tecido de xadrez comum. Amarelo e marrom. Ele usa um relógio com corrente de ouro, de modo que, apesar de amarrotado e desalinhado, ele não é pobre.

Ele não usa as costeletas que agora passaram a ser moda; eu mesma não gosto muito delas, prefiro um bigode ou uma barba ou então absolutamente nada. Tanto James McDermott quanto o sr. Kinnear tinham o rosto bem escanhoado, Jamie Walsh também, não que ele tivesse muito o que barbear; só que o sr. Kinnear usava bigode. Quando eu esvaziava sua bacia de barbear toda manhã, pegava um pouco do sabonete de barba – ele usava um ótimo sabonete, de Londres – e o esfregava na minha pele, nos pulsos, e assim carregava o cheiro dele comigo o dia inteiro, pelo menos até a hora de esfregar o assoalho.

O jovem fecha a porta atrás de si. Não a tranca, mas outra pessoa passa a trava pelo lado de fora. Estamos trancados juntos nesta cela.

Bom dia, Grace, ele diz. Soube que você tem medo de médicos. Devo lhe dizer logo que também sou médico. Meu nome é dr. Jordan, dr. Simon Jordan.

Lanço-lhe um olhar rápido, em seguida baixo os olhos. Pergunto: O outro médico vai voltar?

Aquele que a assustou?, ele diz. Não, não vai.

Eu digo: Então, imagino que o senhor esteja aqui para medir minha cabeça.

Eu nunca faria isso, ele diz, sorrindo; mesmo assim, olha de relance para minha cabeça com um ar de quem a está medindo. Mas estou usando minha touca, de modo que não há nada que ele possa ver. Agora que ele falou, acho que é americano. Possui dentes muito brancos, sem nenhuma falha, ao menos na frente, e seu rosto é comprido e de ossos largos. Gosto do seu sorriso, embora seja mais alto de um lado do que do outro, o que lhe dá um ar de quem está fazendo troça.

Olho para suas mãos. Estão vazias. Não há absolutamente nada nelas. Nenhum anel ou aliança em seus dedos. O senhor tem uma maleta de facas?, pergunto. Uma maleta de couro?

Não, responde, não sou um médico do tipo comum. Não faço cortes. Está com medo de mim, Grace?

Ainda não sei se estou com medo dele. É cedo demais para dizer, cedo demais para saber o que ele quer. Ninguém vem me ver a menos que queira alguma coisa.

Gostaria que ele dissesse que tipo de médico é, já que não é do tipo comum, mas em vez disto ele diz: Sou de Massachusetts. Ou ao menos foi lá que eu nasci. Tenho viajado muito desde então. Tenho vagado de um lado para outro neste mundo e andado para cima e para baixo. E ele olha para mim, para ver se entendi.

Sei que se refere ao Livro de Jó, antes de Jó ficar cheio de bolhas e chagas da caminhada e enfrentar os redemoinhos de vento. É o que Satanás diz para Deus. Ele deve estar querendo dizer que veio para me testar, embora tenha chegado tarde demais, Deus já me testou antes e seria de imaginar que já estivesse cansado disso a essa altura.

Mas não digo nada disso. Olho para ele com um ar imbecil. Tenho uma boa expressão de estupidez que pratiquei cuidadosamente.

Digo: Já esteve na França? É de lá que vêm todas as modas. Vejo que o decepcionei. Sim, ele responde. E na Inglaterra e também na Itália, na Alemanha e na Suíça.

É muito estranho estar de pé trancada em uma cela do presídio, falando com um estranho sobre a França, a Itália e a Alemanha. Um viajante. Deve ser um itinerante, como Jeremias, o mascate. Mas Jeremias viajava para ganhar a vida e esses outros tipos de homens já são suficientemente ricos. Aventuram-se em viagens porque são curiosos. Vagueiam pelo mundo e observam tudo, atravessam o oceano como se fosse algo corriqueiro e, se a situação não lhes agrada em um lugar, simplesmente se mudam para outro.

Mas agora é minha vez de dizer alguma coisa. Eu digo: Não sei como consegue, senhor, no meio de todos esses estrangeiros, nunca se sabe o que estão dizendo. Quando os pobres coitados aportam aqui pela primeira vez, tagarelam de forma ininteligível, como gansos, embora os filhos logo aprendam a falar bem.

Isso é verdade, as crianças aprendem muito depressa.

Ele sorri e, depois, faz algo estranho. Enfia a mão esquerda no bolso e retira uma maçã. Caminha lentamente em minha direção, segurando a maçã diante dele como alguém que estende um osso para um cão perigoso, a fim de conquistar sua confiança.

É para você, ele diz.

Tenho tanta sede que a maçã me parece uma enorme e redonda gota de água, fresca e vermelha. Eu poderia sorvê-la de um gole só. Hesito; mas depois penso: Não há nada de mal em uma maçã, e assim a aceito. Faz muito tempo que não como uma maçã. Esta deve ser do outono passado, guardada num barril no porão, mas parece bastante fresca.

Não sou um cachorro, eu lhe digo.

A maioria das pessoas me perguntaria o que eu quero dizer com isso, mas ele ri. Seu riso é de um único fôlego, Há, como se tivesse encontrado alguma coisa que havia perdido; e ele diz: Não, Grace, sei que você não é um cachorro.

O que é que ele está pensando? Fico parada, segurando a maçã com as duas mãos. Parece preciosa, como um tesouro pesado. Levanto-a e sinto seu cheiro. Tem um cheiro tão forte de vida ao ar livre que sinto vontade de chorar.

Não vai comê-la?, ele pergunta.

Não, ainda não, respondo.

Por que não?, insiste.

Porque então ela acabaria, digo.

A verdade é que não quero que ele me veja comendo. Não quero que veja minha fome. Se você tem uma necessidade e eles descobrem, usam isto contra você. O melhor é parar de precisar de qualquer coisa que seja.

Ele dá sua risada de um fôlego só. Pode me dizer o que é isso?, ele pergunta.

Olho para ele, em seguida desvio o olhar. Uma maçã, eu digo. Ele deve pensar que sou uma simplória; ou talvez seja algum tipo de truque; ou então ele é louco e por isso trancaram a porta – trancaram-me nesta cela com um maluco. Homens vestidos com roupas como as dele, no entanto, não podem ser loucos, especialmente com aquele relógio de corrente de ouro – seus parentes ou seus carcereiros o tirariam dele num instante.

Ele exibe seu sorriso enviesado. Em que uma maçã faz você pensar?, pergunta.

Como, senhor?, eu digo. Não compreendo.

Deve ser uma charada. Penso em Mary Whitney e nas cascas de maçã que jogamos por cima do ombro naquela noite, para ver com quem iríamos nos casar. Mas não vou lhe dizer isso.

Acho que você compreende muito bem, ele diz.

Meu abecedário bordado, eu digo.

Agora é a sua vez de não entender nada. Seu o quê?, ele diz.

O abecedário que bordei quando era criança, eu digo. A de Abelha, B de Bola... e M de Maçã.

Ah, sim, ele diz. E o que mais?

Faço minha expressão idiota.

Torta de maçã, respondo.

Ah, ele exclama. Algo que você come.

Bem, assim espero, senhor, eu digo. É para isso que serve uma torta de maçã.

E existe algum tipo de maçã que você não comeria?, pergunta.

Uma maçã podre, imagino, respondo.

Ele está fazendo um jogo de adivinhação, como o dr. Bannerling no manicômio. Sempre há uma resposta certa, que é certa porque é a que eles querem, e pode-se ver pelos rostos deles se você acertou ou não; embora com o dr. Bannerling todas as respostas fossem erradas. Ou talvez ele seja um Doutor em Divindade; são outros que tendem a fazer esse tipo de perguntas. Já estou farta de todos eles.

A maçã da Árvore do Conhecimento, é o que ele quer dizer. Do bem e do mal. Qualquer criança poderia adivinhar. Mas eu não vou lhe dar esse gosto.

Retorno ao meu ar de idiota. O senhor é um pastor?, pergunto.

Não, ele diz, não sou um pastor. Sou um médico que trabalha não com corpos, mas com mentes. Doenças da mente e do cérebro e dos nervos.

Coloco as mãos com a maçã atrás das costas. Não confio nem um pouco nele. Não, eu digo. Não vou voltar para lá. Não para o asilo. Eu não suportaria mais.

Não tenha medo, ele diz. Na verdade, você não é louca, não é, Grace?

Não, senhor, não sou, respondo.

Então, não há nenhuma razão para você voltar para o asilo, não é mesmo?

Lá ninguém ouve a razão, senhor, eu digo.

Bem, é para isso que estou aqui, ele diz. Estou aqui para ouvir a razão. Mas, se devo ouvir você, é preciso que você fale comigo.

Sei o que ele está querendo. É um aproveitador. Pensa que tudo o que tem de fazer é me dar uma maçã e, então, poderá conseguir o que quiser. Talvez seja de algum jornal. Ou talvez seja um viajante, fazendo uma excursão. Eles vêm aqui e ficam me olhando e, quando me encaram assim, me sinto do tamanho de uma formiga, e eles me pegam entre o indicador e o polegar e me viram de um lado para outro. Depois, me põem no chão e vão embora.

O senhor não acreditaria em mim, eu digo. De qualquer modo, tudo já foi decidido, o julgamento terminou há muito tempo e o que eu disser não vai mudar nada. O senhor deveria perguntar aos advogados e aos juízes, e aos jornalistas, que parecem conhecer minha história melhor do que eu mesma. De qualquer forma, não consigo me lembrar, posso me lembrar de outras coisas, mas parece que perdi completamente essa parte da memória. Eles devem ter dito isso para o senhor.

Gostaria de ajudá-la, Grace, ele diz.

É assim que eles atravessam aquela porta. Ajuda é o que oferecem, mas gratidão é o que querem, parecem se refestelar nela como gato num canteiro de erva-dos-gatos. Ele quer ir para casa e dizer para si mesmo: Ganhei meu prêmio hoje, que bom sujeito eu sou. Mas não vou ser o prêmio de ninguém. Não digo nada.

Se você tentar falar, ele continua, eu tentarei ouvir. Meu interesse é puramente científico. Não devemos nos preocupar apenas com os assassinos. Ele usa uma voz afável, gentil por fora, mas com interesses ocultos por trás.

Talvez eu lhe conte mentiras, eu digo.

Ele não diz: Grace, que sugestão maldosa, você tem uma imaginação pecaminosa. Ele diz: Talvez você conte. Talvez conte mentiras sem intenção e talvez as conte deliberadamente. Talvez você seja uma mentirosa.

Olho para ele. Houve quem dissesse que sou, eu digo.

Vamos ter que correr o risco, ele diz.

Baixo os olhos para o chão. Vão me levar de volta para o asilo?, pergunto. Ou vão me confinar na solitária, sem nada para comer além de pão?

Ele diz: Dou-lhe minha palavra que, enquanto você continuar a falar comigo e não se descontrolar nem se tornar violenta, você permanecerá como estava. Tenho a promessa do governador.

Olho para ele. Desvio o olhar. Olho para ele outra vez. Seguro a maçã com as duas mãos. Ele aguarda.

Finalmente, levanto a maçã e a aperto contra a minha testa.

IV
FANTASIA DE UM JOVEM

Entre aqueles maníacos furiosos, reconheci a fisionomia singular de Grace Marks – não mais triste e sem esperanças, mas iluminada pela chama da insanidade e resplandecendo com um hediondo e demoníaco contentamento. Ao perceber que estranhos a observavam, fugiu gritando como um fantasma para uma das salas laterais. Ao que parece, mesmo durante os piores ataques de sua terrível enfermidade, ela é continuamente assombrada pelas lembranças do passado. Pobre menina! Quando terminará o longo horror de seu castigo e remorso? Quando se sentará aos pés de Jesus, vestida com o manto imaculado de Sua virtuosidade, a mancha de sangue lavada de suas mãos, e sua alma redimida e perdoada e em seu juízo perfeito outra vez?...

Esperemos que toda a sua culpa anterior possa ser atribuída ao afloramento incipiente dessa assustadora doença.

    Susanna Moodie
    Life in the Clearings, 1853.

É lamentável não termos o conhecimento necessário para curar esses desafortunados aflitos. Um cirurgião pode abrir um abdome e exibir o baço. Músculos podem ser retirados e mostrados a jovens estudantes. Mas a psique humana não pode ser dissecada, nem o funcionamento do cérebro, colocado na mesa para exibição.

    Quando criança, fazia brincadeiras com uma venda tampando minha visão. Agora, sinto-me como aquela criança. Vendado, tateando meu caminho, sem saber para onde estou indo ou se estou na direção certa. Um dia, alguém removerá essa venda.

    Dr. Joseph Workman
    Superintendente médico
    Asilo Provincial de Lunáticos, Toronto;
    Carta a "Henry", um jovem e perturbado
    Pesquisador, 1866.

Não é necessário ser um Quarto – para ser Assombrado –
Não é necessário ser uma Casa –
O Cérebro possui Corredores – ultrapassando –

O Lugar Material –
   ...
Nosso eu dentro de si mesmo, escondido –
Deveria assustar mais –
Assassino escondido em nosso Apartamento
É o menor dos Horrores...

        Emily Dickinson, cerca de 1863.

6

Para o dr. Simon Jordan, Laburnum House, Loomisville, Massachusetts, Estados Unidos; do dr. Joseph Workman, Superintendente Médico, Asilo Provincial de Lunáticos, Toronto, Canadá Oeste.

15 de abril de 1859

Prezado dr. Jordan,

Permita-me acusar o recebimento de sua carta de 2 do corrente mês e agradecer-lhe pela Carta de Apresentação do meu estimado colega, dr. Binswanger, da Suíça, cuja fundação da nova clínica acompanhei com grande interesse. Permita-me dizer-lhe que, como pessoa da relação do dr. Binswanger, sua visita a esta instituição, da qual sou o Superintendente, será extremamente bem-vinda em qualquer ocasião. Terei o maior prazer em mostrar-lhe as instalações pessoalmente e explicar-lhe os nossos métodos.

Como o senhor pretende fundar sua própria instituição, devo enfatizar que o saneamento e um bom sistema de drenagem são da maior importância, já que de nada adianta tentar tratar uma mente doente se o corpo padece de infecções. Esse aspecto é frequentemente negligenciado. Na época da minha vinda para cá, tínhamos muitas manifestações de cólera, disenterias perfurantes, diarreias intratáveis e toda a fatal família das tifoides, que assolavam o asilo. No decurso de minhas investigações sobre a origem dessas ocorrências, descobri uma grande e extremamente nociva fossa permeando o subsolo em todos os porões, em alguns lugares com a consistência de uma forte infusão de chá preto e em outros como um sabão mole e viscoso, que não era drenada em razão da falha dos construtores em conectar os drenos ao esgoto principal; além disso, o suprimento de água, tanto para beber quanto para lavar, era fornecido por um cano que vinha do lago, em uma baía estagnada, perto do cano pelo qual o esgoto principal descarregava sua vazão pútrida. Não era de admirar que os internos sempre se queixassem de que a água que bebiam tinha gosto de uma substância que poucos entre eles jamais experimentaram grande desejo de consumir!

Os internos aqui são divididos em igual número em relação ao sexo; quanto aos sintomas, há uma grande variedade. Constatei que o fanatismo religioso é uma incitante causa de insanidade tão prolífica quanto a intemperança – mas sinto-me inclinado a acreditar que nem a religião nem a intemperança seriam capazes de induzir a insanidade em uma mente realmente sã –, creio que exista sempre uma predisposição que torna o indivíduo propenso à enfermidade quando exposto a qualquer agente perturbador, seja mental ou físico.

Para informações relativas ao principal objeto de sua investigação, entretanto, lamento dizer que deva buscar em outro lugar. A prisioneira Grace Marks, cujo crime era assassinato, foi reencaminhada à penitenciária de Kingston em agosto de 1853, após uma estada de quinze meses. Como eu mesmo fui nomeado apenas três semanas antes de sua saída, tive pouca chance de fazer um estudo mais detalhado de seu caso. Assim, encaminhei sua carta ao dr. Samuel Bannerling, que a atendeu na gestão do meu antecessor. Quanto ao grau de insanidade com que ela foi inicialmente afetada, sou incapaz de me pronunciar. A minha impressão é de que, por um bom período até a minha chegada, ela se manteve suficientemente sã para assegurar sua remoção do asilo. Recomendei enfaticamente que, para discipliná-la, fosse adotado um tratamento suave e tolerante; acredito que atualmente ela passe parte do dia como criada da família do governador. Durante o fim de sua permanência aqui, ela se comportou com muita propriedade; por sua dedicação e afabilidade para com os outros pacientes, foi considerada uma interna útil e produtiva. Ocasionalmente, ela sofre de excitação nervosa e de uma dolorosa reação anormal do coração.

Um dos principais problemas do superintendente de uma instituição mantida pelo Poder Público como esta é a tendência, por parte das autoridades penitenciárias, de nos encaminhar muitos criminosos problemáticos, entre os quais assassinos atrozes, assaltantes e ladrões, que não têm nenhuma relação com loucos inocentes e não contaminados, simplesmente para tê-los fora da prisão. É impossível que um prédio construído com as referências adequadas ao conforto e à recuperação do doente mental seja um lugar de confinamento para loucos criminosos, e certamente muito menos para criminosos impostores, e sinto-me muito propenso a suspeitar de que essa última categoria seja mais numerosa do que geralmente se supõe. Além das más consequências para os pacientes que inevitavelmente resultam da mistura de inocentes com loucos criminosos, nota-se também uma influência perniciosa no humor e nos hábitos dos guardas e funcionários do asilo, incapacitando-os para o tratamento humanitário e adequado aos pacientes.

Como o senhor se propõe a fundar uma instituição privada, no entanto, incorrerá, acredito, em menores dificuldades dessa natureza e sofrerá menos com a irritante interferência política que com frequência impede sua reparação; nisso, como em todas as demais questões, desejo-lhe muito sucesso em seus esforços. Iniciativas como a sua são infelizmente muito necessárias no presente, tanto em nosso próprio país quanto no seu, uma vez que, em virtude das crescentes ansiedades da vida moderna e a consequente tensão dos nervos, a rapidez de construção não consegue atender à demanda dos candidatos. Seja como for, coloco-me à sua disposição para qualquer ajuda que porventura esteja ao meu alcance lhe proporcionar.

Atenciosamente,

Dr. Joseph Workman

Da sra. William P. Jordan, Laburnum House, Loomisville, Massachusetts, Estados Unidos; para o dr. Simon Jordan, aos cuidados do major C. D. Humphrey, Lower Union Street, Kingston, Canadá Oeste.

29 de abril de 1959

Meu querido filho,

Seu tão esperado bilhete contendo seu endereço atual e as instruções para o bálsamo de reumatismo chegaram hoje. Foi uma alegria ver novamente a sua querida caligrafia, ainda que em nota tão breve, e é bondade sua se interessar pela enfraquecida constituição de sua pobre mãe.

Aproveito a oportunidade para escrever-lhe algumas linhas, enquanto anexo a carta que chegou aqui para você no dia seguinte ao de sua partida. Sua recente visita foi curta demais – quando poderemos vê-lo entre sua família e seus amigos outra vez? Tantas viagens não podem ser salutares, nem para sua paz de espírito, nem para sua saúde. Anseio pelo dia em que resolverá se assentar entre nós e instalar-se adequadamente, de uma maneira digna de sua condição.

Não pude deixar de observar que a carta que lhe envio em anexo veio do Asilo de Lunáticos de Toronto. Suponho que pretenda visitá-lo, embora seguramente você já tenha visto todos os estabelecimentos desse tipo do mundo a essa altura, e certamente não ganhará nada em visitar mais um. Sua descrição desse tipo de instituição na França e na Inglaterra, e até mesmo aquele na Suíça, que é tão mais limpo, encheu-me de horror. Todos nós devemos rezar para termos nossa sanidade mental preservada; mas tenho sérias dúvidas em relação às suas perspectivas futuras, caso você persista em seu propósito. Perdoe-me por dizer, querido filho, que nunca pude compreender seu interesse por tais questões. Ninguém na família jamais se preocupou com loucos antes, apesar de seu avô ter sido um sacerdote quacre. É louvável desejar aliviar o sofrimento humano, mas certamente os dementes, como os idiotas e os aleijados, devem seu estado à Providência Divina e ninguém deve tentar reverter decisões que sem dúvida são justas, apesar de inescrutáveis para nós.

Além disso, não acredito que um manicômio particular possa realmente vir a se pagar, uma vez que os parentes dos loucos são notoriamente negligentes, depois que o doente mental foi recolhido a uma instituição, e não querem mais nem ouvir falar deles; e esse descaso estende-se ao pagamento das contas; e depois há o custo da alimentação e do combustível e das pessoas que devem tomar conta dos pacientes. Há tantos fatores a considerar e seguramente o convívio diário com os dementes está longe de levar a uma existência tranquila. Você precisa pensar também em sua futura esposa e seus filhos, que não deveriam ser colocados em tanta proximidade a um bando de loucos perigosos.

Sei que não cabe a mim determinar o curso de sua vida, mas insisto fervorosamente que uma manufatura seria de longe preferível, apesar das tecelagens não serem mais o que já foram, em decorrência do descaso dos políticos, que abusam impiedosamente da confiança do público e ficam piores a cada ano que passa; no entanto, há muitas outras oportunidades no momento e algumas pessoas têm se saído muito bem, pois a cada dia se ouve falar de novas fortunas, e tenho certeza de que você possui tanta energia e sagacidade quanto eles. Ouvi falar de uma nova máquina de costura para uso doméstico, que será um grande sucesso se for produzida a baixo custo, pois toda mulher vai querer possuir uma máquina dessas, que pouparia muitas horas de trabalho interminável, monótono e penoso e que seria de grande ajuda para as pobres costureiras. Você não poderia investir a pequena herança que lhe resta da venda dos negócios de seu pobre pai em um empreendimento tão admirável e seguro como esse? Estou certa de que uma máquina de costura aliviaria tanto sofrimento humano quanto cem manicômios e talvez muito mais.

Sem dúvida, você sempre foi um idealista, cheio de sonhos otimistas, mas em algum momento a realidade se imporá e, além do mais, você já fez trinta anos.

Falo tudo isso não por qualquer desejo de me intrometer ou interferir, mas pela ansiosa preocupação de uma mãe com o futuro de seu único e amado filho. Tenho muita esperança de vê-lo bem estabelecido antes de morrer – e este seria também o desejo de seu querido pai –, você sabe que vivo apenas pelo seu bem-estar.

Minha saúde piorou depois de sua partida – sua presença sempre exerce um efeito benéfico sobre o meu estado de espírito. Eu tossia tanto ontem que minha fiel Maureen mal conseguiu ajudar-me a subir as escadas – ela é quase tão frágil e idosa quanto eu, e devíamos parecer duas velhas bruxas mancando por um morro acima. Apesar das poções que me são administradas várias vezes ao dia, preparadas pela minha boa Samantha, na cozinha – que têm um gosto horrível, como todos os remédios devem ter, e que ela jura terem curado sua própria mãe –, eu continuo praticamente na mesma; no entanto, hoje estive suficientemente bem para receber como sempre na sala de estar; tive várias visitas, que souberam da minha indisposição, entre as quais a sra. Henry Cartwright, que possui um bom coração, embora nem sempre maneiras refinadas, como em geral acontece com aqueles cujas fortunas foram feitas recentemente; mas isso virá com o tempo. Acompanhando-a estava sua filha Faith, de quem você deve se lembrar como uma garota desajeitada de treze anos, mas que agora é uma moça e recentemente voltou de Boston, onde se hospedou com a tia, para aperfeiçoar sua educação. Ela se transformou numa jovem encantadora, tudo o que alguém poderia desejar, e demonstrou uma cordialidade e delicadeza que muitos admirariam e que valem muito mais do que uma beleza exuberante. Trouxeram-me uma cesta de guloseimas – sou completamente mimada pela querida sra. Cartwright –, pela qual expressei meus agradecimentos, embora quase não tenha provado nada, já que ando sem nenhum apetite atualmente.

É muito triste ser uma inválida e rezo toda noite para que você seja poupado deste sofrimento e que tenha cuidado para não se cansar demais com muitos estudos e tensão nervosa. E que não fique acordado até altas horas lendo à luz do lampião, estragando a vista e forçando demais o cérebro e que use lã junto à pele até a chegada completa do clima ameno. Nossas primeiras alfaces já despontaram e a macieira está florida; imagino que o lugar onde você está ainda esteja coberto de neve. Creio que Kingston, localizado tão ao norte e à margem do lago, não deva fazer bem aos pulmões, já que deve ser muito frio e úmido. Seus aposentos são bem aquecidos? Espero que esteja se alimentando bem e que tenham um bom açougueiro aí.

Receba todo o meu amor, meu querido filho, e Maureen e Samantha enviam suas lembranças. E todas nós aguardamos a notícia, que esperamos chegue em breve, de sua próxima visita. Até lá, permaneço, como sempre,

Aquela que muito lhe quer,

Sua mãe.

Do dr. Simon Jordan, aos cuidados do major C. D. Humphrey, Lower
Union Street, Kingston, Canadá Oeste; para o dr. Edward Murchie,
Dorchester, Massachusetts, Estados Unidos.

1º de maio de 1859

Caro Edward,

Lamento não ter podido visitar Dorchester para ver como você vai indo, agora que pendurou a placa de seu consultório e anda ocupado tratando dos cegos e aleijados do lugar, enquanto eu tenho vagado como um cigano pela Europa, buscando exorcizar meus demônios; o que, cá entre nós, é um segredo que eu ainda não aprendi; mas, como você pode imaginar, o tempo entre minha chegada a Loomisville e minha partida foi inteiramente tomado por preparativos; as tardes eram forçosamente consagradas a minha mãe. Mas, assim que eu retornar, marcaremos um encontro para erguer um ou dois copos em nome dos velhos tempos e falar de aventuras passadas e perspectivas atuais.

Após uma travessia razoavelmente tranquila do lago, cheguei a salvo ao meu destino. Ainda não me encontrei com meu correspondente e, por assim dizer, patrão, o reverendo Verringer, já que ele está ausente, numa visita a Toronto, e portanto eu ainda estou numa prazerosa expectativa; embora, se suas cartas para mim forem uma indicação correta, ele sofra, como muitos clérigos, de uma condenável falta de sagacidade e do desejo de tratar todos nós como a ovelhas desgarradas, das quais ele deve ser o pastor. Entretanto, é a ele – e ao bom dr. Binswanger, que me recomendou a ele como a pessoa mais indicada para a tarefa deste lado do Atlântico, pelo preço, que não é alto, sendo os metodistas notoriamente frugais – que devo esta oportunidade esplêndida; uma oportunidade que eu espero poder explorar no interesse do avanço do conhecimento, a mente e seu funcionamento sendo ainda, apesar do considerável progresso, uma *terra incognita*.

Quanto à minha situação – Kingston não é uma cidade muito atraente, já que foi destruída pelo fogo há duas décadas e reconstruída com uma pressa sem nenhum encanto. Os novos prédios são de pedra ou tijolos, o que os fará, espera-se, menos propensos a incêndios. A penitenciária em si é no estilo de um templo grego e aqui os habitantes têm muito orgulho dela; embora que deus pagão deva ser cultuado lá dentro eu ainda esteja por descobrir.

Consegui aposentos na residência de um major, C. D. Humphrey, que, apesar de não serem luxuosos, serão bastante cômodos para os meus propósitos. Temo, entretanto, que meu senhorio seja um dipsomaníaco; nas duas ocasiões em que o encontrei, ele estava com dificuldades para calçar as luvas, ou talvez para tirá-las, pois parecia não saber bem o que queria fazer; lançou-me um olhar fulminante, como se quisesse saber que diabos eu estava fazendo em sua casa. Minha previsão é que ele termine como residente do manicômio particular que eu ainda sonho em fundar; embora eu tenha que controlar minha propensão a ver cada nova pessoa que conheço como um futuro paciente pagante. É impressionante a frequência com que militares, quando reformados e com o soldo reduzido à metade, se deterioram; é como se, habituados a grandes excitações e emoções fortes, tenham que reproduzi-las na vida civil. No entanto, meus arranjos foram feitos não com o major – que certamente não seria capaz de se lembrar de tê-los feito –, mas com sua sofrida mulher.

Faço minhas refeições – com exceção do desjejum, que até agora tem sido ainda mais deplorável do que aqueles que compartilhávamos quando estudantes de medicina em Londres – em uma estalagem esquálida localizada na vizinhança, onde a comida está sempre queimada e ninguém considera nenhum absurdo o acréscimo de um pouco de terra e sujeira ou o tempero de insetos. O fato de eu permanecer aqui, apesar dessas falsificações da arte culinária, espero que seja reconhecido como um atestado de minha verdadeira devoção à causa da ciência.

Quanto à sociedade, devo relatar que há jovens bonitas aqui como em toda parte, apesar de vestidas conforme a moda de Paris de três anos atrás, o que equivale a dizer a moda nova-iorquina de dois anos atrás. No que pese as tendências reformistas do atual governo do país, a cidade está repleta tanto de membros desencantados do partido conservador inglês quanto de medíocres esnobes provincianos e já estou vendo que seu amigo barbudo e negligentemente vestido e, o que é mais significativo, ianque democrata, será visto com alguma reserva por seus habitantes mais zelosos.

Apesar de tudo isso, o governador – suponho que a pedido do reverendo Verringer – tem feito todo o possível para me ajudar e providenciou para que Grace Marks seja colocada à minha disposição por várias horas toda tarde. Ela parece atuar na residência do governador como uma espécie de criada sem pagamento, mas eu ainda tenho que descobrir se ela encara seus serviços como um favor ou como uma punição e não será uma tarefa fácil, já que a dócil Grace, tendo sido forjada no fogo já por uns quinze anos, vai ser um osso duro de roer. Pesquisas como a minha são ineficazes, a menos que se conquiste a confiança do paciente; mas, a julgar pelo meu conhecimento das instituições penais, receio que Grace há muito tempo não tenha muitas razões para confiar em ninguém.

Até agora, tive apenas uma única oportunidade de ver o objeto da minha investigação e, portanto, é cedo demais para externar minhas impressões. Devo dizer apenas que estou esperançoso e, como você tão gentilmente expressou o desejo de ter notícias do meu progresso, farei o possível para mantê-lo informado. Até então, permaneço, meu caro Edward,

    Seu velho amigo e companheiro,

        Simon

7

Simon está sentado à escrivaninha, mastigando a ponta da caneta e olhando pela janela as águas cinzentas e agitadas do lago Ontário. Ao longe na baía está a ilha Wolfe, que ele supõe ter sido assim batizada em homenagem ao famoso e poético general. É uma vista que ele não admira – é tão irremediavelmente horizontal –, mas a monotonia visual pode, às vezes, favorecer a reflexão.

Uma rajada de chuva açoita as vidraças da janela; nuvens baixas e esgarçadas deslizam velozes acima do lago. O próprio lago ondeia, encapelado; as ondas são lançadas nas margens, recolhem-se, são lançadas outra vez; os salgueiros-chorões logo abaixo se sacodem como cabeças de longas cabeleiras verdes, vergam e tremulam. Algo pálido passa voando: parece um xale ou cachecol branco de mulher, mas depois ele vê que se trata apenas de uma gaivota lutando contra o vento. A turbulência irrefletida da natureza, ele pensa; os dentes e garras de Tennyson.

Ele não sente nada da alegre esperança que acabou de expressar. Ao contrário, sente-se inquieto e mais do que um pouco desanimado. Suas razões para estar ali lhe parecem precárias; mas é sua melhor oportunidade no momento. Quando iniciou seus estudos de medicina, foi movido por uma perversidade de jovem. Nessa época, seu pai era o rico proprietário de uma fábrica e esperava que, no momento certo, Simon assumisse a direção dos negócios e o próprio Simon esperava o mesmo. Antes, no entanto, iria se rebelar um pouco; iria burlar os planos, viajar, estudar, provar a si mesmo no mundo, e também no mundo da ciência e da medicina, que sempre o fascinara. Depois, retornaria para casa com um bom *hobby* e a reconfortante certeza de que não precisaria usar seus conhecimentos por dinheiro. A maioria dos melhores cientistas, ele sabe, tem renda própria, o que lhes dá a possibilidade de fazer pesquisas desinteressadas.

Ele não esperava o colapso de seu pai, nem de suas tecelagens – qual veio primeiro ele nunca soube ao certo. Em vez de um divertido passeio, remando por um córrego tranquilo, ele foi surpreendido por uma catástrofe em alto-mar e acabou agarrado a um mastro quebrado. Em outras palavras, viu-se forçado a depender exclusivamente de si mesmo; que era, durante as discussões de adolescente com seu pai, o que ele alegava desejar ardentemente.

As fábricas foram vendidas e também a imponente casa de sua infância, com seu enorme séquito de criados – camareiras, cozinheiras, arrumadeiras, aquele coro, em constante mudança, de moças sorridentes ou mulheres com nomes como Alice e Effie, que mimaram e também dominaram sua infância e juventude, que ele às vezes pensa que foram vendidas junto com a casa. Cheiravam a morangos e sal; tinham longos cabelos ondulados, quando soltos, ou ao menos uma delas tinha; Effie, talvez. Quanto à sua herança, é menor do que sua mãe imagina e a maior parte dos rendimentos vai para ela. Sua mãe se considera vivendo em condições rebaixadas, o que é verdade, considerando-se o patamar a partir do qual foram reduzidas. Ela acredita estar se sacrificando por Simon e ele não quer decepcioná-la. Seu pai se fez por seu próprio esforço, mas sua mãe foi construída por outras pessoas e tais edifícios são notoriamente frágeis.

Assim, o manicômio particular está muito longe de seu alcance no momento. Para levantar o dinheiro necessário, ele deveria ser capaz de oferecer alguma solução original, alguma nova descoberta ou cura, num campo que já está bastante apinhado e que é muito polêmico. Talvez, quando tiver feito nome no meio, ele consiga vender cotas do empreendimento. Mas sem perder o controle: ele tem que ser livre, absolutamente livre, para seguir seus próprios métodos, quando tiver definido exatamente quais serão eles. Escreverá um prospecto: quartos amplos e alegres, ventilação e saneamento adequados, extensos domínios, com um rio atravessando-os, já que o barulho de água corrente acalma os nervos. Mas imporá limites em relação a aparelhos e modismos: nada de dispositivos elétricos, nada com ímãs. É verdade que o público americano é desmedidamente impressionado com tais noções – prefere as curas que possam ser realizadas puxando-se uma alavanca ou apertando-se um botão –, mas Simon não acredita em sua eficácia. A despeito da tentação, ele deve se recusar a comprometer sua integridade.

Fantasia de um jovem

Atualmente, tudo não passa de um castelo no ar. Mas ele precisa ter algum tipo de projeto para mostrar à mãe. Ela precisa acreditar que ele está trabalhando para alcançar um objetivo, por mais que o desaprove. Naturalmente, ele sempre poderia se casar por dinheiro, como sua própria mãe fez. Ela trocou seu nome de família e suas ligações por um punhado de moedas recém-cunhadas e está mais do que disposta a arranjar algo do mesmo tipo para ele: o tipo de negociação que está se tornando cada vez mais popular entre aristocratas europeus empobrecidos e os novos milionários americanos não é desconhecido, numa escala muito menor, em Loomisville, Massachusetts. Quando pensa nos dentes proeminentes e no pescoço de ganso da srta. Faith Cartwright, ele estremece.

Ele consulta o relógio: o desjejum está atrasado outra vez. Ele faz a primeira refeição do dia em seus aposentos, onde ela é entregue toda manhã, numa bandeja de madeira, por Dora, a empregada para todo o serviço de sua senhoria. Ela deposita a bandeja com um baque e um chocalhar de louças sobre a mesinha no canto oposto da sala de estar, à qual, depois que ela sai, ele se senta para devorar ao menos as partes que considera comestíveis. Adquiriu o hábito de escrever antes do desjejum na outra mesa maior e, assim, pode ser visto inclinado sobre seu trabalho e não precisa olhar para ela.

Dora é robusta, com um rosto gordo e flácido, a boca pequena com os cantos virados para baixo, como a de um bebê amuado. As sobrancelhas grossas e pretas se emendam sobre o nariz, conferindo-lhe um ar permanentemente carrancudo que expressa um sentimento de desaprovadora indignação. É óbvio que ela detesta ser "pau-para-toda-obra"; ele se pergunta se haveria alguma outra coisa que ela preferisse ser. Tentou imaginá-la como prostituta – ele sempre faz esse jogo mental particular com várias mulheres que encontra –, mas não consegue imaginar nenhum homem pagando por seus serviços. Seria como pagar para ser atropelado por uma carroça, o que seria, como tal experiência, uma verdadeira ameaça à saúde. Dora é uma criatura corpulenta e poderia quebrar a espinha dorsal de um homem ao meio com suas coxas, que Simon visualiza mentalmente como sendo acinzentadas, como salsichas cozidas, e com pelinhos eriçados, como um peru chamuscado, e enormes, cada uma delas do tamanho de uma leitoa.

Dora retribui sua falta de estima. Parece achar que ele alugou esses aposentos com o único objetivo de lhe dar trabalho. Ela faz ensopado de seus lenços, engoma demais suas camisas e afrouxa os botões, alguns dos quais, sem dúvida, arranca rotineiramente. Ele até suspeita de que ela queime sua torrada e cozinhe demais o ovo de propósito. Depois de jogar a bandeja na mesa, ela grita: "Tome sua comida", como se chamasse um porco; em seguida, sai pisando forte e praticamente bate a porta.

Simon foi estragado pelos criados europeus, que já nascem sabendo qual é o seu lugar; ele ainda não se reacostumou às rancorosas demonstrações de igualdade tão frequentemente praticadas deste lado do oceano. Exceto no Sul, é claro; mas ele não costuma andar por lá.

Existem alojamentos melhores do que estes em Kingston, mas ele não quer pagar o que custam. Estes são suficientemente adequados para o curto período que pretende ficar. Além do mais, não há outros inquilinos e ele dá valor à sua privacidade e ao silêncio que lhe permite pensar. A casa é uma construção de pedra, fria e úmida; mas, por temperamento – devem ser suas raízes na Nova Inglaterra –, Simon sente um certo desprezo pela autoindulgência material; como estudante de medicina, ele se acostumou a uma austeridade monástica e a trabalhar durante longas horas em condições adversas.

Ele se volta novamente para a carta. *Querida mãe*, começa. *Muito obrigado por sua longa e esclarecedora missiva. Eu estou muito bem e fazendo progressos consideráveis aqui, em meu estudo das doenças cerebrais e dos nervos entre criminosos, o qual, se a chave para elas for encontrada, representará uma grande conquista no alívio...*

Não consegue continuar; sente-se uma fraude. Mas precisa escrever alguma coisa ou ela vai achar que ele se afogou, morreu de tuberculose galopante ou foi atacado por ladrões. As condições do tempo são sempre um bom assunto; mas ele não consegue escrever sobre o tempo com o estômago vazio.

Da gaveta da escrivaninha, ele retira um pequeno folheto que data da época dos assassinatos e que lhe foi enviado pelo reverendo Verringer. Traz as confissões de Grace Marks e James McDermott, bem como uma versão resumida do julgamento. Na capa, há um retrato em gravura de

Grace, que facilmente poderia passar pela heroína de um romance sentimental. Na época, tinha apenas dezesseis anos, mas a mulher retratada parece ser uns cinco anos mais velha. Seus ombros estão envoltos em uma pelerine; a aba de uma touca circunda-lhe a cabeça como uma auréola escura. O nariz é reto, a boca delicada, a expressão convencionalmente sentimental – a melancolia insípida de uma Madalena, com os grandes olhos contemplativos. Ao lado, há uma gravura correspondente de James McDermott, com os enormes colarinhos da época, os cabelos num topete para a frente que lembra o de Napoleão e que pretende sugerir impetuosidade. Sua expressão é grave e pensativa, como a de Byron; o artista devia admirá-lo.

Abaixo dos retratos lê-se, em letra manuscrita: *Grace Marks, vulgo Mary Whitney; James McDermott. Tal como se apresentaram no Palácio da Justiça. Acusados de assassinar o sr. Thomas Kinnear & Nancy Montgomery*. A capa tem uma semelhança perturbadora com um convite de casamento; ou teria, sem as gravuras.

Ao se preparar para sua primeira entrevista com Grace, Simon desconsiderara completamente esse retrato. Ela deve estar muito diferente agora, pensou; mais desarrumada; menos contida; mais parecida com uma suplicante; muito possivelmente insana. Um carcereiro o conduziu até sua cela temporária, na qual o trancou junto com ela, depois de avisá--lo de que ela era mais forte do que parecia e capaz de dar uma dentada diabólica num homem, aconselhando-o a gritar pedindo ajuda caso ela se tornasse violenta.

Assim que a viu, ele soube que isso não aconteceria. A luz matinal penetrava obliquamente na cela através da pequena janela no alto da parede, iluminando o canto onde ela estava. Era uma imagem quase medieval em suas linhas simples, sua claridade angular: uma freira na clausura, uma donzela prisioneira na torre, à espera da morte na fogueira no dia seguinte ou então da chegada do herói que virá salvá-la no último instante. A mulher encurralada; o vestido de presidiária caindo reto, escondendo pés que certamente estariam descalços; o colchão de palha no chão; os ombros timidamente curvados; os braços apertados junto ao corpo magro; os longos fios de cabelos ruivos escapando do que parecia ser, à primeira vista, uma grinalda de flores brancas – e especialmente os olhos, enormes no rosto pálido e dilatados de medo ou numa súplica muda. Ele tinha visto muitas histéricas no Salpêtrière, em Paris, com expressão muito parecida.

Aproximou-se dela com o rosto calmo e sorridente, apresentando uma imagem de boa vontade – o que era, afinal, uma imagem verdadeira, pois boa vontade era o que sentia. Era importante convencer tais pacientes de que ao menos você não acreditava que fossem loucos, já que eles mesmos nunca acreditam.

Então Grace deu um passo à frente, saindo da luz, e a mulher que ele vira um instante atrás de repente já não estava mais ali. Em seu lugar, havia uma mulher diferente – mais aprumada, mais alta, mais confiante, usando o vestido convencional da penitenciária, com uma saia de listras azuis e brancas sob a qual se viam seus pés, de maneira nenhuma descalços, mas em sapatos comuns. Havia até menos fios de cabelo soltos do que ele pensara: a maior parte estava enfiada debaixo de um gorro branco.

Seus olhos eram extraordinariamente grandes, é verdade, mas estavam longe de parecer insanos. Ao contrário, eles o avaliavam abertamente. Era como se ela estivesse contemplando o objeto de uma experiência; como se fosse ele, e não ela, quem estivesse sob escrutínio.

Lembrando-se da cena, Simon estremece. Eu estava me deixando levar pela imaginação, pensa. Imaginação e fantasia. Devo me ater à observação, devo avançar com cautela. Uma experiência válida deve ter resultados comprováveis. Devo resistir ao melodrama e a um cérebro excitado.

Ouve-se um ruído do lado de fora da porta, seguido de uma batida. Deve ser seu desjejum. Vira-se de costas e sente seu pescoço recolhendo-se para dentro do colarinho como uma tartaruga para dentro do casco.

– Entre – ele diz e a porta se escancara.
– Tome sua comida – berra Dora.

A bandeja bate com força na mesa; ela sai marchando e a porta fecha-se atrás dela com uma pancada. Simon tem uma visão repentina e irreprimível de Dora, pendurada pelos tornozelos na vitrine de um açougueiro, com cravos espetados na pele e besuntada de melado como um presunto. A associação de ideias é realmente notável, ele pensa, quando se começa a observar seu funcionamento da própria mente. Dora – Por-

Fantasia de um jovem   73

ca – Presunto, por exemplo. Para passar do primeiro termo ao terceiro, o segundo termo é essencial; no entanto, do primeiro para o segundo e do segundo para o terceiro não há um grande salto.

Ele deve fazer uma anotação: *O termo do meio é essencial.* Talvez um maníaco seja simplesmente alguém em que esses truques associativos da mente cruzam a linha que separa o literal do meramente fantasioso, como pode acontecer sob a influência de febres, em transes de sonambulismo e com certas drogas. Mas qual é o mecanismo? Pois deve haver um. A resposta estará nos nervos ou no próprio cérebro? Para causar a insanidade, o que deve ser danificado primeiro, e como?

Seu desjejum deve estar ficando frio, se é que a própria Dora não o esfriou deliberadamente antes. Ergue-se da cadeira com esforço, desdobrando as pernas compridas, espreguiça-se e boceja e se dirige à outra mesa, onde está a bandeja. Ontem, o ovo parecia de borracha; ele mencionou o fato para a senhoria, a pálida sra. Humphrey, que deve ter repreendido Dora, porque hoje o ovo está tão cru que mal se solidificou, com um tom azulado como se fosse um globo ocular.

Maldita mulher, pensa. Rabugenta, grosseira, vingativa; uma mente que subsiste em um nível abaixo do racional e que, no entanto, é esperta, escorregadia e evasiva. Não há como encurralá-la. É uma porca untada.

Um pedaço de torrada estala como se fosse uma lasca de pedra entre seus dentes. *Querida mãe,* ele compõe mentalmente. *O tempo aqui está muito bom; a neve praticamente já foi embora, a primavera está no ar, o sol esquenta o lago e os vigorosos botões verdes das...*

Das o quê? Nunca soube muito a respeito de flores.

8

Estou sentada na sala de costura, no alto das escadas na casa da mulher do governador, na mesma cadeira da mesma mesa, com o mesmo material de costura na cesta, menos a tesoura. Eles insistem em mantê-la fora do meu alcance; assim, quando eu quero cortar uma linha ou aparar uma costura, tenho que pedir a tesoura ao dr. Jordan, que a retira do bolso do casaco e ali a recoloca quando termino. Ele diz que acha desnecessário todo esse procedimento complicado, já que me considera inteiramente inofensiva e controlada. Ele parece ser um homem confiante.

Mas às vezes eu simplesmente corto a linha com os dentes.

O dr. Jordan disse-lhes que o que ele deseja é um ambiente de calma e relaxamento, mais propício aos seus objetivos, sejam lá quais forem, e assim recomendou que eu deveria manter o máximo possível da mesma rotina diária. Continuo a dormir na minha cela e uso as mesmas roupas e tomo o mesmo desjejum, em silêncio, se é que se pode chamar aquilo de silêncio, das outras quarenta mulheres, a maioria das quais está aqui por nada mais do que um furto. Sentam-se mastigando seu pão com a boca aberta e sorvendo o chá ruidosamente, a fim de fazer algum barulho, ainda que não seja de conversa, ao som da leitura em voz alta de uma edificante passagem da Bíblia.

Você pode se entregar aos seus próprios pensamentos nessa hora, mas, se você rir, deve fingir que está tossindo ou se engasgou; engasgar--se é melhor; se estiver engasgada, eles batem em suas costas, mas, se tossir, chamam o doutor. Um pedaço de pão, uma caneca de chá fraco, carne no jantar, mas não muita, porque alimentos fortes e em excesso estimulam os órgãos criminais do cérebro, ou pelo menos é o que dizem os médicos, e depois os guardas e carcereiros repetem para nós. Nesse caso, por que seus próprios órgãos criminais não são estimulados, já que comem carne e frango, toucinho e ovos e queijo, e tanto quanto quiserem? É por isso que são tão gordos. É minha opinião que às vezes eles ficam com o que é destinado a nós, o que não me surpreenderia nem um pouco, já que aqui vigora a lei do cão e eles são os mais fortes.

Após o desjejum, sou levada para a casa do governador, como sempre, por dois carcereiros que são homens e não se furtam de fazer piadinhas entre eles quando estão longe dos ouvidos das autoridades superiores. Bem, Grace, diz um deles, estou vendo que arranjou um novo namorado, nada menos do que um doutor, será que ele já se ajoelhou ou você levantou as pernas para ele? É bom ele ficar de olho em você, senão acaba estatelado de costas no chão. Sim, diz o outro, de costas no chão do porão, sem as botas e com uma bala no coração. Então, eles riem; acham isso muito engraçado.

Tento pensar no que Mary Whitney diria e às vezes consigo dizer. Se vocês realmente pensam isso de mim, deviam calar essa boca suja ou numa noite escura dessas vou arrancar a língua de vocês com raiz e tudo e não vou precisar sequer de uma faca, só vou agarrar com meus dentes e puxar. E não é só isso: agradeço se mantiverem suas mãos imundas longe de mim.

Ora, você não pode aguentar um pouco de brincadeira, eu bem que gostaria, se fosse você, diz um deles, nós somos os únicos homens que vão tocar em você pelo resto de sua vida, você está trancada aqui como uma freira, vamos, confesse que está louca por uma derrubada, você estava sempre disposta com aquele sujeitinho, James McDermott, antes de esticarem seu maldito pescoço, o assassino desgraçado, e É isso mesmo, Grace, diz o outro, não adianta ficar aí com toda essa pose, como uma donzela imaculada, nunca teve um homem, pura como um anjo, uma ova que você nunca esteve no quarto de um homem lá na estalagem em Lewiston, nós soubemos, estava vestindo a calcinha e as meias quando foi presa, mas fico contente de ver que ainda sobrou um pouco do velho fogo, eles ainda não conseguiram acabar com isso em você. Gosto de mulheres fogosas, diz um deles, como um bom trago, diz o outro, o gim leva ao pecado, bendito seja Deus, não há nada como um pouco de combustível para acender o fogo. Quanto mais bêbado, melhor, diz um deles, e completamente embriagado, melhor ainda, porque assim você não tem que ficar escutando os berros delas, não há nada pior do que uma vagabunda esganiçada. Você era barulhenta, Grace, pergunta o outro, Você gritava e gemia, se contorcia toda debaixo daquele ratinho escuro, olhando para mim para ver o que eu iria dizer. Às vezes eu digo que não admito esse tipo de conversa, o que faz com que riam desbragadamente; mas normalmente não falo nada.

E é assim que passamos o tempo, caminhando até os portões da prisão. Quem vem lá? Ah, é você, Bom dia, Grace, acompanhada de seus dois rapazes amarrados no seu avental, hein?, uma piscadela e um aceno, e lá vamos pela rua, cada um me agarrando por um braço, não precisam fazer isso, mas gostam, encostam-se em mim, cada vez mais perto, até eu ficar espremida entre os dois, pela lama, pulando as poças, contornando os monturos de excrementos de cavalos, passando pelas árvores em flor nos jardins cercados, com seus pendões, suas flores suspensas como lagartas amarelo-esverdeadas e os cachorros latindo e as carruagens e charretes passando, respingando a água pela rua e as pessoas me encarando, porque é óbvio de onde viemos, podem ver pelas minhas roupas, até subirmos o longo caminho de entrada ladeado de arbustos e dar a volta até a entrada de serviço, e Aqui está ela sã e salva, ela tentou fugir, não foi, Grace?, tentou nos passar a perna, ela é muito esperta, apesar desses grandes olhos azuis, bem, mais sorte da próxima vez, minha jovem, você devia ter levantado mais as saias e mostrado bem os calcanhares e também um pouco dos tornozelos enquanto tentava a fuga, diz um deles. Oh, não, mais alto ainda, diz o outro, devia amarrá-las em volta do pescoço, teria zarpado a toda velocidade, como um navio de velas enfunadas, a bunda ao vento, nós teríamos ficado enfeitiçados com seus encantos deslumbrantes, nocauteados como cordeiros no abate, seríamos atingidos por um raio, isso sim, e você podia ter botado o pé no mundo. Arreganham os dentes um para o outro e dão gargalhadas, estavam se exibindo. Conversavam entre si durante todo esse tempo, não comigo.

É um tipo de gente ordinária.

Eu não tenho mais a mesma liberdade de andar pela casa que tinha antes. A mulher do governador ainda está assustada comigo; ela receia que eu tenha outro ataque e não quer ver nenhuma de suas melhores xícaras quebradas; até parece que ela nunca ouviu alguém gritar. Assim sendo, agora eu já não tiro o pó, nem levo a bandeja de chá, não esvazio os urinóis, nem faço as camas. Em vez disso, me mandam trabalhar nos fundos da cozinha, lavando panelas e caçarolas, ou então na lavanderia. Eu não me importo muito com isso, pois sempre gostei de lavar roupa, é trabalho pesado e estraga as mãos, mas gosto do cheiro de limpeza que fica depois.

Ajudo a lavadeira principal, a velha Clarrie, que é meio de cor e já foi escrava, antes de acabarem com isso por aqui. Ela não tem medo de mim, não se importa comigo ou com o que eu tenha feito no passado, mesmo que eu tenha matado um cavalheiro; ela apenas balança a cabeça, como se dissesse: Então, é um deles a menos. Ela diz que sou trabalhadeira, faço a minha parte e não desperdiço sabão, que sei como tratar roupas finas, tenho jeito para isso, e também sei tirar manchas, até mesmo da renda branca, o que não é fácil de conseguir, e também que sou boa engomadeira, que não queimo as roupas com o ferro e isto é o suficiente para ela.

Ao meio-dia, vamos para a cozinha e a cozinheira nos dá as sobras da despensa; no mínimo, um pouco de pão e queijo e caldo de carne, mas geralmente algo mais, já que Clarrie é uma das favoritas deles e é conhecida por seu mau gênio, quando irritada; a mulher do governador a defende, especialmente por causa dos babados e rendas, diz que ela é um tesouro, que não existe ninguém igual a ela e que ficaria muito aborrecida de perdê-la; assim, não lhe impõe limites, e já que estou com ela, nem a mim.

A comida é melhor do que eu teria dentro dos muros da prisão. Ontem, tivemos uma carcaça de frango e tudo o que havia nela. Sentamo-nos à mesa como duas raposas no galinheiro, roendo os ossos. Eles fazem tanta confusão por causa de uma tesoura lá em cima, mas a cozinha inteira está cheia de facas e espetos de carne, como um porco-espinho, eu poderia facilmente esconder uma no bolso do meu avental, mas é claro que eles nem pensam nisso. Longe dos olhos, longe do coração, é o lema deles, e abaixo das escadas é como se estivéssemos embaixo do chão, no que lhes diz respeito, e mal sabem eles que os criados carregam mais pela porta dos fundos com uma colher do que o patrão pode trazer pela porta da frente com uma pá; o truque é fazer tudo pouco a pouco. Ninguém jamais daria falta de uma faquinha e o melhor lugar para escondê-la seria nos meus cabelos, debaixo do gorro, bem presa, pois seria uma surpresa bem desagradável se ela caísse na hora errada.

Cortamos a carcaça do frango com uma das facas e Clarrie comeu o sobre do frango, que fica no fundo do estômago da ave, pode-se dizer. Ela gosta de comê-lo, se foi deixado, e sendo ela mais velha, tem o direito de escolher primeiro. Não conversamos muito, mas rimos, porque aquele frango estava muito bom. Eu comi a gordura das costas e a pele, chupei os ossos das costelas, depois lambi os dedos como uma gata; depois que terminamos, Clarrie fumou um pouco seu cachimbo nos degraus e, em seguida, voltamos para o trabalho. A srta. Lydia e a srta. Marianne sujam um bocado de roupa, embora a maior parte do que mandam lavar eu nem chamaria de suja; acho que elas experimentam as roupas de manhã, depois mudam de ideia, trocam tudo, deixam as roupas jogadas pelo chão e pisam nelas e, assim, têm que ir lavar.

Depois de várias horas passadas e quando o sol do relógio lá de cima marca o meio da tarde, o dr. Jordan chega à porta da frente. Escuto as batidas e o ruído dos passos da criada, então sou levada pelas escadas dos fundos, minhas mãos lavadas e brancas como neve por causa do sabão da lavanderia e meus dedos todos enrugados da água quente, como alguém que acaba de se afogar, mas ainda assim vermelhas e ásperas. É hora de costurar.

O dr. Jordan senta-se na cadeira à minha frente; ele tem um bloco de anotações que coloca sobre a mesa. Sempre traz alguma coisa com ele; no primeiro dia, foi um tipo de flor seca, era azul; no segundo dia, uma pêra de inverno; no terceiro, uma cebola; nunca se sabe o que ele trará, embora prefira frutas e legumes, e, no começo de cada conversa, me pergunta o que eu acho daquilo que ele trouxe, eu digo alguma coisa só para agradá-lo e ele anota. A porta deve ficar aberta o tempo todo porque não pode haver nenhuma suspeita, nenhuma impropriedade por trás de portas fechadas; como seria cômico se soubessem o que acontece todos os dias durante a minha permanência aqui. A srta. Lydia e a srta. Marianne passam pelas escadas e sempre dão uma espiada, querem ver o doutor, são curiosas como pássaros. Oh, acho que deixei meu dedal aqui, Bom dia, Grace, espero que esteja se sentindo bem outra vez, Desculpe-nos, por favor, dr. Jordan, não queremos perturbar. Lançam-lhe sorrisos fascinantes, corre o boato de que é solteiro e tem dinheiro, embora eu ache que nenhuma das duas ficaria satisfeita com um médico ianque se pudesse conseguir algo melhor; no entanto, gostam de pôr em prática seus encantos e atrativos com ele. Mas, depois de brindá-las com seu sorriso enviesado, ele franze a testa. Não presta muita atenção a elas, são apenas garotas tolas e não a razão de sua presença aqui. Sou eu a razão. Assim, ele não quer que nossa conversa seja interrompida.

Nos dois primeiros dias, não houve muita conversa para ser interrompida. Mantive a cabeça baixa, não olhei para ele, continuei trabalhando na minha colcha de retalhos, pois faltam apenas cinco blocos para eu terminar a colcha que estou fazendo para a mulher do governador. Eu observava minha agulha entrando e saindo, apesar de achar que podia fazer aquilo até dormindo, faço isso desde os quatro anos de idade, pontos miúdos, como se feitos por camundongos. É preciso começar muito cedo para ser capaz de fazer isso, caso contrário nunca se pega o jeito. As cores principais são um estampado em dois tons de rosa, com um galho e uma flor no tom mais claro, e um de cor de anil com pombas brancas e uvas.

Ou então eu olhava por cima da cabeça do dr. Jordan, para a parede atrás dele. Há um quadro emoldurado nessa parede, flores em um vaso, frutas em uma tigela, em ponto de cruz, feito pela mulher do governador, e bem desajeitado, com as maçãs e os pêssegos parecendo angulosos e duros, como se tivessem sido esculpidos em madeira. Não é um de seus melhores trabalhos e deve ser por isso que ela o pendurou ali dentro e não em um quarto de hóspedes. Eu teria feito melhor até com os olhos fechados.

Foi difícil começar a falar. Eu não tinha falado muito nos últimos quinze anos, não tinha realmente falado do jeito com que eu costumava falar com Mary Whitney, com Jeremias, o mascate, e com Jamie Walsh também, antes de se tornar tão traiçoeiro comigo; de certa forma eu desaprendera a conversar. Disse ao dr. Jordan que não sabia o que ele queria que eu dissesse. Ele disse que não se tratava do que ele queria que eu dissesse, mas o que eu mesma queria dizer, era isto que lhe interessava.

Eu disse que não tinha nenhuma vontade desse tipo, pois a mim não cabia querer dizer nada.

Vamos, Grace, ele disse, você precisa tentar, nós fizemos um trato.

Sim, senhor, eu disse. Mas não consigo pensar em nada para dizer.

Então, vamos falar do tempo, ele disse; você deve ter algumas observações a fazer sobre isso, já que é assim que todos começam a conversar. Sorri diante de suas palavras, mas continuei com a minha timidez. Ninguém costumava pedir minha opinião, eu não estava acostumada, nem mesmo sobre o tempo e certamente não por um homem com um bloco de anotações. Os únicos homens desse tipo que eu havia encontrado foram o sr. Kenneth MacKenzie, o advogado, e eu tinha medo dele, e aqueles no tribunal durante o julgamento e na cadeia; eles eram dos jornais e inventavam mentiras sobre mim.

Como eu não conseguia começar a falar, o próprio dr. Jordan falou primeiro. Contou-me sobre como estavam construindo ferrovias por toda parte agora, como deitavam os trilhos e como as locomotivas funcionavam, com a caldeira e o vapor. Isso teve o efeito de me deixar mais à vontade e eu disse que gostaria de andar num trem desses, e ele disse que talvez um dia eu pudesse. Eu disse que achava que não, condenada à prisão perpétua, mas por outro lado nunca se sabe o que o tempo reserva para você.

Depois ele me falou sobre a cidade onde vive, chamada Loomisville, nos Estados Unidos, e disse que era uma cidade fabril, embora não fosse mais tão próspera quanto era antes de tecidos baratos começarem a chegar da Índia. Ele disse que seu pai fora dono de uma tecelagem, que as garotas que trabalhavam lá vinham do campo, eram mantidas bem-arrumadas e viviam em pensões destinadas a elas, com senhorias respeitáveis e sóbrias, onde bebidas não eram permitidas e às vezes podiam ouvir piano; a jornada de trabalho era de doze horas apenas e tinham as manhãs de domingo de folga para ir à igreja; pelos olhos úmidos e perdidos no passado, eu não ficaria surpresa em saber que um dia ele teve uma namorada entre elas.

Em seguida, ele contou que essas moças aprendiam a ler e tinham sua própria revista, que elas publicavam, com textos literários. Eu perguntei o que ele queria dizer com textos literários e ele respondeu que elas escreviam histórias e poesias e as publicavam na revista. Eu perguntei se assinavam seus próprios nomes, ele disse que sim e eu retruquei que era muita coragem da parte delas e se isto não afugentava os rapazes, pois quem iria querer uma esposa assim, escrevendo coisas para todo o mundo ler e ainda por cima coisas inventadas, eu jamais seria tão atrevida. Ele sorriu e disse que isso não parecia perturbar os rapazes, já que as moças economizavam seus salários para o dote e um dote era sempre bem-vindo. Eu disse que pelo menos depois que se casassem ficariam ocupadas demais para inventar mais histórias, por causa dos filhos.

Então fiquei triste, lembrei que nunca me casaria, nem teria meus próprios bebês; embora tudo o que é demais sobre, por assim dizer, e eu não iria querer ter nove ou dez e morrer disto, como acontece com tantas. Mas, ainda assim, é uma pena.

Quando você fica triste, o melhor é mudar de assunto. Perguntei se sua mãe ainda era viva, ele disse que sim, embora sua saúde não fosse boa; eu disse que ele tinha sorte de sua mãe ainda ser viva, a minha já não era. Então, mudei novamente de assunto e disse que eu gostava muito de cavalos. Ele me falou de sua égua, Bess, que possuía quando era menino. E, depois de algum tempo, não sei como, pouco a pouco descobri que podia conversar mais facilmente com ele e pensar em coisas sobre o que falar.

E assim continuamos. Ele faz uma pergunta, eu dou uma resposta e ele a anota. No tribunal, toda palavra que saía da minha boca parecia ser gravada a fogo no papel em que escreviam e, quando eu dizia alguma coisa, sabia que nunca mais poderia ter as palavras de volta; só que eram as palavras erradas, porque tudo o que eu dizia era distorcido, mesmo que fosse verdade absoluta. E o mesmo acontecia com o dr. Bannerling, no asilo. Mas agora parece que tudo o que digo está certo. Desde que eu diga alguma coisa, qualquer coisa, o dr. Jordan sorri e anota e me diz que estou indo muito bem.

Enquanto ele escreve, sinto como se estivesse me desenhando ou, não me desenhando, mas desenhando em mim – desenhando na minha pele –, não com o lápis que usa, mas com uma antiquada pena de ganso e não com o bico, mas com a ponta da pluma. Como se centenas de borboletas tivessem pousado no meu rosto e suavemente abrissem e fechassem suas asas.

* * *

Mas, por baixo desse, existe outro sentimento, a sensação de estar acordada de olhos bem abertos, vigilante. É como ser acordada repentinamente no meio da noite por uma mão sobre seu rosto e você senta-se com o coração disparado e não há ninguém ali. E, por baixo dessa, ainda há uma outra sensação, a sensação de estar sendo dilacerada; não na própria carne, não dói tanto assim, mas como um pêssego e, nem mesmo sendo dilacerada, mas como se já estivesse maduro demais e abrindo-se por vontade própria.

E dentro do pêssego há um caroço.

9

Do dr. Samuel Bannerling, The Maples, Front Street, Toronto, Canadá Oeste; para o dr. Simon Jordan, aos cuidados da sra. William P. Jordan, Laburnum House, Loomisville, Massachusetts, Estados Unidos. Redirecionada, aos cuidados do major C. D. Humphrey, Lower Union Street, Kingston, Canadá Oeste.

20 de abril de 1859

Prezado dr. Jordan,

Tenho em mãos seu pedido ao dr. Workman, datado de 2 de abril, referente à condenada Grace Marks, e um bilhete dele solicitando que lhe forneça quaisquer informações adicionais de que disponha.

Devo informar-lhe de imediato que o dr. Workman e eu nem sempre concordamos em nossos pontos de vista. Em minha opinião – e eu estive no asilo por mais tempo do que ele lá está –, sua política de tolerância o levou a enveredar por um caminho tortuoso, tal como querer transformar maçãs podres em princesas. A maioria dos que sofrem dos mais graves distúrbios cerebrais e nervosos não pode ser curada, apenas controlada; para isso, o confinamento físico e a punição, uma dieta restrita, a utilização de ventosas e sangrias para reduzir o excesso de índoles animalescas provaram ser bastante eficazes no passado. Embora o dr. Workman alegue ter obtido resultados positivos em vários casos antes considerados perdidos, com o tempo essas supostas curas sem dúvida se mostrarão superficiais e temporárias. A mácula da insanidade está no sangue e não pode ser removida com um pouco de sabonete e uma flanela.

O dr. Workman teve a oportunidade de examinar Grace Marks por algumas semanas apenas, ao passo que eu a tive sob meus cuidados por mais de um ano, e portanto suas opiniões a respeito do caráter da paciente não podem ter grande valor. No entanto, ele foi suficientemente perspicaz para descobrir um fato pertinente – a saber, que Grace Marks, como maníaca, era um embuste –, uma opinião à qual eu mesmo já havia chegado anteriormente, apesar das autoridades da época terem se recusado a tomar as medidas cabíveis. A contínua observação da interna, e de seus ataques simulados, levou-me a deduzir que não era de fato insana, como fingia ser, mas procurava tapar meus olhos de uma maneira flagrante e calculada. Para falar claramente, sua loucura era uma fraude e uma impostura, adotada por ela a fim de se furtar ao severo regime da penitenciária, onde fora colocada como punição justa por seus crimes atrozes.

Ela é uma verdadeira atriz e uma hábil mentirosa. Quando esteve entre nós, divertia-se com uma enormidade de supostos acessos, alucinações, cabriolas, cantorias e coisas assim, nada faltando à sua representação senão as flores de Ofélia entremeadas em seus cabelos; mas ela se saía muito bem mesmo sem elas, já que conseguia enganar não só a digna sra. Moodie, a qual, como muitas mulheres generosas do seu tipo, tende a acreditar em qualquer baboseira teatral que lhe seja servida, desde que suficientemente patética, e cujo relato impreciso e histérico de todo esse triste caso sem dúvida você já terá lido, mas também vários dos meus próprios colegas, sendo isto um notável exemplo da velha regra que diz que, quando uma mulher bonita entra pela porta, o bom senso sai voando pela janela.

Caso, ainda assim, resolva examinar Grace Marks em seu atual lugar de permanência, por favor considere-se plenamente avisado. Muitas cabeças mais velhas e sábias se enredaram em suas artimanhas e aconselho-o a tapar os ouvidos com cera, como Ulisses fez com seus marinheiros, para fugir das sereias. Ela é tão desprovida de princípios morais quanto de escrúpulos e usará qualquer meio ao seu alcance.

Devo alertá-lo ainda para a possibilidade de que, uma vez envolvido no caso, seja assediado por uma multidão de pessoas bem-intencionadas, mas de mente fraca, de ambos os sexos, bem como de clérigos, empenhada em defendê-la. Elas atormentam as autoridades com petições pela sua liberdade e tentarão, em nome da caridade, surpreendê-lo e recrutá-lo. Inúmeras vezes, precisei pô-los para fora da minha porta, informando-os de que Grace Marks havia sido encarcerada por motivos muito fortes, ou seja, pelos atos hediondos que cometera, inspirados por seu caráter degenerado e imaginação mórbida. Deixá-la solta no meio da população desprevenida seria um ato de absoluta irresponsabilidade, já que serviria apenas para lhe dar a oportunidade de satisfazer seus apetites sanguinários.

Tenho certeza de que, se decidir explorar a questão mais a fundo, chegará às mesmas conclusões já alcançadas por

Seu criado,

(Dr.) Samuel Bannerling

10

Esta manhã, Simon deverá encontrar-se com o reverendo Verringer. Ele não está ansioso pelo encontro: o sujeito estudou na Inglaterra e provavelmente é esnobe e arrogante. Não há ninguém mais idiota do que um idiota educado e Simon terá que exibir suas próprias credenciais europeias, ostentar sua erudição e justificar-se. Vai ser uma entrevista irritante e Simon se sentirá tentado a começar a falar arrastado, dizer *Me parece que* e agir como uma versão colonial inglesa do ianque bronco e matuto, só para aborrecê-lo. No entanto, ele precisa se controlar; muita coisa depende de seu bom comportamento. Ele continua se esquecendo de que já não é rico e, portanto, não pode mais fazer o que lhe vem à cabeça.

Ele está de pé diante do espelho, tentando amarrar o lenço do pescoço. Detesta gravatas e lenços e tem vontade de mandá-los para o inferno; ressente-se também de suas calças, como em geral todas as roupas formais e engomadas. Por que os homens civilizados acham por bem torturar o corpo confinando-o em trajes elegantes que mais parecem uma camisa de força? Talvez seja uma forma de mortificação da carne, como as camisas de silício. Os seres humanos deviam nascer com uma pequena roupa de lã que cresceria com eles ao longo dos anos, evitando, assim, todo o aborrecimento de alfaiates, com seus intermináveis rebuliços e esnobismos.

Ao menos, ele não é uma mulher e, assim, não é obrigado a usar espartilhos, a deformar o corpo com cordões apertados. Sente apenas desprezo pela opinião amplamente aceita de que as mulheres, por natureza, têm espinha fraca e a consistência de gelatina e que desabariam no chão como queijo derretido se não fossem completamente amarradas. Quando era estudante de medicina, ele dissecou um bom número de mulheres – das classes trabalhadoras, naturalmente – e suas espinhas dorsais e musculatura não eram, em média, mais frágeis do que as dos homens, embora muitas sofressem de raquitismo.

Ele conseguiu ajeitar o lenço num arremedo de laço. Está meio torto, mas foi o melhor que pôde fazer; não pode mais se dar ao luxo de ter um criado. Tenta domar os cabelos rebeldes com uma escova, mas eles se despenteiam no mesmo instante. Em seguida, pega seu sobretudo e, pensando melhor, seu guarda-chuva também. Há um solzinho fraco penetrando pelas janelas, mas seria demais esperar que não chovesse. Kingston é um lugar bastante chuvoso na primavera.

Tenta descer furtivamente pelas escadas da frente, mas em vão: sua senhoria agora deu para emboscá-lo para tratar de um ou outro assunto trivial e, neste instante, vem deslizando da sala de visitas em sua gola de renda e seda preta desbotada, como sempre apertando seu lenço em uma das mãos pequenas e frágeis, como se as lágrimas nunca estivessem muito distantes. Ela sem dúvida fora uma bela mulher até pouco tempo atrás e ainda poderia ser, caso se esforçasse e se os cabelos louros repartidos ao meio não lhe conferissem um ar tão severo. Seu rosto tem o formato de coração, a pele é leitosa, os olhos grandes e persuasivos; entretanto, apesar de sua cintura ser delgada, há algo de metálico em sua postura, como se usasse um pedaço de cano no lugar das barbatanas do espartilho. Hoje ela exibe sua habitual expressão de tensa ansiedade; cheira a violetas e também a cânfora – certamente é propensa a dores de cabeça – e a algo mais que ele não consegue distinguir. Um cheiro quente e seco. Roupa branca de linho passada a ferro?

Normalmente, Simon evita esse tipo de mulheres, branda e silenciosamente perturbadas, embora os médicos as atraiam como ímãs. Ainda assim, há nela uma elegância sóbria e despojada – como uma casa de reuniões de quacres – que tem o seu fascínio; uma atração que, para ele, é apenas estética. Ninguém faz amor com um pequeno prédio religioso.

– Dr. Jordan – ela diz. – Queria lhe perguntar... – Hesita. Simon sorri, incentivando-a a continuar. – O ovo do seu desjejum hoje de manhã... estava satisfatório? Desta vez, eu mesma o cozinhei.

Simon mente. Não mentir seria uma descortesia imperdoável.

– Delicioso, obrigado – diz. Na realidade, o ovo tinha a consistência do tumor extirpado que certa vez um colega estudante de medicina enfiou em seu bolso de brincadeira – duro e esponjoso ao mesmo tempo. É preciso um talento perverso para estragar um ovo dessa forma.

– Folgo em saber – ela diz. – É tão difícil arranjar boas criadas. Está de saída?

O fato é tão óbvio que Simon meramente inclina a cabeça.

– Chegou outra carta para o senhor – ela diz. – A empregada a colocou no lugar errado, mas eu a encontrei outra vez. Coloquei-a na mesa do saguão. – Ela diz isto tremulamente, como se qualquer carta para Simon tivesse um conteúdo trágico. Seus lábios são cheios, mas frágeis, como uma rosa à beira do colapso.

Simon agradece, despede-se, pega a carta – é de sua mãe – e parte. Não quer encorajar longas conversas com a sra. Humphrey. Ela é solitária – e como não ser, casada com o major bêbado e ausente – e a solidão em uma mulher é como fome em um cachorro. Ele não tem a menor vontade de ser o depositário de dolorosas confidências vespertinas, por trás de cortinas cerradas, na sala de visitas.

Ela é, entretanto, um interessante objeto de estudo. A ideia que faz de si mesma, por exemplo, é muito superior ao que suas atuais circunstâncias justificam. Certamente tinha uma governanta em sua infância – a postura de seus ombros proclama isto. Ela foi tão exigente e inflexível quando ele estava combinando o aluguel dos quartos, que ele achou embaraçoso perguntar se a roupa lavada estava incluída. Seus modos insinuavam que ela não tinha o hábito de discutir o estado dos objetos pessoais de um homem e que assuntos tão constrangedores deviam ser deixados a cargo dos criados.

Ela deixara claro, embora indiretamente, que era muito contra sua vontade estar sendo forçada a aceitar hóspedes. Era a primeira vez que o fazia; devia-se a uma dificuldade que certamente seria temporária. Além do mais, era muito específica – *Um cavalheiro de hábitos tranquilos, se aceitar fazer as refeições fora,* dizia seu anúncio. Quando, após uma inspeção dos aposentos, Simon disse-lhe que desejava alugá-los, ela hesitou e depois pediu dois meses de aluguel adiantados.

Simon tinha visto outros alojamentos anunciados, que eram ou caros demais para ele ou muito mais sujos, então aceitou. Levava consigo a quantia certa em dinheiro. Notara, com interesse, o misto de relutância e avidez que ela demonstrara e o rubor nervoso que esse conflito levara às suas faces. Considerava o assunto de mau gosto, quase indecente; não queria tocar o dinheiro dele com as mãos nuas e teria preferido que tivesse sido entregue dentro de um envelope; no entanto, teve que se conter para não arrancar da mão dele.

Era praticamente a mesma atitude – o pudor em relação às questões de dinheiro, o fingimento de que aquilo não havia realmente acontecido, a avidez subjacente – que caracterizava as prostitutas francesas de classe, embora estas fossem menos desajeitadas para lidar com o assunto. Simon não se considera uma autoridade nessa área, mas ele teria falhado em seu dever para com sua vocação se tivesse se recusado a aproveitar as oportunidades que a Europa oferecia – oportunidades que de modo algum estavam tão disponíveis, nem seriam tão variadas, na Nova Inglaterra. Para curar a humanidade, é preciso conhecê-la e isto não pode ser feito a distância; é preciso se misturar, conviver ombro a ombro, por assim dizer. Ele considerava dever dos que abraçam sua profissão investigar as mais infames profundezas da vida e, embora não tivesse explorado muitas ainda, ao menos já tivera um começo. Ele tomara, é claro, todas as precauções contra doenças.

Fora da casa, ele encontra o major, que o olha como se tentasse enxergar através de um denso nevoeiro. Tem os olhos avermelhados, o lenço do pescoço está desfeito e falta-lhe uma das luvas. Simon tenta imaginar em que tipo de orgia ele esteve envolvido e quanto tempo teria durado. Deve haver uma certa liberdade em não ter um bom nome a zelar. Ele faz um aceno com a cabeça e levanta o chapéu. O major parece afrontado.

Simon começa a caminhar em direção à residência do reverendo Verringer, que fica na rua Sydenham. Não pegou uma charrete, nem mesmo um cavalo; a despesa não seria justificável, já que Kingston não é um lugar grande. As ruas são enlameadas e emporcalhadas de excremento de cavalo, mas ele tem boas botas.

A porta da imponente mansão do reverendo Verringer é aberta por uma velha com uma cara achatada como uma tábua; o reverendo não é casado e precisa de uma governanta irrepreensível. Simon é conduzido à biblioteca. É o tipo de biblioteca tão constrangedoramente impecável que ele tem vontade de incendiá-la.

O reverendo Verringer levanta-se da poltrona de couro e oferece--lhe a mão para apertar. Embora seus cabelos e sua pele sejam igualmente finos e descorados, seu aperto de mãos é surpreendentemente firme e, apesar da boca desafortunadamente pequena e bicuda – como a de um girino, pensa Simon –, seu nariz romano indica uma personalidade forte, a testa alta um intelecto desenvolvido e os olhos um pouco saltados são vivos e penetrantes. Ele não deve ter mais do que trinta e cinco anos; deve ter boas ligações, Simon pensa, para ter subido tão rápido na comunidade metodista e para ter conseguido uma congregação tão afluente. Considerando-se os livros, ele deve ter recursos próprios. O pai de Simon costumava ter livros como esses.

– Fico contente que tenha vindo, dr. Jordan – ele diz. Sua voz é menos afetada do que Simon temia. – É muita gentileza sua nos dar esta honra. Seu tempo deve ser muito precioso. – Sentam-se, o café é servido, trazido pela governanta com cara de tábua numa bandeja de linhas simples, mas ainda assim de prata. Uma bandeja metodista: não é espalhafatosa, mas silenciosamente segura de seu próprio valor.

– É uma questão de grande interesse profissional para mim – Simon diz. – Não é sempre que um caso assim se apresenta, com tantos traços intrigantes. – Fala como se ele pessoalmente tivesse tratado centenas de casos. O truque é parecer interessado, mas não muito ansioso, como se o favor estivesse sendo feito por ele. Espera não estar ruborizado.

– Um relatório seu seria uma ajuda considerável para o nosso comitê – diz o reverendo Verringer –, caso venha a favorecer a teoria da inocência. Nós o anexaríamos à nossa petição; atualmente, as autoridades governamentais estão muito mais inclinadas a levar em consideração a opinião de especialistas. É claro – acrescenta, com um olhar penetrante – que receberá a quantia acertada, sejam quais forem as suas conclusões.

– Compreendo perfeitamente – diz Simon, com o que ele espera ser um sorriso cortês. – O senhor estudou na Inglaterra, não?

– Comecei a seguir minha vocação como membro da Igreja Estabelecida – diz o reverendo Verringer –, mas tive uma crise de consciência. Certamente a luz da Palavra e da graça de Deus está disponível para aqueles que não pertencem à Igreja da Inglaterra e através de meios mais diretos do que a liturgia.

– Assim espero – diz Simon educadamente.

– O eminente reverendo Egerton Ryerson, de Toronto, seguiu basicamente o mesmo caminho. É um líder na cruzada pela educação gratuita e pela abolição de bebidas alcoólicas. O senhor certamente já ouviu falar dele.

Simon não tinha ouvido; emite um *hum* ambíguo, que espera fazer passar por concordância.

– O senhor mesmo é...?

Simon esquiva-se.

– A família do meu pai era quacre – diz. – Por muito tempo. Minha mãe é unitária.

– Ah, sim – exclama o reverendo Verringer. – Claro, tudo é tão diferente nos Estados Unidos. – Há uma pausa, enquanto ambos consideram o que foi dito. – Mas o senhor certamente acredita na imortalidade da alma, não é?

Essa é a pergunta capciosa; essa é a armadilha que pode pôr fim às suas chances.

– Oh, sim, é claro – Simon diz. – Não se pode duvidar disso.

Verringer parece aliviado.

– Muitos cientistas têm lançado dúvidas. Deixe o corpo para os médicos, costumo dizer, e a alma para Deus. Dê a César o que é de César, pode-se dizer.

– Claro, claro.

– O dr. Binswanger falou muito bem do senhor. Tive o prazer de conhecê-lo quando viajava pelo continente. Tenho um grande interesse pela Suíça, por motivos históricos. Conversei com ele sobre seu trabalho; portanto, era natural que eu o consultasse, ao buscar uma autoridade no assunto deste lado do Atlântico. Uma autoridade – hesita – que estivesse dentro de nossas posses. Ele disse que o senhor estava bem a par das doenças cerebrais e das afecções nervosas e que, em questões de amnésia, está a caminho de se tornar um expoente. Ele afirma que o senhor é um dos mais promissores especialistas no assunto.

– É bondade dele dizer isso – Simon murmura. – É uma área desconcertante. Mas já publiquei dois ou três pequenos artigos científicos.

– Esperemos que, ao concluir suas pesquisas, o senhor possa acrescentar outros trabalhos a esse número e lançar luz numa escuridão estarrecedora; a sociedade, tenho certeza, lhe dará o devido reconhecimento. Especialmente tratando-se de um caso tão famoso.

Simon observa que, apesar da boca de girino, o reverendo Verringer não é nenhum tolo. Sem dúvida, ele tem faro para as ambições alheias. Seria possível que a troca que fez da Igreja Anglicana para a metodista tenha coincidido com o declínio da estrela política da primeira neste país e a ascensão da última?

– Leu os relatos que lhe enviei?

Simon balança a cabeça, assentindo.

– Compreendo o seu dilema – diz. – É difícil saber no que acreditar. Ao que parece, Grace contou uma história no inquérito, outra no julgamento e, depois que sua pena de morte foi comutada, uma terceira versão. Em todas as três, entretanto, ela nega jamais ter encostado um dedo em Nancy Montgomery. No entanto, alguns anos depois, temos o relato da sra. Moodie, que vem a ser uma confissão de Grace de ter de fato cometido o crime, e essa história está em conformidade com as últimas palavras de James McDermott, pouco antes de ser enforcado. Desde o seu regresso do asilo, entretanto, o senhor diz que ela nega tudo.

O reverendo Verringer toma um pequeno gole de seu café.

– Ela nega a lembrança do que aconteceu – ele diz.

– Ah, sim. A lembrança do que aconteceu – diz Simon. – Uma distinção pertinente.

– Ela pode muito bem ter sido convencida por outras pessoas de que fez algo de que, na verdade, é inocente – diz o reverendo Verringer. – Já aconteceu antes. A pretensa confissão na penitenciária, da qual a sra. Moodie deu uma descrição tão expressiva, ocorreu após vários anos de encarceramento e durante a longa gestão de Smith na chefia da carceragem. O sujeito era notoriamente corrupto e absolutamente desqualificado para o cargo. Foi acusado do tipo mais brutal e chocante de comportamento; seu filho, por exemplo, tinha permissão para usar os presos na prática de tiro ao alvo e, em certa ocasião, chegou até mesmo a arrancar o olho de um prisioneiro. Também se falava à boca miúda que ele abusava das detentas, de maneiras que o senhor bem pode imaginar, e receio que não haja dúvidas quanto a isso; houve um amplo inquérito. É aos maus-tratos que Grace Marks sofreu nas mãos dele que atribuo seu interlúdio de insanidade.

– Há quem negue que ela de fato estivesse louca – diz Simon.

O reverendo Verringer sorri.

– Então suponho que o senhor já tenha ouvido falar do dr. Bannerling. Desde o começo, ele foi contra ela. Nós do comitê recorremos a ele – um relatório favorável do dr. Bannerling teria sido de valor inestimável para nossa causa –, mas ele é intransigente. Um *Tory*, é claro, dos mais ferrenhos. Se dependesse dele, manteria os pobres loucos acorrentados a uma cama e, quem olhasse torto, mandaria enforcar. Lamento dizer que o considero parte do mesmo sistema corrupto responsável pela nomeação de um homem tão profano e grosseiro como Smith para o cargo de carcereiro-chefe. Eu soube que havia irregularidades no asilo também, tanto que se suspeitou de que Grace Marks, ao retornar de lá, estivesse em estado delicado. Felizmente eram rumores infundados; mas que covardia, que desplante, tentar se aproveitar daqueles que não têm domínio de si mesmos! Passei muito tempo em orações com Grace Marks, tentando curar as feridas que lhe foram causadas por esses infiéis e execráveis traidores da confiança pública.

– Deplorável – Simon diz. Poderia ser considerado lascivo pedir mais detalhes.

Um pensamento repentino e iluminador o atinge – o reverendo Verringer está apaixonado por Grace Marks! Daí sua indignação, seu fervor, sua persistência, seu comitê e suas trabalhosas petições e sobretudo o desejo de acreditar em sua inocência. Será que quer tirá-la da cadeia, absolvida como uma inocente sem mácula, e então casar-se com ela? Ela ainda é uma mulher bonita e sem dúvida ficaria profundamente grata ao seu salvador. Servilmente grata; a gratidão servil em uma esposa seria, sem dúvida, um artigo de primeira nas trocas espirituais de Verringer.

– Felizmente houve uma mudança de governo – diz o reverendo Verringer. – Mesmo assim, não queremos dar prosseguimento à nossa petição até termos absoluta certeza de que estamos pisando em terreno firme; e é por essa razão que tomamos a iniciativa de solicitar a sua colaboração. Devo dizer-lhe com franqueza que nem todos os membros de nosso comitê foram a favor disso, mas consegui convencê-los da necessidade de um ponto de vista bem fundamentado e imparcial. Um diagnóstico de insanidade latente por ocasião dos assassinatos, por exemplo – entretanto, a máxima cautela e integridade devem ser observadas. Ainda existe um sentimento amplamente difundido contra Grace Marks e este é um país que defende suas convicções. Os *Tories* parecem ter confundido Grace com a questão irlandesa, embora ela seja protestante, e parecem considerar o assassinato de um único cavalheiro *Tory* – por mais valoroso que fosse o cavalheiro e por mais lamentável que seja o assassinato – equivalente à insurreição de toda uma raça.

– Todos os países sofrem com o sectarismo – Simon diz diplomaticamente.

– Fora isso – continua o reverendo Verringer –, estamos presos entre a noção de uma mulher possivelmente inocente, que muitos acreditam ser culpada, e uma mulher possivelmente culpada, que alguns acreditam ser inocente. Não gostaríamos de dar aos adversários da reforma a oportunidade de nos humilhar. Mas, como diz o nosso Salvador: "A verdade os libertará."

– A verdade pode muito bem vir a ser mais estranha do que imaginamos – Simon diz. – Pode ser que muito do que estamos acostumados a descrever como o mal, e o mal livremente adotado, seja, na verdade, uma doença causada por alguma lesão do sistema nervoso e que o próprio diabo seja simplesmente uma má-formação do cérebro.

O reverendo Verringer sorri.

– Oh, duvido de que se chegue tão longe – ele diz. – Não importa quanto a ciência alcance no futuro, o diabo sempre estará à solta por aí. Acredito que o senhor tenha sido convidado à casa do governador no domingo à tarde, não?

– Sim, tive essa honra – Simon diz educadamente. Ele já estava pensando em se despedir.

– Estou ansioso para revê-lo nesta oportunidade – diz o reverendo Verringer. – Eu mesmo arranjei para que o senhor fosse convidado. A excelente esposa do governador é um membro valioso do nosso Comitê.

11

Na residência do governador da penitenciária, Simon é conduzido à sala de estar, que é quase tão grande quanto um salão de recepção. Toda a mobília é estofada; as cores são as encontradas no interior do corpo humano – o marrom dos rins, o púrpura dos corações, o azul opaco das veias, o marfim dos dentes e ossos. Ele imagina o rebuliço que causaria se anunciasse esse *aperçu* em voz alta.

É recebido pela esposa do governador. É uma mulher bonita, de aproximadamente quarenta e cinco anos, de óbvia respeitabilidade, mas vestida da maneira espalhafatosa das províncias, onde as senhoras parecem achar que, se uma camada de renda e babados é boa, três devem ser melhor. Possui o olhar surpreso, ligeiramente saltado, que indica uma disposição excessivamente nervosa ou uma doença da tireoide.

– Estou muito contente que nos tenha dado essa honra – diz. Ela lhe informa que infelizmente o governador está fora a negócios, mas que ela própria está profundamente interessada no trabalho que ele está desenvolvendo; ela tem um grande respeito pela ciência moderna e especialmente pela medicina moderna; muito progresso tem sido feito. Especialmente o éter, que poupa tantas aflições. Fita-o com um olhar penetrante, pleno de significados, e Simon suspira silenciosamente. Conhece bem essa expressão: ela está prestes a lhe dar o presente não solicitado de seus sintomas.

Quando recebeu seu diploma de médico, ele não estava preparado para o efeito que isso teria sobre as mulheres; mulheres das classes superiores, especialmente mulheres casadas, com reputação irrepreensível. Pareciam atraídas por ele como se ele possuísse algum tesouro de valor inestimável, mas infernal. Seu interesse era bastante inocente – não tinham nenhuma intenção de sacrificar suas virtudes por ele –, mas ansiavam por atraí-lo a cantos escuros, conversar com ele em tom sussurrante, fazer-lhe confidências – timidamente e com voz trêmula, porque ele também inspirava temor. Qual o segredo de sua sedução? O rosto que via no espelho, nem feio nem bonito, não poderia ser o responsável por isso.

Depois de algum tempo, achou que sabia. Era por conhecimento que elas ansiavam; mas não podiam admitir esse anseio, porque era um conhecimento proibido – conhecimento com um esplendor sinistro; conhecimento obtido pela descida ao inferno. Ele esteve onde elas nunca poderão ir, viu o que jamais poderiam ver; ele abriu o corpo de muitas mulheres e estudou-as por dentro. Em sua mão, com a qual acabara de levar as suas próprias mãos aos lábios, ele pode um dia ter segurado o coração pulsante de uma mulher.

Assim, ele pertence ao trio das trevas – o médico, o juiz e o carrasco – e compartilha com eles os poderes da vida e da morte. Ser colocada inconsciente; jazer exposta, sem pudor, à mercê de outros; ser tocada, cortada, revirada, refeita – é nisto que estão pensando quando olham para ele, com os olhos arregalados e os lábios entreabertos.

– Eu sofro tanto – começa a voz da mulher do governador. Recatadamente, como se exibisse um tornozelo, ela relata um sintoma – respiração alterada, um aperto ao redor das costelas – com a insinuação de que outros e mais detalhados viriam a seguir. Ela tem uma dor – bem, ela não gosta de dizer exatamente onde. O que poderia ser a causa disso?

Simon sorri e diz que já não pratica clínica geral.

Depois de franzir momentaneamente o cenho, a mulher do governador sorri também e diz que gostaria que ele conhecesse a sra. Quennell, a célebre espiritualista e defensora de uma esfera mais ampla para as mulheres e a luz principal do nosso círculo de discussões das terças-feiras, bem como das quintas-feiras espirituais; uma pessoa tão apta e tão viajada, a Boston e outros lugares. A sra. Quennell, em sua enorme saia armada com crinolina, assemelha-se a um creme bávaro cor de lavanda; sua cabeça parece encimada por um pequeno poodle cinza. Por sua vez, ela apresenta Simon ao dr. Jerome DuPont, de Nova York, que nos está visitando e que prometeu uma demonstração de seus extraordinários poderes. Ele é muito conhecido, diz a sra. Quennell, e esteve com a realeza na Inglaterra. Talvez não exatamente a realeza, mas famílias aristocráticas mesmo assim.

– Poderes extraordinários? – diz Simon educadamente. Gostaria de saber quais são. Provavelmente o sujeito alega levitar, encarna um índio morto ou promove sessões espíritas, como as famosas irmãs Fox. O espiritismo é a nova mania da classe média, especialmente entre as mulheres; reúnem-se em salas escuras e brincam de inclinar a mesa, do mesmo modo como suas avós jogavam cartas, ou emitem extensos escritos automáticos, que lhes são ditados por Mozart ou Shakespeare; nesse caso, o fato de estar morto, pensa Simon, tem um notável efeito debilitante no estilo da prosa. Se essas pessoas não fossem tão abastadas, seu comportamento as comprometeria. Pior ainda, elas povoam suas salas de visitas com faquires e charlatães, todos envoltos nas vestes imundas de uma autoproclamada quase santidade, e as regras da sociedade preconizam que se deve ser educado com eles.

O dr. Jerome DuPont tem os olhos aquosos e profundos e o olhar intenso de um charlatão profissional, mas sorri com pesar e dá de ombros.

– Não tão extraordinários, receio – ele diz. Tem um leve sotaque estrangeiro. – Essas coisas são apenas uma outra linguagem; se alguém a domina, considera-a simplesmente natural. São os outros que a consideram extraordinária.

– O senhor conversa com os mortos? – Simon pergunta, a boca retorcendo-se.

O dr. DuPont sorri.

– Eu, não – diz. – Sou o que poderia chamar de médico prático. Ou um cientista investigativo, como o senhor. Sou um neuro-hipnotizador, da escola de James Braid.

– Já ouvi falar dele – Simon diz. – Escocês, não é? Conhecida autoridade em pés tortos e estrabismo, eu creio. Mas certamente a profissão médica não reconhece essas outras reivindicações. Esse neuro-hipnotismo não se trata simplesmente do cadáver reanimado do desacreditado Magnetismo Animal de Mesmer?

– Mesmer postulava um fluido magnético circundando o corpo, o que certamente era errado – diz o dr. Dupont. – Os procedimentos de Braid envolvem unicamente o sistema nervoso. Devo acrescentar que os que contestam seus métodos nunca os experimentaram. São mais aceitos na França, onde os médicos são menos propensos a ortodoxias covardes. São mais úteis em casos de histeria do que em outros, é claro;

não podem fazer muita coisa por uma perna quebrada. Mas, nos casos de amnésia – esboça um sorriso –, frequentemente produzem resultados surpreendentes e, devo dizer, muito rápidos.

Simon sente-se em desvantagem e muda de assunto:
– DuPont... é um nome francês?
– A família era de protestantes franceses – diz o dr. DuPont. – Mas somente pelo lado paterno. Ele era um químico amador. Eu mesmo sou americano. Visitei a França profissionalmente, é claro.
– Talvez o dr. Jordan queira participar de nosso grupo – diz a sra. Quennell, interrompendo a conversa. – Em nossas quintas espirituais. A cara esposa do governador considera um consolo saber que seu bebê, agora do outro lado, está tão bem e feliz. Tenho certeza de que o dr. Jordan é um cético, mas nós sempre acolhemos os céticos! – Os olhinhos brilhantes sob o penteado canino piscam travessamente para ele.
– Um cético, não – Simon diz –, apenas doutor em medicina. – Ele não tem a menor intenção de ser atraído para alguma absurda lengalenga comprometedora e ridícula.
– Médico, cura-te a ti mesmo – diz o dr. DuPont. Ele parece estar fazendo uma piada.
– Qual a sua posição na questão abolicionista, dr. Jordan? – pergunta a sra. Quennell. Agora a mulher está ficando intelectual e vai insistir em uma beligerante discussão política e sem dúvida irá ordenar-lhe que faça a abolição da escravidão no Sul imediatamente. Simon acha cansativo ser constantemente acusado, como indivíduo, de todos os males de seu país, especialmente por esses ingleses, que parecem achar que uma consciência recentemente descoberta os desculpa de não terem tido absolutamente nenhuma consciência em épocas anteriores. Em que sua riqueza atual está fundamentada, senão no mercado escravo, e onde estariam suas grandes cidades fabris sem o algodão do Sul?
– Meu avô era um quacre – diz. – Quando eu era garoto, diziam-me para nunca abrir as portas dos armários, porque algum pobre fugitivo poderia estar escondido lá dentro. Ele sempre achou que colocar a própria segurança em risco valia muito mais do que gritar com os outros por trás da proteção de uma cerca.
– Muros de pedra não fazem uma prisão – diz alegremente a sra. Quennell.

Fantasia de um jovem

– Mas todos os cientistas devem manter a mente aberta – diz o dr. DuPont. Ele parece estar de volta à conversa anterior.

– Tenho certeza de que a mente do dr. Jordan é aberta como um livro – diz a sra. Quennell. – Soubemos que o senhor vai examinar o caso de nossa Grace. Do ponto de vista espiritual.

Simon compreende que se tentar explicar a diferença entre o espírito, no sentido que ela dá à palavra, e o inconsciente, no sentido que ele dá, ficará irremediavelmente enredado; assim, ele apenas sorri e balança a cabeça.

– Qual vai ser a sua abordagem? – diz o dr. DuPont. – Para recuperar sua memória perdida.

– Eu comecei – Simon diz – com um método baseado na sugestão e na associação de ideias. Estou tentando, gentil e gradualmente, restabelecer a cadeia de pensamento, que foi rompida, talvez, pelo choque dos violentos acontecimentos em que esteve envolvida.

– Ah! – exclama o dr. DuPont, com um sorriso de superioridade. – Devagar se vai ao longe! – Simon teve vontade de lhe dar um pontapé.

– Temos certeza de que ela é inocente – diz a sra. Quennell. – Todos nós do comitê! Estamos convencidos disso! O reverendo Verringer está preparando uma petição. Não é a primeira, mas temos esperança de que desta vez seremos bem-sucedidos. Como Shakespeare em *Henrique V*, "Uma vez mais para a brecha", este é o nosso lema. – Ela dá uma risadinha infantil. – Por favor, diga que está do nosso lado!

– Se não tiver sucesso no começo – diz o dr. DuPont solenemente.

– Ainda não cheguei a nenhuma conclusão – diz Simon. – De qualquer modo, estou menos interessado em sua culpa ou inocência do que...

– Do que nos mecanismos em funcionamento – diz o dr. DuPont.

– Não é bem assim que eu colocaria – diz Simon.

– Não é a melodia tocada pela caixa de música, mas sim as minúsculas engrenagens dentro dela que o interessam.

– E ao senhor? – Simon pergunta, começando a achar o dr. DuPont mais interessante.

– Ah – diz DuPont. – Para mim, não é nem mesmo a caixa, com suas lindas figuras por fora. Para mim, é apenas a música. A música é tocada por um objeto físico; entretanto, a música não é o objeto. Como diz a Sagrada Escritura: "O vento sopra onde é ouvido."

– São João – diz a sra. Quennell. – "O que nasce do Espírito é espírito."
– E o que nasce da carne é carne – diz DuPont.

Os dois o fitam com um ar de benévolo, porém incontestável, triunfo e Simon sente-se como se estivesse sufocando embaixo de um colchão.

– Dr. Jordan – diz uma voz delicada junto ao seu cotovelo. É a srta. Lydia, uma das duas filhas da mulher do governador. – Mamãe mandou perguntar-lhe se já viu seu álbum de colagens.

Simon abençoa silenciosamente sua anfitriã e diz que ainda não teve o prazer. A perspectiva de gravuras turvas de belos lugares da Europa, as bordas decoradas com folhas de samambaias de papel, geralmente não o atrai, mas no momento acena para ele como uma oportunidade de escapulir. Ele sorri e assente e é levado dali.

A srta. Lydia o faz sentar-se em um sofá vermelho como uma língua, vai buscar um livro pesado em uma mesa próxima e se instala ao seu lado.

– Ela acredita que o álbum pode ser do seu interesse por causa do trabalho que está fazendo com Grace.

– Ah, sim?! – Simon exclama.

– Aqui estão todos os assassinatos famosos – explica a srta. Lydia.

– Minha mãe os recorta e cola no álbum; e os enforcamentos também.

– É mesmo? – Simon diz. A mulher deve ser necrófila, além de hipocondríaca.

– Isso a ajuda a decidir quais prisioneiros podem ser dignos merecedores de caridade – diz a srta. Lydia. – Aqui está Grace. – Ela abre o álbum sobre os joelhos e inclina-se para ele, seriamente instrutiva. – Eu me interesso por ela; tem habilidades notáveis.

– Como o dr. Dupont? – Simon pergunta.

A srta. Lydia olha-o, espantada.

– Oh, não. Eu não acredito em nada disso. Jamais deixaria que me hipnotizassem, é tão impróprio! Quero dizer que Grace tem habilidades notáveis como costureira.

Há nela uma impulsividade controlada, pensa Simon; quando sorri, exibe tanto a arcada dentária superior quanto a inferior. Mas pelo menos é mentalmente saudável, ao contrário da mãe. Um animal jovem e saudável. Simon nota seu pescoço branco, enfeitado com uma fita discreta e um botão de rosa, como convém a uma moça solteira. Através de várias

Fantasia de um jovem 101

camadas de tecido delicado, o braço dela pressiona-se contra o seu. Ele não é um bloco insensível e, embora o caráter da srta. Lydia, como o de todas as moças de seu tipo, deva ser ainda amorfo e infantil, ela possui uma cintura bem fina. Uma nuvem de perfume emana dela, lírios do vale, envolvendo-o numa névoa olfativa.

Mas a srta. Lydia não deve ter consciência do efeito que produz nele, sendo necessariamente ignorante da natureza desses efeitos. Ele cruza as pernas.

– Aqui está a execução – diz a srta. Lydia. – De James McDermott. Apareceu em vários jornais. Este aqui é *The Examiner*.

Simon lê:

"Que apetite mórbido por tais cenas deve existir na sociedade quando uma assembleia tão grande, apesar das condições atuais de nossas estradas, se reúne para testemunhar a agonia mortal de um semelhante infeliz, mas criminoso! É possível supor que a moral pública seja aprimorada ou a tendência para a perpetração de crimes bárbaros seja reprimida por espetáculos públicos como esses?"

– Sou inclinado a concordar – diz Simon.
– Eu teria assistido, se estivesse lá – diz a srta. Lydia. – O senhor não?

Simon fica desconcertado com tanta franqueza. Ele desaprova execuções públicas, que são doentiamente excitantes e produzem fantasias sanguinárias na parte mentalmente mais fraca da população. Mas ele se conhece bem e, dada a oportunidade, sua curiosidade teria sobrepujado seus escrúpulos.

– Em minha função médica, talvez – diz cautelosamente. – Mas eu não deixaria minha irmã assistir, se eu tivesse uma.

A srta. Lydia arregala os olhos.
– Mas por que não? – pergunta.
– Mulheres não deviam assistir a espetáculos horrendos como esses – ele diz. – Constituem um perigo para suas naturezas refinadas. – Ele tem consciência de que suas palavras soam pomposas.

Em suas viagens, ele encontrou muitas mulheres que dificilmente poderiam ser acusadas de ter uma natureza refinada. Viu loucas rasgarem as roupas e exibirem o corpo nu; viu prostitutas da pior espécie fazerem o mesmo. Viu mulheres bebendo e xingando, engalfinhando-se como lutadoras, arrancando os cabelos umas das outras. As ruas de Paris e de Londres estão cheias delas; soube de mulheres que se livram de seus próprios bebês ou que vendem suas filhas jovens para homens ricos que esperam evitar doenças violentando crianças. Portanto, ele não tem nenhuma ilusão sobre o refinamento inato das mulheres; mais razão ainda para salvaguardar a pureza das que ainda são puras. Nesse sentido, a hipocrisia certamente se justifica: é preciso apresentar o que deveria ser verdade como se realmente o fosse.

– Acha que eu tenho uma natureza refinada? – diz a srta. Lydia.

– Tenho certeza de que sim – diz Simon. Ele se pergunta se é a coxa da jovem que sente contra a sua ou apenas parte de seu vestido.

– Às vezes, eu não tenho certeza – diz a srta. Lydia. – Há quem diga que Florence Nightingale não tem uma natureza refinada ou não seria capaz de presenciar espetáculos tão degradantes sem prejudicar a saúde. Mas ela é uma heroína.

– Não há a menor dúvida quanto a isso – diz Simon.

Ele desconfia de que ela esteja flertando com ele. Está longe de ser desagradável, mas perversamente isso o faz pensar em sua mãe. Quantas moças aceitáveis ela não fez desfilar discretamente diante dele, como iscas ornamentadas? Ela as posiciona, sempre, como um jarro de flores brancas. A moral dessas jovens é irrepreensível, os modos imaculados como água da fonte; suas mentes lhe são apresentadas como massa de pão crua, que ele teria a prerrogativa de moldar e formar. E, quando uma safra de moças prossegue para o noivado e o casamento, outras mais jovens continuam a brotar, como tulipas em maio. Atualmente, elas são tão mais novas do que Simon, que ele tem dificuldade em conversar com elas; é como conversar com um cesto de gatinhas.

Mas sua mãe sempre confundiu juventude com maleabilidade. O que ela realmente deseja é uma nora que possa ser moldada, não por Simon, mas por ela própria, e assim as jovens continuam a deslizar diante dele e ele continua a refutá-las com indiferença e a ser afavelmente acusado por sua mãe de preguiça e ingratidão. Ele se censura por isso – é um cão tristonho e um peixe frio – e toma o cuidado de agradecer a sua mãe por seus esforços e assegurar-lhe: um dia ele se casará, mas ainda não está pronto para isso. Primeiro, deve prosseguir em suas pesquisas; tem que conseguir algo de valor, fazer alguma descoberta importante; ele precisa fazer seu nome.

Ele já tem um nome, ela suspira em tom reprovador; um nome perfeitamente bom, que ele parece determinado a exterminar recusando-se a passá-lo adiante. Nesse ponto, ela sempre tosse um pouco, para lembrá-lo de que o parto dele foi difícil, que quase a matou e fatalmente enfraqueceu seus pulmões – um efeito implausível do ponto de vista médico, o qual, durante sua infância, costumava reduzi-lo a uma gelatina de culpa. Se ele ao menos gerasse um filho, ela continua – tendo, é claro, se casado primeiro –, ela morreria feliz. Ele brinca com ela dizendo que, nesse caso, seria um pecado ele se casar, já que isto resultaria em matricídio, e acrescenta – para amenizar a dureza de suas palavras – que ele pode passar muito melhor sem esposa do que sem mãe, especialmente uma mãe tão perfeita quanto ela; ao que ela lança-lhe um olhar incisivo, dizendo-lhe que ela conhece vários truques que valem dois desses e que não se deixa enganar tão facilmente. Ele é esperto demais para seu próprio bem, ela diz; não deve pensar que pode persuadi-la com bajulação. Mas já está apaziguada.

Às vezes ele é tentado a sucumbir. Poderia escolher uma das jovens que lhe são propostas, a mais rica delas. Sua vida diária seria mais ordenada, seu desjejum seria comível, seus filhos seriam obedientes. O ato da procriação seria realizado de modo discreto, prudentemente velado em algodão branco – ela, submissa, mas apropriadamente relutante, ele dentro de seus direitos –, mas nunca deveria ser mencionado. Sua casa teria todos os confortos modernos e ele próprio se cobriria de veludo. Há destinos piores.

– Acha que Grace tem? – diz a srta. Lydia. – Uma natureza refinada. Tenho certeza de que ela não cometeu os assassinatos; embora lamente não ter dito nada a ninguém sobre eles, depois. James McDermott deve ter contado mentiras a seu respeito. Mas dizem que ela era amante dele. É verdade?

Simon sente-se enrubescer. Se estiver flertando, ela não tem consciência disto. É inocente demais para perceber sua falta de inocência.

– Eu não saberia dizer – ele murmura.

– Talvez ela tenha sido raptada – diz a srta. Lydia sonhadoramente. – Nos livros, as mulheres sempre são raptadas. Mas pessoalmente eu nunca conheci uma que tivesse sido. E o senhor, já?

Simon diz que nunca teve essa experiência.

– Deceparam a cabeça dele – diz a srta. Lydia em voz mais baixa. – A de McDermott. Está conservada num vidro, na Universidade de Toronto.

– Certamente que não – diz Simon, novamente desconcertado. – O crânio pode ter sido preservado, mas certamente não a cabeça inteira!

– Como um grande picles – diz a srta. Lydia com satisfação. – Ah, veja, mamãe quer que eu vá falar com o reverendo Verringer. Preferia ficar conversando com o senhor – ele é muito pedagógico. Ela acha que ele faz bem ao meu aperfeiçoamento moral.

De fato, o reverendo Verringer acabou de entrar no aposento e sorri para Simon com irritante benevolência, como se Simon fosse seu *protégé*. Ou talvez ele esteja sorrindo para Lydia.

Simon observa Lydia deslizar pela sala; ela tem aquele andar flutuante que elas cultivam. Entregue a si mesmo no sofá, ele se vê pensando em Grace, tal como a vê todos os dias da semana, sentada à sua frente na sala de costura. No retrato, ela parece mais velha do que é, mas agora parece mais nova. Sua cor é pálida, a pele lisa, suave, de textura extraordinariamente fina, talvez porque tenha sido mantida em local fechado, ou pode ser a dieta escassa da prisão. Está mais magra agora, o rosto mais fino e, embora o retrato mostre uma mulher bonita, ela agora está mais do que bonita. Ou diferente de bonita. O contorno das maçãs do rosto tem uma simplicidade clássica, de mármore; olhar para ela faz acreditar que o sofrimento realmente purifica.

Mas, na intimidade da sala de costura, além de olhar para ela, Simon pode sentir seu cheiro. Ele tenta não prestar atenção, mas seu aroma é uma influência oculta que distrai sua atenção. Ela cheira a fumaça, fumaça e sabão de lavar roupa, e o sal de sua pele; cheira também à própria pele, com sua sugestão de umidade, oleosidade, maturidade – o quê? Samambaias e cogumelos; frutas esmagadas e fermentando. Ele se pergunta com que frequência as prisioneiras podem tomar banho. Embora seus cabelos sejam trançados e arrumados por baixo da touca, também eles exalam um odor, um odor forte e almiscarado de couro cabeludo.

Ele está na presença de uma fêmea; um animal alerta e astuto como uma raposa. Ele sente uma prontidão correspondente em sua própria pele, uma sensação de pêlos se arrepiando. Às vezes tem a impressão de caminhar sobre areia movediça.

Todos os dias, ele coloca algum pequeno objeto diante dela e pede-lhe para lhe dizer como o objeto provoca sua imaginação. Esta semana, ele experimentou vários tubérculos, na esperança de que as raízes levassem a uma conexão para o subterrâneo: beterraba – depósito de tubérculos no porão –, cadáveres, por exemplo; ou mesmo nabo – subterrâneo –, sepultura. Segundo suas teorias, o objeto certo deve provocar nela uma cadeia de associações perturbadoras; até agora, entretanto, até agora ela tem tratado os objetos simplesmente pelo que são e tudo o que ele obteve dela foi uma série de modos de preparação de alimentos.

Na sexta-feira, ele tentou uma abordagem mais direta.

– Pode ser absolutamente franca comigo, Grace – ele disse. – Não esconda nada.

– Não tenho nenhuma razão para não ser franca com o senhor – ela disse. – Uma dama poderia esconder coisas, já que tem uma reputação a zelar; mas eu já estou além disto.

– O que quer dizer com isso, Grace? – ele perguntou.

– Apenas que nunca fui uma dama, senhor, e já perdi qualquer reputação que pudesse ter tido. Posso dizer o que bem quiser ou, se não quiser, não preciso dizer absolutamente nada.

– Não se importa que eu tenha uma boa opinião sobre você, Grace?

Ela lançou-lhe um olhar rápido e penetrante, depois continuou a costurar.

– Já fui julgada, senhor. O que quer que pense de mim não faz a menor diferença.

– Julgada justamente, Grace? – Não pôde deixar de perguntar.

– Justa ou injustamente, não importa – ela disse. – As pessoas querem um culpado. Se houve um crime, querem saber quem o cometeu. Não gostam de não saber.

– Então, você perdeu a esperança?

– Esperança de quê, senhor? – ela perguntou suavemente.

Simon sentiu-se embaraçado, como se tivesse cometido uma gafe.

– Bem... esperança de ser libertada.

– Por que haveriam de querer fazer isso, senhor? – ela disse. – Uma assassina não é uma pessoa comum. Quanto às minhas esperanças, eu as reservo para as pequenas coisas. Vivo na esperança de ter amanhã um desjejum melhor do que tive hoje. – Esboçou um sorriso. – Disseram na época que estavam fazendo de mim um exemplo. Por isso me sentenciaram à morte e depois à prisão perpétua.

Mas o que um exemplo faz, depois?, Simon pensou. A história dela já terminou. Isto é, a história principal, aquilo que a definiu. Como ela deverá preencher o restante do tempo?

– Você acha que foi tratada injustamente? – ele disse.

– Não sei o que quer dizer, senhor. – Ela enfiava a linha na agulha; molhou a ponta da linha na boca, para facilitar, e esse gesto lhe pareceu ao mesmo tempo completamente natural e insuportavelmente íntimo. Sentiu como se a estivesse olhando se despir, através de uma rachadura na parede; como se ela estivesse se limpando com a língua, como uma gata.

V
LOUÇAS QUEBRADAS

Meu nome é Grace Marks e sou filha de John Marks, que vive na cidade de Toronto e é pedreiro por profissão; viemos para este país vindos do Norte da Irlanda, há uns três anos; tenho quatro irmãs e quatro irmãos, uma irmã e um irmão mais velhos do que eu; fiz dezesseis anos em julho passado. Vivi como criada durante os três anos que passei no Canadá, em vários lugares...

> Confissão voluntária de Grace Marks, ao sr. George Walton, na penitenciária, em 17 de novembro de 1843, *Star and Transcript*, Toronto.

... Em todos os dezessete anos,
Nem uma vez a suspeita me ocorreu
De como minha sorte é diferente
Da sorte de qualquer outra mulher do mundo.
A razão deve ser, foi passo a passo,
Que cresceu de forma tão terrível e estranha:
Esses estranhos infortúnios chegaram na ponta
Dos pés,
À minha vizinhança e privacidade,
Sentaram-se onde sentei, deitaram-se onde
Deitei;
E me vi familiarizada com o medo,
Quando os amigos entraram, levantaram a tocha
E gritaram:
"Como, Pompília, você na caverna desse modo?
Como seu braço se transformou no de um lobo?
E essa forma comprida e macia – que se enrola em seus pés e envolve você pelo joelho – é uma cobra!"
E assim por diante.

> Robert Browning
> *The Ring and the Book*, 1869

12

Este é o nono dia em que eu me sento com o dr. Jordan nesta sala. Os dias não foram corridos, já que existem os domingos e em alguns outros dias ele não veio. Eu costumava contar o tempo com base nos meus aniversários, depois passei a contar do meu primeiro dia neste país, depois a partir do último dia de Mary Whitney sobre a Terra e, depois, a partir daquele dia de julho, quando as piores coisas aconteceram, e depois disto contei a partir do meu primeiro dia na prisão. Agora, porém, estou contando a partir do primeiro dia que passei na sala de costura com o dr. Jordan, porque não se pode contar sempre com base nas mesmas coisas, fica maçante demais e o tempo estende-se cada vez mais e isto você não consegue suportar.

O dr. Jordan está sentado à minha frente. Ele cheira a sabão de barbear, do tipo inglês, e a ouvidos e ao couro de suas botas. É um cheiro reconfortante e sempre o aguardo com ansiedade; homens que se lavam são preferíveis nesse aspecto aos que não o fazem. O que ele colocou em cima da mesa hoje foi uma batata, mas ainda não me perguntou sobre ela, portanto ela está simplesmente ali entre nós dois. Não sei o que ele espera que eu diga, além de que já descasquei um bocado delas durante a minha vida e as comi também, uma batata fresca e nova é uma alegria, com um pouco de manteiga e sal, e salsinha, se houver, e mesmo as grandes e velhas podem assar muito bem; mas não são nada para se manter uma longa conversa. Algumas batatas assemelham-se a rostos de bebês, ou animais, e certa vez vi uma que parecia um gato. Mas esta se parece apenas com uma batata, nem mais nem menos. Às vezes eu acho que o dr. Jordan não regula bem da cabeça. Mas prefiro conversar com ele sobre batatas, se é isto o que ele quer, a não conversar.

Hoje ele está usando uma gravata diferente, é vermelha com manchas azuis ou azul com manchas vermelhas, um pouco espalhafatosa para o meu gosto, mas não posso olhar bem para ele para ter certeza. Preciso da tesoura e a peço, então ele quer que eu comece a falar e assim eu digo: Hoje vou terminar o último bloco desta colcha, depois disso os blocos serão costurados uns nos outros e acolchoados, é para uma das filhas do governador. É uma Cabana de Madeira.

Uma colcha Cabana de Madeira é algo que toda moça deveria ter antes do casamento, pois significa o lar, e sempre há um quadrado vermelho no centro, que significa o fogo da lareira. Foi Mary Whitney quem me contou. Mas não digo nada, pois acho que ele não vai se interessar por isso, sendo algo tão comum. Embora não seja mais comum do que uma batata.

E ele pergunta: O que você vai costurar depois desta colcha? E eu respondo: Não sei, suponho que vão me dizer que não precisam de mim para forrar a colcha, apenas para os blocos, porque é um trabalho fino e a mulher do governador disse que eu estava sendo desperdiçada na costura simples que é feita na penitenciária, como malas do correio, uniformes e coisas assim; de qualquer forma, a costura do forro é feita à noite, é uma festa e eu não sou convidada para festas.

E ele diz: Se pudesse fazer uma colcha para você mesma, que padrão escolheria?

Bem, sobre isso não há a menor dúvida, eu sei a resposta. Seria uma Árvore do Paraíso, como a que havia na arca de colchas da sra. Parkinson. Eu costumava tirá-la sob o pretexto de verificar se precisava de reparo, só para admirá-la, era linda, toda feita de triângulos, escuros para as folhas e claros para as maçãs, um trabalho muito fino, os pontos quase tão miúdos como os que eu faço, só que na minha eu faria a borda diferente. A dela chama-se Caça ao Ganso Selvagem, mas a minha seria uma borda entrelaçada, uma cor clara, outra escura, é chamada borda de videiras, galhos entrelaçados como os do espelho na sala de estar. Daria muito trabalho e levaria muito tempo, mas, se fosse minha, e apenas minha, eu estaria disposta a fazê-la.

Mas o que eu digo a ele é diferente. Eu digo: Não sei, senhor. Talvez fosse Lágrimas de Jó ou Árvore do Paraíso ou Cerca em Zigue-zague ou talvez Quebra-cabeça de Solteirona, porque eu sou uma solteirona, não é mesmo, senhor?, e certamente andei quebrando a cabeça. Isso que eu disse por último foi para ser maliciosa. Não lhe dei uma resposta direta, porque dizer o que realmente queremos em voz alta dá azar e então o fato bom nunca acontecerá. Poderia não acontecer de qualquer maneira, mas, só para garantir, é preciso ter cuidado em dizer o que se deseja ou mesmo desejar alguma coisa, já que se pode ser punida por isso. Foi o que aconteceu com Mary Whitney.

    Ele anota os nomes das colchas. Ele pergunta: Árvores do Paraíso ou Árvore?

    Árvore, senhor, eu respondo. Pode-se ter mais do que uma árvore numa colcha, já vi uma com quatro, com as copas viradas para o centro, mas ainda assim é chamada Árvore.

    Por que isso, Grace? O que você acha?, ele diz. Às vezes parece criança, sempre perguntando por quê.

    Porque esse é o nome do padrão, senhor, eu digo. Há também a Árvore da Vida, mas é um padrão diferente. Também se pode ter a Árvore da Tentação e existe o Pinheiro, que também é muito bonito.

    Ele anota tudo. Em seguida, pega a batata e olha para ela. Ele diz: Não é maravilhoso que uma coisa assim cresça dentro da terra? Pode-se dizer que cresce enquanto dorme, fora do alcance da vista, no escuro, sem que ninguém veja.

    Bem, não sei como ele espera que uma batata cresça, nunca vi nenhuma pendurada em árvore. Não digo nada e ele pergunta: O que mais existe dentro da terra, Grace?

    Existem as beterrabas, eu digo. E as cenouras também são assim, senhor, eu digo. É da natureza delas.

    Ele parece decepcionado com essa resposta e não a anota. Olha para mim e pensa. Depois diz: Você teve algum sonho, Grace?

    Eu pergunto: O que quer dizer, senhor?

    Eu penso que ele quer saber se eu sonho com o futuro, se eu tenho planos para o que possa fazer da minha vida e eu acho a pergunta cruel; sabendo que vou ficar aqui até morrer, não posso ter perspectivas muito brilhantes para sonhar. Ou talvez ele queira saber se eu sonho acordada, se tenho fantasias sobre algum homem, como uma jovem, e essa ideia é igualmente cruel, se não pior; e eu digo, um pouco zangada e reprovadora: O que eu iria fazer com sonhos, senhor, não é muito gentil de sua parte me perguntar isto.

    E ele diz: Não, vejo que me compreendeu mal. O que eu estou perguntando é se você tem sonhos à noite, quando está dormindo.

Eu digo, um pouco azeda, porque é mais uma dessas bobagens sem sentido dos cavalheiros e também porque ainda estou zangada: Todo mundo tem, senhor, ou pelo menos é o que acho.
Sim, Grace, mas você sonha?, ele diz. Ele não notou meu tom de voz ou preferiu não notar. Posso lhe dizer qualquer coisa que ele não fica desconcertado nem chocado, nem mesmo muito surpreso, simplesmente anota. Suponho que esteja interessado em meus sonhos porque um sonho pode significar alguma coisa, ou pelo menos é o que diz a Bíblia, como aconteceu com o faraó e as vacas gordas e as vacas magras e com Jacó e os anjos, subindo e descendo a escada. Há uma colcha com esse nome, é a Escada de Jacó.
Sonho sim, senhor, respondo.
Ele pergunta: O que você sonhou ontem à noite?

Sonhei que estava de pé na porta da cozinha na casa do sr. Kinnear. Era a cozinha de verão; eu acabara de esfregar o chão, sei disto porque minhas saias ainda estavam arregaçadas e meus pés, descalços e molhados, e eu ainda não tinha calçado meus tamancos de novo. Havia um homem ali, no degrau de entrada da cozinha, era algum tipo de mascate, como Jeremias, de quem certa vez eu comprei os botões para meu vestido novo e McDermott comprou as quatro camisas.

Mas esse não era Jeremias, era outro homem. Sua sacola estava aberta e as mercadorias espalhadas no chão, as fitas, os botões, pentes e cortes de tecido, eram muito vivas no sonho, xales de seda e caxemira e estampados de algodão brilhando ao sol, porque era plena luz do dia e no auge do verão.

Achei que fosse alguém que eu conhecia, mas ele mantinha o rosto virado e eu não podia ver quem era. Eu podia sentir que ele estava olhando para baixo, para minhas pernas à mostra, nuas dos joelhos para baixo e não muito limpas por ter esfregado o chão, mas uma perna é uma perna, suja ou limpa, e eu não abaixei minhas saias. Pensei: Deixe que ele olhe, coitado, não há nada assim onde ele mora. Devia ser algum tipo de estrangeiro, viera de muito longe e tinha uma aparência escura e esfomeada, ou assim me pareceu no sonho.

Mas de repente ele não estava mais olhando e sim tentando me vender alguma coisa. Ele tinha alguma coisa que me pertencia e eu a queria de volta, mas eu não tinha dinheiro e, por isso, não podia comprá-la. Vamos fazer uma troca, então, vamos negociar. Bem, o que você vai me dar, ele disse, em tom de troça.

O que ele tinha era uma de minhas mãos. Eu podia vê-la agora, branca e encarquilhada, ele a segurava pendurada pelo pulso, como uma luva. Mas então olhei para minhas próprias mãos e vi que as duas estavam no lugar, presas nos pulsos, saindo das mangas do vestido como sempre, e compreendi que essa terceira mão deveria pertencer a alguma outra mulher. Ela iria aparecer a qualquer momento à procura da mão e, se eu a tivesse comigo, ela diria que eu a roubara; mas eu não a queria mais, porque parecia ter sido decepada. E, como previsto, lá estava o sangue agora, pingando e grosso como um xarope; mas eu não estava horrorizada com aquilo, como estaria com sangue de verdade se estivesse acordada; em vez disto, eu estava ansiosa por algum outro motivo. Atrás de mim, podia ouvir o som de uma flauta e isto me deixou muito nervosa.

Vá embora, eu disse ao mascate, você tem que ir embora imediatamente. Mas ele continuou com o rosto virado de lado e não se mexeu e achei que ele estivesse rindo de mim.

E o que eu pensei foi: Vai sujar o chão limpo.

Eu digo: Não consigo me lembrar, senhor. Não me lembro do que sonhei ontem à noite. Foi algo confuso. E ele anota isso.

Tenho muito pouco de meu, não tenho pertences, não tenho posses, não tenho nem mesmo privacidade, e preciso guardar alguma coisa para mim mesma; e, de qualquer modo, que utilidade meus sonhos poderiam ter para ele, afinal de contas?

Então, ele diz: Bem, há mais de uma maneira de esfolar um gato.

Acho aquilo uma escolha estranha de palavras; digo: Não sou um gato, senhor.

E ele diz: Ah, eu me lembro, e também não é um cachorro, e sorri. Ele diz: A questão é, Grace, o que você é? Peixe ou carne ou um bom arenque vermelho?

E eu pergunto: O que disse, senhor?

Não gostei nem um pouco de ser chamada de peixe, eu teria saído da sala, se tivesse ousadia para tanto.

E ele diz: Vamos começar do começo.

E eu digo: O começo de quê, senhor?

E ele diz: O começo de sua vida.

Eu nasci, senhor, como todo mundo, eu digo, ainda aborrecida com ele.

Tenho aqui sua confissão, ele diz, deixe-me ler o que você disse no documento.

Isso não é realmente minha confissão, eu digo, foi apenas o que o advogado me mandou dizer e coisas inventadas pelos homens dos jornais, assim o senhor também poderia acreditar no monte de lixo daqueles panfletos que andaram vendendo por aí. A primeira vez que coloquei os olhos no homem do jornal, pensei: Bem, sua mãe sabe que você está na rua? Ele era quase tão novo quanto eu, não tinha nada que estar escrevendo para os jornais, pois nem tinha idade ainda para se barbear. Eram todos assim, nem sabiam limpar as orelhas e não saberiam distinguir a verdade nem que tropeçassem nela. Disseram que eu tinha dezoito anos ou dezenove ou não mais do que vinte, quando, na verdade, eu acabara de completar dezesseis, e não conseguiam nem mesmo soletrar os nomes corretamente, escreveram o nome de Jamie Walsh de três maneiras diferentes, Walsh, Welch, Walch, e o de McDermott também, com Mc e com Mac, com um t e com dois, e escreveram o nome de Nancy como Ann, ela nunca se chamou assim em sua vida, então como pode esperar que escrevessem o restante direito? São capazes de inventar qualquer coisa que seja conveniente para eles.

Grace, ele diz então, quem é Mary Whitney?

Dou uma olhada rápida. Mary Whitney, senhor? Onde foi arranjar esse nome?, pergunto.

Está escrito sob o seu retrato, ele diz. Na capa de sua confissão. *Grace Marks, vulgo Mary Whitney.*

Oh, sim, eu digo. Esse retrato não se parece muito comigo.

E Mary Whitney?, ele pergunta.

Ah, foi só um nome que eu dei, senhor, na estalagem em Lewinston, quando James McDermott estava fugindo comigo. Ele disse que eu não deveria dar meu nome verdadeiro, caso eles fossem em nosso encalço. Ele estava segurando meu braço com muita força, eu me lembro. Para ter certeza de que eu faria o que ele estava mandando.

E você deu um nome qualquer que veio à sua cabeça?, ele pergunta.

Oh, não, senhor, eu digo. Mary Whitney um dia foi uma grande amiga minha. Ela já havia morrido nessa época, senhor, e achei que não se importaria se eu usasse seu nome. Às vezes ela me emprestava suas roupas também.

Paro um instante, pensando na maneira certa de explicar.

Ela sempre foi gentil comigo, eu digo, e, sem ela, teria sido uma história completamente diferente.

13

Há um versinho de que eu me lembro de criança:

Agulhas e alfinetes, agulhas e alfinetes,
Quando um homem se casa, seus problemas começam.

O verso não diz quando começam os problemas de uma mulher. Talvez os meus tenham começado quando eu nasci, pois, como dizem, senhor, não se podem escolher os próprios pais e, por minha vontade própria, eu não teria escolhido os que Deus me deu.

O que está escrito no começo de minha confissão é bem verdade. Eu realmente vim do Norte da Irlanda; embora eu ache muito injusto terem escrito que *os próprios acusados admitiram ser da Irlanda*. Isso fez parecer um crime e não me consta que ser da Irlanda seja um crime; embora muitas vezes já tenha visto ser considerado como tal. Mas naturalmente nossa família era protestante e isso é diferente.

O que eu me lembro é de um pequeno porto rochoso de mar, a terra verde e cinzenta, quase sem árvores e, por este motivo, fiquei muito assustada quando vi pela primeira vez as árvores enormes do tipo que existem aqui, pois eu não sabia que uma árvore podia ser tão alta. Não me lembro muito bem do lugar, era pequena quando saí de lá; só de pedaços, como de um prato que se quebrou. Sempre há alguns pedaços, que parecem pertencer a outro prato inteiramente diferente, e também existem espaços vazios, onde não se consegue encaixar nada.

Vivíamos numa cabana com um telhado cheio de goteiras e dois quartinhos, na saída de uma aldeia perto de uma cidade que eu não mencionei para os jornais, porque minha tia Pauline pode ainda estar viva e eu não queria lhe trazer nenhuma desgraça. Ela sempre teve consideração por mim, embora eu a tenha escutado dizer para minha mãe que não sabia o que realmente se poderia esperar de mim, com tão poucas perspectivas e com um pai como aquele. Ela achava que minha mãe se casara com alguém de condição inferior à dela; disse que era assim em nossa família e que achava que eu acabaria da mesma maneira; mas, a mim, ela disse que eu deveria lutar contra isso e fixar um bom preço para mim mesma e não me engraçar com o primeiro joão-ninguém que aparecesse, como minha mãe fizera, sem procurar conhecer sua família e seus antecedentes, e que eu devia tomar cuidado com estranhos. Aos oito anos de idade, eu não tinha muita ideia do que ela estava falando, apesar de serem bons conselhos mesmo assim. Minha mãe disse que tia Pauline era bem-intencionada, mas tinha altos padrões, que só serviam para quem pudesse se dar ao luxo de mantê-los.

Tia Pauline e o marido, meu tio Roy, um homem franco, de ombros caídos, tinham uma loja na cidade vizinha; além de ferragens em geral, vendiam material para vestidos e peças de renda e alguns linhos de Belfast e estavam muito bem de vida. Minha mãe era a irmã mais nova de tia Pauline e mais bonita do que ela, que tinha uma pele que parecia uma lixa e era puro osso, os nós dos dedos grandes como juntas de galinha; mas minha mãe tinha longos cabelos ruivos, foi dela que herdei os meus, e olhos azuis e redondos como os de uma boneca e, antes de se casar, ela vivia com tia Pauline e tio Roy e os ajudava na loja.

Minha mãe e tia Pauline eram filhas de um clérigo falecido – um metodista – e dizia-se que seu pai tinha feito algo inesperado com o dinheiro da igreja e que, depois disso, não tinha mais conseguido um posto e, quando morreu, elas ficaram sem nem um centavo e tiveram que se arranjar por conta própria. Ambas, porém, tinham uma boa educação, sabiam bordar e tocar piano; assim, tia Pauline também achava que se casara com alguém de posição inferior à sua, já que cuidar de uma loja não era a maneira certa de uma senhora viver; mas tio Roy era um homem bem-intencionado, apesar de pouco educado, e a respeitava e isto valia alguma coisa; e, toda vez que ela olhava seu armário de roupas de cama e mesa e recontava seus dois aparelhos de jantar, um para o dia a dia e outro de porcelana de verdade para as grandes ocasiões, ela bendizia sua boa sina e agradecia, porque uma mulher podia se sair muito pior, e o que ela queria dizer é que fora isso que acontecera com minha mãe.

Não acredito que ela dissesse isso para ferir os sentimentos de minha mãe, embora tivesse esse efeito, e minha mãe sempre chorasse depois. Ela começou a vida sob o jugo de tia Pauline e continuou do mesmo modo, só acrescentou o jugo do meu pai. Tia Pauline estava sempre lhe dizendo para enfrentar meu pai e meu pai lhe dizia para enfrentar tia Pauline e, entre os dois, ela era completamente esmagada. Era uma criatura tímida, hesitante, fraca e delicada, o que costumava me enfurecer. Eu queria que ela fosse mais forte, para que eu mesma não precisasse ser tão forte.

Quanto a meu pai, ele nem era irlandês. Era um inglês do Norte da Inglaterra e o motivo de ter ido para a Irlanda nunca ficou claro, já que a maioria dos que queriam viajar seguia na direção oposta. Tia Pauline dizia que ele devia ter se metido em alguma confusão na Inglaterra e fugira para a Irlanda para não ser apanhado. Talvez Marks nem fosse seu nome verdadeiro, ela disse; devia ser Mark, pela Marca de Caim, já que tinha um ar assassino. Mas ela só disse isso mais tarde, quando tudo deu errado.

No começo, minha mãe dizia, ele parecia um rapaz próspero, de caráter, e até tia Pauline teve que admitir que ele era bonito, alto e louro, com a maior parte de seus dentes; e, na época em que se casaram, ele tinha dinheiro no bolso, bem como boas perspectivas, pois era de fato pedreiro, como os jornais disseram. Mesmo assim, tia Pauline disse que minha mãe não teria se casado com ele se não tivesse sido obrigada e o caso foi abafado, apesar de ter havido o falatório de que minha irmã mais velha, Martha, era grande demais para um bebê de sete meses; e isso aconteceu porque minha mãe era muito complacente e muitas moças caíam dessa maneira; e ela só me dizia isso para que eu não fizesse o mesmo. Tia Pauline disse que minha mãe teve muita sorte de meu pai ter concordado em se casar com ela, isso ela reconhecia, pois a maioria pegaria o primeiro barco para Belfast assim que soubesse da novidade, deixando-a a ver navios na praia, e tia Pauline nada poderia ter feito por ela, já que tinha sua própria reputação e a loja a considerar.

Assim, minha mãe e meu pai sentiam-se enganados um pelo outro.

Não acredito que meu pai fosse um homem mau desde o começo; mas ele se deixava desviar facilmente do caminho e as circunstâncias conspiravam contra ele. Sendo inglês, não era muito bem-vindo, nem mesmo entre os protestantes, já que não gostavam de forasteiros. Além disso, ele alegava que meu tio dizia que ele enganara minha mãe forçando-a a se casar com ele para poder levar uma boa vida, vivendo folgado à custa do dinheiro da loja; o que em parte era verdade, já que eles não podiam negar-lhe dinheiro por causa de minha mãe e das crianças.

Eu soube de tudo isso quando ainda era pequena. As portas de nossa casa não eram muito grossas e eu era uma garotinha de orelhas grandes e meu pai falava alto quando bebia e, quando ele começava, não queria saber quem pudesse estar parado no canto ou do outro lado da janela, quieto como um camundongo.

Uma das coisas que ele dizia é que tinha filhos demais, até mesmo para um homem rico. Como escreveram nos jornais, éramos nove ao todo, quer dizer, nove vivos. Eles não contaram os mortos, que foram três, sem contar o bebê que foi perdido antes de nascer e nunca teve nome. Minha mãe e tia Pauline o chamavam de bebê perdido e, quando eu era pequena, ficava pensando onde o teriam perdido, porque pensava que tivesse sido perdido como se perde uma moeda e, se fora perdido, então talvez um dia pudesse ser encontrado.

Os outros três foram enterrados no cemitério da igreja. Embora minha mãe rezasse cada vez mais, íamos à igreja cada vez menos, porque ela dizia que não iria fazer seus pobres filhinhos maltrapilhos desfilarem diante de todo mundo como espantalhos, sem sapatos. Era apenas uma igrejinha de paróquia, mas, apesar de sua natureza frágil, mamãe tinha seu orgulho e, sendo filha de um pastor, ela sabia o que era respeitável numa igreja. Portanto, ela ansiava para ser respeitável outra vez e para que nós também fôssemos respeitáveis. Mas é muito difícil, senhor, ser respeitável sem as roupas adequadas.

Ainda assim, eu costumava ir ao cemitério da igreja. A igreja não era maior do que um estábulo e quase todo o cemitério era coberto de mato. Nossa aldeia já tinha sido maior um dia, mas muitos foram embora, para as fábricas de Belfast ou para o outro lado do oceano e às vezes não restava ninguém de uma família para cuidar das sepulturas. O cemitério era um dos lugares para onde eu costumava levar meus irmãos menores quando minha mãe pedia que os tirasse de casa; assim, nós íamos cuidar dos três mortos e também dos outros túmulos. Alguns eram muito antigos e tinham lápides com cabeças de anjos, embora mais parecessem panquecas com dois olhos fixos e uma asa saindo de cada lado, de onde deveriam sair as orelhas. Eu não via como uma cabeça podia voar sem estar ligada a um corpo e tampouco entendia como uma pessoa podia estar no céu e ali no pátio da igreja ao mesmo tempo; mas todos concordavam que era assim.

Nossos três irmãos mortos não tinham lápides, apenas cruzes de madeira. Devem estar cobertas pelo mato agora.

Quando completei nove anos, minha irmã mais velha, Martha, saiu de casa para trabalhar e, assim, todo o serviço que Martha costumava fazer na casa caiu em cima de mim; dois anos depois, meu irmão Robert partiu para o mar num navio mercante e nunca mais ouvimos falar dele outra vez; mas como nós mesmos nos mudamos pouco tempo depois, mesmo que ele tivesse mandado notícias, não nos teria alcançado.

Então, restaram cinco crianças pequenas e eu mesma em casa, com outra a caminho. Não me lembro de minha mãe sem que ela não estivesse no que chamam de estado delicado; embora eu não veja nada de delicado nisso. Também dizem que é um estado infeliz e isto está mais próximo da verdade – um estado infeliz seguido de um acontecimento feliz, apesar do acontecimento nem sempre ser feliz.

Por essa época, nosso pai já estava farto de tudo aquilo. Ele dizia: Para que está pondo outro fedelho neste mundo? Já não foi o suficiente? Mas não, você não consegue parar, outra boca para alimentar, como se ele mesmo não tivesse nada a ver com aquilo. Quando eu era bem pequena, seis ou sete anos, coloquei a mão na barriga de minha mãe, que estava redonda e esticada, e perguntei: O que tem aí dentro? Outra boca para alimentar? Minha mãe sorriu tristemente e disse: Sim, receio que sim, e eu imaginei uma boca enorme, numa cabeça como as dos anjos voadores nas lápides, mas com dentes e tudo, devorando minha mãe a partir de dentro, e comecei a chorar porque pensei que aquilo fosse matá-la.

Nosso pai costumava viajar, às vezes até Belfast, para trabalhar para os construtores que o contratavam; então, quando a obra terminava, ele voltava para casa por alguns dias e depois saía novamente à procura de outra tarefa. Quando estava em casa, costumava ir à taverna, para fugir do berreiro. Dizia que um homem não conseguia nem escutar os próprios pensamentos em meio a toda aquela gritaria e ele precisava buscar à sua volta, com uma família tão grande, e como ele iria conseguir manter seus corpos e almas unidos era algo além da sua capacidade. Mas a maior parte da busca que fazia estava no fundo de um copo e sempre havia aqueles dispostos a ajudá-lo a procurar; mas, quando estava bêbado, ficava furioso e começava a amaldiçoar os irlandeses, chamando-os de um bando de patifes inúteis e ladrões ordinários, e então a briga começava. Mas seu braço era forte e logo não lhe restaram muitos amigos, pois, embora gostassem de beber com ele, não queriam estar na ponta errada do seu punho quando chegasse a hora da briga. Então, ele bebia sozinho, cada vez mais, e, à medida que a bebida ficava mais forte, as noites ficavam mais longas e ele começou a faltar ao trabalho durante o dia.

Assim, ele ficou com a reputação de não ser digno de confiança e as encomendas de trabalho começaram a escassear e a ficar cada vez mais espaçadas. Era pior quando ele estava em casa do que quando não estava, já que nessa época ele não restringia seus acessos de raiva à taverna. Dizia não saber por que Deus o sobrecarregara com toda aquela ninhada, o mundo não precisava de mais nenhum de nós, todos nós deveríamos ter sido afogados como filhotes de gato dentro de um saco e então os menores ficavam aterrorizados. Assim, eu pegava os quatro que já tinham idade suficiente para caminhar aquela distância e, de mãos dadas, em fileira, íamos ao cemitério arrancar ervas daninhas ou até o porto, escalar as pedras da praia e cutucar as águas-vivas encalhadas com uma varinha, ou olhar nas poças formadas pela maré à cata de qualquer coisa que pudéssemos encontrar.

Ou íamos até o pequeno cais onde os barcos de pesca ficavam amarrados. Não devíamos ir lá porque nossa mãe receava que escorregássemos e nos afogássemos, mas eu levava as crianças até lá mesmo assim, porque às vezes os pescadores nos davam algum peixe, um bonito arenque ou uma cavalinha e em casa qualquer tipo de comida era terrivelmente necessário; às vezes não sabíamos o que iríamos comer no dia seguinte. Nossa mãe nos proibia de pedir esmolas e nós não pedíamos, ao menos não declaradamente; mas cinco criancinhas esfarrapadas com olhar esfomeado é uma visão difícil de ignorar, ou pelo menos era assim em nossa aldeia. Assim, quase sempre conseguíamos nosso peixe e voltávamos para casa tão orgulhosos como se nós mesmos o tivéssemos pescado.

Confesso ter tido um pensamento perverso, quando estava com todos os pequenos alinhados no cais, com suas perninhas desnudas balançando acima da água. Pensei que bastaria empurrar um ou dois deles e então não haveria tantas bocas para alimentar, nem tantas roupas para lavar. Porque nessa época era eu quem lavava a maior parte da roupa. Mas foi apenas um pensamento, sem dúvida ali colocado pelo diabo. Ou mais provavelmente por meu pai, pois, com aquela idade, eu ainda tentava agradá-lo.

Depois de algum tempo, ele começou a andar em companhias suspeitas e era visto com alguns protestantes de má reputação, militantes da Ordem de Orange, e uma casa foi incendiada a uns trinta quilômetros dali, propriedade de um senhor protestante que tomara o partido dos católicos, e um outro foi encontrado com a cabeça esmagada. Minha mãe e meu pai discutiram por causa disso e ele disse como diachos ela esperava que ele trouxesse algum dinheiro para casa, o mínimo que ela poderia fazer era guardar segredo, não que se pudesse jamais confiar numa mulher tanto quanto não se podia contar com ela, já que traíam qualquer homem assim que colocavam os olhos nele e que o inferno era bom demais para todas elas. E quando perguntei a minha mãe qual era o segredo, ela pegou a Bíblia e disse que eu devia jurar guardar o segredo também e que Deus me castigaria se eu quebrasse uma promessa tão sagrada; o que muito me aterrorizou, já que eu corria o risco de deixá-lo escapar sem perceber, pois eu não fazia a menor ideia do que se tratava. E ser castigada por Deus deve ser algo terrível, já que ele era muito maior do que meu pai; depois disso, sempre fui muito cuidadosa em guardar os segredos dos outros, não importa o que fosse.

Durante algum tempo, houve dinheiro, mas a situação não melhorou e, das palavras, ele passou aos golpes, embora minha pobre mãe não fizesse nada para provocá-los; e, quando minha tia Pauline vinha nos visitar, minha mãe conversava com ela em sussurros, mostrava as manchas em seus braços e chorava, dizendo: Ele não era assim; e tia Pauline dizia: Mas olhe para ele agora, não passa de uma bota furada, quanto mais se despeja por cima, mais escapa por baixo, é uma vergonha e uma desgraça.

Meu tio Roy veio com ela em sua charrete de um só cavalo, trazendo alguns ovos de suas galinhas e um pedaço de toucinho, pois nossas próprias galinhas e porcos havia muito tinham se acabado; sentaram-se no quartinho da frente, cheio de roupas lavadas penduradas para secar, porque, naquele clima, assim que você acabava de lavar as roupas e estendê-las lá fora num dia ensolarado, as nuvens apareciam e começava a chuviscar, e tio Roy, que era um homem muito franco, disse que não conhecia nenhum homem que conseguisse transformar um bom dinheiro em mijo de cavalo mais rápido do que meu pai. E tia Pauline o fez pedir desculpas pela linguagem; embora minha mãe já tivesse ouvido coisa muito pior, pois, quando nosso pai bebia, tinha a boca mais suja do que esgoto a céu aberto.

Por essa época, já não era o pouco dinheiro que nosso pai colocava dentro de casa que nos sustentava. Em vez disso, era minha mãe e sua costura de camisas, no que eu ajudava e minha irmã mais nova, Katey, também; e foi tia Pauline quem lhe arranjou o trabalho, ela o trazia e o levava de volta, o que devia ser uma boa despesa para ela por causa do cavalo, além do tempo e do trabalho extras. Mas ela sempre trazia alguma comida, pois, embora tivéssemos nosso próprio canteiro de batatas e repolhos, isto não era de modo algum suficiente e ela também trazia retalhos de pano da loja, com os quais fazíamos nossas próprias roupas, da maneira como fosse.

Meu pai havia muito deixara de perguntar de onde vinham aquelas coisas. Naquela época, senhor, era uma questão de honra para um homem sustentar sua própria família, independentemente do que ele pensasse dessa família, e minha mãe, apesar de seu espírito fraco, era uma mulher bastante inteligente para não lhe dizer qualquer coisa a respeito. E outra pessoa que não sabia tanto quanto havia para saber sobre isso era o meu tio Roy, embora ele devesse ter adivinhado e visto que alguns itens desapareciam de sua casa para reaparecer na nossa. Tia Pauline era, contudo, uma mulher determinada.

O novo bebê chegou e havia mais coisas para eu lavar, como sempre acontece quando há um novo bebê, e dessa vez nossa mãe ficou doente por muito mais tempo do que o habitual; e eu tinha que preparar o jantar, assim como o desjejum, o que já costumava fazer, e nosso pai dizia que deveríamos simplesmente dar uma pancada na cabeça do bebê e jogá-lo num buraco no canteiro de repolhos, pois ele estaria muito mais feliz dentro da terra do que sobre ela. E depois disse que ficava faminto só de olhar para ele, que ficaria ótimo numa travessa com batatas assadas em volta e uma maçã na boca. E depois perguntou por que todos nós estávamos olhando para ele daquele jeito.

Nessa época, aconteceu uma coisa surpreendente. Tia Pauline já tinha perdido a esperança de ter filhos e, assim, considerava-nos seus próprios filhos; mas agora havia indícios de que ela estava a caminho de formar uma família. Ela estava muito feliz e minha mãe também ficou feliz por ela. Mas tio Roy disse para tia Pauline que teria que haver mudanças, pois agora ele não poderia mais continuar a sustentar nossa família, tendo que cuidar da sua própria, e que era necessário fazer outros planos. Tia Pauline disse que não podíamos ser abandonados para morrer de fome, por pior que meu pai fosse, pois sua irmã era sua própria carne e sangue e as crianças eram inocentes; e tio Roy disse: Quem falou em morrer de fome?, o que ele tinha em mente era a imigração. Muitos estavam fazendo isso e havia terras sendo doadas no Canadá e o que meu pai precisava era começar da estaca zero. Havia uma grande demanda de pedreiros por lá, por causa das construções e obras em andamento, e ele ouvira de boa fonte que logo haveria muitas estações de trens a ser construídas e um homem trabalhador poderia se sair muito bem.

Tia Pauline disse que estava tudo muito bem, mas quem iria pagar as passagens? E tio Roy disse que tinha algumas economias, que iria enfiar a mão até o fundo dos seus bolsos e tirar o suficiente não só para pagar as passagens como também para a comida que iríamos precisar durante a viagem; e ele sabia de um sujeito que arranjaria tudo, por uma comissão. Ele já tinha tudo planejado antes de trazer o assunto à baila, meu tio Roy era um tipo que gostava de ter todos os seus patos alinhados em fila antes de começar a atirar.

E assim ficou decidido. Minha tia Pauline veio especialmente em sua charrete, apesar de seu estado, para repetir tudo isso para minha mãe e minha mãe disse que teria que falar com meu pai e obter sua aprovação, mas isto era apenas pelas aparências. Mendigos não podem ser seletivos e não havia nenhum outro caminho aberto para eles; além do mais, haviam aparecido alguns estranhos na aldeia, falando da casa que fora incendiada e do homem que fora assassinado e fazendo perguntas; depois disto meu pai ficou com pressa de sair dali.

Ele, então, armou uma boa fachada, dizendo que seria um novo começo na vida e que era muita generosidade da parte do meu tio Roy, que ele iria considerar o dinheiro da passagem um empréstimo e que o devolveria assim que começasse a prosperar e tio Roy fingiu acreditar. Ele não tinha nenhuma intenção de humilhar meu pai, apenas de vê-lo pelas costas. Quanto à sua generosidade, acho que ele pensou que seria melhor aguentar firme e gastar logo uma boa soma de dinheiro do que ser sangrado ao longo dos anos até a morte, centavo a centavo, e, se eu estivesse no lugar dele, teria feito o mesmo.

Assim, foram iniciados os preparativos. Ficou decidido que zarparíamos no fim de abril, pois desta forma chegaríamos ao Canadá no começo do verão, tendo o tempo quente enquanto nos instalávamos. Houve muito planejamento entre minha mãe e tia Pauline e um bocado de separação e empacotamento; as duas tentavam parecer alegres, mas ambas estavam desconsoladas. Afinal, eram irmãs, haviam passado por muitas dificuldades juntas e sabiam que, tão logo o navio zarpasse, era provável que jamais voltassem a se ver outra vez em vida.

Minha tia Pauline trouxe um bom lençol de linho, apenas com um pequeno defeito, da loja e um xale grosso e quente, pois ouvira dizer que era frio do outro lado do oceano, e um pequeno cesto de vime, com tampa; dentro dele, embalado em palha, um bule de chá de louça e duas xícaras com pires, com desenhos de rosas. Minha mãe agradeceu-lhe muito, disse quanto tia Pauline sempre fora boa para nós e que guardaria aquele bule com carinho para sempre, como lembrança dela.

E houve muitas lágrimas silenciosas.

14

∽∞∾

Nós fomos para Belfast numa carroça alugada por meu tio e foi uma viagem longa, aos solavancos, mas não choveu muito. Belfast é uma cidade grande, de construções de pedra, o maior lugar onde eu já estivera, e barulhenta de charretes e carroças. Havia prédios imponentes, mas também muita gente pobre, que trabalhava dia e noite nas tecelagens de linho. Os lampiões de gás estavam acesos quando chegamos à noite e foram os primeiros que eu vi; e eram como o luar, apenas de um tom mais esverdeado.

Dormimos em uma hospedaria tão cheia de pulgas que mais parecia um canil; levamos todos os baús para dentro conosco para que não fôssemos roubados de todos os nossos bens materiais. Não tive oportunidade de ver muita coisa mais, já que de manhã tivemos que embarcar imediatamente, e eu fui apressando as crianças até o navio. Elas não compreendiam para onde estávamos indo e, para dizer a verdade, senhor, creio que nenhum de nós.

O navio estava atracado no cais; era um cargueiro desajeitado e pesado que viera de Liverpool e, mais tarde, me disseram que trazia troncos de madeira do Canadá quando voltava e levava imigrantes no sentido contrário e ambos eram vistos praticamente do mesmo modo, como carga a ser transportada. As pessoas já estavam embarcando com todas as suas trouxas e seus baús e algumas das mulheres choramingavam ruidosamente; mas eu não chorei, pois não via razão para isto, e nosso pai estava com um ar sombrio e precisando de silêncio e não parecia disposto a nos poupar das costas de sua mão.

O navio balançava de um lado para outro com as ondas e eu não confiava nem um pouco nele. As crianças menores estavam entusiasmadas, especialmente os meninos, mas meu coração apertava no peito porque eu nunca estivera em um navio, nem mesmo nos pequenos barcos pesqueiros de nosso porto, e sabia que iríamos atravessar o oceano, sem nenhuma terra à vista e, se houvesse um naufrágio ou alguém caísse da amurada, nenhum de nós sabia nadar.

Vi três corvos pousados em fila na trave-mestra do mastro e minha mãe também os viu. Ela disse que era sinal de azar, pois três corvos em fila significavam morte. Fiquei surpresa por ter dito isto, pois ela não era uma mulher supersticiosa; mas suponho que estivesse deprimida, pois já notei que aqueles que estão com o estado de ânimo abatido são mais propensos a considerar os maus presságios. Mas eu fiquei muito assustada, apesar de não demonstrar, por causa das crianças menores; se me vissem sucumbir, fariam o mesmo e já havia barulho e tumulto demais.

Nosso pai assumiu um ar corajoso e subiu a prancha de embarque na frente com passos firmes, carregando a maior trouxa de roupas e de cobertas, olhando ao redor como se soubesse tudo a respeito de navios e não estivesse com medo; mas nossa mãe subiu a rampa com muita tristeza, o xale enrolado em volta do corpo, derramando lágrimas furtivas e contorcendo as mãos. Ela me disse: Oh, o que nos levou a isso?, e, quando subimos a bordo do navio, ela disse: Meus pés jamais tocarão a terra outra vez. E eu disse: Mãe, por que diz isso? E ela disse: Sinto isso dentro de mim.

E foi o que aconteceu.

Nosso pai pagou para que nossos baús maiores fossem carregados a bordo e armazenados; era uma pena desperdiçar o dinheiro, mas era a única maneira de fazer isso, já que ele não poderia carregar tudo sozinho, porque os carregadores eram ríspidos e implicantes e o teriam impedido. O convés estava apinhado, muita gente indo e vindo, e os homens gritando para sairmos do caminho. Os baús de que não iríamos precisar a bordo foram levados para um depósito especial, que seria mantido trancado para evitar roubos e a provisão de alimentos que levávamos conosco para a viagem também foi para seu próprio lugar; mas os cobertores e lençóis foram levados para baixo, para as nossas camas; e nossa mãe insistiu em guardar o bule de tia Pauline com ela, pois não o queria longe de sua vista; ela amarrou o cesto de vime ao mastro da cabeceira da cama com um pedaço de corda.

O lugar onde deveríamos dormir ficava embaixo do convés, descendo-se por uma escada suja e escorregadia, até o que chamavam de porão, todo ocupado por camas. Tábuas de madeira duras e ásperas, é o que eram, porcamente unidas com pregos, de um metro e oitenta de largura por um metro e oitenta de comprimento, cada uma para duas pessoas, e três ou quatro se fossem crianças; e em duas camadas, uma por cima da outra, quase sem nenhum espaço para uma pessoa se espremer entre elas. Quando se ficava na cama de baixo, não havia espaço para se sentar aprumada – se tentasse, batia com a cabeça na cama de cima e, se estivesse na de cima, tinha mais chance de despencar de lá e cair de mais alto ainda. Todos ficavam apertados como arenques em uma caixa e não havia nenhuma janela ou nenhuma forma de deixar o ar entrar, salvo pelas escotilhas que levavam para baixo. O ar já era bastante abafado, mas nada comparado ao que iria ficar depois. Tivemos que nos apoderar de nossas camas imediatamente e colocar nossos pertences nelas de uma vez, havia empurrões e corre-corre e eu não queria que ficássemos separados, com as crianças sozinhas e assustadas num lugar estranho à noite.

Zarpamos ao meio-dia, quando tudo havia sido estocado a bordo. Depois que levantaram a prancha de embarque e não havia mais como retornar à terra, fomos convocados por um sino para um discurso do capitão, que era um escocês do Sul com uma pele de couro. Disse-nos que precisávamos obedecer às regras do navio e que nenhum fogo para cozinhar poderia ser aceso, toda a nossa comida seria preparada pelo cozinheiro do navio, se levada prontamente ao toque do sino; e nada de fumar cachimbos, especialmente embaixo do convés, pois poderia causar incêndios e aqueles que não pudessem passar sem tabaco deviam apenas mastigar e cuspir. E não se podiam lavar roupas, exceto nos dias em que o tempo estivesse bom, e era ele quem decidiria isso; porque, se houvesse muita ventania, nossos pertences seriam lançados ao mar pela borda afora e, se chovesse, o porão ficaria cheio de roupas molhadas e fumegantes à noite e ele nos garantiu que isto não seria nada agradável.

Além disso, não era permitido levar roupas de cama para arejar no convés sem permissão e todos deveriam obedecer às suas ordens e do primeiro imediato e de qualquer dos outros oficiais, pois a segurança do navio dependia disso; no caso de quebra de disciplina, teríamos que ser trancados num calabouço, portanto ele esperava que ninguém tentasse contrariá-lo. Além do mais, disse, nenhuma bebedeira seria tolerada, já que levava as pessoas a caírem no mar; poderíamos nos embebedar quanto quiséssemos quando chegássemos a terra firme, mas não no navio e, para nossa própria segurança, nossa presença não era permitida no convés à noite, pois podíamos acabar no mar. Era proibido interferir com os serviços de seus marinheiros, assim como suborná-los para conseguir favores; ele tinha olhos na nuca e ficaria sabendo imediatamente, se alguém tentasse. Como seus homens podiam atestar, ele comandava o navio com punho de ferro, e em alto-mar a palavra do capitão era lei.

Em caso de doença, havia um médico a bordo, mas a maioria podia esperar se sentir mal até se acostumar com o balanço do mar e o médico não deveria ser incomodado com bobagens como um pequeno enjoo e, se tudo corresse bem, estaríamos em terra outra vez dentro de seis ou oito semanas. Para terminar, ele queria dizer que todo navio tinha um ou dois ratos a bordo e isto era sinal de sorte, porque eram os ratos que primeiro sabiam se um navio estava fadado a naufragar e ele não queria ser incomodado com isso, caso alguma senhora de boa família avistasse algum. Ele imaginava que nenhum de nós jamais tivesse visto um rato antes – e com isto houve uma risada geral –, mas, caso tivéssemos curiosidade, ele tinha um que acabara de matar, e muito apetitoso, caso estivéssemos com fome. Mais risos, já que era uma piada que ele estava fazendo, para nos deixar mais relaxados.

Quando as risadas cessaram, ele disse que, para resumir, seu navio não era o Palácio de Buckingham e nós não éramos a rainha da França e, como tudo na vida, você recebia pelo preço que pagara. E ele nos desejava uma boa viagem. Em seguida, retirou-se para sua cabine e nos deixou para que nos arranjássemos da melhor maneira que pudéssemos. No fundo do seu coração, ele provavelmente gostaria que fôssemos todos parar no fundo do mar, desde que ele pudesse ficar com o dinheiro do nosso transporte. Mas ao menos ele parecia saber o que estava fazendo e isto me fez sentir melhor. Não preciso lhe dizer que muitas de suas instruções não eram obedecidas, especialmente quanto a fumar e beber, mas os que cediam ao vício tinham que o fazer às escondidas.

No começo, não foi tão ruim. As nuvens se espaçaram e o sol surgia de vez em quando. Eu permaneci no convés, observando os homens conduzirem o navio para fora do porto e, enquanto estávamos ao abrigo da terra, o balanço não me incomodou. Mas, tão logo estávamos ao largo do mar da Irlanda e eles içaram mais velas, comecei a me sentir estranha e enjoada e, em pouco tempo, perdi meu desjejum nos embornais, segurando pela mão dois irmãos pequenos que estavam na mesma situação. E eu não era de modo algum a única, pois muitas outras pessoas estavam alinhadas como porcos no cocho. Nossa mãe estava prostrada e nosso pai, mais enjoado do que eu, de modo que nenhum dos dois podia ajudar com as crianças. Por sorte, não havíamos jantado ou teria sido bem pior. Os marinheiros estavam preparados, já tendo visto isso antes, e içavam muitos baldes de água salgada para lavar a sujeira.

Depois de algum tempo, me senti melhor; pode ter sido o ar fresco do mar ou eu ter me acostumado ao balanço do navio. Além disso, se me desculpar por falar assim, senhor, não havia mais nada para pôr para fora e, desde que eu permanecesse em cima, no convés, não me sentia tão mal. Não se cogitou nem em qualquer ceia para nossa família, já que todos estavam indispostos demais; mas um marinheiro me disse que, se pudéssemos beber um pouco d'água e beliscar um pouco de bolacha de navio, nos sentiríamos melhor; e, como havíamos trazido um suprimento dessas bolachas por sugestão do meu tio, seguimos o conselho da melhor forma que podíamos.

Assim, a situação ficou um pouco melhor até o anoitecer e afinal tivemos que ir para baixo, quando então tudo piorou. Como já disse, todos os passageiros estavam amontoados ali dentro, sem nenhuma divisória, e a maioria completamente nauseada; dessa maneira, podiam-se ouvir não só as ânsias de vômito e os gemidos de seus vizinhos, o que já o deixava nauseado só de escutar, como o ar praticamente não era renovado e assim o porão foi ficando cada vez mais imundo e fétido e o fedor era suficiente para revirar o estômago.

E, se me desculpar por mencionar isso, senhor, não havia instalações adequadas para uma pessoa se aliviar. Havia baldes, mas à vista de todos, ou assim seria se houvesse alguma luz; mas, ali como era, as pessoas tinham que tatear no escuro, tropeçavam, xingavam, e baldes eram entornados acidentalmente, e mesmo que os baldes ficassem virados para cima, o que não caía dentro caía no chão. Felizmente não era um assoalho muito sólido, assim pelo menos um pouco da sujeira passava para a estiva embaixo. Isso me fez refletir, senhor, que há ocasiões em que as mulheres com suas saias se safam melhor do que os homens com suas calças, pois ao menos nós carregamos conosco para todo lado uma espécie de tenda natural, enquanto os pobres homens tinham que cambalear de um lado para outro com as calças arriadas até os tornozelos. Mas, como eu disse, não havia muita luz.

Com as subidas e descidas do navio, os rangidos que fazia, o bater das ondas, o barulho e o mau cheiro e os ratos correndo de um lado para outro, garbosos como damas e cavalheiros, era como se a alma estivesse penando no inferno. Pensei em Jonas na barriga da baleia, mas ele ao menos só teve que ficar ali três dias, ao passo que nós tínhamos oito semanas à nossa frente, e ele estava na barriga sozinho, não tinha que ouvir os gemidos e vômitos dos outros.

Após vários dias, a situação melhorou, já que o enjoo de muitos passageiros diminuiu; mas o ar continuava sempre fétido à noite e sempre havia barulhos. Menos vômitos, sem dúvida, porém mais tosses e roncos e também muitos choros e rezas, o que é compreensível nessas circunstâncias.

Mas eu não pretendia ferir sua suscetibilidade, senhor. Afinal, o navio era apenas uma espécie de favela em movimento, mas sem as casas de gim, e ouvi dizer que agora os navios são melhores.

Talvez o senhor queira abrir a janela.

Todo esse sofrimento teve uma consequência boa. Os passageiros eram católicos e protestantes misturados, com alguns ingleses e escoceses vindos de Liverpool de quebra, e, se estivessem em bom estado de saúde, teriam brigado e se engalfinhado, já que não se dão bem, mas nada como um forte ataque de enjoo de mar para acabar com a vontade de brigar e aqueles que alegremente teriam cortado a garganta uns dos outros em terra firme eram frequentemente vistos segurando a cabeça de um deles sobre os embornais, como a mais amorosa das mães, e às vezes noto a mesma reação na prisão, já que a necessidade força estranhas amizades. Uma viagem por mar e uma prisão podem ser uma maneira de Deus nos lembrar de que somos carne e que toda carne é capim e que toda carne é fraca. Ao menos, é no que prefiro acreditar.

Após vários dias, acostumei-me ao balanço do mar, e assim podia subir e descer as escadas para o convés e providenciar as refeições. Cada família entregava sua própria comida, que era levada ao cozinheiro de bordo, colocada numa bolsa de rede, mergulhada num caldeirão de água fervente e ali cozida juntamente com a comida dos demais; assim, não se comia apenas seu próprio jantar, como se provava o gosto do que os outros comiam também. Nós tínhamos carne de vaca e de porco salgadas; tínhamos algumas cebolas e batatas, embora não muitas por causa do peso, e ervilhas secas, um repolho que logo acabou, pois achei melhor comê-lo antes que murchasse. A aveia que tínhamos não podia ser fervida no caldeirão principal, mas era misturada com água quente e deixada para empapar e o mesmo era feito com o chá. E tínhamos bolachas, como já disse.

Minha tia Pauline dera três limões à minha mãe, que valiam seu peso em ouro, pois ela disse que preveniam o escorbuto, e esses eu guardei cuidadosamente para o caso de uma necessidade. No geral, tínhamos o suficiente para manter as forças do nosso corpo, o que era mais do que alguns, que haviam gasto todo o seu dinheiro com a passagem, e tínhamos um pouco sobrando, ou assim eu pensava, já que nossos pais não estavam em condições de comer sua porção da comida. Assim, dei várias bolachas à nossa vizinha mais próxima, que era uma mulher idosa chamada sra. Phelan, e ela me agradeceu muito e disse Deus a abençoe. Ela era católica e viajava com os dois filhos de sua filha, deixados para trás quando a família emigrou; agora ela os levava para Montreal, já que seu genro pagara as passagens; eu a ajudava com as crianças e mais tarde fiquei feliz de a ter ajudado. O pão doado no mar volta para você multiplicado por dez, como tenho certeza de já ter ouvido dizer muitas vezes, senhor.

E, quando nos disseram que poderíamos lavar as roupas, pois o tempo estava bom, com um bom vento para secar – o que era muito necessário, por causa de todo o enjoo –, eu fiz uma trouxa das nossas roupas junto com as dela. Não foi uma boa lavagem, já que tudo o que podíamos usar eram os baldes de água salgada que nos davam, mas ao menos limpou a maior parte da sujeira, embora depois tudo ficasse cheirando a água do mar.

Uma semana e meia depois, fomos surpreendidos por um terrível vendaval e o navio era jogado de um lado para outro, como uma rolha de cortiça numa tina, e as rezas e os gritos se tornaram ferozes. Não havia a menor possibilidade de cozinhar o que quer que fosse e à noite era impossível dormir, já que você rolaria para fora da cama se não se segurasse com força. O capitão enviou o primeiro imediato para nos dizer que ficássemos calmos, pois se tratava apenas de uma tempestade comum e nada para ficarmos apavorados e ainda que ela estava soprando na direção certa. Mas a água descia pelas escotilhas e eles as fecharam e ficamos todos presos na escuridão com ainda menos ar do que tínhamos antes e achei que iríamos todos morrer sufocados. Mas o capitão devia saber disso, porque, de vez em quando, as escotilhas eram abertas. Entretanto, os que estavam perto delas ficavam completamente molhados; era a vez deles de pagar pelo suprimento de ar mais fresco que tinham tido até então.

O vendaval amainou depois de dois dias e houve um culto geral de ação de graças realizado para os protestantes e havia um padre a bordo que rezou uma missa para os católicos; de certa forma, foi impossível deixar de comparecer às duas cerimônias, em razão das condições de confinamento; mas ninguém protestou, pois, como já disse, os dois grupos se toleravam muito melhor do que em terra firme. Eu mesma fiquei muito amiga da velha sra. Phelan; por essa ocasião, ela já estava mais esperta nos próprios pés do que minha mãe, que continuava enfraquecida.

Depois do vendaval, ficou mais frio. Começamos a encontrar nevoeiros, depois icebergs, que afirmaram ser em maior número do que o normal para a estação, e navegamos mais devagar por medo de colidir com eles; os marinheiros disseram que a parte maior ficava dentro da água e era invisível e que tínhamos sorte de não haver um vento forte, ou poderíamos ser jogados contra um deles e o navio soçobrar; mas eu não me cansava de olhar para eles. Eram grandes montanhas de gelo, com picos e torreões, brancos e brilhantes quando iluminados pelo sol, com luzes azuis no centro, e eu pensei: é disso que devem ser feitas as muralhas do céu, só que não tão frias.

Mas foi entre os icebergs que nossa mãe ficou gravemente enferma. Ela ficara de cama a maior parte do tempo por causa do enjoo do mar e não comera nada senão bolachas e água e um pouco de papa de aveia. Nosso pai não estava muito melhor e, se fôssemos medir pela intensidade dos gemidos, ele estava pior; e tudo estava num estado deplorável, já que, durante a tempestade, não pudemos lavar nada, nem arejar as roupas de cama. Assim, no começo, eu não notei como minha mãe havia piorado. Mas ela disse que tinha uma dor de cabeça tão terrível que mal podia enxergar e eu trouxe panos molhados e coloquei na sua testa e vi que ela estava com febre. Em seguida, ela começou a se queixar de forte dor de estômago e eu o apalpei. Havia um inchaço duro e eu achei que era outra boca para alimentar, embora eu não compreendesse como podia ter crescido tão rapidamente.

Assim, contei à velha sra. Phelan, que me dissera que tinha feito o parto de dezesseis crianças, incluindo os nove dela mesma; ela veio imediatamente, apalpou, apertando e cutucando, e minha mãe gritou de dor; a sra. Phelan disse que eu devia chamar o médico de bordo. Eu não queria chamá-lo porque o capitão dissera que ele não deveria ser incomodado com ninharias; mas a sra. Phelan disse que aquilo não era nenhuma ninharia e também não era nenhum bebê.

Perguntei ao nosso pai, mas ele disse que eu devia fazer o que bem quisesse, já que ele estava doente demais para pensar no que quer que fosse; então, finalmente, mandei chamá-lo. Mas o doutor não veio e minha pobre mãe piorava a cada hora. A essa altura, ela mal conseguia falar e o que dizia não fazia absolutamente nenhum sentido.

A sra. Phelan disse que era uma vergonha, que tratariam melhor uma vaca e que a melhor maneira de fazer o doutor descer era dizer que talvez fosse tifo, ou então cólera, já que não havia nada neste mundo que eles temessem mais a bordo de um navio. Então eu disse isso e o doutor veio imediatamente.

Mas ele não foi mais útil – se me desculpar, senhor – do que tetas em um galo, como Mary Whitney costumava dizer, porque, depois de tomar o pulso de minha mãe e sentir sua testa e fazer perguntas para as quais não havia resposta, tudo o que ele pôde nos dizer é que ela não tinha cólera, o que eu já sabia, tendo eu mesma inventado a história. O que ela realmente tinha ele não sabia dizer; o mais provável é que fosse um tumor, ou um cisto, ou um apêndice supurado e que lhe daria algo para a dor. E isso ele fez; acho que era láudano, e uma grande dose, porque minha mãe logo silenciou, o que, sem dúvida, era o objetivo dele. Disse que tínhamos que torcer para ela conseguir sair da crise; mas não havia como dizer o que era, sem abri-la, e isto certamente a mataria.

Perguntei se ela deveria ser levada para o convés, para tomar ar fresco, mas ele disse que seria um erro movê-la. E saiu o mais rápido possível, enquanto observava para ninguém em particular que o ar ali embaixo estava tão viciado que ele estava quase sufocado. E isso eu também já sabia. Minha mãe morreu naquela noite. Gostaria de poder lhe dizer que ela teve visões de anjos no fim e que fez um belo discurso para nós em seu leito de morte, como nos livros; mas, se ela realmente teve alguma visão, guardou-a para si, pois não disse nem uma palavra, nem sobre elas nem sobre nada mais. Eu adormeci, embora pretendesse fazer vigília, e quando acordei de manhã ela estava tão morta quanto uma cavalinha, com os olhos abertos e fixos. E a sra. Phelan me abraçou, envolveu-me em seu xale, me deu um gole da garrafinha de aguardente que mantinha a seu lado como remédio e disse que me faria bem chorar e que ao menos a pobrezinha estava livre de seus sofrimentos e que agora estava no céu com os santos abençoados, mesmo sendo protestante.

A sra. Phelan também disse que não tínhamos aberto uma janela para deixar a alma sair, como era o costume; mas talvez minha pobre mãe não fosse julgada por isso, já que não havia janelas no porão de um navio e, portanto, nenhuma que pudesse ser aberta. Mas eu nunca tinha ouvido falar de tal costume.

Não chorei. Parecia que tinha sido eu, e não minha mãe, quem tinha morrido; fiquei sentada, paralisada, sem saber o que fazer em seguida. Mas a sra. Phelan disse que não podíamos deixá-la ali deitada e perguntou se eu não tinha um lençol branco para o funeral. E então comecei a ficar terrivelmente preocupada, porque tudo o que tínhamos eram três lençóis. Havia dois lençóis velhos, que tinham se desgastado com o uso, e então foram cortados em dois e costurados, e o lençol novo que tia Pauline nos dera e eu não sabia qual usar. Parecia desrespeito usar um velho, mas, se eu usasse o novo, seria um desperdício no que dizia respeito aos vivos e toda a minha dor concentrou-se, por assim dizer, na questão dos lençóis. Finalmente eu me perguntei o que minha mãe iria preferir e, já que ela sempre se colocara em segundo lugar na vida, decidi pelo lençol velho, que ao menos estava razoavelmente limpo.

O capitão foi notificado e dois marinheiros vieram para levar minha mãe para o convés; a sra. Phelan subiu comigo e nós a arrumamos, com os olhos fechados e os bonitos cabelos soltos, pois a sra. Phelan disse que um corpo não devia ser enterrado com os cabelos presos. Deixei-a com as mesmas roupas que vestia, salvo os sapatos. Guardei seus sapatos, bem como o xale, que de nada lhe serviriam. Ela parecia pálida e delicada, como uma flor de primavera, e as crianças se colocaram à sua volta, chorando; fiz com que cada uma delas a beijasse na testa, o que não teria feito se achasse que ela havia morrido de alguma doença contagiosa. E um dos marinheiros, que era especialista em casos como esse, arrumou o lençol em volta dela com muita destreza e costurou-o bem apertado, com um pedaço de uma velha corrente de ferro nos pés, para fazer o corpo afundar. Eu me esqueci de cortar uma mecha de seus cabelos para guardar de lembrança, como deveria ter feito, mas eu estava confusa demais para me lembrar disso.

Assim que o lençol cobriu seu rosto, tive a sensação de que não era realmente minha mãe que estava ali, mas uma outra mulher, ou que minha mãe mudara e, se agora retirassem o lençol, ela seria alguém inteiramente diferente. Deve ter sido o choque que colocou essas ideias em minha cabeça.

Felizmente havia um pastor a bordo, que fazia a travessia em uma das cabines, o mesmo que fizera o culto de ação de graças depois da tempestade; ele leu uma breve oração e meu pai conseguiu cambalear escada acima e ali ficou de cabeça baixa, desalinhado e barbado, mas ao menos estava presente. Assim, com os icebergs flutuando ao redor e o nevoeiro entrando, minha pobre mãe foi baixada ao mar. Até aquele momento, eu não tinha pensado para onde ela iria e havia algo de terrível nisto, imaginá-la afundando num lençol branco sob os olhos fixos de todos os peixes. Era pior do que ser colocado dentro da terra, porque, se uma pessoa está numa sepultura, ao menos você sabe onde ela está.

E então tudo terminou, tão rápido, e o dia seguinte passou como antes, só que sem minha mãe.

Naquela noite, peguei um dos limões e o cortei e fiz com que cada uma das crianças comesse um pedaço e eu também comi. Era tão azedo que achei que realmente devia estar fazendo algum bem. Foi a única coisa que consegui pensar em fazer.

* * *

E agora só me resta mais uma coisa para lhe contar sobre essa viagem. Quando ainda estávamos na calmaria e no meio de um denso nevoeiro, o cesto com o bule de tia Pauline caiu no chão e o bule quebrou. Ora, aquele cesto ficara no mesmo lugar durante toda a tempestade, apesar de todo o jogo e balanço do navio, e estava amarrado na cabeceira da cama.

A sra. Phelan disse que sem dúvida ele se desamarrara quando alguém tentou roubá-lo, mas parou com medo de ser visto, e não seria a primeira coisa a mudar de mãos dessa forma. Mas não foi o que pensei. Achei que tinha sido o espírito de minha mãe, preso no porão do navio porque não pudemos abrir uma janela e zangado comigo por causa do lençol velho. E agora ela ficaria presa ali para todo o sempre, ali embaixo no porão, como uma mariposa dentro de uma garrafa, velejando de um lado para outro por esse oceano escuro e tenebroso, com os emigrantes indo em uma direção e as toras de madeira na outra. E isso me deixou muito infeliz.

Veja só que ideias estranhas podem ocorrer a uma pessoa. Mas eu era apenas uma garota na época, e muito ignorante.

15

Foi sorte vermos o fim da calmaria ou nossa água e comida teriam acabado; mas um vento soprou e o nevoeiro se dissipou e nos disseram que havíamos passado a Terra Nova a salvo, embora eu nem sequer a tivesse vislumbrado e tampouco soubesse ao certo se era uma cidade ou um país; e logo estávamos no rio São Lourenço, embora ainda demorasse bastante até avistarmos alguma terra. E, quando finalmente a avistamos, do lado norte do navio, era toda de rochas e árvores, com um ar sombrio e ameaçador, e completamente inadequada para o ser humano viver; e havia nuvens de pássaros que gritavam como almas penadas e eu esperei que não fôssemos obrigados a viver naquele lugar.

Depois de algum tempo, entretanto, viam-se casas e fazendas na costa e a terra parecia mais plácida, ou domada, pode-se dizer. Fomos obrigados a parar em uma ilha e passar por uma inspeção de cólera, pois muitos antes de nós a haviam trazido para o país a bordo dos navios; mas como os mortos de nosso navio tinham morrido por outras causas – quatro além de minha mãe, dois de tuberculose e um de apoplexia e um que pulou do convés –, tivemos permissão para prosseguir. Eu tive a oportunidade de dar uma boa esfregada nas crianças com a água do rio, embora fosse muito fria – ao menos os rostos e os braços, que estavam muito necessitados de uma limpeza.

No dia seguinte, vimos a cidade de Quebec, sobre um penhasco íngreme acima do rio. As casas eram de pedra, havia ambulantes e mascates no cais do porto vendendo suas mercadorias e consegui comprar algumas cebolas frescas de um deles. Era uma mulher e falava apenas francês, mas conduzimos o negócio com as mãos e acredito que ela fez um preço melhor para mim por causa das crianças e de seus rostinhos magros. Estávamos tão ansiosos por essas cebolas que as comemos cruas, como maçãs, o que nos deu gases depois, mas eu nunca tinha comido uma cebola tão saborosa.

Alguns passageiros desceram do navio em Quebec, para tentar a sorte ali, mas nós continuamos.

Não consigo pensar em mais nada que deva mencionar sobre o restante da jornada. Foram mais dias de viagem, a maioria desconfortável, às vezes por terra, para evitar as corredeiras, e depois em outro navio no lago Ontário, que mais parecia um mar do que um lago. Havia hordas de pequenas moscas que picavam e mosquitos do tamanho de camundongos e as crianças corriam o risco de se coçar até morrer. Nosso pai estava num estado de ânimo desolado e melancólico, sempre repetindo que não sabia como iria fazer, com nossa mãe morta. Nessas horas, era melhor não dizer nada.

Finalmente chegamos a Toronto, onde haviam dito que era possível obter terras de graça. A cidade não era bem situada, sendo na planície e úmida; chovia nesse dia e havia muitas charretes e homens apressados e enormes quantidades de lama, exceto nas ruas principais, que eram pavimentadas. A chuva era suave e morna e o ar era espesso e pegajoso, como óleo agarrando-se à pele, o que depois fiquei sabendo ser comum naquela época do ano e responsável por muitas febres e doenças de verão. Havia alguma iluminação a gás, mas não com a mesma grandiosidade de Belfast.

O povo parecia bastante misturado quanto às suas origens, com muitos escoceses e alguns irlandeses e naturalmente os ingleses, muitos americanos e alguns franceses e índios peles-vermelhas, embora não usassem penas, e alguns alemães; com peles de todos os matizes, o que era uma grande novidade para mim, e nunca se sabia que língua iria ouvir. Havia muitas tavernas e muitas bebedeiras perto do porto, por causa dos marinheiros, e no geral se parecia com a Torre de Babel.

Mas não vimos muito da cidade naquele primeiro dia, já que precisávamos arranjar um teto sobre nossas cabeças com a menor despesa possível. Nosso pai conhecera um homem a bordo do navio que pôde nos dar algumas informações; assim, ele nos deixou com uma caneca de cidra dividida entre nós, amontoados com nossos baús em um único quarto de uma taverna mais imunda do que um chiqueiro, e saiu para fazer mais averiguações.

Voltou pela manhã e disse que havia encontrado alojamento e partimos para lá. O lugar ficava a leste do porto, depois da rua Lot, nos fundos de uma casa que já vira dias melhores. O nome da senhoria era sra. Burt, viúva respeitável de um marinheiro, ou ao menos foi o que ela nos disse, muito robusta e vermelha no rosto, com um cheiro de enguia defumada e alguns anos mais velha do que meu pai. Ela morava na parte da frente da casa, que estava muito precisada de uma mão de tinta, e nós vivíamos em dois quartos da parte dos fundos, que era quase um apêndice da casa. Não havia porão e fiquei contente por não ser inverno, já que o vento a atravessaria com facilidade. O assoalho era de tábuas largas, muito perto do solo, e besouros e outras pequenas criaturas penetravam pelas fendas entre elas, o que era ainda pior quando chovia, e certa manhã encontrei um verme vivo.

Os quartos não eram mobiliados, mas a sra. Burt nos emprestou duas armações de cama com colchões de palha de milho, até meu pai se aprumar outra vez, ela disse, depois do triste golpe que sofrera. Para água, tínhamos uma bomba no quintal; quanto a cozinhar, podíamos usar um fogão de ferro que ficava na passagem entre as duas partes da casa. Não era realmente um fogão, era na verdade um aquecedor, mas eu fazia o melhor possível e, depois de algum tempo, aprendi como lidar com ele e conseguia fazer ferver água em uma chaleira. Foi o primeiro fogão de ferro que tive que usar e, como pode imaginar, houve alguns momentos de ansiedade, sem falar na fumaça. Mas havia combustível em abundância para ele, já que o país inteiro era coberto de árvores, e eles faziam o possível para derrubá-las e limpar o terreno. Além disso, havia restos de tábuas que sobravam das muitas construções que estavam sendo feitas e era possível conseguir as pontas das tábuas dos carpinteiros com um sorriso e o trabalho de carregá-las dali.

Mas, para lhe dizer a verdade, senhor, não havia muito o que cozinhar, já que nosso pai dizia que precisava economizar o pouco dinheiro que tinha, para poder se estabelecer adequadamente assim que tivesse a chance de olhar à sua volta; assim, no começo, vivemos quase só de mingau. Mas a sra. Burt tinha uma cabra numa palhoça no fundo do quintal e nos dava leite fresco e, como já era fim de junho, também algumas cebolas de sua horta em troca de arrancarmos o mato de seus canteiros, o que havia bastante, e, quando ela assava pão, fazia mais um para nós.

Ela dizia que sentia pena de nós porque nossa mãe havia morrido. Ela mesma não tinha filhos, o único que tivera morrera de cólera na mesma época de seu finado marido, e ela sentia falta do som de pezinhos, ou foi o que disse ao nosso pai. Ela nos fitava melancolicamente e nos chamava de pobres cordeirinhos sem mãe, ou de anjinhos, apesar de estarmos bastante esfarrapados e sujos. Acredito que tinha a ideia de se juntar com meu pai; ele andava exibindo suas melhores qualidades e cuidando-se um pouco e um homem como ele, viúvo havia tão pouco tempo e com tantos filhos, deve ter parecido à sra. Burt uma fruta madura prestes a cair da árvore.

Ela costumava levá-lo para a parte da frente da casa para consolá-lo; dizia que ninguém sabia melhor do que uma viúva como ela própria o que significava perder o esposo, isso acabava com uma pessoa e se precisava de um amigo verdadeiro e solidário, alguém com quem se pudesse compartilhar as penas, e dava a entender que ela era a pessoa certa para a tarefa; e devia ter razão, porque não havia ninguém mais se candidatando ao posto.

Quanto a nosso pai, ele entendeu a insinuação e entrou no jogo, andando pela casa como um homem aturdido, com um lenço sempre à mão, e dizia que seu coração tinha sido arrancado vivo do peito e o que iria fazer sem sua amada a seu lado, agora no céu, tendo sido boa demais para este mundo e com todas essas boquinhas inocentes para alimentar. Eu costumava ouvi-lo lamentar-se na sala de estar da sra. Burt, a parede entre as duas partes da casa não sendo nada grossa e, se você encostasse um copo na parede e o ouvido na outra ponta do copo, poderia ouvir até melhor. Nós tínhamos três copos, que a sra. Burt nos emprestara, e eu experimentei cada um deles e logo escolhi o melhor para a finalidade.

Tudo já fora muito difícil para mim quando nossa mãe morreu, mas tentei aguentar firme e seguir em frente; mas ouvir meu pai choramingando hipocritamente daquele jeito era suficiente para revirar meu estômago. Acredito que foi a partir daí que eu comecei realmente a odiá-lo, especialmente considerando como ele tratara nossa mãe em vida, como se ela fosse um trapo para limpar suas botas. E eu sabia – embora a sra. Burt não soubesse – que tudo aquilo era fingimento e que ele enganava seus sentimentos porque estava atrasado no aluguel, tendo gasto o dinheiro na taverna mais próxima; depois, ele vendeu as xícaras de porcelana com rosas que pertenceram à minha mãe e, apesar de eu ter lhe implorado que não vendesse o bule quebrado, ele o vendeu também, dizendo que havia apenas um pedaço quebrado e que podia ser colado. E os sapatos de nossa mãe tiveram o mesmo fim e nosso melhor lençol; eu bem poderia tê-lo usado para sepultar minha pobre mãe, como teria sido o correto.

Ele saía de casa garboso como um galo, fingindo procurar trabalho, mas eu sabia qual era o seu destino e podia ter certeza, pelo cheiro dele quando voltava. Eu o observava gingando pela rua e enfiando o lenço de volta no bolso e logo a sra. Burt desistiu de seu plano de consolação e acabaram-se os chás em sua sala; ela parou de nos fornecer leite e pão, pediu seus copos de volta e que o aluguel fosse pago, ou teria que nos despejar com todas as nossas tralhas.

Foi então que nosso pai começou a me dizer que eu já era uma mulher quase crescida e um grande peso para ele, que já era hora de eu sair para o mundo e ganhar meu próprio pão, como minha irmã fizera antes de mim, embora nunca tivesse enviado para casa o suficiente de seu salário, a vagabunda ingrata. E, quando perguntei quem cuidaria dos pequenos, ele disse que a minha irmã mais velha depois de mim, Katey, faria isso. Katey tinha nove anos, embora a meio caminho dos dez. E vi que nada podia ser feito.

Eu não tinha a menor ideia de como conseguir um trabalho, mas perguntei à sra. Burt, considerando que ela era a única pessoa que eu conhecia na cidade. Ela agora queria se livrar de nós, e quem poderia culpá-la? Mas ela viu em mim uma chance de ser reembolsada. Uma de suas amigas conhecia a governanta da casa da sra. Parkinson, a mulher do conselheiro municipal, e ouvira dizer que estavam precisando de uma ajudante; assim, disse para eu me arrumar, emprestou-me uma de suas toucas limpas e ela mesma me levou até lá e me apresentou à governanta. Disse que eu tinha muita boa vontade, era trabalhadeira e de bom caráter, que ela própria me recomendava. Depois, contou sobre a morte de minha mãe a bordo do navio e de seu sepultamento no mar e a governanta concordou que isto era uma vergonha e olhou-me mais atentamente. Já notei que nada melhor do que uma morte para se pôr um pé para dentro de uma porta.

A governanta chamava-se sra. Honey, embora só fosse doce como o mel no nome, sendo uma mulher seca, com um nariz pontudo como um apagador de velas. Tinha a aparência de quem vivia de pão dormido e cascas de queijo, o que provavelmente fizera toda a sua vida, sendo uma dama inglesa na miséria, que só se tornara governanta por causa da morte do marido, tendo ficado encalhada neste país, sem dinheiro próprio. A sra. Burt disse-lhe que eu tinha treze anos e eu não a desmenti – ela me avisara de antemão que seria melhor assim, pois eu teria mais chance de ser empregada, e não era totalmente mentira, já que eu realmente faria treze anos dentro de um mês.

A sra. Honey me olhou com a boca franzida e disse que eu era muito magricela, que esperava que eu não estivesse com alguma doença, e perguntou de que minha mãe havia morrido; mas a sra. Burt disse que não fora de nenhuma doença contagiosa e que eu só era um pouco pequena para a minha idade e ainda não acabara de crescer, mas que eu era bem forte, pois ela já me vira carregando feixes de lenha como se fosse um homem.

A sra. Honey pareceu aceitar a palavra dela, fungou e perguntou se eu tinha mau gênio, como a maioria dos ruivos; a sra. Burt respondeu que eu era a pessoa mais doce do mundo e suportava todas as minhas dificuldades com resignação cristã de uma santa. Isso fez a sra. Honey se lembrar de perguntar se eu era católica, como os irlandeses em geral costumavam ser, e, se assim fosse, ela não iria querer ter nada a ver comigo, pois os católicos eram papistas rebeldes e supersticiosos que estavam arruinando o país; mas ficou aliviada ao saber que eu não era. A sra. Honey, então, perguntou se eu sabia costurar, e a sra. Burt respondeu que eu era muito rápida na costura, e a sra. Honey perguntou diretamente a mim se isto era verdade, e eu falei por mim mesma, apesar de nervosa, e disse que eu ajudara minha mãe a fazer camisas desde pequena e sabia fazer as melhores casas de botões e cerzir meias e me lembrei de chamá-la de senhora.

Então, a sra. Honey hesitou, como se fizesse contas em sua cabeça; em seguida, pediu para ver minhas mãos. Talvez quisesse ver se eram as mãos de uma pessoa acostumada ao trabalho pesado; mas ela não precisava ter se preocupado, pois eram tão vermelhas e ásperas quanto ela poderia desejar e ela pareceu ficar satisfeita. Parecia estar negociando a compra de um cavalo; fiquei surpresa de não pedir para ver meus dentes, mas suponho que, se você paga um salário, quer ter um bom retorno.

O resultado foi que a sra. Honey consultou a sra. Parkinson e enviou um recado no dia seguinte mandando me chamar. Meu salário seria a pensão e um dólar por mês, que era o menor que ela em sã consciência poderia pagar; mas a sra. Burt disse que eu poderia pedir mais quando tivesse mais prática e tivesse crescido um pouco. E um dólar naquela época comprava mais do que hoje em dia. Quanto a mim, fiquei encantada por estar ganhando meu próprio dinheiro e achei que era uma fortuna.

Meu pai pensava que eu ficaria indo e vindo entre as duas casas e dormindo em nosso lar, que é como ele chamava nossos dois quartinhos miseráveis; continuaria a levantar bem cedo de manhã e a acender aquele enorme fogão, pôr a água para ferver, depois limpar tudo no fim do dia e, de quebra, ainda lavar a roupa, seja lá como fosse que pudéssemos lavar, já que não tínhamos nenhuma espécie de bacia e era inútil pedir ao meu pai que gastasse dinheiro até mesmo com o pior tipo de sabão que fosse. Mas a sra. Parkinson queria que eu morasse no local do trabalho e eu deveria ir no começo da semana.

E, embora eu lamentasse me separar dos meus irmãos e irmãs, estava satisfeita de ir embora dali, porque, caso contrário, logo haveria ossos quebrados entre mim e meu pai. Quanto mais velha eu ficava, menos conseguia agradá-lo e eu mesma já tinha perdido toda a fé natural que uma criança tem nos pais, vendo que ele estava tirando o pão da boca de seus próprios filhos para gastar em bebida; logo ele nos obrigaria a pedir esmolas ou roubar ou ainda pior. Além disso, seus acessos de raiva tinham voltado, mais violentos do que antes da morte de minha mãe. Meus braços já estavam cobertos de manchas roxas e azuis e, certa noite, ele me jogou contra a parede, como fizera algumas vezes com minha mãe, gritando que eu era uma vagabunda e uma puta, e eu desmaiei; depois disto, passei a temer que um dia ele acabasse quebrando a minha espinha, me deixando aleijada. Mas, depois desses ataques, ele acordava de manhã dizendo que não se lembrava de nada, que estava fora de si e que não sabia o que dera nele.

Embora eu estivesse exausta no fim do dia, ficava acordada à noite pensando nisso. O problema é que nunca se sabia quando ele perderia a cabeça outra vez e começaria a agir agressivamente, ameaçando matar esse ou aquele, incluindo seus próprios filhos, sem nenhuma outra razão que se pudesse perceber, senão a bebida.

Comecei a ter ideias sobre a panela de ferro e quanto ela era pesada e, se por acaso eu a deixasse cair em cima dele enquanto estivesse dormindo, certamente esmagaria sua cabeça, matando-o de vez, e eu poderia dizer que tinha sido um acidente; eu não queria ser levada a cometer um pecado tão grave, embora receasse que o ódio contra ele que queimava meu coração acabasse me obrigando a isso.

Assim, ao me preparar para ir para a casa da sra. Parkinson, agradeci a Deus por me tirar do caminho da tentação e rezei para que me mantivesse assim dali por diante.

A sra. Burt me deu um beijo de despedida e me desejou boa sorte e, apesar de sua cara gorda e pintada, e de seu cheiro de peixe defumado, fiquei contente, porque neste mundo é preciso aceitar de bom grado as migalhas de bondade que conseguir, já que não crescem em árvores. Os pequenos choraram quando parti, carregando minha pequena trouxa, incluindo o xale de minha mãe, e eu disse que voltaria para visitá-los e na época era o que eu realmente pretendia fazer.

Meu pai não estava em casa quando eu saí. Foi melhor assim, já que, sinto dizer, mais provavelmente teria havido uma troca de insultos e pragas, embora silenciosos de minha parte. É sempre um erro responder abertamente aos insultos de alguém mais forte do que você, a menos que haja uma cerca separando-os.

16

Do dr. Simon Jordan, aos cuidados do major C. D. Humphrey, Lower Union Street, Kingston, Canadá Oeste; para o dr. Edward Murchie, Dorchester, Massachusetts, Estados Unidos.

15 de maio de 1859

Caro Edward,

Escrevo esta carta a altas horas da noite, como fizemos tantas vezes juntos, nesta casa desgraçadamente fria, o que, neste aspecto, é exatamente igual aos nossos alojamentos em Londres. Mas logo ficará quente demais e os miasmas úmidos e as doenças de verão irão pairar sobre nós e eu me queixarei disso no devido momento.

Agradeço sua carta e as boas notícias que ela traz. Com que então você propôs casamento à adorável Cornélia e foi aceito! Perdoe o seu velho amigo por não expressar muita surpresa, já que o assunto estava bem visível nas entrelinhas de suas cartas e podia ser facilmente adivinhado, sem exigir grande perspicácia da parte do leitor. Aceite minhas sinceras congratulações. Pelo que sei da srta. Rutherford, você é mesmo um sujeito de sorte. Em momentos como este, eu invejo os que encontraram um porto seguro ao qual entregar seu coração; ou talvez eu os inveje por terem um coração para ofertar. Sinto muitas vezes como se eu mesmo não tivesse nenhum e que, em seu lugar, tivesse apenas uma pedra com seu formato e que, portanto, esteja condenado a "vagar sozinho como uma nuvem", como disse Wordsworth.

A notícia do seu noivado certamente irá reanimar minha querida mãe e incentivá-la a redobrar seus esforços matrimoniais em meu interesse e não tenho dúvidas de que você será usado contra mim, como um grande exemplo de integridade e como uma vara com a qual me castigar sempre que tiver oportunidade. Bem, sem dúvida ela está certa. Mais cedo ou mais tarde, vou ter que deixar de lado meus escrúpulos e obedecer ao comando bíblico "crescei e multiplicai-vos". Devo entregar meu coração de pedra aos cuidados de alguma gentil donzela que não se importe muito com o fato de não ser um verdadeiro coração de carne e que também possua os meios materiais necessários para cuidar dele, pois corações de pedra são notoriamente mais exigentes em seus confortos do que os de outra espécie.

A despeito dessa minha deficiência, minha querida mãe continua sua maquinação matrimonial. No momento, ela tece elogios à srta. Faith Cartwright, que você deve se lembrar de ter conhecido há vários anos, em uma das visitas que nos fez. Ao que parece, ela teve sensíveis melhoras depois de passar uma temporada em Boston, o que, até onde sei – como você também, meu caro Edward, já que esteve comigo estudando em Harvard –, nunca melhorou ninguém; mas, pelo modo como minha mãe canta as virtudes *morais* da jovem, receio que a retificação das deficiências dos outros encantos da senhorita não figurem entre as melhorias. Ah, será preciso um outro tipo de donzela que não a preciosa e imaculada Faith para ter o poder de transformar seu velho e cínico amigo em algo parecido a um amante.

Mas basta dos meus queixumes e insatisfações. Estou feliz por você, do fundo do meu coração, meu caro amigo, e dançarei em seu casamento com a maior boa vontade do mundo, se eu estiver nas proximidades na ocasião das núpcias.

Você teve a gentileza – no meio de seus arroubos – de perguntar sobre o meu progresso com Grace Marks. Até agora, tenho pouco a relatar, mas, como os métodos que estou empregando são graduais e cumulativos em seus efeitos, eu não esperava resultados rápidos. Meu objetivo é despertar a parte de sua mente que permanece adormecida – sondar mais a fundo do limiar de sua consciência e descobrir as lembranças que forçosamente estão ali enterradas. Eu acesso sua mente como se fosse uma caixa trancada, para a qual devo encontrar a chave certa; mas até agora, devo admitir, não fiz muito progresso.

Seria bem útil para mim se ela fosse realmente louca ou ao menos um pouco mais louca do que aparenta ser; mas até agora ela tem manifestado um domínio de si mesma e uma serenidade de dar inveja a uma duquesa. Nunca conheci outra mulher que tivesse tão completo autocontrole. Fora o incidente da época de minha chegada – que infelizmente não cheguei a presenciar –, ela não teve nenhum surto. Sua voz é baixa e melodiosa e mais refinada do que seria de esperar em uma criada –, um truque que ela sem dúvida aprendeu durante o longo tempo de serviço na casa de pessoas socialmente superiores, e praticamente não lhe resta nenhum traço do sotaque do Norte da Irlanda com que ela deve ter chegado, embora isto não seja um fato tão extraordinário, posto que ela era apenas uma criança na época e passou mais da metade de sua vida neste continente.

Ela "senta-se em uma almofada e tece uma fina costura", fria como um pepino e com o ar afetado de uma governanta, e eu apoio os cotovelos na mesa à sua frente, espremendo meu cérebro e tentando em vão abri-la como a uma ostra. Embora ela converse de uma maneira aparentemente franca, consegue dizer-me o mínimo possível, ou o mínimo possível do que quero saber; entretanto, já consegui apurar muita coisa sobre sua situação familiar quando criança e sobre sua travessia pelo Atlântico, como emigrante; mas nada disso está muito longe do comum – apenas a pobreza e as dificuldades de sempre etc. Aqueles que acreditam na natureza hereditária da insanidade devem se animar com o fato de seu pai ter sido um bêbado e provavelmente um incendiário também; mas, a despeito de várias teorias em contrário, estou longe de me convencer de que tais tendências sejam necessariamente herdadas.

Quanto a mim, não fosse o fascínio que o caso desperta, ficaria louco eu mesmo, por absoluto tédio; praticamente não há nenhuma vida social aqui e ninguém que compartilhe meus sentimentos e interesses, com a possível exceção do dr. DuPont, que é um visitante tal como eu; mas ele é um devoto do excêntrico escocês Braid e ele mesmo uma figura estranha. Quanto a diversões e lazer, há bem pouco por aqui e resolvi perguntar à minha senhoria se posso cavoucar em seu quintal – que está tristemente abandonado – e plantar alguns repolhos e coisas assim, apenas pela distração e pelo exercício. Veja você a que ponto cheguei, eu que mal peguei numa pá em toda a minha vida!

Mas já passa da meia-noite e devo encerrar esta carta e me retirar para minha cama fria e solitária. Envio-lhe meus melhores votos de felicidade e espero que esteja vivendo de forma mais provcitosa e esteja menos perplexo do que está este

Seu velho amigo,

Simon

VI
GAVETA SECRETA

Histeria – Esses ataques ocorrem, em sua maioria, com mulheres jovens, nervosas, solteiras... Mulheres jovens que têm esses ataques costumam acreditar que sofrem de "todos os males que podem afligir a carne"; e os falsos sintomas de doenças que exibem são tão parecidos com os verdadeiros, que em geral torna-se extremamente difícil detectar a diferença. Os próprios ataques frequentemente são precedidos de profundo estado de depressão, derramamento de lágrimas, enjoo, palpitação etc... A paciente normalmente se torna apática e desmaia; o corpo é sacudido em todas as direções, a boca espuma, expressões incoerentes são proferidas e ocorrem acessos de riso, choro ou gritos. Quando o acesso diminui, a paciente quase sempre chora amargamente, às vezes sabendo de tudo, outras vezes não sabendo de nada do que aconteceu...

    Isabella Beeton
    Beeton's Book of Household Management, 1859-1861.

Meu coração a ouviria e pulsaria,
    Fosse ele terra num leito de terra,
Meu pó a ouviria e pulsaria,
    Estivesse eu morto houvesse já um século;
Começaria a bater e tremeria sob seus pés
    E floresceria em púrpura e vermelho.

    Alfred, Lord Tennyson
    Maud, 1855.

17

※

Simon sonha com um corredor. É a passagem do sótão de sua casa, sua antiga casa, a casa de sua infância; a enorme casa que possuíam antes da falência e morte de seu pai. As criadas dormiam ali em cima. Era um mundo secreto, que ele, como garoto, não deveria explorar, mas o fazia, rastejando sorrateiramente como um espião, calçado de meias. Ouvindo junto a portas entreabertas. O que conversavam quando achavam que ninguém podia escutar?

Quando se sentia muito corajoso, atrevia-se a entrar em seus quartos, sabendo que estavam lá embaixo. Com um estremecimento de nervosismo, examinava seus pertences, seus pertences proibidos; abria as gavetas, tocava o pente de madeira com dois dentes quebrados, a fita cuidadosamente enrolada; vasculhava os cantos, atrás da porta: a anágua amarrotada, a meia de algodão, só um pé. Ele a tocava; estava morna.

No sonho, o corredor é o mesmo, apenas maior. As paredes são mais altas e mais amarelas: brilham, como se o próprio sol as atravessasse. Mas as portas estão fechadas e trancadas também. Ele experimenta cada uma delas, levantando a tranca, empurrando delicadamente, mas nenhuma cede. No entanto, há pessoas lá dentro, pode senti-las. Mulheres, as criadas. Sentadas na beirada de suas camas estreitas, com suas camisolas brancas de algodão, os cabelos desamarrados e caindo em cascatas até seus ombros, os lábios entreabertos, os olhos brilhantes. Esperando por ele.

A porta no fim do corredor se abre. Dentro, está o mar. Antes que ele consiga parar, afunda, com a água se fechando sobre sua cabeça, uma torrente de bolhas prateadas erguendo-se dele. Em seus ouvidos, soa uma campainha, uma risada débil e trêmula; em seguida, muitas mãos o acariciam. São as criadas; só elas sabem nadar. Mas agora elas nadam para longe dele, abandonando-o. Ele grita para elas: *Socorro*, mas elas vão embora.

Ele está agarrado a alguma coisa: uma cadeira quebrada. As ondas sobem e descem. Apesar da turbulência, não há vento e o ar está intensamente límpido. Ao largo, fora de seu alcance, vários objetos flutuam: uma bandeja de prata; um par de castiçais; um espelho; uma caixa de rapé entalhada; um relógio de ouro, que pia como um grilo. Objetos que um dia pertenceram a seu pai, mas que foram vendidos após sua morte. Erguem-se das profundezas como bolhas de ar, cada vez em maior número; quando alcançam a superfície, oscilam suavemente, como peixes mortos inchados. Não são duros, como metal, mas macios; têm uma pele escamosa, como uma enguia. Ele observa horrorizado, porque agora se reúnem, entrelaçando-se, remodelando-se. Tentáculos começam a crescer. A mão de um morto. Seu pai, num sinuoso processo de voltar à vida. Ele tem uma sensação sufocante de ter cometido uma transgressão.

Acorda, o coração disparado; os lençóis e o cobertor estão embolados ao seu redor, os travesseiros no chão. Está banhado de suor. Depois de permanecer deitado quieto por algum tempo, refletindo, acha que compreende a sequência de associações que deve ter levado a tal sonho. Foi a história de Grace, com sua travessia do Atlântico, o sepultamento no mar, seu catálogo de objetos domésticos e o pai autoritário, é claro. Um pai leva ao outro.

Ele verifica a hora em seu relógio de bolso, que está sobre a mesinha de cabeceira: desta vez, dormiu demais. Felizmente seu desjejum está atrasado, mas a rabugenta Dora deve chegar a qualquer momento e ele não quer ser surpreendido por ela com sua roupa de dormir, ser flagrado na preguiça. Veste rapidamente seu roupão e senta-se à escrivaninha, de costas para a porta.

Ele pretende registrar o sonho que acabou de ter no diário que mantém com esse propósito. Uma escola de *aliénistes* franceses recomenda o registro dos sonhos como instrumento de diagnóstico; seus próprios sonhos, assim como os de seus pacientes, para fins de comparação. Eles consideram que os sonhos, como o sonambulismo, são uma manifestação da vida animal que continua abaixo da consciência, fora de vista, além do alcance da vontade. Será que os ganchos – as dobradiças, melhor dizendo – da corrente da memória estão localizados ali?

Ele precisa reler a obra de Thomas Brown sobre associação e sugestão e a teoria de Herbart sobre o limiar da consciência – a linha que divide as ideias apreendidas em plena luz do dia daquelas que espreitam, esquecidas nas sombras de baixo. Moreau de Tours considera o sonho a chave para o conhecimento da doença mental e Maine de Biran sustenta que a vida consciente é apenas uma espécie de ilha, flutuando sobre um subconsciente muito mais vasto e dali extraindo pensamentos como peixes. O que é percebido como conhecido não passa de uma pequena porção do que pode estar armazenado nesse repositório escuro. Lembranças perdidas jazem lá embaixo como tesouros afundados a serem recuperados gradualmente, se o forem, e a própria amnésia pode ser, na verdade, uma espécie de sonho ao contrário; o afogamento de uma lembrança, um mergulho nas profundezas...

A porta se abre às suas costas: seu desjejum está chegando. Deliberadamente, ele molha a pena na tinta. Espera pelo barulho da bandeja, o chacoalhar da louça na madeira, mas não ouve nada.

– Pode deixar na mesa, por favor, sim? – diz, sem se virar.

Ouve um som como o do ar escapando de um pequeno fole, seguido de um grande estrondo. O primeiro pensamento de Simon foi que Dora tivesse jogado a bandeja nele – ela sempre deu a impressão, a seu ver, de uma violência mal reprimida e potencialmente criminosa. Ele grita involuntariamente, levanta-se de um salto e vira-se. Completamente estirada no chão está sua senhoria, a sra. Humphrey, numa desordem de louça estilhaçada e comida arruinada.

Corre até ela, ajoelha-se e toma-lhe o pulso. Ao menos, ainda está viva. Ele levanta uma das pálpebras, vê o branco opaco. Rapidamente, desamarra o não muito limpo avental de peitilho que ela está usando, que reconhece como aquele habitualmente usado pela desmazelada Dora; em seguida, desabotoa a frente de seu vestido, notando, ao fazê-lo, que há um botão faltando, com a linha que o prendia ainda no lugar. Remexe atabalhoadamente pelas camadas de tecido e finalmente consegue cortar os cordões do espartilho com seu canivete, liberando um cheiro de água de violetas, folhas de outono e carne úmida. Há mais dentro daquelas roupas do que ele teria imaginado, embora ela esteja longe de ser gorda.

Ele a carrega para o seu quarto – o sofá em sua sala de estar é pequeno demais – e a estende na cama, colocando um travesseiro sob seus pés para fazer o sangue voltar à cabeça. Pensa em retirar suas botas – que ainda não tinham sido limpas naquele dia –, mas chega à conclusão de que isto seria tomar liberdades injustificadas. A sra. Humphrey tem tornozelos bonitos, dos quais ele desvia os olhos; seus cabelos estão desfeitos pela queda. Vista dessa maneira, parece mais jovem do que ele imaginara e, com sua habitual expressão de tensa ansiedade removida pela inconsciência, muito mais atraente. Coloca o ouvido junto a seu peito, escutando; os batimentos cardíacos estão regulares. Um caso simples de desmaio, então. Ele umedece uma toalha com água do jarro e a aplica em seu rosto e pescoço. Suas pálpebras se movem.

Simon enche meio copo de água da garrafa que está em cima da mesinha de cabeceira e acrescenta vinte gotas de amônia – um remédio que sempre leva consigo em suas visitas à tarde, para o caso de uma fraqueza semelhante por parte de Grace Marks, que dizem ser propensa a desmaios – e, amparando a sra. Humphrey com um dos braços, leva o copo aos seus lábios.

– Beba isto.

Ela engole um pouco desajeitadamente, depois leva a mão à cabeça. Há uma mancha vermelha, ele nota agora, no lado de seu rosto. Talvez o canalha do marido seja um bruto, além de um beberrão. Mas aquilo se parece mais com uma forte bofetada e certamente um homem como o major teria usado o punho fechado. Simon sente uma onda de compaixão protetora por ela que, na verdade, ele não pode sentir. A mulher é apenas sua senhoria, fora isto é uma completa estranha. Ele não tem nenhuma intenção de alterar essa situação, apesar de uma imagem que teima em surgir em sua mente, sem pedir licença – provocada, sem dúvida, pela visão de uma mulher indefesa estendida em sua cama desfeita –, da sra. Humphrey, semiconsciente e com as mãos agitando-se desamparadamente no ar, sem seu espartilho e com a roupa de baixo aberta, os pés – curiosamente, ainda de botas – chutando espasmodicamente e emitindo um ruído fraco, como um miado, enquanto é violentada por um brutamontes que não apresenta absolutamente nenhuma semelhança com ele próprio; embora – de cima, e por trás, que é seu ponto de vista durante a sórdida cena – o roupão acolchoado pareça idêntico ao seu.

Ele sempre teve curiosidade sobre essas manifestações da imaginação tal como tem sido capaz de observá-las em si mesmo. De onde vêm? Se ocorrem com ele, devem ocorrer também com a maioria dos homens. Ele é são e normal e desenvolveu as faculdades racionais de sua mente a um alto grau e, no entanto, nem sempre consegue controlar tais visões. A diferença entre um homem civilizado e um monstro bárbaro – um louco, digamos – reside, talvez, meramente numa fina camada superficial de autocontrole.

– Agora a senhora está bem – ele lhe diz gentilmente. – A senhora sofreu uma queda. Deve permanecer quieta até se sentir melhor.

– Mas... estou numa cama. – Ela olha ao seu redor.

– É a minha cama, sra. Humphrey. Fui obrigado a carregá-la para cá, na ausência de qualquer outro lugar adequado.

A pele de seu rosto ruboriza-se. Ela notou que ele está de roupão.

– Devo ir agora mesmo.

– Peço-lhe que se lembre de que eu sou médico e, por enquanto, a senhora é minha paciente. Se tentar se levantar agora, pode haver uma recorrência.

– Recorrência?

– A senhora desmaiou, quando entrava – parece-lhe indelicado mencionar o fato – com a bandeja do meu desjejum. Posso lhe perguntar... o que aconteceu a Dora?

Para sua consternação, embora não para sua surpresa, ela começa a chorar.

– Eu não podia pagá-la. Já lhe devia três meses de salário atrasado; eu tinha conseguido vender alguns... alguns itens de natureza pessoal, mas meu marido tirou o dinheiro de mim há dois dias. E não voltou até agora. Não sei para onde ele foi. – Ela faz um esforço visível para conter as lágrimas.

– E esta manhã?

– Nós... discutimos. Ela insistia no pagamento. Eu lhe disse que não podia pagar, que não era possível. Disse que, nesse caso, ela mesma se pagaria. Começou a remexer nas minhas gavetas, à procura de joias, imagino. Não encontrando nenhuma, disse que ficaria com minha aliança de casamento. Era de ouro, mas muito simples. Tentei impedi-la. Ela disse que isso não era honesto. Ela... me bateu. Depois, tomou a aliança e disse que não seria mais uma escrava sem pagamento para mim e foi embora de casa. Depois disso, eu mesma preparei seu desjejum e o trouxe para cima. O que mais eu poderia fazer?

Então, não foi por causa do marido, Simon pensa. Foi aquela porca da Dora. A sra. Humphrey começa a chorar novamente, suavemente, sem esforço, como se os soluços fossem uma espécie de canto de pássaros.

– A senhora deve ter alguma boa amiga a quem procurar. Ou que possa vir aqui. – Simon está ansioso para transferir a sra. Humphrey dos próprios ombros para os de outra pessoa. As mulheres ajudam umas às outras; cuidam das aflitas em sua esfera. Fazem caldo de carne e geleias. Tricotam xales confortáveis. Elas consolam e tranquilizam.

– Não tenho amigas neste lugar. Faz pouco tempo que chegamos a esta cidade, tendo sofrido... tendo passado por dificuldades financeiras em nossa residência anterior. Meu marido desencorajava visitas. Não queria que eu saísse.

Uma ideia útil ocorre a Simon.

– A senhora precisa comer alguma coisa. Vai se sentir mais forte.

Com isso, ela sorri debilmente para ele.

– Não há nada de comer nesta casa, dr. Jordan. Seu desjejum era tudo o que tinha sobrado. Não como há dois dias, desde que meu marido foi embora. O pouco que havia, a própria Dora comeu. Não ingeri nada a não ser água.

E assim Simon se vê no mercado, comprando mantimentos para a manutenção física de sua senhoria, com seu próprio dinheiro. Ele ajudou a sra. Humphrey a descer as escadas até sua própria parte da casa; ela insistiu, dizendo que não podia ser encontrada no quarto de seu inquilino, caso o marido voltasse. Ele não se surpreendeu ao ver que os cômodos estavam praticamente sem mobília: uma mesa e duas cadeiras era tudo o que restava na sala de estar. Mas ainda havia uma cama no quarto dos fundos e nela ele colocou a sra. Humphrey, num estado de esgotamento nervoso. E de inanição também: não era de admirar que estivesse tão magra. Desviou sua atenção da cama e das cenas de infelicidade conjugal que deviam ter sido protagonizadas ali.

Depois, voltou a seus próprios aposentos, com uma pá de lixo que havia encontrado; a cozinha estava uma completa desordem. Limpou o desjejum derrubado e a louça quebrada espalhados pelo chão, notando que, desta vez, o ovo quente, agora arruinado, estava perfeitamente no ponto.

Ele imagina que terá que dar o aviso prévio à sra. Humphrey e se mudar dali, o que será uma inconveniência; embora preferível à perturbação da ordem da sua vida e de seu trabalho, o que sem dúvida seria a consequência, caso ele permanecesse ali. Desordem, caos, os homens do tribunal de justiça vindo recolher a mobília em seus próprios aposentos, sem dúvida. Mas, se ele sair, o que será da pobre mulher? Ele não quer tê-la em sua consciência, que é onde ela estará, caso venha a morrer de fome numa esquina qualquer.

Ele compra alguns ovos, um pouco de toucinho e queijo e um pouco de manteiga de péssima aparência de uma velha fazendeira em uma das bancas; e, em uma loja, um pouco de chá enrolado num pedaço de papel. Ele gostaria de comprar pão, mas não consegue encontrar nenhum. Realmente não sabe como agir. Já visitara o mercado antes, mas só de passagem, para comprar os legumes com os quais tenta despertar as lembranças de Grace. Agora, ele está numa missão completamente diferente. Onde pode comprar leite? Por que não encontra maçãs? Este é um universo que ele nunca explorou, não tendo a menor curiosidade sobre a procedência de sua comida, desde que chegasse a ele. Os outros compradores no mercado são criadas, com as cestas de compras de suas patroas no braço, ou então mulheres das classes mais pobres, com suas toucas murchas e seus xales surrados. Ele sente que riem dele às suas costas.

Quando retorna, a sra. Humphrey já está de pé. Ela se enrolou numa colcha e arrumou os cabelos e está sentada junto ao aquecedor, que felizmente está aceso – ele próprio não saberia como lidar com aquilo –, esfregando as mãos e tremendo. Ele consegue preparar um pouco de chá para ela, fritar alguns ovos com toucinho e tostar um pão dormido que por fim encontrou no mercado. Comem juntos, na única mesa restante. Ele gostaria que houvesse um pouco de geleia.

– É muita bondade sua, dr. Jordan.

– Não é nada. Não podia deixá-la passando fome. – Sua voz soa mais animada do que ele pretende, a voz de um tio alegre e pouco sincero, que mal pode esperar para dar os esperados vinte e cinco centavos à humilhada e empobrecida sobrinha, beliscar sua bochecha e sair apressadamente para a ópera. Simon se pergunta o que o perverso major Humphrey está fazendo agora, amaldiçoa-o em silêncio e o inveja. O que quer que seja, deve ser melhor do que estar aqui.

A sra. Humphrey suspira.

– Receio que este seja mesmo o fim. Meus recursos acabaram. – Ela agora está absolutamente calma e examina sua situação objetivamente. – O aluguel da casa tem que ser pago e não há nenhum dinheiro. Logo virão como abutres para limpar os ossos e eu serei despejada. Talvez seja até mesmo presa por dívidas. Prefiro morrer.

– Certamente, deve haver algo que possa fazer – Simon diz. – Para ganhar a vida. – Ela se agarra ao seu amor-próprio e ele a admira por isso.

Olha-o fixamente. Seus olhos, àquela luz, têm um estranho tom de verde-mar.

– O que sugere, dr. Jordan? Bordados finos? Mulheres como eu têm poucas habilidades com que ganhar a vida. – Há uma insinuação de maliciosa ironia em sua voz. Ela saberia o que ele estava pensando enquanto estava deitada inconsciente em sua cama desfeita?

– Eu lhe pagarei mais dois meses de aluguel adiantados – ele se vê dizendo. É um idiota, um tolo de coração mole; se tivesse um pouco de bom senso, sairia dali correndo como se o próprio diabo estivesse atrás dele. – Deve ser o suficiente para manter os lobos a distância, ao menos até que tenha tempo de considerar suas perspectivas.

Os olhos dela enchem-se de lágrimas. Sem nenhuma palavra, ergue a mão dele da mesa e a pressiona delicadamente contra os lábios. O efeito só é ligeiramente amortecido pelo vestígio de manteiga que ficou em sua boca.

18

Hoje o dr. Jordan parece mais perturbado do que de costume, como se estivesse com o pensamento em outro lugar; parece nem saber como começar. Portanto, continuo com a minha costura até que ele consiga se recompor; então, ele diz: Você está trabalhando numa colcha nova, Grace?

Eu digo: Sim, senhor, é uma Caixa de Pandora para a srta. Lydia.

Isso o deixa com uma disposição instrutiva e percebo que vai me ensinar alguma coisa, o que os cavalheiros gostam de fazer. O sr. Kinnear também era assim. E ele diz: E você sabe quem foi Pandora, Grace?

E eu digo: Sim, era uma grega da Antiguidade, que olhou dentro de uma caixa que lhe disseram para não olhar e muitas doenças escaparam, guerras e outros males da humanidade; pois eu já aprendera isso há muito tempo, na casa da sra. Parkinson. Mary Whitney tinha uma péssima opinião dessa história e perguntava por que deixavam uma caixa como essa por aí, se não queriam que fosse aberta.

Ele se surpreende por eu saber disso e diz: Mas você sabe o que havia no fundo da caixa?

Sim, senhor, era a esperança. E pode-se fazer uma piada com isso e dizer que esperança é o que se consegue quando se chega ao fundo do barril, como algumas quando têm finalmente que se casar, por puro desespero. Ou pode-se dizer que era um baú de esperança. De qualquer forma, não passa de uma fábula; mas é um bonito padrão para colcha.

Bem, suponho que todos nós precisemos de um pouco de esperança de vez em quando, ele diz.

Quase lhe digo que tenho vivido sem isso há muito tempo, mas me contenho e depois digo: O senhor não parece estar bem hoje, espero que não esteja doente.

E ele sorri seu sorriso enviesado e diz que não está doente, apenas preocupado; mas, se eu continuasse com minha história, isto o ajudaria, pois o distrairia de suas preocupações; mas ele não diz quais são essas preocupações.

Então continuo:

Agora, senhor, eu digo, chegarei a uma parte mais feliz da minha história e, nesta parte, vou lhe falar de Mary Whitney, e então o senhor poderá entender por que foi o seu nome que tomei emprestado, quando precisei; pois ela era uma pessoa que nunca diria não a uma amiga necessitada e eu espero que a tenha apoiado também, quando chegou a minha vez.

A casa do meu novo emprego era muito imponente e conhecida como uma das mais elegantes de Toronto. Situava-se na rua Front, de frente para o lago, onde havia muitas outras mansões; possuía um pórtico arredondado com colunas brancas na frente. A sala de jantar tinha uma forma oval, assim como a sala de visitas, que era uma maravilha de se contemplar, apesar das correntes de ar. Havia também uma biblioteca do tamanho de um salão de baile, com prateleiras até o teto, repletas de livros com encadernações de couro, com mais palavras dentro deles do que jamais se poderia ler em toda uma vida. E os quartos de dormir tinham camas altas, com dosséis e cortinas, bem como mosquiteiros para o verão, penteadeiras com espelhos, cômodas de mogno e gaveteiros completos. Eles eram anglicanos, como todas as melhores pessoas daquela época e também aqueles que queriam estar entre os melhores, já que era a religião oficial.

A família consistia, primeiro, no sr. Parkinson, o conselheiro municipal, que raramente era visto, já que estava muito ocupado nos negócios e na política; tinha a forma de uma maçã com dois palitos enfiados servindo de pernas. Usava tantas correntes de relógio de ouro e alfinetes de gravata de ouro e caixas de rapé de ouro e outras bugigangas que seria possível fazer cinco colares do que estava em cima dele, se fossem derretidos, com brincos combinando. Depois, havia a sra. Parkinson e Mary Whitney dizia que ela mesma poderia ser a conselheira municipal, já que era mais homem. Ela era uma imponente figura de mulher e com uma forma bem diferente mais fora dos espartilhos do que dentro deles; mas, quando estava firmemente apertada com seus cordões, seus seios se projetavam para fora como uma prateleira e ela poderia carregar todo um serviço de chá em cima sem derramar uma gota. Ela viera dos Estados Unidos e tinha sido uma viúva rica antes de ser, como ela mesma dizia, arrebatada pelo sr. Parkinson, o que deve ter sido uma visão e tanto, e Mary Whitney dizia que era um milagre o sr. Parkinson ter escapado com vida.

A sra. Parkinson tinha dois filhos crescidos que estudavam na universidade nos Estados Unidos e também uma cadela spaniel chamada Bevelina, que eu incluo na família porque era tratada como tal. Eu gosto de animais de um modo geral, mas com esse precisei me esforçar.

E havia os criados, que eram em grande número; alguns foram embora e outros vieram enquanto eu estava lá, de modo que não mencionarei todos. Havia a aia da sra. Parkinson, que dizia ser francesa, embora tivéssemos nossas dúvidas, e era muito reservada, e a sra. Honey, a governanta, que ocupava um quarto bastante amplo nos fundos do andar térreo, assim como o mordomo; a cozinheira e a lavadeira viviam perto da cozinha. O jardineiro e o cocheiro viviam na edícula, como as duas ajudantes de cozinha, perto do estábulo com os cavalos e três vacas, aonde eu ia às vezes para ajudar na ordenha.

Eu fui colocada no sótão, bem no alto da escada dos fundos, e dividia uma cama com Mary Whitney, que ajudava na lavanderia. Nosso quarto não era grande, mas quente no verão e frio no inverno, já que ficava perto do telhado e não tinha lareira nem aquecedor; no quarto, havia o estrado da cama, com um colchão de palha, uma pequena arca, um lavatório simples com uma bacia rachada e um urinol e também uma cadeira de espaldar reto, pintada de verde claro, na qual à noite colocávamos nossas roupas dobradas.

Mais adiante no corredor, ficavam Agnes e Effie, que eram as arrumadeiras. Agnes tinha um temperamento religioso, embora fosse gentil e prestativa. Quando criança, experimentara um preparado para tirar o amarelo dos dentes, mas ele tirou o branco também, o que talvez explicasse por que sorria tão pouco, tomando o cuidado para manter os lábios fechados. Mary Whitney dizia que ela rezava tanto porque estava pedindo a Deus que lhe devolvesse o branco dos dentes, mas até então sem nenhum resultado. Effie tornara-se muito melancólica depois que seu namorado foi deportado para a Austrália por ter participado da Rebelião três anos antes; quando ela recebeu uma carta dizendo que ele tinha morrido por lá, tentou se suicidar com as tiras de seu avental; mas elas se romperam e ela foi encontrada no chão, quase estrangulada e inconsciente, e teve que ser mandada embora.

Eu não sabia nada a respeito da Rebelião, não estando no país na época, e então Mary Whitney me contou. Era contra a nobreza, que dominava tudo e ficava com todo o dinheiro e as terras para si mesma; foi comandada pelo sr. William Lyon Mackenzie, que era um radical e, depois que a Rebelião fracassou, fugiu pelo gelo e pela neve vestido de mulher, atravessou o lago para os Estados Unidos e poderia ter sido traído muitas vezes, mas não foi, porque era um bom homem que sempre defendeu os pequenos fazendeiros; mas muitos dos Radicais tinham sido presos e deportados ou enforcados e tinham perdido suas propriedades ou tinham fugido para o Sul; e a maioria dos que ficaram era de *Tories*, ou assim diziam; portanto, era melhor não falar de política, exceto entre amigos.

Eu disse que não entendia nada de política, portanto nem pensaria em tocar no assunto, de qualquer modo; e perguntei a Mary se ela era uma Radical. Ela disse que eu não deveria contar aos Parkinson, que sabiam de uma versão diferente da história, mas que seu próprio pai perdera a fazenda dessa forma, que ele adquirira com muito trabalho, e que eles queimaram a cabana de madeira que ele construíra com as próprias mãos, lutando contra os ursos e outros animais selvagens, e que finalmente ele também perdeu a vida, de doença causada por ter que se esconder na floresta no inverno; e que sua mãe morreu de tristeza. Mas que a vez deles iria chegar, eles seriam vingados, e ela parecia muito determinada ao dizer isto.

Fiquei contente de ser colocada no mesmo quarto com Mary Whitney, pois gostei dela assim que a vi. Depois de mim, ela era a mais nova ali, com dezesseis anos; era uma moça alegre e bonita, com uma bela silhueta, cabelos escuros e olhos negros brilhantes e faces coradas, com covinhas; cheirava a noz-moscada ou cravos. Perguntou tudo sobre mim e eu lhe contei sobre a viagem de navio, sobre a morte de minha mãe e como seu corpo afundou no mar entre os icebergs. E Mary disse que aquilo era muito triste. Contei-lhe, então, sobre meu pai, embora omitindo as piores partes, porque não é certo falar mal de um pai, e como eu temia que ele quisesse todo o meu salário e ela disse que eu não devia lhe dar meu dinheiro, já que ele não trabalhara para isso, e que isso não iria beneficiar meus irmãos e irmãs, pois ele iria gastar tudo com ele mesmo e muito provavelmente em bebida. Eu disse que tinha medo dele e ela disse que ele não poderia chegar perto de mim ali; se ele tentasse, ela falaria com Jim, dos estábulos, que era um sujeito grande e com muitos amigos. E comecei a me sentir melhor.

Mary disse que eu podia ser muito jovem e ignorante como um ovo, mas era brilhante como uma moeda nova e que a diferença entre estúpido e ignorante era que o ignorante podia aprender. E ela disse que eu parecia ser uma boa trabalhadora, que daria conta do recado e que nós nos daríamos bem; ela tivera dois outros empregos e, se você tiver que trabalhar como criada, a casa dos Parkinson era tão boa quanto qualquer outra, já que eles não economizavam na comida. E isto era verdade, pois eu logo comecei a ganhar corpo e a crescer. Sem dúvida, era muito mais fácil conseguir alimentos no Canadá do que do outro lado do oceano e havia uma variedade maior também; até os empregados comiam carne todos os dias, nem que fosse porco salgado ou toucinho, e havia bons pães, de trigo e também de farinha de milho dos índios, e a casa tinha suas próprias três vacas, horta e árvores frutíferas e morangos, groselhas e uvas e canteiros de flores também.

Mary Whitney era uma jovem que gostava de diversão, muito maliciosa e ousada na maneira de falar quando estávamos sozinhas. Mas, em relação aos mais velhos e superiores, seus modos eram respeitosos e recatados e, por causa disto e pela presteza com que fazia seu trabalho, era a favorita de todos. Pelas costas, no entanto, ela fazia piadas sobre eles e imitava a expressão de seus rostos, seu jeito de andar e seus trejeitos. Eu sempre ficava espantada com as palavras que saíam de sua boca, já que muitas eram bastante grosseiras; não que eu nunca tivesse ouvido essa linguagem antes, já que havia o suficiente delas em casa quando meu pai estava bêbado, no navio em que viemos e no porto, perto das tavernas e estalagens; mas eu ficava surpresa de ouvir isso de uma garota, tão jovem e bonita e tão arrumada e asseada. Mas logo me acostumei e atribuí o fato a ela ser nativa do Canadá e não ter muito respeito por classe social. Às vezes, quando eu ficava chocada com sua atitude, ela dizia que logo eu estaria cantando tristes hinos religiosos como Agnes e andando por aí com a boca murcha, caída e flácida, como o traseiro de uma solteirona; eu protestava e acabávamos dando boas risadas.

    Mas o que a deixava com raiva é que alguns tivessem tanto e outros tão pouco, já que não via nenhum plano divino nisto. Ela dizia que sua avó tinha sido uma índia pele-vermelha e por isso seus cabelos eram tão pretos e que, se tivesse oportunidade, fugiria para a floresta, andaria por lá com arco e flecha, sem ter que prender os cabelos ou usar corpetes, e eu poderia ir com ela. Então, começávamos a planejar como nos esconderíamos na floresta, assaltaríamos viajantes, tiraríamos seu escalpo, sobre o que ela lera nos livros, e ela dizia que gostaria de escalpelar a sra. Parkinson, só que não valeria a pena porque seus cabelos não eram seus de verdade, havia mechas e tufos deles guardados em seu quarto de vestir, e certa vez ela vira a aia francesa escovando uma cabeleira e pensou que fosse o spaniel. Mas isso era apenas nossa maneira de falar e não pretendíamos causar nenhum mal.

    Mary me colocou sob suas asas desde o primeiro instante. Ela logo percebeu que eu não tinha a idade que dissera ter e jurou não contar a ninguém; depois, examinou minhas roupas e disse que a maioria era pequena demais para mim e só servia como trapos, que eu jamais conseguiria atravessar o inverno apenas com o xale de minha mãe, pois o vento passaria por ele como se fosse uma peneira; ela disse que iria me ajudar a arranjar as roupas de que eu precisava, pois a sra. Honey lhe dissera que eu parecia um moleque maltrapilho e tinha que me tornar apresentável, pois a sra. Parkinson tinha um nome a zelar na vizinhança. Mas primeiro eu teria que ser esfregada como uma batata, tão suja estava.

    Ela disse que pediria emprestada a tina de banho da sra. Honey; fiquei assustada, pois jamais entrara em nenhuma espécie de banheira e também porque eu tinha medo da sra. Honey; mas Mary disse que ela ladrava mais do que mordia e, de qualquer forma, sempre era possível ouvi-la se aproximar, já que retinia como uma carroça cheia de panelas velhas por causa de todas as chaves que carregava e, se houvesse alguma discussão, ela ameaçaria me dar banho lá fora, completamente nua, sob a bomba no quintal. Fiquei chocada com isso e disse que eu não permitiria; ela disse que é claro que jamais faria uma coisa dessas, mas só a ameaça já seria suficiente para obter o consentimento da sra. Honey.

Ela voltou depressa e disse que poderíamos usar a tina de banho, desde que a esfregássemos bem depois; nós a levamos para a lavanderia, bombeamos a água, amornamos a água no fogão e a despejamos dentro da tina. Fiz Mary ficar de prontidão na porta para impedir que alguém entrasse e de costas para mim, já que eu nunca havia tirado todas as roupas de uma vez antes, mas acabei ficando de combinação por modéstia. A água não estava muito quente e, quando terminei, eu tremia descontroladamente, e ainda bem que era verão ou eu teria morrido de frio. Mary disse que eu tinha que lavar os cabelos também e, que apesar de ser verdade que lavá-los muito tirava todas as forças do corpo e ela conhecera uma garota que começou a definhar e morreu de tanto lavar os cabelos, ainda assim era preciso lavá-los a cada três ou quatro meses e ela examinou minha cabeça e disse que ao menos eu não tinha piolhos, mas, se algum aparecesse, eu teria que aplicar enxofre e terebintina; ela própria teve que fazer isso uma vez e ficou cheirando a ovos podres durante vários dias.

Mary me emprestou uma camisola de dormir até que a minha secasse, porque ela lavara todas as minhas roupas, e me enrolou num lençol, para que eu pudesse sair da lavanderia e subir a escada dos fundos, e disse que eu estava muito engraçada, parecendo uma louca.

Mary pediu à sra. Honey para me dar um adiantamento do salário, para que eu pudesse comprar um vestido decente, e tivemos permissão para ir até a cidade logo no dia seguinte. A sra. Honey fez um sermão antes de sairmos e disse que deveríamos nos comportar recatadamente e voltar direto para casa e não falar com estranhos, especialmente homens, e nós prometemos fazer o que ela dizia.

Receio, porém, que tenhamos tomado o caminho mais longo, admirando as flores nos jardins cercados das casas, olhando as lojas, que não eram nem tantas nem tão boas como em Belfast, pelo que eu vira lá de relance. Então, Mary me perguntou se eu gostaria de ver a rua onde as prostitutas viviam; fiquei assustada, mas ela disse que não havia perigo. Eu estava de fato curiosa para ver as mulheres que ganhavam a vida vendendo o corpo, porque pensei que, se o pior acontecesse e viéssemos a passar fome, eu ainda teria algo para vender e eu queria ver como eram. Assim, fomos à rua Lombard, mas, como era de manhã, não havia muito a ser visto. Mary disse que havia vários bordéis por ali, embora não fosse possível saber pela fachada; mas diziam que por dentro eram muito elegantes, com tapetes turcos, candelabros de cristal e cortinas de veludo e as prostitutas moravam lá e tinham seus próprios quartos, com criadas que lhes levavam o desjejum, limpavam o assoalho, faziam as camas e retiravam os urinóis, e tudo o que tinham que fazer era vestir suas roupas e depois tirá-las outra vez, ficar ali deitadas de costas e era um trabalho mais fácil do que em uma fábrica ou mina de carvão.

As que viviam naquelas casas eram uma classe superior de prostitutas, e mais caras, e os homens eram cavalheiros, ou ao menos clientes que pagavam bem. Mas o tipo mais barato tinha que ficar andando pelas ruas e usar quartos alugados por hora e muitas delas pegavam doenças e já estavam velhas quando chegavam aos vinte anos e tinham que cobrir o rosto com pintura, para poder enganar os pobres marujos bêbados. E embora pudessem parecer muito elegantes de longe, com penas e cetins, de perto se podia ver que seus vestidos eram sujos e mal-ajustados, pois cada peça que usavam era alugada por dia e mal sobrava sequer para comprarem pão; era um triste tipo de vida, e ela se admirava de que não se atirassem no lago; o que algumas faziam e frequentemente eram encontradas flutuando no porto.

Eu perguntei a Mary como sabia tanto a respeito disso; ela riu e disse que eu ouviria muitas coisas se soubesse manter os ouvidos atentos, especialmente na cozinha; mas, além disso, uma moça do campo que ela conhecera tinha ido para o mal e ela costumava encontrá-la nas ruas; mas não sabia o que acontecera a ela desde então e receava que tivesse sido o pior.

Depois disso, fomos à rua King, a um armarinho onde se vendiam retalhos de tecidos bem baratos; havia sedas, algodões, lãs e flanelas, cetins e tartãs escoceses e tudo o que se pudesse desejar. Mas tínhamos que considerar o preço e o uso que a roupa teria. Por fim, compramos um bom tecido de algodão listrado de azul e branco e Mary disse que me ajudaria a fazer o vestido; embora tivesse ficado surpresa, quando chegou a ocasião, ao descobrir que eu sabia costurar tão bem e com pontos tão minúsculos; disse que eu estava sendo desperdiçada como criada e que devia me estabelecer como costureira.

Compramos a linha para o vestido, assim como os botões, de um mascate que passou por lá no dia seguinte e que era bem conhecido de todos na casa. Era um dos favoritos da cozinheira, que preparou uma xícara de chá e lhe serviu um pedaço de bolo, enquanto ele abria seu pacote e espalhava suas mercadorias. Seu nome era Jeremias e, quando veio pela rua de trás até a porta dos fundos, foi seguido por um bando de cinco ou seis moleques barulhentos, como uma parada, e um deles batia numa panela com uma colher e todos cantavam:

Jeremias, assopre o fogo,
Puff, puff, puff;
Primeiro assopre devagar,
Depois assopre com força!

A barulhada nos levou todas para a janela e, quando chegaram à porta dos fundos, ele deu uma moedinha para os moleques gastarem e eles saíram correndo; quando a cozinheira perguntou por que toda aquela confusão, ele respondeu que preferia que eles o seguissem sob seu comando a ficarem lhe atirando lama seca e esterco de cavalo, como costumavam fazer quando encontravam mascates, que não podiam correr atrás deles sem largar seu pacote; o que, se o fizessem, seriam rapidamente saqueados pelos pequenos rufiões; assim, ele escolheu uma solução mais sábia: os empregara para anunciar sua chegada e ele mesmo lhes ensinara a música.

Esse Jeremias era um homem hábil e esperto, com um nariz comprido, as pernas e a pele queimadas de sol, uma barba negra e crespa, e Mary disse que, embora ele parecesse judeu ou cigano, como a maioria dos mascates, era um ianque com pai italiano que tinha vindo trabalhar nas fábricas de tecido, em Massachusetts, e seu sobrenome era Pontelli, e ele era muito estimado. Falava um bom inglês, mas com algo de estrangeiro na voz; tinha penetrantes olhos negros e um sorriso franco e bonito e adulava as mulheres descaradamente.

Ele tinha muitas coisas que eu queria comprar, mas não podia pagar, embora dissesse que pegaria metade do dinheiro no ato da venda e deixaria o restante para a próxima vez que viesse; mas eu não gosto de ficar devendo. Ele tinha fitas e rendas, bem como linhas e botões, de metal, madrepérola, madeira ou osso e escolhi os de osso e meias de algodão brancas, colarinhos e punhos, gravatas e lenços; e várias anáguas, dois pares de espartilhos, usados, mas bem lavados e quase tão bons quanto os novos; e luvas de verão em tons de bege, muito delicadas e bem-feitas. E brincos, prateados e dourados, embora Mary dissesse que logo escureceriam, e uma caixa de rapé de prata verdadeira e frascos de perfume que cheiravam a rosas, muito fortes. A cozinheira comprou alguns e Jeremias disse que ela nem precisava deles, pois já tinha o cheiro de uma princesa, e ela ficou ruborizada e deu uma risadinha, embora já estivesse beirando os cinquenta anos e não tivesse uma figura graciosa, dizendo que era mais provável que cheirasse a cebolas, e ele retrucou que ela cheirava tão bem que podia ser comida e que o caminho para o coração de um homem passava pelo estômago; então, sorriu com seus dentes grandes e brancos, que pareciam ainda maiores e mais brancos por causa de sua barba escura, lançou um olhar faminto à cozinheira e lambeu os lábios, como se ela fosse mesmo um delicioso bolo que ele quisesse devorar e, com isso, ela ruborizou mais ainda.

Em seguida, ele nos perguntou se tínhamos algo para vender, pois, como sabíamos, pagava bem, e Agnes vendeu seus brincos de coral que ganhara de uma tia, por serem um sinal de vaidade, mas nós sabíamos que ela precisava do dinheiro para sua irmã, que estava passando dificuldades; Jim, do estábulo, entrou e disse que queria trocar uma camisa sua e também um lenço grande e colorido, por outra camisa melhor da qual ele gostava e, acrescentando um canivete com cabo de madeira à barganha, o negócio foi fechado.

Enquanto Jeremias estava lá a cozinha parecia uma festa e a sra. Honey foi ver o que estava causando todo aquele tumulto. Ela disse: Bem, Jeremias, vejo que está de volta às suas velhas brincadeiras, mais uma vez aproveitando-se das mulheres. Mas ela sorriu ao dizer isto, o que era uma visão rara. Ele concordou, era isso mesmo que estava fazendo, havia tantas mulheres bonitas que ele não podia resistir, mas nenhuma tão bonita quanto ela, e ela comprou dois lenços de linho dele, mas disse que ele precisava ser rápido com aquilo, não podia levar o dia todo, pois as garotas tinham trabalho a fazer. E saiu da cozinha chacoalhando suas chaves.

Algumas queriam que ele lesse a sorte em suas mãos; mas Agnes disse que isto era se meter com o diabo e que a sra. Parkinson não iria querer que dissessem que essas coisas de ciganos aconteciam em sua cozinha. Assim, ele não leu a sorte de ninguém. Depois de muitas súplicas, contudo, imitou um cavalheiro, com a voz, os trejeitos e tudo o mais, e nós batemos palmas de alegria, era uma imitação perfeita; ele também fez uma moeda surgir da orelha da cozinheira e nos mostrou como podia engolir um garfo, ou fingir que engolia. Disse que eram truques de mágica que ele aprendera quando era rapaz e trabalhava nas feiras, antes de se tornar um comerciante honesto e ter seu bolso assaltado e seu coração partido inúmeras vezes por jovens bonitas e cruéis como nós, e todas nós rimos.

Mas depois de já ter guardado e empacotado todos os seus objetos outra vez, tomado sua xícara de chá e comido sua fatia de bolo e dito que ninguém fazia bolos tão gostosos como os da cozinheira, já estando de saída, fez sinal para eu me aproximar e me deu um botão de osso extra, igual aos quatro que eu comprara. Colocou-o na minha mão e dobrou meus dedos sobre ele e seus próprios dedos eram duros e ásperos, como areia; mas, primeiro, ele olhou a palma de minha mão rapidamente e depois disse: Cinco para dar sorte; pois essas pessoas consideram quatro um número de azar e números ímpares, de mais sorte do que números pares. Ele me deu uma olhada rápida e inteligente com seus brilhantes olhos negros e disse, bem baixo para que as outras não escutassem: Tem pedras afiadas à frente. O que eu suponho que sempre tenha, senhor, e certamente teve muitas delas atrás e sobrevivi a todas; assim, não fiquei muito assustada com aquilo.

Mas em seguida ele me disse algo muito estranho. Ele disse: Você é uma de nós.

Então, jogou seu pacote nas costas, pegou sua bengala e foi embora; eu fiquei ali parada, imaginando o que ele quis dizer. Mas depois de refletir bastante, concluí que ele quis dizer que eu também não tinha um lar, era uma nômade, como os mascates e os que trabalhavam nas feiras, pois eu não conseguia imaginar o que mais ele poderia ter em mente.

Nós todas nos sentimos um pouco sem graça e desanimadas depois que ele se foi; pois não era sempre que nós, que vivíamos nos fundos da casa, tínhamos uma festa daquelas, podíamos apreciar coisas tão bonitas e ter uma oportunidade de rir e se divertir no meio do dia.

Mas o vestido ficou muito bom e, como tínhamos cinco botões e não quatro, usamos três no pescoço e um em cada punho das mangas; até mesmo a sra. Honey disse: Que diferença ele fez em sua aparência, como você está bem arrumada e distinta, agora que está vestida decentemente.

19

No fim do mês, meu pai apareceu, querendo todo o meu salário, mas só pude lhe dar vinte e cinco centavos de dólar, pois tinha gasto o restante. Ele então começou a xingar e esbravejar e me agarrou pelo braço, mas Mary mandou o pessoal do estábulo para cima dele. Ele voltou no fim do segundo mês e novamente lhe dei vinte e cinco centavos e Mary lhe disse que ele não deveria voltar mais. Ele a xingou com palavrões feios e ela retrucou com outros piores e assobiou chamando os homens; e assim ele foi escorraçado dali. Eu estava dividida quanto a isso, pois sentia pena dos pequenos, e tentei enviar algum dinheiro para eles depois, por intermédio da sra. Burt, mas acho que eles não receberam nada.

No começo, me mandaram trabalhar na cozinha, esfregando panelas e caçarolas, mas logo notaram que os caldeirões de ferro eram pesados demais para mim; então, nossa lavadeira foi embora para um novo emprego e veio outra que não era tão ligeira e a sra. Honey disse que eu deveria ajudar Mary a enxaguar e torcer, a pendurar, dobrar, passar e consertar e nós duas ficamos muito contentes. Mary disse que me ensinaria o que eu precisava saber e, como eu era inteligente, aprenderia muito depressa.

Quando eu cometia um erro e ficava ansiosa por causa disso, Mary me consolava e dizia que eu não devia levar as coisas tão a sério e que, se eu nunca errasse, nunca aprenderia, e quando a sra. Honey falava rispidamente comigo e eu ficava à beira das lágrimas, Mary dizia que eu não devia me importar com ela, porque esse era seu jeito; ela era assim porque engolira uma garrafa de vinagre e ele foi parar em sua língua. E também que eu não devia me esquecer de que não éramos escravas e que não nascemos destinadas a ser uma criada, nem seríamos forçadas a continuar a ser uma criada para sempre; era apenas um trabalho.

Ela disse que era costume as jovens neste país se empregarem, a fim de ganhar dinheiro para seus dotes, e depois elas se casavam e, se seus maridos prosperassem, logo elas, por sua vez, estariam contratando suas próprias criadas ou no mínimo uma empregada para todo o serviço, e que um dia eu seria a patroa em uma bonita fazendinha e independente e olharia para trás, para meus sofrimentos e tribulações nas mãos da sra. Honey, como uma boa piada. E que uma pessoa era tão boa quanto qualquer outra e que, neste lado do oceano, as pessoas subiam na vida pelo trabalho duro, não pelo que seu avô tivesse sido, e assim é que deveria ser.

Ela dizia que ser criada era um trabalho como outro qualquer, havia um jeito especial para isto que muitas pessoas nunca aprendiam, e tudo estava na maneira de encarar o serviço. Por exemplo, nos disseram para usar sempre as escadas dos fundos, para ficar fora do caminho da família, mas, na verdade, era o contrário: as escadas da frente estavam lá para que a família ficasse fora do nosso caminho. Eles podiam ficar subindo e descendo as escadas da frente com seus badulaques e roupas elegantes, enquanto o verdadeiro trabalho da casa acontecia às suas costas, sem que eles tivessem que se envolver em tudo, interferindo e estorvando. Eram criaturas frágeis e ignorantes, apesar de ricas, e a maioria não conseguiria acender um fogo se os pés estivessem congelando, porque não sabiam como e era um espanto que soubessem assoar o próprio nariz ou limpar o próprio traseiro, eles eram por natureza tão inúteis quanto um pinto para um padre – queira me desculpar, senhor, mas foi assim que ela falou – e, se amanhã viessem a perder todo o seu dinheiro e fossem atirados na rua, não conseguiriam nem mesmo ganhar a vida com a prostituição, pois não saberiam que parte deveria entrar onde e iriam acabar – não vou dizer a palavra – no ouvido, e a maioria deles não saberia distinguir a própria bunda de um buraco no chão. E ela disse também algo sobre as mulheres, que foi tão grosseiro que não vou repetir aqui, senhor, mas nos fez rir muito.

Ela disse que o segredo era ter o serviço pronto sem que ninguém o visse ser feito e, se algum deles a surpreendesse numa tarefa, você deveria simplesmente sair dali imediatamente. No fim, ela dizia, nós levávamos a melhor sobre eles, porque lavávamos suas roupas sujas e, portanto, sabíamos muito sobre eles; mas eles não lavavam as nossas e não sabiam absolutamente nada sobre nós. Havia poucos segredos que pudessem ser escondidos dos empregados e, se um dia eu viesse a ser camareira, teria que aprender a carregar um balde cheio de imundície como se fosse um vaso de rosas, pois o que essas pessoas mais detestavam era ser lembradas que eles também tinham um corpo e que suas fezes fediam tanto quanto as de qualquer outra pessoa, se não pior. E então, ela dizia um versinho: *Quando Adão lavrava e Eva tecia, quem era o cavalheiro?*

Como eu disse, senhor, Mary era uma moça muito atrevida e não media as palavras e tinha ideias muito democráticas, com as quais demorei a me acostumar.

Bem no alto da casa, havia um grande sótão, dividido, e se você subisse as escadas, passasse pelo quarto em que dormíamos e depois descesse alguns outros degraus, chegava ao quarto de secar roupas. Havia cordas esticadas de um lado ao outro e várias janelas pequenas que se abriam para fora, sob o beiral do telhado. E a chaminé da cozinha atravessava esse aposento. Era usado para secar as roupas no inverno e quando estava chovendo.

Normalmente não lavávamos roupa se o tempo estivesse ameaçador, mas, especialmente no verão, o dia podia começar ensolarado e de repente ficar nublado, com trovoadas e chuva, e as tempestades eram muito violentas, com estrondos ensurdecedores de trovões e relâmpagos ofuscantes, parecia o fim do mundo. Fiquei apavorada na primeira vez em que isso aconteceu, entrei debaixo de uma mesa e comecei a chorar, mas Mary disse que não era nada, só um temporal com trovões e raios; no entanto, contou-me várias histórias de homens que estavam em campo aberto, ou mesmo nos celeiros, e que foram fulminados por um raio, assim como uma vaca parada embaixo de uma árvore.

Quando havia roupa lavada estendida lá fora e as primeiras gotas de chuva começavam a cair, corríamos com nossos cestos e recolhíamos tudo o mais rápido possível, depois subíamos as escadas com os cestos e pendurávamos as roupas novamente no quarto de secar, já que não podiam ficar muito tempo nos cestos por causa do mofo. Eu adorava o cheiro de roupa lavada e seca ao ar livre, era um cheiro bom e fresco; e as camisas e camisolas ondulando na brisa num dia de sol pareciam grandes pássaros brancos, ou anjos festejando, embora não tivessem cabeça.

Mas quando pendurávamos as mesmas roupas dentro da casa, na penumbra cinzenta do quarto de secar, elas pareciam diferentes, como fantasmas pálidos de si mesmas, flutuando e tremulando na semiescuridão, e a visão delas, tão silenciosas e sem corpo, me dava medo. E Mary, que era muito esperta nessas coisas, logo percebeu isso e se escondia por trás dos lençóis, pressionava-se contra eles, de modo que se via o contorno de um rosto, e soltava um gemido ou ficava atrás de uma camisola e fazia seus braços se mexerem. Sua intenção era me assustar, o que ela conseguia, me fazendo soltar um berro; então, corríamos uma atrás da outra pelo meio das fileiras de roupas lavadas, rindo e gritando, mas tentando não gritar nem rir alto demais; se eu a agarrava, começava a lhe fazer cócegas, pois ela era muito sensível a cócegas; às vezes, experimentávamos os corpetes da sra. Parkinson, por cima de nossas roupas, e caminhávamos de um lado para outro, com os peitos projetados para a frente e o nariz empinado, e ficávamos tão cansadas que caíamos de costas nos cestos de roupa e ficávamos lá ofegando como peixes até recuperar nosso ar sério outra vez.

Eram apenas brincadeiras de jovens, que nem sempre assumem uma forma muito digna, como tenho certeza de que o senhor já teve oportunidade de observar.

A sra. Parkinson possuía mais colchas de retalhos do que eu jamais vira em toda a minha vida, pois não eram muito usadas do outro lado do oceano, e algodão estampado era caro e difícil de ser encontrado. Mary disse que aqui uma moça não se considerava pronta para casar enquanto não tivesse pelo menos três colchas como essas, feitas com suas próprias mãos; as mais elaboradas eram as colchas de casamento, como a Árvore do Paraíso e a Cesta de Flores. Outras, como a Caça ao Ganso Selvagem e a Caixa de Pandora, também tinham muitas peças e exigiam muita habilidade; aquelas como a Cabana de Madeira e a dos Nove Retalhos eram para uso diário e muito mais rápidas de fazer. Mary ainda não começara a fazer sua própria colcha de casamento, pois não tinha tempo, trabalhando como criada, mas já terminara uma de Nove Retalhos.

Em um belo dia de meados de setembro, a sra. Honey disse que já era hora de tirar os cobertores e as colchas de inverno para arejá-los, preparando-os para o clima frio, e remendar os puídos ou rasgados, e deu essa tarefa para mim e Mary. As colchas ficavam guardadas no sótão, longe do quarto de secar roupas, para evitar a umidade, numa arca de cedro, com um lençol de musselina entre cada uma e cânfora suficiente para matar um gato, e o cheiro da cânfora costumava me deixar tonta. Tínhamos que carregá-las para baixo, pendurá-las no varal, escová-las e ver se as traças tinham atacado alguma delas; pois às vezes, apesar das arcas de cedro e da cânfora, as traças entravam e as colchas de inverno eram forradas com mechas de lã, em vez de algodão, como as colchas de verão.

As colchas de inverno eram de cores mais escuras do que as de verão, com vermelhos, laranjas, azuis e roxos; algumas tinham retalhos de sedas, veludos e brocados. No correr dos anos na prisão, quando estou sozinha, como acontece na maior parte do tempo, fecho os olhos e viro a cabeça para o sol e vejo um vermelho e um laranja tão radiantes quanto o brilho daquelas colchas; quando pendurávamos uma meia dúzia delas no varal, uma ao lado da outra, elas me pareciam bandeiras, içadas por um exército a caminho da guerra.

E desde então eu penso: por que as mulheres escolheram costurar tais bandeiras e depois estendê-las em cima das camas? Pois fazem da cama o objeto que mais chama a atenção no quarto. E então penso: é para dar um aviso. Porque o senhor pode pensar que uma cama é algo pacífico e para o senhor pode significar descanso e conforto e uma boa noite de sono. Mas não é assim para todo mundo e muitos perigos podem ocorrer numa cama. É lá que nascemos, e esse é o nosso primeiro perigo na vida, e é lá que as mulheres dão à luz, o que às vezes é o último perigo para elas. E é lá que acontecem as coisas entre os homens e as mulheres, que não vou mencionar para o senhor, mas suponho que saiba do que estou falando, e alguns chamam isso de amor, outros, de desespero ou meramente de uma indignidade pela qual têm que passar. E finalmente é na cama que dormimos e onde sonhamos e geralmente onde morremos.

Mas eu não tinha essas fantasias sobre as colchas antes da prisão. É um lugar onde você tem muito tempo livre para pensar e ninguém a quem relatar seus pensamentos; então, você os conta para si mesma.

Nesse ponto, o dr. Jordan me pede para fazer uma pausa para ele poder me acompanhar em sua escrita; ele diz que está muito interessado no que acabei de relatar. Fico contente com isso, pois gostei de contar sobre aquela época e, se dependesse de mim, ficaria naquele tempo para sempre. Assim, eu espero e observo sua mão movendo-se sobre o papel, penso que deve ser agradável ter a capacidade de escrever tão depressa, o que só se consegue com prática, como tocar piano. E fico imaginando se ele tem uma boa voz de cantor, se canta duetos com as moças à noite, quando estou trancada sozinha em minha cela. Provavelmente o faz, já que é bastante bonito e simpático e solteiro.

Então, Grace, ele diz, levantando a cabeça, você considera a cama um lugar perigoso?

Há um tom diferente em sua voz; talvez esteja rindo de mim por dentro. Eu não devia falar com ele de forma tão franca e decido que não falarei, se ele adotar esse tom.

Bem, naturalmente não todas as vezes que se deita nelas, senhor, eu digo, somente nas ocasiões que eu mencionei. Em seguida, fico em silêncio e volto a costurar.

Eu a ofendi de algum modo, Grace?, ele pergunta. Não tive a intenção.

Costuro em silêncio por mais alguns instantes. Então digo: Vou acreditar no senhor e levá-lo a sério e espero receber o mesmo em troca no futuro.

Claro, claro, ele diz calorosamente. Por favor, continue sua história. Eu não deveria tê-la interrompido.

Certamente o senhor não quer ouvir coisas tão comuns da vida diária, eu digo.

Quero ouvir qualquer coisa que você queira me dizer, Grace, ele diz. Os pequenos detalhes da vida frequentemente escondem um importante significado.

Não sei ao certo o que ele quer dizer com isso, mas continuo:

Finalmente, conseguimos levar todas as colchas para baixo, pendurá-las e escová-las; depois, levamos duas para dentro outra vez, para serem consertadas. Ficamos na lavanderia, onde nada estava sendo lavado, e era mais fresco do que no sótão; havia também uma mesa grande na qual podíamos abrir as colchas.

Uma delas era bem estranha; tinha quatro urnas cinzentas com quatro salgueiros verdes plantados dentro delas e uma pomba branca em cada canto, ou ao menos eu acredito que pretendiam ser pombas, embora se parecessem mais com galinhas, e no centro havia um nome de mulher bordado em preto: Flora. Mary disse que era uma Colcha em Memória, feita pela sra. Parkinson em memória de uma cara amiga falecida, como estava se tornando moda.

E a outra colcha chamava-se Janelas do Sótão; tinha muitas peças e, se você olhasse de um determinado jeito, as caixas estavam fechadas e, quando olhava de outro ponto, as caixas estavam abertas e imagino que as caixas fechadas eram o sótão e as abertas eram as janelas; isto acontece com muitas colchas, podem ser vistas de duas maneiras diferentes, olhando-se para as peças escuras ou, então, as claras. Mas quando Mary disse o nome, eu não a ouvi direito e achei que tivesse dito Viúvas do Sótão,* e eu disse: Viúvas do Sótão é um nome muito estranho para uma colcha de cama. Então, Mary me disse qual era o nome certo e tivemos um ataque de riso, porque imaginamos um sótão cheio de viúvas, em seus vestidos pretos, com suas toucas de viúva e os véus de luto abaixados sobre os rostos, com cara de tristeza e torcendo as mãos, escrevendo cartas em papéis de bordas pretas e enxugando os olhos com lenços debruados de preto. E Mary disse: E com os baús e as arcas no sótão cheios até a borda com os cachos dos cabelos de seus caros e finados maridos, e eu disse: Talvez os caros e finados maridos estejam nas arcas também.

E isso nos fez desatar a rir outra vez. Não conseguíamos parar de rir, nem mesmo quando ouvimos a sra. Honey e suas chaves chacoalhando pelo corredor. Enterramos o rosto nas colchas e, quando ela abriu a porta, Mary já se recompusera, mas eu continuava com a cabeça baixa, os ombros sacudindo-se, e a sra. Honey disse: O que está havendo, meninas?, e Mary levantou-se e disse: Desculpe, sra. Honey, é que Grace está chorando por causa de sua falecida mãe, e a sra. Honey disse: Muito bem, então, pode levá-la até a cozinha para uma xícara de chá, mas não demorem muito, e ela disse que as mocinhas geralmente eram muito choronas, mas Mary não devia me mimar muito nem deixar que eu perdesse o controle. Depois que ela se foi, nós nos abraçamos e rimos tanto que eu pensei que fôssemos morrer de tanto rir.

Bem, o senhor pode achar muita insensibilidade nossa se divertir à custa de viúvas e, com as mortes em minha própria família, eu deveria

---

* Em inglês, windows (janelas) e widows (viúvas). (N. da T.)

saber que não era assunto para brincadeiras. E, se houvesse alguma viúva por perto, nós jamais teríamos feito isso, já que é errado rir do sofrimento alheio. Mas não havia nenhuma viúva para nos ouvir e tudo o que posso dizer, senhor, é que éramos muito jovens e as moças muito novas em geral são tolas assim e é melhor rir do que chorar.

Depois, eu pensei nas viúvas – nas penas das viúvas, nos sofrimentos das viúvas e nas moedinhas da viúva na Bíblia, que nós, criadas, éramos sempre solicitadas a dar aos pobres, de nossos salários, e também pensei em como os homens piscam e fazem um sinal com a cabeça quando uma viúva jovem e rica é mencionada e como uma viúva era respeitável se fosse velha e pobre, mas não o contrário; o que é muito estranho quando se pensa a respeito.

Em setembro, o tempo estava lindo, com dias como os de verão e depois, em outubro, muitas árvores ficaram vermelhas, amarelas e alaranjadas, como se estivessem em chamas, e eu não me cansava de olhar para elas. Certa tarde, quase ao anoitecer, eu estava lá fora com Mary recolhendo os lençóis do varal quando ouvimos um som como o de muitas vozes roucas gritando ao mesmo tempo, e Mary disse: Olhe lá em cima, são os gansos selvagens voando para o Sul por causa do inverno. O céu acima de nós ficou escuro com os gansos e Mary disse: Os caçadores vão sair amanhã de manhã. Foi triste pensar que aquelas criaturas selvagens estavam prestes a ser abatidas a tiros.

Uma noite, no fim de outubro, algo assustador aconteceu comigo. Eu não lhe contaria isso se o senhor não fosse médico e os médicos já sabem disso, de modo que o senhor não ficará chocado. Eu estava usando o penico no quarto e já estava com minha camisola de dormir e pronta para ir para a cama e não queria ir até a latrina lá fora no escuro e, quando olhei para baixo, havia sangue e um pouco em minha camisola também. Eu estava sangrando do meio das minhas pernas e achei que estivesse morrendo, e desatei a chorar.

Mary entrou no quarto e me encontrou nesse estado e perguntou: O que aconteceu?, e respondi que eu estava com uma terrível doença e certamente iria morrer e também sentia uma forte dor no estômago, que eu havia ignorado, achando que era apenas por ter comido muito pão quente, pois era dia de assar pão. Mas agora eu me lembrava de minha mãe e como sua morte começara com uma dor no estômago e chorei ainda mais.

Mary olhou e, para lhe fazer justiça, não riu de mim, mas explicou tudo. O senhor deve se admirar que eu não soubesse isso, considerando quantos filhos minha mãe dera à luz; mas o fato é que eu sabia muito a respeito de bebês e como eles saem e até mesmo como entram, tendo visto os cachorros na rua; mas não isso. Eu não tinha amigas da minha idade ou imagino que teria ficado sabendo.

Mary disse: Agora você já é uma mulher, o que me fez chorar novamente. Mas ela pôs os braços ao meu redor e me reconfortou, melhor do que minha própria mãe teria feito, pois estava sempre ocupada, cansada ou doente demais. Depois, ela me emprestou sua anágua de flanela vermelha até eu conseguir comprar uma para mim e mostrou-me como dobrar e prender os panos com alfinetes e disse que alguns chamavam aquilo de a maldição de Eva, mas ela achava que isso era bobagem, já que a verdadeira maldição de Eva era ter que aturar as tolices de Adão, que, assim que teve um problema, jogou toda a culpa em Eva. Ela também disse que, se a dor ficasse muito forte, ela me traria um pouco de casca de salgueiro para mastigar e que isto ajudaria e esquentaria um tijolo para mim no fogão da cozinha e o enrolaria numa toalha, para aliviar a dor. Fiquei muito agradecida a ela, pois era realmente uma boa e verdadeira amiga.

Depois, ela fez eu me sentar e penteou meus cabelos suavemente, para me acalmar, e disse: Grace, você vai ser muito bonita, logo estará virando a cabeça dos homens. Os piores são os cavalheiros, que acham que têm o direito a tudo o que desejam, e, quando você for à latrina lá fora de noite, eles estarão bêbados nessa hora e ficam de tocaia esperando por você e a agarram à força, não adianta argumentar com eles e, se você puder, deve dar um chute entre as pernas deles, que é onde realmente dói; por isso é sempre melhor trancar a porta e usar o penico. Mas todo tipo de homem vai tentar a mesma coisa; começam fazendo promessas, dizem que farão qualquer coisa que você quiser; mas você deve ter muito cuidado com o que vai pedir e nunca fazer nada por eles até terem cumprido o que prometeram e, se houver uma aliança, deve haver um padre também.

Eu lhe perguntei inocentemente: Por que tudo isso?, e ela respondeu que era porque os homens eram mentirosos por natureza e capazes de dizer qualquer coisa para conseguir o que queriam de você, depois pensavam melhor e fugiam no primeiro barco. Percebi, então, que estávamos na mesma história que tia Pauline costumava me contar a respeito de minha mãe e concordei sabiamente, dizendo que ela estava certa, embora ainda não soubesse muito bem o que estava querendo dizer. Ela me deu um abraço e disse que eu era uma boa moça.

Na noite de 31 de outubro, que, como o senhor sabe, é a Noite das Bruxas, quando dizem que os espíritos dos mortos voltam do túmulo, embora se trate apenas de uma superstição – nessa noite, Mary voltou ao nosso quarto com algo escondido no avental e disse: Olhe, arranjei quatro maçãs para nós, eu implorei à cozinheira que nos desse. Há maçãs em abundância nesta época do ano e havia tonéis cheios delas já armazenados no porão. Ah, eu disse, são para comermos?, e ela disse: Nós as comeremos depois, mas esta é a noite em que você pode descobrir com quem vai se casar. Ela disse que levara quatro para que cada uma de nós tivesse duas chances.

Mostrou-me uma pequena faca que também conseguira com a cozinheira, ou assim disse. A verdade é que às vezes ela pegava coisas sem pedir, o que me deixava nervosa; embora ela dissesse que não era roubo, desde que você devolvesse ao lugar depois. Mas às vezes ela não fazia isso. Ela pegara um exemplar do livro *The Lady of the Lake*, de Sir Walter Scott, da biblioteca, onde havia cinco cópias, e o lia em voz alta para mim e possuía um estoque de tocos de velas, que tirava um por um da sala de jantar, e os mantinha escondidos debaixo de uma tábua solta do assoalho; se tivesse conseguido com permissão, não faria isso. Tínhamos direito à nossa própria vela, para trocar de roupa na hora de dormir, mas a sra. Honey disse que não era para a desperdiçarmos, pois cada vela deveria durar uma semana e isso era menos luz do que Mary queria ter. Ela também mantinha alguns fósforos escondidos e assim, quando nossa vela oficial era apagada para ser poupada, ela podia acender outra sempre que quisesse e dessa vez ela acendeu dois dos seus tocos de vela.

Aqui está a faca e a maçã, ela disse, e você tem que tirar a casca em uma única tira comprida; depois, sem olhar para trás, tem que atirá-la por cima de seu ombro esquerdo. E a casca formará a inicial do nome do homem com quem você se casará e esta noite você sonhará com ele.

Eu era jovem demais para estar pensando em maridos, mas Mary falava muito sobre isto. Quando tivesse economizado o suficiente de seu salário, iria se casar com um bonito e jovem fazendeiro, cujas terras já estivessem desmatadas e com uma boa casa construída, e, se não conseguisse um desses, se contentaria com um que tivesse uma cabana de madeira e eles construiriam uma casa melhor depois. Ela até sabia que tipo de galinhas e vacas teriam – ela queria Leghorns brancas e vermelhas e uma vaca Jersey para o creme e o queijo, pois dizia não haver outra melhor.

Assim, peguei a maçã e a descasquei, conseguindo tirar a casca em uma única tira. Então, atirei-a para trás e fomos ver a letra que formara. Não havia como saber qual era o lado de cima e qual o de baixo, mas finalmente concluímos que era um J. E Mary começou a me provocar, dizendo o nome dos homens que ela conhecia cujos nomes começavam com J; disse que eu iria me casar com Jim dos estábulos, que era vesgo e fedia horrivelmente; ou então com o mascate Jeremias, que era muito mais bonito, mas eu teria que vagar pelo país inteiro e não teria outra casa senão o pacote que carregava nas costas, como um caracol. E disse que eu iria atravessar as águas três vezes antes que isso acontecesse, e eu disse que ela estava inventando aquilo; ela sorriu, porque eu tinha adivinhado que ela estava me pregando uma peça.

Foi a sua vez, então, e ela começou a descascar a maçã. Mas a casca de sua primeira maçã se rompeu e também a segunda; eu lhe dei minha maçã extra, mas ela estava tão nervosa que cortou a casca ao meio logo depois de começar. Então, ela riu e disse que aquilo era apenas uma história tola de mulheres velhas; ela comeu a terceira maçã e colocou as outras duas no peitoril da janela para guardar até de manhã e eu comi minha própria maçã e começamos a caçoar dos corpetes da sra. Parkinson; mas, por baixo de toda a brincadeira, ela estava preocupada.

Quando fomos nos deitar, eu percebi que ela não adormeceu, mas ficou deitada de costas do meu lado, fitando o teto, e quando eu mesma adormeci, não sonhei com nenhum marido. Em vez disso, sonhei com minha mãe enrolada em seu lençol, afundando na água fria, que era azul-esverdeada; o lençol começou a se desenrolar na parte de cima e ondulava como se estivesse ao vento e seus cabelos começaram a flutuar, ondeando como algas marinhas; mas os cabelos encobriam seu rosto, de modo que eu não podia vê-lo, e eram mais escuros do que os de minha mãe tinham sido e então compreendi que aquela não era absolutamente minha mãe, mas alguma outra mulher e que ela não estava de maneira alguma morta dentro do lençol, ela ainda estava viva.

E tive medo; acordei com meu coração disparado e um suor frio no meu corpo. Mas agora Mary dormia, respirando profundamente, e as luzes rosadas e cinzentas do amanhecer começavam a surgir; lá fora, os galos começaram a cantar e tudo era normal. Então me senti melhor.

20

E assim continuamos até novembro, quando as folhas caem das árvores e escurece cedo, o tempo fica cinzento e sombrio, com chuva forte e rajadas de vento, e depois veio dezembro, o chão congelou e ficou duro como uma rocha e as nevascas começaram. Nosso quarto no sótão ficava muito frio, especialmente de manhã, quando tínhamos que levantar no escuro e colocar nossos pés descalços nas tábuas geladas do assoalho; Mary dizia que, quando tivesse sua própria casa, colocaria tapetes de tiras trançadas ao lado de cada cama e ela própria teria um par de chinelos de feltro para aquecer os pés. Levávamos nossas roupas para a cama conosco, para aquecê-las antes de vestir, e nos vestíamos ainda embaixo das cobertas; à noite, aquecíamos tijolos no fogão e os enrolávamos em flanela para colocar na cama e evitar que nossos dedos dos pés virassem pedras de gelo. A água em nossa bacia era tão gelada que uma dor aguda subia pelos braços quando lavávamos as mãos e ainda bem que éramos duas na mesma cama.

Mas Mary dizia que aquilo não era nada, que o inverno de verdade ainda não chegara e ainda iria ficar muito mais frio e a única vantagem é que teriam que aumentar o fogo nas lareiras da casa e mantê-lo aceso por mais tempo. E era melhor ser uma criada, pelo menos de dia, porque sempre podíamos nos aquecer na cozinha, ao passo que a sala de estar tinha tantas correntes de ar frio como um celeiro e era preciso ficar bem junto à lareira para poder se aquecer. A sra. Parkinson levantava as saias na frente da lareira quando estava sozinha na sala, para esquentar seu traseiro, e, no inverno anterior, tinha incendiado suas anáguas; Agnes, a camareira, ouviu os gritos, correu para lá e ficou histérica de pavor; jogaram um cobertor em cima da sra. Parkinson e ela foi rolada pelo chão como um barril por Jim dos estábulos. Felizmente ela não se queimou, apenas se chamuscou um pouco.

Em meados de dezembro, meu pai enviou minha pobre irmã Katey para pedir mais do meu salário; ele próprio não se atreveu a ir. Senti pena de Katey, pois o fardo que antes pesava sobre mim agora era dela; eu a levei até a cozinha e a aqueci junto ao fogão, pedi um pedaço de pão à cozinheira, que disse que não era sua função alimentar todos os órfãos famintos da cidade, mas ainda assim lhe deu o pão; Katey chorou e disse que queria que eu voltasse para casa. Eu lhe dei vinte e cinco centavos de dólar e disse-lhe que contasse ao nosso pai que aquilo era tudo o que eu tinha, o que lamento dizer que era mentira; mas eu aprendera que a verdade não era algo que eu devesse a ele. E dei dez centavos para ela mesma e disse que devia guardá-los para uma necessidade, embora ela já estivesse necessitando. Também lhe dei uma das minhas anáguas, que ficara pequena demais para mim.

Ela contou que nosso pai não encontrara nenhum trabalho fixo, só alguns bicos, mas tinha a perspectiva de ir para o Norte naquele inverno, para cortar árvores, e soubera de algumas terras gratuitas a oeste e que iria para lá quando a primavera chegasse. O que ele fez, e de repente, pois a sra. Burt veio até a casa para dizer que meu pai fora embora sem pagar quase nada do que lhe devia. No começo, ela queria que eu pagasse a conta, mas Mary lhe disse que ela não podia forçar uma garota de treze anos a pagar dívidas contraídas por um homem adulto; no fundo, a sra. Burt não era má pessoa e, por fim, disse que não era culpa minha.

Não sei o que aconteceu a meu pai e às crianças. Nunca recebi uma carta, nem tive notícias deles na época do julgamento.

Com a chegada do Natal, os ânimos melhoraram; as lareiras eram acesas com bastante lenha, cestos de mantimentos eram entregues pelo dono da mercearia e grandes cortes de carne e a carcaça de um porco, para ser assado inteiro, foram entregues pelo açougueiro; preparativos apressados eram feitos na cozinha; Mary e eu fomos tiradas da lavanderia para dar uma ajuda, misturávamos e mexíamos para a cozinheira, descascávamos e fatiávamos maçãs, escolhíamos passas e groselhas, ralávamos noz--moscada e batíamos os ovos quando necessário; nós gostávamos muito disso, pois sempre havia a chance de provar e beliscar aqui e ali e, sempre que podíamos, guardávamos um pouco de açúcar para nós; a cozinheira não notava ou não falava nada, pois já tinha muita coisa na cabeça com que se preocupar.

Eu e Mary é que armávamos o fundo de todas as tortas, mas era a cozinheira que armava a crosta, pois dizia que isto era uma arte e que éramos jovens demais para saber; ela cortava estrelas e outros enfeites para decorar. Ela deixava que desembrulhássemos os bolos de Natal das camadas de musselina em que ficavam enrolados, molhássemos os bolos com conhaque e uísque e depois os embrulhássemos outra vez; o cheiro desses bolos é uma das melhores lembranças que tenho.

Eram necessários muitos bolos e tortas, já que era a época de visitas e de jantares, festas e bailes. Os dois filhos da dona da casa chegaram da escola, de Harvard, em Boston; chamavam-se sr. George e sr. Richard, e ambos pareciam simpáticos e bem altos. Não prestei muita atenção a eles, pois para mim significavam apenas mais roupa para lavar e muitas camisas mais para passar e engomar; mas Mary estava sempre espiando das janelas para o pátio, para ver se conseguia vê-los quando saíam a cavalo, ou ficava escutando no corredor quando eles cantavam duetos com as senhoras convidadas e do que ela mais gostava era *A Rosa de Tralee*, porque seu nome aparecia na letra – onde diz *Oh, não, foi a verdade sempre presente em seus olhos que me fez amar Mary, a Rosa de Tralee*. Ela mesma tinha uma boa voz para cantar e sabia muitas canções de cor; por isso os dois às vezes iam até a cozinha e faziam com que ela cantasse. Ela os chamava de moleques, apesar de ambos serem alguns anos mais velhos do que ela.

No dia de Natal, Mary me deu um par de luvas bem quentes que ela mesma tricotara. Eu a tinha visto fazendo-as, mas ela disfarçara bem e dissera que eram para uma amiga e eu nunca imaginei que a amiga à qual ela se referia era eu mesma. Eram de um belo azul-escuro, com flores vermelhas bordadas. E eu lhe dei um agulheiro que fiz com cinco retalhos de flanela vermelha, costurados na parte de cima, e que era fechado com dois pedaços de fita. Mary me agradeceu, me deu um abraço e um beijo, e disse que era o melhor agulheiro do mundo, que nunca se poderia comprar um desses numa loja, que ela nunca tinha visto um igual e que o guardaria com carinho para sempre.

A neve caíra pesadamente nesse dia e as pessoas estavam lá fora em seus trenós, com sinos nos cavalos, e o som que produziam era muito bonito. Depois que a família fez sua ceia de Natal, os criados fizeram a deles, com seu próprio peru e suas tortas, e entoamos cânticos natalinos e nos divertimos.

Esse foi o Natal mais feliz que eu já tive, antes ou depois.

O sr. Richard voltou para a escola depois dos feriados, mas o sr. George permaneceu em casa. Ele pegara um resfriado que passara para os pulmões e tossia muito; o sr. e a sra. Parkinson andavam pela casa com ar tristonho e o médico veio, o que me assustou. Mas foi dito que ele não tinha tuberculose, só uma gripe, com febre, e lumbago, e devia ficar de repouso e tomar bebidas quentes; e isto ele tinha em abundância, já que era um preferido dos criados. Mary esquentava um botão de ferro no fogão, que ela dizia que era a melhor coisa para lumbago, se fosse colocado bem no lugar onde doía, e o levava para ele lá em cima.

Quando finalmente melhorou, já eram meados de fevereiro e ele perdera uma parte tão grande do período letivo na faculdade que resolveu ficar em casa e recomeçar apenas no segundo semestre; a sra. Parkinson concordou e disse que ele precisava recuperar suas forças. E assim lá ficou ele, o centro de todas as atenções, com tempo de sobra nas mãos e pouco a fazer, o que não é uma boa situação para um jovem cheio de vitalidade. E não faltavam festas para ele frequentar, nem moças com quem dançar, nem suas mães planejando seu casamento com elas sem que ele soubesse. Receio que ele fosse muito mimado, não menos por ele mesmo. Pois se o mundo o trata bem, senhor, começa-se a acreditar que se é merecedor.

Mary dissera a verdade a respeito do inverno. A neve na época do Natal fora intensa, mas era como um cobertor de plumas, e o ar parecia mais quente depois que a neve caía; os rapazes da cocheira brincavam e atiravam bolas de neve uns nos outros; mas, como eram macias, desfaziam-se quando atingiam o alvo.

Mas logo o verdadeiro inverno chegou e a neve começou a cair em grandes quantidades. Desta vez, não era macia, e sim dura, como minúsculas e aguilhoantes bolinhas de gelo; era acompanhada por um vento penetrante e sem trégua e acumulava-se em grandes montes; eu temia que nós todos fôssemos enterrados vivos. Pingentes de gelo formavam-

-se nos beirais dos telhados e era preciso ter cuidado ao passar por baixo, pois podiam se desprender e cair e eram muito pontudos e afiados; Mary ouvira falar de uma mulher que fora morta por um desses, que atravessou seu corpo como um espeto de carne. Certo dia, choveu granizo, cobrindo todos os galhos das árvores com uma camada de gelo, e no dia seguinte eles brilhavam ao sol como milhares de diamantes; mas o gelo fazia muito peso sobre as árvores e vários galhos se quebraram. O mundo inteiro era duro e branco e, quando o sol brilhava, era tão ofuscante que você tinha que proteger os olhos e não olhar diretamente por muito tempo.

Ficávamos dentro de casa o maior tempo possível, já que havia o risco de queimaduras causadas pelo frio, especialmente nos dedos das mãos e dos pés; os homens saíam com cachecóis amarrados sobre as orelhas e o nariz e sua respiração saía em nuvens. A família tinha seus tapetes de pele no trenó, suas mantas e capas, e saía para fazer visitas; mas nós não tínhamos dessas roupas quentes. À noite, Mary e eu estendíamos nossos xales em cima das cobertas e dormíamos com nossas meias e uma anágua extra; mesmo assim, não conseguíamos ficar aquecidas. Pela manhã, o fogo das lareiras da casa já havia se apagado e nossos tijolos tinham esfriado e tremíamos como coelhas.

No último dia de fevereiro, o tempo melhorou um pouco e nos aventuramos a sair, depois de enrolar bem os pés com flanelas, por dentro das botas que havíamos tomado emprestadas dos rapazes do estábulo; nos enrolamos em tantos xales quanto pudemos encontrar ou pedir emprestados e caminhamos até o porto. Estava solidamente congelado, com grandes blocos e pedaços de gelo empilhados na praia, e havia um lugar de onde haviam limpado a neve e onde as senhoras e cavalheiros patinavam. Era um movimento gracioso, como se as mulheres deslizassem sobre rodas por baixo de seus vestidos e eu disse a Mary que devia ser delicioso patinar. O sr. George estava lá, deslizando no gelo de mãos dadas com uma moça com cachecol de pele; ele nos viu e acenou alegremente. Eu perguntei a Mary se ela já havia patinado no gelo e ela respondeu que não.

Por essa época, comecei a notar uma mudança em Mary. Ela sempre demorava a ir para a cama e, quando finalmente chegava, não queria mais conversar. Não escutava o que eu lhe dizia, mas parecia estar ouvindo outra coisa; e ficava sempre olhando pelas portas, pelas janelas, ou por cima do meu ombro. Uma noite, quando ela pensou que eu dormia, vi que escondia algo em um lenço, sob a tábua do assoalho onde guardava os tocos de velas e os fósforos; quando fui ver no dia seguinte, quando ela não estava no quarto, descobri que era um anel de ouro. Meu primeiro pensamento foi que ela o tivesse roubado, o que seria muito mais do que já roubara antes e muito ruim para ela, se fosse pega; mas não houve nenhuma conversa na casa sobre um anel desaparecido.

Mas ela já não ria e brincava como antes, nem fazia seu serviço da maneira rápida de sempre; eu fiquei preocupada. Mas quando eu lhe perguntava qual era o problema, ela ria e dizia que não sabia de onde eu andava tirando essas ideias. Mas seu cheiro mudara, de noz-moscada para peixe salgado.

A neve e o gelo começaram a derreter e alguns pássaros regressaram e começaram a cantar e trinar; assim, eu soube que a primavera logo chegaria. Certo dia, no fim de março, quando carregávamos a roupa lavada nos cestos pelas escadas dos fundos, para pendurá-las no quarto de secar roupas, Mary disse que estava se sentindo mal; ela correu escadas abaixo e saiu para os fundos do quintal, atrás da edícula. Arriei meu cesto no chão e a segui, tal como estava, sem meu xale; encontrei-a ajoelhada na neve úmida perto da latrina, que não teve tempo de alcançar, pois fora tomada de um violento enjoo.

Eu a ajudei a se levantar e sua testa estava úmida e pegajosa, e eu lhe disse que deveria ir para a cama; mas ela ficou zangada e disse que tinha sido alguma coisa que comera, devia ser o ensopado de carneiro da véspera e que agora estava livre dele. Mas eu comera exatamente a mesma coisa e me sentia perfeitamente bem. Ela me fez prometer não falar sobre isso e eu prometi que não falaria. Mas quando a mesma coisa aconteceu alguns dias mais tarde e depois novamente na manhã seguinte, fiquei realmente alarmada; pois eu tinha visto minha mãe nas mesmas condições muitas vezes e conhecia aquele cheiro de leite; eu sabia muito bem o que havia de errado com Mary.

Pensei muito sobre o assunto e aquilo não saía de minha cabeça; no fim de abril, resolvi pressioná-la e jurei solenemente que, se ela confiasse em mim, eu não contaria a ninguém, pois eu acreditava que ela estava precisando muito confiar em alguém, porque se debatia à noite, tinha olheiras escuras e estava oprimida com o fardo do seu segredo. Então, ela desatou a chorar e disse que minhas suspeitas eram verdadeiras; que o homem prometera se casar com ela e lhe dera um anel e dessa vez ela acreditara nele, pois achava que não era igual aos outros; mas ele quebrara a promessa e agora nem falava mais com ela; ela estava desesperada e não sabia o que fazer.

Perguntei quem era o homem, mas ela não quis me dizer e disse que assim que soubessem em que tipo de enrascada estava metida seria despedida, pois a sra. Parkinson era muito severa e então o que iria acontecer com ela? Algumas jovens em sua situação voltavam para a casa dos pais, mas ela não tinha família; e agora nenhum homem decente iria querer se casar com ela, e ela teria que ir para as ruas e se tornar uma prostituta de marinheiros, já que não teria nenhum outro modo de alimentar-se e ao bebê. E tal vida seria o seu fim.

Eu fiquei muito aflita por causa dela e também por minha causa, pois ela era a melhor e, na verdade, a única amiga que eu tinha no mundo. Eu a consolei da melhor maneira que pude, mas não sabia o que dizer.

Durante todo o mês de maio, Mary e eu frequentemente conversávamos sobre o que fazer. Eu disse que deveria haver um abrigo público ou algo do tipo que pudesse aceitá-la e ela disse que não conhecia nenhum, mas que, de qualquer modo, as jovens que iam para esses lugares sempre morriam, pois tinham febre logo depois do parto e ela acreditava que os bebês que ficavam nesses lugares eram sufocados secretamente, para não se tornar um fardo para os cofres públicos; ela preferia arriscar-se a morrer em outro lugar qualquer. Conversamos sobre uma maneira de nós mesmas fazermos o parto, guardarmos segredo e, depois, entregarmos a criança como órfã; mas ela disse que sua condição logo se tornaria evidente; a sra. Honey tinha olhos muito aguçados e já tinha reparado que Mary estava ganhando peso e ela não podia esperar que levasse muito mais tempo sem ser notada.

Eu disse que ela deveria tentar mais uma vez falar com o homem em questão e fazer um apelo ao lado bom de seu caráter. E assim ela fez, mas, quando voltou do encontro – que deve ter ocorrido nas proximidades, pois ela não se demorou –, estava com mais raiva do que antes. Disse que ele lhe dera cinco dólares e ela lhe perguntou se aquilo era tudo o que o filho valia para ele. Ele disse que ela não iria agarrá-lo dessa forma, que duvidava até mesmo de que o filho fosse dele, pois já que ela fora tão fácil com ele, suspeitava de que tivesse sido com outros também e, se ela o ameaçasse com um escândalo ou procurasse a família dele, ele negaria tudo e arruinaria com o restante da reputação que ela ainda tivesse e, que se quisesse um fim rápido para seus problemas, ela podia ir se afogar.

Ela disse que um dia o amara de verdade, mas que não o amava mais, e jogou os cinco dólares no chão e chorou desesperadamente por uma hora; mas vi que depois ela guardou o dinheiro cuidadosamente, embaixo da tábua solta.

No domingo seguinte, ela disse que não iria à igreja, mas sim dar uma caminhada sozinha; quando voltou, disse que tinha ido até o porto com a ideia de se atirar no lago e dar um fim à própria vida. Eu lhe implorei com lágrimas para que não fizesse algo tão terrível.

Dois dias depois, ela disse que estivera na rua Lombard e lá soubera de um médico que podia ajudá-la; era o médico a que as prostitutas recorriam quando precisavam; perguntei-lhe de que maneira ele poderia ajudá-la e ela respondeu que eu não devia perguntar; eu não sabia o que ela queria dizer, já que nunca ouvira falar desse tipo de médico. Ela perguntou se eu lhe emprestaria minhas economias, que na ocasião somavam três dólares, que eu pretendia gastar com um novo vestido de verão. Eu lhe disse que emprestaria o dinheiro de todo meu coração.

Então ela trouxe com um pedaço de papel de escrever que pegara na biblioteca lá de baixo, uma pena e tinta e escreveu: *Se eu morrer, minhas coisas devem ficar com Grace Marks.* E assinou o papel. Em seguida, disse: Logo posso estar morta. Mas você ainda estará viva. Lançou-me um olhar frio e ressentido, como já a vira lançar a outras pessoas pelas costas, mas nunca a mim.

Fiquei muito assustada com isso e segurei com força sua mão, suplicando-lhe para não ir a esse doutor, quem quer que ele fosse; mas ela disse que tinha que ir e que eu não devia insistir e devia devolver a pena e a tinta secretamente à escrivaninha da biblioteca e continuar com meus afazeres e que, no dia seguinte, ela iria sair às escondidas depois do almoço e que, se me perguntassem, eu deveria dizer que ela acabara de sair para ir à latrina, ou que estava lá em cima, no quarto de secar roupas, ou qualquer outra desculpa que viesse à minha cabeça; depois, eu deveria sair furtivamente e ir me juntar a ela, pois ela poderia ter dificuldade de voltar para casa.

Nenhuma de nós duas dormiu bem naquela noite; no dia seguinte, ela fez o que havia dito e conseguiu deixar a casa sem ser vista, com o dinheiro embrulhado em um lenço; pouco depois, eu também saí e a alcancei. O médico morava numa casa bastante grande, numa boa vizinhança. Entramos pela porta de serviço e o próprio médico veio ao nosso encontro. A primeira coisa que ele fez foi contar o dinheiro. Era um homem corpulento com um casaco preto e olhou severamente para nós; disse-me para esperar na copa e depois que, se eu falasse com alguém a respeito daquilo tudo, ele negaria até mesmo ter me visto. Então, tirou o casaco, pendurou-o num gancho e começou a enrolar as mangas da camisa, como se estivesse se preparando para uma briga.

Ele se parecia muito, senhor, com o médico que veio medir minha cabeça e que me assustou a ponto de eu ter um ataque, pouco antes de sua chegada.

Mary saiu da sala com ele, o rosto branco como um lençol; então, ouvi gritos e choro e, depois de algum tempo, o médico a empurrou pela porta. Seu vestido estava todo úmido e colado à sua pele como uma atadura molhada e ela mal conseguia andar; passei os braços ao seu redor e ajudei-a a sair daquele lugar da melhor maneira que pude.

Quando chegamos em casa, ela estava quase dobrada ao meio e segurava a barriga com as mãos; pediu que a ajudasse a subir as escadas. O que eu fiz, e ela parecia muito fraca. Eu a vesti com a camisola e coloquei-a na cama; ela ficou com a anágua, embolada entre as pernas. Eu lhe perguntei o que acontecera e ela disse que o médico cortara alguma coisa dentro dela com uma faca; ele disse que ela sentiria dor e que haveria sangramento, que isto duraria algumas horas, mas que depois disso ela estaria bem de novo. E que ela dera um nome falso.

Comecei a compreender que o que o médico tirara dela fora o bebê, o que achei uma perversidade; mas também pensei que seria um morto dessa maneira ou dois de outra, porque, se não, ela certamente teria se suicidado; assim, no fundo do meu coração, não consegui censurá-la.

Ela estava com muitas dores e à noite eu esquentei um tijolo e levei para cima; mas ela não me deixou chamar ninguém. Eu disse que dormiria no chão, para ela ficar mais confortável; ela disse que eu era a melhor amiga que já tivera e que, fosse como fosse, jamais me esqueceria.

Enrolei-me no meu xale, com meu avental como travesseiro, e me deitei no chão, que era muito duro, e com isto, e com os gemidos agoniados de Mary, no começo não consegui dormir. Depois de algum tempo, tudo ficou mais silencioso e eu adormeci, só despertando ao amanhecer. E, quando acordei, lá estava Mary, morta na cama, com os olhos abertos, olhando para o vazio.

Eu toquei nela, mas estava fria. Fiquei paralisada com o choque, mas depois me recuperei, fui até o fim do corredor e acordei Agnes, a camareira, e caí em seus braços soluçando; ela perguntou: O que aconteceu? Eu não conseguia falar, mas levei-a pela mão até o nosso quarto, onde Mary estava. Agnes segurou-a e sacudiu-a pelos ombros; depois disse: Santo Deus, ela está morta.

E eu disse: Ah, Agnes, o que vou fazer? Eu não sabia que ela ia morrer e agora vão me culpar, por não ter dito antes que ela estava doente; mas ela me fez prometer não contar. E eu soluçava e torcia as mãos.

Agnes levantou as cobertas e olhou embaixo. A camisola e a anágua estavam ensopadas de sangue, o lençol também estava todo vermelho, e marrom onde o sangue secara. Ela disse: Isso é um grande problema, e me disse para ficar onde estava e saiu imediatamente para buscar a sra. Honey. Ouvi seus passos se afastando e me pareceu que ela se fora havia muito tempo.

Sentei-me na cadeira do nosso quarto e olhei o rosto de Mary; seus olhos estavam abertos e eu podia sentir que ela me olhava pelo canto dos olhos. Pensei ter visto ela se mexer e disse: Mary, você está fingindo? Pois às vezes ela se fingia de morta, por detrás dos lençóis no quarto de secar roupas, para me amedrontar. Mas ela não estava fingindo.

Então ouvi dois conjuntos de passos apressados se aproximando pelo corredor e fiquei aterrorizada. Mas me levantei. E a sra. Honey entrou no quarto; não parecia triste, parecia zangada e também enojada, como se sentisse um mau cheiro. E de fato havia um mau cheiro no quarto; era o cheiro de palha molhada, do colchão, juntamente com o cheiro salgado de sangue; pode-se sentir um cheiro muito parecido num açougue.

A sra. Honey disse: Isso é uma afronta e uma desgraça, tenho que ir contar à sra. Parkinson. Nós esperamos, a sra. Parkinson veio e disse: Sob meu próprio teto, que garota fingida. Olhou diretamente para mim, apesar de estar falando de Mary. Então, disse: Por que você não me informou disso, Grace? Eu disse: Por favor, madame, Mary me pediu para não contar. Disse que estaria melhor pela manhã. E comecei a chorar, dizendo: Eu não sabia que ela ia morrer!

Agnes, que era muito carola, como já lhe contei, disse: O preço do pecado é a morte.

A sra. Parkinson disse: Você agiu muito mal, Grace, mas Agnes disse: Ela é apenas uma criança, ela é muito obediente, só fez o que a mandaram fazer.

Pensei que a sra. Parkinson fosse repreendê-la por interferir, mas não fez isto. Segurou meu braço delicadamente, olhou nos meus olhos e disse: Quem é o homem? O canalha deve ser delatado e pagar por seu crime. Imagino que seja algum marinheiro lá do porto, eles não têm mais consciência do que uma pulga. Você sabe quem é, Grace?

Eu disse: Mary não conhecia nenhum marinheiro. Ela estava se encontrando com um cavalheiro e eles estavam noivos. Só que ele quebrou sua promessa e não quis mais se casar com ela.

A sra. Parkinson perguntou incisivamente: Que cavalheiro?

Eu disse: Por favor, madame, eu não sei. Ela disse que a senhora não ia gostar nada, se descobrisse quem era.

Mary não dissera isso, mas eu tinha minhas próprias suspeitas.

Com isso, a sra. Parkinson ficou pensativa e começou a andar de um lado para outro no quarto; então, disse: Agnes e Grace, não vamos mais discutir esse assunto, só vai levar a mais infelicidade e sofrimento e não adianta chorar sobre o leite derramado e, por respeito à falecida, não diremos do que Mary morreu. Vamos dizer que foi uma febre. Será melhor para todos.

Ela olhou para nós duas com grande severidade e nós fizemos uma reverência. E, durante todo esse tempo, Mary estava lá na cama, escutando, ouvindo esses planos para contar mentiras a seu respeito, e eu pensei: Ela não vai ficar contente com isso.

Não disse nada sobre o médico e elas não perguntaram. Talvez nem considerassem uma coisa dessa. Devem ter pensado que se tratou apenas

Gaveta secreta 199

da perda de um bebê, como muitas vezes acontece com as mulheres, e que Mary tinha morrido disso, como muitas vezes acontece com as mulheres; o senhor é a primeira pessoa a quem conto sobre o médico; mas acredito piamente que foi o médico quem matou Mary com sua faca, ele e o cavalheiro. Pois nem sempre o verdadeiro assassino é aquele que dá o golpe e sem dúvida Mary foi levada à morte por esse cavalheiro desconhecido, isto é tão certo quanto se ele próprio tivesse enfiado a faca dentro de seu corpo.

A sra. Parkinson deixou o quarto e, depois de algum tempo, a sra. Honey voltou e disse que tínhamos que tirar o lençol da cama, sua camisola e a anágua e lavar o sangue; devíamos lavar o corpo e levar o colchão para ser queimado e cuidar de tudo nós mesmas; havia uma outra capa de colchão, na qual as colchas ficavam guardadas, e podíamos enchê-la com palha, e devíamos ir buscar um lençol limpo. Perguntou se havia outra camisola para vestir Mary e eu disse que sim, pois Mary tinha duas; mas a outra estava lavando. Então, eu disse que lhe daria uma das minhas. Ela disse que não deveríamos contar a ninguém sobre a morte de Mary até que ela estivesse apresentável, coberta com a colcha e com os olhos fechados, os cabelos penteados e arrumados. Em seguida, saiu, e Agnes e eu fizemos o que ela mandou; Mary era leve para levantar, mas pesada para ser arrumada.

Então Agnes disse: Isso é mais complicado do que parece e eu me pergunto quem seria o homem. E depois olhou para mim. Eu disse: Quem quer que seja, ainda está vivo e bem e muito provavelmente apreciando seu desjejum neste exato instante, sem ter a menor preocupação com a pobre Mary, como se ela fosse uma carcaça pendurada no açougue.

Agnes disse: É a maldição de Eva que todas nós temos que suportar e eu sabia que Mary teria rido daquilo. Então, eu ouvi a voz dela, perfeitamente clara, bem no meu ouvido, dizendo: *Deixe-me entrar*. Fiquei alarmada e olhei direto para Mary, que a essa altura estava estendida no chão, enquanto fazíamos a cama. Mas ela não parecia ter dito nada; seus olhos ainda estavam abertos, olhando fixamente para o teto.

Então pensei, com uma onda de pavor: Mas eu não abri a janela. Atravessei o quarto correndo e a abri, pois eu devia ter ouvido errado e, na verdade, ela estaria dizendo: *Deixe-me sair*. Agnes disse: O que está fazendo? Está frio como gelo lá fora. E eu respondi: O cheiro está me enjoando. E ela concordou que o quarto devia ser arejado. Eu esperava que a alma de Mary voasse pela janela agora e não permanecesse ali dentro, sussurrando coisas no meu ouvido. Mas eu me perguntava se não seria tarde demais.

Finalmente aprontamos tudo e fiz uma trouxa com o lençol e a camisola e os levei para a lavanderia. Enchi uma tina de água fria, porque é de água fria que você precisa para remover o sangue, já que a água quente deixa mancha. Por sorte, a lavadeira não estava na lavanderia, mas na cozinha principal, esquentando os ferros de passar roupa e trocando mexericos com a cozinheira. Esfreguei e a maior parte do sangue saiu, deixando a água completamente vermelha; joguei-a no ralo e bombeei água até encher a tina novamente, deixei as roupas de molho, com um pouco de vinagre para ajudar a tirar o cheiro. Não sei se por causa do frio ou do choque, meus dentes agora chacoalhavam e, quando subi as escadas correndo, me senti completamente tonta.

Agnes me esperava no quarto com Mary, agora bem arranjada, com os olhos fechados como se dormisse e as mãos cruzadas sobre o peito. Contei a Agnes o que eu tinha feito e ela me mandou ir dizer à sra. Parkinson que tudo estava pronto. Eu fiz isso e voltei para o quarto e logo chegaram os criados para ver, alguns chorando, com a cara triste, como convinha; mas ainda assim sempre há uma estranha euforia em torno de uma morte e pude ver que o sangue corria com mais força em suas veias do que nos dias comuns.

Agnes manteve a conversa, dizendo que tinha sido uma febre repentina e, para uma mulher carola como ela, sabia mentir muito bem; eu fiquei de pé, junto ao pé da cama, em silêncio. Alguém disse: Pobre Grace, acordar de manhã e encontrá-la fria e dura ao seu lado na cama, sem nenhum aviso. Outra disse: Faz sua pele se arrepiar só de pensar, meus nervos jamais aguentariam isso.

Então, foi como se isso realmente tivesse acontecido; eu podia ver tudo isso, acordar com Mary na cama ao meu lado, tocá-la e descobrir que ela não falaria comigo, e o horror e a agonia que eu sentiria; nesse momento, caí no chão num desmaio fulminante.

Disseram que fiquei naquele estado por dez horas seguidas, ninguém conseguia me acordar, apesar de tentarem, me beliscando e me dando tapas e com água fria e queimando penas embaixo do meu nariz; quando eu despertei, parecia não saber onde estava ou o que tinha acontecido; eu não parava de perguntar para onde Grace tinha ido. Quando me disseram que eu mesma era Grace, eu não acreditei, mas chorei e tentei sair correndo da casa, porque eu disse que Grace se perdera, tinha ido para o lago e eu precisava procurar por ela. Mais tarde me disseram que temeram pela minha sanidade mental, que devia ter sido abalada pelo choque; e não é de admirar, considerando-se tudo o que aconteceu.

Então, caí de novo num sono profundo. Só acordei no dia seguinte e eu sabia novamente que era Grace e que Mary estava morta. Lembrei-me da noite em que atiramos as cascas de maçãs por cima dos nossos ombros e as de Mary tinham se rompido três vezes e tudo se tornara verdade, já que ela não se casara com ninguém e agora jamais casaria.

Mas não me lembrava de nada do que eu tinha dito ou feito durante o tempo em que estivera acordada, entre os dois longos períodos de sono, e isto me preocupou.

E assim terminou para sempre a época mais feliz da minha vida.

VII
CERCA EM ZIGUE-ZAGUE

McDermott... era mal-humorado e grosseiro. Havia bem pouco a admirar em seu caráter... [Ele] era um jovem esperto, tão ágil que podia correr em cima de uma cerca em zigue-zague como se fosse um esquilo, ou pular um portão, em vez de abri-lo ou trepar por cima....
   Grace tinha uma boa índole e maneiras gentis e pode ter sido objeto dos ciúmes de Nancy... Há bastante base para a suposição de que, em vez de ser a instigadora e promotora dos terríveis atos cometidos, ela não tenha sido mais do que a infeliz vítima em todo o terrível incidente. Sem dúvida, não parecia haver nada na personalidade da jovem que pudesse se desenvolver e resultar na personificação de iniquidade concentrada que McDermott tentou fazer dela, se é que realmente fez metade das declarações atribuídas a ele em sua confissão. Seu desprezo pela verdade era bem conhecido...

>William Harrison
>"Recollections of the Kinnear Tragedy",
>escrito para o *Newmarket Era*, 1908.

No entanto, se você vier a me esquecer por algum tempo
E depois se lembrar, não lamente;
Pois, se as trevas e a corrupção deixarem
Um vestígio dos pensamentos que eu tive um dia,
Será muito melhor que você esqueça e sorria
Do que se lembre e se entristeça.

>Christina Rossetti,
>"Remember", 1849.

21

Simon pega o chapéu e a bengala das mãos da criada da mulher do governador e sai, cambaleando, para a luz do sol. Está claro demais para ele, ofuscante demais, como se ele tivesse ficado fechado em um quarto escuro por muito tempo, apesar da sala de costura não ser nada escura. É a história de Grace que é sombria; sente-se como se tivesse acabado de sair de um abatedouro. Por que esse relato de uma morte o afetou tanto? É claro que ele sabe que essas coisas acontecem; médicos assim de fato existem e não é que ele nunca tenha visto uma mulher morta. Já viu muitas; mas estavam completamente mortas. Eram espécimes. Ele nunca as surpreendera, por assim dizer, no ato de morrer. Essa Mary Whitney ainda nem completara – o quê? Dezessete anos? Uma menina. Deplorável! Teve vontade de lavar as mãos.

Sem dúvida, o rumo dos acontecimentos o pegou de surpresa. Estava seguindo sua história, tinha que admitir, com um certo prazer pessoal – ele teve seus próprios dias felizes e as lembranças deles, e eles também continham imagens de lençóis limpos e alegres dias de festas e de jovens e animadas criadas – e então, no meio de tudo isto, essa horrenda surpresa. Ela também perdera a memória; embora apenas por algumas horas e durante um ataque bastante normal de histeria –, mas, ainda assim, isto poderia ser significativo. São as únicas lembranças que ela parece ter esquecido, até agora; fora isso, cada botão e toco de vela parecem ter sido relatados com precisão. Mas, pensando melhor, ele não tem como saber e tem a sensação incômoda de que a própria plenitude de suas lembranças pode ser uma espécie de distração, uma forma de desviar a mente de algum fato oculto, mas essencial, como flores alegres plantadas em cima de um túmulo. E também, lembra a si mesmo, a única testemunha que poderia corroborar esse testemunho – se estivéssemos em um tribunal de justiça – seria a própria Mary Whitney e ela não está disponível.

* * *

Descendo a calçada, pela esquerda, está indo a própria Grace, caminhando com a cabeça baixa, escoltada por dois homens mal-encarados que ele imagina sejam guardas da prisão. Inclinam-se bem junto dela, como se não fosse uma assassina e sim um tesouro precioso a ser guardado. Ele não gosta da maneira como se encostam nela; mas obviamente as coisas ficariam bem difíceis para eles se ela escapasse. Embora soubesse que ela era levada de volta todas as noites e trancada em sua minúscula cela, hoje o fato lhe parece incongruente. Passaram a tarde inteira conversando como se estivessem numa sala de visitas e agora ele está livre como o vento e pode fazer o que bem quiser, enquanto ela tem que ser trancada atrás das grades. Enjaulada numa prisão sombria. Deliberadamente sombria, pois, se uma prisão não fosse sombria, onde estaria o castigo?

Até mesmo a palavra *castigo* o incomoda hoje. Não consegue tirar Mary Whitney da cabeça. Deitada em sua mortalha de sangue.

Esta tarde, ele ficou mais tempo do que de costume. Ele é esperado, dentro de meia hora, na residência do reverendo Verringer, para um jantar. Mas não sente fome alguma. Resolve ir caminhando pela margem do lago; a brisa lhe fará bem e possivelmente lhe devolverá o apetite.

Ainda bem que ele não continuou como cirurgião, reflete. O mais temível de seus orientadores no hospital Guy, em Londres, o célebre dr. Bransby Cooper, costumava dizer que, para ser um bom cirurgião, como para ser um bom escultor, a capacidade de se distanciar do que está fazendo é um pré-requisito. Um escultor não pode se deixar distrair pelos encantos transitórios de sua modelo, mas devia encará-la objetivamente, apenas como a base material ou a argila da qual sua obra de arte deverá tomar forma. Do mesmo modo, um cirurgião é um escultor de carne; ele deve ser capaz de cortar um corpo humano de forma tão deliberada e delicada como se entalhasse um camafeu. A mão fria e o olho firme eram os requisitos. Aqueles que se deixam atingir demais pelo sofrimento do paciente são os que deixam escorregar o bisturi. O aflito não precisa de sua compaixão e sim de sua habilidade.

Muito bem, pensa Simon; mas homens e mulheres não são estátuas, não são inanimados como o mármore, embora muitas vezes se transformem em mármore na sala de cirurgia de um hospital, após um período angustiante de barulhentas e indiscretas aflições. Ele descobrira rapidamente no Guy que não gostava de sangue.

Ainda assim, no entanto, aprendeu ali algumas lições valiosas. Uma, como é fácil as pessoas morrerem; outra, como isto é frequente. E como espírito e corpo estão indissoluvelmente ligados. Um deslize do bisturi e você cria um idiota. Se é assim, por que não o contrário? Seria possível cortar e cozer e montar um gênio? Que mistérios restam a ser revelados no sistema nervoso, aquela teia de estruturas tanto materiais quanto etéreas, aquela rede de fios que percorre todo o corpo, composta de milhares de fios de Ariadne, todos levando ao cérebro, aquele obscuro recinto central onde os ossos humanos jazem espalhados e os monstros espreitam...

E os anjos também, ele se lembra. E os anjos também.

Ao longe, ele vê uma mulher caminhando. Está vestida de preto; sua saia é um sino suavemente ondulante, seu véu esvoaça atrás dela como uma fumaça escura. Ela se vira e olha rapidamente para trás: é a sra. Humphrey, sua sombria senhoria. Felizmente ela está se afastando dele, ou talvez o esteja evitando deliberadamente. Tanto melhor, ele não está mesmo com disposição para conversas e muito menos para gratidão. Ele se pergunta por que ela insiste em se vestir como uma viúva. Desejo inconsciente, talvez. Até agora, não houve nenhuma notícia do major. Simon caminha ao longo da beira do lago, imaginando o que o major poderia estar fazendo – uma pista de corridas, uma casa de tolerância, uma taverna; uma das três.

Então, ele pensa, de maneira inconsequente, em tirar os sapatos e chapinhar pela água. Tem a recordação repentina de brincar no riacho atrás da sua residência, quando era menino, na companhia de sua babá – uma das jovens operárias das tecelagens transformada em criada, como era a maioria das empregadas naquela época –, sujando-se e sendo repreendido por sua mãe, e a babá também, por ter permitido.

Qual era o nome dela? Alice? Ou isso foi mais tarde, quando ele já estava na escola, de calças compridas e subira até o sótão em uma de suas escapulidas e fora surpreendido pela jovem no seu quarto? Com a mão na massa, por assim dizer – ele estava afagando uma de suas combinações. Ela ficou muito zangada com ele, mas não conseguiu expressar sua raiva, é claro, pois queria manter seu emprego; assim, ela fez o que era próprio das mulheres e desatou a chorar. Ele passou os braços ao seu redor para consolá-la e terminaram se beijando. Sua touca caiu e seus cabelos se soltaram; cabelos longos, louro-escuros, voluptuosos, não muito limpos, cheirando a leite coalhado. Suas mãos estavam vermelhas, pois andara limpando morangos, e sua boca tinha o sabor da fruta.

Ficaram manchas vermelhas, depois, em sua camisa, onde ela começou a desabotoá-la; mas era a primeira vez que ele beijava uma mulher e ele ficou embaraçado, depois assustado, sem saber o que fazer em seguida. Provavelmente ela rira dele.

Que garoto inexperiente ele era na época; que simplório. Sorri com a lembrança: é um retrato de dias mais inocentes e, quando a meia hora expira, ele já se sente bem melhor.

A governanta do reverendo Verringer o recebe com um aceno desaprovador. Se ela sorrisse, seu rosto racharia como uma casca de ovo. Deve haver uma escola para feiúra, Simon pensa, onde mulheres assim vão treinar. Ela o conduz à biblioteca, onde a lareira está acesa e dois cálices de um cordial desconhecido estão servidos. O que ele gostaria mesmo era de uma boa dose de uísque puro, mas não havia como esperar algo assim na casa de metodistas abstêmios.

O reverendo Verringer está de pé em meio aos seus livros encadernados de couro, mas se aproxima para receber Simon. Os dois se sentam e provam seu cordial; a bebida no cálice tem gosto de musgo, com um traço de besouro de framboesa.

– É um purificante do sangue. É minha governanta mesma quem faz, de uma receita antiga – diz o reverendo Verringer.

Muito antiga, pensa Simon; bruxas vêm à sua mente.

– Houve algum progresso com... nosso projeto mútuo? – pergunta Verringer.

Simon sabia que essa pergunta iria ser feita; entretanto, vacila um pouco ao responder:

– Estou procedendo com extrema cautela – ele diz. – Sem dúvida, existem várias pistas que vale a pena seguir. Primeiro, tive que estabelecer as bases para a confiança, o que acredito já ter feito. Depois, procurei levantar o histórico familiar. Nossa paciente parece se lembrar de sua vida, antes de chegar à residência do sr. Kinnear, com clareza e uma grande quantidade de detalhes circunstanciais, o que indica que seu problema não é com memória de um modo geral. Fiquei conhecendo sua jornada para este país e também seu primeiro ano de serviços domésticos, que não foi marcado por nenhum episódio desagradável, com uma exceção.

– E qual foi? – pergunta o reverendo Verringer, erguendo as sobrancelhas ralas.

– Conhece uma família chamada Parkinson, em Toronto?

– Acho que me lembro deles – diz Verringer – da minha juventude. Ele era um conselheiro municipal, pelo que me lembro. Mas morreu há alguns anos e a viúva, eu creio, voltou para sua terra natal. Era americana, como o senhor. Achava os invernos rigorosos demais.

– É uma pena – Simon diz. – Eu tinha esperança de falar com eles, para corroborar certos supostos fatos. A primeira colocação de Grace foi com essa família. Grace tinha uma amiga – uma criada lá também – chamada Mary Whitney; esse era, como pode se lembrar, o nome falso que ela deu a si mesma, ao fugir para os Estados Unidos, com seu... com James McDermott; se é que de fato era uma fuga e não uma espécie de emigração forçada. De qualquer modo, essa jovem morreu, sob o que devo chamar de circunstâncias abruptas, e enquanto estava no quarto com o corpo, nossa paciente pensou ter ouvido a amiga morta falar com ela. Uma alucinação auditiva, é claro.

– Não é de maneira alguma incomum – diz Verringer. – Eu mesmo estive presente a muitos leitos de morte e, especialmente entre as pessoas sentimentais e supersticiosas, é considerada uma marca de desonra *não* ter ouvido o falecido falar. Se um coro de anjos também for ouvido, melhor ainda. – Seu tom de voz é seco, possivelmente até mesmo irônico.

Simon fica um pouco surpreso; sem dúvida, é dever de todo clérigo encorajar bobagens piedosas.

– Isso foi seguido – ele continua – por um episódio de desmaio, a seguir por histeria, misturada ao que parece ter sido sonambulismo; após o que houve um sono profundo e prolongado e subsequente amnésia.

– Ah – diz Verringer, inclinando-se para a frente. – Então, ela tem um histórico de tais lapsos de memória!

– Não devemos tirar conclusões precipitadas – Simon diz prudentemente. – Ela própria é, até o momento, minha única informante. – Faz uma pausa; não quer demonstrar falta de tato. – Seria extremamente útil para mim, na formação de minha opinião profissional, se eu pudesse falar com aqueles que conheciam Grace na época do... dos acontecimentos em questão e que posteriormente testemunharam seu comportamento na penitenciária, durante os primeiros anos de encarceramento, e também no hospício.

– Eu mesmo não estava presente nessas ocasiões – diz o reverendo Verringer.

– Li o relato da sra. Moodie – Simon diz. – Ela tem muito a dizer que me interessa. Segundo ela, Kenneth MacKenzie, o advogado, visitou Grace na penitenciária uns seis ou sete anos depois de sua prisão e ouviu de Grace que Nancy Montgomery a estava assombrando... que seus olhos injetados e flamejantes a seguiam por toda parte, aparecendo em lugares, como seu colo ou seu prato de sopa. A própria sra. Moodie visitou Grace no manicômio – no pavilhão dos violentos, eu creio – e a descreve como uma louca balbuciando desarticuladamente, gritando estridentemente como um fantasma e correndo de um lado para outro como uma macaca chamuscada. É claro, seu relato foi escrito antes que ela soubesse que em menos de um ano Grace seria libertada do asilo, se não perfeitamente sã, ao menos sã o suficiente para ser devolvida à penitenciária.

– Não é preciso estar perfeitamente são para isso – diz Verringer, com uma risadinha semelhante a uma dobradiça rangente.

– Pensei em fazer uma visita à sra. Moodie – Simon diz. – Mas gostaria de ouvir sua opinião. Não sei ao certo como interrogá-la, sem questionar a veracidade do que ela escreveu.

– Veracidade? – diz Verringer brandamente. Não parece surpreso.

– Há discrepâncias indiscutíveis – diz Simon. – Por exemplo, a sra. Moodie não é clara sobre a localização de Richmond Hill, ela é incorreta na questão de nomes e datas, ela chama vários dos atores dessa tragédia por nomes que não são os deles e conferiu um posto militar ao sr. Kinnear que ele parece não ter merecido.

– Uma medalha *post-mortem*, talvez – murmura Verringer.

Simon sorri.

– Mais ainda, ela diz que os réus esquartejaram o corpo de Nancy Montgomery antes de escondê-lo embaixo da tina, o que certamente não aconteceu. Os jornais dificilmente teriam deixado de mencionar um detalhe tão sensacional. Receio que a boa mulher não tenha noção de como é difícil esquartejar um corpo, nunca tendo feito isto. O que, em resumo, nos faz pensar em outras coisas. O motivo dos assassinatos, por exemplo – ela atribui a um terrível ciúme por parte de Grace, que invejava Nancy pela posse do sr. Kinnear, e luxúria por parte de McDermott, a quem fora prometida uma recompensa por seus serviços de açougueiro, na forma dos favores de Grace.

– Essa era a visão popular da época.

– Sem dúvida – Simon diz. – O público sempre vai preferir um melodrama lascivo a uma simples história de roubo. Mas o senhor pode perceber que é preciso ter uma certa reserva também em relação aos olhos injetados.

– A sra. Moodie – diz o reverendo Verringer – declarou publicamente que gosta muito de Charles Dickens, em especial de *Oliver Twist*. Eu me recordo de um par de olhos semelhantes nessa obra, também pertencente a uma mulher morta chamada Nancy. Como posso dizer? A sra. Moodie é sensível a influências. Talvez o senhor queira ler o poema da sra. Moodie intitulado "O maníaco", se for um admirador de Sir Walter Scott. Seu poema contém todos os requisitos: um penhasco, a lua, o mar revolto, uma donzela traída cantando uma melodia louca e vestida com roupas insalubremente molhadas, e – se me lembro bem – com os cabelos escorridos enfeitados com várias espécies botânicas. Acredito que ela acaba saltando do pitoresco penhasco tão convenientemente colocado à sua disposição. Deixe-me ver... – Fechando os olhos, e marcando o compasso com a mão direita, ele recita:

O vento agitava suas vestes e as chuvas inclementes de abril
Pendiam como pedras preciosas de seus cachos negros, enfeitados com
    flores silvestres;
Seu peito estava desnudo, exposto à tempestade fria da noite,
Que impiedosamente açoitava sua figura frágil e magra;
Seus olhos negros, de onde a razão se evadira, faiscavam com severidade
Sua visão parecia a do fantasma de um morto

Enquanto cantava uma melodia estridente para o rouco embate das ondas,
Que soava em meus ouvidos como uma canção fúnebre.
E aquele que a deixara entregue à loucura e à vergonha,
Que a privara da honra e arruinara sua reputação –
Será que pensou naquela hora no coração que destroçara,
Nos votos que quebrara, na angústia que provocara?
E onde estava a criança cujo nascimento dera o golpe fatal
Na paz de sua mãe, enlouquecendo-a em sua desgraça?...

Ele abre os olhos novamente.

– De fato, onde? – diz.

– O senhor me surpreende – diz Simon. – Deve ter uma memória extraordinária.

– Para certo tipo de versos, infelizmente sim; vem de tanto cantar hinos religiosos – diz o reverendo Verringer. – Muito embora o próprio Deus tenha escolhido escrever uma boa parte da Bíblia em forma de poesia, o que demonstra Seu apreço por essa forma, por mais negligentemente que seja praticada. No entanto, não se pode criticar a moral da sra. Moodie. Mas tenho certeza de que me compreende. A sra. Moodie é uma literata e, como todas, e, na verdade, como as do seu sexo em geral, é inclinada a...

– Enfeitar – Simon diz.

– Precisamente – diz o reverendo Verringer. – Tudo o que digo aqui é estritamente confidencial, é claro. Apesar de terem sido *Tories* na época da Rebelião, os Moodie desde então perceberam o erro de suas posições e agora são decididamente pela Reforma e por isso têm sofrido nas mãos de certas pessoas maldosas que estão em posição de poder atormentá-los com processos judiciais e coisas do gênero. Eu não diria nem uma palavra contra essa senhora. Mas também não recomendaria uma visita. E, pelo que eu soube incidentalmente, os espíritas se apossaram dela.

– É mesmo?! – Simon exclama.

– Foi o que ouvi dizer. Durante muito tempo, ela foi uma pessoa cética e, dos dois, seu marido foi o primeiro a se converter. Sem dúvida, ela se cansou de passar as noites sozinha, enquanto ele saía para ouvir

fantasmas tocando trombetas e conversar com os espíritos de Goethe e Shakespeare.
– Pelo que vejo, o senhor não aprova isso.
– Ministros da minha doutrina foram expulsos por se envolver com esses procedimentos, para mim, sacrílegos – diz o reverendo Verringer.
– É verdade que alguns membros de nosso comitê aderiram ao espiritismo; na realidade, são devotos; mas devo ter paciência com eles até que essa loucura tenha feito seu curso e eles recuperem o bom senso. Como diz Nathaniel Hawthorne, a coisa toda é uma fraude e, se não for, pior para nós, pois espíritos que se apresentam em sessões de mesas que se mexem e coisas do gênero devem ser os que não conseguiram entrar no mundo eterno e ainda estão causando confusão no nosso, como uma espécie de poeira espiritual. É improvável que queiram o nosso bem e quanto menos tivermos a dizer a eles melhor.
– Hawthorne? – Simon diz. Surpreende-se de encontrar um clérigo que lê Hawthorne: o sujeito já foi acusado de sensualismo e – especialmente depois de *A letra escarlate* – de ter moral duvidosa.
– É preciso acompanhar o rebanho. Mas quanto a Grace Marks e seu comportamento anterior, seria melhor que consultasse o sr. Kenneth MacKenzie, que a representou no julgamento e, pelo que sei, tem uma boa cabeça em cima dos ombros. Atualmente, ele é sócio de um escritório de advocacia em Toronto, tendo tido uma rápida ascensão profissional. Farei uma carta de apresentação para ele; tenho certeza de que o receberá.
– Obrigado – Simon diz.
– Fico satisfeito de ter tido a oportunidade de conversar com o senhor em particular, antes da chegada das senhoras. Mas percebo que elas já estão chegando.
– As senhoras? – Simon diz.
– A mulher do governador e suas filhas estão nos brindando com sua companhia esta noite – diz Verringer. – O governador, entretanto, infelizmente está viajando a negócios. Eu não o informei? – Dois pontos coloridos surgem, um em cada uma de suas faces pálidas. – Vamos dar--lhes as boas-vindas, sim?

* * *

Apenas uma das filhas está presente. Marianne, diz a mãe, está de cama com um resfriado. Simon fica alerta; está familiarizado com esses ardis, conhece as conspirações das mães. A mulher do governador resolveu dar a Lydia uma chance de dar uma boa olhada nele, sem nenhuma distração por parte de Marianne. Talvez ele deva revelar imediatamente a insignificância de sua renda, para preveni-la. Mas Lydia é um colírio e ele não quer se privar tão cedo de tal prazer estético. Enquanto nenhuma declaração for feita, não há o que temer e ele gosta de ser admirado por olhos tão luminosos quanto os dela.

A estação do ano agora mudou oficialmente: Lydia explodiu numa profusão de flores primaveris. Camadas de babados floridos brotaram por ela toda e ondulam de seus ombros como asas diáfanas. Simon come seu peixe – cozido demais, mas ninguém neste continente sabe cozinhar um peixe adequadamente – e admira os suaves contornos brancos de seu pescoço e o que pode ser visto de seu colo. É como se ela fosse uma escultura de creme. Ela é quem devia estar na travessa, em vez do peixe. Ele ouviu histórias sobre uma famosa cortesã de Paris que se apresentou assim em um banquete; nua, é claro. Ele se distrai despindo e enfeitando Lydia: ela deveria ser decorada com flores – cor de marfim, rosa-claro – e talvez com uma borda de uvas e pêssegos de estufa.

A mãe de olhos esbugalhados está cheia de colares como sempre; ela aperta nos dedos as contas em sua garganta e mergulha quase de imediato no assunto sério da noite. O grupo das terças-feiras espera ansiosamente que o dr. Jordan faça uma palestra. Nada muito formal – um franco debate entre amigos –, amigos dele também, ela espera estar certa em pensar assim – que estão interessados nas mesmas causas importantes. Talvez ele pudesse dizer algumas palavras sobre a questão abolicionista? É uma grande preocupação de todos.

Simon diz que não é especialista nesse assunto – na verdade, não está nem sequer bem-informado, tendo vivido na Europa nos últimos anos. Nesse caso, sugere o reverendo Verringer, talvez o dr. Jordan possa ter a gentileza de compartilhar com elas as mais recentes teorias referentes a doenças nervosas e insanidade mental? Isso também seria muito apropriado, já que um de seus mais antigos projetos, como grupo, é a reforma dos manicômios públicos.

– O dr. DuPont diz que estaria especialmente interessado – diz a mulher do governador. – O dr. Jerome DuPont, a quem o senhor já foi apresentado. Ele tem uma tal amplitude, um leque tão amplo de... interesses.

– Ah, seria fascinante – diz Lydia, olhando para Simon por baixo de seus longos cílios negros. – Espero que aceite! – Ela não havia falado muito até então, mas, por outro lado, não teve muita chance, salvo para recusar as ofertas de mais peixe que lhe fez o reverendo Verringer. – Sempre imaginei como seria enlouquecer. Grace se recusa a me contar.

Simon se imagina num canto escuro com Lydia. Atrás de cortinas; um pesado brocado violeta. Se ele a envolvesse pela cintura – delicadamente, para não assustá-la –, será que ela iria suspirar? Cederia ou o afastaria? Ou ambos.

De volta aos seus aposentos, ele se serve de uma boa dose de xerez, da garrafa que mantém no armário. Não tomou nem um drinque a noite inteira – a bebida do jantar de Verringer foi água –, mas por algum motivo ele se sente meio tonto, como se tivesse bebido. Por que ele concordou em fazer uma palestra para esse diabólico círculo das terças-feiras? O que eles são para ele, ou ele para o círculo? O que poderá dizer-lhes que faça algum sentido, considerando sua falta de especialização? Foi Lydia, sua admiração por ele, sua sedução. Ele se sente como se tivesse sido emboscado por um arbusto florido.

Ele está exausto demais para ficar acordado até tarde, ler e trabalhar, como sempre faz. Vai se deitar e adormece imediatamente. Então, começa a sonhar; um sonho inquietante. Está num quintal cercado onde roupas lavadas ondulam no varal. Não há mais ninguém ali, o que lhe dá uma sensação de prazer clandestino. Os lençóis e as toalhas esvoaçam ao vento, como se estivessem vestidos por invisíveis ancas ondulantes; como se estivessem vivos. Enquanto observa – ele deve ser um menino, é bastante pequeno para estar olhando de baixo para cima –, um cachecol ou véu de musselina branca solta-se do varal e ondula graciosamente pelo ar como uma longa atadura se desenrolando, ou como tinta na água. Ele corre para pegá-lo, fora do quintal, pela estrada – ele está no campo, portanto –, e entra num descampado. Um pomar. O tecido se enrolou nos galhos de uma pequena árvore coberta de maçãs verdes. Ele puxa para baixo o pano, que cai sobre seu rosto e então ele percebe que não se trata de um pano e sim de cabelos, os cabelos longos e perfumados de uma mulher invisível, que se enroscam em seu pescoço. Ele se debate; está sendo abraçado com força; mal consegue respirar. A sensação é dolorosa e quase insuportavelmente erótica e ele desperta com um sobressalto.

22

Hoje estou na sala de costura antes do dr. Jordan. Não adianta ficar pensando no que o fez se atrasar, pois os cavalheiros têm seus próprios horários; assim, continuo a costurar, enquanto canto um pouco para mim mesma:

> Rocha dos tempos, rachada para mim,
> Deixe-me esconder dentro de ti;
> Deixe que a água e o sangue,
> Que de teu lado fendido jorram,
> Sejam do pecado a cura dupla,
> E limpem de mim sua culpa e seu poder.

Gosto dessa canção, que me faz pensar nas rochas, na água e na praia, que estão lá fora; e pensar nisso é quase como estar lá.

Não sabia que você cantava tão bem, Grace, diz o dr. Jordan, entrando na sala. Você tem uma bonita voz. Ele está com olheiras e parece não ter dormido nada.

Obrigada, senhor, eu digo. Já tive mais ocasiões de fazer isso do que agora.

Ele senta-se, tira seu bloco de anotações e seu lápis e também uma cenoura branca, que coloca sobre a mesa. Não é uma que eu teria escolhido, pois tem uma mancha alaranjada, o que significa que está velha.

Ah, uma cenoura branca, eu digo.

Isso lhe traz algo à lembrança?, ele pergunta.

Bem, há o ditado belas palavras não amaciam as cenouras brancas, eu digo. E também são muito difíceis de descascar.

São guardadas em porões, eu creio, ele diz.

Ah, não, senhor, eu digo. No quintal, num buraco no chão forrado de palha, pois ficam muito melhores quando congeladas.

Ele olha para mim com ar cansado e eu me pergunto o que o tem feito perder o sono. Talvez seja alguma jovem que ocupe seu pensamento e que não retribua seu afeto; ou então ele não anda se alimentando bem. Podemos continuar sua história de onde paramos?, pergunta.

Esqueci onde estávamos, eu digo. Não é bem verdade, mas quero ver se ele estava realmente me escutando, ou só fingindo.

Na morte de Mary, ele diz. Sua pobre amiga Mary Whitney.

Ah, sim, eu digo. Mary.

Bem, senhor, a maneira como Mary morreu foi abafada o máximo possível. Não sei se acreditaram ou não que ela morreu de febre, mas ninguém desmentiu isto em voz alta. E ninguém negou que ela tivesse deixado suas coisas para mim, diante do que ela havia escrito; mas houve algumas sobrancelhas levantadas por ela ter escrito isso, como se soubesse com antecedência que iria morrer. Mas eu disse que os ricos faziam seus testamentos com antecedência, então por que não Mary?, e ninguém falou mais nada. Nem se disse nada sobre o papel de escrever ou como Mary o teria conseguido.

Vendi sua arca, que era de boa qualidade, e também seu melhor vestido, para o mascate Jeremias, que passou por lá novamente logo após sua morte, e também vendi a ele o anel de ouro que ela mantinha escondido sob a tábua do assoalho. Eu disse a ele que era para pagar um enterro decente e ele pagou um preço justo e um pouco mais. Ele disse ter visto a morte no rosto de Mary, mas, por outro lado, fazer adivinhações sobre acontecimentos passados é sempre certo. Ele também disse que lamentava sua morte e que rezaria uma prece para ela, embora eu não imaginasse que tipo de oração pudesse ser, já que ele era um homem meio pagão, com todos os seus truques e previsões do futuro. Mas certamente a forma da oração não importa e a única distinção que Deus faz é entre a boa e a má vontade, ou, pelo menos, é nisto que passei a acreditar.

Foi Agnes quem me ajudou com o enterro. Colocamos flores do jardim da sra. Parkinson no caixão, depois de pedir permissão, e, sendo junho, havia peônias e rosas de cabos longos; e escolhemos só as brancas. Espalhei pétalas sobre ela também e enfiei dentro do caixão o agulheiro que havia feito para ela, mas sem que percebessem, pois poderia ser mal compreendida, já que era vermelho, e cortei um cacho da parte de trás de sua cabeça como lembrança e o amarrei com uma linha.

Ela foi enterrada em sua melhor camisola e nem parecia morta, apenas adormecida e muito pálida; e deitada assim toda de branco ela parecia uma noiva.

O caixão era de tábuas de pinho e muito simples, pois eu queria uma lápide de pedra também pelo que tinha pago; mas eu só tinha o suficiente para pôr seu nome. Eu gostaria de ter colocado um poema, algo como *Você que fugiu das sombras da Terra, Quando estiver no Céu, lembre-se de mim*, mas isto estava muito além das minhas posses. Ela foi enterrada com os metodistas, na rua Adelaide, num canto perto dos indigentes, mas ainda dentro do pátio da igreja, de modo que senti que tinha feito por ela tudo o que me foi possível. Agnes e duas outras criadas eram as únicas presentes, pois a suspeita de que Mary havia morrido em más circunstâncias deve ter se espalhado e, quando começaram a jogar as pás de terra em cima do caixão e o jovem pastor disse Do pó ao pó, eu chorei como se meu coração fosse se partir. Eu pensava também em minha pobre mãe, que não tivera um enterro apropriado, com terra por cima, como deve ser, e em vez disto tinha sido simplesmente lançada ao mar.

Foi muito difícil para mim acreditar que Mary estava realmente morta. Eu ficava esperando que ela entrasse no quarto a qualquer momento e, quando me deitava na cama à noite, às vezes achava que podia ouvir sua respiração, ou que estava rindo do lado de fora da porta. Todos os domingos eu colocava flores na sua sepultura, não do jardim da sra. Parkinson, pois isso foi apenas naquela ocasião especial, mas flores silvestres que eu colhia em terrenos baldios ou na beira do lago ou onde quer que as visse crescendo.

Pouco depois da morte de Mary, deixei a casa da sra. Parkinson. Eu não queria mais ficar porque, desde a morte de Mary, a sra. Parkinson e a sra. Honey não eram amáveis comigo. Elas devem ter pensado que eu ajudei Mary em seu relacionamento com o cavalheiro, cujo nome acreditavam que eu sabia e, embora eu não soubesse, é difícil eliminar uma suspeita depois que ela se instala. Quando eu disse que gostaria de deixar minha colocação, a sra. Parkinson não protestou, mas, em vez disto, me levou até a biblioteca e me perguntou enfaticamente mais uma vez se eu conhecia o homem e, quando eu disse que não, ela me fez jurar sobre a Bíblia que, mesmo que eu soubesse, nunca o divulgaria, e ela escreveria uma boa carta de recomendação para mim. Eu não gostei de ser tratada com desconfiança daquela maneira, mas fiz o que ela pediu e a sra. Parkinson escreveu a carta de referência e disse gentilmente que nunca tivera queixa do meu trabalho; ela me deu dois dólares de presente quando parti, o que foi generoso, e encontrou uma nova colocação para mim, com o sr. Dixon, que também era conselheiro municipal.

Na residência do sr. Dixon me pagavam mais, pois agora eu já era treinada e tinha referência. Criados confiáveis eram escassos, pois muitos partiram para os Estados Unidos depois da Rebelião e, apesar de haver novos imigrantes chegando o tempo todo, a falta ainda não tinha sido coberta e havia uma grande demanda para o serviço doméstico; por isso, eu sabia que não precisava ficar em nenhum lugar de que eu não gostasse.

Logo descobri que não gostava de trabalhar na casa do sr. Dixon, pois sentia que sabiam demais da história e me tratavam estranhamente; assim, após meio ano, dei meu aviso de que iria embora e fui trabalhar na casa do sr. McManus; mas não fiquei satisfeita ali, já que era uma de dois criados, o outro sendo um homem que falava muito sobre o fim do mundo e de tormento e de ranger de dentes e não era uma boa companhia às refeições. Fiquei apenas três meses e fui empregada pelo sr. Coates e fiquei lá até alguns meses depois dos meus quinze anos; mas havia uma outra criada que tinha inveja de mim, pois eu era mais cuidadosa no meu trabalho do que ela; assim, quando soube da oportunidade, fui trabalhar para o sr. Haraghy, pelo mesmo salário que recebia do sr. Coates.

Tudo foi bem durante algum tempo, mas comecei a ficar inquieta, pois o sr. Haraghy tentava tomar liberdades comigo no corredor dos fundos, quando eu passava carregando a louça do jantar, e, apesar de me lembrar do conselho de Mary para chutar entre as pernas, achei que não seria certo chutar meu patrão, o que poderia até levar a uma demissão sem referências. Mas, certa noite, eu o ouvi na porta do meu quarto no sótão; reconheci sua tosse chiada. Ele mexia na tranca da porta. Eu sempre me trancava no quarto à noite, mas sabia que, com ou sem tranca, mais cedo ou mais tarde ele encontraria um modo de entrar, nem que fosse com uma escada, e eu não conseguia dormir sossegada pensando nisso e eu precisava do meu sono, pois ficava muito cansada do dia de trabalho; e quando você é encontrada com um homem no quarto, você é culpada, não importa como ele tenha entrado. Como Mary costumava dizer, alguns patrões pensam que você lhes deve seus serviços vinte e quatro horas por dia e devia fazer o trabalho principal deitada de costas. Creio que a sra. Haraghy suspeitasse de alguma coisa. Ela era de uma boa família que passara por tempos difíceis. Ela tentara a sorte com o casamento e o sr. Haraghy tinha feito fortuna com o abate de porcos. Acho que essa não foi a primeira vez que o sr. Haraghy agiu desse modo, porque, quando lhe dei o aviso de que iria embora, a sra. Haraghy nem me perguntou por quê, apenas suspirou e disse que eu era uma boa moça e escreveu uma carta de referência imediatamente em seu melhor papel de escrever.

Fui para a residência do sr. Watson. Eu poderia ter conseguido um lugar melhor se tivesse tido tempo de procurar, mas achei que era necessário me apressar, pois o sr. Haraghy tinha entrado na cozinha chiando e ofegando quando eu areava as panelas, com minhas mãos cobertas de gordura e fuligem, e tentou me agarrar mesmo assim e isto era sinal de um homem desesperado. O sr. Watson era um fabricante de sapatos e precisava muito de ajuda, com esposa, três filhos e um quarto a caminho e com apenas uma criada, que não conseguia dar conta de todo o serviço, apesar de ser uma boa cozinheira do trivial; assim, ele estava disposto a me pagar dois dólares e cinquenta centavos por mês, com um par de sapatos de quebra. Eu precisava de sapatos, já que os que eu tinha, que vieram com as coisas de Mary, não se ajustavam bem em mim e os meus próprios já estavam quase furados e sapatos novos eram muito caros.

Eu estava lá havia pouco tempo, quando conheci Nancy Montgomery, que viera fazer uma visita, tendo crescido no campo com a cozinheira da sra. Watson, Sally. Nancy estava em Toronto para fazer umas compras em um leilão de artigos de armarinho nas lojas Clarkson; ela nos mostrou uma seda carmesim muito bonita que havia comprado para um vestido de inverno e eu me perguntei para que uma governanta iria querer um vestido como aquele e também luvas finas e uma toalha de mesa irlandesa por conta de seu patrão. Ela disse que era melhor comprar em leilão do que na loja, pois os preços eram mais baratos e seu patrão gostava de fazer cada centavo render. Ela não tomara a diligência para vir à cidade, mas fora trazida por seu patrão, o que ela disse ser muito mais confortável, já que não se ficava dando encontrões em estranhos.

Nancy Montgomery era muito bonita, de cabelos escuros e tinha vinte e quatro anos de idade e belos olhos castanhos e ria e brincava muito, como Mary Whitney costumava fazer, e parecia ser uma boa pessoa. Sentou-se na cozinha e tomou uma xícara de chá e ela e Sally conversaram sobre os velhos tempos. Elas frequentaram a escola juntas, no norte da cidade, na que foi a primeira escola no distrito dirigida pelo ministro local, aos sábados de manhã, quando as crianças podiam ser liberadas do trabalho. Funcionava numa cabana de madeira, mais parecida com um estábulo, Nancy disse; para chegar lá, era preciso atravessar a floresta e elas sempre ficavam com medo dos ursos, que eram mais numerosos naquela época, e um dia elas de fato viram um urso e Nancy saiu correndo gritando e trepou numa árvore. Sally disse que o urso estava mais apavorado do que Nancy e Nancy disse que provavelmente era um urso macho e estava fugindo de algo perigoso que nunca vira antes, mas que deve ter vislumbrado ao olhá-la subir na árvore e elas riram muito. Contaram como os garotos empurravam a porta da latrina nos fundos da escola quando uma das meninas estava lá e elas não avisaram a garota e sim ficaram olhando junto com os outros e depois se sentiram mal por terem feito isso. Sally disse que eram sempre as tímidas como essa que eram azucrinadas e Nancy concordou, mas que uma pessoa precisava aprender a se impor nesta vida e eu pensei comigo mesma que isto era verdade.

Enquanto pegava seu xale e suas coisas – ela possuía um lindo guarda-sol, cor-de-rosa, embora precisando de uma limpeza –, Nancy me contou que era governanta na casa do sr. Thomas Kinnear, que morava em Richmond Hill, acima da estrada Yonge, depois da colina Gallow e do vale Hogg. Ela disse que estava precisando de outra criada para ajudar no trabalho, pois a casa era grande e a jovem que estava lá antes tinha saído para se casar. O sr. Kinnear era um cavalheiro de uma fina família escocesa, tranquilo em seus hábitos, e não era casado; assim, havia menos trabalho e nenhuma patroa para reclamar e exigir e perguntou se eu estaria interessada no emprego.

Ela disse que sentia falta de companhia feminina, pois a fazenda do sr. Kinnear ficava longe da cidade; além disso, não gostava de ficar lá sozinha, uma mulher solteira com um cavalheiro, pois as pessoas começariam a falar e achei que esse era um pensamento correto. Ela disse que o sr. Kinnear era um patrão generoso e demonstrava isto quando estava satisfeito e que, se aceitasse, eu estaria fazendo um bom negócio e subindo um degrau na vida. Em seguida, ela perguntou qual era o meu salário e disse que me pagaria três dólares por mês e achei a oferta mais do que justa.

Nancy disse que teria que vir à cidade dali a uma semana e poderia esperar até lá para saber minha decisão; e eu passei a semana remoendo aquele pensamento na minha cabeça. Eu me preocupava em ficar no campo e não na cidade, pois já estava acostumada à vida de Toronto – havia tanta coisa para ver quando saía de casa e às vezes havia espetáculos e feiras, embora fosse preciso ter cuidado com ladrões nesses lugares, e pregadores ao ar livre e sempre um garoto ou uma mulher cantando na rua para ganhar uns trocados. Já tinha visto um homem comer fogo, outro que podia projetar sua voz, um porco que sabia contar e um urso com uma focinheira que sabia dançar, embora fosse mais um bamboleio, e os moleques o cutucavam com varas. Além disso, no campo seria mais enlameado, sem as calçadas elevadas, e não haveria iluminação a gás à noite, nem lojas elegantes, nem tantas torres de igrejas e belas carruagens e novos bancos de tijolos com pilares. Mas refleti que, se não gostasse da vida no campo, sempre poderia voltar.

Quando pedi a opinião de Sally, ela disse que não sabia se era uma colocação adequada para uma jovem como eu e, quando lhe perguntei por que não, disse que Nancy sempre fora boa com ela e que não queria falar e que uma pessoa tinha que correr seus próprios riscos e quanto menos se diz, menos se tem que consertar, e, já que ela não sabia de nada com certeza, não seria certo me dizer mais nada; mas ela achava que havia cumprido seu dever para comigo dizendo o que disse, porque eu não tinha mãe para me aconselhar. Mas eu não fazia a menor ideia do que ela estava dizendo.

Perguntei-lhe se ela ouvira falar mal do sr. Kinnear e ela disse: Nada que o mundo lá fora pudesse chamar de mal.

Parecia uma charada que eu não conseguia adivinhar e teria sido melhor para todos se ela tivesse falado com mais clareza. Mas o salário era o maior que eu já tivera e isto pesava muito para mim e o que pesava ainda mais era a própria Nancy Montgomery. Ela se parecia com Mary Whitney, ou pelo menos foi o que pensei na ocasião, e eu andava deprimida desde a morte de Mary. Assim, resolvi ir.

23

Nancy havia me dado o dinheiro da passagem e assim, no dia combinado, tomei a primeira diligência. Foi uma longa viagem, já que Richmond Hill ficava a vinte e cinco quilômetros pela estrada Yonge. Saindo diretamente pelo norte da cidade, a estrada não era muito ruim, apesar de haver mais de uma ladeira íngreme, onde era preciso descer da diligência e andar, caso contrário os cavalos não conseguiriam nos puxar. Ao lado das valas, muitas flores cresciam, margaridas e outras, com borboletas voando entre elas, e essas partes da estrada eram muito bonitas. Pensei em colher um buquê, mas depois vi que murchariam ao longo do caminho.

Depois de algum tempo, a estrada piorou, com sulcos fundos e pedras e sacolejos suficientes para deslocar todos os seus ossos e poeira suficiente para sufocá-lo no alto das colinas e lama nos lugares baixos e troncos atravessados em cima dos lodaçais. Disseram que quando chovia a estrada se transformava num pântano e, em março, nas enxurradas da primavera, era quase impossível viajar. A melhor época era o inverno, quando tudo ficava solidamente congelado e um trenó podia avançar bem; no entanto, havia o risco de nevascas e de se morrer congelado se o trenó virasse e às vezes havia montes de neve mais altos do que uma casa, sua única chance era rezar uma prece e beber muito uísque. Tudo isso e mais ainda me foi dito pelo homem que se sentava apertado ao meu lado, que disse ser um negociante de implementos agrícolas e de sementes de grãos e dizia conhecer bem a estrada.

Algumas das casas pelas quais passamos ao longo do caminho eram grandes e bonitas, mas outras não passavam de cabanas de madeira, baixas e de aparência miserável. As cercas ao redor dos campos eram de diferentes tipos, cercas de troncos em zigue-zague e outras feitas de raízes de árvores arrancadas do chão, que pareciam gigantescos anéis de cabelos de madeira. De vez em quando, surgia um cruzamento com algumas casas juntas e uma estalagem, onde os cavalos podiam descansar ou ser trocados e onde se podia tomar um copo de uísque. Alguns dos homens que estavam por lá haviam tomado muito mais do que um copo, estavam malvestidos e eram impertinentes; aproximavam-se da diligência em que eu estava sentada e tentavam olhar por baixo da aba da minha touca. Quando paramos, ao meio-dia, o negociante de implementos agrícolas perguntou se eu gostaria de entrar e tomar um copo e outros refrescos com ele, mas eu disse que não, porque uma mulher respeitável não deve entrar em lugares como esse com um estranho. Eu levava pão e queijo comigo e podia beber água do poço no pátio e isto era o suficiente para mim.

Para a viagem, eu tinha vestido minhas roupas boas de verão. Usava uma touca de palha, enfeitada com um laço de fita azul da arca de Mary, e meu gorro por baixo e um vestido de algodão estampado com ombros caídos que já estava saindo de moda, mas que eu não tinha tido tempo de reformar; antes, tinha sido de bolinhas vermelhas, mas elas haviam desbotado e ficaram cor-de-rosa; eu o ganhara como parte do salário, da loja do sr. Coates. Duas anáguas, uma rasgada, mas cuidadosamente cerzida, a outra já bastante curta, mas quem iria ver? Uma blusa de algodão e um par de espartilhos usados, comprados do mascate Jeremias, e meias brancas de algodão, remendadas, mas ainda em bom estado. O par de sapatos feitos pelo sr. Watson, que não eram da melhor qualidade e não calçavam bem, já que os melhores sapatos vinham da Inglaterra. Um xale de verão de musselina verde e um lenço que Mary deixara para mim e que pertencera à sua mãe – de fundo branco estampado com pequenas flores azuis, cabelos-de-vênus, dobrado em um triângulo e usado ao redor do pescoço para proteger a pele do sol e prevenir as sardas. Era reconfortante usar essas recordações dela. Mas eu não tinha luvas finas. Ninguém jamais me dera nenhuma e eram caras demais para eu comprar.

Minhas coisas de inverno, minha anágua de flanela vermelha e meu vestido grosso, minhas meias de lã e minha camisola de flanela, bem como duas de algodão para o verão, meu vestido de trabalho de verão, tamancos, dois gorros e um avental e uma outra combinação estavam amarrados numa trouxa com o xale de minha mãe, levada em cima da diligência. Estava bem amarrada, mas fiquei preocupada durante a viagem inteira, com medo de que caísse lá de cima e se perdesse na estrada; então, eu estava sempre olhando para trás.

Nunca olhe para trás, disse o negociante de implementos agrícolas. Por que não?, perguntei. Sei que não se deve falar com estranhos, mas era difícil evitar, já que estávamos amontoados tão juntos. Porque o passado é o passado, ele disse, e o arrependimento é em vão, o que passou, passou. Você sabe o que aconteceu com a mulher de Lot?, ele continuou. Foi transformada numa estátua de sal, um desperdício de uma boa mulher, não que elas não melhorem com uma pitada de sal, e ele riu. Eu não tinha certeza do que ele queria dizer, mas suspeitei de que não fosse nada de bom e decidi não falar mais com ele.

Os mosquitos eram muitos, especialmente nos lugares pantanosos e na beira das florestas, porque, apesar da terra junto à estrada ter sido limpa, ainda havia muitas árvores e muito altas e escuras. O ar na floresta tinha um cheiro diferente; era frio e úmido, cheirava a musgo, terra e folhas mortas. Eu não confiava na floresta, pois era cheia de animais selvagens, como ursos e lobos, e me lembrei da história de Nancy sobre o urso.

O negociante de implementos agrícolas disse: A senhorita teria medo de entrar na floresta?, e eu disse: Não, eu não teria medo, mas não entraria lá se não fosse necessário. E ele disse: Melhor assim, mulheres jovens não devem entrar na floresta sozinhas, nunca se sabe o que pode acontecer com elas; recentemente, encontraram uma com as roupas rasgadas e a cabeça a uma boa distância do corpo, e eu disse: Oh, foram os ursos?, e ele disse: Os ursos ou os peles-vermelhas, sabe que estas florestas estão cheias deles?, podem surgir a qualquer momento, arrancar sua touca num instante e depois seu escalpo, a senhorita sabe que eles gostam de cortar os cabelos das jovens, pois podem vendê-los por um bom preço nos Estados Unidos? Em seguida, disse: A senhorita deve ter uma bela cabeleira embaixo do seu gorro e durante todo o tempo ele pressionava o corpo contra o meu, de uma maneira que eu achava ofensiva.

Eu sabia que ele estava mentindo, se não sobre os ursos, certamente a respeito dos índios, e só estava tentando me assustar. Então, eu disse energicamente: Prefiro confiar minha cabeça aos índios a confiá-la a você, e ele riu; mas eu fiquei ansiosa. Eu já vira índios peles-vermelhas em Toronto, pois às vezes eles iam lá receber o dinheiro do tratado de paz e outros iam à porta dos fundos da casa da sra. Parkinson com cestos para vender, e peixe. Mantinham o rosto impassível e não se podia saber o que pensavam, mas iam embora quando mandavam. Ainda assim, fiquei contente quando saímos da floresta e vimos as cercas e as casas, as roupas lavadas penduradas nos varais, e sentimos o cheiro da fumaça dos fogões nas cozinhas e das árvores sendo queimadas para carvão.

Depois de algum tempo, passamos pelas ruínas de uma construção, só os alicerces enegrecidos, e o negociante apontou e me disse que era a célebre Taverna Montgomery, onde Mackenzie e seu bando de maltrapilhos realizavam suas reuniões sediciosas e de onde partiram, marchando pela estrada Yonge, durante a Rebelião. Um homem foi morto em frente a ela, quando ia avisar as tropas do governo, e depois ela foi incendiada. Enforcaram alguns desses traidores, mas não o suficiente, disse o negociante, e aquele crápula covarde do Mackenzie deveria ser arrastado de volta dos Estados Unidos, que foi para onde ele fugiu, deixando seus amigos pendurados na ponta de uma corda por conta dele. O negociante levava um frasco de bebida no bolso e, a essa altura, já tomara uma forte dose de coragem engarrafada, como pude perceber pelo seu hálito, e, quando estão nesse estado, é melhor não provocá-los; assim, eu não disse nada.

Chegamos a Richmond Hill no fim da tarde. Não parecia realmente uma cidade; era mais um vilarejo, com uma fileira de casas ao longo da estrada Yonge. Desci da diligência na estalagem, que era o lugar combinado com Nancy, e o cocheiro desceu minha trouxa. O negociante de implementos agrícolas também desceu e perguntou onde eu ia ficar; eu disse que o que ele não soubesse não lhe faria mal. Com isso, ele segurou meu braço e disse que eu tinha que entrar na estalagem com ele e tomar um ou dois uísques pelos velhos tempos, já que tínhamos ficado tão amigos na diligência; tentei livrar meu braço, mas ele não me soltava e começava a tomar liberdades, tentando me enlaçar pela cintura e vários desocupados o aplaudiam e incitavam. Olhei ao meu redor em busca de Nancy, mas não consegui vê-la em parte alguma. Que má impressão eu daria, pensei, se fosse encontrada brigando com um bêbado numa estalagem.

A porta da estalagem estava aberta e, nesse instante, por ela saiu o mascate Jeremias, com seu pacote nas costas e sua longa bengala na mão.

Fiquei muito contente ao vê-lo e o chamei; ele olhou intrigado e depois se apressou em minha direção.

Ora, é Grace Marks, ele disse. Não esperava encontrá-la aqui.

Nem eu, disse, e sorri; mas eu ainda estava um pouco atrapalhada com o negociante de implementos agrícolas, que ainda segurava meu braço.

Este homem é seu amigo?, Jeremias perguntou.

Não, não é não, eu disse.

A senhora não deseja sua companhia, Jeremias disse, em sua pretensa voz de um cavalheiro elegante, e o negociante disse que eu não era nenhuma senhora e acrescentou outras coisas que não eram elogios e ainda algumas palavras duras sobre a mãe de Jeremias.

Jeremias levantou sua bengala, desceu-a com toda a força no braço do sujeito e assim ele me soltou; então Jeremias o empurrou e ele foi cambaleando para trás, até a parede da estalagem, e caiu sentado num monturo de bosta de cavalo; com isso, os espectadores agora passaram a zombar dele, já que esse tipo de gente sempre faz isto com quem está levando a pior.

Você está trabalhando aqui perto?, Jeremias perguntou quando eu lhe agradeci. Eu disse que sim e ele disse que iria aparecer e ver o que poderia me vender; nesse momento, um terceiro homem se aproximou. Seu nome é Grace Marks?, ele disse, ou algo assim; não consigo me lembrar de suas palavras exatas. Eu respondi que sim e ele disse que era o sr. Thomas Kinnear, meu novo empregador, e que fora me buscar. Ele tinha uma charrete leve, de um cavalo – mais tarde descobri que o nome dele era Charley, cavalo Charley; era um cavalo baio castrado muito formoso, com uma bela crina, uma bonita cauda e grandes olhos castanhos e gostei imensamente dele assim que o vi.

O sr. Kinnear mandou o cavalariço colocar minha trouxa na traseira da charrete – já havia alguns pacotes ali – e disse: Bem, você não está na cidade nem há cinco minutos e já conseguiu atrair dois cavalheiros admiradores; eu disse que não eram e ele disse: Não são cavalheiros ou não são admiradores? E eu fiquei confusa, sem saber o que ele queria que eu dissesse.

Então ele disse: Pode subir, Grace, e eu disse: Oh, quer que eu me sente na frente?, e ele disse: Bem, não podemos colocá-la lá atrás como se fosse bagagem, e me ajudou a subir. Fiquei muito constrangida, pois não estava acostumada a me sentar ao lado de um cavalheiro como ele, principalmente alguém que era meu patrão, mas ele parecia não se importar com isto e subiu pelo outro lado e atiçou o cavalo, e lá fomos nós, subindo a estrada Yonge como se eu fosse uma fina dama e eu pensei que qualquer pessoa que estivesse olhando pela janela teria um assunto para seus mexericos. Mas, como descobri mais tarde, o sr. Kinnear nunca foi homem de dar ouvidos a mexericos, pois não se importava nem um pouco com o que os outros falavam dele. Tinha seu próprio dinheiro e não concorria a nenhum cargo público, portanto podia se dar ao luxo de ignorar essas coisas.

Como era o sr. Kinnear?, pergunta o dr. Jordan.

Tinha um porte de cavalheiro, senhor, eu digo, e usava bigode.

Isso é tudo?, diz o dr. Jordan. Você não o observou muito!

Eu não quis ficar olhando para ele, eu digo, e, uma vez na charrete, é claro que não olhei para ele. Eu teria que virar completamente a cabeça, por causa da minha touca. Suponho que nunca tenha usado um chapéu assim, não é, senhor?

Não, nunca usei, diz o dr. Jordan. Ele sorri seu sorriso enviesado. Imagino que seja confinante, ele diz.

E é mesmo, senhor, eu digo. Mas eu via suas luvas, nas mãos segurando as rédeas, eram luvas amarelo-claro, de couro macio e tão bem-feitas que se ajustavam praticamente sem nenhuma ruga, pareciam sua própria pele. Lamentei ainda mais por não ter minhas próprias luvas e enfiei as mãos nas dobras do meu xale.

Imagino que esteja muito cansada, Grace, ele disse, e eu disse: Sim, senhor, e ele disse: O tempo está bem quente, e eu disse: Sim, senhor, e assim continuamos e, para dizer a verdade, era mais difícil do que viajar sacolejando naquela diligência ao lado do negociante de implementos agrícolas; não sei qual a razão, pois o sr. Kinnear era muito mais gentil. Mas Richmond Hill não era um lugar muito grande e logo o atravessamos. Ele vivia fora dos limites do vilarejo, mais de um quilômetro e meio ao norte.

Finalmente passamos pelo seu pomar e subimos pelo caminho de entrada da residência, que era curvo, tinha uns cem metros de comprimento e era ladeado por duas fileiras de bordos de tamanho médio. Lá estava a casa no fim do caminho, com uma varanda na frente e colunas brancas, uma casa grande, mas não tão grande quanto a da sra. Parkinson.

Dos fundos da casa, vinha o barulho de corte de lenha. Um rapaz estava sentado na cerca – devia ter uns catorze anos – e, quando nos aproximávamos, ele saltou da cerca e veio segurar o cavalo; tinha cabelos ruivos, mal aparados, e as sardas que sempre acompanham os ruivos. O sr. Kinnear disse: Olá, Jamie, esta é Grace Marks, que veio de Toronto, eu a encontrei na estalagem; o rapaz ergueu os olhos para mim e sorriu, como se achasse alguma coisa engraçada em mim; mas ele era apenas tímido e desajeitado.

Havia flores plantadas na frente da varanda, peônias brancas e rosa, e uma senhora graciosamente vestida, com três camadas de babados, as podava; tinha uma cesta no braço para colocar as flores. Quando ouviu as rodas da charrete e os cascos do cavalo nos cascalhos, endireitou-se e protegeu os olhos com a mão e eu vi que ela usava luvas; então reconheci a mulher como sendo Nancy Montgomery. Usava uma touca da mesma cor clara do vestido, como se tivesse vestido suas melhores roupas para ir à frente da casa colher flores. Ela acenou delicadamente em minha direção, mas não fez nenhuma menção de se aproximar e eu senti um aperto no coração.

Subir na charrete era uma coisa, mas descer era outra, pois o sr. Kinnear não me ajudou a descer, saltou por conta própria e apressou o passo em direção à casa, fez um cumprimento com a cabeça na direção da touca de Nancy, deixando-me sentada na charrete como um saco de batatas, ou então para escorregar do jeito que pudesse para baixo sem ajuda, que foi o que eu fiz. Um homem veio dos fundos; segurava um machado, portanto devia ser ele quem cortava lenha. Levava um grosso casaco de lã sobre um ombro e sua camisa tinha as mangas enroladas para cima e estava aberta no pescoço, com um lenço vermelho amarrado, e usava calças folgadas, enfiadas para dentro das botas. Ele era magro, de cabelos escuros, não muito alto e não parecia ter mais do que vinte e um anos. Ele não disse nada, ficou apenas me olhando, desconfiado e com a testa franzida, quase como se eu fosse uma inimiga; entretanto, ele não parecia estar olhando diretamente para mim, mas para outra pessoa às minhas costas.

O garoto Jamie disse a ele: Esta é Grace Marks, mas ele continuou calado; então Nancy chamou: McDermott, leve o cavalo, sim, e as coisas de Grace leve para o quarto dela e lhe mostre onde é. Com isso, ele enrubesceu como se estivesse com raiva e fez um sinal brusco com a cabeça para que eu o seguisse.

Fiquei ali parada por um instante, com a luz do fim da tarde nos meus olhos, olhando para Nancy e o sr. Kinnear ao lado das peônias; estavam envolvidos por um halo dourado, como se ouro em pó tivesse caído do céu em cima deles, e eu a ouvi dar uma risada. Eu estava com calor, cansada e com fome e coberta com a poeira da estrada e ela não me deu sequer uma palavra de boas-vindas.

Então, segui o cavalo e a charrete em direção aos fundos da casa. O garoto Jamie seguiu ao meu lado e disse timidamente: Toronto é grande, muito grande, nunca estive lá, mas eu apenas disse: Grande o suficiente. Não tive ânimo de lhe falar de Toronto, porque naquele instante eu estava amargamente arrependida de ter saído de lá.

Quando fecho os olhos, consigo me lembrar de cada detalhe daquela casa, tão claramente como se fosse uma gravura – a varanda com as flores, as janelas e as colunas brancas, no sol brilhante –, e poderia percorrer cada um de seus cômodos com os olhos vendados, embora, naquele momento, não tivesse nenhum sentimento particular a respeito da casa e só quisesse um gole de água. É estranho pensar que, de todas as pessoas naquela casa, eu era a única que estaria viva dentro de seis meses.

Exceto por Jamie Walsh, é claro; mas ele não morava lá.

24

McDermott mostrou-me o quarto que eu iria ocupar, ao lado da cozinha de inverno. Ele não foi muito educado, tudo o que disse foi: É aqui que você vai dormir. Quando eu desfazia o nó da minha trouxa, Nancy entrou e agora era toda sorrisos. Ela disse: Estou muito contente em ver você, Grace, fico feliz por ter vindo. Ela me fez sentar-me à mesa da cozinha de inverno, que estava mais fria do que a de verão porque o fogão não estava aceso, e me mostrou onde eu poderia lavar o rosto e as mãos na pia, depois me deu um copo de cerveja e um pedaço de carne fria da despensa e disse: Você deve estar cansada da viagem, é muito cansativa, e ficou sentada comigo à mesa enquanto eu comia, da forma mais gentil possível.

Ela usava um par de brincos muito bonito, que eu percebi que eram de ouro de verdade, e eu me perguntei como pôde comprá-los com o salário de governanta.

Depois que terminei de comer, ela me mostrou a casa e as construções anexas. A cozinha de verão ficava inteiramente separada da casa principal, para não a esquentar, um arranjo sensato que deveria ser adotado por todos. Cada cozinha tinha assoalho de pedras e um fogão de ferro de bom tamanho, com um aparador na frente para manter a comida quente, que era o modelo mais avançado na época, e cada cozinha tinha sua própria pia com um cano para a fossa e sua própria copa e despensa. A bomba de água ficava no quintal, entre as duas cozinhas; fiquei contente por não ser um poço aberto, pois são mais perigosos, as coisas podem cair lá dentro e muitas vezes abrigam ratos.

Atrás da cozinha de verão ficava o estábulo, ao lado da garagem de carruagem, onde a charrete era guardada. Havia espaço suficiente para duas carruagens, mas o sr. Kinnear tinha apenas aquela charrete leve, imagino que uma carruagem de verdade teria sido inútil naquelas estradas. No estábulo, havia quatro baias, mas o sr. Kinnear tinha apenas uma vaca e dois cavalos, cavalo Charley e um potro que serviria de montaria quando crescesse. O quarto de arreios ficava ao lado da cozinha de inverno, o que não era comum, nem conveniente.

Havia um palheiro acima do estábulo e era lá que McDermott dormia. Nancy me disse que fazia apenas uma semana que ele estava ali e, embora atendesse prontamente às ordens do sr. Kinnear, ele parecia ter algum ressentimento contra ela e era impertinente, e eu disse que provavelmente seu ressentimento era contra todo o mundo, porque ele também fora antipático comigo. Nancy disse que, no que lhe dizia respeito, era bom que ele tratasse de endireitar seus modos ou iria embora de uma vez, porque havia muitos outros como ele do lugar de onde ele viera, já que soldados desempregados era o que não faltava.

Sempre gostei do cheiro de estábulos. Acariciei o focinho do potro, dei bom-dia a Charley e também cumprimentei a vaca, já que meu trabalho incluía ordenhá-la e eu queria estar em bons termos com ela. McDermott estava colocando palha para os animais; não nos dirigiu mais do que um resmungo e lançou um olhar mal-humorado para Nancy e notei que ele não gostava dela. Quando saíamos do estábulo, Nancy disse: Ele está mais emburrado do que nunca; bem, ele é quem sabe, ou ele sorri ou vai parar no olho da rua, ou melhor, no fundo de uma vala, e então riu e eu torci para que ele não tivesse ouvido.

Depois disso, vimos o galinheiro e o quintal das galinhas, que tinha uma cerca de vime trançado para manter as galinhas presas, embora não adiantasse muito para manter as raposas e doninhas do lado de fora, e também os guaxinins, conhecidos como grandes ladrões de ovos, e a horta, que estava bem plantada, mas precisava ser capinada, e bem afastada, ao longo de um caminho, estava a privada.

O sr. Kinnear tinha muitas terras, um pasto reservado para a vaca e os cavalos, um pequeno pomar perto da estrada Yonge e vários outros campos, que já estavam trabalhados ou em processo de ser limpos das árvores. Era o pai de Jamie Walsh que cuidava disso, Nancy disse; eles tinham uma cabana na propriedade, a cerca de quatrocentos metros dali. De onde estávamos, podíamos ver apenas o telhado e a chaminé acima das árvores. Jamie era um rapaz inteligente e promissor, que fazia alguns serviços para o sr. Kinnear e sabia tocar flauta; ele a chamava de flauta, mas parecia-se mais com um pífano. Nancy disse que, qualquer noite, ele viria tocar para nós, como gostava de fazer, e ela mesma gostava de um pouco de música e estava aprendendo a tocar piano. Isso me surpreendeu, já que não era uma coisa comum para uma governanta. Mas eu não disse nada.

No pátio entre as duas cozinhas, havia três cordas esticadas para pendurar a roupa. Não havia uma lavanderia separada, mas tudo o que era usado na lavagem, os tachos de cobre, a tina e a tábua de esfregar estavam atualmente na cozinha de verão, ao lado do fogão, tudo de boa qualidade, e fiquei contente ao ver que não faziam seu próprio sabão, mas usavam sabão comprado, que é muito mais suave para as mãos.

Eles não criavam porcos e também fiquei contente com isto, pois os porcos são espertos demais para seu próprio bem, gostam de escapar do chiqueiro, além de terem um cheiro nada agradável. Havia dois gatos que viviam no estábulo, para controlar os ratos e camundongos, mas nenhum cachorro, depois que a velha cadela do sr. Kinnear, Fancy, morrera. Nancy disse que se sentiria melhor com um cachorro por perto para latir para os estranhos e o sr. Kinnear estava procurando um bom cão para ir caçar com ele; ele não era um grande praticante da caça, mas gostava de abater um ou dois patos no outono, ou um ganso selvagem, que eram em grande número, mas tinham uma carne muito fibrosa para o gosto dela.

Voltamos para a cozinha de inverno e seguimos pelo corredor que levava ao vestíbulo, que era grande, com uma lareira e chifres de veado acima dela, um bonito papel de parede verde e um elegante tapete turco. O alçapão para o porão ficava nesse vestíbulo e era preciso levantar uma ponta do tapete para alcançá-lo, o que eu achei um lugar estranho, já que na cozinha seria mais conveniente; mas não havia um porão embaixo da cozinha. A escada do porão era íngreme demais e pouco confortável e o espaço embaixo era dividido em duas partes por uma meia parede, com a leiteria de um lado, onde guardavam a manteiga e os queijos, e, no outro lado, ficavam armazenados o vinho e a cerveja em barris, as maçãs e as cenouras, repolhos, beterrabas e batatas em caixas de areia no inverno, bem como os barris vazios. Havia uma janela, mas Nancy disse que eu sempre deveria levar uma vela ou um lampião comigo, pois era muito escuro lá embaixo e podia-se tropeçar, cair das escadas e quebrar o pescoço.

Não descemos ao porão nesse dia.

* * *

Saindo do vestíbulo, ficava a sala de estar, com seu próprio aquecedor e dois quadros, um deles de uma família, imagino que fossem antepassados, já que seus rostos eram rígidos e suas roupas, antiquadas, e o outro de um touro grande e gordo, de pernas curtas; havia também um piano, que não era de cauda, mas um piano de armário e um lampião com globo, que usava o melhor óleo de baleia, trazido dos Estados Unidos; naquela época, não havia lampiões de querosene. Atrás, ficava a sala de jantar, também com uma lareira, com candelabros de prata, a louça fina e a prataria trancadas em um guarda-louça, e um quadro de faisões mortos sobre o consolo da lareira, o que não achei muito apropriado para um lugar de refeições. Esse aposento ligava-se à sala de estar por um conjunto de portas duplas e também havia acesso por uma porta simples que dava para o corredor, para trazer a comida da cozinha. Do outro lado do corredor, estava a biblioteca do sr. Kinnear, mas desta vez não entramos lá porque ele estava lendo e, atrás deste cômodo, havia um pequeno estúdio ou escritório com uma escrivaninha, onde ele escrevia suas cartas e cuidava dos seus negócios.

Uma bela escadaria saía do vestíbulo, com um corrimão bem polido; subimos por ela e, no segundo andar, estava o quarto de dormir do sr. Kinnear, com uma cama grande; o quarto de vestir ficava ao lado, com uma penteadeira de espelho oval e um guarda-roupa de madeira entalhada e, no quarto de dormir, um quadro com uma mulher completamente nua, num sofá, vista de costas e olhando por cima do ombro, com uma espécie de turbante na cabeça e segurando um leque de penas de pavão. Penas de pavão dentro de casa dão azar, como todo mundo sabe. Essas estavam apenas num quadro, mas eu jamais as teria em minha casa. Havia um outro quadro, também de uma mulher nua tomando banho, mas não tive oportunidade de examiná-lo. Fiquei um pouco desconcertada com o fato do sr. Kinnear ter dois quadros de mulheres nuas no quarto, já que na casa da sra. Parkinson a maioria era de paisagens ou flores.

Mais adiante no corredor, em direção aos fundos da casa, ficava o próprio quarto de Nancy, que não era muito grande, e todos os aposentos tinham um tapete. O certo seria que esses tapetes já tivessem sido batidos, limpos e guardados para o verão, mas Nancy ainda não conseguira fazer isto, por falta de ajuda. Achei estranho que seu quarto ficasse no mesmo andar que o do sr. Kinnear, mas a casa não tinha um terceiro andar, nem sótão, não era como a casa da sra. Parkinson, muito mais majestosa. Também havia um quarto de hóspedes. No fim do corredor, havia um roupeiro, para guardar roupas de inverno, e um armário bem estocado de roupas de cama e mesa, com muitas prateleiras, e, ao lado do quarto de Nancy, havia uma salinha que ela chamava de sua sala de costura e nela havia uma mesa e uma cadeira.

Depois de vermos a parte de cima da casa, voltamos para baixo e conversamos sobre as minhas tarefas e eu pensei que era um alívio que fosse verão, caso contrário eu teria todas aquelas lareiras para preparar e acender, bem como as grades e os aquecedores para limpar e polir, e Nancy disse que naturalmente eu não começaria naquele mesmo dia, mas no dia seguinte, e que certamente eu queria me retirar cedo, pois devia estar exausta. Como de fato era assim, e como o sol já estava se pondo, foi o que eu fiz.

Depois disso, tudo correu tranquilamente por quinze dias, diz o dr. Jordan. Ele está lendo em voz alta a minha confissão.
Sim, senhor, eu digo. Mais ou menos tranquilamente.
O que é *tudo*? O que aconteceu?
Como, senhor?
O que você fazia todos os dias?
Oh, o normal, senhor, eu digo. Eu fazia meu serviço.
Queira me perdoar, diz o dr. Jordan. Em que consistiam esses serviços?
Olho para ele. Está usando uma gravata amarela com pequenos quadrados brancos. Ele não está brincando. Ele realmente não sabe. Homens como ele não têm que limpar a sujeira que fazem, mas nós temos que limpar nossa própria sujeira e mais as deles. Nesse aspecto, são como crianças, não têm que planejar ou se preocupar com as consequências do que fazem. Mas não é culpa deles, é como foram criados.

25

Na manhã seguinte, acordei ao raiar do dia. Meu quartinho de dormir era abafado e quente, agora que o verão já começara, e também era escuro, já que os postigos eram mantidos fechados à noite para evitar intrusos. As janelas também ficavam fechadas, por causa dos mosquitos e das moscas; pensei em arranjar uma peça de musselina para colocar sobre a janela, ou então sobre a minha cama, e falaria com Nancy sobre isto. Dormi só de combinação, por causa do calor.

Levantei-me da cama e abri a janela e os postigos para ter um pouco de luz, virei a roupa de cama para arejar e, em seguida, vesti meu vestido de trabalho e meu avental, prendi os cabelos e coloquei o gorro. Eu pretendia arrumar melhor meus cabelos mais tarde, quando pudesse usar o espelho em cima da pia da cozinha, já que não havia nenhum no meu quarto. Arregacei as mangas, calcei meus tamancos e destranquei a porta do quarto. Eu sempre a mantinha trancada, pois, se alguém arrombasse a casa, meu quarto seria o primeiro a ser alcançado.

Eu gostava de acordar cedo; dessa forma, podia fingir por um breve espaço de tempo que a casa era minha. A primeira coisa que eu fiz foi esvaziar meu penico no balde de águas servidas; então, com o balde, saí pela porta da cozinha de inverno, anotando mentalmente que o chão precisava de uma boa esfregada, pois Nancy deixara o serviço acumular e tinha muita lama que viera nos pés das pessoas e não fora limpa. O ar no quintal estava fresco; havia um clarão cor-de-rosa a leste e uma névoa cinza-perolada erguendo-se dos campos. Em algum lugar próximo, um pássaro cantava – creio que era uma cambaxirra – e mais ao longe se ouviam os gritos dos corvos. No alvorecer, é como se tudo começasse de novo.

Os cavalos devem ter ouvido a porta da cozinha se abrir, pois relincharam; mas não era minha obrigação alimentá-los ou soltá-los para pastar, embora eu pudesse fazer isto com prazer. A vaca também mugiu, pois seu úbere certamente estava cheio, mas ela teria que esperar, pois eu não podia fazer tudo ao mesmo tempo.

Segui pelo caminho, passando pelo cercado das galinhas e pela horta e de volta pelas ervas molhadas de orvalho, afastando as teias de aranha que tinham sido tecidas durante a noite. Eu jamais mataria uma aranha. Mary Whitney dizia que dava azar e não era a única a dizer isto. Quando eu encontrava uma dentro de casa, eu a pegava com a vassoura e a sacudia para fora, mas devo ter matado algumas acidentalmente, porque acabei tendo azar de qualquer modo.

Cheguei à privada e esvaziei o balde e tudo o mais.

E tudo o mais, Grace?, pergunta o dr. Jordan.

Olho para ele. Francamente, se não sabe o que se faz numa privada, não há nenhuma esperança para ele.

O que eu fiz foi levantar minhas saias e sentar acima das moscas, no mesmo assento usado por todos da casa, senhora ou criada, ambas mijam e o cheiro é o mesmo e não é cheiro de lilases, como Mary Whitney costumava dizer. O que havia lá para a pessoa se limpar era um número antigo do *Godey's Ladies' Book*; eu sempre olhava as gravuras antes de usá-lo. A maioria era sobre as últimas modas, mas algumas eram de duquesas da Inglaterra e damas da alta sociedade de Nova York e coisas assim. Nunca se deve deixar que seu retrato saia numa revista ou jornal, se puder evitar, pois nunca se sabe onde seu rosto vai terminar sendo usado pelos outros, depois que isso sai do seu controle.

Mas não digo nada disso para o dr. Jordan. E tudo o mais, digo com firmeza, porque *E tudo o mais* é só o que ele tem direito de saber. Só porque ele me importuna para saber tudo não é razão para eu lhe contar.

Em seguida, levei o balde para a bomba no quintal, eu digo, e aciono a bomba com água do balde que está ali com esse fim, pois, para dar partida em uma bomba, é preciso primeiro despejar água dentro para depois poder tirar mais e Mary Whitney costumava dizer que era exatamente assim que os homens entendiam a lisonja a uma mulher, quando tinham más intenções em vista. Depois que a bomba começou a funcionar, eu lavei o balde de águas servidas, depois lavei o rosto e bebi um pouco de água com as mãos em concha. A água do poço do sr. Kinnear era boa, sem nenhum gosto de ferro ou enxofre. A essa altura, o sol já estava surgindo e desfazendo a neblina e pude ver que iria ser uma bela manhã.

Depois, entrei na cozinha de verão e acendi o fogão. Retirei as cinzas do dia anterior e guardei-as para espalhar dentro da latrina, ou então na horta, onde ajudam a afastar as lesmas e os caramujos. O fogão era novo, mas tinha opiniões próprias e, quando tentei acendê-lo, ele lançou uma fumaça negra em cima de mim, como uma bruxa se incendiando. Tive que apaziguá-lo, alimentá-lo com pedaços de jornal velho – o sr. Kinnear gostava de jornais e recebia vários – e com gravetos; ele tossiu e eu soprei através da grade e finalmente o fogo pegou e começou a arder. A lenha estava cortada em pedaços grandes demais para o fogão e eu tinha que empurrá-los para dentro com o atiçador. Eu teria que falar com Nancy sobre isso mais tarde e ela falaria com McDermott, que era o responsável.

Então, voltei ao quintal, enchi um balde de água e o carreguei de volta para a cozinha, enchi a chaleira com o auxílio de uma concha e a coloquei no fogo para ferver.

Em seguida, peguei duas cenouras do depósito no quarto de arreios ao lado da cozinha de inverno, eram cenouras velhas, coloquei-as no bolso e fui para o estábulo com o balde para o leite. As cenouras eram para os cavalos e eu as dei furtivamente; eram apenas cenouras para os cavalos, mas eu não havia pedido permissão. Fiquei atenta a qualquer ruído de McDermott se mexendo no quarto em cima, mas de lá não veio nem um murmúrio; ele estava morto para o mundo, ou fingindo estar.

Então, ordenhei a vaca. Era uma boa vaca e me aceitou imediatamente. Há vacas muito mal-humoradas, que lhe dão uma chifrada ou um coice, mas essa não era assim e, quando encostei a testa em seu flanco, ela logo se ajeitou. Os gatos do estábulo apareceram miando por causa do leite e eu dei um pouco para eles. Depois, me despedi dos cavalos e Charley abaixou a cabeça na direção do bolso do meu avental. Ele sabia muito bem onde as cenouras eram guardadas.

Ao sair, ouvi um som estranho vindo de cima. Era como se alguém estivesse martelando furiosamente com dois martelos ou batendo num tambor de madeira. No começo, não consegui identificar o barulho; mas, enquanto escutava, percebi que devia ser McDermott, sapateando nas tábuas nuas do quarto. Parecia bastante habilidoso; mas por que ele estaria dançando lá em cima sozinho, e de manhã tão cedo? Talvez fosse de pura alegria e excesso de espírito animalesco, mas por alguma razão não achei que fosse isto.

Levei o leite para a cozinha de verão e separei um pouco de leite fresco para o chá; em seguida, cobri o balde com um pano por causa das moscas e deixei-o repousar para que a nata subisse. Eu pretendia fazer manteiga mais tarde, se não houvesse trovoada, pois a manteiga não encorpa quando há trovões. Então tirei um instante para arrumar meu próprio quarto.

Não era bem um quarto, não tinha papel de parede nem nenhum quadro, nem mesmo cortinas. Varri o chão rapidamente, lavei o urinol e o meti embaixo da cama. Havia chumaços de cotão acumulados ali e podia-se ver que o lugar não era varrido havia muito tempo. Sacudi o colchão, arrumei os lençóis, afofei o travesseiro e estendi a colcha. Era uma colcha de retalhos velha e surrada, embora muito bem-feita; o motivo era Caça ao Ganso Selvagem. Pensei nas colchas que eu iria fazer para mim mesma quando tivesse economizado o bastante do meu salário e estivesse casada, na minha própria casa.

Fiquei satisfeita por ter limpado o quarto. Quando voltasse para ele no fim do dia, estaria limpo e arrumado, exatamente como se uma criada o tivesse preparado para mim.

A seguir, peguei a cesta de ovos e meio balde de água e fui para o galinheiro. James McDermott estava no quintal, molhando os cabelos negros embaixo da bomba, mas deve ter me ouvido atrás dele e, quando seu rosto levantou-se da água, por um instante pareceu perdido, com um olhar tresloucado e frenético, como uma criança meio afogada, e fiquei imaginando quem ele pensou que o estivesse perseguindo. Mas quando viu quem era, acenou alegremente, o que ao menos era um gesto amistoso e o primeiro que ele fazia para mim. Eu tinha as duas mãos ocupadas, portanto só fiz um sinal com a cabeça.

Despejei a água no cocho das galinhas e deixei que saíssem para o cercado; enquanto estavam bebendo e disputando qual iria primeiro, entrei no galinheiro e recolhi os ovos – eram ovos grandes, próprios dessa época do ano. Em seguida, espalhei para elas grãos e também as sobras da cozinha do dia anterior. Eu não gostava muito de galinhas, pois sempre preferi animais de pelo a um bando de aves sujas e cacarejantes ciscando a terra, mas, se você quiser seus ovos, tem que aturar seus maus modos.

O galo atacou meus tornozelos com seus esporões, para me afastar de suas esposas, mas lhe dei um chute e o tamanco quase voou do meu pé. Um galo por galinheiro deixa feliz um bando de galinhas, dizem, mas para mim um só já era demais. Comporte-se ou vou torcer seu pescoço, eu disse para o galo; embora, na realidade, eu jamais fosse conseguir fazer tal coisa.

Enquanto isso, McDermott observava da cerca, com um largo sorriso no rosto. Era mais bonito quando sorria, tenho que reconhecer, embora ele fosse muito escuro e tivesse a boca torcida de um bandido. Mas, talvez, senhor, eu esteja imaginando isso em vista do que aconteceu mais tarde.

É comigo que você está falando?, McDermott disse. Não, não é, eu disse secamente ao passar por ele. Achei que sabia o que ele tinha na cabeça e não era nada original. Eu não queria saber de confusões desse tipo e o melhor seria manter uma distância cordial.

A água na chaleira fervia finalmente. Coloquei a panela de mingau no fogão, já com a aveia de molho, depois fiz chá e deixei-o em infusão enquanto saía para o quintal, bombeava outro balde de água e o carregava de volta para dentro; levantei o grande tacho de cobre para cima do fogão e o enchi, já que iria precisar de bastante água quente, para a louça suja e coisas assim.

Nessa hora, Nancy entrou, usando um vestido riscadinho de algodão e um avental, não um vestido tão elegante quanto o que tinha usado na tarde anterior. Ela disse bom-dia e respondi da mesma forma. O chá está pronto?, ela perguntou e eu respondi que sim. Ah, eu praticamente não me sinto viva de manhã enquanto não tomo uma xícara de chá, ela disse, e então lhe servi uma xícara.

O sr. Kinnear toma o chá lá em cima, ela disse, mas eu já sabia disto, pois ela havia preparado a bandeja de chá na noite anterior, com um pequeno bule, a xícara e o pires; não a bandeja de prata com o brasão da família, mas uma bandeja de madeira pintada. E, ela acrescentou, vai querer outra xícara quando descer, antes do desjejum, como é seu costume.

Enchi de leite fresco um pequeno jarro, coloquei açúcar e peguei a bandeja. Deixe que eu levo, Nancy disse. Fiquei surpresa e disse que, na casa da sra. Parkinson, a governanta jamais pensaria em subir as escadas com uma bandeja de chá, já que isto estava abaixo de sua posição e era serviço das criadas. Nancy fitou-me por um instante com um ar nada satisfeito, mas então disse que é claro que ela só levava a bandeja para cima quando estava sem criada e não havia ninguém mais para fazer isto e assim tinha se acostumado. Então, continuei.

A porta do quarto do sr. Kinnear ficava no fim das escadas. Não havia nada por perto onde eu pudesse colocar a bandeja, então eu a equilibrei com um dos braços enquanto batia na porta. Seu chá, senhor, eu disse. Ouviu um resmungo lá de dentro e eu entrei. Estava escuro no quarto, então eu coloquei a bandeja numa mesinha baixa e redonda ao lado da cama e fui até a janela e abri um pouco as cortinas. Essas cortinas eram de brocado marrom-escuro, acetinadas e com franjas, muito macias ao toque; mas, em minha opinião, é melhor ter uma cortina branca, de algodão ou musselina, no verão, já que o branco não absorve o calor e, portanto, não traz tanto calor para dentro dos aposentos, além de fazer com que pareçam bem mais frescos.

Eu não podia ver o sr. Kinnear, que estava na parte mais escura do quarto, com o rosto sombreado. A cama não tinha um acolchoado de retalhos, mas uma colcha escura combinando com as cortinas; estava atirada para trás e ele estava coberto apenas com o lençol. Sua voz chegou a mim como se viesse de debaixo da coberta. Obrigado, Grace, ele disse. Ele sempre dizia por favor e obrigado. Devo dizer que ele era um homem que sabia falar com as pessoas.

De nada, senhor, eu disse, do fundo do meu coração. Nunca tive má vontade em fazer as coisas para ele e, embora ele me pagasse para fazê-las, era como se eu trabalhasse por prazer. Recolhi lindos ovos esta manhã, senhor, eu disse. Gostaria de um deles no seu desjejum?

Sim, ele responde, de maneira hesitante. Obrigado, Grace. Tenho certeza de que me fará bem.

Não gostei da maneira como ele disse aquilo, pois falava como se estivesse doente. Mas Nancy não mencionara nada sobre isto.

Quando desci, disse a Nancy: O sr. Kinnear quer um ovo no desjejum. E ela disse: Eu também vou querer um. Ele gosta do ovo frito, com toucinho, mas eu não posso comer ovo frito, o meu deve ser cozido. Vamos tomar o desjejum juntos, na sala de jantar, pois ele me pede para lhe fazer companhia, não gosta de comer sozinho.

Achei aquilo um pouco curioso, embora não fosse de todo incomum. Então eu disse: O sr. Kinnear está doente?

Nancy deu uma risadinha e disse: Às vezes, ele finge que está. Mas é tudo na cabeça dele. Ele quer ser cumulado de atenções.

Por que será que ele nunca se casou?, eu disse, um homem tão educado como ele. Eu estava tirando a frigideira, para os ovos, e foi apenas uma pergunta sem importância, eu não quis dizer nada com isso; mas ela retrucou num tom irado, ou ao menos assim me pareceu. Alguns cavalheiros não têm inclinação para a situação de casado, ela disse. Estão muito satisfeitos do jeito como estão e acham que podem viver muito bem sem casamento.

Suponho que sim, eu disse.

Decerto que sim, se forem suficientemente ricos, ela disse. Se quiserem alguma coisa, é só pagar por ela. Para eles, é igual.

Agora vou lhe contar a primeira desavença que tive com Nancy. Foi quando eu arrumava o quarto do sr. Kinnear, no primeiro dia, e eu usava meu avental de limpeza, para evitar que a poeira e a fuligem do fogão caíssem nos lençóis brancos. Nancy circulava por ali, dizendo-me onde deveria guardar as coisas, como prender as pontas dos lençóis, como arejar a roupa de dormir do sr. Kinnear, como suas escovas e seus objetos pessoais deviam ser arrumados sobre a penteadeira, quantas vezes as escovas de prata deviam ser polidas e em quais prateleiras ele gostava que colocassem suas camisas dobradas e suas roupas de baixo, prontas para serem usadas; ela agia como se eu nunca tivesse feito isto antes.

Eu pensei, como tenho feito desde então, que é mais difícil trabalhar para uma mulher que um dia já foi uma criada do que para uma que não foi; porque as que foram criadas têm sua própria maneira de fazer as coisas e também conhecem os macetes, como jogar algumas moscas mortas para trás da cama ou varrer um pouco de terra ou poeira para debaixo do tapete, o que nunca seria notado, a menos que esses lugares fossem cuidadosamente inspecionados; elas também têm os olhos mais aguçados, o que torna mais fácil descobrir esses artifícios. Não que eu normalmente fosse desleixada assim, mas todos nós temos dias em que estamos mais apressados.

E quando eu dizia, a respeito de algum serviço, que não era assim que era feito na casa da sra. Parkinson, Nancy retrucava rispidamente que não estava interessada, que eu agora não trabalhava mais na casa da sra. Parkinson. Ela não gostava de ser lembrada que eu já trabalhara numa casa tão elegante, com pessoas melhores do que ela. Mas desde então tenho pensado que a razão para toda essa implicância é que ela não queria me deixar sozinha no quarto do sr. Kinnear, caso ele entrasse ali.

Para tirar sua mente dessas preocupações, perguntei-lhe sobre o quadro na parede; não aquele com o leque de penas de pavão, mas o outro, da jovem tomando banho, num jardim, que era um lugar estranho para isso, com os cabelos presos para cima e uma aia segurando uma toalha grande para ela. E vários velhos barbados espiando por detrás das moitas. Podia-se ver, pelas roupas, que a cena se passava na Antiguidade. Nancy disse que era uma gravura, colorida à mão, e que era uma cópia de um quadro famoso de Susana e os Anciãos, que era um tema da Bíblia. E ela pareceu muito orgulhosa de saber tanto.

Mas eu estava aborrecida com ela, por causa de todas as implicâncias e reclamações que ela andara fazendo, e disse-lhe que eu conhecia a Bíblia de trás para a frente – o que não estava longe da verdade – e que não havia essa história na Bíblia. E que, portanto, não podia ser um tema da Bíblia.

E ela afirmou que era, e eu disse que não era e que estava disposta a pôr à prova, e ela disse que eu não estava lá para discutir sobre quadros, mas para fazer a cama. E, nesse momento, o sr. Kinnear entrou no quarto. Ele devia estar escutando no corredor, pois parecia se divertir. Ora, ele disse, vocês estão discutindo teologia, e de manhã tão cedo? E ele quis saber tudo sobre a desavença.

Nancy disse que não era nada com que ele precisasse se importunar, mas ele continuou querendo saber e disse: Bem, Grace, estou vendo que Nancy quer fazer segredo de mim, mas você precisa me contar; eu fiquei encabulada, mas finalmente lhe perguntei se o quadro era sobre um tema bíblico, como Nancy dissera. Ele riu e disse que, estritamente falando, não era, já que a história estava nos Apócrifos. Eu fiquei surpresa e perguntei o que era aquilo e pude ver que Nancy também nunca ouvira aquela palavra antes. Mas ela estava desconcertada por estar errada e franziu a testa, aborrecida.

O sr. Kinnear disse que eu era muito curiosa para uma pessoa tão jovem e logo ele teria a criada mais instruída de Richmond Hill e teria que me colocar em exibição e cobrar entrada, como o porco de Toronto que sabia matemática. Então disse que os Apócrifos eram um livro no qual foram reunidas todas as histórias dos tempos bíblicos que decidiram que não deveriam entrar na Bíblia. Fiquei muito espantada ao ouvir isto e disse: Quem decidiu? Porque eu sempre pensara que a Bíblia tinha sido escrita por Deus, pois era a Palavra de Deus e todos a chamavam assim.

Ele sorriu e disse que talvez Deus a tenha escrito, mas foram os homens que a colocaram no papel; o que era um pouco diferente. Mas dizia-se que eram homens inspirados; o que significava que Deus falara com eles e lhes dissera o que fazer.

Então, eu lhe perguntei se esses homens ouviam vozes e ele respondeu que sim. Fiquei contente que outras pessoas também ouvissem vozes, embora eu não tenha contado nada sobre isso e, de qualquer forma, a voz que eu ouvi, naquela única vez, não tinha sido a voz de Deus, mas a de Mary Whitney.

Ele perguntou se eu conhecia a história de Susana e eu disse que não; ele disse que era a história de uma jovem falsamente acusada, por alguns anciãos, de ter pecado com um rapaz, porque ela se recusara a cometer esse mesmo pecado com eles e ela teria sido executada, apedrejada até a morte; mas felizmente Susana tinha um advogado inteligente, que conseguiu provar que os velhos estavam mentindo, induzindo-os a dar provas contraditórias. Então ele perguntou: Qual você acha que é a moral da história? E eu disse que a moral da história era que não se devia tomar banho no jardim; ele riu e disse que achava que a moral era que sempre se precisa de um bom advogado. E disse para Nancy: Esta moça não é nenhuma simplória, afinal de contas; imaginei, assim, que era isto que ela havia dito a ele a meu respeito. E Nancy me fulminou com os olhos.

Então ele disse que encontrara uma camisa passada e guardada com um botão faltando e que era muito irritante vestir uma camisa limpa e descobrir que não se podia usá-la por falta de botões e que prestássemos atenção para que isso não acontecesse outra vez. Então pegou sua caixa de ouro de rapé, que é o que fora buscar, e saiu do quarto.

Mas agora Nancy havia cometido dois erros, pois essa camisa devia ter sido lavada e passada por ela, já que eu ainda não estava lá; então, ela me deu uma lista de tarefas do tamanho de um braço e deixou o quarto precipitadamente, agitada, descendo as escadas e saindo para o quintal, onde começou a repreender McDermott por não ter limpado seus sapatos direito naquela manhã.

Eu disse a mim mesma que ia ter problemas pela frente e que precisava ter cuidado com o que dizia, porque Nancy não gostava de ser contrariada e, acima de tudo, não gostava de ser repreendida pelo sr. Kinnear.

Quando Nancy me contratou, tirando-me da casa do sr. Watson, pensei que seríamos como irmãs ou, ao menos, boas amigas, as duas trabalhando lado a lado, como eu trabalhara com Mary Whitney. Agora eu sabia que as coisas não seriam assim.

26

Nessa época, já fazia três anos que eu trabalhava como criada e podia desempenhar muito bem o meu papel. Mas Nancy era muito instável, tinha duas caras, pode-se dizer, e não era fácil saber o que ela queria de uma hora para outra. Num momento, ela estava em cima do seu pedestal, dando ordens e reclamando do serviço: no momento seguinte, era a minha melhor amiga, ou fingia ser, passava o braço pelo meu, dizia que eu parecia cansada e que devia sentar-me um pouco com ela e tomar uma xícara de chá. É muito mais difícil trabalhar para pessoas assim, pois exatamente quando você as está tratando com toda a deferência, fazendo reverências e chamando-as de madame, elas mudam e a censuram por ser tão rígida e formal, querem lhe fazer confidências e esperam o mesmo de você. Você nunca consegue agradar a essas pessoas.

O dia seguinte estava limpo e claro, com uma brisa, então lavei a roupa, e já não foi sem tempo, pois as roupas limpas já começavam a faltar. Era um trabalho acalorado, pois eu precisava manter o fogão aceso a uma alta temperatura na cozinha de verão, e eu não tivera tempo de separar as roupas e pôr de molho na véspera, mas não podia me arriscar a esperar, pois nessa época do ano podia haver uma mudança rápida no tempo. Assim, esfreguei e escovei e finalmente consegui pôr tudo na corda, com os guardanapos e os lenços brancos cuidadosamente estendidos na grama, para quarar. Havia manchas de rapé e manchas de tinta e de grama em uma anágua de Nancy – eu me perguntei como teriam ido parar ali, mas provavelmente ela escorregara e caíra – e manchas de mofo em roupas que haviam ficado na umidade no fundo da pilha; manchas de vinho na toalha de mesa, de um jantar com convidados, e que não foram cobertas com sal a tempo, como deveriam ter sido, mas, com um bom alvejante feito de barrela e cloro – que eu aprendera com a lavadeira da sra. Parkinson –, consegui tirar quase todas e confiava que o sol tiraria o restante.

Parei por um instante, admirando meu trabalho, pois há muita satisfação em ver roupas lavadas, secando ao vento, como estandartes numa corrida ou as velas de um barco, e o som que produzem é como o de aplausos das falanges celestiais, embora ouvidos de longe. E, de fato, dizem que a limpeza está perto da santidade e às vezes, quando via as nuvens brancas e puras vagando no céu depois da chuva, costumava pensar que era como se os próprios anjos estivessem estendendo suas roupas lavadas; pois eu imaginava que alguém tinha que fazer isso, já que tudo no céu tem que ser muito limpo e fresco. Mas eram apenas fantasias infantis, pois as crianças gostam de inventar histórias sobre o que não pode ser visto, e eu não passava de uma criança na época, embora me considerasse uma mulher feita, com meu próprio dinheiro, ganho com meu trabalho.

Enquanto eu estava ali parada, Jamie Walsh se aproximou pelo canto da casa e perguntou se eu precisava de alguma coisa da vila e me disse timidamente que, se ele fosse enviado ao vilarejo por Nancy ou pelo sr. Kinnear e se eu quisesse alguma coisa, ele teria prazer de comprar e trazer para mim, se eu lhe desse o dinheiro. Apesar de desajeitado, era educado, sabia como se portar e até tirou o chapéu, que era um velho chapéu de palha que provavelmente pertencera a seu pai, pois era grande demais para ele. Eu disse que era muito atencioso da parte dele, mas que eu não precisava de nada no momento. Mas então me lembrei de que não havia nenhum fel de boi na casa, para firmar as cores na lavagem, e que eu iria precisar de um pouco para as roupas escuras, pois tudo o que eu lavara naquela manhã era branco. Fui com ele até Nancy, que tinha vários itens para ele comprar, e o sr. Kinnear tinha um recado para ser entregue a um de seus amigos nas proximidades e então ele partiu.

Nancy disse-lhe para voltar à tarde trazendo sua flauta e, depois que ele se foi, ela disse que ele tocava tão bem que era um prazer ouvi-lo. A essa altura, ela já estava de bom humor novamente e ajudou-me a preparar o jantar, uma ceia fria, com presunto e picles, e uma salada da horta, pois havia alfaces e cebolinhas boas de ser colhidas. Mas ela comeu na sala de jantar com o sr. Kinnear, como antes, e eu tive que me contentar com a companhia de McDermott.

É desconfortável observar outra pessoa comendo e ouvir os ruídos também, especialmente se ela tem tendência a se empanturrar; mas McDermott não parecia inclinado a conversa, tendo revertido ao mau humor; assim, perguntei-lhe se gostava de dançar.

O que a faz perguntar isso?, ele disse, desconfiado e, não querendo revelar que eu o ouvira praticando, disse que todos sabiam que ele era um bom dançarino.

Ele disse que podia ser que fosse e podia ser que não fosse, mas pareceu satisfeito e assim me empenhei em fazê-lo falar e perguntei-lhe sobre sua própria vida, antes de vir trabalhar para o sr. Kinnear. Ele disse: Quem iria se importar em saber? Eu disse que eu me importaria, pois tinha interesse em todas essas histórias, e logo ele começou a contar.

Ele disse que sua família era bastante respeitável, vinha de Waterford, no Sul da Irlanda, e seu pai tinha sido mordomo; mas ele mesmo sempre fora um imprestável, nunca se dispôs a lamber as botas dos ricos, estava sempre metido em confusão, do que ele mais parecia se orgulhar do que se envergonhar. Perguntei se sua mãe era viva e ele respondeu que para ele não fazia diferença se ela fosse viva ou morta, já que ela não tinha uma boa opinião a seu respeito e havia dito que ele iria direto para o inferno; por ele, tanto fazia que estivesse morta ou viva. Mas sua voz não parecia tão firme quanto suas palavras.

Ele fugira de casa quando ainda era bem novo e alistara-se no exército na Inglaterra, alegando ser vários anos mais velho do que era na verdade; mas, sendo uma vida dura demais para o seu gosto, com muita disciplina e tratamento ríspido, ele desertara e embarcara clandestinamente num navio com destino aos Estados Unidos; quando foi descoberto, trabalhou o restante da viagem para pagar a passagem, mas desembarcara no Leste do Canadá, em vez de nos Estados Unidos. Então conseguira um emprego nos barcos que percorriam o rio São Lourenço para cima e para baixo, depois nos barcos do lago Ontário, que ficaram satisfeitos em contratá-lo, pois era muito forte, com grande resistência, e podia trabalhar sem parar, como uma máquina a vapor; e isto foi muito bem durante algum tempo. Mas logo se tornou monótono demais e, como ele gostava de variedade, alistou-se como soldado outra vez, com a Infantaria Ligeira de Glengarry, que tinha uma péssima reputação entre os fazendeiros, como eu soubera por Mary Whitney, tendo incendiado muitas casas de fazendas durante a Rebelião, atirando mulheres e crianças na neve e fazendo até pior, o que nunca saiu impresso nos jornais. Então era um bando de homens desgovernados, dados à dissipação, ao jogo, à bebida e coisas do tipo; o que ele considerava virtudes masculinas.

Por essa época, contudo, a Rebelião já havia terminado e não havia muito o que fazer; e McDermott não era um soldado de linha, mas o criado pessoal do capitão Alexander Macdonald. Era uma vida tranquila, com um bom salário, e ele lamentou quando seu regimento foi dissolvido e ele foi entregue à própria sorte. Foi para Toronto e viveu desempregado com o dinheiro que guardara, mas suas economias definharam e ele viu que teria que procurar emprego e foi em busca de uma colocação que ele subira a estrada Yonge e chegara a Richmond Hill. Soube, em uma das tavernas, que o sr. Kinnear estava precisando de um empregado e se apresentou e foi Nancy quem o contratou; mas ele pensou que iria trabalhar para o próprio cavalheiro, fazendo pessoalmente para ele o que fizera para o capitão Macdonald; mas ficou aborrecido ao descobrir que era uma mulher que estava acima dele e uma mulher que não lhe dava um momento de descanso de sua língua e vivia reclamando de seu trabalho.

Acreditei em tudo o que ele disse; porém, mais tarde, quando fiz as contas em minha cabeça, achei que ele devia ser vários anos mais velho do que os vinte e um que dizia ter; ou isto ou ele andara mentindo. E, quando soube mais tarde por outras pessoas da vizinhança, incluindo Jamie Walsh, que McDermott tinha uma forte reputação de mentiroso e fanfarrão, não fiquei nem um pouco surpresa.

Então comecei a pensar que cometera um erro ao demonstrar tanto interesse em sua história; pois ele entendeu mal, como um interesse por sua pessoa. Depois de vários copos de cerveja, ele começou a me lançar olhares cobiçosos, perguntou se eu tinha namorado, pois uma garota bonita como eu devia ter um. Eu devia ter respondido que meu namorado tinha mais de um metro e oitenta e era boxeador; mas eu era jovem demais para saber, então disse a verdade. Disse que não tinha namorado e, mais ainda, que não tinha nenhuma inclinação para isto.

Ele disse que era uma pena, mas havia uma primeira vez para tudo e eu só tinha que ser domada, como um potro, e então ficaria mansa como as outras e que ele era o homem certo para o serviço. Fiquei muito irritada com isso, levantei-me imediatamente da mesa e comecei a lavar a louça com grande barulho, disse-lhe que eu agradeceria se ele guardasse comentários ofensivos como esses para si mesmo, pois eu não era uma égua. Ele disse que não falara por mal, que era só uma brincadeira e que ele só queria ver que tipo de garota eu era. Eu disse que o tipo de garota que eu era não lhe dizia respeito, com o que ele ficou muito emburrado, como se fosse eu quem o tivesse insultado; então saiu para o quintal e começou a cortar lenha.

    Depois de lavar a louça, o que tinha que ser feito com cuidado por causa de todas as moscas ao redor, que pousavam nos pratos limpos se não estivessem cobertos com um pano e deixavam seus pontinhos de sujeira, fui lá fora ver como a roupa lavada estava secando e borrifar com água os lenços e os guardanapos, para branquearem melhor; então já era hora de desnatar o leite e fazer a manteiga.

    Fiz isso do lado de fora, na sombra lançada pela casa, para tomar um pouco de ar fresco e, como a batedeira era movida por um pedal, eu podia ficar sentada numa cadeira enquanto trabalhava e cerzir um pouco ao mesmo tempo. Algumas pessoas têm batedeiras movidas por um cachorro, que é confinado numa gaiola e obrigado a correr numa esteira rolante, com um carvão em brasa embaixo do rabo; mas eu considero isto uma crueldade. Enquanto eu estava lá à espera da manteiga se formar e pregando um botão em uma das camisas do sr. Kinnear, o próprio sr. Kinnear passou por mim a caminho do estábulo. Fiz menção de me levantar, mas ele disse para eu permanecer onde estava, pois ele preferia uma boa manteiga a uma cortesia.

    Sempre ocupada, pelo que vejo, Grace, ele disse. Sim, senhor, eu disse, o diabo acha trabalho para mãos ociosas. Ele riu e disse: Espero que não esteja falando de mim, já que minhas mãos andam bastante ociosas, mas não tão diabólicas quanto eu gostaria; fiquei confusa e disse: Oh, não, senhor, eu não me referia ao senhor. Ele sorriu e disse que caía bem a uma jovem ficar ruborizada.

    Não havia o que responder a isso, então eu não disse nada; ele seguiu em frente e pouco depois surgiu montando Charley e desceu pelo caminho da frente da casa. Nancy veio ver como eu estava indo com a manteiga e eu perguntei aonde o sr. Kinnear estava indo. Para Toronto, ela disse; ele vai até lá toda quinta-feira e pernoita na cidade, para resolver negócios no banco e fazer algumas compras; mas primeiro ele vai à casa do coronel Bridgeford, cuja esposa está ausente, assim como as duas filhas, então ele pode visitar o coronel em segurança, pois, quando ela está lá, ele não é recebido.

Fiquei surpresa com isso e perguntei por que não e Nancy disse que o sr. Kinnear era considerado má influência pela sra. Bridgeford, que se achava a rainha da França e que ninguém mais era digno de lamber seus sapatos, e riu. Mas não parecia estar achando muita graça.

Por quê? O que ele fez?, perguntei. Mas, naquele instante, senti que a manteiga começara a se formar – há uma sensação viscosa quando ela engrossa – e não continuei a conversa.

Nancy ajudou-me com a manteiga e salgamos a maior parte, a cobrimos com água fria para conservar e pressionamos um pouco da manteiga fresca nas formas; duas delas tinham o feitio de uma folha de cardo e a terceira tinha o brasão dos Kinnear, com o lema *Vivo na esperança*. Nancy disse que, se o irmão mais velho do sr. Kinnear na Escócia, que, na verdade, era só um meio-irmão, viesse a falecer, o sr. Kinnear herdaria uma enorme casa e terras lá; mas ela também disse que ele não esperava por isso e afirmava que estava muito feliz com o que tinha, ou era isto que dizia quando se sentia bem de saúde. Mas não havia nenhuma afeição entre ele e seu meio-irmão, o que é comum em tais casos, e achei que tivessem despachado o sr. Kinnear para as colônias, para tirá-lo do caminho.

Quando terminamos de preparar a manteiga, nós descemos com ela pela escada do porão, até a leiteria; mas deixamos lá em cima um pouco do soro para fazer biscoitos mais tarde. Nancy disse que não gostava muito do porão, pois sempre tinha cheiro de terra, de ratos e de legumes velhos e eu disse que talvez pudéssemos arejar o lugar um dia desses, se conseguíssemos abrir a janela. Voltamos para cima e, depois que eu recolhi a roupa lavada, nos sentamos na varanda, costurando como as melhores amigas do mundo. Mais tarde, notei que ela se transformava na imagem da afabilidade toda vez que o sr. Kinnear não estava presente, mas ficava arisca como uma gata na presença dele e quando eu estava no mesmo aposento que ele; mas na época eu não percebia isto.

Enquanto estávamos ali sentadas na varanda, McDermott apareceu correndo por cima da cerca em zigue-zague, ágil como um esquilo. Eu fiquei surpresa e disse: O que ele está fazendo?, e Nancy respondeu: Oh, às vezes ele faz isso, diz que é pelo exercício, mas, na verdade, só quer se exibir, você não deve prestar atenção. Assim, fingi não olhar; mas secretamente eu observei, já que, na realidade, ele era muito hábil, e, depois de ter corrido de um lado para outro, pulou para baixo e em seguida saltou por cima da cerca, inteiramente no ar, salvo por uma das mãos apoiada na cerca para se firmar.

Assim, lá estava eu, fingindo não ver, e lá estava ele, fingindo não ser visto; o senhor pode ver a mesma coisa em qualquer reunião elegante de damas e cavalheiros da sociedade. Pode-se ver muita coisa de esguelha, especialmente pelas senhoras, que não querem ser flagradas fitando alguém. Elas também podem ver através do véu, das cortinas das janelas e por cima dos leques, e é bom que possam ver desse modo ou nunca veriam praticamente nada. Mas aquelas de nós que não precisam se incomodar com todos os véus e leques conseguem ver muito mais.

Em pouco tempo, Jamie Walsh apareceu; ele atravessara os campos e trouxera sua flauta, como solicitado. Nancy cumprimentou-o calorosamente e agradeceu por ele ter vindo. Mandou-me ir buscar uma caneca de cerveja para Jamie; quando eu estava enchendo a caneca, McDermott entrou e disse que tomaria uma também. Não pude resistir e disse: Não sabia que você tinha sangue de macaco, estava saltando como um deles. E ele não sabia se ficava lisonjeado por eu tê-lo visto ou com raiva por ser chamado de macaco.

Ele disse que, quando o gato estava fora, os ratos faziam festa e, quando Kinnear estava na cidade, Nancy sempre gostava de suas festinhas e ele imaginava que o garoto Walsh estaria agora arranhando seu apito de lata e eu disse que era isto mesmo e que eu também iria ter o prazer de escutar e ele disse que, para ele, isso não era nenhum prazer, e eu disse que fizesse o que bem entendesse. Nesse instante, ele segurou meu braço, olhou ansiosamente para mim e disse que não tivera a intenção de me ofender com o que dissera antes; mas tendo vivido tanto tempo entre homens rudes, cujas maneiras não eram as melhores, ele acabava se descuidando e falando sem pensar; ele esperava que eu o perdoasse e que pudéssemos ser amigos. Eu disse que estava sempre pronta a ser amiga de qualquer pessoa que fosse sincera e, quanto ao perdão, não estava decretado na Bíblia? E certamente eu esperava ser capaz de perdoar, pois eu mesma esperava ser perdoada no futuro. O que eu disse com muita calma.

Depois, levei a cerveja para a varanda da frente, com pão e queijo para nossa ceia, e fiquei lá sentada com Nancy e Jamie Walsh enquanto o sol se punha, até que ficou escuro demais para costurar. Era uma noite agradável e sem vento, os pássaros gorjeavam e as árvores do pomar perto da estrada estavam douradas à luz do pôr do sol; as flores roxas das asclépias que cresciam perto do caminho de entrada exalavam um perfume muito suave, como também as últimas peônias ao lado da varanda e as rosas trepadeiras; uma brisa fresca começou a soprar, enquanto Jamie tocava sua flauta, sentado, tão sentimentalmente que fazia bem ao coração. Após algum tempo, McDermott apareceu sorrateiramente pelo lado da casa, como um lobo domesticado, e também ficou ouvindo. Ali ficamos nós, numa espécie de harmonia, e a noite estava tão bonita que dava uma dor no meu coração, como acontece quando não sabemos se estamos alegres ou tristes, e pensei que, se eu pudesse fazer um pedido, seria que nada jamais mudasse e pudéssemos ficar ali assim para sempre.

Mas o sol não pode ser detido em seu caminho, exceto por ordem de Deus, e Ele só fez isso uma vez e não o fará de novo até o fim do mundo, e nessa noite o sol desapareceu como sempre, deixando para trás um crepúsculo vermelho-escuro; por alguns instantes, a frente da casa ficou completamente cor-de-rosa a essa luz. Depois, na semiescuridão do anoitecer, os vaga-lumes surgiram, pois era a época do ano para eles; brilhavam nas moitas e nos arbustos baixos, apagando e acendendo, como estrelas piscando através das nuvens. Jamie Walsh pegou um deles num copo de vidro e cobriu a boca do copo com a mão, para que eu pudesse vê-lo de perto; ele piscava lentamente, com uma luz fria e esverdeada, e pensei que, se eu pudesse ter dois vaga-lumes nas minhas orelhas, como brincos, não me importaria nem um pouco com os brincos de ouro de Nancy.

Depois, a escuridão aumentou, veio por trás das árvores e dos arbustos e pelos campos, e as sombras se alongaram e se uniram e eu pensei que parecia água, saindo pelo chão e subindo lentamente como o mar; caí numa espécie de devaneio e me lembrei do tempo em que atravessei o oceano e de como, naquela hora do dia, o mar e o céu tinham a mesma cor azul-escura, de modo que não se podia dizer onde um acabava e o outro começava. E, na minha lembrança, um iceberg flutuava, tão branco quanto o branco podia ser, e, apesar do calor do anoitecer, senti um calafrio.

Então Jamie disse que precisava voltar para casa, pois seu pai estaria à sua procura, e eu me lembrei de que não ordenhara a vaca nem fechara as galinhas no galinheiro para a noite e corri para fazer ambas as tarefas com a última luz do dia. Quando voltei para a cozinha, Nancy ainda estava lá e acendera uma vela. Eu lhe perguntei por que não fora se deitar e ela disse que tinha medo de dormir sozinha quando o sr. Kinnear não estava em casa e me perguntou se eu dormiria lá em cima com ela.

Eu disse que sim, mas perguntei do que tinha medo. De ladrões? Ou talvez, eu disse, tivesse medo de James McDermott? Mas falei isso de brincadeira.

Ela disse maliciosamente que, pelo que podia adivinhar pelos olhares dele, eu tinha mais motivo para ter medo dele do que ela, a menos que eu estivesse precisando de um novo namorado. Eu disse que tinha mais medo do velho galo no terreiro do que dele e, quanto a namorados, não tinham mais serventia para mim do que para o homem na Lua.

Ela riu e nós duas subimos para a cama como boas companheiras, mas antes me certifiquei de que toda a casa estivesse trancada.

VIII
RAPOSAS E GANSOS

Tudo correu tranquilamente por quinze dias, salvo pela governanta que repreendeu McDermott várias vezes por não fazer seu trabalho corretamente, e lhe deu um aviso prévio de quinze dias... Depois disso, ele me disse diversas vezes que estava contente por estar indo embora, já que não queria mais viver com um bando de v...s, mas que se vingaria antes de partir e me disse que tinha certeza de que Kinnear e a governanta, Nancy, dormiam juntos; fiquei decidida a descobrir e posteriormente me convenci de que era verdade, pois sua cama nunca estava desfeita, exceto quando o sr. Kinnear estava ausente, e então eu dormia com ela.

Confissão de Grace Marks
Star and Transcript, Toronto, novembro de 1843.

"Grace Marks era... uma jovem bonita e muito esperta em seu trabalho, mas de um temperamento calado e amuado. Era muito difícil saber quando estava satisfeita... Depois que o trabalho do dia terminava, ela e eu geralmente ficávamos a sós na cozinha, [a governanta] estando completamente envolvida com o patrão. Grace tinha muita inveja da diferença feita entre ela e a governanta, a quem odiava, e em relação a quem era sempre muito insolente e atrevida... 'Em que ela é melhor do que nós', costumava dizer, 'para ser tratada como uma dama e comer e beber do melhor? Ela não é mais bem-nascida do que nós, nem mais educada...'

"A beleza de Grace me fez interessar-me por ela e, embora houvesse alguma coisa a respeito da jovem que não me agradava, eu era um sujeito muito dissipado, desregrado e, se uma mulher era jovem e bonita, eu pouco me importava com seu caráter. Grace era mal-humorada e orgulhosa e não era muito fácil de agradar; mas, para conquistá-la, se possível, eu dei ouvidos a todas as suas queixas e insatisfações."

    James McDermott,
    a Kenneth MacKenzie, tal como recontado
               por Susanna Moodie,
    Life in the Clearings, 1853.

Ainda assim, parte de mim pareceu reconhecer certo truque
de maldade do qual fui vítima, Deus sabe quando –
num mau sonho, talvez. Aqui terminava, portanto,
o progresso por este caminho. Quando, já prestes
a desistir, mais uma vez, soou um clique
como o de um alçapão que se fecha – você está dentro do covil!

    Robert Browning,
    Childe Roland to the Dark Tower Came, 1855.

27

Hoje, quando acordei, havia uma bela aurora cor-de-rosa, uma neblina sobre os campos como uma suave nuvem de musselina branca, e o sol brilhando através de suas camadas, embaçado e rosado como um pêssego lentamente em fogo.
Na verdade, não faço a menor ideia de que tipo de alvorecer havia. Na prisão, as janelas ficam bem no alto, para que não se possa subir por elas, suponho, mas também para que não se possa ver por elas, ou ao menos não ver o mundo lá fora. Eles não querem que você fique olhando para fora, não querem que fique pensando no mundo *lá fora*, não querem que fique olhando o horizonte e pensando que um dia você mesma possa desaparecer por ele, como a vela de um navio que parte ou um cavalo e seu cavaleiro desaparecendo por uma colina ao longe. Assim, esta manhã, eu vi apenas a luz comum, sem forma, que entra pela janela alta e cinzenta de sujeira, como se fosse emitida não pelo sol ou pela lua, nem por um lampião ou uma vela. Apenas uma faixa de luz do dia toda igual, como banha de porco.
Tirei minha camisola de prisioneira, que era de tecido rústico e tinha uma cor amarelada; eu não devia dizer que é minha, porque aqui não possuímos nada, tudo é dividido em comum, como os primeiros cristãos; a camisola que você veste em uma semana, junto à sua pele enquanto dorme, pode na semana anterior ter estado junto ao coração de sua pior inimiga e ter sido lavada e remendada por pessoas que não gostam de você.
Enquanto me vestia e prendia os cabelos, uma música soava em minha cabeça, uma pequena canção que Jamie Walsh costumava tocar em sua flauta:

> Tom, Tom, o filho do gaiteiro,
> roubou um porco e fugiu correndo
> e a única música que podia tocar
> era a das colinas distantes.

Eu sabia que me lembrara errado da letra e que a verdadeira canção dizia que o porco tinha sido comido e Tom levara uma surra e saíra berrando pela rua; mas eu não via por que não podia fazer com que ela tivesse um final melhor e, desde que eu não contasse a ninguém o que se passava na minha cabeça, não haveria ninguém a quem prestar contas, ou para me corrigir, assim como não havia ninguém para dizer que o verdadeiro amanhecer não fora nada parecido com o que eu tinha inventado para mim mesma, mas apenas de um branco sujo e amarelado, como um peixe morto flutuando no porto.

Ao menos no Asilo de Lunáticos podia-se ver melhor lá fora. Quando não se estava trancado em um quarto escuro.

Antes do desjejum, houve um açoitamento, lá no pátio; eles fazem isto antes do desjejum, porque, se aqueles que vão ser açoitados tiverem comido antes, certamente vão botar a comida para fora e isto faz uma grande sujeira, além de ser um desperdício de alimento, e os carcereiros e guardas dizem que gostam do exercício nessa hora do dia porque lhes abre o apetite. Era apenas um açoitamento de rotina, nada de extraordinário, portanto não fomos convocados para presenciar; apenas dois ou três prisioneiros, todos homens; as mulheres não são açoitadas com frequência. O primeiro era bem jovem, pelo tom de tenor de seus gritos; eu sei distinguir, pois já tenho bastante prática. Tentei não escutar e procurei pensar no porco roubado por Tom, o ladrão, e como ele foi comido; mas a canção não diz quem o comeu, se foi o próprio Tom ou aqueles que o pegaram. Um ladrão agarrou outro ladrão, como Mary Whitney costumava dizer. Eu me perguntava: será que desde o início já se tratava de um porco morto? Bem provável que não; o mais provável é que estivesse amarrado com uma corda pelo pescoço ou um aro pelo focinho, e tenha sido obrigado a fugir correndo com Tom. É o que faria mais sentido, já que não seria preciso carregá-lo. Na música inteira, o pobre porco é o único que não faz nada errado, mas também é o único que morre. Muitas canções, já notei, são injustas nesse sentido.

No desjejum, tudo era silêncio, a não ser pelo mastigar do pão e o sorver barulhento do chá, o arrastar de pés e assoar de narizes e a monótona leitura da Bíblia, que hoje era Esaú e Jacó e a questão da comida, as mentiras que foram ditas, a bênção, o direito do primogênito que foi vendido, as fraudes e os disfarces praticados, com os quais Deus absolutamente não se importou e sim o contrário. Bem na hora em que o velho Isaac apalpava seu filho cabeludo, que na realidade não era seu filho e sim a pele de um cabrito, Annie Little me deu um beliscão na coxa, por baixo da mesa, onde não podia ser vista. Eu sabia o que ela pretendia, queria que eu gritasse para que fosse castigada ou então pensassem que eu estava tendo outro ataque de insanidade, mas eu estava preparada para ela, pois já esperava algo desse tipo.

Ontem na lavanderia, quando estávamos perto do tanque, ela inclinou-se e sussurrou para mim: Queridinha do Doutor, vagabunda mimada; porque as notícias se espalham e todos sabem das visitas do dr. Jordan e algumas acham que eu estou recebendo atenção demais e que fiquei arrogante por causa disso. Se eles pensam isso de você aqui, tratam logo de fazer você descer um ou dois degraus e não seria a primeira vez, já que também se ressentem do meu serviço na casa do governador; mas têm medo de agir muito abertamente, pensando que eu possa falar com alguém que tenha poder. Não há lugar como a prisão para invejas mesquinhas e eu já vi algumas mulheres se engalfinharem e quase se matarem por nada mais do que um pedaço de queijo.

Mas eu sabia muito bem que não devia me queixar às supervisoras. Elas não só tratam as futriqueiras com desprezo, preferindo uma vida tranquila, como também poderiam não acreditar em mim, ou dizer não acreditar, já que o carcereiro-chefe diz que a palavra de uma condenada não é prova suficiente, e depois, é claro, Annie Little trataria de se vingar de mim de alguma maneira. É preciso suportar tudo pacientemente, como parte da disciplina a que estamos sujeitas; a menos que se possa encontrar um meio de derrubar o inimigo sem ser detectada. Puxar cabelos não é aconselhável, pois a algazarra atrai os carcereiros e então os dois lados são punidos por causar confusão. Sujeira escondida na manga para ser enfiada na comida, como se fosse um mágico, pode ser conseguido sem muita dificuldade e pode trazer alguma satisfação. Mas Annie Little esteve comigo no asilo, seu crime foi homicídio involuntário, tendo atacado e matado um moço de estábulo com um pedaço de pau; e dizem que ela sofre de excitação nervosa e foi mandada para cá na mesma época em que eu; mas não deveria ter sido, pois não creio que ela seja certa da cabeça; assim, resolvi perdoar-lhe desta vez, a menos que ela fizesse algo pior. E o beliscão parecia ter aliviado seus sentimentos.

* * *

Então chegou a hora dos guardas e de nossa caminhada para fora dos portões, Ah, Grace, já vai passear com seus dois namorados, você tem mesmo muita sorte. Ah, não, nós é que temos sorte, com esse pitéu em nossos braços, diz um deles. O que acha, Grace?, diz o outro, Vamos passar por um beco desses, entrar num estábulo, deitar no feno, não vai demorar nada se você ficar quieta e será mais rápido ainda se você se remexer um pouco. Ou para que se deitar?, diz o primeiro, basta imprensá-la contra a parede e levantar suas saias, de pé é mais rápido, desde que seus joelhos não fraquejem; vamos, Grace, basta uma palavra sua e estamos aqui para servi-la, um é tão bom quanto o outro e por que se contentar com um quando tem dois aqui, prontos para você? Aqui, prontos o tempo todo, veja, passe a mão e poderá ver como é verdade. Não vamos lhe cobrar nem um centavo por isso, diz o outro, o que é uma boa diversão entre velhos amigos?

Vocês não são meus amigos, eu digo, com essa conversa nojenta, vocês nasceram na sarjeta e vão morrer lá. Ah, rá, diz um deles, é disso que eu gosto, um pouco de animação numa mulher, um pouco de fogo, dizem que vem com os cabelos ruivos. E são vermelhos onde realmente importa, diz o outro, uma fogueira na copa de uma árvore não serve para nada, deve estar numa lareira para lançar bastante calor, num pequeno fogão, você sabe por que Deus fez as mulheres usarem saias?, é para que possam ser levantadas acima da cabeça e amarradas, assim elas não fazem tanto barulho; detesto uma vagabunda que fica ganindo, as mulheres deviam nascer sem boca, a única coisa que presta nelas fica abaixo da cintura.

Que vergonha, eu digo, enquanto contornamos uma poça e atravessamos a rua, falar dessa maneira, sua própria mãe era uma mulher, ou ao menos imagino que fosse. E que o diabo a carregue, diz um dos sujeitos, a velha bruxa vadia, a única parte de mim que ela gostava de ver era meu traseiro nu coberto de lanhos, ela está ardendo no inferno neste momento e só lamento que não tenha sido eu quem a tenha mandado para lá, mas um marujo bêbado que ela tentou roubar e que a derrubou com uma garrafada na cabeça. Bem, diz o outro, minha mãe certamente era um anjo, uma santa na Terra, segundo ela mesma, e nunca me deixava me esquecer disto; não sei qual é pior.

Sou um filósofo, diz o primeiro, gosto de moderação, nem muito gorda nem muito magra, e o melhor é não desperdiçar as dádivas que Deus nos dá e, por falar nisso, Grace, você já está suficientemente madura para ser colhida, por que permanecer no galho sem ser provada? Vai acabar caindo e apodrecendo ao pé da árvore, de qualquer jeito. É verdade, diz o outro, por que deixar o leite azedar no pote? Uma boa noz deve ser quebrada enquanto ainda presta, pois não há nada pior do que uma noz velha e rançosa. Vamos, já estou com a boca cheia d'água por sua causa, você é capaz de transformar um homem honesto num canibal, gostaria de dar uma boa dentada em você, tirar um naco, um pequeno pedaço da ponta de seu pernil, você não iria nem notar, você tem carnes de sobra. Tem razão, diz o primeiro, olhe, ela tem a cintura fina, mas está ganhando umas gordurinhas mais abaixo, por conta da boa comida da prisão, ela é alimentada com creme, apalpe para ver, uma anca digna da mesa do próprio papa. E ele começou a me apalpar e apertar com a mão que estava escondida nas dobras do meu vestido.

Agradeceria se não tomassem liberdades, eu digo, afastando-me. Eu sou totalmente a favor de liberdades, diz o primeiro, sendo republicano de coração e não tendo nenhuma outra utilidade para a rainha da Inglaterra, salvo a que a natureza quis dar, e, embora ela tenha um belo par de peitos e eu lhe faria a lisonja de dar um bom apertão neles a qualquer momento que ela requisitasse, ela não tem absolutamente nenhum queixo, pior do que um pato, e o que eu digo é que nenhum homem é melhor do que o outro, a partilha é igual e nenhum tem a preferência e, quando você tiver dado para um de nós, ora, todos os outros deverão ter a sua vez como verdadeiros democratas, e por que aquele nanico do McDermott pôde desfrutar o que é negado aos seus superiores?

Sim, diz o outro, você lhe deu muitas liberdades, divertiram-se a valer, sem dúvida, com ele suando a noite toda na taverna em Lewiston, quase sem nenhuma pausa para descanso, pois dizem que ele era um excelente atleta, muito hábil também com o machado, e que podia subir por uma corda como um macaco. Você está certo, diz o primeiro, e finalmente o engraçadinho tentou subir até o céu, mas acabou dando um salto tão alto no ar que ficou parado lá por duas horas e não pôde descer por conta própria, por mais que o chamassem, e teve que ser baixado. E ele dançou bem animado enquanto estava lá pendurado, uma dança saltitante com a filha do cordoeiro, tão animado quanto um galo cujo pescoço acabaram de torcer, dava gosto só de olhar.

E ficou duro como uma tábua depois, me disseram, retruca o primeiro; mas é exatamente disso que as senhoras gostam. E então riram animadamente, como se fosse a melhor piada do mundo; mas era cruel da parte deles rir de um homem só porque estava morto, e também dava azar, pois os mortos não gostam de que riam deles, e eu tinha certeza de que eles tinham suas próprias maneiras de lidar com ofensa e cuidariam dos carcereiros no devido tempo, seja acima ou dentro do solo.

Passei a manhã consertando rendas da srta. Lydia, que ela rasgara em uma festa; ela costuma ser descuidada com suas roupas e deveriam lhe dizer que roupas tão finas como as suas não crescem em árvores. Era um trabalho delicado e cansativo para os olhos, mas finalmente consegui terminá-lo.

O dr. Jordan veio à tarde, como de costume, e parecia cansado e também com a mente perturbada. Não trouxe nenhum legume consigo, para me perguntar o que eu pensava dele, e fiquei um pouco decepcionada, pois me acostumara a essa parte da tarde e me divertia imaginando o que ele traria em seguida e o que iria querer que eu dissesse a respeito.

Então, eu disse, o senhor não trouxe nenhum item hoje.

E ele disse: Item, Grace?

Uma batata ou uma cenoura, eu disse. Ou cebola. Ou beterraba, acrescentei.

E ele disse: Sim, Grace, resolvi adotar um plano diferente.

E qual é, senhor?, eu disse.

Resolvi lhe perguntar o que *você* gostaria que eu trouxesse.

Bem, senhor, eu disse. Esse é um plano realmente diferente. Eu teria que pensar a respeito.

Então ele disse que eu ficasse à vontade para fazer isso; enquanto isso, será que eu tinha tido algum sonho? Como ele parecia desolado, como se estivesse perdido, e eu suspeitasse de que nem tudo estava indo bem com ele, não disse que não me lembrava. Em vez disso, eu disse que de fato tivera um sonho. E sobre o quê?, ele disse, animando-se consideravelmente e brincando com seu lápis. Eu lhe disse que tinha sonhado com flores e ele anotou rapidamente e perguntou que tipo de flores. Respondi que eram flores vermelhas e bem grandes, com folhas acetinadas como as peônias. Mas não disse que eram feitas de pano, nem disse quando as tinha visto pela última vez; nem disse que não se tratava de um sonho.

E onde elas cresciam?, ele perguntou.

Aqui, respondi.

Aqui, nesta sala?, ele disse, muito alerta.

Não, eu disse, lá fora no pátio, onde fazemos nossas caminhadas de exercício. E ele anotou isso também.

Ou suponho que tenha anotado. Não tenho certeza, pois nunca vejo o que ele escreve, e às vezes imagino que, seja lá o que esteja escrevendo, não pode ser nada que tenha saído de minha boca, já que ele não compreende grande parte do que digo, embora eu tente colocar as coisas da maneira mais clara possível. É como se ele fosse surdo e ainda não tivesse aprendido a ler lábios. Em outras ocasiões, no entanto, ele parece compreender perfeitamente bem, apesar de que, como muitos cavalheiros, sempre queira que algo signifique mais do que realmente significa.

Depois que ele terminou de escrever, eu disse: Já pensei no que gostaria que o senhor trouxesse da próxima vez.

E o que é, Grace?, ele disse.

Um rabanete, eu disse.

Um rabanete, ele repetiu. Um rabanete vermelho? E por que você escolheu um rabanete? Ele franziu a testa, como se fosse uma questão de grande importância.

Bem, eu disse, as outras coisas que o senhor trouxe não eram para comer, ou assim me pareceu porque a maioria precisaria ser cozida primeiro e o senhor as levou de volta, exceto a maçã que trouxe no primeiro dia, que era muito boa. Pensei que, se o senhor trouxesse um rabanete, ele poderia ser comido sem precisar de nenhum preparo e agora estão na época e é muito raro conseguir alguma coisa fresca na penitenciária e, mesmo quando como na cozinha desta casa, não recebo coisas da horta, que são reservadas para a família. Então seria uma iguaria e agradeceria muito a ele se trouxesse um pouco de sal também.

Ele deu uma espécie de suspiro e depois disse: Havia rabanetes na casa do sr. Kinnear?

Ah, sim, senhor, eu disse; mas, quando cheguei lá, a melhor época para eles já havia passado; os rabanetes são melhores no começo da estação, pois quando o tempo fica muito quente eles amolecem e ficam com bichos e são usados como semente.

Ele não anotou isso.

Quando ele se preparava para ir embora, disse: Obrigado por me contar seu sonho, Grace. Talvez possa me contar outro em breve. E eu disse: Talvez, senhor. Então, eu disse: Vou me esforçar para me lembrar deles, se isto o ajudar, senhor, com os seus problemas; eu estava com pena dele, que parecia até adoentado. E ele disse: O que a faz pensar que estou tendo problemas, Grace? E eu disse: Quem já esteve metido em problemas percebe quando isso acontece com os outros, senhor.

Ele disse que era um pensamento gentil da minha parte; depois, hesitou por um instante, como se fosse me contar mais, mas mudou de ideia e despediu-se com um aceno da cabeça. Ele sempre faz o mesmo cumprimento com a cabeça quando vai embora.

Eu não havia terminado minha cota de trabalho na colcha para o dia, já que ele não tinha ficado na sala comigo tanto tempo quanto costumava ficar; assim, permaneci sentada e continuei a costurar. Após um curto espaço de tempo, a srta. Lydia entrou.

O dr. Jordan já foi embora?, ela perguntou. Eu disse que sim. Ela usava um vestido novo que eu a ajudara a costurar, com fundo violeta e desenhos brancos de pequenos pássaros e flores, que lhe assentava muito bem, e com uma saia que mais parecia a metade de uma abóbora e achei que ela esperava uma plateia maior para tudo isso do que apenas eu.

Ela sentou-se na cadeira à minha frente, na qual o dr. Jordan estivera sentado, e começou a remexer na cesta de costura. Não consigo achar meu dedal, pensei que o tivesse colocado aqui, disse. Em seguida, exclamou: Oh, ele se esqueceu da tesoura, pensei que ele não devia deixá-la ao seu alcance.

Não nos importamos muito com isso, eu disse. Ele sabe que eu não o machucaria.

Ela permaneceu calada por algum tempo, com a cesta de costura no colo. Você sabia que tem um admirador, Grace?, ela disse.

Oh, quem será?, eu disse, pensando que deveria ser algum cavalariço ou outro rapaz do mesmo tipo, que ouvira minha história e a achara romântica.

Dr. Jerome DuPont, ela disse. Atualmente, ele está hospedado na casa da sra. Quennell. Ele diz que você viveu uma vida extraordinária e tem grande interesse por você.

Não conheço esse cavalheiro. Imagino que ele tenha lido os jornais e esteja visitando a cidade e me veja como mais uma atração, eu disse um pouco rispidamente, pois suspeitava de que ela estivesse zombando de mim. Ela gosta de brincadeiras e às vezes vai longe demais.

Ele é um homem de interesses sérios. Está estudando neuro-hipnotismo.

O que é isso?, perguntei.

Ah, é como mesmerismo, mas muito mais científico, ela disse, tem a ver com os nervos. Mas ele deve conhecê-la, ou ao menos já a viu, pois diz que ainda é muito bonita. Talvez tenha passado por você na rua, quando vem pra cá de manhã.

Pode ser, eu disse, pensando no espetáculo ridículo que eu devia ser, com um rufião pretensioso de cada lado.

Ele tem olhos tão escuros, ela disse, que penetram em você, como se ele pudesse ver a pessoa por dentro. Mas não sei se gosto dele. É claro que ele é mais velho. É como mamãe e o restante do pessoal, suponho que frequente as sessões espíritas de mesa e as palestras. Eu não acredito nisso, nem o dr. Jordan.

Ele disse isso?, perguntei. Então ele é um homem sensato. Não se deve mexer com isso.

Um homem sensato, isto é tão frio, ela disse e suspirou. Um homem sensato faz com que ele pareça um banqueiro. Então ela disse: Grace, ele conversa mais com você do que com todos nós juntos. Que tipo de homem ele é de verdade?

Um cavalheiro, eu disse.

Bem, isso eu sei, ela disse secamente. Mas como ele é?

Um americano, eu disse, que era outra coisa que ela também sabia. Então abrandei e disse: Ele parece ser um jovem bem decente.

Ah, eu não queria que ele fosse decente demais, ela disse. O reverendo Verringer é decente demais.

Particularmente eu concordava com ela, mas, como o reverendo Verringer está tentando obter o perdão para mim, eu disse: O reverendo Verringer é um homem religioso e eles têm que ser decentes.

Acho que o dr. Jordan é muito sarcástico, disse a srta. Lydia. Ele também é sarcástico com você, Grace?

Acho que não saberia dizer, caso ele fosse, senhorita, respondi.

Ela suspirou outra vez e disse: Ele vai fazer uma palestra num dos encontros de terça-feira da mamãe. Em geral, eu não compareço a essas reuniões porque são muito maçantes, embora mamãe diga que eu deveria me interessar mais por questões sérias que dizem respeito ao bem-estar da sociedade e o reverendo Verringer diz a mesma coisa; mas desta vez eu irei, pois tenho certeza de que será emocionante ouvir o dr. Jordan falar sobre manicômios. Embora eu preferisse que ele me convidasse para tomar chá em seus aposentos. Com mamãe, e Marianne, é claro, já que devo ter uma acompanhante.

É sempre aconselhável, eu disse, para uma moça.

Grace, às vezes você parece uma velha, ela disse. E eu, na verdade, já não sou mais uma garotinha, tenho dezenove anos. Imagino que isso não signifique nada para você, já fez todo tipo de coisas, mas eu nunca estive nos aposentos de um homem antes.

Só porque nunca fez uma coisa antes, senhorita, eu disse, não quer dizer que deva começar a fazer. Mas, se sua mãe a acompanhar, tenho certeza de que será bastante respeitável.

Ela levantou-se e deslizou a mão por cima da mesa de costura. Sim, ela disse. Seria bem respeitável. Pareceu desencorajada por esse pensamento. Em seguida, disse: Pode me ajudar com meu vestido novo? Para o círculo de terça-feira; eu gostaria de causar uma boa impressão.

Eu disse que teria prazer em ajudá-la e ela disse que eu era um tesouro e que esperava que jamais me deixassem sair da prisão, pois gostaria que eu estivesse sempre ali, para ajudá-la com os vestidos. O que, imagino, era uma espécie de elogio.

Mas não gostei do olhar vago em seu rosto nem do tom trêmulo de sua voz e pensei: Haverá problemas à frente; como sempre acontece quando um ama e o outro, não.

28

No dia seguinte, o dr. Jordan me traz o rabanete prometido. Está lavado, com as folhas cortadas e muito fresco e crocante, não borrachudo do jeito como ficam quando estão passados. Ele esqueceu o sal, mas não menciono isto, já que a cavalo dado não se devem olhar os dentes. Como o rabanete rapidamente – aprendi na prisão o hábito de engolir rápido minha comida, antes que seja arrancada de você – e me delicio com seu gosto picante, parecido com o cheiro apimentado da capuchinha. Pergunto onde ele o conseguiu; ele responde que foi no mercado, mas que tem a intenção de fazer uma pequena horta na casa onde está morando, pois há espaço para isso, e ele já começou a cavar. Isso é algo que eu invejo.

Então, eu digo: Eu lhe agradeço do fundo do coração, senhor, esse rabanete foi um néctar dos deuses. Ele parece surpreso por me ouvir usar essa expressão, mas isso é porque ele não lembra que eu li a poesia de Sir Walter Scott.

Por ele ter sido tão atencioso me trazendo esse rabanete, preparo-me de boa vontade para lhe contar minha história e torná-la tão interessante quanto puder, rica em incidentes, como uma espécie de retribuição a ele; pois eu sempre acreditei que um ato de generosidade merece outro em troca.

Na última vez, senhor, creio que parei na parte em que o sr. Kinnear tinha viajado a Toronto, então Jamie Walsh foi tocar sua flauta para nós e houve um lindo pôr do sol e depois fui dormir com Nancy, pois ela temia a presença de ladrões quando não havia um homem na casa. Ela não contava com McDermott, já que ele não dormia na casa propriamente dita, ou talvez ela não contasse com ele como homem, ou talvez achasse que ele provavelmente ficaria do lado dos assaltantes e não contra eles. Ela não disse.

Assim, lá estávamos nós, subindo as escadas com nossas velas. O quarto de Nancy, como eu disse, ficava nos fundos da casa e era muito maior e melhor do que o meu, embora ela não tivesse um quarto de vestir separado, como o sr. Kinnear. Mas sua cama era espaçosa e confortável, forrada com um bonito acolchoado, uma colcha de retalhos de verão em tons claros de rosa e azul, com fundo branco; era uma Escada Quebrada. Ela possuía um guarda-roupa, com seus vestidos, e fiquei imaginando como ela podia ter economizado tanto dinheiro para comprar tudo aquilo; mas ela disse que o sr. Kinnear era um patrão generoso quando lhe dava na veneta. Também tinha uma penteadeira com uma toalha bordada em cima, rosas e lírios com seus botões e uma caixa de sândalo com seus brincos e um broche e também seus potes de cremes e poções eram guardados ali; pois antes de ir para a cama ela engraxava a pele do rosto como se lustra uma bota. Ela também possuía um vidro de água de rosas e me deixou experimentar um pouco – tinha um perfume delicioso; pois nessa noite ela estava extremamente sociável; tinha também um pote de creme para os cabelos, com um pouco do qual os massageou, dizendo que lhes dava brilho, e me pediu para escová-los, como se fosse a camareira de uma senhora, o que fiz com prazer. Seus cabelos eram longos e bonitos, castanho-escuros e anelados. Ah, Grace, que sensação deliciosa, você tem uma boa mão; eu me senti lisonjeada. Mas me lembrei de Mary Whitney e de como ela costumava escovar meus cabelos, pois, na verdade, eu nunca passava muito tempo sem pensar nela.

Uma vez deitadas na cama, lá estávamos nós aconchegadas como duas ervilhas na vagem, ela disse, muito amigavelmente. Mas, quando apagou a vela, ela suspirou, e não era o suspiro de uma mulher feliz, mas o de alguém que está tentando fazer o melhor que pode.

O sr. Kinnear voltou na manhã de sábado. Ele queria ter voltado na sexta-feira, mas fora retido por negócios em Toronto, ou pelo menos foi o que ele disse, e tinha parado, no caminho de volta, numa estalagem que não ficava muito longe do primeiro posto de pedágio e Nancy não gostou nada de saber disto, já que o lugar tinha má reputação e dizia-se que tolerava mulheres fáceis, ou assim ela me contou na cozinha.

Retruquei que um cavalheiro pode pernoitar em lugares assim sem nenhum risco para sua reputação, tentando acalmá-la. Ela estava muito agitada porque o sr. Kinnear encontrara dois conhecidos seus no caminho de casa, o coronel Bridgeford e o capitão Boyd, e os convidara para jantar; era dia do açougueiro Jefferson vir, mas ainda não tinha aparecido e, assim, não havia carne fresca na casa.

Oh, Grace, Nancy disse, vamos ter que matar um frango; por favor, vá lá fora e peça a McDermott para fazer isso. Eu disse que sem dúvida iríamos precisar de dois frangos, já que seriam seis para jantar, com as senhoras; mas ela ficou aborrecida e disse que não iria haver nenhuma senhora, uma vez que as esposas desses senhores jamais se rebaixavam a passar pela soleira da porta e ela também não iria jantar com eles na sala de jantar, pois tudo o que iriam fazer era beber e fumar e contar histórias sobre suas façanhas na Rebelião; iriam ficar até muito tarde, jogar cartas e isto não era bom para a saúde do sr. Kinnear, ele iria pegar uma tosse, como sempre acontecia quando esses homens vinham visitá-lo. Ela lhe creditava uma constituição fraca quando lhe convinha.

Quando saí para procurar James McDermott, não consegui encontrá-lo em lugar nenhum. Chamei-o e cheguei até a subir as escadas que levavam ao palheiro em cima do estábulo, onde ele dormia. Ele não estava lá; mas não fora embora, pois seus pertences, embora poucos, ainda estavam no sótão e acho que ele jamais iria embora sem receber o pagamento que lhe deviam. Quando eu descia os degraus, lá estava Jamie Walsh e ele me olhou com curiosidade, achando, eu creio, que eu estivera visitando McDermott; mas, quando lhe perguntei onde McDermott poderia estar, pois estava sendo requisitado na casa, Jamie Walsh sorriu para mim outra vez, de modo simpático, e disse que não sabia, mas que ele deveria estar no outro lado da estrada, na casa de Harvey, que era um sujeito grosseiro que morava numa casa de madeira, que mais parecia um barracão, com uma mulher que não era sua esposa – eu a conhecia de vista, seu nome era Hannah Upton e tinha uma aparência rude, que, de um modo geral, fazia com que as pessoas a evitassem. Mas Harvey era conhecido de McDermott – não diria que eram amigos – e os dois costumavam beber juntos e Jamie então perguntou se havia alguma coisa que ele pudesse fazer.

Voltei à cozinha e disse que McDermott não pôde ser encontrado e Nancy disse que já estava farta de seus modos preguiçosos, ele estava sempre fora quando se precisava dele, deixando-a na mão, e que eu mesma teria que matar o frango. Eu disse: Ah, não, eu não poderia, nunca fiz isso antes e não sei como fazer; pois eu tinha aversão a derramamento de sangue de qualquer criatura viva, apesar de saber depenar muito bem um frango depois de morto, e ela me disse para não ser uma tola, era bastante fácil, era só pegar o machado e esmagar a cabeça da ave, e depois decepar o pescoço com um golpe forte.

Mas eu não podia suportar a ideia e comecei a chorar; e lamento dizer – pois não se deve falar mal dos mortos – que ela me deu uma sacudidela e um tapa e empurrou-me pela porta da cozinha para o quintal, dizendo-me para não voltar sem a ave morta, e depressa, pois não teríamos muito tempo para preparar o jantar e o sr. Kinnear gostava de suas refeições na hora certa.

Entrei no galinheiro e peguei um frango gordo, branco, que esganiçava o tempo inteiro, e o segurei com firmeza embaixo do braço, dirigindo-me à pilha de toras e ao bloco de cortar lenha, limpando minhas lágrimas com o avental, pois eu não via como iria conseguir fazer tal coisa. Mas Jamie Walsh me seguiu e perguntou gentilmente qual era o problema; eu perguntei-lhe se poderia por favor matar o frango para mim, e ele disse que não havia nada mais fácil e ele teria prazer em fazer isso por mim, já que eu era tão sensível e de coração mole. Assim, ele pegou a ave de mim e, de uma maneira muito limpa e precisa, cortou sua cabeça fora; por um momento, o frango correu de um lado para outro, só com o pescoço, e em seguida caiu no chão, debatendo-se. E eu achei a cena muito patética. Em seguida, nós o depenamos juntos, sentados lado a lado num trilho da cerca e fazendo as penas voarem; depois, eu lhe agradeci sinceramente por sua ajuda e disse que eu não tinha nada para lhe dar em troca, mas me lembraria disso no futuro. Ele sorriu desajeitadamente e disse que me ajudaria com todo o prazer sempre que eu precisasse.

Nancy saíra da casa quando estávamos terminando e estava parada na porta da cozinha com a mão protegendo os olhos, esperando impacientemente que o frango ficasse pronto para cozinhar; assim, limpei-o o mais rápido que pude, prendendo a respiração por causa do cheiro e guardando os miúdos caso fossem necessários para o molho, lavei a ave embaixo da bica da bomba e levei-a para dentro. E, lá na cozinha, enquanto recheávamos a ave, ela disse: Bem, vejo que você fez uma conquista, e eu perguntei o que ela queria dizer com isto e ela disse: Jamie

Walsh, ele está com um caso grave de primeira paixão, está estampado no rosto dele, ele costumava ser meu admirador, mas agora vejo que é seu. Eu percebi que ela estava tentando ficar em bons termos comigo outra vez, depois de ter se descontrolado; então eu ri e disse que ele não era um bom partido para mim, pois era apenas um garoto, com cabelos ruivos como uma cenoura e sardento como um ovo, apesar de ser alto para a idade. E ela disse: Bem, uma minhoca sempre aparece, o que achei misterioso; mas não perguntei o que ela queria dizer, com receio de que me achasse ignorante.

Para assar o frango, tivemos que acender o forno bem alto na cozinha de verão; assim, fizemos o restante do serviço na cozinha de inverno. Para servir com o frango, preparamos uma travessa de cenouras e cebolas com creme e, para a sobremesa, havia morangos, com nosso próprio creme e nosso próprio queijo depois. O sr. Kinnear guardava os vinhos no porão, alguns em barris e outros em garrafas, e Nancy me mandou lá embaixo para buscar cinco garrafas. Ela nunca gostou de descer ao porão; costumava dizer que havia muitas aranhas.

No meio de todos os nossos preparativos, James McDermott chegou com a maior tranquilidade do mundo e, quando Nancy perguntou aonde ele tinha ido, com um tom de voz bem ríspido, ele disse que, uma vez que terminara as tarefas da manhã antes de sair, isso não era da conta dela e, já que ela queria saber, fora fazer um serviço especial que o sr. Kinnear lhe solicitara antes de viajar para Toronto. Nancy disse que iria verificar isso e que ele não tinha o direito de ir e vir e de desaparecer da face da terra, exatamente quando mais precisavam dele, e ele disse que não podia adivinhar, que não sabia ler o futuro, e ela disse que, se ele soubesse, veria que não iria ficar muito mais tempo naquela casa. Mas, como estava ocupada no momento, falaria com ele mais tarde e no momento ele devia ir cuidar do cavalo do sr. Kinnear, que precisava ser escovado depois da longa cavalgada, se ele não considerasse o serviço muito aquém de Sua Alteza Real. E ele saiu, carrancudo, para os estábulos.

O coronel Bridgeford e o capitão Boyd chegaram conforme combinado e se comportaram como Nancy dissera que fariam; ouviam-se vozes altas da sala de jantar e muitas risadas e Nancy me fez servir a mesa. Ela não quis fazer isso ela mesma e preferiu ficar sentada na cozinha, tomando um copo de vinho, e serviu um para mim também e eu achei que ela estava ressentida com esses cavalheiros. Ela disse que achava que o capitão Boyd não era um capitão de verdade, pois alguns homens haviam agarrado esses títulos só por terem montado um cavalo na época da Rebelião e eu perguntei quanto ao sr. Kinnear, já que algumas pessoas na vizinhança também o chamavam de capitão, e ela respondeu que não sabia nada sobre isso, já que ele nunca se intitulava assim e seu cartão de visita dizia simplesmente sr.; no entanto, se ele tivesse sido um capitão, certamente teria sido do lado do governo. E isso era outra coisa da qual ela parecia se ressentir.

Ela se serviu de um segundo copo de vinho e disse que o sr. Kinnear às vezes caçoava dela por causa de seu nome, chamando-a de orgulhosa Rebelde, porque seu sobrenome era Montgomery, o mesmo de John Montgomery, que fora o proprietário da taverna onde os rebeldes se reuniam e da qual agora só restavam ruínas, e que ele se gabara de que, quando seus inimigos estivessem ardendo no inferno, ele novamente teria uma taverna na estrada Yonge; o que mais tarde acabou se tornando verdade, senhor, ao menos no que se refere à taverna; mas, nessa época, ele ainda estava nos Estados Unidos, tendo escapado audaciosamente da Penitenciária de Kingston. Portanto, isso é algo possível de ser feito.

Nancy se serviu de um terceiro copo de vinho e disse que estava ficando muito gorda e o que iria fazer, e enfiou a cabeça entre os braços; mas era a hora de servir o café, de modo que não pude lhe perguntar por que ficara tão melancólica repentinamente. Na sala de jantar, eles estavam muito alegres, depois de terem consumido todas as cinco garrafas de vinho e pedido mais, e o capitão Boyd perguntou onde o sr. Kinnear havia me descoberto e se havia mais na árvore de onde eu vinha e, se houvesse, se já estavam maduras, e o coronel Bridgeford perguntou o que Tom Kinnear tinha feito com Nancy, se ela estava trancada em um armário de louça em algum lugar com o restante de seu harém turco, e o capitão Boyd disse que eu devia ter cuidado com os meus belos olhos azuis ou Nancy poderia arrancá-los, caso o velho Tom sequer piscasse para mim de viés. Tudo não passava de brincadeira, mas ainda assim eu esperava que Nancy não tivesse ouvido.

No domingo de manhã, Nancy disse que eu deveria ir à igreja com ela. Eu disse que não tinha um vestido suficientemente bom, embora fosse uma desculpa – eu na verdade não queria ir, no meio de estranhos, onde certamente não tirariam os olhos de mim. Mas ela disse que me emprestaria um dos seus vestidos, o que fez, embora tomando cuidado para que não fosse um dos melhores, nem tão elegante quanto o que ela mesma vestiu. E também me emprestou uma touca e disse que eu estava apropriadamente vestida; ela também me deixou usar um par de suas luvas, que no entanto não se ajustaram muito bem, pois Nancy tinha mãos grandes. Além disso, cada uma usou um xale leve de seda estampada.

O sr. Kinnear estava se curando de uma dor de cabeça e disse que não iria – ele não era um homem de ir muito à igreja, de qualquer modo –, mas disse que McDermott podia nos levar de charrete e ir nos buscar mais tarde, estando subentendido que ele não assistiria ao culto, já que era católico e a igreja era presbiteriana. Era a única igreja construída ali até então e muitos que não pertenciam a essa igreja a frequentavam, pois isto era melhor do que nada, e também era ali que ficava o único cemitério da cidade, de modo que ela detinha o monopólio dos mortos assim como dos vivos.

Sentamo-nos na charrete com toda a nossa elegância, o dia estava claro e límpido, os pássaros cantavam e eu me sentia em paz com o mundo, como nunca me sentira antes, o que combinava com o dia. Quando entramos na igreja, Nancy passou o braço pelo meu, por amizade, eu acreditei. Algumas cabeças se viraram, mas eu achei que fosse porque eu era uma novidade para eles. Havia todo tipo de pessoas ali, os fazendeiros mais pobres e suas esposas, criados, comerciantes da cidade, assim como aqueles que, por suas vestimentas e por sua localização nos bancos da frente, se julgavam nobres, ou quase isto. Sentamo-nos num banco de trás, que era o que devia ser feito.

O pastor parecia uma garça, com um nariz pontudo como um bico, um pescoço magro e comprido e um tufo de cabelos espetado no topo da cabeça. O tema do sermão foi a Graça Divina e como só por ela podíamos nos salvar e não por nenhum esforço próprio ou nenhuma boa ação que pudéssemos fazer. Mas isso não significava que deveríamos parar de fazer esforços ou praticar boas ações; mas não podíamos contar com eles ou ter certeza de que estávamos salvos simplesmente porque éramos respeitados por nossos esforços e boas ações; porque a Graça Divina era um mistério e os aptos a recebê-la eram conhecidos apenas por Deus e, embora as Escrituras dissessem que pelos frutos se conhecem as árvores, os frutos significam frutos espirituais e invisíveis a todos, exceto a Deus, e, apesar de devermos e precisarmos orar pela Graça Divina, não devíamos ser tão vaidosos a ponto de acreditar que nossas preces pudessem ter algum efeito, porque o homem põe e Deus dispõe e não cabia às nossas pequenas almas mortais e pecadoras determinar o curso dos acontecimentos. Os primeiros serão os últimos e os últimos serão os primeiros e alguns que andaram se aquecendo em fogos mundanos por muitos anos logo se veriam assando em algo muito mais quente, para sua grande indignação e surpresa, e havia muitos sepulcros aparentemente inocentes vagando em nosso meio, corretos por fora, mas cheios de podridão e corrupção por dentro, e devíamos ter cuidado com a mulher sentada na soleira de sua casa, como nos adverte Provérbios 9, ou com outras semelhantes que possam nos tentar dizendo que águas roubadas são mais límpidas e que o pão comido em segredo é mais saboroso; porque, como dizem as Escrituras, os mortos estão lá e seus convidados estão nas profundezas do inferno, e acima de tudo devíamos nos guardar contra a complacência, como as Virgens Néscias, e não devíamos deixar que nossas lâmpadas se apagassem; porque nenhum ser humano sabia o dia e a hora e devíamos esperar trêmulos e aterrorizados.

Ele seguiu desse modo por algum tempo e eu me vi examinando as toucas das senhoras presentes, tanto quanto eu podia vê-las lá de trás, e as flores de seus xales e disse a mim mesma que, se não era possível alcançar a Graça Divina por meio de orações ou de nenhuma outra forma, ou mesmo saber se você a tinha ou não, então era melhor esquecer inteiramente esse assunto e ir cuidar de sua vida, porque você ser salvo ou amaldiçoado não estava em seu poder. Não adianta chorar sobre o leite derramado se você não sabe se o leite derramou ou não e, se somente Deus sabia, então somente Deus devia limpar a sujeira se fosse necessário. Mas pensar sobre essas questões me deixa sonolenta e o pastor tinha uma voz arrastada; eu estava prestes a cochilar, quando de repente estávamos todos de pé cantando *Viva comigo*, pelo que eu me lembro; o que não foi muito bem cantado pela congregação, mas ao menos era música, o que é sempre um consolo.

Nancy e eu não fomos calorosamente cumprimentadas por ninguém quando saímos, mas ao contrário, fomos evitadas; apesar de alguns dos mais pobres terem nos cumprimentado com um aceno da cabeça e havia cochichos quando passávamos; o que achei estranho, pois, embora eu fosse uma desconhecida, Nancy deveria ser familiar a eles e, embora as pessoas de boa família e aquelas que assim se imaginavam não precisassem notar sua presença, ela não merecia tal tratamento dos fazendeiros e suas esposas e dos demais que também trabalhavam como serviçais.

Nancy manteve a cabeça erguida, sem olhar nem para a direita, nem para a esquerda; eu pensei: Essas pessoas são frias e orgulhosas e não são bons vizinhos. São hipócritas, pensam que a igreja é uma jaula para manter Deus aprisionado, de modo que Ele fique trancafiado lá e não saia perambulando pela terra durante a semana, metendo o nariz em suas vidas e observando as profundezas, a escuridão e a duplicidade de seus corações e sua falta de verdadeira caridade, e acreditam que só precisem se importar com Ele aos domingos, quando colocam suas melhores roupas e limpam seus rostos, lavam bem as mãos e calçam as luvas, com suas histórias já preparadas. Mas Deus está em toda parte e não pode ser engaiolado, como os homens.

Nancy agradeceu-me por ir à igreja com ela e disse que ficara contente com a companhia. Mas ela quis que eu devolvesse o vestido e a touca naquele mesmo dia, pois receava que se sujassem.

Mais tarde naquela mesma semana, McDermott entrou na cozinha para o almoço com uma expressão taciturna e sombria. Nancy lhe dera o aviso prévio e ele deveria ir embora no fim do mês. Ele disse que estava contente, pois não gostava de receber ordens de uma mulher, e que isto nunca acontecera, nem no exército, nem nos barcos; mas, quando ele se queixou disso, o sr. Kinnear disse apenas que Nancy era a senhora da casa e era paga para administrar as coisas e McDermott devia aceitar as ordens dela como se fossem suas, já que o sr. Kinnear não queria se importunar com detalhes insignificantes. Isso já era ruim, mas foi muito pior considerando-se o tipo de mulher que Nancy era. E ele não queria mais ficar ali com aquela dupla de putos.

Fiquei chocada com aquilo e pensei que era apenas o jeito de McDermott, seu modo de falar, de exagerar e de mentir, e perguntei-lhe, indignada, o que queria dizer com aquilo. E ele perguntou se eu não sabia que Nancy e o sr. Kinnear dormiam juntos, com a maior desfaçatez, e viviam secretamente como marido e mulher, embora não fossem mais casados do que ele próprio, e que isto não era nenhum segredo, pois o fato era conhecido de toda a vizinhança. Fiquei muito surpresa e revelei isso e McDermott disse que eu era uma idiota e que, apesar de eu viver dizendo a sra. Parkinson isso e a sra. Parkinson aquilo e dos meus modos de cidade, eu não era tão sabida como acreditava e mal conseguia ver um palmo adiante do nariz, e quanto a Nancy ser uma puta, qualquer um, salvo uma simplória como eu, teria descoberto imediatamente, já que era de conhecimento geral que Nancy tivera um filho quando trabalhava na casa dos Wright, de um jovem vagabundo que fugiu e a abandonou, só que o bebê morreu. Mas o sr. Kinnear a contratou e trouxe para sua casa mesmo assim, o que nenhum homem respeitável teria feito, e ficou claro desde o começo o que ele tinha em mente, pois não adianta botar fechadura depois da casa arrombada, e uma mulher, uma vez deitada de costas, era como uma tartaruga no mesmo apuro, não consegue desvirar e ficar direita outra vez, e era caça livre para qualquer um.

Embora eu ainda protestasse, percebi que dessa vez ele dizia a verdade e vi num lampejo o significado dos rostos virados na igreja, dos cochichos e muitas outras pequeninas coisas às quais eu não prestara muita atenção, bem como os vestidos finos e os brincos de ouro, que eram o salário do pecado, pode-se dizer, e até mesmo a advertência de Sally, a cozinheira da sra. Watson, que ela me fez antes mesmo de eu aceitar o emprego. Depois disso, mantive meus olhos e ouvidos bem abertos e andava pela casa como uma espiã, e tive certeza de que a cama de Nancy nunca era usada quando o sr. Kinnear estava em casa. Fiquei com vergonha de mim mesma por me deixar ser enganada e manipulada dessa maneira e por ser tão cega e tola.

29

Sinto dizer que, depois disso, perdi muito do respeito que tinha por Nancy, por ser mais velha e dona da casa; deixei transparecer meu desprezo e retrucava mais do que seria prudente; houve discussões entre nós em que chegamos a vozes altercadas e, da parte dela, a um ou dois tapas; Nancy tinha um temperamento irritável e a mão pesada. Mas até ali eu me lembrava do meu lugar e não revidava e, se eu tivesse ficado calada, meus ouvidos teriam ouvido menos. Portanto, assumo parte da culpa.

O sr. Kinnear parecia não notar a discórdia. Ele até se tornou ainda mais gentil comigo do que antes, parava ao meu lado quando eu estava fazendo minhas tarefas e perguntava como eu estava passando e eu sempre dizia: Muito bem, senhor, porque não há nada de que um cavalheiro como ele iria querer se ver livre mais depressa do que de uma criada insatisfeita – você é paga para sorrir e é bom não se esquecer disto. E ele, então, dizia que eu era uma boa moça e muito trabalhadeira. Certa vez, quando eu subia as escadas carregando um balde de água, para o banho do sr. Kinnear, que ele pedira para ser preparado em seu quarto de vestir, ele perguntou-me por que McDermott não estava fazendo aquilo, pois era muito pesado para mim. Eu disse que era trabalho meu e ele quis pegar o balde de minhas mãos e carregá-lo ele mesmo e colocou sua mão sobre a minha na alça do balde. Oh, não, senhor, eu disse, não posso permitir; ele riu e disse que era ele quem decidia o que era permitido e o que não era, porque era ele o dono da casa, não era? Com o que tive que concordar. E enquanto estávamos ali parados, bem juntos um do outro no meio da escada, com a mão dele sobre a minha, Nancy entrou no vestíbulo embaixo e nos viu, o que não contribuiu em nada para melhorar sua disposição em relação a mim.

Eu sempre pensei que tudo teria sido melhor se houvesse uma escada separada para os criados nos fundos da casa, como é de costume, mas não havia. E isto significava que éramos todos obrigados a viver juntos, esbarrando uns nos outros, o que não era nada aconselhável, já que quase não se podia tossir nem rir naquela casa sem ser ouvido, especialmente do vestíbulo.

Quanto a McDermott, foi ficando cada vez mais taciturno e vingativo a cada dia, disse que Nancy planejava despedi-lo antes do fim do mês e não pagar seu salário, mas que ele não admitiria isto; se ela o tratava assim, logo estaria me tratando do mesmo modo e que devíamos nos unir e exigir nossos direitos. E, quando o sr. Kinnear estava fora e Nancy visitava seus amigos, os Wright – pois eles eram dos poucos vizinhos que ainda eram amáveis com ela –, ele se servia com mais frequência do uísque do sr. Kinnear, que era comprado em pequenos barris e, portanto, havia em abundância e ninguém iria notar se faltasse um pouco. Nessas ocasiões, ele dizia que detestava todos os ingleses e, apesar de Kinnear ser um escocês das Terras Baixas, era a mesma coisa, eram todos ladrões e canalhas, roubavam terras e esmagavam os pobres aonde quer que fossem e tanto o sr. Kinnear quanto Nancy mereciam ser golpeados na cabeça e atirados no porão e que ele era o homem certo para o serviço.

Mas eu achava que aquilo era apenas um modo de falar, pois ele sempre gostara de se gabar e falar das coisas importantes que iria fazer; meu próprio pai, quando estava bêbado, frequentemente ameaçava minha mãe da mesma maneira, mas de fato nunca fizera nada. O melhor nessas horas era apenas balançar a cabeça, concordar com ele e não dar mais atenção ao caso.

O dr. Jordan ergue os olhos de suas anotações. Então você não acreditou nele no começo?, pergunta.

De modo algum, senhor, eu digo. Nem o senhor acreditaria, se tivesse escutado. Eu achei que tudo não passava de ameaças inconsequentes.

Antes de ser enforcado, McDermott disse que foi você quem o instigou, diz o dr. Jordan. Ele alegou que você pretendia assassinar Nancy e o sr. Kinnear envenenando o mingau deles e que você insistiu inúmeras vezes que a ajudasse, o que ele muito piedosamente se recusou a fazer.

Quem lhe contou essa mentira?, eu digo.

Está escrito na Confissão de McDermott, diz o dr. Jordan; que eu conhecia muito bem, tendo eu mesma lido esse documento no álbum de recortes da mulher do governador do presídio.

Só porque alguma coisa foi escrita, senhor, não significa que seja a palavra de Deus, eu digo.

Ele dá sua risadinha, Rá, e me diz que estou absolutamente correta quanto a isso. Mesmo assim, Grace, o que você me diz sobre isso?

Bem, senhor, acho que é uma das coisas mais tolas que eu já ouvi.

Por quê, Grace?, ele diz.

Permito-me um sorriso. Se eu quisesse colocar veneno numa tigela de mingau, senhor, por que teria precisado de qualquer ajuda de alguém como ele? Eu poderia ter feito tudo sozinha e, de quebra, ter colocado um pouco na tigela dele também. Seria o mesmo esforço de adicionar uma colher de açúcar.

Você é muito racional a respeito disso, Grace, diz o dr. Jordan. Por que acha que ele falou isso de você, se era falso?

Acredito que ele quis jogar a culpa em mim, eu digo devagar. Ele, na verdade, nunca gostou de ser recriminado. E talvez quisesse que eu lhe fizesse companhia na viagem. O caminho para a morte é uma estrada solitária e mais longa do que parece, mesmo quando leva diretamente para o cadafalso, na ponta de uma corda, e é uma estrada escura, onde nem a lua jamais brilha para iluminar seu caminho.

Você parece saber muito sobre isso, Grace, para alguém que nunca esteve lá, ele diz, com seu sorriso enviesado.

Eu não estive lá, eu digo, exceto em sonhos; mas contemplei esse caminho durante muitas noites. Eu também fui condenada à forca e pensei que seria mesmo executada; foi só por sorte e pela habilidade do sr. MacKenzie, que invocou minha extrema juventude, que eu fui poupada. Quando se acredita que logo se vai pela mesma estrada, é preciso começar a se preparar para isso.

É verdade, ele diz, pensativamente.

Também não culpo o pobre James McDermott, eu digo. Não por esse desejo. Eu nunca culparia um ser humano por se sentir solitário.

Na quarta-feira seguinte, era meu aniversário. Como as coisas haviam esfriado entre mim e Nancy, eu não esperava que ela se lembrasse disso, embora soubesse muito bem a data do meu aniversário, já que eu lhe dissera a minha idade quando fui contratada e quando eu faria dezesseis anos; mas, para minha surpresa, quando entrou na cozinha naquela manhã, mostrou-se muito amigável e me desejou um feliz aniversário, foi até a frente da casa e colheu um pequeno buquê de rosas, das treliças de lá, e colocou-as em um vaso para que eu levasse para o meu quarto. E eu fiquei tão grata pela gentileza, bastante rara a essa altura, com todas as nossas discussões, que quase chorei.

Então, ela disse que eu poderia tirar a tarde de folga, já que era meu aniversário. E eu lhe agradeci muito. Mas disse que não saberia o que fazer, já que não tinha amigos na vizinhança para visitar e não havia lojas de verdade, nada para ver; talvez eu devesse simplesmente ficar em casa e costurar ou limpar a prataria, como planejara fazer. Ela disse que eu poderia passear até o vilarejo, se quisesse, ou sair para uma agradável caminhada pelo campo e que ela me emprestaria seu chapéu de palha.

Mais tarde, porém, fiquei sabendo que o sr. Kinnear pretendia ficar em casa a tarde inteira; desconfiei que Nancy queria me tirar do caminho para poder ficar a sós com ele, sem ter que se preocupar se eu entraria repentinamente no aposento ou subiria as escadas, ou se o sr. Kinnear iria até a cozinha onde eu estava e ficaria por lá, perguntando isso ou aquilo, como tendia a fazer ultimamente.

Depois, entretanto, de ter levado o almoço para o sr. Kinnear e Nancy, que era rosbife frio e salada, já que o tempo estava quente, e de ter eu mesma almoçado com McDermott na cozinha de inverno e ter lavado a louça e lavado meu rosto e minhas mãos, tirei o avental e o pendurei, coloquei o chapéu de Nancy e meu lenço azul e branco para proteger o pescoço do sol e McDermott, que ainda estava sentado à mesa, perguntou aonde eu ia. Eu disse que era meu aniversário e que Nancy me dera permissão para sair para um passeio. Ele disse que me acompanharia, já que havia muitos vagabundos e rufiões nas estradas dos quais eu precisava de proteção. Estava na ponta da minha língua dizer que a única pessoa assim que eu conhecia estava sentada bem ali na cozinha comigo, mas, como McDermott havia feito um esforço para ser educado, mordi a língua e lhe agradeci por sua atenção e disse que não era necessário.

Ele disse que iria comigo mesmo assim, pois eu era muito nova e estouvada e não sabia o que era melhor para mim, e eu disse que não era aniversário dele, que ele ainda tinha suas tarefas para fazer, e ele disse que os aniversários que se danassem, que ele pouco se importava com aniversários e não via nisso motivo para celebração e que nem era agradecido à sua mãe por tê-lo posto no mundo e, mesmo que fosse seu aniversário, Nancy jamais lhe daria uma folga por causa disso. Eu disse que ele não devia ficar com inveja de mim, pois eu não pedira nada, nem queria nenhum favor especial. E saí da cozinha assim que pude.

Eu não tinha a menor ideia de onde poderia ir. Não queria andar até a rua principal da vila, onde não conhecia ninguém, e percebi de chofre quanto eu era solitária, não tinha amigos ali, exceto Nancy, se é que ela podia ser considerada uma amiga, sendo tão inconstante, amiga num dia e no dia seguinte contra mim, e talvez Jamie Walsh, mas ele não passava de um menino. Havia Charley, mas esse era um cavalo e, apesar de ser um bom ouvinte e um consolo, de pouca valia quando eu precisava de um conselho.

Eu não sabia por onde andava minha família, o que era o mesmo que não ter nenhuma; não que eu quisesse ver meu pai novamente, mas ficaria contente de ter notícias das crianças. Havia também tia Pauline e eu poderia ter lhe escrito uma carta, se pudesse pagar a postagem, pois isso foi antes das reformas e enviar uma carta ao outro lado do oceano era muito caro. Se você olhasse a situação em plena luz do dia, eu estava de fato sozinha no mundo, sem nenhuma perspectiva à minha frente, exceto o trabalho penoso que vinha fazendo; apesar de sempre poder encontrar outra colocação, continuaria a ser o mesmo tipo de trabalho, de manhã à noite, sempre com uma dona de casa me dando ordens.

Assim pensando, desci o caminho da casa, mantendo um passo bastante rápido tendo em vista que McDermott poderia estar me observando e, de fato, quando me voltei uma vez, lá estava ele, encostado na porta da cozinha. Se eu me demorasse, ele poderia tomar isto como um convite para se juntar a mim. Mas, quando alcancei o pomar, achei que já estava fora de vista e diminuí o passo. Em geral, eu mantenho meus sentimentos sob um rígido controle, mas há algo de deprimente para o espírito nos aniversários, especialmente quando estamos sozinhos; entrei no pomar e me sentei encostada em um dos troncos grandes e antigos, remanescentes da floresta que fora derrubada. Os pássaros cantarolavam à minha volta, mas eu refleti que até os pássaros eram estranhos para mim, pois eu nem sequer sabia seus nomes, e isto me pareceu o mais triste de tudo, e as lágrimas começaram a rolar pelo meu rosto; eu não as enxuguei, mas deixei-me levar pelo choro por vários minutos.

Então eu disse a mim mesma: O que não tem remédio, remediado está, e olhei ao redor, observei as margaridas brancas e outras flores silvestres, os glóbulos roxos das flores da serralha, que tinham um perfume tão adocicado e estavam cobertas de borboletas cor de laranja; depois ergui os olhos para os galhos da macieira acima de mim, nos quais as pequenas maçãs verdes já se formavam, e os pedaços de céu azul visíveis além deles e tentei me animar, refletindo que somente um Deus benevolente, que só tinha o nosso bem em Seu coração, teria criado tanta beleza e que os fardos que eu sentia sobre meus ombros certamente eram provas, para testar minha força e minha fé, como aconteceu com os primeiros cristãos, com Jó e os mártires. Mas, como já disse, pensar em Deus sempre me deixa sonolenta e logo adormeci.

É estranho, mas, por mais profundamente que eu esteja adormecida, sempre consigo sentir quando alguém se aproxima ou me observa. É como se houvesse uma parte de mim que nunca dorme, mas mantém um dos olhos ligeiramente aberto; quando eu era mais nova, costumava pensar que se tratava do meu anjo da guarda. Mas talvez isso venha da época em que dormir além da hora de levantar e me atrasar no serviço de casa era motivo para meu pai gritar palavras duras e de repente eu me via arrancada da cama pelo braço, ou então pelos cabelos. De qualquer forma, eu sonhei que um urso saíra da floresta e estava me olhando. Acordei sobressaltada, como se alguém tivesse colocado a mão em mim, e havia um homem de pé, bem perto, contra o sol, de modo que eu não conseguia ver seu rosto. Dei um grito e comecei a me arrastar, tentando me levantar. Então vi que não era um homem, apenas Jamie Walsh, e fiquei onde estava.

Oh, Jamie, eu disse, você me assustou.

Não tive a intenção, ele disse. E sentou-se ao meu lado sob a árvore. Então ele disse: O que você está fazendo aqui no meio do dia? Nancy não estará procurando por você?, pois ele era um garoto muito curioso e estava sempre fazendo perguntas.

Eu lhe expliquei sobre meu aniversário e disse que Nancy fora muito amável em me dar a tarde inteira de folga. Ele me desejou um feliz aniversário. Em seguida, disse: Eu vi você chorando.

E eu disse: Onde você estava, para ficar me espionando desse jeito? Ele disse que sempre ia ao pomar, quando o sr. Kinnear não estava olhando, e mais tarde, na estação, o sr. Kinnear às vezes ficava na varanda com seu telescópio, para ter certeza de que os garotos da vizinhança não estavam roubando de seu pomar; mas as maçãs e peras ainda estavam verdes demais para isso. Então ele disse: Por que você está triste, Grace?

Senti que iria chorar outra vez e apenas respondi: Não tenho amigos aqui.

Jamie disse: Eu sou seu amigo. Então fez uma pausa e perguntou: Você tem um namorado, Grace? E eu disse que não. E ele disse: Eu gostaria de ser seu namorado. E, dentro de alguns anos, quando eu for mais velho e tiver economizado algum dinheiro, nós nos casaremos.

Não pude deixar de sorrir diante de suas palavras. Eu disse, fazendo uma brincadeira: Mas você não está apaixonado por Nancy? E ele disse: Não, embora eu goste bastante dela. E continuou: Então, o que você me diz disso?

Mas, Jamie, eu sou muito mais velha do que você, falei em tom de brincadeira, pois não podia acreditar que ele estivesse falando a sério.

Um ano e pouco, ele disse. Um ano não é nada.

Ainda assim, você é apenas um garoto, eu disse.

Sou mais alto do que você, ele retrucou. O que era verdade. Mas não sei por que uma moça de quinze ou dezesseis anos é considerada uma mulher, mas um garoto de quinze ou dezesseis ainda é um menino. Entretanto, eu não disse isso, vendo que era uma questão sensível para ele; assim, agradeci com seriedade sua proposta e disse que iria pensar no assunto, pois não queria ferir seus sentimentos.

Venha. Como é seu aniversário, vou tocar uma música para você. Ele pegou sua flauta e tocou *O menino soldado partiu para a guerra*, bem bonito e com muito sentimento, apesar de um pouco estridente nas notas mais altas. Depois, tocou *Acredite em mim pelos seus jovens e adoráveis encantos*. Pude perceber que eram duas novas melodias que ele andara praticando e sentia-se orgulhoso delas; então eu lhe disse que eram lindas.

Depois disso, ele disse que iria fazer uma coroa de margaridas para mim, em homenagem ao dia, e nós dois começamos a entrelaçar margaridas e ficamos muito concentrados e entretidos na tarefa, como crianças pequenas, e acho que não me divertia tanto desde a época de Mary Whitney. Quando terminamos, ele muito solenemente colocou um cordão de margaridas em volta do meu chapéu e outro no meu pescoço, como um colar, e disse que eu era a Rainha de Maio, e eu disse que teria que ser a Rainha de Julho, já que estávamos em julho, e rimos. Ele perguntou se podia me dar um beijo no rosto, eu disse que sim, mas só um, e foi o que ele fez. Eu lhe disse que, afinal de contas, ele tornara o meu aniversário uma bela ocasião, porque distraíra minha mente de todas as preocupações, e ele sorriu com isto.

Mas o tempo passara rapidamente e a tarde chegava ao fim. Quando eu subia o caminho de entrada, vi o sr. Kinnear de pé na varanda, olhando-me pelo seu telescópio, e, quando me aproximei da porta dos fundos, ele deu a volta pelo lado da casa e disse: Boa tarde, Grace.

Retribuí o cumprimento e ele disse: Quem era aquele homem com você no pomar? E o que você estava fazendo lá com ele?

Percebi em sua voz o tipo de suspeita que passava por sua mente e disse que era apenas o jovem Jamie Walsh e que estávamos fazendo cordões de margaridas porque era meu aniversário. Ele aceitou a explicação, mas ainda assim não pareceu muito satisfeito. E, quando entrei na cozinha para começar os preparativos do jantar, Nancy disse: O que essa margarida murcha está fazendo no seu cabelo? Parece uma bobagem.

Havia restado uma, que ficara presa no meu cabelo quando eu tirei o colar de margaridas.

Mas esses dois fatos conjugados tiraram parte da inocência do dia.

Assim, comecei a preparar o jantar e, mais tarde, quando McDermott entrou com uma braçada de lenha para o fogão, disse em tom de desprezo: Então você estava rolando na grama e beijando o garoto de recados. Ele devia levar uma pancada na cabeça por isso e eu mesmo o faria, se ele não fosse tão criança. É óbvio que você prefere garotinhos a um homem, que bela desmamadora de bebês você é! E eu disse que não estava fazendo nada disso. Mas ele não acreditou em mim.

Senti como se a tarde não tivesse sido minha, afinal de contas, algo privado e gentil, mas que fora espionada por todos eles – até pelo sr. Kinnear, que eu não imaginei que fosse descer a esse nível – exatamente como se todos tivessem ficado alinhados em fila na porta do meu quarto, revezando-se para me espiar pelo buraco da fechadura; isto me deixou muito triste e também com raiva.

30

Vários dias se passaram, sem nenhuma novidade. Eu estava na casa do sr. Kinnear havia quase duas semanas, mas parecia muito mais, pois o tempo demorava a passar para mim, como tende a acontecer, senhor, quando uma pessoa não está feliz. O sr. Kinnear estava fora, cavalgando, acredito que tivesse ido a Thornhill, e Nancy fora visitar sua amiga sra. Wright. Jamie Walsh não tinha aparecido na casa ultimamente e eu me perguntava se McDermott o havia ameaçado e dito a ele para manter distância.

Eu não sabia por onde McDermott andava; creio que estivesse dormindo no celeiro. Eu não estava em bons termos com ele, pois ele começara logo de manhã a dizer que belos olhos eu tinha, muito bons para lançar olhares para garotos que ainda tinham os dentes de leite, e eu lhe disse para manter sua conversa para si mesmo, já que ele era o único ali que a apreciava, e ele disse que eu tinha uma língua de víbora e eu disse que, se ele queria alguém que não respondesse, por que não ia para o estábulo fazer amor com a vaca?, que é o tipo de coisa que Mary Whitney teria dito, ou assim eu disse a mim mesma.

Eu estava na horta, debulhando ervilhas frescas e remoendo mentalmente a minha raiva – pois eu ainda sentia raiva das suspeitas e espionagens a que fora submetida, bem como dos amargos gracejos de McDermott –, quando ouvi alguém assobiando uma melodia e vi um homem subindo o caminho de entrada da casa com um pacote nas costas, um chapéu surrado na cabeça e uma longa bengala na mão.

Era o mascate Jeremias. Fiquei tão contente de ver um rosto dos velhos tempos que deixei cair no chão as ervilhas do meu avental, acenei e saí correndo pelo caminho ao seu encontro. Pois ele era um velho amigo, ou assim eu o considerava na época. Em uma nova terra, amigos se tornam velhos amigos muito rapidamente.

Bem, Grace, ele disse, eu lhe falei que viria.

Estou muito contente em vê-lo, Jeremias, eu disse.

Caminhei a seu lado até a porta dos fundos da casa e disse: O que trouxe com você hoje? Pois eu sempre adorei ver o conteúdo do pacote de um mascate, ainda que a maioria dos artigos estivesse acima das minhas posses.

Ele disse: Não vai me convidar para entrar na cozinha, Grace, onde está fresco, fora do sol? E me lembrei de que assim era feito na casa da sra. Parkinson e foi o que fiz. Quando ele entrou, eu o fiz se sentar à mesa da cozinha e lhe trouxe um pouco de cerveja da despensa e um copo de água fresca e cortei um pedaço de pão e de queijo para ele. Eu estava bastante agitada, sentia como se ele fosse uma espécie de convidado e eu fazia as vezes de anfitriã, e, portanto, devia ser hospitaleira. Também tomei um copo de cerveja, para lhe fazer companhia.

À sua saúde, Grace, ele disse. Eu agradeci e retribuí o brinde. Está feliz aqui?, ele perguntou.

A casa é muito bonita, eu disse, com quadros e um piano. Pois eu não gostava de falar mal de ninguém, especialmente dos meus patrões.

Mas localizada num lugar isolado e pacato, ele disse, olhando-me com seus olhos brilhantes e vivos. Seus olhos pareciam duas amoras-pretas e tinham o ar de quem consegue ver mais do que a maior parte das pessoas e eu podia sentir que ele estava tentando ler meus pensamentos, mas de uma maneira amável. Pois acredito que ele sempre teve consideração por mim.

É bem pacato, eu disse. Mas o sr. Kinnear é um cavalheiro liberal.

E com gostos de um cavalheiro, ele disse, lançando-me um olhar astuto. Dizem na vizinhança que ele gosta de criadas, especialmente as da casa. Espero que você não termine como Mary Whitney.

Fiquei espantada com aquilo, pois pensei que era a única a saber a verdade sobre esse caso, quem era o cavalheiro de dentro da casa e eu nunca havia dito nada a nenhuma alma viva. Como soube disso?, perguntei.

Ele colocou o dedo ao longo do nariz, significando silêncio e sabedoria, e disse: O futuro está escondido no presente, para aqueles que conseguem prevê-lo. E, como ele já sabia tanto, eu desabafei com ele e lhe contei tudo o que contei ao senhor, até mesmo a parte em que eu ouvi a voz de Mary e desmaiei e andei pela casa sem me lembrar de nada depois; só não contei a respeito do médico, pois acho que Mary não queria que ninguém soubesse. Mas acredito que Jeremias tenha adivinhado isso também, pois era muito hábil em adivinhar o que estava implícito, ainda que não fosse dito em voz alta.

É uma história triste, Jeremias disse quando terminei. Quanto a você, Grace, melhor prevenir do que remediar. Você sabe que Nancy era a criada da casa há não muito tempo e fazia todo o trabalho pesado e sujo que você faz agora?

Isso foi muito direto e eu baixei os olhos. Eu não sabia, disse.

Quando um homem cria um hábito, é difícil abandoná-lo, ele disse. É como um cachorro que desanda – depois que mata uma ovelha, o cachorro passa a gostar disso e tem que matar outras.

Tem viajado muito?, eu perguntei, pois não me agradava aquela conversa sobre matanças.

Sim, ele disse, estou sempre em movimento. Estive recentemente nos Estados Unidos, onde posso comprar aviamentos a preços baratos e vendê-los aqui com lucro, pois é assim que nós, mascates, ganhamos a vida. Temos que ser pagos pela sola dos sapatos.

E como é lá?, perguntei. Alguns dizem que é melhor do que aqui.

Em muitos aspectos, é igual, ele disse. Existem canalhas e patifes em toda parte, mas usam uma espécie de linguagem diferente para se desculpar, e lá eles falam muito em democracia, como aqui falam muito em ordem social e lealdade à rainha; mas o pobre é pobre em qualquer lugar. Mas, quando você cruza a fronteira, é como atravessar o ar, você não sabe que já cruzou; já que as árvores dos dois lados são iguais. E geralmente eu vou pelo meio das árvores, e à noite, pois pagar os impostos alfandegários sobre as minhas mercadorias seria uma inconveniência para mim; e também os preços para os bons fregueses como você teriam que subir, ele disse com um sorriso.

Mas você não está violando a lei?, perguntei. E o que aconteceria com você se fosse pego?

As leis são feitas para ser violadas, ele disse, e essas leis não foram feitas por mim nem pelos meus, mas por aqueles que detêm o poder e para seu próprio benefício. Mas não estou prejudicando ninguém. Qualquer homem com um pouco de espírito gosta de um desafio, de passar a perna nos outros, e, quanto a ser pego, sou uma velha raposa e já faço isso há muitos anos. Além do mais, sou um homem de sorte, como pode ser lido na palma de minha mão. E ele me mostrou uma cruz na palma de sua mão direita, bem como outra na palma da mão esquerda, ambas no formato de um X, e ele disse que estava protegido tanto acordado quanto dormindo, já que a mão esquerda era a mão dos sonhos. Eu olhei as palmas de minhas próprias mãos, mas não vi cruzes como aquelas.

A sorte pode acabar, eu disse. Espero que você tome cuidado.

Por que, Grace, você se preocupa com a minha segurança?, ele perguntou com um sorriso; eu baixei os olhos para a mesa. De fato, ele disse mais sério, tenho pensado em desistir desse tipo de trabalho, já que agora há mais concorrência do que antes, e, com a melhoria das estradas, muitas pessoas preferem ir à cidade para fazer suas compras, em vez de ficar em casa e comprar de mim.

Fiquei desapontada ao ouvir que ele poderia deixar de ser vendedor ambulante, pois significava que não viria mais com seu pacote. Mas o que você faria?, perguntei.

Eu poderia visitar as feiras, ele disse, e ser um engolidor de fogo, ou talvez um vidente curandeiro, e trabalhar com mesmerismo e magnetismo, que sempre é uma atração. Quando eu era mais novo, era sócio de uma mulher desse ramo, pois isso em geral é feito por casais; era eu quem dava os passes e recebia o dinheiro e ela era quem colocava um véu sobre o rosto e entrava em transe, falava com uma voz cavernosa e dizia às pessoas o que havia de errado com elas, por uma taxa, é claro. É bastante seguro, pois como não podem ver dentro de seus próprios corpos, quem vai dizer se você está certo ou errado? Mas a mulher se cansou disso, ou então de mim, e foi embora em um dos barcos do Mississippi. Ou poderia me tornar um pregador, ele continuou. Do outro lado da fronteira, há uma grande demanda por eles, mais do que aqui, particularmente durante os verões, quando os sermões são feitos ao ar livre ou em tendas e as pessoas lá adoram se jogar no chão em acessos, falar em línguas estranhas e ser salvas uma vez a cada verão, ou mais vezes, se possível, e estão dispostas a mostrar sua gratidão com uma distribuição liberal de moedas. É um ramo de trabalho promissor e, se for bem conduzido, paga bem mais do que este.

Não sabia que você era religioso, eu disse.

E não sou, ele disse, mas até onde eu sei, isso não é necessário. Muitos dos pregadores de lá não têm mais fé em Deus do que uma pedra.

Eu disse que era maldoso da parte dele falar assim, mas ele apenas riu. Desde que as pessoas obtenham o que procuram, que diferença faz?, ele disse. Eu seria muito bem-sucedido. Um pregador sem fé com a atitude certa e uma boa voz sempre converterá mais pessoas do que um tolo de rosto comprido e movimentos frouxos, por mais religioso que seja. Então, ele adotou uma pose solene e entoou: Aqueles que têm fé sabem que nas mãos de Deus até o vaso enfermo tem uma boa utilidade.

Vejo que você já andou estudando o papel, eu disse, pois ele soava realmente como um pregador, e ele riu novamente. Mas, em seguida, ficou sério e inclinou-se sobre a mesa. Acho que você deveria vir comigo, Grace, disse. Não gosto do ambiente aqui.

Ir embora?, eu disse. O que quer dizer?

Você estaria mais segura comigo do que aqui, ele disse.

Estremeci diante disso, pois se parecia muito com o que eu vinha sentindo, embora eu não o soubesse até aquele momento. Mas o que eu faria?, perguntei.

Você poderia viajar comigo, ele disse. Poderia ser uma vidente curandeira; eu lhe ensinaria como fazer, a instruiria no que deveria dizer e a colocaria em transe. Sei pela sua mão que você tem talento para isso e, com os cabelos soltos, teria a aparência certa. Prometo-lhe que ganharia mais em dois dias do que esfregando o chão aqui por dois meses. Você precisaria de um nome novo, é claro; um nome francês ou algo estrangeiro, porque as pessoas deste lado do oceano achariam difícil acreditar que uma mulher com o nome simples de Grace pudesse ter poderes misteriosos. O desconhecido é sempre mais admirável do que o conhecido, e mais convincente.

Eu disse: Isso não seria uma fraude e um engodo? E Jeremias disse que não mais do que no teatro. Pois, se as pessoas querem acreditar em alguma coisa e anseiam por isso e precisam que seja verdade e se sentem melhor com isso, será que é trapaça ajudá-las naquilo em que elas mesmas acreditam, por causa de algo tão sem importância quanto um nome? Não seria, ao contrário, uma caridade, bondade humana? E, quando ele colocou a questão dessa forma, ela me pareceu melhor.

Eu disse que um novo nome não seria problema para mim, já que não tinha nenhum apreço pelo meu, que era o do meu pai. Ele sorriu e disse: Então vamos selar nosso acordo com um aperto de mãos.

Não vou esconder do senhor que a ideia era extremamente tentadora; pois Jeremias era um homem bonito, com seus dentes brancos e olhos escuros, e eu lembrei que deveria me casar com um homem cujo nome começasse com J; pensei também no dinheiro que poderia ganhar, nas roupas que poderia comprar e talvez até brincos de ouro, e eu conheceria muitas outras cidades e aldeias e não estaria sempre fazendo os mesmos serviços pesados e sujos. Mas então me lembrei do que acontecera a Mary Whitney e, embora Jeremias parecesse uma boa pessoa, as aparências enganam, como ela descobriu à custa da própria vida. E se as coisas dessem errado e eu fosse abandonada, deixada em apuros, sozinha, num lugar estranho?

Estaríamos casados, então?, perguntei.

Qual a necessidade disso?, ele disse. O casamento nunca fez bem a ninguém, até onde eu sei; pois se os dois tiverem a intenção de permanecer juntos, eles permanecerão e, se não, então um deles fugirá e tudo se resume nisso.

Aquilo me assustou. Acho melhor eu ficar por aqui, eu disse. De qualquer modo, sou muito nova para casar.

Pense nisso, Grace, ele disse. Pois eu lhe quero bem, estou disposto a ajudá-la e cuidar de você. E lhe digo com sinceridade que aqui você está cercada de perigos.

Nesse momento, McDermott entrou na cozinha e me perguntei se ele teria ficado escutando lá fora e por quanto tempo, pois ele parecia muito zangado. Perguntou a Jeremias quem era ele afinal e que diabos estava fazendo na cozinha.

Eu disse que Jeremias era um mascate e velho conhecido meu de outra época e McDermott olhou para o pacote – que estava aberto a essa altura, pois Jeremias o abrira enquanto conversávamos, embora não tivesse espalhado todas as mercadorias – e disse que então estava tudo bem, mas que o sr. Kinnear ficaria aborrecido se descobrisse que eu andava desperdiçando cerveja e queijo com um mascate vagabundo qualquer. Ele disse isso não porque se importasse com o que o sr. Kinnear pudesse pensar, mas apenas para insultar Jeremias.

Eu retruquei que o sr. Kinnear era um homem generoso e não recusaria a um homem honesto uma bebida fria num dia de calor. Diante disto, McDermott fechou ainda mais a carranca, pois não gostava que eu elogiasse o sr. Kinnear.

Jeremias, então, para acabar a discussão e fazer as pazes, disse que tinha algumas camisas que, apesar de usadas, eram muito boas e uma pechincha e que o tamanho serviria exatamente para McDermott; apesar de McDermott resmungar, Jeremias retirou as camisas e exibiu suas qualidades; eu sabia que McDermott precisava de camisas novas, tendo rasgado uma delas além de qualquer possibilidade de conserto e arruinado outra ao deixá-la úmida e enlameada, manchando o tecido de mofo. Vi que ele se interessou pelas camisas e silenciosamente lhe trouxe uma caneca de cerveja.

As camisas estavam marcadas H.C. e Jeremias disse que tinham pertencido a um soldado, aliás um valente lutador, mas que não estava morto, pois dava azar usar as roupas de um morto, e deu um preço pelas quatro. McDermott disse que só podia comprar três por aquele preço e fez uma oferta menor, e assim continuaram, até que Jeremias disse que aceitava, ele daria as quatro pelo preço de três, mas nem um centavo a menos, embora fosse um roubo de beira de estrada e ele estaria falido em pouco tempo se as coisas continuassem daquele jeito, e McDermott ficou muito satisfeito consigo mesmo pensando que tinha feito um bom negócio. Mas eu percebi pelo piscar de olho de Jeremias que ele só estava fingindo ao deixar McDermott levar vantagem sobre ele e que, na verdade, fora ele quem fizera um ótimo negócio.

Bem, senhor, foram exatamente essas mesmas camisas de que tanto falaram no julgamento e houve muita confusão a respeito delas, primeiro porque McDermott disse que as comprara de um mascate e depois mudou sua cantiga e disse: De um soldado. Mas, de certo modo, ambas eram verdadeiras e acredito que ele mudou sua história assim porque não queria ver Jeremias testemunhando contra ele no tribunal, sabendo que era meu amigo e que iria me ajudar, testemunhando contra o caráter de McDermott, ou assim deve ter pensado. Segundo, porque os jornais não conseguiam informar a quantidade certa de camisas. Mas eram quatro e não três, como disseram, pois duas estavam na bolsa de McDermott, outra foi encontrada coberta de sangue atrás da porta da cozinha, que era a que McDermott usava quando estava se livrando do corpo do sr. Kinnear. E a quarta estava no próprio sr. Kinnear, porque James McDermott a vestira nele. Isso perfaz quatro e não três.

Acompanhei Jeremias até a metade do caminho da casa, com McDermott vigiando com uma carranca sinistra da porta da cozinha; mas eu não me importava com o que ele pensasse, pois não era meu dono. Quando chegou a hora de nos despedirmos, Jeremias olhou-me com ar muito sério e disse que voltaria em breve para saber a minha resposta e esperava, pelo meu bem e também pelo seu, que a resposta fosse sim. Eu lhe agradeci pelos seus cuidados. Só de saber que eu poderia ir embora se quisesse fez com que eu me sentisse mais segura, e mais feliz também.

Quando voltei para a casa, McDermott disse: Já foi tarde, e que ele não gostava do sujeito, que tinha um ar estrangeiro e vil, e imaginava que ele tivesse vindo atrás de mim pelo faro como um cachorro atrás de uma cadela no cio. Não respondi a essa observação, pois a achei muito grosseira, e eu estava surpresa com a violência de sua expressão; eu lhe pedi para fazer a gentileza de sair da cozinha, pois estava na hora de eu preparar o jantar.

Somente então me lembrei das ervilhas que eu deixara cair na horta e saí para apanhá-las.

31

Vários dias depois, o médico nos fez uma visita. Seu nome era dr. Reid, um cavalheiro idoso, ou assim aparentava, mas com os médicos é difícil saber, já que assumem um ar grave e carregam consigo muitos tipos de doenças, nas suas maletas de couro, onde guardam os bisturis, e isto os envelhece antes do tempo e, como acontece com os corvos, quando você vê dois ou três reunidos, já sabe que há uma morte a caminho e que estão discutindo sobre isso. Com os corvos, eles estão decidindo que partes vão arrancar e levar com eles e o mesmo acontece com os médicos.

Não me refiro ao senhor, já que não usa nenhuma maleta de couro ou bisturis.

Quando vi o médico subindo o caminho da casa em seu cabriolé de um só cavalo, senti meu coração bater dolorosamente e achei que fosse desmaiar, mas não desmaiei, já que estava lá embaixo sozinha e tinha que providenciar o que fosse necessário. Nancy não seria de nenhuma ajuda; estava deitada lá em cima, descansando.

No dia anterior, eu a tinha ajudado a ajustar o vestido novo que ela estava fazendo e passei uma hora ajoelhada no chão com a boca cheia de alfinetes, enquanto ela se virava e se olhava no espelho. Ela observou que estava ficando gorda demais e eu disse que era bom ter um pouco de carne, não fazia bem ser só pele e ossos, e as jovens senhoritas daquela época andavam passando fome por causa da moda, que era ser pálida e com ar doentio, e elas apertavam tanto seus espartilhos que chegavam a desmaiar. Mary Whitney costumava dizer que nenhum homem queria um esqueleto, gostavam de ter algo para segurar, algo na frente e algo atrás, e quanto maior a bunda, melhor; mas eu não repeti isto para Nancy. O vestido que ela estava fazendo era de um estampado creme-claro com raminhos e botões de flores e um corpete terminando em ponta abaixo da cintura e três camadas de babados franzidos na saia; eu lhe disse que era muito elegante.

Nancy franziu a testa diante de sua imagem no espelho e disse que, de qualquer modo, sua cintura estava ficando grossa demais e, se continuasse assim, ela iria precisar de um novo espartilho e logo estaria como uma peixeira grande e gorda.

Mordi a língua e não disse que, se ela mantivesse os dedos longe da manteiga, as chances disso acontecer seriam menores. Ela engolia meio pão antes do desjejum, com uma grossa camada de manteiga e geleia de ameixa por cima. E, no dia anterior, eu a vira comer uma fatia de pura gordura de um presunto da despensa.

Ela me pediu para amarrar seu espartilho um pouco mais apertado e então ajustar a cintura outra vez; mas, quando eu fazia isto, ela disse que não estava se sentindo bem. Não era de admirar, considerando o que ela andava comendo, embora eu atribuísse o mal-estar também aos cadarços apertados. Mas, naquela manhã, ela também sentira tonturas, ou pelo menos foi o que disse, e isto depois de praticamente nenhum desjejum e nenhum espartilho apertado. Então eu estava começando a imaginar qual seria o problema e achei que talvez o médico tivesse sido chamado para ver Nancy.

Quando vi o médico se aproximando, eu estava lá fora no quintal, bombeando mais um balde de água para lavar roupa; era uma bela manhã, com o ar limpo, ensolarado e quente, um bom dia para secar roupas. O sr. Kinnear saiu para cumprimentar o médico, que amarrou o cavalo na cerca, e depois ambos entraram na casa pela porta da frente. Continuei o que estava fazendo e logo toda a roupa lavada estava pendurada no varal; eram roupas brancas, com camisas, camisolas, anáguas e coisas semelhantes, mas nenhum lençol, e o tempo todo eu me perguntava o que o médico viera fazer na casa do sr. Kinnear.

Os dois haviam entrado no pequeno escritório do sr. Kinnear e fechado a porta; após um instante de consideração, eu entrei silenciosamente na biblioteca, ao lado, para espanar os livros, mas não consegui ouvir nada de dentro do escritório, exceto um murmúrio de vozes.

Eu imaginava todo tipo de coisas, como o sr. Kinnear tossindo sangue e arfando, e comecei a ficar preocupada com ele; assim, quando ouvi a maçaneta da porta do escritório girar, atravessei rapidamente a sala de jantar e entrei no saguão da frente com meu espanador e meu pano de pó, já que é sempre melhor saber logo o pior. O sr. Kinnear acompanhou o dr. Reid até a porta da frente e o médico disse que tinha certeza de que teriam o prazer da companhia do sr. Kinnear ainda por muitos anos e que o sr. Kinnear andava lendo revistas médicas demais, o que lhe dava ideias e o levava a imaginar coisas, e que não havia nada de errado com ele que uma dieta saudável e um horário regular não curassem; mas, pelo bem de seu fígado, ele deveria limitar as bebidas. Esse discurso me aliviou; ainda assim, refleti que era o que um médico diria a um homem que estivesse morrendo, para lhe poupar preocupações.

Olhei cautelosamente para fora do saguão, pela janela lateral. O dr. Reid caminhou até seu cabriolé e, quando percebi, lá estava Nancy, com o xale apertado ao seu redor e os cabelos parcialmente soltos, conversando com ele. Ela devia ter descido as escadas sorrateiramente sem que eu a ouvisse, o que significava que ela também não queria que o sr. Kinnear a ouvisse. Pensei que ela devia estar tentando descobrir o que havia de errado com o sr. Kinnear, se estivesse doente, mas de repente me ocorreu que ela também poderia estar consultando-o sobre seu próprio mal-estar repentino.

O dr. Reid partiu e Nancy caminhou em direção aos fundos da casa. Ouvi o sr. Kinnear chamando-a da biblioteca, mas, como ela ainda estava lá fora e talvez não quisesse que soubessem o que andara fazendo, eu mesma me apresentei. O sr. Kinnear não parecia diferente do normal e lia um exemplar de *The Lancet*, da enorme pilha guardada em uma prateleira. Eu mesma já os havia folheado quando limpava o aposento, mas não consegui entender quase nada do que estava escrito lá, exceto que uma parte era sobre funções do corpo que não deveriam ser impressas, nem mesmo com todos os nomes pomposos que usavam.

Bem, Grace, disse o sr. Kinnear. Onde está sua patroa?

Eu disse que ela não estava bem e estava deitada lá em cima, mas, se ele quisesse alguma coisa, eu mesma poderia providenciar. Ele disse que queria café, se não fosse muito trabalho. Eu disse que não, embora pudesse levar algum tempo, pois eu teria que atiçar o fogo outra vez, e ele disse que o levasse para ele quando estivesse pronto e me agradeceu, como sempre.

Atravessei o pátio para a cozinha de verão. Nancy estava lá, sentada à mesa com um ar triste e cansado, e muito pálida. Eu disse que esperava que ela estivesse se sentindo melhor e ela disse que estava, depois me perguntou o que eu estava fazendo, já que eu avivava o fogo, já quase apagado. Eu disse que o sr. Kinnear pediu que eu fizesse café e o levasse para ele. Mas eu sempre levo o café para ele, Nancy disse. Por que ele pediu a você? Eu disse que tinha certeza de que era porque ela não estava lá. Eu só estava tentando lhe poupar o trabalho, já que sabia que ela estava doente.

Eu levarei o café, ela disse. E, Grace, esta tarde quero que você esfregue este chão. Está muito sujo e estou cansada de viver num chiqueiro.

Eu não achava que a sujeira do chão tivesse nada a ver com isso, mas que eu estava sendo punida por ter entrado no escritório do sr. Kinnear sozinha, o que era muito injusto, pois eu só estava tentando ajudá-la.

Embora o dia tivesse começado tão claro e límpido, por volta do meio-dia tornara-se muito opressivo e ameaçador. Não soprava nem uma leve brisa, o ar estava úmido e o céu se encobrira de nuvens de um sombrio cinza-amarelado, mas com um brilho por trás, como metal incandescente, tinha uma palidez carregada de maus presságios. Com um tempo desses, geralmente é difícil respirar. Entretanto, no meio da tarde, quando normalmente eu estaria sentada, provavelmente lá fora para respirar um pouco de ar fresco, com alguma roupa para cerzir, dando um descanso aos meus pés, já que eu passava a maior parte do dia sobre eles, eu estava, em vez disto, ajoelhada, esfregando o chão de pedra da cozinha de verão. Ele realmente precisava de uma limpeza, mas eu teria preferido fazê-la num dia mais fresco, pois estava tão quente que se podia fritar um ovo ali; o suor escorria de mim como a água de um pato, se me dá licença de falar desta maneira, senhor. Eu estava preocupada com a carne guardada na despensa, já que havia mais moscas do que o normal zumbindo por ali. Se eu fosse Nancy, jamais teria encomendado um pedaço de carne tão grande num clima tão quente, pois eu tinha certeza de que se estragaria, o que seria um desperdício e uma vergonha, e ela deveria ter sido colocada lá embaixo no porão, onde era bem mais fresco. Mas eu sabia que não adiantava lhe fazer nenhuma sugestão, pois tudo o que conseguiria era uma resposta enviesada.

O chão estava sujo como um estábulo e eu me perguntei quando teria sido a última vez que passou por uma boa limpeza. Eu o varrera primeiro, é claro, e agora o lavava como devia ser feito, ajoelhada, apoiando cada joelho num trapo velho por causa da aspereza da pedra, sem sapatos e sem meias, porque para fazer o trabalho direito é preciso atacá-lo com disposição, com as mangas arregaçadas acima dos cotovelos, a saia e as anáguas puxadas entre minhas pernas e presas na faixa do avental, que é como se faz, senhor, para salvar suas meias e suas roupas, como qualquer pessoa que já tenha esfregado um chão sabe. Eu tinha uma boa escova de cerdas duras para esfregar e um esfregão velho para enxugar e comecei a trabalhar do canto mais distante, avançando para trás, em direção à porta, pois ninguém quer ficar encurralado em um canto, senhor, ao realizar um trabalho como esse.

Ouvi alguém entrar na cozinha atrás de mim. Eu deixara a porta aberta para entrar um pouco de ar e assim fazer o chão secar mais rápido. Pensei que fosse McDermott.

Não pise no meu chão limpo com suas botas enlameadas, eu lhe disse, e continuei a esfregar.

Ele não respondeu, mas também não foi embora. Permaneceu parado na soleira da porta e me ocorreu que ele estava olhando minhas pernas e meus tornozelos nus, sujos como estavam, e – se me desculpa, senhor – minhas nádegas se mexendo para a frente e para trás com a esfregação, como um cachorro balançando o rabo.

Não tem nada melhor para fazer?, eu perguntei. Você não é pago para ficar aí parado, olhando. Virei a cabeça para olhar para ele por cima do ombro e não era McDermott, mas o próprio sr. Kinnear, com um sorrisinho como se tivesse escutado uma boa piada. Levantei-me atabalhoadamente, puxando a saia para baixo com uma das mãos, com a escova na outra e a água suja pingando no meu vestido.

Oh, sinto muito, senhor, eu disse. Mas pensei: por que ele não teve a decência de dizer quem era?

Não foi nada, ele disse, um gato pode olhar uma rainha, e, neste instante, Nancy entrou, o rosto mais branco do que giz e verde ao redor da boca, mas os olhos penetrantes como agulhas.

O que é isso? O que você está fazendo aqui? Ela disse isso para mim, mas quis se dirigir a ele.

Esfregando o chão. Senhora. Como mandou. O que lhe parece?, pensei. Que estou dançando?

Você está me respondendo, ela disse, estou farta da sua insolência. Mas eu não estava, só respondi à sua própria pergunta.

O sr. Kinnear disse, como se estivesse se desculpando – mas o que ele tinha feito? – Eu só queria mais uma xícara de café.

Eu vou fazer café para você, Nancy disse. Grace, pode ir. Para onde devo ir, senhora?, eu disse. O chão só estava limpo pela metade.

Qualquer lugar fora daqui, Nancy disse. Ela estava furiosa comigo. E, pelo amor de Deus, prenda seu cabelo, acrescentou. Parece uma vagabunda vulgar.

O sr. Kinnear disse: Estarei na biblioteca, e foi embora.

Nancy atiçava o fogo no fogão como se o esfaqueasse. Cale a boca, disse para mim, vai comer moscas. E a mantenha fechada daqui para a frente, se souber o que é bom para você.

Pensei em atirar a escova em cima dela, e o balde também para completar, com a água suja e tudo. Imaginei-a lá parada, com os cabelos pingando sobre o rosto, como alguém afogado.

Mas imediatamente me dei conta de qual era o problema dela. Eu já vira aquilo muitas vezes antes. A vontade de comer alimentos estranhos fora de hora, o enjoo e o tom esverdeado ao redor da boca, a maneira como estava engordando, como uma uva-passa na água quente, e sua impaciência e irritabilidade. Ela estava em condição delicada. Estava a caminho de formar uma família. Estava encrencada.

Fiquei ali parada, boquiaberta, olhando pasmada para ela, como se tivesse levado um soco no estômago. Ah, não, ah, não, pensei. Senti meu coração bater forte como um martelo. Não pode ser.

Naquela noite, o sr. Kinnear ficou em casa e ele e Nancy fizeram a ceia na sala de jantar; eu servi. Examinei o rosto dele, procurando algum sinal de que ele soubesse da condição de Nancy, mas ele não sabia. O que ele iria fazer quando descobrisse, eu me perguntava. Jogá-la na sarjeta. Casar-se com ela. Eu não fazia a menor ideia e não conseguia me tranquilizar com nenhum desses dois futuros. Eu não desejava nenhum mal a Nancy e não queria que ela fosse expulsa de casa, abandonada na estrada, presa fácil dos canalhas vagabundos; mas ao mesmo tempo não seria certo e justo que ela acabasse como uma respeitável senhora casada, com uma aliança no dedo, e rica ainda por cima. Não seria certo. Mary Whitney fizera o mesmo que ela e encontrara a morte. Por que uma deveria ser recompensada e a outra punida pelo mesmo pecado?

Tirei a mesa como sempre fazia, depois que eles foram para a sala de estar. A essa altura, estava quente como um forno, com nuvens cinzentas bloqueando a luz, embora ainda não fosse o crepúsculo, e tudo quieto como um túmulo, sem nenhum vento, mas com raios faiscando no horizonte e um distante ronco de trovoada. Quando o tempo está assim, podem-se ouvir as batidas do próprio coração; é como se esconder e ficar à espera de que alguém venha e o encontre e você não sabe quem será essa pessoa. Acendi uma vela para poder comer meu próprio jantar, o que fiz com McDermott; era rosbife frio, já que não pude pensar em cozinhar algo quente para nós. Comemos na cozinha de inverno, com cerveja e um pouco de pão que ainda estava fresco e bastante bom, com uma ou duas fatias de queijo. Depois, lavei a louça da janta, enxuguei-a e guardei-a.

McDermott limpava os sapatos; ele mostrara-se mal-humorado durante o jantar e perguntara por que não podíamos ter uma comida cozida adequadamente, como os bifes com ervilhas frescas que os outros haviam comido, e eu disse que ervilhas frescas não davam em árvores e ele devia saber quem tinha a preferência, já que só havia o suficiente para duas pessoas; de qualquer modo, eu era criada do sr. Kinnear e não dele e ele disse que, se eu fosse dele, não iria durar muito, pois eu era uma bruxa de mau gênio e que a única cura para mim estava na ponta de um cinto. Eu disse que palavras não me atingiam.

Eu podia ouvir a voz de Nancy da sala de estar e sabia que ela devia estar lendo em voz alta. Ela gostava de fazer isso, pois achava que era algo refinado; mas sempre fingia que o sr. Kinnear lhe pedia para fazer isso. Eles estavam com a janela da sala aberta, apesar das mariposas poderem entrar por ali, e era por isso que eu podia ouvi-la.

Acendi outra vela e disse a McDermott que ia me deitar, ao que ele não respondeu, apenas resmungou; pegou sua própria vela e saiu. Depois que ele se foi, abri a porta para o corredor e espreitei para lá. A luz do lampião em forma de globo passava pela porta entreaberta da sala, lançando uma faixa de luz no assoalho do corredor, e a voz de Nancy também alcançava o corredor.

Segui silenciosamente pelo corredor, deixando a vela na mesa da cozinha, e fiquei parada, encostada na parede. Eu queria ouvir a história que ela lia. Era *A dama do lago*, que Mary Whitney e eu tínhamos lido juntas, e fiquei triste ao me lembrar. Nancy lia bastante bem, embora devagar, e às vezes tropeçava em alguma palavra.

A pobre louca levara um tiro por engano e estava morrendo, enquanto recitava um poema; eu achava essa parte muito triste, mas o sr. Kinnear não concordava, pois disse que era de admirar que alguém pudesse dar um passo em paisagens românticas como as da Escócia sem ser abordado por loucas, que estavam sempre saltando na frente de flechas e balas não destinadas a elas, o que ao menos tinha a vantagem de pôr um fim aos seus berros e sofrimento; ou então estavam sempre se atirando no oceano, numa proporção tal que logo o mar estaria tão coalhado com seus corpos afogados que eles constituiriam um sério perigo para a navegação. Então Nancy disse que ele não tinha sentimentos justos e o sr. Kinnear disse que não, não tinha, mas era sabido que Sir Walter Scott colocara tantos cadáveres em seus livros por causa das mulheres, pois as senhoras gostam de sangue, nada as deleita mais do que um corpo encharcado de sangue.

Nancy disse-lhe alegremente para ficar quieto e se comportar, ou ela teria que castigá-lo parando de ler e iria tocar piano; o sr. Kinnear riu e disse que podia suportar qualquer forma de tortura, menos essa. Ouviu-se o som de um pequeno tapa e o farfalhar de roupas e concluí que ela deveria ter se sentado no colo dele. Fez-se silêncio por alguns instantes, até que o sr. Kinnear perguntou a Nancy se o gato comera sua língua e por que ela estava tão pensativa.

Inclinei-me para a frente, achando que ela estava prestes a informá-lo sobre seu estado e então eu ficaria sabendo para que lado a solução penderia, mas ela não fez isso. Ao contrário, disse que estava preocupada com os criados.

Qual deles?, o sr. Kinnear quis saber e Nancy respondeu que ambos e o sr. Kinnear deu uma risada e disse que é claro que havia três criados na casa e não dois e que ela própria era uma criada e Nancy disse que era gentileza dele lembrá-la disso e que agora ela precisava deixá-lo, pois tinha seus deveres na cozinha e ouviu-se outro som de roupas farfalhando, e também de luta, como se ela estivesse tentando se levantar. O sr.

Kinnear riu um pouco mais e disse que ela devia ficar onde estava, era uma ordem do seu patrão, e Nancy disse amargamente que imaginava que era paga para isso; então, ele a apaziguou e perguntou o que a estava preocupando em relação aos criados. Se o trabalho estava sendo feito, isto era o principal, ele disse, e não se importava em saber quem limpava suas botas, desde que estivessem limpas, já que pagava bons salários e esperava obter bons serviços em troca.

Sim, Nancy disse, o trabalho estava sendo feito, mas, no caso de McDermott, só porque ela o mantinha debaixo de chicote e, quando o repreendia por ser preguiçoso, ele era insolente e ela lhe dera o aviso prévio. O sr. Kinnear disse que ele era grosseiro e mal-humorado e que nunca gostara dele. Então perguntou: E quanto a Grace? E eu me esforcei para ouvir melhor, especialmente para saber o que Nancy iria dizer.

Ela disse que eu era limpa e ligeira no meu trabalho, mas que ultimamente tinha ficado muito encrenqueira e ela estava pensando em me despedir; quando ouvi isto, meu rosto ficou ardendo.

Depois, disse que havia algo a meu respeito que a deixava muito inquieta e ela se perguntava se eu seria desequilibrada, já que por diversas vezes me ouvira falando em voz alta comigo mesma.

O sr. Kinnear riu e disse que isso não era nada – ele frequentemente falava consigo mesmo, já que ele era a pessoa de conversa mais sociável que conhecia, e eu certamente era uma jovem bonita, com uma aparência naturalmente refinada e um perfil grego de linhas perfeitas, e que se me desse as roupas certas e me dissesse para manter a cabeça erguida e a boca fechada, poderia me fazer passar por uma senhora em qualquer momento.

Nancy disse que esperava que ele nunca dissesse coisas tão lisonjeiras assim para mim, pois isso iria virar minha cabeça e me dar ideias sobre minha posição, o que não seria bom para mim. Então disse que ele nunca tivera opiniões tão agradáveis sobre ela e ele disse algo que não pude ouvir e houve mais silêncio e farfalhar de roupas. Então o sr. Kinnear disse que era hora de ir para a cama. Assim, voltei depressa para a cozinha e me sentei à mesa, pois não seria nada bom se Nancy me pegasse escutando a conversa.

Mais tarde, porém, voltei a escutar, depois que subiram, e ouvi o sr. Kinnear dizendo: Sei que está se escondendo, saia agora mesmo, menina safada, faça o que eu digo, senão vou ter que ir pegá-la e, quando eu for aí...

Então uma risada de Nancy, seguida de um gritinho.

A trovoada se aproximava. Nunca gostei de tempestades e não gostei naquele momento. Quando fui para a cama, fechei bem os postigos para que nada da tempestade pudesse entrar e puxei as cobertas por cima da cabeça, embora estivesse muito quente, e achei que não conseguiria dormir. Mas consegui e fui acordada na absoluta escuridão pela tremenda explosão de um raio, como se o mundo estivesse acabando. Uma tempestade violenta rugia lá fora, com o rufar de trovões, e eu estava aterrorizada, encolhida na cama, rezando para que ela passasse, fechando os olhos com força para não ver o clarão dos relâmpagos que entrava pelas frestas das janelas. A chuva caía torrencialmente e a casa gemia com a ventania, como dentes rangendo; eu tinha certeza de que, a qualquer momento, ela se partiria ao meio como um navio no mar e afundaria na terra. Então, bem junto ao meu ouvido, escutei uma voz sussurrando: *Não pode ser*. Eu devo ter desmaiado de tanto medo, porque depois disso perdi completamente a consciência.

Então tive um sonho muito estranho. Sonhei que tudo estava calmo outra vez e que eu saí da cama em minha camisola, destranquei a porta do meu quarto, caminhei descalça pelo chão da cozinha de inverno e saí para o quintal. As nuvens tinham sido varridas do céu, a lua brilhava intensamente e as folhas das árvores pareciam penas de prata; o ar estava mais fresco, com um toque que dava a sensação de veludo, e havia grilos trinando. Eu podia sentir o cheiro do jardim molhado e o odor penetrante do galinheiro; também podia ouvir Charley relinchando baixinho no estábulo, o que significava que havia alguém por perto. Fiquei ali parada ao lado da bomba, com o luar caindo como água sobre mim, e era como se eu não pudesse me mexer.

Então dois braços me envolveram por trás e começaram a me acariciar. Eram os braços de um homem e eu podia sentir a boca desse mesmo homem no meu pescoço e no meu rosto, beijando-me ardentemente, e seu corpo pressionado contra minhas costas; mas era como um jogo de cabra-cega, a brincadeira de crianças, já que eu não sabia quem era, nem podia me virar e olhar. Senti um cheiro de poeira de estrada e couro e achei que podia ser o mascate Jeremias; então o cheiro mudou para esterco de cavalo e pensei que fosse McDermott. Mas eu não conseguia encontrar forças para afastá-lo. Então o cheiro mudou outra vez, agora era de tabaco e do fino sabonete de barbear do sr. Kinnear e eu não me surpreendi, pois já esperava algo desse tipo da parte dele e, durante todo o tempo, a boca do desconhecido estava no meu pescoço e eu podia sentir sua respiração nos meus cabelos. De repente, senti que não era nenhum desses três, mas um outro homem, alguém que eu conhecia bem e com quem estava bem familiarizada, desde a infância, mas havia esquecido; nem essa era a primeira vez que eu me via nessa situação com ele. Senti um calor e uma sensação de torpor apoderando-se de mim, instando-me a ceder e me entregar, o que seria muito mais fácil do que resistir.

Nesse instante, porém, ouvi o relincho de um cavalo e percebi que aquele não era Charley, nem o potro no estábulo, mas outro cavalo completamente diferente. Um grande temor se apoderou de mim, meu corpo ficou inteiramente gelado e eu fiquei paralisada de medo, pois eu sabia que aquele não era um cavalo terreno, mas o cavalo descorado que será enviado no Dia do Juízo Final e seu cavaleiro é a Morte e era a própria Morte que estava atrás de mim, com os braços ao meu redor, prendendo-me com força, como se fossem tiras de aço, e sua boca sem lábios beijando meu pescoço como se me amasse. Mas, juntamente com o terror, senti um estranho desejo.

Então, o sol surgiu, não aos poucos, como acontece quando estamos despertos, senhor, mas de repente, com uma grande claridade. Se fosse um som, teria sido o estrondo de muitas trombetas, e os braços que me enlaçavam dissolveram-se. Fiquei ofuscada pela luz, mas, quando olhei para cima, vi que, nas árvores perto da casa e também nas árvores do pomar, havia inúmeros pássaros pousados, pássaros enormes, brancos como a neve. Era uma visão sinistra, um mau presságio, pois pareciam agachadas, prontas para saltar e destruir, e nisto pareciam um bando de corvos, só que brancos. Mas, quando minha visão clareou, vi que não eram absolutamente pássaros. Tinham uma forma humana e eram os anjos cujas vestes brancas estavam banhadas de sangue, como está escrito no fim da Bíblia; estavam sentados em silencioso julgamento em cima da casa do sr. Kinnear e em cima de tudo lá dentro. Então vi que não tinham cabeça.

No sonho, nesse momento, eu perdi a consciência, de absoluto pavor, e, quando recobrei os sentidos, estava em minha própria cama, no meu pequeno quarto, com a colcha puxada até as orelhas. Mas, depois que levantei – pois já amanhecera –, vi que a barra da minha camisola estava molhada e que meus pés tinham vestígios de terra e grama e pensei que eu devia ter andado lá fora sem saber que o estava fazendo, como já me acontecera antes, no dia em que Mary Whitney morreu, e meu coração esmoreceu dentro do peito.

Continuei a me vestir como sempre, prometendo não contar meu sonho a ninguém, pois em quem poderia confiar ali, naquela casa? Se o contasse como um aviso, ririam de mim. Mas, quando saí para bombear o primeiro balde de água, todas as roupas que eu lavara no dia anterior tinham sido arremessadas para as copas das árvores pela ventania, levadas pela tempestade noturna. Eu me esquecera de recolhê-las; era muito difícil eu esquecer algo assim, em especial roupa branca, na qual trabalhara tanto, tirando as manchas, e isto foi outro motivo de mau pressentimento para mim. E as camisolas e camisas presas nas árvores realmente pareciam anjos sem cabeça; era como se nossas próprias roupas estivessem nos julgando.

Eu não conseguia me livrar da sensação de que havia uma maldição naquela casa e que alguns ali estavam fadados a morrer. Se eu tivesse tido a oportunidade naquele momento, teria corrido o risco e fugido com o mascate Jeremias, e eu realmente queria correr atrás dele e teria sido melhor para mim se o tivesse feito, mas eu não sabia para onde ele fora.

O dr. Jordan está escrevendo ansiosamente, como se sua mão não conseguisse acompanhá-lo, e nunca o vi tão animado antes. Faz bem ao meu coração sentir que posso levar um pouco de prazer à vida de um semelhante e penso: o que será que ele vai concluir disso tudo?

IX
CORAÇÕES E MOELAS

À noite, James Walsh veio e trouxe sua flauta e Nancy disse: Vamos aproveitar para nos divertir, já que o sr. Kinnear está fora. Nancy disse a McDermott: Você sempre se gaba de ser bom dançarino, vamos, venha dançar, ele estava muito rabugento a noite toda e disse que não iria dançar. Por volta das dez horas, nos recolhemos. Dormi com Nancy naquela noite; antes de irmos para o quarto, McDermott me disse que estava decidido a matá-la naquela noite, com o machado, quando ela estivesse na cama. Eu implorei a ele que não fizesse aquilo naquela noite, pois poderia me atingir, em vez de a ela. Ele disse: Desgraçada, então vou matá-la logo de manhãzinha. Levantei cedo na manhã de sábado e, quando entrei na cozinha, McDermott limpava os sapatos, o fogo estava aceso, ele me perguntou onde Nancy estava, eu disse que ela estava se vestindo e perguntei-lhe se ele ia matá-la naquela manhã. Ele disse que sim. Eu disse: McDermott, pelo amor de Deus, não a mate no quarto, vai deixar o chão todo ensanguentado. Bem, ele disse, não farei isso lá, mas vou derrubá-la com o machado assim que ela descer.

    Confissão de Grace Marks,
    Star and Transcript, Toronto, novembro de 1843.

Aquele porão apresentava um espetáculo terrível.... [Nancy] Montgomery ainda não estava morta, como eu pensava; o golpe apenas a aturdira. Ela recuperara parcialmente os sentidos e estava ajoelhada sobre um dos joelhos quando descemos a escada com a luz. Não sei se ela nos viu, pois devia estar cega pelo sangue que escorria por seu rosto, mas certamente nos ouviu e ergueu as mãos juntas, como se implorasse por misericórdia.

Virei-me para Grace. A expressão em seu rosto lívido era ainda mais assustadora do que a da infeliz mulher. Ela não deu nenhum grito, mas colocou a mão na cabeça e disse:

"Deus me amaldiçoou por isso."

"Então você não tem mais nada a temer", eu disse. "Me dê o lenço do seu pescoço." Ela o entregou a mim sem nenhuma palavra. Atirei-me sobre o corpo da governanta e, fincando meu joelho em seu peito, amarrei o lenço em volta de seu pescoço com um único nó, dando a Grace uma das pontas para segurar, enquanto eu puxava a outra com força para terminar meu ato terrível. Seus olhos literalmente saltaram da cabeça, ela deu um gemido e tudo terminou. Em seguida, cortei o corpo em quatro pedaços e virei uma tina grande sobre ele.

  James McDermott,
  A Kenneth MacKenzie, tal como recontado
     por Susanna Moodie,
  Life in the Clearings, 1853.

... a morte, portanto, de uma bela mulher é, indubitavelmente, o tema mais poético do mundo...

  Edgar Allan Poe,
  "The Philosophy of Composition", 1846.

32

O calor do verão chegou sem aviso. Um dia, ainda era uma fria primavera, com aguaceiros e fortes rajadas de vento, nuvens brancas e geladas, distantes, sobre o azul glacial do lago; de repente, os narcisos murcharam, as tulipas se abriram e viraram do avesso como se bocejassem e logo deixaram suas pétalas caírem. Vapores de fossas elevam-se dos quintais e das sarjetas e uma nuvem de mosquitos se condensa ao redor da cabeça de todo pedestre. Ao meio-dia, o ar tremula como o espaço acima de uma chapa de ferro quente e a superfície do lago cintila, as margens exalando um leve mau cheiro de peixes mortos e ovas de rãs. À noite, o abajur de Simon é assediado por mariposas, que adejam ao seu redor, o toque suave de suas asas como o roçar de lábios sedosos.

Ele está impressionado com a mudança. Atravessando as estações mais graduais da Europa, esquecera-se dessas transições bruscas. Suas roupas estão pesadas como couro de animal, sua pele parece estar sempre úmida. Ele tem a impressão de que cheira a gordura e a leite azedo, ou talvez seja seu quarto de dormir que cheira assim. Faz tempo que não passa por uma boa limpeza, nem os lençóis foram trocados; nenhuma criada foi encontrada, embora a sra. Humphrey detalhe seus esforços nesse sentido todas as manhãs. Segundo ela, a fugitiva Dora anda espalhando histórias pela cidade – ao menos entre as criadas em potencial – sobre como a sra. Humphrey não pagava seu salário, como está a ponto de ser despejada, por estar absolutamente sem dinheiro, e também sobre o major ter fugido, o que é ainda mais embaraçoso. Portanto, é claro, ela diz a Simon, dá para compreender por que nenhuma criada quer se arriscar numa casa assim. E ela sorri melancolicamente.

Ela mesma tem preparado os desjejuns, que eles continuam a compartilhar na sua mesa – sugestão dela, com a qual ele concordou, já que seria humilhante para ela ter que carregar uma bandeja para cima. Hoje

Simon ouve sua senhoria com um alheamento impaciente, brincando com sua torrada mole e com o ovo que agora come frito. Ao menos com ovos fritos não há surpresas. O desjejum é tudo o que ela consegue fazer; ela é sujeita a ataques de prostração nervosa e dores de cabeça, causados por sua reação ao choque – ou assim ele presume e lhe diz –, e à tarde ela invariavelmente está estirada em sua cama, com um pano molhado na testa, exalando um forte cheiro de cânfora. Ele não pode deixar que ela morra de inanição e assim, apesar de quase sempre fazer suas refeições na mísera estalagem, de vez em quando ele tenta alimentá-la.

Ontem ele comprou uma galinha de uma velha rancorosa no mercado, mas somente quando chegou em casa descobriu que, apesar de ter sido depenada, a galinha não tinha sido limpa. Ele não podia enfrentar a tarefa – nunca limpara uma galinha antes em sua vida – e pensou em se desfazer do cadáver da ave. Um passeio pela beira do lago, um rápido arremesso... Mas depois se lembrou de que, afinal, tratava-se apenas de uma dissecação e ele já havia dissecado coisas piores do que galinhas e, quando já estava com o bisturi na mão – ele tinha guardado consigo os instrumentos de sua antiga ocupação, em sua maleta de couro –, sentiu-se bem novamente e conseguiu fazer uma incisão precisa. Depois disso, a situação piorou, mas ele conseguiu terminar o serviço prendendo a respiração. Preparou a galinha cortando-a em pedaços e fritando-os. A sra. Humphrey veio para a mesa, dizendo que se sentia um pouco melhor, e comeu boa parte da ave para alguém tão debilitado; mas, na hora de lavar a louça, ela teve uma recaída e Simon teve que cuidar de tudo sozinho.

A cozinha está ainda mais engordurada do que da primeira vez em que ele entrou ali. Rolos de poeira haviam se acumulado embaixo do fogão, aranhas nos cantos, farelos de pão ao lado da pia; uma família de baratas mudou-se para a despensa. É alarmante a rapidez com que uma pessoa desce à imundície. Algo deve ser feito logo, é preciso adquirir algum escravo ou lacaio. Além da sujeira, há a questão das aparências. Ele não pode continuar a morar sozinho na casa com sua senhoria: especialmente uma senhoria tão assustada e abandonada pelo marido. Se isto se tornar do conhecimento geral e as pessoas começarem a falar – por mais infundados que esses comentários possam ser –, sua reputação e posição profissional poderão sofrer. O reverendo Verringer deixou bem claro que os inimigos dos reformistas usarão quaisquer meios, mesmo os mais baixos, para desacreditar seus adversários e, no caso de um escândalo, ele seria imediatamente demitido.

Ele poderia ao menos fazer algo a respeito do estado da casa, se pudesse criar vontade para isto. Num instante, poderia varrer o chão e as escadas e tirar o pó dos móveis de seus próprios aposentos, mas ainda assim não haveria como esconder o cheiro abafado de desastre, de decadência lenta e inexorável, que exala das cortinas sem vida e se acumula nas almofadas e no madeirame. A chegada do calor do verão piorou tudo. Lembra-se com nostalgia do barulho do espanador de Dora; ele adquiriu um novo respeito pelas Doras deste mundo, mas, apesar de desejar que esses problemas domésticos se resolvam por si mesmos, não faz a menor ideia de como isso possa acontecer. Uma ou duas vezes, pensou em pedir conselho a Grace Marks – como uma criada poderia ser adequadamente contratada, como uma galinha poderia ser corretamente limpa –, mas achou melhor desistir. Devia manter sua posição de autoridade onisciente aos olhos dela.

A sra. Humphrey está falando novamente; o assunto é sua gratidão por ele, como sempre acontece quando ele está comendo sua torrada. Ela espera até que ele esteja com a boca cheia e então dispara. Seu olhar vagueia sobre ela – o oval pálido de seu rosto, os cabelos severos e sem vida, a quebradiça cintura de seda negra, os inesperados debruns de renda branca. Por baixo do vestido rígido deve haver seios, sem goma nem modelagem de espartilhos, mas de carne macia, com mamilos; ele se vê preguiçosamente imaginando de que cor seriam esses mamilos, à luz do sol, ou melhor, à luz do lampião, e qual o tamanho deles. Mamilos pequenos e rosados como o focinho dos animais, de coelhos ou camundongos, talvez; ou o quase vermelho de groselhas maduras; ou o marrom dos frutos do carvalho. Sua imaginação diverge, ele nota, para detalhes da vida silvestre e para coisas duras ou alertas. Na realidade, essa mulher não o atrai: essas imagens chegam sem ser invocadas. Sente os olhos pesados – ainda não é uma dor de cabeça, mas uma vaga pressão. Ele imagina se estaria com um pouco de febre; esta manhã, examinara a língua no espelho à procura de descoramento e manchas. Uma língua em mau estado parece carne de vitela cozida: branco-acinzentada, com uma camada espumosa em cima.

Corações e moelas

A vida que ele está levando não é saudável. Sua mãe tem razão, ele devia se casar. Casar ou arder, como diz São Paulo; ou buscar os remédios costumeiros. Há casas de má reputação em Kingston, como em toda parte, mas ele não pode servir-se delas como poderia fazer em Londres ou Paris. A cidade é pequena demais e ele é visível demais, sua posição muito precária, a mulher do governador piedosa demais, os inimigos da Reforma demasiadamente ubíquos. Não vale a pena o risco e, de qualquer modo, essas casas aqui devem ser deprimentes. Tristemente pretensiosas, com uma ideia provinciana de sedução no mobiliário melancolicamente estofado. Muitos brocados e franjas. Mas também profundamente utilitárias – moldadas no princípio das cidades fabris norte-americanas de processamento rápido e dedicadas à maior felicidade do maior número de pessoas, independentemente de quanto essa felicidade possa ser mínima e sombria. Anáguas manchadas, as carnes das prostitutas descoradas pela falta de sol, como massa crua, e sujas pelos dedos grosseiros e viscosos de alcatrão dos marinheiros e por aqueles mais manicurados do parlamentar ocasional, de passagem pela cidade, viajando envergonhadamente incógnito.

Ele faz bem em evitar esses lugares. Experiências assim drenam as energias mentais.

– Está doente, dr. Jordan? – pergunta a sra. Humphrey, enquanto lhe passa uma segunda xícara de chá, que ela lhe serviu sem que ele pedisse. Seus olhos estão imóveis, verdes, marinhos, as pupilas pequenas e negras. Ele desperta com um sobressalto. Teria adormecido?

– Estava apertando a testa com a mão – ela diz. – Está com dor de cabeça?

Ela tem o hábito de materializar-se do lado de fora de sua porta sempre que ele está tentando trabalhar, perguntando se ele precisa de algo. Ela é solícita, quase carinhosa, entretanto existe algo de subserviente em suas maneiras, como se estivesse à espera de um tapa, um pontapé, uma bofetada, que ela sabe com sombrio fatalismo que certamente virá mais cedo ou mais tarde. Mas não dele, não dele, ele protesta silenciosamente. Ele é um homem de temperamento moderado, nunca foi dado a explosões e ataques de fúria ou violência. Não há notícias do major. Ele pensa em seus pés descalços, finos, expostos e vulneráveis, amarrados com – de onde veio isso? – um pedaço de barbante comum. Como um embrulho.

Se sua consciência subliminar precisa se entregar a poses tão exóticas, poderia ao menos ser capaz de proporcionar-lhe uma corrente de prata...
Ele bebe o chá. Tem gosto de pântanos, de raízes de junco. Emaranhadas e obscuras. Ultimamente ele tem tido problemas intestinais e tem se medicado com láudano; felizmente tem um bom suprimento. Ele suspeita da água da casa; talvez suas escavações intermitentes no quintal tenham danificado o poço. Seus planos de fazer uma horta deram em nada, embora ele tenha revirado uma boa quantidade de terra. Depois de passar seus dias lutando contra sombras, ele encontra um curioso alívio em meter as mãos em algo real, como a terra. Mas está ficando quente demais para isso.

– Tenho que ir – ele diz e levanta-se, empurrando a cadeira para trás, enxugando a boca bruscamente, exibindo pressa, embora, na realidade, não tenha nenhum compromisso até a tarde. É inútil permanecer no quarto, tentar trabalhar; em sua escrivaninha, só irá cochilar, mas com os ouvidos alertas, como um gato sonolento, sintonizado no ruído de passos na escada.

Ele sai, caminha sem rumo. Seu corpo parece uma bexiga sem substância, vazia de vontade. Prossegue, sem destino, pelas margens do lago; aperta os olhos diante da intensa luz da manhã, passando aqui e ali por pescadores solitários que lançam suas iscas nas ondas tépidas e indolentes.

Quando está com Grace, as coisas são melhores, já que ele ainda pode se iludir floreando sua própria noção de propósito. Grace, ao menos, representa para ele uma meta ou realização. Mas hoje, ouvindo sua voz baixa e cândida – como a voz de uma babá da infância contando uma história muito apreciada –, ele quase adormece; só o barulho de seu próprio lápis ao bater no chão o desperta. Por um instante, acha que ficou surdo ou que sofreu um pequeno acidente cerebral; pode ver seus lábios se movendo, mas não consegue interpretar nenhuma das palavras. No entanto, isto é apenas um truque da consciência, pois ele pode se lembrar – quando resolve fazê-lo – de tudo o que ela disse.

Na mesa que os separa, está um pequeno e esmaecido nabo branco, que ambos ignoraram até agora.

Ele tem que concentrar suas forças intelectuais; não pode permitir-se esmorecer agora, ceder à letargia, perder o fio da meada que vem seguindo no decurso das últimas três semanas, pois finalmente estão se aproximando juntos do centro da narrativa de Grace. Estão próximos do vazio misterioso, da área apagada; estão entrando na floresta da amnésia, onde as coisas perderam os nomes. Em outras palavras, estão reconstituindo (dia a dia, hora a hora) os acontecimentos imediatamente anteriores aos assassinatos. Qualquer coisa que ela disser agora pode ser uma pista; qualquer gesto; qualquer sinal. Ela sabe; ela sabe. Pode não saber o que sabe, mas o conhecimento está lá, enterrado no fundo de sua consciência.

O problema é que, quanto mais ela lembra, quanto mais relata, mais dificuldades ele próprio tem. Ele não consegue manter todas as peças juntas. É como se ela drenasse todas as suas energias – usando suas próprias forças mentais para materializar as personagens de sua história, como dizem que os médiuns fazem durante seus transes. Isso é tolice, é claro. Ele não pode se deixar levar por fantasias doentias como essa. Ainda assim, houve algo sobre um homem, à noite; ele teria perdido algum detalhe? Um daqueles homens: McDermott, Kinnear. Em seu bloco de anotações, ele escreveu a palavra *sussurro*, e sublinhou-a três vezes. Do que ele queria se lembrar?

Meu querido filho. Estou alarmada por não ter recebido notícias suas há tanto tempo. Será que não está bem? Onde há umidade e neblina, sempre há infecções; e, pelo que sei, a localização de Kingston é bastante baixa, com muitos pântanos nas proximidades. Nunca se pode ser cuidadoso demais numa cidade que é sede de um destacamento militar, pois soldados e marinheiros são promíscuos em seus hábitos. Espero que tome a precaução de permanecer dentro de casa ou dos edifícios o maior tempo possível durante este intenso calor e não sair ao sol.

A sra. Henry Cartwright comprou uma das novas máquinas de costura domésticas, para uso de suas criadas, e a srta. Faith Cartwright ficou tão intrigada que resolveu ela própria experimentá-la; e foi capaz de fazer a bainha de uma anágua, em muito pouco tempo; ontem, muito atenciosamente, ela trouxe a anágua para que eu visse os pontos, já que ela sabe que sou interessada nessas invenções modernas. A máquina trabalha aceitavelmente bem, embora possa ser melhorada – nós de linha embaraçada ocorrem com mais frequência do que seria desejável e têm que ser cortados ou de-

sembaraçados –, mas dispositivos assim nunca são perfeitos no começo e a sra. Cartwright diz que seu marido é de opinião que as ações da companhia que fabrica essas máquinas deverão ser um investimento muito sólido com o tempo. Ele é um pai muito afetuoso e atencioso e se preocupa muito com o bem-estar futuro de sua filha, que é seu único descendente vivo.

Mas não vou aborrecê-lo com conversas de dinheiro, pois sei que considera o assunto entediante, embora, querido filho, seja o que mantém a despensa abastecida e o meio de se adquirir aqueles pequenos confortos que fazem a diferença entre uma vida de penúria e uma vida de modesto bem-estar e, como seu querido pai costumava dizer, seja algo que não cresce em árvores...

O tempo não está passando em seu ritmo invariável de sempre; dá guinadas estranhas. Agora, muito rapidamente, já é noite. Simon senta-se à sua escrivaninha, o bloco de anotações aberto diante dele, e fica olhando fixamente com ar estúpido pelo vão cada vez mais escuro da janela. O tórrido pôr do sol esmaeceu, deixando uma mancha arroxeada; o ar lá fora vibra com o zumbido de insetos e piados dos anfíbios. Seu corpo inteiro parece inchado, como madeira na chuva. Do gramado vem um cheiro de lilases murchando – um cheiro chamuscado, como de pele queimada de sol. Amanhã é terça-feira, o dia em que deverá fazer uma palestra para o pequeno grupo da mulher do governador, como prometido. O que ele pode dizer? Precisa fazer algumas anotações, organizar alguma espécie de apresentação coerente. Mas não adianta; ele não consegue fazer nada importante, não esta noite. Não consegue pensar.

Mariposas chocam-se contra o lampião. Ele deixa de lado a questão da reunião de terça-feira e, em vez disto, volta-se para sua carta inacabada. *Minha querida mãe. Minha saúde continua excelente. Obrigado por me enviar o estojo bordado para relógio feito para você pela srta. Cartwright; surpreende-me que esteja disposta a abrir mão dele, embora, como diz, ele seja grande demais para o seu próprio relógio, e certamente é muito delicado. Espero terminar meu trabalho aqui muito em breve...*

Mentiras e evasivas de sua parte, conspiração e sedução da parte dela. O que lhe importa a srta. Faith Cartwright e seu interminável e infernal trabalho de agulha? Toda carta que sua mãe lhe envia contém notícias de novos tricôs, bordados e tediosos crochês. O interior da casa dos Cartwright a essa altura já deve estar inteiramente coberto – todas as mesas, cadeiras, os abajures e o piano – com acres de franjas e borlas, uma pesada flor de lã florescendo em cada canto da casa. Será que sua mãe realmente acredita que ele possa ser seduzido por essa visão de si mesmo – casado com Faith Cartwright e preso a uma cadeira de braços junto à lareira, congelado numa espécie de estupor paralisante, com sua querida esposa revestindo-o gradualmente em coloridos fios de seda como um casulo, ou como uma mosca emaranhada numa teia de aranha?

Ele amarrota a folha, joga-a no chão. Escreverá uma carta diferente. *Meu caro Edward. Espero que esteja gozando de boa saúde; eu ainda estou em Kingston, onde continuo a...* Mas continua o quê? O que exatamente ele está fazendo ali? Não consegue manter seu tom alegre de costume. O que pode escrever para Edward, que troféu ou prêmio ele tem para mostrar? Até mesmo que resultados? Suas mãos estão vazias; não descobriu nada. Tem viajado às cegas, se para a frente ele não sabe dizer, sem aprender nada de novo, exceto que ainda não aprendeu nada, a não ser que conte a extensão de sua própria ignorância; como aqueles que buscaram em vão a nascente do Nilo. Como eles, deve levar em consideração a possibilidade de derrota. Mensagens desalentadas, rabiscadas em pedaços de cascas de árvores, enviadas da selva devoradora na ponta de uma vara fendida. *Sofrendo de malária. Mordido por uma cobra. Enviar mais remédios. Os mapas estão errados.* Ele não tem nada positivo para relatar.

De manhã, ele se sentirá melhor. Recuperará o autocontrole. Quando estiver mais fresco. Por ora, vai para a cama. Em seus ouvidos, permanece um fervilhamento de insetos. O calor úmido abate-se sobre seu rosto como a mão de alguém e sua consciência se agita por um instante – o que estaria a ponto de se lembrar? –, mas, em seguida, se esvai.

Repentinamente acorda com um sobressalto. Há luz no quarto, uma vela, flutuando no vão da porta. Por trás, uma figura tenuemente iluminada: sua senhoria, numa camisola branca, um xale desbotado envolvendo-a. À luz da vela, seus longos cabelos soltos parecem grisalhos.

Simon puxa a coberta para cima; não está usando roupa de dormir.

– O que foi? – pergunta. Deve ter soado zangado, mas, na verdade, está assustado. Certamente não com ela; mas que diabos ela está fazendo em seu quarto? No futuro, deverá trancar a porta.

– Dr. Jordan, sinto muito perturbá-lo – ela diz –, mas eu ouvi um barulho. Como se alguém estivesse tentando arrombar uma janela. Fiquei assustada.

Não há nenhum tremor em sua voz, nenhuma vibração. A mulher tem nervos de aço. Ele lhe diz que descerá com ela em um minuto para verificar as trancas e janelas; pede que ela aguarde no aposento da frente.

Enfia-se atabalhoadamente no roupão, que imediatamente gruda em sua pele úmida, e arrasta os pés pela escuridão na direção da porta.

Isso tem que parar, diz a si mesmo. *Isso não pode continuar assim.* Mas não há nada acontecendo e, portanto, nada pode parar.

33

É o meio da noite, mas o tempo continua a passar e também continua a dar voltas, como o sol e a lua no relógio de parede na sala de estar. Logo romperá a aurora. Logo será o nascer do dia. Não posso impedir o dia de nascer da maneira como sempre faz e de continuar o seu caminho; sempre o mesmo dia, que retorna com a regularidade de um relógio. Começa com o dia antes do dia anterior e depois o dia anterior e então o próprio dia. Um sábado. O dia da ruptura. O dia em que o açougueiro vem.

O que devo contar ao dr. Jordan sobre esse dia? Porque agora já estamos quase lá. Lembro-me do que disse quando fui presa e o que o sr. MacKenzie, o advogado, disse que eu deveria dizer e o que eu não disse nem mesmo a ele e o que eu disse no julgamento e o que eu disse depois, que também foi diferente. E o que McDermott disse que eu disse e o que os outros disseram que eu devo ter dito, pois há sempre aqueles que lhe atribuem suas próprias falas e as colocam diretamente em sua boca, e esse tipo de gente é como os ventríloquos, que podem projetar a voz, nas feiras e nos espetáculos, e você não passa de seu boneco de madeira. E foi assim no julgamento, eu estava lá no banco dos réus, mas bem poderia ser uma boneca de pano, com enchimento e cabeça de porcelana, e eu estava encerrada dentro dessa boneca de mim mesma e minha verdadeira voz não conseguia sair.

Eu disse que me lembrava de algumas coisas que fiz. Mas há outras coisas que disseram que eu fiz das quais não consigo absolutamente me lembrar.

Será que ele disse: Vi você lá fora de noite, de camisola, ao luar? Será que ele disse: Quem você estava procurando? Era um homem? Será que ele disse: Eu pago bons salários, mas quero bons serviços em troca? Será que ele disse: Não se preocupe, não contarei à sua patroa, será nosso segredo? Será que ele disse: Você é uma boa menina?

Ele deve ter dito. Ou talvez eu estivesse dormindo.

Será que ela disse: Não pense que eu não sei o que você andou fazendo? Será que ela disse: Pagarei seu salário no sábado e então você pode ir embora daqui e já vai tarde, que bons ventos a levem?
Sim. Ela disse isso.
Será que eu fiquei agachada atrás da porta da cozinha, chorando, depois disso? Será que ele me tomou em seus braços? Será que eu deixei que ele fizesse isso? Será que ele disse: Grace, você está chorando? Será que eu disse: Queria que ela estivesse morta?
Ah, não. Certamente eu não disse isso. Ao menos não em voz alta. E eu não desejava realmente que ela estivesse morta. Só queria que ela estivesse em outro lugar, que era o mesmo que ela desejava para mim.
Será que eu o empurrei, afastando-o de mim? Será que ele disse: Logo vou fazer com que você tenha uma opinião melhor sobre mim? Será que ele disse: Vou lhe contar um segredo se me prometer guardá-lo? E, se não o fizer, sua vida não valerá um tostão?
Poderia ter acontecido.

Estou tentando me lembrar de como era o sr. Kinnear, para poder contar ao dr. Jordan. Ele sempre foi amável comigo, ou ao menos é o que direi. Mas não consigo me lembrar com clareza. A verdade é que, apesar de tudo o que um dia eu pensei dele, sua imagem desvaneceu; ela vem desbotando gradualmente ano após ano, como um vestido lavado inúmeras vezes, e agora o que resta dele? Uma forma indistinta. Um ou dois botões. Às vezes uma voz, mas não os olhos, nem a boca. Como ele realmente era, pessoalmente? Ninguém escreveu sobre isso, nem mesmo nos jornais; disseram tudo sobre McDermott e também sobre mim, sobre nossa aparência e apresentação, mas não sobre o sr. Kinnear, porque é mais importante ser uma assassina do que a pessoa assassinada, olham para você com mais atenção, e agora ele se foi. Penso nele adormecido e sonhando em sua cama, de manhã, quando levo seu chá, com o rosto escondido pelo lençol desarrumado. Na escuridão daqui, posso ver outras coisas, mas não consigo vê-lo de modo algum.

Eu nomeio seus pertences, enumerando-os. A caixa de ouro de rapé, o telescópio, a bússola de bolso, o canivete, o relógio de ouro, as colheres de prata que eu costumava polir, os candelabros com o brasão da família. *Vivo na esperança.* O colete de tartã escocês. Não sei onde foram parar.

* * *

Estou deitada na cama estreita e dura, no colchão feito de "tique-taque", que é como chamam o pano rústico, riscado, que cobre o colchão, embora eu não saiba por que o chamam assim, já que não é um relógio. O enchimento do colchão é de palha seca, que estala como uma fogueira quando me viro, e, quando me mexo, ele sussurra para mim: *Psiu, psiu.* Está escuro como um túmulo neste quarto e quente como um coração em brasa; se você olhar fixamente para dentro da escuridão com os olhos bem abertos, depois de certo tempo certamente acabará vendo alguma coisa. Espero que não sejam flores. Mas esta é a época em que elas gostam de abrir, as flores vermelhas, as brilhantes peônias vermelhas que parecem de cetim, que são como borrões de tinta. O solo para elas é o vazio, é o espaço vazio e o silêncio. Eu sussurro: *Falem comigo*; pois eu prefiro uma conversa ao lento trabalho de jardinagem que é realizado em silêncio, com as pétalas de cetim vermelho escorrendo pela parede.

Acho que durmo.

Estou no corredor dos fundos, tateando meu caminho ao longo da parede. Mal consigo ver o papel de parede; costumava ser verde. Aqui estão as escadas para o andar de cima, aqui está o corrimão. A porta do quarto está entreaberta e posso ouvir. Pés descalços no tapete de flores vermelhas. Sei que está se escondendo de mim, saia imediatamente ou terei que encontrá-la e agarrá-la. E, quando agarrá-la, quem sabe o que farei?

Permaneço imóvel atrás da porta, posso escutar meu próprio coração. Oh não, oh não, oh não.

Aqui vou eu, estou entrando agora. Você nunca me obedece, nunca faz o que eu mando, menina safada. Agora, terá que ser castigada.

Não é culpa minha. O que posso fazer agora, para onde posso me voltar?

Você tem que destrancar a porta, tem que abrir a janela, tem que me deixar entrar.

Oh, veja, oh, veja todas essas pétalas esparramadas, o que foi que você fez?

Acho que durmo.

* * *

Estou do lado de fora, é noite. Lá estão as árvores, lá está o caminho de entrada e a cerca em zigue-zague, com uma meia-lua brilhando, e meus pés descalços no cascalho. Mas, quando chego diante da casa, o sol está se pondo e as pilastras brancas da casa estão rosadas e as peônias brancas resplandecem vermelhas na luz evanescente. Minhas mãos estão adormecidas, não consigo sentir as pontas dos dedos. Sinto cheiro de carne fresca, subindo do chão e a toda volta, embora eu tenha dito ao açougueiro que não queríamos nenhuma carne.

Na palma da minha mão há uma desgraça. Devo ter nascido com ela. Carrego-a comigo onde quer que eu vá. Quando ele me tocou, a má sorte transferiu-se para ele.

Acho que durmo.

Acordo com o canto do galo e sei onde estou. Estou na sala de estar. Estou na cozinha. Estou no porão. Estou em minha cela, sob o cobertor grosseiro da prisão, cuja bainha provavelmente fui eu mesma quem fez. Nós fazemos tudo o que vestimos ou usamos aqui, dormindo ou acordadas; assim, eu mesma fiz esta cama e agora estou deitada nela.

É de manhã, é hora de levantar e hoje devo continuar com a história. Ou a história deve continuar comigo, carregando-me dentro dela, pelo caminho que deve percorrer, diretamente para o fim, chorando como um trem, surda, com apenas um olho e hermeticamente trancada; embora eu me jogue contra suas paredes, grite e chore, e suplique a Deus para me deixar sair.

Quando você está no meio de uma história, ela não é absolutamente uma história, mas apenas uma confusão; um ronco sombrio, uma cegueira, um monte de destroços, de vidro estilhaçado e madeira lascada; como uma casa num tornado ou um barco esmagado pelos icebergs ou engolido pelas correntezas de um rio e todos a bordo impotentes, sem poder fazer nada. Apenas mais tarde é que se transforma em algo parecido com uma história. Quando você a está contando, para você mesmo ou para outra pessoa.

34

Simon aceita uma xícara de chá das mãos da mulher do governador. Ele não gosta muito de chá, mas considera um dever social tomá-lo neste país, bem como encarar todas as piadas sobre o episódio que ficou conhecido como a Festa do Chá de Boston, que são muitas, com um sorriso distante, mas indulgente.

Sua indisposição parece ter passado. Hoje ele está se sentindo melhor, embora precisando de um bom sono. Ele conseguiu fazer sua pequena palestra para o grupo das terças-feiras e considera ter cumprido adequadamente seu dever. Começou com um apelo pela reforma dos manicômios, a maioria dos quais continua a ser o reduto de sordidez e iniquidade como no século passado. Isso foi bem recebido. Continuou, então, com algumas observações sobre a turbulência intelectual nesse campo de estudo e sobre as diferentes escolas de pensamento entre os psiquiatras.

Primeiro, discorreu sobre a escola Material. Os profissionais que a integram sustentam que os distúrbios mentais são de origem orgânica – decorrentes, por exemplo, de lesões dos nervos e do cérebro ou condições hereditárias de uma espécie definível, como a epilepsia, ou de doenças adquiridas, incluindo aquelas sexualmente transmissíveis –, ele foi elíptico nesse ponto, em consideração à presença das senhoras, mas todos compreenderam o que ele queria dizer. Em seguida, descreveu a abordagem da escola Mental, que acredita em causas muito mais difíceis de isolar. Como medir os efeitos de um choque, por exemplo? Como diagnosticar amnésia sem nenhuma manifestação física discernível ou certas alterações inexplicáveis e radicais da personalidade? Qual, ele perguntou, era o papel desempenhado pela vontade e qual pela alma? Nesse ponto, a sra. Quennell inclinou-se para a frente, apenas para voltar para trás quando ele disse que não sabia.

Depois continuou com as muitas descobertas que estavam sendo feitas – a terapia com brometo do dr. Laycock para epiléticos, por exemplo, que deveria pôr um fim a um grande número de crenças errôneas e superstições; as pesquisas sobre a estrutura do cérebro; o uso de drogas tanto na indução quanto no alívio de alucinações de vários tipos. Um trabalho pioneiro vinha sendo permanentemente desenvolvido; quanto a isto, ele gostaria de mencionar o corajoso dr. Charcot, de Paris, que recentemente se dedicara ao estudo dos histéricos, e a pesquisa dos sonhos como a chave para o diagnóstico, sua relação com a amnésia, para a qual ele próprio esperava vir a dar sua modesta contribuição. Todas essas teorias estavam nos primeiros estágios de seu desenvolvimento, mas muito se podia esperar delas para breve. Como o eminente filósofo e cientista francês Maine de Biran dissera, havia um Mundo Novo interior a ser descoberto, para o que é necessário "mergulhar nos subterrâneos da alma".

O século XIX, ele concluiu, seria para o estudo da mente o que o século XVIII fora para o estudo da matéria – uma Era de Iluminismo. Ele tinha orgulho de fazer parte de tão importante avanço do conhecimento, ainda que de uma maneira muito pequena e humilde.

Ele gostaria que não estivesse tão terrivelmente quente e úmido. Estava encharcado de suor quando terminou e ainda consciente de um cheiro de pântano, que vinha de suas mãos. Deve ser do trabalho com a terra no quintal; fizera mais uma parte naquela manhã, antes do calor do dia aumentar.

O grupo das terças-feiras o aplaudiu educadamente e o reverendo Verringer lhe agradeceu. O dr. Jordan, ele disse, devia ser congratulado pelas edificantes observações com que os brindara naquela noite. Ele havia lhes proporcionado muito sobre o que pensar. O universo era de fato um lugar misterioso, mas Deus abençoara o homem com a mente, para compreender melhor os mistérios que estivessem realmente dentro de sua compreensão. Ele deixou implícito que havia outros, no entanto, que não eram assim. Isso pareceu agradar a todos.

Mais tarde, os presentes cumprimentaram Simon individualmente. A sra. Quennell disse-lhe que ele falara com uma sensibilidade sincera, o que o fez se sentir levemente culpado, já que seu principal objetivo tinha sido liquidar com o assunto o mais rapidamente possível. Lydia, muito atraente em um vestido de verão novo e farfalhante, foi insuperável em seu louvor, tão extasiada quanto qualquer homem poderia desejar, mas ele não conseguia afastar a desconfiança de que ela não compreendera nem uma palavra sequer do que ele dissera.

– Muito intrigante – diz Jerome DuPont agora, ao lado de Simon. – Notei que não disse nada sobre a prostituição, o que, juntamente com a bebida, é sem dúvida um dos principais males a afligir nossa época.

– Não quis levantar o assunto – Simon diz –, considerando a companhia.

– Naturalmente. Eu estaria interessado em sua opinião sobre o ponto de vista sustentado por alguns de nossos colegas europeus, de que a tendência para isso é uma forma de insanidade. Eles a vinculam à histeria e à neurastenia.

– Estou ciente disso – Simon diz, sorrindo. Em sua época de estudante, ele costumava argumentar que, se uma mulher não tem nenhum outro caminho diante de si a não ser a fome, a prostituição ou atirar-se de uma ponte, então sem dúvida a prostituta, que apresentou o mais tenaz instinto de sobrevivência, deveria ser considerada mais forte e mais mentalmente saudável do que suas irmãs mais frágeis ou já mortas. Não era possível agir das duas maneiras, ele assinalava: se as mulheres são seduzidas e abandonadas, espera-se que fiquem loucas, mas, se sobrevivem e seduzem por sua vez, então são consideradas loucas desde o começo. Ele dizia que isso lhe parecia uma maneira dúbia de pensar, o que lhe valeu a reputação de cínico ou de puritano hipócrita, dependendo da plateia.

– Eu mesmo – diz o dr. DuPont – inclino-me a colocar a prostituição na mesma categoria das manias religiosas e homicidas; tudo o que pode ser considerado, talvez, um impulso de exibição que saiu de controle. Casos assim foram observados no teatro, entre atores que alegam ter se transformado no personagem que estão representando. As cantoras de ópera são especialmente vulneráveis a isso. Existe o registro de uma Lucia que de fato matou o amante.

– É uma possibilidade interessante – diz Simon.

– O senhor não se compromete – diz o dr. DuPont, fitando Simon com seus olhos escuros e brilhantes. – Mas iria ao ponto de admitir que as mulheres em geral possuem uma organização nervosa mais frágil e, consequentemente, são mais sugestionáveis?

– Talvez – responde Simon. – Sem dúvida, essa é a crença generalizada.

– Isso as torna, por exemplo, muito mais fáceis de hipnotizar.

Ah, pensa Simon. Cada qual no seu próprio território de interesse. Agora ele está chegando aonde quer chegar.

– Como vai a sua bela paciente, se é que posso chamá-la assim? – diz o dr. DuPont. – O senhor está fazendo progressos?

– Nada definitivo ainda – diz Simon. – Existem várias linhas de pesquisa possíveis que eu espero seguir.

– Eu ficaria honrado se me permitisse tentar meu próprio método. Apenas como uma forma de experiência; uma demonstração, se preferir.

– Cheguei a um ponto crucial – Simon diz. Ele não deseja parecer rude, mas não quer que este homem interfira. Grace é território seu; ele tem que repelir os invasores. – Isso pode perturbá-la e desfazer semanas de cuidadosa preparação.

– Quando lhe for mais conveniente – diz o dr. DuPont. – Espero permanecer aqui por mais um mês, no mínimo. Gostaria de ser útil.

– Está hospedado com a sra. Quennell, não? – pergunta Simon.

– Uma anfitriã muito generosa. Mas obcecada pelos espiritualistas, como muitas pessoas atualmente. Um sistema inteiramente infundado, asseguro-lhe. Mas, por outro lado, os aflitos se deixam dominar facilmente.

Simon refreia o impulso de dizer que não precisa que ninguém lhe assegure disso.

– O senhor frequentou algumas de suas... reuniões... Devo chamá-las de sessões?

– Uma ou duas. Afinal de contas, sou seu hóspede; as ilusões envolvidas são de considerável interesse, para o pesquisador clínico. Mas ela está longe de fechar sua mente para a ciência e está até mesmo pronta a patrocinar pesquisas legítimas.

– Ah – Simon diz.

– Ela gostaria que eu tentasse uma sessão de neuro-hipnose com a srta. Marks – diz o dr. DuPont delicadamente. – Em nome do comitê. O senhor não teria nenhuma objeção, não é?

Desgraçados, Simon pensa. Devem estar ficando impacientes comigo; acham que estou demorando demais. Mas, se interferirem muito, vão estragar tudo. Por que não me deixam usar meus próprios recursos?

* * *

Hoje é dia do encontro das terças-feiras e, como o dr. Jordan fará uma palestra na reunião, eu não o vi à tarde, pois ele precisava se preparar. A mulher do governador perguntou se eu poderia ficar mais tempo, já que estavam com falta de criados e ela queria que eu ajudasse a servir os convidados, como fiz tantas vezes. Naturalmente era apenas um pedido formal, pois a inspetora-chefe precisava concordar, e assim o fez, e eu deveria jantar na cozinha depois, tal como uma criada de verdade, pois o jantar na penitenciária já teria terminado quando eu voltasse. Eu aguardava ansiosamente a ocasião, pois seria como nos velhos tempos, quando eu era livre para ir e vir e havia mais variedade nos meus dias e eu podia contar com esses prazeres.

Eu sabia, no entanto, que teria que aturar algumas desfeitas e alguns olhares severos e comentários malévolos sobre o meu caráter. Não de Clarrie, que sempre foi minha amiga, apesar de silenciosa, nem da cozinheira, que já está acostumada comigo. Mas uma das camareiras tem inveja de mim, pois estou nesta casa há mais tempo, conheço seu funcionamento e desfruto da confiança da srta. Lydia e da srta. Marianne, o que não acontece com ela, e ela provavelmente fará alguma alusão a assassinatos, estrangulamentos ou alguma coisa igualmente desagradável. Há também Dora, que tem vindo ajudar a lavar a roupa, mas não é uma criada permanente e é paga por hora de trabalho. É uma mulher grande, de braços fortes e útil para carregar os pesados cestos de lençóis molhados; mas ela não é confiável, já que está sempre contando histórias de seu antigo patrão e patroa, que ela diz que nunca pagaram o que lhe deviam e, além disto, viviam de um modo escandaloso, ele tão embriagado que não passava de um imbecil e mais de uma vez deixou sua mulher de olho roxo e ela sempre adoecendo por qualquer coisa e Dora não ficaria surpresa de saber que também havia bebida no fundo de sua depressão e dores de cabeça.

Apesar de dizer todas essas coisas, Dora aceitou, entretanto, voltar para lá e ser a criada para todo o serviço outra vez e, na verdade, já começou e, quando a cozinheira lhe perguntou por que ela faria isso, considerando que eram pessoas tão pouco respeitáveis, ela deu uma piscadela e disse que o dinheiro fala mais alto, que o jovem médico que se hospedava lá pagou seus salários atrasados e lhe implorou quase de joelhos para que voltasse, pois não conseguiam encontrar mais ninguém. Ele é um homem que gosta de paz e tranquilidade, de um lugar limpo e arrumado, e está disposto a pagar por isso, apesar da senhoria não poder, pois seu marido fugiu e agora ela não passa de uma esposa abandonada e muito pobre. E Dora disse que não receberia mais ordens dela, que sempre foi uma patroa implicante e rabugenta, mas apenas do dr. Jordan, pois quem paga manda.

Não que ele seja grande coisa também, com aquele ar de envenenador que tantos médicos têm, com seus frascos, poções e pílulas, e ela agradece ao bom Deus todos os dias por não ser uma velha rica sob seus cuidados, ou não duraria muito neste mundo, e ele tem o estranho hábito de cavar na horta, embora já seja tarde demais para plantar qualquer coisa; mas ele se atira nisso como um coveiro e já revolveu quase todo o quintal; depois é ela quem tem que varrer a terra que ele traz para dentro nos sapatos e esfregar as manchas de lama de suas camisas e aquecer a água para seu banho.

Fiquei surpresa ao descobrir que esse dr. Jordan sobre o qual ela falava era o mesmo dr. Jordan que eu conhecia; mas também fiquei curiosa, pois não sabia de nada disso sobre sua senhoria; na verdade, eu não sabia nada sobre ela. Assim, perguntei a Dora que tipo de mulher ela era e Dora disse: Magra como um palito e pálida como um cadáver, com cabelos compridos tão louros que quase pareciam brancos, mas, fora isso e seus modos refinados de senhora da sociedade, não era flor que se cheirasse, apesar de Dora não ter prova disto; mas essa sra. Humphrey tinha um jeito desvairado de revirar os olhos e era cheia de tiques e essas duas coisas juntas sempre significavam atividades quentes por trás de portas fechadas e o dr. Jordan deveria tomar cuidado, porque, se ela alguma vez vira a determinação de arrancar as calças de um homem, ela estava lá, nos olhos da sra. Humphrey, e agora eles faziam o desjejum juntos todas as manhãs, o que lhe parecia estranho. Eu achei uma grosseria aquele comentário, ao menos a parte sobre as calças.

E eu penso: se isso é o que ela diz daqueles para quem trabalha, pelas costas, então, Grace, o que não dirá de você? Eu sempre a pego examinando-me com seus olhinhos rosados e imaginando que histórias sensacionais irá contar aos seus amigos, se tiver algum, sobre ter tomado chá com uma assassina famosa, que, por direito, já deveria ter sido enforcada há muito tempo e cortada em pedaços pelos médicos, como os açougueiros preparam uma carcaça, e o que sobrasse de mim depois que terminassem devia ser amarrado num pacote, como uma bola de sebo, e deixado para apodrecer numa sepultura desonrosa, onde nada crescia além de cardos e urtigas.

Mas eu sou a favor da paz e, portanto, não digo nada. Porque, se eu fosse entrar numa briga com ela, sei muito bem quem levaria a culpa.

Tínhamos ordens de ficar com os ouvidos atentos ao fim da reunião, que seria sinalizado por aplausos e um discurso para agradecer ao dr. Jordan por seus instrutivos comentários, que é o que dizem para todos que fazem uma palestra nessas ocasiões, e esse seria o sinal para que levássemos as comidas e bebidas; assim, mandaram uma das criadas para ficar ouvindo junto à porta da sala de estar. Ela voltou depois de alguns instantes e disse que os agradecimentos estavam sendo feitos; assim, contamos até vinte e enviamos o primeiro bule de chá e as primeiras bandejas de bolos. Eu fui mantida embaixo, cortando o bolo e arrumando os pedaços numa travessa redonda, na qual a mulher do governador dera instruções para colocar uma ou duas rosas no centro, e ficou muito bonita. Então mandaram dizer que eu mesma deveria levar essa travessa em particular, o que achei estranho; mas arrumei os cabelos, subi as escadas com o bolo e atravessei a porta da sala de estar, sem esperar nenhum problema.

Ali, entre outros, estavam a sra. Quennell, com os cabelos como uma esponja de pó-de-arroz, vestindo musselina rosa, que era juvenil demais para ela; a mulher do governador, de cinza; o reverendo Verringer, com seu ar esnobe de sempre; o dr. Jordan, um pouco pálido e abatido, como se a palestra o tivesse exaurido, e a srta. Lydia, com o vestido que eu ajudara a ajustar, que estava linda como uma pintura.

Mas quem eu vejo, olhando diretamente para mim com um leve sorriso, senão o mascate Jeremias! Ele tinha os cabelos e a barba muito bem aparados e levantou-se como um cavalheiro, num terno cor de areia muito bem talhado, com uma corrente de ouro atravessada sobre o colete, e segurando uma xícara de chá na melhor maneira afetada de um cavalheiro, exatamente como costumava fazer quando imitava um deles, na cozinha da sra. Parkinson; mas eu o teria reconhecido em qualquer lugar.

Fiquei tão surpresa que soltei um pequeno grito, depois fiquei completamente imóvel, com a boca aberta como um peixe, e quase deixei a travessa cair e, na verdade, vários pedaços do bolo deslizaram para o chão, assim como as rosas. Mas não antes que Jeremias colocasse sua xícara sobre a mesa e deslizasse o dedo indicador ao longo do nariz, como se o coçasse; o que não acredito que ninguém tenha visto, já que todos olhavam para mim; por seu gesto, eu compreendi que deveria ficar de boca fechada, não dizer nada, nem denunciá-lo.

Eu, portanto, não o fiz, mas pedi desculpas por ter derrubado o bolo e coloquei a travessa sobre a mesa lateral; em seguida, ajoelhei-me para recolher os pedaços de bolo do chão no meu avental. Mas a mulher do governador disse: Pode deixar isso no momento, Grace, quero apresentá-la a alguém. Ela me pegou pelo braço e me conduziu adiante. Este é o dr. Jerome DuPont, ela disse, ele é um eminente médico, e Jeremias balançou a cabeça para mim e disse: Como vai, srta. Marks? Eu ainda estava confusa, mas consegui manter a compostura; a mulher do governador lhe dizia: Ela sempre se assusta com estranhos. E para mim: O dr. DuPont é um amigo, ele não vai machucá-la.

Diante disso, eu quase dei uma gargalhada, mas, em vez disto, apenas disse: Sim, madame, e baixei os olhos para o chão. Ela deve ter temido uma repetição daquela outra ocasião, quando o médico de medir cabeças veio aqui e eu gritei demais. Mas ela não precisava ter se preocupado.

Preciso olhar em seus olhos, disse Jeremias. Geralmente é uma indicação de se o procedimento será ou não eficaz. Então levantou meu queixo e nos fitamos. Muito bem, ele disse, de uma maneira solene e serena, exatamente como se fosse o que pretendia ser; tive que admirá-lo. Depois perguntou: Grace, você já foi hipnotizada? E ele segurou meu queixo por um instante, para me firmar e me dar tempo para recuperar o autocontrole.

Certamente espero que não, senhor, eu disse, com alguma indignação. Nem sei bem do que se trata.

É um procedimento inteiramente científico, ele disse. Estaria disposta a experimentar? Isso ajudaria seus amigos e o comitê. Se eles decidirem que você deve. Ele apertou levemente meu queixo e fez um rápido movimento com os olhos para cima e para baixo, como um sinal para que eu dissesse que sim.

Farei o que estiver ao meu alcance, senhor, eu disse, se for isso que desejam.

Ótimo, ótimo, ele disse, tão pomposo quanto um médico de verdade. Mas, para que a experiência seja bem-sucedida, você precisa confiar em mim. Acha que pode fazer isso, Grace?

O reverendo Verringer e a srta. Lydia, a sra. Quennell e a mulher do governador sorriam abertamente para mim, para me encorajar. Tentarei, senhor, eu disse.

Nesse momento, o dr. Jordan deu um passo à frente e disse que achava que eu já tivera emoções suficientes para um dia e que era preciso ter cuidado com meus nervos, pois eram delicados e não deviam ser prejudicados, e Jeremias disse: É claro, é claro. Mas pareceu satisfeito consigo mesmo. E, embora eu tenha grande estima pelo dr. Jordan e ele tenha sido bom para mim, achei que ele parecia um pobre peixe ao lado de Jeremias, como um homem em uma feira que teve a carteira roubada, mas ainda não se deu conta disso.

Quanto a mim, tinha vontade de rir de contentamento, pois Jeremias fizera um truque de mágica, tal como se tivesse tirado uma moeda detrás da minha orelha ou fingido ter engolido um garfo, e, assim como ele costumava fazer esses truques em plena vista, com todos observando-o, mas incapazes de detectar o truque, ele agira do mesmo modo ali e fizera um pacto comigo bem debaixo dos olhos de todos os presentes, sem que ninguém desconfiasse.

Lembrei-me, depois, de que, em certa época, ele viajara como um hipnotizador e praticara vidências médicas em feiras e realmente conhecia essas artes e poderia me colocar em transe. E isso fez com que eu me contivesse repentinamente e parasse para refletir.

35

— Não é a questão de sua culpa ou inocência que me interessa – Simon diz. – Sou médico, não juiz. Eu só quero saber do que você consegue realmente se lembrar.

Chegaram finalmente aos assassinatos. Ele revisou todos os documentos à sua disposição – as atas do julgamento, as opiniões dos jornais, as confissões, até mesmo a versão exagerada da sra. Moodie. Ele está completamente preparado e também tenso: o modo como ele se conduzir hoje determinará se Grace finalmente abrirá a mente, revelando seus tesouros escondidos, ou se ela, ao contrário, irá se amedrontar e esconder, fechando-se como uma ostra.

O que ele trouxe hoje não é um legume. É um castiçal de prata, que lhe foi cedido pelo reverendo Verringer, e semelhante – ele espera – ao tipo usado na casa de Kinnear e do qual James McDermott se apropriara. Ele ainda não o mostrou; está numa cesta de palha – uma cesta de compras, na verdade, emprestada por Dora – que ele colocou discretamente ao lado de sua cadeira. Não tem muita certeza do que planeja fazer com isso.

Grace continua a costurar. Não levanta os olhos.

— Ninguém nunca se importou com isso antes, senhor – ela diz. – Diziam que eu devia estar mentindo; sempre queriam saber mais. A não ser o advogado, sr. Kenneth MacKenzie. Mas tenho certeza de que nem mesmo ele acreditava em mim.

— Eu acreditarei em você – Simon diz. É, ele compreende, um compromisso de peso.

Grace aperta um pouco os lábios, franze a testa, não diz nada. Ele se lança na questão.

— O sr. Kinnear viajou para a cidade na quinta-feira, não foi?

— Sim, senhor – Grace responde.

— Às três da tarde? A cavalo?

– Essa foi a hora exata, senhor. Ele era esperado de volta no sábado. Eu estava lá fora, borrifando água nos lenços de linho estendidos ao sol para quarar. McDermott trouxe o cavalo para ele. O sr. Kinnear estava montando Charley, já que a charrete estava na vila para receber uma nova mão de tinta.

– Ele disse alguma coisa para você nessa hora?

– Ele disse: aqui está seu namorado preferido, Grace, venha dar-lhe um beijo de despedida.

– Referindo-se a James McDermott? Mas McDermott não estava indo a lugar nenhum – Simon diz.

Grace ergue os olhos para ele com um ar inexpressivo que beira o desprezo.

– Ele se referia ao cavalo, senhor. Ele sabia que eu gostava muito de Charley.

– E o que você fez?

– Eu me aproximei e acariciei Charley, senhor, no focinho. Mas Nancy estava olhando da porta da cozinha de inverno e ouviu o que ele disse e não gostou. Nem McDermott. Mas não havia nenhuma maldade nisso. O sr. Kinnear apenas gostava de caçoar.

Simon respira fundo.

– O sr. Kinnear já havia feito propostas impróprias a você, Grace?

Ela olha para ele novamente; desta vez, há um leve sorriso.

– Não sei o que quer dizer com impróprias, senhor. Ele nunca usou uma linguagem baixa comigo.

– Ele alguma vez tocou em você? Ele tomava liberdades?

– Só o de costume, senhor.

– De costume? – Simon diz. Fica desconcertado. Ele não sabe como dizer o que pretende, sem ser explícito demais: Grace possui um forte sentimento de pudor.

– Com uma criada, senhor. Ele era um patrão muito bom – Grace diz incisivamente. – E liberal quando queria ser.

Simon deixa a impaciência dominá-lo. O que ela quer dizer? Estará dizendo que era paga para prestar favores?

– Ele colocou as mãos dentro de suas roupas? – ele pergunta. – Você estava deitada?

Grace se levanta.

– Já ouvi o bastante deste tipo de conversa – ela diz. – Eu não tenho que ficar aqui. O senhor é igual aos outros do asilo, aos capelães da prisão e ao dr. Bannerling e suas ideias imundas!

Simon começa a lhe pedir desculpas, sem saber ao certo o que deveria fazer.

– Por favor, sente-se – ele diz, depois que ela se acalma. – Vamos voltar para a sequência de acontecimentos. O sr. Kinnear partiu às três da tarde de quinta-feira. E depois, o que aconteceu?

– Nancy disse que nós dois deveríamos ir embora depois do dia seguinte e que tinha o dinheiro para nos pagar. Disse que o sr. Kinnear estava de acordo com ela.

– Você acreditou nisso?

– Quanto a McDermott, sim. Mas não em relação a mim.

– A você não? – Simon diz.

– Ela temia que o sr. Kinnear viesse a gostar mais de mim do que dela. Como eu disse, senhor, ela estava em estado interessante e é isto o que sempre acontece com um homem; eles mudam de uma mulher nesse estado para outra que não esteja e o mesmo acontece com bois e cavalos e, se isso acontecesse, ela estaria no olho da rua, ela e seu filho bastardo. Era óbvio que ela queria me tirar do caminho antes que o sr. Kinnear retornasse. Não acredito que ele soubesse nada sobre isso.

– O que você fez então, Grace?

– Eu chorei, senhor. Na cozinha. Eu não queria ir embora e não tinha nenhuma colocação nova para onde ir. Tudo fora muito repentino, não tive tempo de procurar outro lugar. E eu temia que ela acabasse não me pagando nada, me mandasse embora sem nenhuma carta de referência e então o que eu iria fazer? McDermott temia a mesma coisa.

– E depois? – Simon diz, quando ela não continua.

– Foi nessa hora, senhor, que McDermott disse que tinha um segredo e eu prometi não contar, e o senhor sabe que, tendo feito esse tipo de promessa, eu fiquei obrigada a cumprir. Então ele disse que iria matar Nancy com o machado e estrangulá-la também e dar um tiro no sr. Kinnear quando ele voltasse e se apoderar de seus objetos de valor e que eu deveria ajudá-lo e ir com ele, se soubesse o que era melhor para mim, pois, caso contrário, eu seria acusada de tudo. Se eu não estivesse tão transtornada, teria rido dele, mas não fiz isto e, para lhe dizer a verdade, ambos tomamos um ou dois copos do uísque do sr. Kinnear, pois não víamos nenhuma razão para não nos servir dele, considerando que iríamos ser despedidos de qualquer modo. Nancy estava na casa dos Wright e, assim, podíamos agir livremente.

– Você acreditou que McDermott faria o que ameaçava?

– Não inteiramente, senhor. Por um lado, pensei que ele só estivesse se gabando, sobre o homem que era e o que podia fazer, o que costumava fazer quando bebia, e meu pai também era assim. Mas, ao mesmo tempo, ele parecia falar a sério e tive medo dele e eu tinha uma sensação muito forte de que tudo já estava predestinado, que não poderia ser evitado, independentemente do que eu pudesse fazer.

– Você não avisou a ninguém? À própria Nancy, quando ela voltou da visita?

– Por que ela acreditaria em mim, senhor? Teria soado muito estúpido se eu dissesse isso em voz alta. Ela pensaria que eu estava tentando me vingar dela, por ter me mandado embora, ou que se tratava de uma briga de criados e que eu estava me vingando de McDermott. Só havia minha palavra, que ele poderia facilmente negar e dizer que eu não passava de uma garota tola e histérica. Ao mesmo tempo, se McDermott realmente tivesse a intenção de fazer o que dizia, ele poderia matar nós duas ali mesmo naquela hora e eu não queria ser assassinada. O melhor que eu poderia fazer era tentar fazê-lo esperar até o sr. Kinnear voltar. No começo, ele disse que agiria naquela mesma noite e eu o persuadi a esperar.

– Como conseguiu isso? – Simon perguntou.

– Eu disse que, se Nancy fosse morta na quinta-feira, significava um dia e meio para prestar contas de seu paradeiro se alguém viesse a perguntar. Ao passo que, se ele deixasse para mais tarde, levantaria menos suspeitas.

– Compreendo. Muito sensato.

– Por favor, não ria de mim, senhor – Grace diz com dignidade. – É muito angustiante para mim e, mais ainda, se considerarmos o que me pede para lembrar.

Simon diz que não teve essa intenção. Ele parece estar passando grande parte do tempo pedindo desculpas a ela.

– E o que aconteceu depois? – ele pergunta, tentando parecer gentil e não muito ansioso.

– Então Nancy voltou de sua visita e estava bastante alegre. Ela sempre fazia isso, depois de uma explosão de raiva, fazia de conta que nada tinha acontecido e que éramos os melhores amigos; ao menos quando o sr. Kinnear não estava presente. Assim, ela agiu como se não tivesse nos mandado embora nem falado duramente conosco e tudo continuou como sempre. Jantamos juntos na cozinha, presunto frio e salada de batatas, com cebolinha da horta, nós três, e ela ria e conversava animadamente. McDermott estava sombrio e calado, mas isto não era nenhuma novidade; depois eu e Nancy fomos juntas para a cama, como sempre acontecia quando o sr. Kinnear estava fora, por causa do medo que Nancy tinha de ladrões, e ela não suspeitou de nada. Mas eu me certifiquei de que a porta do quarto estivesse bem trancada.

– Por quê?

– Como já disse, sempre tranco a porta quando vou dormir. Mas, além disso, McDermott tinha essa ideia louca de se esgueirar à noite pela casa com o machado. Ele queria matar Nancy enquanto ela dormia. Eu disse que ele não deveria fazer isso, pois poderia me atingir por engano; mas foi difícil convencê-lo. Ele disse que não queria que ela ficasse olhando para ele quando a matasse.

– Posso compreender isso – Simon disse secamente. – E então, o que aconteceu?

– Ah, a sexta-feira começou normalmente, senhor, para quem visse de fora. Nancy estava muito alegre e despreocupada, não nos repreendeu, ou ao menos não tanto quanto de costume; até mesmo McDermott estava menos emburrado, de manhã, pois eu havia dito a ele que, se ficasse andando por lá com aquela cara de culpado, Nancy certamente iria suspeitar de que ele estava tramando alguma coisa.

"No meio da tarde, o pequeno Jamie Walsh chegou com sua flauta, como Nancy lhe pedira. Ela disse que, como o sr. Kinnear estava fora, nós faríamos uma pequena festa para comemorar. O que havia para comemorar eu não sei, mas, quando estava de bom humor, Nancy era muito animada e gostava de música e dança. Fizemos uma boa ceia, com frango assado frio e cerveja para acompanhar; em seguida, Nancy disse a Jamie que tocasse para nós e ele perguntou se havia alguma canção que eu quisesse ouvir especialmente e foi muito atencioso e gentil para comigo, do que McDermott não gostou e lhe disse para parar de lançar olhares melosos para cima de mim, porque era de revirar o estômago, e o pobre Jamie ficou vermelho de vergonha. Nancy, então, disse a McDermott para parar de caçoar do garoto e se ele não se lembrava de quando ele mesmo era jovem e ela disse a Jamie que ele iria crescer e se tornar um belo rapaz, ela sempre via isto – muito mais bonito do que McDermott com sua cara feia e emburrada e, de qualquer modo, bonito é quem bonito se comporta; McDermott lançou-lhe um olhar de puro ódio, que ela fingiu não notar. Então ela me mandou ao porão buscar mais uísque, pois a essa altura já havíamos esvaziado as garrafas lá de cima.

"Depois, rimos e cantamos, ou Nancy riu e cantou, e eu a acompanhei. Cantamos *A Rosa de Tralee* e eu me lembrei de Mary Whitney; desejei muito que ela estivesse lá, pois ela saberia o que fazer e me ajudaria a sair das minhas dificuldades. McDermott não cantou, pois estava de mau humor; nem quis dançar quando Nancy insistiu e disse que agora era a sua oportunidade de provar que era o hábil dançarino que dizia ser. Ela queria que todos nós nos despedíssemos como amigos, mas ele se recusava.

"Após algum tempo, a animação da festa acabou. Jamie disse que estava cansado de tocar e Nancy disse que era hora de ir para a cama; McDermott, por sua vez, disse que acompanharia Jamie à sua casa, pelos campos, suponho que para ter certeza de que ele realmente fora embora. Mas, quando McDermott voltou, Nancy e eu já estávamos lá em cima, no quarto do sr. Kinnear, com a porta trancada."

– No quarto do sr. Kinnear? – Simon pergunta.

– Foi ideia de Nancy – diz Grace. – Disse que a cama dele era maior e mais fresca no verão e que eu tinha o hábito de chutar quando dormia e que, de qualquer forma, o sr. Kinnear não descobriria, já que éramos nós que arrumávamos as camas e não ele, e, mesmo que ele viesse a descobrir, não se importaria, mas sem dúvida iria gostar da ideia de duas criadas em sua cama ao mesmo tempo. Ela bebera vários copos de uísque e falava sem pensar.

"E eu, afinal, realmente avisei Nancy, senhor. Enquanto ela escovava os cabelos, eu disse: McDermott quer matá-la. Ela riu e disse: Espero que ele faça isso. Eu também não me importaria de matá-lo. Nós não gostamos um do outro. Ele fala a sério, eu disse. Ele nunca fala a sério a respeito de nada, ela disse despreocupadamente. Está sempre se gabando e se vangloriando e tudo não passa de conversa fiada.

"Assim, então, eu vi que não havia nada que eu pudesse fazer para salvá-la.

"Quando ela se deitou, adormeceu imediatamente. Eu fiquei escovando meus cabelos, à luz da única vela, com a mulher nua do quadro olhando para mim, a que tomava banho ao ar livre, e a outra com as penas de pavão, e ambas sorriam para mim, de uma forma que eu não gostei.

"Naquela noite, Mary Whitney apareceu para mim num sonho. Não era a primeira vez; ela já viera antes, mas nunca para dizer alguma coisa; ela aparecia pendurando a roupa lavada e rindo, ou descascando uma maçã, ou se escondendo atrás de um lençol na corda, lá em cima no sótão, que era o que costumava fazer antes de seus problemas começarem, e, quando eu sonhava com ela dessa forma, acordava reconfortada, como se ela ainda estivesse viva e feliz.

"Mas essas eram cenas do passado. Desta vez, ela estava no aposento comigo, no próprio quarto em que eu estava, que era o quarto de dormir do sr. Kinnear. Ela estava de pé ao lado da cama, de camisola, os cabelos soltos, como no dia em que foi enterrada, e, do lado esquerdo de seu corpo, eu podia ver seu coração, vermelho-vivo através do tecido branco da camisola. Então vi que não se tratava absolutamente de um coração e sim do agulheiro de feltro vermelho que eu tinha feito para ela no Natal e que pusera no caixão com ela, sob as flores e pétalas espalhadas. E fiquei contente de ver que ela ainda o guardava consigo e não havia me esquecido.

"Ela segurava um copo grande de vidro na mão e dentro dele havia um vagalume, preso e brilhando com uma luz fria e esverdeada. Seu rosto estava muito pálido, mas ela olhou para mim e sorriu, então tirou a mão da boca do copo e o vagalume saiu e começou a voar pelo quarto e eu compreendi que o vagalume era sua alma e estava tentando achar o caminho para fora dali, mas a janela estava fechada, e depois não consegui ver para onde ele tinha ido. Nesse momento, acordei, com as lágrimas da tristeza escorrendo pelo meu rosto, porque Mary estava perdida para mim outra vez.

"Fiquei lá deitada na escuridão, com o som da respiração de Nancy, e nos meus ouvidos eu podia escutar meu próprio coração, caminhando com dificuldade, como se estivesse numa estrada longa e cansativa que eu estava fadada a percorrer, quer eu quisesse ou não, e ninguém podia me dizer quando eu chegaria ao seu fim. Fiquei com medo de voltar a dormir e ter o mesmo sonho outra vez, e meu receio não era infundado, pois foi exatamente o que aconteceu.

"Nesse novo sonho, sonhei que caminhava por um lugar onde nunca estivera antes, com muros altos, de pedra, ao redor, cinzentos e desolados como as pedras da vila em que nasci, no outro lado do oceano. No chão, havia cascalhos soltos e, entre os cascalhos, cresciam peônias. Elas surgiam apenas com os botões, pequenos e duros como maçãs verdes, e então se abriam, eram enormes flores vermelho-escuras, com pétalas lisas e lustrosas como cetim; em seguida, explodiam no vento e caíam no solo.

"Salvo pelo fato de serem vermelhas, eram como as peônias no jardim da frente no dia em que cheguei à casa do sr. Kinnear, quando Nancy colhia as últimas delas, e eu a vi no sonho, tal como naquela ocasião, em seu vestido claro estampado com os botões de rosa e a saia com três camadas de babados e o chapéu de palha que escondia seu rosto. Ela carregava uma cesta de palha para colocar as flores; então ela se virou e levou a mão à garganta, sobressaltada.

"Então eu estava de volta ao pátio de pedras, caminhando, com as pontas dos sapatos entrando e saindo por baixo da bainha da minha saia, que era de listras azuis e brancas. Eu sabia que nunca tivera uma saia assim antes e, ao vê-la, senti um grande peso e desolação. Mas as peônias continuavam a brotar das pedras e eu sabia que elas não deviam estar ali. Estendi a mão para tocar uma delas. Tive a sensação de ser seca e compreendi que eram feitas de pano.

"Então, lá na frente, eu vi Nancy, de joelhos, com os cabelos caídos sobre o rosto e o sangue escorrendo para dentro dos olhos. Ao redor de seu pescoço, via-se um lenço de algodão branco estampado com flores azuis, cabelos-de-vênus, que era meu. Ela estendia as mãos para mim, pedindo misericórdia; nas orelhas, estavam os pequenos brincos de ouro que eu costumava invejar. Eu queria correr para ela e ajudá-la, mas não conseguia, e meus pés continuavam andando no mesmo passo regular, como se não me pertencessem. Quando eu estava quase alcançando Nancy, onde ela estava de joelhos, ela sorriu. Apenas a boca, os olhos estavam escondidos pelo sangue e pelos cabelos, e então ela se desfez em manchas coloridas, espalhou-se, um turbilhão de pétalas de pano vermelhas e brancas, pelas pedras.

"De repente, ficou escuro e havia um homem parado ali com uma vela, bloqueando as escadas que levavam para o andar de cima, e as paredes do porão me envolviam e eu sabia que jamais conseguiria sair dali."

– Você sonhou isso antes de acontecer? – Simon pergunta. Ele escreve febrilmente.

– Sim, senhor – Grace responde. – E muitas vezes desde então. – Sua voz tinha se reduzido a um sussurro. – Foi por isso que me levaram.

– Levaram? – Simon a estimula a continuar.

– Para o asilo, senhor. Por causa dos pesadelos. – Ela coloca sua costura de lado e olha para baixo, fitando as mãos.

– Só pelos sonhos? – Simon pergunta suavemente.

– Diziam que não eram sonhos, senhor. Disseram que eu estava acordada. Mas não quero mais falar sobre isso.

36

— No sábado de manhã, acordei com o raiar do dia. Lá fora, no galinheiro, o galo cantava; ele tinha um tipo de canto rouco e chocalhante, como se já houvesse a mão de alguém apertando seu pescoço, e eu pensei: Você sabe que logo irá para a panela de ensopado. Logo será uma carcaça. E, embora eu estivesse pensando no galo, não vou negar que também pensava em Nancy. Soa de modo frio e talvez fosse. Sentia-me zonza, distanciada de mim mesma, como se não estivesse realmente ali presente, apenas meu corpo.

"Sei que são pensamentos estranhos para confessar, senhor, mas não vou mentir nem escondê-los, como poderia facilmente fazer, não tendo jamais contado isso para ninguém. Quero relacionar tudo exatamente como aconteceu comigo e os pensamentos que tive foram os seguintes:

"Nancy ainda dormia e tomei cuidado para não a perturbar. Achei que era melhor que ela continuasse dormindo e, quanto mais permanecesse na cama, mais tempo levaria para qualquer coisa ruim acontecer, a ela ou a mim. Quando me esgueirei cautelosamente do quarto do sr. Kinnear, ela resmungou e virou-se na cama e eu me perguntei se ela estaria tendo um pesadelo.

"Na noite anterior, eu vestira minha camisola em meu próprio quarto ao lado da cozinha de inverno, antes de subir com minha vela, de modo que entrei no meu quarto e me vesti como de costume. Tudo estava igual, mas ao mesmo tempo não parecia igual e, quando fui lavar o rosto e pentear os cabelos, meu próprio rosto no espelho acima da pia da cozinha não parecia meu rosto de modo algum. Estava mais redondo e mais branco, com dois olhos grandes e arregalados, e eu não quis olhar para ele.

"Entrei na cozinha e abri os postigos das janelas. Os copos e pratos da noite anterior ainda estavam sobre a mesa e pareciam muito solitários e abandonados, como se um enorme e repentino desastre tivesse assolado todos que comeram e beberam neles, e ali estava eu, deparando-me com eles por acaso, muitos anos mais tarde, e eu me senti muito triste. Eu os juntei e levei para o quarto de lavar louças.

"Quando voltei, havia uma estranha luz na cozinha, como se houvesse uma película de prata sobre tudo, como uma geada, só que mais homogênea, como uma fina lâmina de água escorrendo por pedras lisas; então meus olhos se abriram e compreendi que era porque Deus entrara na casa e aquilo era a prata que cobria o céu. Deus entrara porque Deus está em toda parte, não se pode prendê-Lo lá fora, Ele faz parte de tudo o que existe, portanto como você poderia construir uma parede ou quatro paredes ou uma porta ou uma janela fechada pela qual Ele não pudesse simplesmente atravessar como se fosse apenas ar!?

"Eu disse: O que quer aqui?, mas Ele não respondeu, continuou sendo prateado, então eu saí para ordenhar a vaca; porque a única coisa que se pode fazer a respeito de Deus é continuar normalmente com suas tarefas, já que você não pode impedi-Lo nem extrair nenhuma explicação Dele. Com Deus, existe um Faça isso ou um Faça aquilo, mas nunca um Porquê.

"Quando voltei com os baldes de leite, vi McDermott na cozinha. Ele limpava os sapatos. Onde está Nancy?, ele perguntou. Ela está se vestindo, respondi. Vai matá-la hoje de manhã? Sim, ele disse, Desgraçada, vou pegar o machado agora e golpeá-la na cabeça.

"Coloquei a mão no braço dele e olhei-o diretamente nos olhos. Claro que você não fará isso, claro que não é capaz de fazer uma coisa tão má, eu disse. Mas ele não me entendeu, achou que eu o estava provocando. Achou que eu o estava chamando de covarde.

"Você vai ver agora mesmo do que sou capaz, ele disse com raiva. Oh, pelo amor de Deus, não a mate no quarto, eu disse, vai deixar o chão todo ensanguentado. Era uma coisa tola pra se dizer, mas foi isto que me veio à mente e, como sabe, senhor, era meu serviço limpar o assoalho da casa e havia um tapete no quarto de Nancy. Eu nunca tentara limpar sangue de um tapete, mas já o fizera de outras coisas e não é uma tarefa fácil.

"McDermott lançou-me um olhar de desdém, como se eu fosse uma retardada, e realmente era como eu devia parecer. Então ele saiu da casa e pegou o machado ao lado do tronco de cortar lenha.

"Eu não conseguia pensar o que fazer, fui à horta, pegar cebolinhas, pois Nancy pedira uma omelete no desjejum. Nos pés de alface devorados, os caracóis teciam a sua renda. Eu me ajoelhei e fiquei observando-os, com seus olhos nos talos pequenos; estendi a mão para colher as cebolinhas e era como se minha mão não me pertencesse, fosse apenas uma casca ou pele, com outra mão crescendo por dentro.

"Tentei rezar, mas as palavras não vinham, e creio que foi por eu ter desejado mal a Nancy, eu de fato desejara que ela morresse; mas não desejava isso naquele momento. Mas por que eu precisava rezar se Deus estava bem ali, pairando acima de nós como o Anjo da Morte sobre os egípcios?, eu podia sentir Seu hálito frio, podia ouvir as batidas de Suas asas negras, dentro do meu coração. Deus está em toda parte, pensei, portanto Deus está na cozinha, Deus está em Nancy e Deus está em McDermott e nas mãos de McDermott e no machado também. Então ouvi um som surdo vindo lá de dentro, como se uma porta pesada tivesse sido fechada, e depois disso não consigo me lembrar de mais nada por um período de tempo."

– Nada sobre o porão? – Simon pergunta. – Sobre ver McDermott arrastando Nancy pelos cabelos para o alçapão e atirando-a pela escada abaixo? Estava na sua confissão.

Grace comprime os dois lados da cabeça com os punhos fechados.

– Foi o que quiseram que eu dissesse. O sr. MacKenzie disse que eu tinha que falar isso para salvar minha vida. – Pela primeira vez, ela está tremendo. – Ele disse que não era uma mentira, pois é o que devia ter acontecido, quer eu pudesse me lembrar ou não.

– Você deu a James McDermott o lenço que tinha no pescoço? – Simon soa mais como um advogado no tribunal do que gostaria, mas ele continua a pressionar.

– O que foi usado para estrangular a pobre Nancy? Era meu, eu sei disso. Mas não me lembro de tê-lo dado a McDermott.

– Nem de ter estado no porão? – Simon pergunta. – Nem de ajudá-lo a matá-la? Nem de querer roubar os brincos de ouro do cadáver, como ele diz que você quis fazer?

Grace cobre os olhos com uma das mãos rapidamente.

– Todo esse período é uma escuridão para mim, senhor – ela diz. – E, de qualquer forma, nenhum brinco de ouro foi roubado. Não vou dizer que não pensei nisso depois, quando estávamos fazendo as malas; mas ter um pensamento não é o mesmo que fazer. Se todos nós fôssemos julgados por nossos pensamentos, seríamos todos enforcados.

Simon tem que admitir que suas palavras eram justas. Ele tenta uma linha diferente:

– Jefferson, o açougueiro, testemunhou que ele falou com você naquela manhã.

– Sei que ele disse isso, senhor. Mas não consigo me lembrar.

– Ele disse que ficou surpreso, já que não era você quem normalmente dava as ordens, mas Nancy, e ficou mais surpreso ainda quando você disse que nenhuma carne fresca seria necessária para a semana. Achou muito estranho.

– Se fosse eu, senhor, e estivesse no meu juízo perfeito, teria comprado a carne como sempre. Levantaria menos suspeitas.

Simon tem que concordar.

– Muito bem – ele diz –, então, qual é o próximo fato de que você se lembra?

– Eu me vi parada diante da casa, senhor, onde ficavam as flores. Sentia-me muito tonta e com uma forte dor de cabeça. Eu pensava: Tenho que abrir a janela; mas isto era tolice, já que eu estava do lado de fora. Devia ser umas três horas da tarde. O sr. Kinnear vinha subindo o caminho de entrada, com sua charrete recém-pintada, amarela e verde. McDermott veio dos fundos e nós dois ajudamos com os pacotes e McDermott lançou-me um olhar ameaçador. Em seguida, o sr. Kinnear entrou na casa e eu sabia que ele estava à procura de Nancy. Um pensamento veio à minha cabeça: Não vai encontrá-la aí, tem que procurá-la lá embaixo, ela é uma carcaça, e eu fiquei muito assustada.

"Então McDermott me disse: Sei que você vai contar e, se fizer isto, sua vida não valerá nem um tostão. Eu fiquei confusa. O que você fez?, perguntei. Você sabe muito bem, ele respondeu com uma risada. Eu não sabia; mas agora suspeitava do pior. Então ele me fez prometer que eu o ajudaria a matar o sr. Kinnear e eu disse que sim, pois, caso contrário, eu pude ver pelos seus olhos que ele teria me matado também. Depois ele levou o cavalo e a charrete para o estábulo.

"Entrei na cozinha, para fazer meu serviço, como se não houvesse nada errado. O sr. Kinnear entrou e perguntou: Onde está Nancy? Eu disse que ela fora à cidade na diligência. Ele disse que isso era estranho, já que ele passara pela diligência na estrada e não a vira. Eu lhe perguntei se queria comer alguma coisa, ele disse que sim e perguntou se Jefferson trouxera carne fresca; eu disse que não. Ele disse que isso era curioso, depois disse que tomaria chá, com ovos e torradas.

"Assim, eu preparei e levei o que ele pediu para a sala de jantar, onde ele estava sentado, esperando, lendo uma revista que trouxera da cidade. Era o número mais recente de *Godey's Ladies' Book*, que a pobre Nancy gostava de ler, por causa das modas e, embora o sr. Kinnear sempre fingisse que se tratava apenas de frivolidades femininas, geralmente ele próprio dava uma olhada na revista quando Nancy não estava por perto, pois havia outros assuntos que não vestidos, e ele gostava de ver os novos estilos de roupas de baixo e ler os artigos de como uma senhora devia se comportar, dos quais eu sempre o flagrava rindo baixinho naquelas ocasiões em que levava seu café.

"Voltei à cozinha e McDermott estava lá. Ele disse: Acho que vou matá-lo agora. Mas eu disse: Santo Deus, McDermott, é cedo demais, espere até escurecer.

"Então o sr. Kinnear subiu para tirar um cochilo, completamente vestido, e assim McDermott teve que esperar, quisesse ou não. Nem ele estava disposto a atirar num homem adormecido. McDermott ficou grudado em mim a tarde toda, como uma cola, porque tinha certeza de que eu iria correr para contar. Levava a arma consigo e ficava brincando com ela. Era a velha espingarda de cano duplo que o sr. Kinnear tinha para caçar patos selvagens, mas não estava carregada com munição para caçar patos. Ele disse que tinha duas balas de chumbo ali – uma ele encontrara, a outra ele fizera com um pedaço de chumbo e que conseguira a pólvora com seu amigo John Harvey, embora Hannah Upton, a megera de cara dura, era a mulher que vivia com Harvey, tivesse dito que ele não podia ficar com ela. Mas ele a pegara de qualquer modo e dane-se a mulher. A essa altura, ele estava muito agitado e nervoso e se vangloriando também, orgulhoso de sua própria audácia. Ele xingava muito, mas eu não reclamei, porque estava com medo.

"Mais ou menos às sete horas, o sr. Kinnear desceu e tomou seu chá. Ele estava muito inquieto com a ausência de Nancy. Farei isso agora,

McDermott disse, você deve ir lá dentro e pedir-lhe para vir à cozinha, para que eu possa atirar nele no assoalho de pedra. Mas eu disse que não.

"Ele disse que, nesse caso, ele mesmo o faria. Ele o faria vir, dizendo-lhe que havia alguma coisa errada com sua sela nova, estava toda cortada em tiras.

"Eu não queria ter nada a ver com aquilo. Levei a bandeja de chá para a cozinha dos fundos, do outro lado do pátio, a que estava com o fogão aceso, já que eu iria lavar as roupas ali e, quando eu estava colocando a bandeja na mesa, ouvi o barulho de um tiro.

"Corri para a cozinha da frente e vi o sr. Kinnear deitado, morto, no chão, e McDermott de pé a seu lado. A arma estava no chão. Tentei correr para fora e ele gritou e xingou, disse que eu tinha que abrir o alçapão no vestíbulo. Eu disse que não iria; ele disse: Você tem que ir. Assim, eu fui e McDermott atirou o corpo pela escada.

"Eu estava tão apavorada que saí correndo pela porta da frente para o gramado, dei a volta na casa, passando pela bomba d'água, até a cozinha dos fundos. Então, McDermott saiu pela cozinha da frente com a arma e atirou em mim; eu caí no chão num desmaio fulminante. E isso é tudo de que consigo me lembrar, senhor, até muito mais tarde, à noite."

– Jamie Walsh testemunhou que ele chegou ao pátio às oito horas, o que deve ter sido logo depois que você desmaiou. Ele disse que McDermott ainda tinha a arma nas mãos e disse que estava atirando em pássaros.

– Eu sei, senhor.

– Ele disse que você estava de pé junto à bomba. Segundo ele, você lhe disse que o sr. Kinnear ainda não voltara e que Nancy estava na casa dos Wright.

– Não me dou conta de nada disso, senhor.

– Ele disse que você estava bem e animada. Disse que estava mais bem-vestida do que o normal e usava meias brancas. Ele deixou implícito que pertenciam a Nancy.

– Eu estava lá no tribunal, senhor. Eu o ouvi dizer isso; embora as meias fossem minhas mesmo. Mas, a essa altura, ele já se esquecera de todos os antigos sentimentos amorosos em relação a mim e queria apenas me prejudicar e me enforcar, se possível. Mas não há nada que eu possa fazer sobre o que os outros dizem.

Corações e moelas

Grace fala em um tom tão desamparado que Simon sente uma terna compaixão por ela. Sente o impulso de tomá-la nos braços, tranquilizá-la, acariciar seus cabelos.

– Bem, Grace – ele diz rapidamente –, vejo que está cansada. Continuaremos com sua história amanhã.

– Sim, senhor. Espero ter forças para isso.

– Mais cedo ou mais tarde chegaremos ao fundo dessa história.

– Assim espero, senhor – ela diz tristemente. – Seria um grande alívio para mim saber toda a verdade finalmente.

37

As folhas das árvores já estão adquirindo uma aparência de agosto – sem brilho, empoeiradas e murchas –, embora ainda não seja agosto. Simon caminha de volta lentamente pelo calor debilitante da tarde. Carrega consigo o castiçal de prata; não pensou em utilizá-lo. Ele pesa em seu braço; na verdade, seus dois braços estão curiosamente tensos, como se tivesse estado puxando com força uma corda pesada. O que esperava? A memória desaparecida, é claro: aquelas poucas horas cruciais. Bem, não conseguira.

Lembra-se de uma noite, há muito tempo, quando ainda era um estudante universitário em Harvard. Fora a Nova York, numa excursão com seu pai, que ainda era vivo e rico na época; foram à ópera. Era *Sonnambula*, de Bellini: uma menina de aldeia, simples e casta, Amina, é encontrada adormecida no quarto de dormir do conde, tendo caminhado até lá inconscientemente; seu noivo e os aldeões denunciam-na como uma vagabunda, apesar dos protestos do conde, baseados em seu conhecimento científico superior; mas, quando Amina é vista caminhando em seu sono por uma ponte perigosa, que desmorona atrás dela para dentro da correnteza do rio, sua inocência é provada fora de qualquer dúvida e ela acorda para uma felicidade recuperada.

Uma parábola da alma, como seu professor de latim ressaltara tão judiciosamente, *Amina* sendo um anagrama grosseiro para *anima*. Mas por que, Simon se pergunta, a alma foi retratada como inconsciente? E mais intrigante ainda: enquanto Amina dormia, quem caminhava? É uma pergunta que agora tem implicações para ele que são muito mais prementes.

Grace estaria inconsciente na hora em que disse estar ou estaria completamente desperta, como Jamie Walsh testemunhou? Até onde pode se permitir acreditar em sua história? Ele precisa de um grão de sal, ou dois, ou três? É um caso real de amnésia, do tipo sonambúlico, ou ele seria a vítima de uma astuta impostora? Ele adverte a si mesmo contra o absolutismo: por que se deveria esperar que ela apresentasse nada além da verdade absoluta, imaculada e sincera? Qualquer pessoa em sua posição selecionaria e rearranjaria, para dar uma impressão positiva. A seu favor, muito do que ela lhe contou combina com sua confissão impressa; mas será realmente a seu favor? Possivelmente combina bem demais. Ele se pergunta se ela não andaria estudando o mesmo texto que ele próprio tem usado, para convencê-lo melhor.

O problema é que ele quer ser convencido. Ele quer que ela seja Amina. Ele quer que ela seja inocentada.

Ele precisa ter cuidado, diz a si mesmo. Ele tem que recuar. Olhando objetivamente, o que tem acontecido entre eles, apesar da evidente ansiedade dela a respeito dos assassinatos e sua aparente cumplicidade, tem sido uma disputa de vontades. Ela não se recusa a falar – longe disto. Ela lhe contou muito; mas lhe contou apenas o que quis contar. O que ele quer é o que ela se recusa a contar; o que ela prefere até mesmo não saber. Conhecimento da culpa, ou então da inocência: qualquer uma pode ser ocultada. Mas ele ainda vai arrancar isso dela. Está com o anzol em sua boca, mas poderá fisgá-la? Trazê-la para cima, para fora do abismo, para a luz. Para fora das profundezas do mar.

Ele se pergunta por que está pensando em termos tão drásticos. Ele lhe deseja o bem, diz a si mesmo. Ele trata o assunto como um resgate, sem dúvida.

Mas e ela? Se tiver alguma coisa a esconder, pode preferir permanecer na água, na escuridão, em seu elemento. Pode ter medo de não conseguir respirar, em outras circunstâncias.

Simon diz a si mesmo para parar de ser tão radical e dramático. Pode muito bem ser que Grace sofra realmente de amnésia. Ou simplesmente o contrário. Ou simplesmente seja culpada.

Ela poderia, é claro, ser louca, com a plausibilidade surpreendentemente enganadora de um maníaco experiente. Algumas de suas lembranças, sobretudo as do dia dos assassinatos, poderiam sugerir um fanatismo do tipo religioso. Entretanto, essas mesmas lembranças poderiam facilmente ser interpretadas como as superstições e os medos ingênuos de uma alma simples. O que ele quer é certeza, de uma maneira ou de outra, e isto é exatamente o que ela lhe está negando.

Talvez a culpa esteja em seus métodos. Obviamente sua técnica de sugestão não tem dado resultado: os legumes foram um fracasso desolador. Talvez ele esteja sendo muito hesitante, muito obsequioso; talvez seja necessário algo mais drástico. Talvez ele deva encorajar Jerome DuPont em sua experiência neuro-hipnótica e providenciar para que ele próprio a testemunhe, e até mesmo escolha as perguntas. Ele não acredita no método. Ainda assim, alguma coisa nova pode surgir; alguma coisa pode ser descoberta que até agora ele próprio não conseguiu desvendar. Ao menos valeria a pena tentar.

Ele chega em casa e remexe no bolso à procura das chaves, mas Dora abre a porta para ele. Ele a olha com desgosto: uma mulher tão porca e, neste clima, tão notoriamente suada, não devia ter permissão de sair em público. Ela é uma calúnia contra o próprio sexo. Ele mesmo foi responsável por trazê-la de volta para trabalhar ali – ele praticamente a subornou –, mas isto não significa que ele goste mais dela agora do que jamais gostou antes. Nem ela dele, a julgar pelo olhar maligno que lança sobre ele, com seus olhinhos vermelhos.

– Ela quer vê-lo – Dora diz, indicando os fundos da casa com um movimento da cabeça. Seus modos continuam tão democráticos quanto sempre foram.

A sra. Humphrey opôs-se veementemente à volta de Dora e quase não suporta ficar no mesmo aposento que ela, o que não é de admirar. Entretanto, Simon observou que ele não consegue funcionar sem limpeza e ordem e alguém precisa fazer o trabalho da casa e, como não foi possível conseguir nenhuma outra pessoa no momento, Dora teria que servir. Desde que seja paga, ele dissera, Dora seria bastante dócil, embora cortesia fosse demais para se esperar dela, e tudo isso, de fato, foi comprovado.

– Onde ela está? – Simon pergunta. Ele não devia ter dito *ela*; soa muito íntimo. *Sra. Humphrey* teria sido melhor.

– Deitada no sofá, imagino – diz Dora com desprezo. – Como sempre.

Mas quando Simon entra na sala – ainda estranhamente desprovida de mobília, embora algumas das peças originais tenham reaparecido misteriosamente –, a sra. Humphrey está de pé ao lado da lareira, com um dos braços graciosamente apoiado no consolo branco. Na mão, o lenço de renda. Ele sente o cheiro de violetas.

– Dr. Jordan – ela diz, desfazendo a pose –, achei que gostaria de jantar comigo esta noite, como uma pobre recompensa por todos os esforços que fez em meu benefício. Não gosto de parecer ingrata. Dora preparou um pouco de frango frio. – Ela pronuncia cada palavra cuidadosamente, como se fosse um discurso que tivesse memorizado.

Simon recusa, com toda a delicadeza que consegue reunir. Agradece-lhe efusivamente, mas já tem um compromisso esta noite. Está próximo da verdade: praticamente aceitou o convite da srta. Lydia para se unir a um grupo de jovens para um passeio a remo na parte interna do porto.

A sra. Humphrey aceita sua recusa com um sorriso educado e diz que fica para uma outra vez. Alguma coisa estranha na postura da sra. Humphrey chama sua atenção – isto e a fala lenta e deliberada. Ela teria bebido? Seu olhar é fixo e as mãos tremem ligeiramente.

Uma vez em seus aposentos, ele abre sua maleta de couro. Tudo parece em ordem. Seus três frascos de láudano estão ali: nenhum está mais vazio do que deveria estar. Ele os abre, prova o conteúdo; um deles é quase água pura. Ela tem andado pilhando seus suprimentos, só Deus sabe há quanto tempo. As dores de cabeça da tarde assumem um significado diferente. Ele devia ter adivinhado: com um marido como aquele, ela certamente buscaria algum tipo de muleta. Quando tem dinheiro, ela sem dúvida compra o remédio, ele pensa; mas o dinheiro anda escasso e ele tem sido descuidado. Devia ter trancado seu quarto, mas agora é tarde demais para começar a fazê-lo.

Não há, é claro, nenhuma hipótese de ele mencionar isso para ela. Ela é uma mulher melindrosa. Acusá-la de roubo não só seria brutal, como vulgar. Ainda assim, ele foi roubado.

Ele toma um pequeno gole de champanhe – só resta um pouco – e senta-se no mesmo barco a remo de Lydia e flerta com ela sem muito entusiasmo. Ela ao menos é normal e saudável e bonita também. Provavelmente ele devia pedi-la em casamento. Acha que ela aceitaria. Enviá-la para casa, para acalmar sua mãe, entregá-la e deixar que as duas cuidassem de seu bem-estar.

Seria uma forma de decidir seu próprio destino, de apaziguar sua própria aflição ou se livrar de confusão. Mas não fará isso; ele não é tão preguiçoso, nem está tão esgotado; ainda não.

X
DAMA NO LAGO

Começamos, então, a empacotar todos os objetos de valor que podíamos encontrar; nós dois descemos ao porão; o sr. Kinnear estava deitado de costas na adega; eu segurava a vela; McDermott tirou as chaves e algum dinheiro do bolso dele; nada foi dito a respeito de Nancy; eu não a vi, mas sabia que estava no porão e, aproximadamente às onze horas, McDermott arreou o cavalo, colocamos os baús na charrete e partimos para Toronto; ele disse que iria para os Estados Unidos e se casaria comigo. Eu concordei em ir; chegamos a Toronto, ao City Hotel, mais ou menos às cinco horas; acordamos o pessoal; tomamos o desjejum no hotel; eu abri o baú de Nancy e coloquei algumas de suas coisas e partimos de barco às oito horas; chegamos a Lewiston às três horas, aproximadamente; fomos à taverna; à noite, jantamos e eu fui dormir em um quarto e McDermott, em outro; antes de ir para a cama, eu disse a McDermott que ficaria em Lewiston, não iria prosseguir; ele disse que me faria ir com ele e por volta das cinco horas da manhã o sr. Kingsmill chegou e nos prendeu e nos trouxe de volta para Toronto.

    Confissão de Grace Marks
    Star and Transcript, Toronto, novembro de 1843.

Ele encontra, por expresso desígnio celestial,
  A virgem destinada; alguma mão oculta
Desvela para ele aquela beleza
  Que outros não conseguem entender.
Seus méritos em sua presença crescem,
  Para se igualarem à promessa em seus olhos,
E ao redor de seus passos felizes soam
  Os autênticos sons do paraíso...

    Coventry Patmore
    The Angel in the House, 1854.

38

O que McDermott me disse mais tarde foi que, depois de ter atirado contra mim e de eu ter caído desmaiada, ele bombeou um balde de água fria e atirou-o em mim e me deu um pouco de água com hortelã para beber; eu me reanimei imediatamente e fiquei nova em folha e muito alegre, aticei o fogo e preparei o jantar para ele, que foi presunto com ovos, com chá depois e uma dose de uísque para nos acalmar; jantamos juntos de bom humor e brindamos com nossos copos ao sucesso do empreendimento. Mas eu não me lembro de nada disso. Eu não poderia ter agido tão impiedosamente, com o sr. Kinnear morto no porão, sem mencionar Nancy, que devia estar morta também, embora eu não soubesse ao certo o que tinha acontecido com ela. Mas McDermott era um grande mentiroso.

Devo ter ficado inconsciente por um bom tempo, pois, quando despertei, a luz já estava desaparecendo. Estava deitada de costas, na cama, em meu próprio quarto; estava sem minha touca e meus cabelos todos desarranjados e soltos nos ombros, também estavam úmidos, assim como a parte de cima de meu vestido, e deve ter sido por causa da água que James jogou em mim; pelo menos essa parte do que ele disse deve ter sido verdade. Fiquei lá deitada na cama, tentando me lembrar do que acontecera, já que não conseguia recordar como fora parar no quarto. James deve ter me carregado, pois a porta estava aberta e, se eu tivesse entrado por conta própria, eu a teria trancado.

Tentei me levantar e trancar a porta, mas minha cabeça doía e o quarto estava muito quente e abafado, e adormeci outra vez e devo ter me debatido sem parar, pois, quando acordei, as roupas de cama estavam todas amassadas e o cobertor havia caído no chão. Dessa vez, acordei repentinamente e sentei-me com um salto e, apesar do calor, eu suava frio. A razão para isso é que havia um homem de pé no quarto olhando para mim. Era James McDermott e eu pensei que ele tinha vindo me estrangular durante o sono, depois de ter matado os outros. Minha garganta estava seca de terror e eu não conseguia dizer uma palavra.

Mas ele perguntou, muito gentilmente, se eu me sentia melhor depois de ter repousado; eu recuperei minha voz e disse que sim. Eu sabia que seria um erro demonstrar muito medo e perder o controle de mim mesma, pois ele pensaria que não podia confiar em mim ou contar que eu não perderia a calma e teria medo de que eu me descontrolasse e começasse a chorar ou gritar quando houvesse outras pessoas presentes e contasse tudo e foi por isso que ele tinha atirado em mim e, se ele pensasse assim, iria acabar comigo num piscar de olhos, em vez de ter qualquer testemunha.

Então ele se sentou na beira da cama e disse que agora era a hora de eu manter minha promessa; eu perguntei que promessa e ele disse que eu sabia muito bem, pois tinha me prometido a ele em troca do assassinato de Nancy.

Eu não me lembrava de jamais ter dito tal coisa; mas, como agora eu estava convencida de que ele era louco, pensei que ele tivesse torcido algo que eu realmente dissera, algo que na verdade era inocente ou que qualquer pessoa diria, como dizer que eu gostaria que ela estivesse morta e que daria qualquer coisa para isso. E Nancy tinha sido muito dura comigo algumas vezes. Mas isso é apenas o que os criados estão sempre dizendo, longe dos ouvidos dos patrões; pois, quando você não pode responder de frente, tem que dar vazão aos seus sentimentos de alguma outra maneira.

Mas McDermott desvirtuara aquilo para significar o que eu nunca pretendera e agora queria que eu cumprisse uma troca que eu não tinha prometido. E ele estava decidido, pois colocou a mão no meu ombro e começou a me empurrar para trás, de volta para a cama. Com a outra mão, ele levantava a minha saia; eu percebi pelo cheiro que ele andara bebendo o uísque do sr. Kinnear, e muito.

Eu sabia que a única maneira de escapar era distraindo-o. Ah, não, eu disse, rindo, não nesta cama, é estreita demais e nada confortável para duas pessoas. Vamos procurar outra cama.

Para minha surpresa, ele achou aquela uma ótima ideia e disse que teria o maior prazer em dormir na cama do sr. Kinnear, onde tantas vezes Nancy agira como prostituta, e refleti que, depois que tivesse cedido a ele, ele também me consideraria uma vagabunda e não daria nada pela minha vida e provavelmente me mataria com o machado e me jogaria no porão, já que sempre dizia que uma puta não servia para nada senão para se limparem nela as botas sujas, dando uns bons chutes no seu corpo imundo. Assim, planejei dissuadi-lo e retardá-lo quanto pudesse.

Ele me puxou, colocando-me de pé, acendemos a vela que estava na cozinha e subimos as escadas; entramos no quarto do sr. Kinnear, que estava perfeitamente arrumado e com a cama bem-feita, como eu mesma havia arranjado naquela manhã, então ele tirou as cobertas e me puxou para baixo, ao lado dele. E disse: Nada de palha para os nobres, só penas de ganso para eles, não admira que Nancy gostasse de passar tanto tempo nesta cama, e, por um instante, ele pareceu ficar impressionado, não pelo que fizera, mas pela grandeza da cama em que estava deitado. Mas em seguida começou a me beijar e disse: Agora, minha garota, chegou a hora, e começou a desabotoar meu vestido, e eu me lembrei de que o pagamento do pecado é a morte e me senti desfalecer. Mas eu sabia que, se desmaiasse, acabaria morta, com ele do jeito como estava.

Rompi em lágrimas e disse: Não, não posso, aqui não, na cama de um morto, não é certo, com ele no porão completamente duro, e comecei a soluçar e chorar.

Ele ficou muito aborrecido e disse que eu tinha que parar logo com aquilo ou iria me esbofetear; mas não fez isso. O que eu havia dito esfriou seu ardor, como dizem nos livros, ou, como Mary Whitney diria, ele perdeu o atiçador. Pois naquele momento o sr. Kinnear, morto como estava, era o mais duro dos dois homens.

Ele me puxou para fora da cama e me arrastou corredor abaixo pelo braço, e eu ainda gritava e gemia com todas as minhas forças. Se você não gosta daquela cama, ele disse, então vai ser na cama de Nancy, já que você é tão vagabunda quanto ela. E eu pude ver para que lado o vento estava soprando e pensei que minha hora final tinha chegado; eu esperava a qualquer momento ser jogada e arrastada pelos cabelos.

Ele abriu a porta e me arrastou para dentro do quarto, que estava desarrumado, tal como Nancy o deixara, pois eu não arrumara seu quarto, não havendo necessidade e, na verdade, não tendo tido tempo para isso. Mas, quando ele puxou o cobertor para trás, o lençol estava todo manchado de sangue escuro e havia uma revista jogada ali na cama, também coberta de sangue. Com isso, soltei um grito de terror; mas McDermott parou, olhou e disse: Tinha me esquecido disso. Perguntei a ele o que era aquilo, pelo amor de Deus, e o que estava fazendo ali. Ele disse que era a revista que o sr. Kinnear estava lendo e que tinha levado consigo até a cozinha, onde levou o tiro, e ao cair ele apertara as mãos contra o peito, ainda segurando a revista, e portanto ela recebeu os primeiros jatos de sangue. E McDermott a jogara na cama de Nancy, para tirá-la de vista e também porque ali era o lugar dela, que fora trazida da cidade para Nancy, e também porque o sangue de Kinnear estava na cabeça de Nancy, pois se ela não tivesse sido uma maldita puta e uma megera, tudo teria sido diferente e o sr. Kinnear não precisaria ter morrido. Então era um sinal. Com isso, ele fez o sinal da cruz e essa foi a única vez em que o vi fazer algo tão papista.

Bem, eu achei que ele estava tão louco quanto um alce no cio, como Mary Whitney costumava dizer, mas a visão da revista o deixara sóbrio e fez com que esquecesse completamente todas as ideias do que estava prestes a fazer. Aproximei a vela e virei a revista com o polegar e o indicador e de fato era o *Godey's Ladies' Book*, que o sr. Kinnear tanto gostara de ler mais cedo naquele dia. E, com essa lembrança, eu quase comecei a chorar pra valer.

Mas não havia como saber por quanto tempo o atual estado de espírito de McDermott iria durar. Então eu disse: Isso irá confundi-los; quando a encontrarem, não conseguirão saber de jeito nenhum como veio parar aqui. E ele disse: Sim, lhes dará um quebra-cabeça para fazer o cérebro funcionar, e riu de uma maneira falsa.

Então eu disse: É melhor nos apressarmos ou alguém pode chegar enquanto ainda estamos aqui; temos que andar depressa e empacotar as coisas. Pois teremos que viajar à noite, senão alguém pode nos ver na estrada com a charrete do sr. Kinnear e vai perceber que há algo errado. Vamos levar muito tempo para chegar a Toronto, eu disse, no escuro; além disso, o cavalo Charley estará cansado, já tendo feito essa viagem uma vez hoje.

McDermott concordou, como se estivesse meio adormecido; começamos a procurar pela casa e empacotar coisas. Eu não queria levar muito, só os objetos mais leves e valiosos, como a caixa de rapé de ouro do sr. Kinnear, seu telescópio e sua bússola, seu canivete de ouro e todo o dinheiro que pudéssemos encontrar; mas McDermott disse: Perdido por um, perdido por mil, e que ele tanto podia ser enforcado por um bode quanto por um carneiro e por fim saqueamos a casa, levamos a prataria e os castiçais, as colheres, os garfos e tudo o mais, até mesmo aqueles com o brasão da família, pois McDermott disse que sempre poderiam ser derretidos.

Olhei o baú de Nancy e seus vestidos e pensei: É uma pena desperdiçá-los, a pobre Nancy não tem mais uso para eles. Assim, peguei o baú com tudo o que havia dentro e suas coisas de inverno também, mas deixei o vestido que ela estava costurando, porque me pareceu muito próximo dela, já que não estava terminado, e eu tinha ouvido dizer que os mortos voltam para terminar o que deixaram inacabado e eu não queria que ela desse falta do vestido e me seguisse. Pois, a essa altura, eu já estava quase certa de que ela estava morta.

Antes de partir, eu arrumei a casa, lavei a louça, os pratos da janta e tudo o mais; arrumei a cama do sr. Kinnear e puxei o cobertor da cama de Nancy, apesar de ter deixado a revista lá, não querendo ter o sangue do sr. Kinnear em minhas mãos; esvaziei seu penico, pois achei que não era simpático deixar aquilo, pois, de certa forma, era desrespeitoso. Enquanto isso, McDermott arreava Charley e carregava os baús e as bolsas na charrete; mas houve um momento em que eu o encontrei sentado na soleira da porta, com o olhar vazio e sem expressão. Então eu lhe disse para se aprumar e agir como homem. Pois a última coisa que eu queria era me ver presa naquela casa com ele, especialmente se ele tivesse ficado completamente louco. E, quando eu lhe disse para ser homem, isto teve um efeito, pois ele se sacudiu, se levantou e disse que eu tinha razão.

A última coisa que eu fiz foi tirar as roupas que estava usando naquele dia; coloquei um dos vestidos de Nancy, aquele claro, com fundo branco, estampado de pequenas flores, o mesmo que ela usava no primeiro dia em que cheguei à casa do sr. Kinnear. Vesti também a anágua com barra de renda e minha própria anágua limpa de reserva, calcei os sapatos de verão de Nancy, de couro claro, que eu tantas vezes admirara, apesar de não se ajustarem muito bem em mim. E também seu bonito chapéu de palha; peguei também seu xale de caxemira, apesar de achar que não precisaria usá-lo, pois a noite estava quente. Coloquei um pouco de água-de-rosas atrás das minhas orelhas e nos pulsos, do frasco que estava em cima da penteadeira, e o cheiro agradável me reconfortou um pouco. Em seguida, coloquei um avental limpo e aticei o fogo no fogão da cozinha de verão, que ainda tinha algumas brasas acesas, e queimei minhas próprias roupas; não gostava da ideia de usá-las novamente, pois me lembrariam de coisas que eu preferia esquecer. Pode ter sido minha imaginação, mas delas saiu um cheiro de carne queimada e foi como se eu tivesse arrancado minha pele suja e a estivesse queimando.

Enquanto fazia isso, McDermott entrou, disse que estava pronto e perguntou por que eu estava perdendo tempo. Eu disse a ele que não conseguia encontrar meu lenço branco grande, aquele com flores azuis, e que precisava dele para proteger meu pescoço do sol, quando estivéssemos cruzando o lago de barco no dia seguinte. Ele desatou a rir de uma maneira espantada e disse que estava lá embaixo no porão, protegendo o pescoço de Nancy do sol; como eu deveria me lembrar, já que eu mesma tinha apertado o lenço com força e dado o nó. Fiquei muito chocada com isso, mas eu não queria contradizê-lo, pois é perigoso contradizer pessoas loucas. Então disse que havia me esquecido.

Eram cerca de onze horas da noite quando partimos; uma bela noite, com uma brisa suficiente para refrescar e não muitos mosquitos. Havia uma meia-lua e não consigo lembrar se era crescente ou minguante e, quando descíamos o caminho entre as fileiras de bordos e passávamos pelo pomar, olhei para trás e vi a casa lá em pé, toda pacífica e iluminada pelo luar, como se brilhasse suavemente. E pensei: quem imaginaria, olhando assim, o que há lá dentro? Então suspirei e me preparei para a longa jornada.

Fomos bem devagar, apesar de Charley conhecer a estrada, mas ele também sabia que aquele não era seu verdadeiro cocheiro e que havia algo errado; parou várias vezes e se recusava a prosseguir até ser chicoteado. Mas, depois de percorrermos vários quilômetros de estrada e passarmos pelos lugares que conhecia bem, ele manteve o passo e lá fomos nós, passando pelos campos silenciosos e prateados e as cercas como um trançado escuro ao lado da estrada, com os morcegos voando por cima e os trechos densos onde havia bosques, e, em determinado momento, uma coruja cruzou nosso caminho, tão clara e suave como uma mariposa.

No começo, eu temia que cruzássemos com algum conhecido e que ele nos perguntasse aonde estávamos indo tão furtivamente, mas não havia viva alma. Logo James ficou mais audacioso e alegre e começou a falar sobre o que faríamos quando chegássemos aos Estados Unidos, como ele venderia as coisas e compraria uma pequena fazenda e então seríamos independentes e, se no começo não tivéssemos dinheiro suficiente, nos empregaríamos como criados e economizaríamos nossos salários. Eu não disse nem sim, nem não, já que não pretendia ficar com ele nem um minuto a mais, depois que tivéssemos atravessado o lago e estivéssemos a salvo entre outras pessoas.

Depois de algum tempo, porém, ele ficou silencioso e havia apenas o som das patas de Charley na estrada e o sussurro do vento leve. Pensei em pular da charrete e correr para a floresta, mas sabia que não iria muito longe e, ainda que conseguisse, seria devorada pelos ursos e lobos. E pensei: Estou atravessando o Vale da Sombra da Morte, como diz o Salmo, e tentei não temer nenhum mal, mas era muito difícil, pois o mal estava na charrete comigo, como uma espécie de neblina. Então tentei pensar em outra coisa. Ergui os olhos para o céu, que não tinha uma nuvem sequer e estava cheio de estrelas; parecia tão perto que eu poderia tocá-lo, e tão delicado que eu poderia passar minha mão por dentro dele, como uma teia de aranha ornada com gotas de orvalho.

Mas, enquanto olhava, uma parte do céu começou a se encolher, como a nata na superfície do leite escaldante; porém mais duro e quebradiço e pedregoso, como uma praia escura ou como crepe de seda negra, e logo o céu era apenas uma fina superfície, como papel, e estava se chamuscando. E, por trás dele, havia uma fria escuridão e não era nem o Céu nem o Inferno que eu estava olhando, apenas o vazio. Isso era mais assustador do que qualquer coisa que eu pudesse imaginar e rezei silenciosamente para que Deus perdoasse meus pecados; mas e se não houvesse nenhum Deus para me perdoar? Então refleti que talvez aquilo fosse a escuridão do além, com o choro e o ranger de dentes, onde Deus não estava. E, assim que tive esse pensamento, o céu se fechou novamente, como água depois que se atira nela uma pedra, e tornou-se novamente liso e inteiro e cheio de estrelas.

* * *

Durante todo esse tempo, a lua descia e a charrete continuava. Gradualmente fui ficando sonolenta, e o ar da noite estava muito frio, então me envolvi no xale de caxemira e devo ter cabeceado dormindo e deixado minha cabeça repousar contra McDermott; a última coisa de que me lembro foi a sensação dele ajustando o xale ternamente ao redor dos meus ombros.

Quando me dei conta novamente, estava deitada de costas no chão, na relva ao lado da estrada, com um peso enorme em cima de mim me prendendo no chão e a mão de alguém remexendo debaixo de minhas anáguas; comecei a me debater e a gritar. Então outra mão tapou minha boca e a voz de James perguntou, com raiva, o que eu estava querendo, causando tanta confusão, queria que fôssemos descobertos? Fiquei quieta, ele tirou a mão e eu lhe disse para sair de cima de mim e me deixar levantar de uma vez.

Então ele ficou furioso; alegava que eu lhe pedira que parasse a charrete, para eu descer e me aliviar na beira da estrada, e que, depois disto, eu estendera meu xale, nem dois minutos antes, e o convidara a juntar-se a mim, como a cadela quente que eu era, ao mesmo tempo que dizia que agora iria cumprir minha promessa.

Eu sabia que não tinha dito tal coisa, estando profundamente adormecida, e disse isto a ele. Ele disse que não iria passar por idiota, que eu era uma vadia desgraçada e um demônio e que o inferno era bom demais para mim, pois eu o tinha atraído e provocado e feito com que ele dançasse a própria alma na troca; eu comecei a chorar, não me sentindo merecedora de palavras tão duras. Ele disse que lágrimas de crocodilo não adiantariam dessa vez, que estava cheio delas, e continuou a remexer nas minhas saias, segurando minha cabeça pelos cabelos. Então mordi com força sua orelha.

Ele soltou um urro e achei que iria me matar ali naquele mesmo instante. Em vez disto, ele me soltou, levantou-se e me ajudou também a me levantar; disse que afinal eu era uma boa garota e que ele iria esperar até se casar comigo, já que assim era melhor e mais apropriado, e que só estava me testando. Depois disse que sem dúvida eu tinha bons dentes, pois arrancara sangue dele, o que pareceu lhe agradar.

Fiquei muito surpresa com isso, mas não disse nada, pois ainda estava sozinha com ele numa estrada deserta, com muitos quilômetros pela frente.

39

E assim continuamos noite adentro e finalmente o céu começou a clarear; chegamos a Toronto um pouco depois das cinco da manhã. McDermott disse que iríamos para o City Hotel, acordaríamos o pessoal e ele os faria preparar o desjejum para nós, pois estava faminto. Eu disse que não era um bom plano e que devíamos esperar até haver bastante gente, pois, se fizéssemos o que ele dizia, chamaríamos muita atenção e as pessoas se lembrariam de nós. E ele perguntou por que eu sempre tinha que discutir com ele, era suficiente para levar um homem à loucura e ele tinha dinheiro no bolso, tão bom quanto o de qualquer outro, e, se ele queria um desjejum e podia pagar por isso, então ele o teria.

É notável, tenho pensado desde então, como assim que um homem se vê de posse de algumas moedas, não importa como as tenha conseguido, acha logo que tem direito a elas e a tudo o que podem comprar e se imagina o rei do pedaço.

Fizemos o que ele queria, não tanto pelo desjejum, acredito agora, mas porque ele queria me mostrar quem era o senhor. Comemos toucinho com ovos e era incrível ver como ele se pavoneava, se mostrava arrogante e dava ordens à criada e disse que o ovo não estava bem cozido. Mas eu mal consegui dar duas garfadas; eu tremia de apreensão, por causa de toda a atenção que ele estava atraindo.

Depois descobrimos que a próxima barca só sairia para os Estados Unidos às oito horas e teríamos que esperar em Toronto por mais umas duas horas. Achei aquilo muito perigoso, já que o cavalo e a charrete do sr. Kinnear certamente seriam conhecidos por algumas pessoas na cidade, aonde ele sempre vinha. Assim, fiz McDermott deixar a charrete no lugar o mais fora de vista possível, numa viela lateral, embora ele quisesse ficar passeando nela, exibindo-se; mais tarde, eu soube que, apesar das minhas precauções, a charrete fora notada.

Somente quando o sol se levantou é que eu dei uma boa olhada em McDermott em plena luz e vi que ele usava as botas do sr. Kinnear. Perguntei se ele as havia tirado do cadáver, quando estava no porão; ele disse que sim e que a camisa também era de Kinnear, das prateleiras de seu quarto de vestir, pois era muito boa e de melhor qualidade do que qualquer camisa que ele já tivesse possuído. Ele pensou em levar também a que estava no corpo, mas estava coberta de sangue e ele a atirara atrás da porta. Fiquei horrorizada e perguntei como ele podia ter feito isso, e ele disse: O que você quer dizer com isso?, já que eu mesma estava usando o vestido e a touca de Nancy. Eu disse que não era a mesma coisa, mas ele afirmou que era e eu disse que ao menos eu não tirara as botas de um cadáver. Ele disse que isso não fazia a menor diferença e que, de qualquer modo, ele não quis deixar o corpo despido e por isso o vestiu com sua própria camisa.

Perguntei qual camisa ele tinha colocado no sr. Kinnear e ele disse que era uma das que ele comprara do mascate. Fiquei aflita e disse: Agora Jeremias será acusado, pois descobrirão de onde veio a camisa, e eu sentia muito por isso, pois ele era meu amigo.

McDermott disse que era um amigo próximo demais, em sua opinião, e eu perguntei o que ele queria dizer com aquilo. Ele disse que Jeremias me olhara de um modo de que ele não gostara e que a nenhuma mulher dele seria permitido ter intimidade com nenhum mascate judeu e ficar de fuxico com eles na porta dos fundos, flertando daquele jeito, e, se ela fizesse isso, ele a deixaria com os olhos pretos e lhe daria umas boas pancadas na cabeça.

Eu comecei a ficar com raiva e estava prestes a dizer que Jeremias não era judeu, mas, ainda que fosse, eu preferia me casar com um mascate judeu a me casar com ele; mas eu sabia que, se brigássemos, não seria bom para nenhum dos dois, especialmente se chegássemos aos tapas e gritos. Assim, mordi a língua, pois meu plano era chegar a salvo aos Estados Unidos, sem incidentes, e então escapar de McDermott e me livrar dele de uma vez.

Eu disse a ele que trocasse de roupa e que eu faria o mesmo, pois, se viessem à nossa procura, isso poderia confundi-los. Nós achávamos que isso não aconteceria antes de segunda-feira, pois não sabíamos que o sr. Kinnear havia convidado alguns amigos para jantar no domingo. Assim, troquei de vestido, no City Hotel, e James vestiu um casaco leve de verão do sr. Kinnear. E ele me disse com um pouco de desdém que eu estava muito elegante, que parecia uma dama, com meu guarda-sol cor-de-rosa e tudo.

Depois ele foi fazer a barba e este foi o momento em que eu poderia ter corrido e pedido ajuda. Mas ele me dissera várias vezes que tínhamos que permanecer juntos ou seríamos enforcados separadamente e, apesar de me considerar inocente, eu sabia que as aparências estavam contra mim. E, ainda que ele fosse enforcado e eu não e embora eu não desejasse mais a sua companhia e estivesse com medo dele, ainda assim eu não queria ser o meio pelo qual ele seria traído. Existe algo desprezível na traição e eu sentira seu coração batendo junto ao meu e, por mais indesejável que fosse, ainda era um coração humano; e eu não queria ter nenhuma participação em silenciá-lo para sempre, a menos que fosse forçada a isto. E refleti, ainda, que na Bíblia está escrito *A vingança é minha, disse o Senhor*. Não achei que coubesse a mim tomar algo tão sério como a vingança em minhas próprias mãos, então fiquei onde estava até ele voltar.

Às oito horas, estávamos a bordo do vapor *Transit*, com a charrete e o cavalo Charley, os baús e tudo, zarpando do porto, e eu fiquei muito aliviada. O dia estava claro, com uma brisa fresca, e o sol brilhava nas ondas azuis e agora James estava animado e muito orgulhoso de si mesmo e eu temia que, se ele se afastasse de minha vista, iria começar a se gabar, a se pavonear em suas roupas novas e exibir as joias de ouro do sr. Kinnear; mas ele também estava ansioso para me manter à vista, caso eu quisesse contar a alguém o que ele havia feito, portanto ficou grudado em mim como uma sanguessuga.

Estávamos no convés inferior, por causa de Charley, pois eu não queria deixá-lo sozinho; ele estava nervoso e eu suspeitava de que nunca houvesse estado num barco a vapor antes e o ruído do motor e a roda girando devem tê-lo assustado. Assim, fiquei a seu lado, alimentando-o com bolachas, que ele adorava por causa do sal. Uma jovem e um cavalo sempre atraem a atenção de jovens admiradores que fingem estar interessados no cavalo; logo isso aconteceu e eu me vi tendo que responder a perguntas.

James dissera-me que devíamos passar por irmão e irmã, que tínhamos deixado parentes desagradáveis, com quem tínhamos brigado; então escolhi ser Mary Whitney e disse que ele era David Whitney e que estávamos a caminho de Rochester. Os jovens não viram nenhuma razão para não flertar comigo, já que James era apenas meu irmão, e foi o que fizeram; eu achei que devia responder a esses arrebatamentos com bom humor, apesar disso ter pesado contra mim no julgamento, e na ocasião enfrentei uns olhares atravessados de James. Mas eu só estava tentando desviar suspeitas, tanto deles quanto de James, e, por debaixo da minha exibição de felicidade, eu estava muito deprimida.

Paramos em Niágara, mas não era perto das cataratas, portanto não pude vê-las. James desceu do barco e me fez ir com ele e comeu um bife. Eu não comi nada, pois fiquei nervosa o tempo todo em que ficamos ali. Mas nada aconteceu, e prosseguimos.

Um dos jovens apontou para um outro barco a vapor ao longe e disse que era o *Dama do Lago*, um navio dos Estados Unidos que até recentemente era considerado o mais rápido do lago; mas ele acabara de perder uma corrida de velocidade para um barco novo da Royal Mail Standard, o *Eclipse*, que superou o *Dama do Lago* em quatro minutos e meio. E eu perguntei se isto não o deixava orgulhoso e ele disse que não, porque apostara um dólar no *Dama*. E todos os presentes riram.

Então algo ficou claro para mim, algo em que eu costumava pensar. Existe um padrão de acolchoado chamado Dama do Lago, que eu achei que fora assim batizado por causa do poema, mas nunca consegui encontrar nenhuma dama no desenho, nem nenhum lago. Mas agora eu via que o barco recebera o nome do poema e a colcha de retalhos recebera o nome do barco; porque era um padrão de cata-vento, que devia simbolizar a roda girando. E pensei que as coisas realmente faziam sentido e têm um propósito em si, se você refletir sobre elas por bastante tempo. E talvez fosse esse o caso com os acontecimentos recentes, que no momento me pareciam inteiramente sem sentido, e descobrir a razão do padrão da colcha de retalhos foi uma lição para mim: ter fé.

Então lembrei-me de Mary Whitney lendo aquele poema comigo e como pulávamos os namoros maçantes e íamos direto para os trechos mais emocionantes e para as lutas; mas o episódio do qual eu me recordava melhor era o da pobre mulher que fora sequestrada da igreja no dia de seu casamento, levada para o prazer de um nobre, e que enlouquecera e vagava sem destino, colhendo flores silvestres e cantando para si mesma. E considerei que eu também, de certo modo, fora sequestrada, embora não no dia do meu casamento, e temia que fosse acabar tendo a mesma sina.

Enquanto isso, entrávamos em Lewiston. James tentara vender o cavalo e a charrete para os passageiros a bordo, contra a minha vontade, mas ele pediu um preço baixo demais, o que levantou suspeitas. E porque ele os oferecera para venda, a alfândega em Lewiston colocou uma taxa neles e os apreendeu porque não tínhamos o dinheiro para pagar. Mas, embora James tivesse ficado com raiva no começo, ele logo descartou o incidente como não tendo grande importância e me disse que venderíamos alguns dos outros itens e voltaríamos no dia seguinte para recuperar a charrete. Mas eu estava muito ansiosa a respeito disso, pois significava que teríamos que passar a noite ali e, embora estivéssemos nos Estados Unidos e pudéssemos nos julgar a salvo, já que estávamos num país estrangeiro agora, isto nunca impediu os traficantes de escravos dos Estados Unidos de pegarem à força os escravos que diziam ser deles e, de qualquer modo, era perto demais para ficarmos tranquilos.

Tentei fazê-lo prometer que não venderia o cavalo Charley, embora pudesse fazer o que quisesse com a charrete. Mas ele disse: Que se dane o cavalo; acredito que ele tivesse ciúmes do pobre cavalo, porque eu gostava tanto dele.

A paisagem nos Estados Unidos era muito semelhante àquela do interior de onde acabáramos de vir, mas era, na verdade, um lugar bem diferente, pois as bandeiras eram diferentes. Lembrei-me do que Jeremias me dissera a respeito de fronteiras e de como era fácil atravessá-las. O dia em que ele me disse isso, na cozinha do sr. Kinnear, parecia ter ocorrido há muito tempo, numa outra vida, mas, na realidade, passara-se apenas um pouco mais de uma semana.

Fomos à taverna mais próxima, que não era absolutamente um hotel, como foi dito no poema-volante sobre mim, apenas uma estalagem barata junto ao cais. Uma vez lá, James logo engoliu mais cerveja e conhaque do que era conveniente; depois ceamos e ele bebeu ainda mais. Quando chegou a hora de irmos dormir, ele quis que fingíssemos ser marido e mulher e pegássemos um único quarto, pois, segundo ele, seria a metade do preço. Mas eu percebi o que ele pretendia e disse que, já que disséramos no barco que éramos irmãos, não podíamos mudar isso agora, caso alguém se lembrasse de nós do barco. Assim, deram para ele um quarto onde já havia outro homem e eu fiquei com outro só para mim.

Ainda assim, ele tentou insinuar-se em meu quarto, dizendo que, de qualquer modo, logo estaríamos casados. E eu disse que não, que preferia me casar com o próprio diabo a me casar com ele e ele disse que cobraria minha promessa de qualquer forma. Então eu disse que gritaria, o que seria diferente num lugar cheio de pessoas de outro com apenas dois cadáveres. E ele me disse para calar a boca, pelo amor de Deus, e me chamou de puta e vadia e eu disse que ele devia pensar em novas palavras para usar, porque eu já estava terrivelmente cansada daquelas. E ele foi embora num tremendo mau humor.

Decidi acordar bem cedo, vestir-me e fugir. Pois, se de algum modo eu fosse forçada a me casar com ele, estaria morta e enterrada num piscar de olhos; porque, se ele já suspeitava de mim agora, no futuro seria pior. E, quando ele me colocasse numa casa de fazenda, numa vizinhança estranha, sem amigos por perto, eu não daria um tostão pela minha vida, pois teria uma pancada na cabeça para mim e sete palmos de profundidade na horta e eu faria as batatas e cenouras crescerem muito antes do que poderia imaginar.

Felizmente a porta tinha uma tranca, que eu travei; depois tirei minhas roupas, tudo, exceto minha combinação, e as dobrei cuidadosamente sobre o espaldar de uma cadeira, como costumava fazer no quartinho da casa da sra. Parkinson, onde eu dormia com Mary Whitney. Em seguida, soprei a vela e me enfiei entre os lençóis, que surpreendentemente estavam quase limpos, e fechei os olhos.

Por dentro de minhas pálpebras, podia ver a água se mexendo, as elevações azuis das ondas enquanto atravessávamos o lago, com a luz cintilando sobre elas; só que eram ondas muito maiores e mais escuras, como colinas ondulantes, e eram as ondas do oceano pelo qual eu viajara três anos antes, apesar de já parecer um século. E fiquei pensando o que seria de mim e me confortei com o fato de que, dentro de cem anos, estaria morta e em paz, em minha sepultura, e pensei que, na verdade, seria muito menos complicado se estivesse lá bem antes disso.

Mas as ondas continuavam mexendo-se, com o rastro branco do navio traçado nelas por instantes e depois dissolvido pelas águas. E era como se minhas próprias pegadas estivessem sendo apagadas atrás de mim, as pegadas que eu tinha feito quando criança nas praias e nos caminhos da terra que deixara e as pegadas que tinha feito deste lado do oceano, desde que aqui chegara; todas as minhas marcas alisadas e apagadas como se nunca tivessem existido, como se polissem o pretume da prata ou arrastassem a mão pela areia seca.

À beira do sono, eu pensei: É como se eu nunca tivesse existido, porque não sobrou nenhum traço meu, não deixei nenhuma marca. E assim não posso ser seguida.

É quase o mesmo que ser inocente.

E então dormi.

40

Isso foi o que sonhei, quando dormia entre os lençóis quase limpos, na taverna em Lewiston.

Eu caminhava pela curva comprida do caminho que levava à casa do sr. Kinnear, entre as fileiras de bordos plantadas de cada lado. Eu via tudo pela primeira vez, embora soubesse que já estivera ali antes, como acontece nos sonhos. E pensei: Quem será que vive naquela casa?

Então percebi que não estava sozinha no caminho. O sr. Kinnear caminhava atrás de mim, à esquerda; ele estava lá para se certificar de que nada de mal me aconteceria. Então a luz se acendeu na janela da sala de visitas e eu soube que Nancy estava lá dentro, esperando para me saudar na volta de minha jornada, pois eu estivera numa jornada, tinha certeza disto, e ficara ausente por um longo período. Só que não era Nancy, mas Mary Whitney quem me aguardava, e eu me senti tão feliz ao saber que a veria novamente, restabelecida em sua saúde e rindo, como era antes.

Eu vi o quanto a casa era bonita, toda branca, com as colunas na frente e as peônias brancas em flor perto da varanda, reluzentes ao entardecer, e a luz do lampião brilhando na janela.

E ansiei para estar lá, embora no sonho eu já estivesse lá, mas eu sentia um grande desejo por essa casa, pois era meu verdadeiro lar. E, quando senti isso, a luz do lampião foi reduzida e a casa ficou às escuras e eu vi que os vaga-lumes esvoaçavam e brilhavam e havia o cheiro dos botões de copos-de-leite dos campos ao redor e o ar cálido e úmido da noite de verão contra minha face, tão agradável e suave. A mão de alguém segurou a minha.

Nesse exato instante, bateram na porta.

XI
TRONCOS CORTADOS

A jovem, em vez de exibir algum sinal de sono interrompido e de consciência culpada, parece bem calma, com os olhos bem abertos e límpidos como se tivesse dormido profundamente e sem sobressaltos – sua única ansiedade parece ser conseguir que algumas de suas roupas lhe sejam mandadas, bem como seu baú. Daquelas, possuía muito poucas – atualmente usa o vestido da mulher assassinada e o baú que ela pediu pertencia também à mesma pobre sofredora.

Chronicle and Gazette,
Kingston, 12 de agosto de 1843.

Mas, apesar de ter me arrependido de minha perversidade com lágrimas amargas, quer Deus que eu nunca mais conheça um momento de paz. Desde que ajudei McDermott a estrangular [Nancy] Montgomery, seu rosto terrível e aqueles horríveis olhos injetados de sangue não me deixaram mais, nem por um momento. Olham fixamente para mim noite e dia e, quando fecho os olhos em desespero, vejo-os olhando minha alma – é impossível cerrá-los... à noite – no silêncio e na solidão de minha cela, aqueles olhos inflamados tornam minha prisão clara como o dia. Não, não como o dia – eles têm um terrível brilho incandescente, que não se parece com nada deste mundo...

Grace Marks
Para Kenneth MacKenzie,
tal como recontado por Susanna Moodie,
Life in the Clearings, 1853.

Não era amor, embora sua preciosa beleza fosse uma loucura para ele, nem horror, mesmo quando imaginava o espírito dela imbuído da mesma essência maligna que parecia impregnar seu físico, mas uma cria selvagem tanto de amor quanto de horror que tinha cada um de seus pais dentro de si e que queimava como um e estremecia como o outro... Benditas sejam todas as emoções simples, sejam elas sombrias ou brilhantes! É a mistura sinistra das duas que produz a chama que ilumina as regiões infernais.

      Nathaniel Hawthorne,
Rappaccini's Daughter, 1844.

41

Para o dr. Simon Jordan, aos cuidados do major C. D. Humphrey, Lower Union Street, Kingston, Canadá Oeste; da sra. William P. Jordan, Laburnum House, Loomisville, Massachusetts, Estados Unidos.

3 de agosto de 1859

Meu querido filho,

Estou em grande estado de apreensão, não tendo recebido uma carta sua por tanto tempo. Envie-me ao menos uma palavra, para que eu saiba que nenhum desastre aconteceu com você. Nesses dias perversos, com uma guerra calamitosa parecendo cada vez mais próxima, a principal esperança de uma mãe é que seus entes queridos, dos quais me resta apenas um, estejam sãos e salvos. Talvez seja melhor que você permaneça nesse país, para evitar o inevitável, mas é apenas um fraco coração de mãe que recomenda isso, já que não posso em sã consciência defender a covardia, quando tantas outras mães certamente estão preparadas para enfrentar o que o destino lhes reserva.

    Anseio tanto por ver seu amado rosto mais uma vez, querido filho. A leve tosse, que me perturba desde a época do seu nascimento, tem aumentado ultimamente e à noite se torna bastante violenta e fico numa agonia de nervos, cada dia que você passa longe de nós, por medo de ser levada subitamente, talvez no meio da noite, sem ter a oportunidade de dar-lhe um último e afetuoso adeus e uma última bênção de mãe. Se a guerra for evitada, o que todos devemos esperar, rezo para que eu possa vê-lo bem estabelecido, em sua própria casa, antes dessa data inevitável. Mas não deixe que meus medos e fantasias, sem dúvida inúteis, o tirem de seus estudos e pesquisas e dos seus lunáticos, ou seja lá do que você estiver fazendo, que tenho certeza de que é muito importante.

Espero que esteja se alimentando com uma dieta nutritiva e mantendo suas forças. Não há bênção maior do que uma constituição sólida, e, se não for herdada, então ainda mais cuidados devem ser tomados. A sra. Cartwright diz que é muito agradecida por sua filha nunca ter ficado doente um dia na vida e ser forte como um cavalo. A herança de uma mente sã num corpo saudável seria a melhor herança de todas para ser deixada a um filho, a qual sua pobre mãe não foi infelizmente capaz de proporcionar a seu próprio e querido menino, não por falta de vontade. Mas devemos todos ficar contentes com o que nos foi reservado na vida, onde a Providência Divina achou por bem nos colocar.

Minhas fiéis Maureen e Samantha mandam lembranças e amor para você e imploram que não sejam esquecidas. Samantha diz que sua geleia de morangos, de que você tanto gostava quando criança, continua tão boa quanto sempre e que você deveria apressar-se a voltar para provar um pouco, antes que ela "cruze o rio", como diz, e minha pobre Maureen, que logo estará tão aleijada quanto sua mãe, diz que não consegue comer uma colherada sem pensar em você e lembrar-se de tempos mais felizes e ambas estão muito ansiosas por uma renovada visão de seu rosto sempre bem-vinda, como também está, mil vezes mais,

Sua sempre amorosa e devotada,

Mãe.

42

Simon está no corredor de cima outra vez, no sótão, onde moram as criadas. Ele as sente esperando por trás das portas fechadas, ouvindo, os olhos brilhando na semiescuridão, mas não fazem nenhum ruído. Seus passos com as pesadas botas escolares soam ocos nas tábuas do assoalho. Certamente deveria haver algum tipo de tapete ali, ou capachos; todo mundo na casa deve ser capaz de ouvi-lo.

Ele abre uma porta ao acaso, esperando encontrar Alice, ou seu nome seria Effie? Mas ele está de volta ao Hospital Guy. Pode sentir o cheiro, quase prová-lo – aquele cheiro denso e pesado de pedra úmida, algodão úmido, halitose e carne humana séptica. É o cheiro de julgamento e desaprovação: ele vai fazer um exame. Diante dele, está uma mesa coberta com um lençol: ele deve fazer a dissecação, apesar de ser apenas um estudante, não lhe ensinaram, ele não sabe como fazer. A sala está vazia, mas ele sabe que está sendo observado por aqueles que estão lá para julgá-lo.

É uma mulher, por baixo do lençol; ele adivinha pelos contornos. Espera que ela não seja velha demais, pois isso, de certa forma, seria pior. Uma pobre mulher, morta de alguma doença desconhecida. Ninguém sabe onde eles conseguem os cadáveres, ou ninguém sabe ao certo. Desenterrados do cemitério à luz da lua, diz a piada dos estudantes. Não, não à luz da lua, seu idiota: pelos Ressuscitadores.

Passo a passo, ele se aproxima da mesa. Será que está com seus instrumentos prontos? Sim, aqui está o castiçal; mas ele está descalço e seus pés estão molhados. Ele deve levantar o lençol, depois levantar sua pele, seja ela quem for, ou foi, camada por camada. Retirar a pele emborrachada, abri-la, limpá-la como a um hadoque. Ele treme de terror. Ela estará fria, rígida. Eles os mantêm no gelo.

Mas sob o lençol há um outro lençol e sob este, outro. Parece uma cortina de musselina branca. Há então um véu negro e depois – será?

– uma anágua. A mulher tem que estar lá embaixo em algum lugar; ele remexe freneticamente. Mas não; o último lençol é o da cama e não há nada sob ele a não ser uma cama. Isso e a forma de alguém que esteve deitado ali. Ainda está quente.

Ele está fracassando desesperadamente, será reprovado em seu exame, e de maneira tão pública, mas agora não se importa com isso. É como se tivesse conseguido um adiamento. Tudo ficará bem, alguém cuidará dele. Do lado de fora da porta, que é a mesma pela qual ele entrou, existe um gramado verde, com um riacho passando por trás. O ruído da água corrente é muito calmante. Há uma rápida entrada de ar e o cheiro de morangos e uma mão toca seu ombro.

Ele acorda, ou sonha que acorda. Sabe que ainda deve estar adormecido, porque Grace Marks está debruçada sobre ele na escuridão fechada, os cabelos soltos roçando em seu rosto. Ele não está surpreso, nem lhe pergunta como conseguiu chegar até ali vindo da cela da prisão. Ele a puxa para baixo – ela está usando apenas uma camisola – e cai por cima dela e se enfia dentro dela com um gemido de luxúria e nenhuma delicadeza, pois nos sonhos tudo é permitido. Sua espinha o sacode como a um peixe no anzol e depois o solta. Ele arfa, buscando o ar.

Somente então ele compreende que não está sonhando, ao menos não com a mulher. Ela está realmente ali, em carne e osso, deitada imóvel a seu lado na cama subitamente quieta, os braços ao lado do corpo como uma efígie; mas não é Grace Marks. É impossível agora confundir aquela magreza, as costelas de passarinho, o cheiro de roupa chamuscada e de cânfora e violetas. O gosto de ópio de sua boca. É sua magra senhoria, cujo primeiro nome ele nem sabe. Quando ele a penetrou, ela não fez nenhum ruído, nem de protesto, nem de prazer. Será que está respirando?

Experimentalmente ele a beija de novo e de novo; beijinhos. É a alternativa a lhe tomar o pulso. Ele vai tateando até encontrar uma veia, a do pescoço, pulsando. Sua pele está quente, um pouco pegajosa, como xarope; os cabelos por detrás de sua orelha cheiram a cera de abelha.

Então não está morta. Ah, não, ele pensa. E agora? O que foi que eu fiz?

43

O dr. Jordan foi para Toronto. Não sei quanto tempo ele ficará fora; espero que não seja muito, já que acabei me acostumando muito com ele e temo que, quando ele se for, como certamente deverá acontecer mais cedo ou mais tarde, fique um vazio triste em meu coração.

O que mais deverei contar-lhe, quando ele voltar? Ele irá querer saber sobre a prisão e o julgamento e o que foi dito. Um boa parte está completamente misturada em minha mente, mas eu poderia pinçar uma coisa ou outra para ele, alguns retalhos de um pano, pode-se dizer, como faço quando vou ao saco de retalhos procurando algo que sirva, que proporcione um toque de cor.

Eu poderia dizer-lhe o seguinte:

Bem, senhor, eles me prenderam primeiro e a James em seguida. Ele ainda dormia em sua cama e a primeira coisa que fez quando o despertaram foi tentar jogar a culpa em Nancy. Se encontrarem Nancy, vão saber de tudo, ele disse, a culpa foi dela. Achei aquilo muito estúpido da parte dele, pois, embora ela ainda não tivesse sido descoberta, certamente o seria mais cedo ou mais tarde, nem que fosse pelo cheiro, e de fato a descobriram, logo no dia seguinte. James tentava fingir que não sabia onde ela estava ou mesmo que estivesse morta, mas ele devia ter ficado calado a respeito dela.

Era ainda bem de manhã quando nos prenderam. Empurraram-nos para fora da taverna de Lewiston com muita pressa. Acredito que as pessoas de lá pudessem impedir e atrair uma multidão e nos resgatar, o que poderiam ter feito se McDermott tivesse pensado em gritar que era um revolucionário, ou um republicano, ou algo assim e que tinha seus direitos e abaixo os ingleses; porque ainda havia sentimentos bem exaltados por lá, do lado dos partidários do sr. William Lyon MacKenzie e da Rebelião, e havia aqueles nos Estados Unidos que queriam invadir o Canadá. E os homens que nos prenderam não tinham realmente autoridade para isso. Mas McDermott estava acovardado demais para protestar ou lhe faltou presença de espírito; e, quando já nos tinham levado até a alfândega e disseram que éramos suspeitos de homicídio, eles permitiram que nosso grupo prosseguisse e se fizesse à vela sem maiores problemas.

Eu estava muito triste voltando pelo lago, apesar do tempo estar bom e as nuvens, não muito altas, mas tratei de me animar, dizendo a mim mesma que a Justiça não permitiria que eu fosse enforcada por algo que não tinha feito e que só teria que contar minha história tal como acontecera ou o tanto de que conseguisse me lembrar. Já quanto às chances de McDermott, não as considerava muito boas, mas ele continuava negando tudo e dizendo que só tínhamos os objetos do sr. Kinnear conosco porque Nancy se recusara a pagar o que nos devia e assim nós mesmos nos tínhamos pago. Ele disse que, se alguém tivesse matado o sr. Kinnear, o mais provável era que fosse um vagabundo e que um homem de aparência suspeita tinha sido visto por ali, dizendo que era mascate, e tinha lhe vendido algumas camisas e que eles deveriam estar procurando por esse e não por um homem honesto como ele, cujo único crime era querer melhorar o que lhe cabia na vida à custa do trabalho duro e da imigração. Ele certamente conseguia mentir, mas nunca muito bem; portanto, não acreditaram nele e teria sido bem melhor se ele tivesse ficado de boca fechada e pensei mal dele, senhor, por estar tentando jogar a culpa do assassinato em cima do meu velho amigo Jeremias, que jamais fizera tal coisa na vida, que eu soubesse.

Eles nos colocaram na cadeia em Toronto, trancados em cela, como animais numa jaula, mas não tão perto que pudéssemos falar um com o outro, e então nos interrogaram separadamente. Fizeram-me muitas perguntas e eu estava muito assustada e sem saber ao certo o que deveria dizer. Nessa época, eu não tinha advogado, já que o sr. MacKenzie só entrou no caso muito mais tarde. Pedi meu baú, com o que fizeram muita confusão nos jornais, e zombaram de mim por eu ter me referido ao baú como meu e por não ter roupas próprias; mas, apesar de ser verdade que esse baú e as roupas nele tivessem sido de Nancy, não eram mais dela, pois os mortos não precisam dessas coisas.

Também usaram contra mim o fato de que no começo eu estava calma e de bom humor, com olhos claros e bem abertos, o que eles tomaram por insensibilidade; mas, se eu estivesse chorando e me lamuriando, diriam que isto mostrava minha culpa, pois já haviam decidido que eu era culpada e, quando as pessoas passam a acreditar que você cometeu um crime, qualquer coisa que você faça é considerada prova disso; e acho que não podia nem ter me coçado ou assoado o nariz sem que isto fosse escrito nos jornais e comentários maldosos fossem feitos, com frases pomposas. E foi nessa época que começaram a dizer que eu era amante de McDermott e também sua cúmplice; escreveram também que eu devia ter ajudado a estrangular Nancy, já que seriam necessárias duas pessoas para fazer o serviço. Os jornalistas gostam de acreditar no pior; podem vender mais jornais dessa forma, como um deles me disse, pois até mesmo pessoas de prestígio e respeito adoram ler coisas más sobre os outros.

Em seguida, senhor, veio o inquérito, que foi realizado logo depois que fomos trazidos de volta. Era para determinar como Nancy e o sr. Kinnear haviam morrido, se por acidente ou assassinato, e para isto eu precisava ser interrogada no tribunal. Por essa época, eu já estava completamente aterrorizada, pois podia perceber que cresciam os sentimentos contra mim, e os carcereiros em Toronto faziam piadas cruéis quando me traziam comida e diziam que esperavam que, quando eu fosse enforcada, o cadafalso fosse bem alto, para poderem dar uma boa olhada nas minhas pernas. Um deles tentou tirar vantagem e disse que eu bem poderia me divertir enquanto tinha a oportunidade, pois, para onde eu ia, jamais teria um amante tão bom quanto ele entre meus joelhos e eu lhe disse que guardasse sua sujeira para si mesmo e a situação poderia ter piorado, se um outro carcereiro não tivesse vindo e dito que eu ainda não fora julgada, muito menos condenada, e que, se o primeiro sujeito prezasse sua posição, era melhor se manter longe de mim. O que ele fez, em grande parte.

Vou contar ao dr. Jordan sobre isso, já que ele gosta de escutar essas coisas e sempre as anota.

Bem, senhor, continuarei – chegou o dia do inquérito e eu tomei o cuidado de me apresentar bem-vestida e arrumada, pois eu sabia o quanto as aparências contam, como quando você está se candidatando a uma nova colocação, e eles sempre olham para seus punhos e colarinhos, para ver se você tem hábitos de limpeza, e de fato disseram nos jornais que eu estava decentemente vestida.

O inquérito foi realizado na sede da prefeitura, com uma quantidade de magistrados presentes, todos me fitando e franzindo a testa e uma imensa multidão de espectadores e homens da imprensa, empurrando-se e acotovelando-se para poder estar numa melhor posição para ver e ouvir; estes tiveram que ser repreendidos várias vezes, por perturbação da ordem. Eu não conseguia ver como podiam colocar mais pessoas na sala, que estava lotada a ponto de explodir, e mais e mais pessoas continuavam tentando se lançar para dentro.

Tentei controlar meu tremor e enfrentar o que estava por vir com toda a coragem que pudesse reunir, que a essa altura, para dizer a verdade, senhor, não era muita. McDermott estava lá, com a aparência emburrada de sempre, e essa era a primeira vez que o via desde que tínhamos sido presos. Os jornais disseram que ele demonstrou *persistente mau humor e imprudente desacato*, que era a maneira deles de escrever, suponho. Mas não era em nada diferente da maneira como ele sempre estava na mesa do desjejum.

Então começaram a me fazer perguntas a respeito dos assassinatos e eu fiquei perdida. Pois, como sabe, senhor, eu não conseguia me lembrar exatamente dos acontecimentos daquele dia terrível e não sentia como se tivesse estado lá presente e tinha ficado inconsciente em vários momentos, mas eu sabia perfeitamente que, se dissesse isso, iriam rir e zombar de mim, já que Jefferson, o açougueiro, testemunhou que me vira e conversara comigo e disse que eu tinha lhe dito que não precisávamos de carne fresca; fizeram piadas disto depois, por causa dos corpos no porão, num poema-volante que estavam apregoando pelas ruas na época do enforcamento de McDermott; achei aquilo muito grosseiro e vulgar e desrespeitoso da luta mortal de um semelhante.

Então eu disse que a última vez que vira Nancy fora por volta da hora do jantar, quando olhei pela porta da cozinha e a vi guardando os pratinhos e, depois disso, McDermott disse que ela entrara na casa e eu disse que ela não estava lá e ele disse que eu cuidasse da minha própria vida. Depois ele disse que ela fora à casa da sra. Wright. Eu disse a eles que ficara com suspeitas e que perguntei por ela várias vezes a McDermott, quando estávamos viajando para os Estados Unidos, e que ele respondia que ela estava bem, mas que eu não soube positivamente de sua morte, até ela ter sido descoberta na manhã de segunda-feira.

Então contei-lhes que tinha ouvido um disparo e visto o corpo do sr. Kinnear estendido no chão, como eu tinha gritado e corrido e como McDermott atirara em mim e que eu desmaiei e caí. Dessa parte eu me lembrava. E realmente eles encontraram a bala da arma, no batente de madeira da porta da cozinha de verão, o que mostrou que eu não estava mentindo.

Fomos então mandados a julgamento, que não deveria ocorrer até novembro, e assim passei três longos meses trancafiada na cadeia de Toronto, que era muito pior do que estar aqui na penitenciária, pois eu ficava sozinha numa cela e as pessoas vinham com um ou outro pretexto, mas, na verdade, apenas para me olhar embasbacadas. E eu fiquei num estado deplorável.

Do lado de fora, as estações mudavam, mas eu só sabia disso pela diferença na luz que brilhava através da pequena janela gradeada, que ficava muito alta na parede para que eu pudesse ver através dela, e pelo ar que entrava por ela, trazendo as sensações e os cheiros de tudo o que eu estava perdendo. Em agosto, havia o cheiro do feno recém-colhido, depois o cheiro de uvas e pêssegos amadurecendo e, em setembro, as maçãs e, em outubro, as folhas caídas e a sensação fria da primeira neve. Eu não tinha nada para fazer, só ficar sentada em minha cela, preocupando-me com o que iria acontecer e se eu realmente seria enforcada, como os carcereiros me diziam todos os dias, e devo dizer que eles se divertiam com todas as palavras de morte e desastre que saíam de suas bocas. Não sei se notou, senhor, mas existem pessoas que têm prazer na desgraça de seu semelhante e muito especialmente se pensam que esse mortal cometeu um pecado, o que acrescenta um sabor extra. Mas quem entre nós nunca pecou, como nos diz a Bíblia? Eu teria vergonha de sentir tal prazer com o sofrimento dos outros.

Em outubro, me deram um advogado, que era o sr. MacKenzie. Ele não era muito bonito e tinha um nariz como uma garrafa. Eu o achei muito jovem e inexperiente, pois esse era seu primeiro caso, e às vezes suas maneiras eram demasiadamente familiares para meu gosto, já que ele parecia querer ficar trancado comigo na cela sozinho e se oferecia para me consolar, com frequentes palmadinhas na mão; mas eu estava contente em ter alguém que defendesse a minha causa e me colocasse numa luz o mais favorável possível; assim, não comentei nada sobre isso, mas fiz o melhor que pude para sorrir e me comportar de maneira agradecida. Ele queria que eu contasse minha história de uma maneira que ele chamava de coerente, mas frequentemente me acusava de divagar e ficava aborrecido comigo, e finalmente ele disse que o certo não era contar a história como eu realmente me lembrava, da qual ninguém conseguiria tirar nenhum sentido, mas contar uma história que se sustentasse e que tivesse alguma chance de ser acreditada. Eu deveria deixar de lado as partes de que não me lembrava e especialmente o fato de que não conseguia me lembrar delas. E precisava contar o que devia ter acontecido, segundo a plausibilidade, em vez do que eu realmente conseguia me lembrar. Foi isso, então, o que tentei fazer.

Eu ficava sozinha muito tempo e passava muitas horas pensando em minha provação futura e se eu viesse a ser enforcada, como seria, e quão longa e solitária deveria ser a estrada da morte, que eu bem poderia ser forçada a percorrer sozinha, e o que me esperava em seu fim. Rezei a Deus, mas não tive resposta e me consolava refletindo que esse Seu silêncio era apenas mais um de seus misteriosos desígnios. Tentei pensar em tudo o que eu tinha feito de errado, para poder me arrepender; como não escolher o melhor lençol para minha mãe e não permanecer acordada quando Mary Whitney estava morrendo. E, quando eu mesma fosse enterrada, talvez não fosse em nenhum lençol, mas cortada em peças, pedaços e fragmentos, como dizem que os médicos fazem quando você é enforcado. E esse era meu maior medo.

    Depois tentei me alegrar, lembrando-me de outras cenas. Lembrei-me de Mary Whitney, de como tinha seu casamento e sua fazenda bem planejados, com as cortinas escolhidas e tudo o mais, e como isto acabou em nada e como morreu em agonia; então, o último dia de outubro chegou e me lembrei da noite em que descascamos as maçãs, de que ela disse que eu cruzaria as águas três vezes e me casaria com um homem cujo nome começava com a letra J. Tudo isso agora parecia uma brincadeira infantil e eu já não acreditava em nada disso. Oh, Mary, eu dizia, como eu gostaria de estar de volta ao nosso quartinho frio na casa da sra. Parkinson, com a bacia rachada e só uma cadeira, em vez de estar aqui nesta cela escura, com minha vida em perigo. E me parecia que às vezes conseguia um pouco de conforto de volta e uma vez a escutei rindo. Mas geralmente se imaginam coisas quando se fica sozinha por muito tempo.

Foi nessa época que as peônias vermelhas começaram a crescer pela primeira vez.

A última vez em que vi o dr. Jordan, ele perguntou se eu me lembrava da sra. Susanna Moodie, quando ela veio visitar a penitenciária. Isso deveria ter sido havia sete anos, pouco antes de me internarem no Asilo de Lunáticos. Eu disse que me lembrava. Ele me perguntou o que eu achava dela e eu disse que ela parecia um besouro.

Um besouro?, disse o dr. Jordan. Percebi que eu o deixara espantado.

Sim, um besouro, senhor, eu disse. Redonda, gorda, vestida de preto e com um jeito de andar rápido e fugidio e olhos negros e brilhantes também. Não falo isso como um insulto, senhor, acrescentei, pois ele dera uma de suas risadas curtas. Era só como ela se parecia, na minha opinião.

E você se lembra da ocasião em que ela a visitou, pouco tempo depois, no asilo provincial?

Não muito bem, senhor. Nós tínhamos muitos visitantes por lá.

Ela a descreve gritando e correndo de um lado para outro. Você estava confinada na ala dos violentos.

Isso pode ser, senhor, eu disse. Eu não me lembro de me comportar de maneira violenta com os outros, a menos que fizessem algo comigo antes.

E cantando, creio, ele disse.

Gosto de cantar, eu disse secamente, pois eu não estava gostando dessa linha de questionamento. Um bom hino ou balada eleva os ânimos.

Você disse a Kenneth MacKenzie que podia ver os olhos de Nancy Montgomery seguindo você?, ele perguntou.

Eu li o que a sra. Moodie escreveu sobre isso, senhor, eu disse. Não gosto de chamar ninguém de mentiroso. Mas o sr. MacKenzie distorceu o que eu lhe disse.

E o que foi que você disse?

Eu disse manchas vermelhas, no começo, senhor. E isso era verdade. Pareciam manchas vermelhas.

E depois?

E depois, quando ele me pressionou para dar uma explicação, eu lhe disse o que pensava que fossem. Mas não falei em olhos.

Sim? Prossiga!, disse o dr. Jordan, que tentava parecer calmo; ele se inclinava para a frente, como se esperasse um grande segredo. Mas não era nenhum grande segredo. Eu lhe teria dito antes, se tivesse me perguntado.

Eu não disse olhos, senhor, eu disse peônias. Mas o sr. MacKenzie gostava mais de escutar sua própria voz do que a dos outros. E suponho que seja mais comum ter olhos seguindo você. É o mais apropriado, nas circunstâncias, se me compreende, senhor. E acho que foi por isso que o sr. MacKenzie se confundiu e por isso que a sra. Moodie escreveu dessa forma. Eles queriam que as coisas fossem feitas de modo adequado. Mas eram peônias, de qualquer maneira. Vermelhas. Não há possibilidade de erro.

Compreendo, disse o dr. Jordan. Mas ele parecia mais confuso do que nunca.

Depois ele vai querer saber sobre o julgamento. Começou no dia 3 de novembro e tantas pessoas se comprimiram no tribunal que o piso cedeu. Quando me puseram no recinto, primeiro tive que ficar de pé, mas depois me trouxeram uma cadeira. O ar estava muito abafado e havia um zumbido permanente de vozes, como um enxame de abelhas. Pessoas diferentes se levantaram, algumas a meu favor, para dizer que eu nunca tinha tido problemas antes, que era trabalhadeira e de bom caráter, e outras falaram contra mim e havia mais destas últimas. Eu procurei pelo mascate Jeremias, mas ele não estava lá. Ele pelo menos entenderia algo da terrível situação em que me encontrava e teria me ajudado a sair dela, pois dizia que havia uma ligação entre nós. Ao menos, era nisso que eu acreditava.

Então, trouxeram Jamie Walsh. Eu esperava algum sinal de simpatia por parte dele, mas ele me olhou fixamente com tanta reprovação e tanto ressentimento que entendi o que se passava dentro dele. Ele se sentiu traído no amor, porque eu tinha fugido com McDermott e, de um anjo aos seus olhos, digna de ser idolatrada e adorada, eu me transformara em um demônio e ele faria tudo ao seu alcance para me destruir. Com isto, meu coração afundou dentro de mim, pois, de todos que eu tinha conhecido em Richmond Hill, era com ele que eu contava para falar bem de mim e ele parecia tão jovem e puro, sem defeitos e inocente, que senti uma pontada no coração, pois eu dava valor à sua opinião a meu respeito e era uma pena perdê-la.

Ele levantou-se para testemunhar e fez o juramento e a maneira como jurou sobre a Bíblia, muito solene, mas com uma raiva dura em sua voz, não pressagiava nada de bom para mim. Ele contou sobre nossa festa da noite anterior, sobre ter tocado a flauta e de como McDermott se recusara a dançar e o acompanhara em parte do caminho de sua casa e como Nancy estava viva quando ele nos deixou a caminho de seu quarto no andar de cima. Depois contou como fora até lá na tarde seguinte e vira McDermott com uma espingarda de cano duplo na mão, que ele alegou que estava usando para atirar em pássaros. Ele disse que eu estava parada junto à bomba-d'água, com as mãos cruzadas, usando meias de algodão branco e, quando perguntou onde estava Nancy, eu ri de maneira provocante e disse que ele sempre queria saber das coisas, mas que Nancy fora à casa dos Wright, onde havia alguém doente, com um homem que viera buscá-la.

Eu não me lembro de nada disso, senhor, mas Jamie Walsh testemunhou de uma maneira tão franca e direta que era difícil duvidar.

Mas então suas emoções o assaltaram e ele apontou para mim e disse: "Ela está com o vestido de Nancy, as fitas sob a sua touca também são de Nancy e o xale que está usando e também o guarda-sol que tem na mão."

Com isso, houve uma grande algazarra no tribunal, como o clamor das vozes no dia do Julgamento Final, e eu vi que estava perdida.

Quando chegou minha vez, eu disse o que o sr. MacKenzie me mandou dizer e minha cabeça estava em grande tumulto, tentando me lembrar das respostas certas; eu fui pressionada a explicar por que não avisara Nancy e o sr. Kinnear quando soube das intenções de James McDermott. E o sr. MacKenzie disse que foi por temor à minha vida e, apesar do seu nariz, ele foi muito eloquente. Ele disse que eu era pouco mais que uma criança, uma pobre criança sem mãe e, para todos os efeitos e propósitos, uma órfã, atirada ao mundo sem ninguém que me ensinasse, e que tinha que trabalhar duro por meu pão, desde pequena, e que era um exemplo de diligência e perseverança e que eu era muito ignorante e sem educação e analfabeta e só um pouco melhor do que uma idiota e muito fraca e influenciável e facilmente manipulada.

Mas, apesar de tudo o que ele conseguiu fazer, senhor, as coisas caminharam contra mim. O júri me considerou culpada de assassinato, como cúmplice tanto antes quanto depois do fato, e o juiz pronunciou a sentença de morte. Obrigaram-me a levantar para ouvir a sentença, mas, quando ele disse Morte, eu desmaiei e caí sobre o gradil de pontas agudas que cercava o banco dos réus e uma das estacas entrou no meu seio, bem do lado do coração.

Eu poderia mostrar-lhe a cicatriz.

44

Simon tomou o trem matinal para Toronto. Está viajando de segunda classe; tem gasto muito dinheiro ultimamente e sente que precisa economizar.

Ele aguarda ansiosamente sua entrevista com Kenneth MacKenzie: por meio dele, poderá descobrir um ou outro detalhe, algo que Grace tenha deixado de mencionar, ou porque pudesse mostrá-la sob uma luz desfavorável ou porque tenha genuinamente se esquecido. A mente, reflete, é como uma casa – pensamentos que o dono não quer mais exibir, ou que despertam lembranças dolorosas, são afastados, consignados ao sótão ou ao porão e, no esquecimento, como no armazenamento de mobília quebrada, há sem dúvida um elemento de vontade em jogo.

A vontade de Grace é da variedade feminina negativa – ela pode negar e rejeitar com muito mais facilidade do que pode afirmar ou aceitar. Em algum lugar dentro dela – ele viu, ainda que por um breve instante, aquele olhar consciente, até astuto, no canto de seus olhos –, Grace sabe que está escondendo algo dele. Enquanto vai costurando, externamente calma como uma Madona em mármore, está o tempo todo exercendo sua obstinada resistência passiva contra ele. Uma prisão não apenas tranca os detidos dentro dela, como mantém fora todos os demais. Sua prisão mais forte é ela mesma quem constrói.

Há dias em que ele gostaria de esbofeteá-la. A tentação é quase irresistível. Mas, nesse caso, ela o teria prendido em sua armadilha; teria uma razão para resistir a ele. Ela lhe lançaria aquele olhar de corça ferida que todas as mulheres guardam em estoque para essas ocasiões. E choraria.

Ele, no entanto, sente que ela não desgosta de suas conversas. Ao contrário, parece recebê-las bem, até mesmo desfrutar delas, como alguém que desfruta de algum tipo de jogo, quando está ganhando, diz a si mesmo sombriamente. A emoção que ela expressa mais abertamente em relação a ele é de uma contida gratidão.

Ele está começando a detestar a gratidão das mulheres. É como ser bajulado por coelhos ou ser coberto de xarope: você não consegue se livrar. Isso o atrasa e o coloca em desvantagem. Todas as vezes que alguma mulher demonstra gratidão para com ele, sente como se tomasse um banho frio. A gratidão delas não é real; o que elas realmente querem dizer é que ele deveria ser grato a elas. Secretamente elas o desprezam.

Ele se lembra com desconforto, e uma espécie de encolhimento de autoabominação, da condescendência de cachorrinho que costumava exibir quando tirava o dinheiro para pagar alguma patética e maltrapilha garota de rua – a expressão suplicante nos olhos dela e como ele se sentia importante, rico e compassivo, como se os favores a serem conferidos fossem seus, não dela. Quanto desprezo todas devem ter mantido escondido, sob os sorrisos e agradecimentos!

O apito soa; a fumaça cinza passa pela janela. À esquerda, além dos campos planos, está a superfície do lago, encrespado como estanho batido com martelo. Aqui e ali veem-se uma cabana de troncos, uma corda de roupas lavadas batendo ao vento, uma mãe gorda, certamente amaldiçoando a fumaça, um bando de crianças olhando. Árvores recém-cortadas, depois tocos velhos; uma fogueira fumegante. Ocasionalmente, uma casa maior, de tijolos vermelhos ou tábuas brancas. O motor pulsa como um coração de ferro, o trem segue, incansável, para o oeste.

Para longe de Kingston, para longe da sra. Humphrey. Rachel, como ele agora foi induzido a tratá-la. Quanto mais quilômetros ele for capaz de colocar entre si e Rachel Humphrey, mais leve e menos perturbado espiritualmente ele vai se sentir. Ele se envolveu demais com ela. Está se debatendo – imagens de areia movediça lhe vêm à mente –, mas não consegue ver como se deslindar, ainda não. Ter uma amante – pois isto foi o que ela se tornou, ele supõe, e não demorou muito! – é pior do que ter uma esposa. As responsabilidades envolvidas são maiores e mais confusas.

A primeira vez foi um acidente: ele foi emboscado enquanto dormia. A natureza levou vantagem sobre ele, dominando-o enquanto ele estava subjugado, sem sua armadura diurna; seus próprios sonhos voltaram-se contra ele. E é isso também que Rachel diz de si mesma: ela estava agindo como sonâmbula, diz. Pensou que estivesse lá fora, à luz do sol, colhendo flores, mas, de alguma maneira, se viu no seu quarto, na escuridão, em seus braços, e então já era tarde demais, ela estava perdida. *Perdida* é uma palavra que ela usa com frequência. Ela sempre foi de natureza sensível, contou a ele, e sujeita ao sonambulismo, mesmo quando criança. Costumavam trancá-la no quarto durante a noite, para evitar que vagasse ao luar. Ele não acredita nessa história nem por um momento, mas para uma mulher refinada de sua classe ele supõe que seja uma maneira de salvar a honra. O que realmente se passava em sua cabeça naquele momento e o que ela pensa agora ele mal ousa imaginar.

Quase todas as noites desde então ela vai até seu quarto de camisola, com um penhoar branco amarrotado por cima. As fitas do pescoço desamarradas, os botões abertos. Leva uma única vela: parece jovem na penumbra. Seus olhos verdes brilham, seus longos cabelos louros caem sobre seus ombros como um véu brilhante.

Ou se ele fica fora até tarde, caminhando pelo rio no frescor da noite como está cada vez mais inclinado a fazer, ela estará lá esperando por ele quando regressar. Sua reação inicial foi de aborrecimento: há uma dança ritual a ser cumprida que ele acha enfadonha. O encontro começa com lágrimas, tremores e relutância: ela soluça, se acusa, se retrata arruinada, chafurdada em vergonha, uma alma condenada. Ela nunca foi amante de ninguém antes, nunca desceu tão baixo, nunca se permitiu tamanha degradação; se o marido os descobrir, o que será dela? É sempre a mulher a culpada.

Simon deixa que ela prossiga nessa cantilena por algum tempo; depois a conforta e lhe assegura em termos muito vagos que tudo ficará bem e diz que não a considera menos por causa do que ela fez tão inadvertidamente. Então acrescenta que ninguém precisa saber, desde que sejam discretos. Devem tomar muito cuidado para nunca se trair com uma palavra ou um olhar diante de outras pessoas – especialmente de Dora, porque Rachel deve saber como os criados gostam de mexericos –, um cuidado que não é só para proteção dela, como dele também. Ele pode imaginar o que o reverendo Verringer diria; entre outros.

Ela chora mais à ideia de ser descoberta; contorce-se com a humilhação. Ele acha que ela já não está mais tomando láudano, ou ao menos não tanto; de outra maneira, não ficaria tão excitada. Seu comportamento não seria tão repreensível se fosse uma viúva, ela prossegue. Se o major estivesse morto, ela não estaria traindo seus votos matrimoniais; mas do jeito que é... Ela diz que o major a tratava de maneira abominável, que é um canalha, um patife, um cachorro e merece muito pior por parte dela. Ele mantém um arremedo de cautela: não faz nenhuma promessa de casamento imediato, caso o major repentina e acidentalmente caia de um penhasco e quebre o pescoço. Por dentro, ele lhe deseja uma vida longa e saudável.

Ele enxuga seus olhos com o lenço dela – sempre limpo, recém-passado, cheirando a violetas, convenientemente enfiado na manga de seu vestido. Ela o envolve com seus braços, pressiona, e ele sente seus seios, seus quadris, seu corpo inteiro contra o seu. Ela tem uma cintura espantosamente fina. Sua boca roça o pescoço dele. Então, ela recua, horrorizada consigo mesma, com um gesto de timidez de ninfa e se afasta dele numa atitude de fuga; mas, a essa altura, ele não está mais entediado.

Rachel é diferente de qualquer mulher que ele já teve antes. Para começar, ela é uma mulher respeitável, sua primeira, e a respeitabilidade numa mulher, como agora ele descobriu, complica consideravelmente as coisas. Mulheres respeitáveis são por natureza sexualmente frias, sem a luxúria pervertida e os desejos neurastênicos que levam suas irmãs degeneradas à prostituição, ou pelo menos isto é o que diz a teoria científica. Suas próprias explorações lhe sugeriram que as prostitutas são menos motivadas pela depravação do que pela pobreza, mas ainda assim devem ser como seus clientes desejam imaginá-las. Uma prostituta deve fingir desejo e depois prazer, quer sinta-os ou não; ela é paga para esses fingimentos. Uma vagabunda é barata não porque seja feia ou velha, mas porque é má atriz.

Com Rachel, no entanto, as coisas se invertem. Seu fingimento é uma simulação de aversão – é seu papel exibir resistência e o dele, vencê-la. Ela quer ser seduzida, subjugada, possuída contra sua vontade. No momento de seu clímax – que ela tenta disfarçar como dor –, ela sempre diz *não*.

Além disso, ela deixa implícito, com seus recuos e apegos, suas súplicas abjetas, que está oferecendo a ele seu corpo como uma forma de pagamento – algo que ela lhe deve em troca do dinheiro que ele gasta com ela, como em algum melodrama exagerado protagonizado por banqueiros maus e donzelas virtuosas e sem um tostão. Seu outro jogo é que ela está presa numa armadilha, à mercê da vontade dele, como nas novelas obscenas que se conseguem nas bancas de livros mais miseráveis de Paris, com seus sultões de bigode retorcido e escravas acovardadas. Cortinas prateadas, tornozelos acorrentados. Seios como melões. Olhos de gazela. O fato de tais configurações serem banais não lhes rouba o poder.

Que idiotices ele murmurou, no decorrer dessas orgias noturnas? Mal consegue se lembrar. Palavras de paixão e amor ardente, de como ele não consegue resistir a ela, nas quais – é estranho dizer – ele realmente acredita no momento. Durante o dia, Rachel é um fardo, um estorvo, e ele quer se ver livre dela, mas à noite ela é uma pessoa inteiramente diferente e ele também. Ele também diz não quando quer dizer sim. Ele quer dizer mais, quer dizer mais além, quer dizer mais fundo. Ele gostaria de fazer uma incisão nela – uma bem pequena – para provar seu sangue, o que na escuridão do quarto de dormir lhe parece um desejo normal. Ele é conduzido pelo que sente ser um desejo incontrolável, mas fora isso – fora de si mesmo, nessas horas, quando os lençóis se agitam como ondas e ele rola, goza e sufoca –, outra parte de si mesmo permanece com os braços cruzados, completamente vestido, meramente curioso, meramente observando. Até que ponto, exatamente, ele irá? Até onde?

O trem entra na estação de Toronto e Simon tenta deixar esses pensamentos para trás. Na estação, aluga um cabriolé e instrui o cocheiro a ir ao hotel que ele escolheu; não o melhor – não quer esbanjar dinheiro desnecessariamente –, mas também não uma choupana qualquer, já que não quer ser picado por pulgas nem roubado. Enquanto vão pelas ruas – quentes e empoeiradas, atravancadas de veículos de todos os tipos, carruagens pesadas, coches, charretes particulares –, ele olha ao seu redor com interesse. Tudo é novo e vivo, agitado e brilhante, vulgar e complacente, com cheiro de dinheiro novo e de tinta fresca por toda parte. Fortunas foram feitas ali em pouquíssimo tempo e outras mais estão sendo feitas. Há as lojas usuais e os edifícios comerciais e um surpreendente número de bancos. Nenhum dos estabelecimentos para refeições parece promissor. As pessoas nas calçadas de uma maneira geral parecem bastante prósperas, sem as hordas de mendigos, os enxames de crianças raquíticas e imundas, e os pelotões de prostitutas sujas ou exibidas que desfiguram tantas cidades europeias e, no entanto, é tal sua perversão que ele preferia estar em Londres ou Paris. Lá ele seria anônimo e não teria responsabilidades. Sem laços, sem conexões. Ele poderia se perder completamente.

XII
O TEMPLO DE SALOMÃO

Olhei para ela atônito. Santo Deus!, pensei, Será que pode ser uma mulher? E uma mulher bonita, de aparência meiga – e apenas uma menina! Que coração ela deve ter! Senti-me igualmente tentado a lhe dizer que ela era uma diaba e que eu não queria ter mais nada a ver com um negócio tão horrível; mas ela parecia tão bonita, que de uma maneira ou de outra eu cedi à tentação.

>James McDermott
>A Kenneth MacKenzie,
>tal como recontado por Susanna Moodie,
>*Life in the Clearings*, 1853.

... pois é o destino de uma mulher
Ser paciente e silenciosa, esperar como um fantasma sem fala,
Até que uma voz questionadora desfaça o feitiço do seu silêncio.
Assim é a vida interior de tantas mulheres sofredoras,
Sem sol, silenciosas e profundas, como rios subterrâneos
Correndo pelas cavernas da escuridão...

>Henry Wadsworth Longfellow,
>*The Courtship of Miles Standish*, 1858.

45

Os escritórios de advocacia de Bradley, Porter & MacKenzie ficam localizados em um edifício de tijolos vermelhos, novo e um tanto pretensioso, na King Street Oeste. Na recepção, um jovem magro com cabelos descorados senta-se a uma escrivaninha alta, rabiscando com uma caneta de ponta de aço. Quando Simon entra, ele dá um salto, espalhando gotas de tinta como se fosse um cachorro se sacudindo.

– O sr. MacKenzie o espera, senhor – ele diz. Coloca um parêntese reverente em torno da palavra *MacKenzie*. Como ele é jovem, Simon pensa, este deve ser seu primeiro emprego. Ele conduz Simon por um corredor atapetado e bate em uma grossa porta de carvalho.

Kenneth MacKenzie está em seu santuário. Ele se enquadrou com prateleiras de livros bem polidas, volumes profissionais elegantemente encadernados, três quadros de corridas de cavalos. Na sua escrivaninha há um tinteiro de esplendor e convoluções bizantinos. Ele próprio não é exatamente como Simon esperava; nenhum Perseu heroico e salvador, nenhum Cavaleiro da Cruz Vermelha. É um homem baixo, com corpo em formato de pera – ombros estreitos, uma confortável barriguinha ressaltando-se por baixo de seu traje de xadrez escocês –, com um nariz marcado de cicatrizes e tuberoso e, por detrás de seus óculos de prata, dois olhos pequenos, mas observadores. Ele levanta-se da cadeira, mão estendida, sorridente; tem dois dentes protuberantes na frente, como um castor. Simon tenta imaginar como ele se pareceria dezesseis anos atrás, quando jovem – mais jovem do que Simon é agora –, mas falha na tentativa. Kenneth MacKenzie deve ter parecido de meia-idade mesmo quando tinha cinco anos.

Este é o homem, então, que certo dia salvou a vida de Grace Marks, contra todas as probabilidades – provas frias, opinião pública ultrajada e seu próprio testemunho confuso e implausível. Simon está curioso para descobrir exatamente como ele conseguiu isso.

– Dr. Jordan. Muito prazer.
– É muita gentileza sua me receber – Simon diz.
– De modo algum. Recebi a carta do reverendo Verringer; ele fala muito bem do senhor e me contou algo sobre seu procedimento. Fico feliz em poder ser útil no interesse da ciência e, como tenho certeza de que já ouviu dizer, nós, advogados, sempre apreciamos a oportunidade de aparecer. Mas antes de entrarmos no caso... – Uma garrafa para bebida aparece, e charutos. O xerez é excelente: o sr. MacKenzie se trata bem.
– O senhor é parente do famoso rebelde? – Simon pergunta, como maneira de iniciar a conversa.
– Absolutamente, apesar de eu preferir ser seu parente a não o ser; atualmente não é mais desvantajoso como já foi e o velho sujeito há muito foi perdoado e é visto como o pai das reformas. Mas os sentimentos eram muito contrários a ele naquela época; isso por si só poderia ter colocado o laço no pescoço de Grace Marks.
– Como assim? – Simon pergunta.
– Se leu os jornais da época, terá notado que aqueles que apoiavam o sr. MacKenzie e sua causa foram os únicos a dizer algo a favor de Grace. Todos os demais eram por enforcá-la, juntamente com William Lyon MacKenzie e qualquer outra pessoa que abrigasse sentimentos republicanos.
– Mas certamente não havia nenhuma conexão!
– Absolutamente nenhuma. Nunca há a necessidade de uma conexão nessas questões. O sr. Kinnear era um cavalheiro conservador, dos *Tories*, e William Lyon MacKenzie ficou do lado dos escoceses e irlandeses pobres e dos colonos imigrantes de um modo geral. Farinha do mesmo saco era o que pensavam. Suei sangue no julgamento, posso lhe assegurar. Foi meu primeiro caso, sabe, realmente o primeiro; eu acabara de ser aceito na profissão. Sabia que seria meu sucesso ou meu fracasso e, da forma como tudo terminou, realmente significou um salto para mim.
– Como o senhor veio a assumir o caso? – Simon pergunta.
– Meu caro, o caso me foi *entregue*. Era uma batata quente. Ninguém mais queria aceitá-lo. A firma o aceitou *pro bono*, nenhum dos acusados tinha dinheiro, é claro, e, como eu era o mais jovem, o caso veio parar nas minhas mãos. E, além do mais, no último instante, com menos de

um mês para me preparar. "Bem, meu rapaz", disse o velho Bradley, "aqui está. Todo mundo sabe que você vai perder, porque não há dúvida quanto à culpa deles; mas vai ser o *estilo* com que você perderá que vai contar. Há perdas desgraciosas e há perdas elegantes. Veremos se você perde da maneira mais elegante possível. Todos nós estaremos lá incentivando-o." O velhote pensava que estava me fazendo um favor, e talvez estivesse.

– O senhor representou ambos, eu creio – Simon diz.

– Sim. Isso foi um erro, vendo-se em retrospectiva, pois seus interesses provaram estar em conflito. Houve muitas coisas erradas naquele julgamento, mas a prática da jurisprudência era muito mais negligente na época. – MacKenzie olha com o cenho franzido para o charuto, que apagou. Simon percebe que o pobre sujeito realmente não tem prazer em fumar, mas acha que deve fazer isto porque combina com os quadros de corridas de cavalos.

– Então você conheceu Nossa Senhora dos Silêncios? – MacKenzie pergunta.

– É assim que a chama? Sim; tenho passado bastante tempo com ela, tentando determinar...

– Se ela é inocente?

– Se ela é insana. Ou era na época dos crimes. O que suponho que seria um certo tipo de inocência.

– Boa sorte para você – diz MacKenzie. – Foi algo com que eu mesmo nunca fiquei satisfeito.

– Ela faz crer não se lembrar dos assassinatos; ou ao menos não o da mulher, Montgomery.

– Meu caro – diz MacKenzie –, você ficaria espantado de ver como esses lapsos de memória são comuns entre os elementos criminosos. Poucos entre eles conseguem se lembrar de ter feito algo de errado. Podem espancar um homem até quase a morte e cortá-lo em tiras e depois alegar que só lhe deram uma pancadinha com a ponta de uma garrafa. Esquecer, nesses casos, é muito mais conveniente do que lembrar.

– A amnésia de Grace parece ser genuína – diz Simon –, ou pelo menos é no que acredito, à luz da minha experiência clínica anterior. Por outro lado, embora ela pareça não conseguir se lembrar do assassinato, ela tem uma lembrança minuciosa dos detalhes que o cercam – cada peça de roupa que ela lavou, por exemplo, e coisas tais, como a corrida de barcos que precedeu sua própria fuga pelo lago. Ela até mesmo se lembra dos nomes dos barcos.

– Como você verificou os fatos? Nos jornais, suponho – diz MacKenzie. – Já lhe ocorreu que ela pode ter extraído os detalhes corroborativos da mesma fonte? Os criminosos leem a respeito de si mesmos interminavelmente, se tiverem oportunidade. São tão vaidosos nesse aspecto quanto os autores. Quando McDermott afirmou que Grace o ajudou no estrangulamento, pode muito bem ter a ideia do *Chronicle and Gazette*, de Kingston, que apresentou isto como um fato, mesmo antes do inquérito. O nó ao redor do pescoço da mulher morta, disseram, obviamente exigia duas pessoas para atá-lo. Uma bobagem; não se pode dizer de um nó assim se foi atado por uma ou duas pessoas, ou mesmo vinte, para dizer a verdade. É claro que fiz picadinho dessa ideia, durante o julgamento.

– Agora o senhor deu a volta e está defendendo o outro lado da questão – Simon diz.

– É preciso sempre manter os dois lados em mente; é a única forma de antecipar as jogadas do adversário. Não que o meu tivesse tido muito trabalho, nesse caso. Mas fiz o que pude; um homem deve fazer o melhor que puder, como Walter Scott assinalou em algum lugar. O tribunal estava lotado como o inferno e – apesar do clima de novembro – igualmente quente e o ar estava asqueroso. No entanto, eu interroguei algumas testemunhas por mais de três horas. Devo dizer que isso exigiu muita resistência, mas eu era muito mais jovem na época.

– O senhor começou por negar a validade da prisão, pelo que me lembro.

– Sim. Bem, Marks e McDermott foram capturados em solo americano e sem um mandado. Fiz um belo discurso sobre a violação das fronteiras internacionais, *habeas corpus* e tudo o mais; mas o presidente da Suprema Corte, juiz Robinson, não engoliu nada disso.

– Depois tentei mostrar que o sr. Kinnear era uma espécie de ovelha negra e de moral frouxa, o que sem dúvida era verdade. Ele também era um hipocondríaco. Nenhuma dessas coisas tinha muito a ver com o fato de ele ter sido assassinado, mas fiz o melhor possível, especialmente com a moral, e é verdade que essas quatro pessoas ficavam entrando e saindo da cama uns dos outros como numa farsa francesa, de modo que era difícil determinar com certeza quem dormia com quem.

"Em seguida, passei a destruir a reputação da infeliz mulher Montgomery. Não me senti culpado em difamá-la, já que a pobre criatura não sofreria mais com isso. Tivera um filho anteriormente, sabe – que morreu, presumivelmente graças à caridade da parteira –, e descobriu-se na autópsia que ela estava grávida. Sem dúvida, o pai era Kinnear, mas fiz o que pude para produzir um vago Romeu que estrangulara a pobre mulher por ciúmes. No entanto, por mais que puxasse, esse coelho não quis sair da cartola."

– Possivelmente porque não havia nenhum coelho – Simon diz.

– Tem toda razão. Meu truque seguinte foi uma tentativa de fazer um jogo de prestidigitação com as camisas. Quem estava usando qual camisa, quando e por quê? McDermott tinha sido preso com uma das camisas de Kinnear – e daí? Eu estabeleci o fato de que Nancy tinha o hábito de vender as roupas usadas de seu patrão aos criados, com ou sem a sua permissão; portanto, McDermott poderia ter conseguido sua camisa de Nessos, o centauro da lenda, de forma honesta. Infelizmente o cadáver de Kinnear havia inopinadamente se enfiado numa das camisas de McDermott, o que se tornou um obstáculo realmente intransponível. Fiz o que pude para evitá-lo, mas o promotor me martelou com isto, em cheio.

– Depois apontei o dedo da suspeita para o mascate até quem a camisa ensanguentada e jogada atrás da porta podia levar, pois ele já havia tentado passar o mesmo artigo em outro lugar. Mas isso também não adiantou; havia testemunhas de que o mascate vendera aquela mesma camisa a McDermott – na verdade, uma coleção de camisas – e depois ingratamente desapareceu no ar. Por alguma razão, ele não desejou aparecer no julgamento e correr o risco de ter seu próprio pescoço esticado.

– Sujeito covarde – diz Simon.

– De fato – diz MacKenzie, rindo. – E, quando chegou a vez de Grace, devo dizer que não tive muita ajuda. A tola não pôde ser dissuadida de se vestir com as roupas elegantes da mulher assassinada, um ato que foi visto com horror pela imprensa e pelo público; embora, se eu fosse mesmo esperto, teria apresentado esse mesmo fato como prova de uma consciência inocente e despreocupada ou, melhor ainda, de loucura. Mas não tive a astúcia de pensar isso na época.

"Além disso, Grace tinha enlameado bastante o caminho. Ela havia dito, na ocasião de sua prisão, que não sabia onde Nancy estava. Depois, no inquérito, disse suspeitar de que Nancy estivesse morta no porão, apesar de não ter visto ela ser colocada lá. Mas, no julgamento e em sua suposta confissão – essa pequena peça publicada pelo *Star*, que ganhou um bom dinheiro com isso –, ela alegou ter visto McDermott arrastando Nancy pelos cabelos e atirando-a pelas escadas. No entanto, ela nunca chegou a admitir participação no estrangulamento."

– Porém, mais tarde, ela admitiu isso para o senhor – diz Simon.

– Foi mesmo? Não me lembro...

– Na penitenciária – Simon diz. – Ela lhe contou que vivia assombrada pelos olhos injetados de sangue de Nancy; ou assim a sra. Moodie relata que o senhor disse.

MacKenzie se remexe com desconforto e baixa os olhos.

– Grace certamente estava com a mente perturbada – ele diz. – Confusa e deprimida.

– Mas e os olhos?

– A sra. Moodie, por quem tenho a maior admiração – diz MacKenzie –, possui uma imaginação um tanto convencional e uma tendência a exagerar. Ela colocou alguns belos discursos na boca das pessoas, que são altamente improváveis de ter sido feitos. McDermott não passava de um palerma absoluto. Mesmo eu, que o defendia, achei muito difícil reunir algumas boas palavras para dizer sobre o sujeito – e Grace, quase uma criança e sem formação. Quanto aos olhos, o que é fortemente desejado pela mente, geralmente é proporcionado por ela. Isso se vê todos os dias no banco das testemunhas.

– Então, não houve nada de olhos?

MacKenzie remexe-se outra vez.

– Eu não poderia jurar sobre os olhos – ele diz. – Grace não disse nada exatamente que pudesse se sustentar no tribunal como confissão, apesar de ter dito que sentia muito por Nancy estar morta. Mas qualquer um poderia dizer isso.

– De fato – Simon diz. Ele agora suspeita de que os olhos não se originaram com a sra. Moodie e pergunta-se que outras partes de sua narrativa deviam-se aos próprios gostos extravagantes de MacKenzie como narrador. – Mas também temos a declaração de McDermott, feita imediatamente antes de ser enforcado.

– Sim, sim; um pronunciamento no cadafalso sempre tem lugar nos jornais.

– Por que será que ele esperou tanto tempo?

– Até o último momento, ele esperava por uma comutação da pena, já que Grace tinha conseguido uma. Ele considerava que a culpa dos dois era igual e achava que as sentenças também deveriam ser e não podia acusá-la sem amarrar o laço bem firme em seu próprio pescoço, já que teria que admitir o uso do machado e tudo o mais.

– Ao passo que Grace poderia acusá-lo com relativa impunidade – diz Simon.

– Exatamente – diz MacKenzie. – E nem hesitou quando chegou a hora. *Sauve qui peut!* Aquela mulher tem nervos de aço. Se fosse homem, daria um bom advogado.

– Mas McDermott não conseguiu comutar a sua pena – Simon diz.

– Claro que não! Ele estava louco de esperar por isso, e furioso. Ele também considerava isso culpa de Grace – a seus olhos, ela havia monopolizado o mercado de clemência – e, tal como compreendi então, queria se vingar.

– Em parte, é compreensível – Simon diz. – Se me lembro bem, ele alegou que Grace desceu ao porão com ele e estrangulou Nancy com seu próprio lenço.

– Bem, o lenço foi realmente encontrado. Mas, para o restante, não há prova concreta. O sujeito já havia contado várias histórias diferentes e era tido como notório mentiroso, ainda por cima.

– Entretanto – Simon diz –, para bancar o advogado do diabo, só porque se sabe que um homem mente, não quer dizer que minta sempre.

– Exatamente – diz MacKenzie. – Bem, vejo que a fascinante Grace está lhe proporcionando uma divertida caçada.

– Nem tão divertida – diz Simon. – Devo admitir que andei desconcertado. O que ela diz soa como verdade; suas maneiras são cândidas e sinceras; no entanto, não consigo me livrar da suspeita de que, de uma maneira que não consigo identificar, ela está mentindo para mim.

– Mentindo – diz MacKenzie. – Um termo severo, sem dúvida. Se ela andou mentindo para você é o que se pergunta. Deixe-me colocar da seguinte maneira: Scherazade mentia? Não a seus próprios olhos; na verdade, as histórias que ela contou nunca deveriam ser submetidas às duras categorias de Falso e Verdadeiro. Pertencem a uma outra esfera, inteiramente diferente. Talvez Grace Marks tenha lhe contado o que ela precisa contar, para conseguir seu objetivo.

– E qual é? – Simon pergunta.

– Manter o sultão divertido – diz MacKenzie. – Evitar que o golpe caia sobre ela. Atrasar sua partida e fazer com que fique na sala com ela o maior tempo possível.

– E qual seria o objetivo disso? – Simon pergunta. – Divertir-me não vai tirá-la da prisão.

– Não acredito que ela realmente espere isso – diz MacKenzie. – Mas não é óbvio? A pobre criatura se apaixonou por você. Um homem solteiro, mais ou menos jovem e não desfavorecido, aparece para alguém que há muito está segregada e privada de companhia masculina. Você é sem sombra de dúvida o objeto de seus devaneios.

– Certamente que não – Simon diz, ruborizado a despeito de si mesmo. Se Grace está apaixonada por ele, manteve o segredo muito bem guardado.

– Mas eu digo: certamente que sim! Eu passei pela mesma experiência, ou algo semelhante; eu tinha que passar muitas horas com ela, em sua cela na cadeia de Toronto, enquanto ela desfiava o novelo de sua história para mim, esticando o máximo possível. Ela estava fascinada por mim e não queria que eu saísse de sua vista. Que olhares lânguidos e melosos! Se eu colocasse a mão sobre as dela, ela se jogaria em meus braços.

Simon está enojado. Que duendezinho presunçoso, com seu colete elegante e nariz bulboso!

– É mesmo? – ele diz, tentando não demonstrar sua raiva.

– Ah, sim – diz MacKenzie. – Ela achava que ia ser enforcada, sabe? O medo é um afrodisíaco notável; aconselho-o a experimentá-lo em algum momento. Nós, advogados, somos tantas vezes escalados para o papel de São Jorge, ao menos temporariamente. Encontre uma donzela acorrentada numa rocha e prestes a ser devorada por um monstro, resgate-a e depois a possua. É o que sempre acontece com as donzelas, não concorda? Não vou dizer que não fiquei tentado. Ela era muito jovem e delicada na época, mas sem dúvida a vida na prisão deve tê-la endurecido.

Simon tosse, para esconder sua raiva. Como ele deixara de notar que o sujeito tinha a boca de um velho depravado? Um frequentador de bordéis provincianos. Um voluptuoso interessante.

– Nunca houve nenhuma insinuação desse tipo – ele diz. – No meu caso. Ele considera que os devaneios têm sido sempre do seu lado, mas já começa a duvidar disso. O que Grace realmente pensa dele enquanto costura e conta suas histórias?

– Eu tive muita sorte – diz MacKenzie – e é claro que Grace também, pelo assassinato do sr. Kinnear ter sido julgado antes do outro. Era óbvio para todo mundo que ela não podia ter ajudado a atirar em Kinnear; quanto ao assassinato de Nancy – na verdade, para os dois –, as provas eram apenas circunstanciais. Ela foi condenada não como cabeça do crime, mas como cúmplice, já que tudo o que pôde ser provado contra ela era que soube das intenções assassinas de McDermott com antecedência e deixou de denunciá-lo e que similarmente deixou de informar que ele tinha cumprido o prometido. Até mesmo o presidente do Supremo Tribunal recomendou clemência e, com a ajuda de várias petições fortes a seu favor, consegui salvar sua vida. Quando a sentença de morte foi decretada contra os dois, o julgamento foi encerrado, já que se pensava ser desnecessário entrar nos detalhes do segundo caso; então Grace nunca foi julgada pelo assassinato de Nancy Montgomery.

– E se tivesse sido? – Simon pergunta.

– Eu não conseguiria salvá-la. A opinião pública teria sido forte demais para mim. Ela teria sido enforcada.

– Mas, em sua opinião, ela era inocente – Simon diz.

– Ao contrário – diz MacKenzie. Toma um gole do xerez, limpa os lábios delicadamente, exibe um sorriso de doce lembrança. – Não. Na minha opinião, ela era culpada como o pecado.

46

O que o dr. Jordan estará fazendo e quando voltará? Embora o que ele esteja fazendo eu acho que posso adivinhar. Deve estar conversando com algumas pessoas em Toronto, tentando descobrir se sou culpada; mas não é desta maneira que ele vai descobrir. Ele não compreende ainda que a culpa vem para você não das coisas que você fez, mas das coisas que os outros fizeram com você.

Seu primeiro nome é Simon. Eu me pergunto por que sua mãe lhe deu este nome, ou talvez tenha sido seu pai. Meu próprio pai nunca se importou com nossos nomes, ficava a cargo de minha mãe e de tia Pauline. Há um Simão Pedro, o Apóstolo, é claro, que foi feito um pescador de homens por nosso Senhor. Mas há também o Bobo Simão. Encontrou um vendedor de tortas, indo para o mercado. E disse: Deixe-me provar sua mercadoria, mas não tinha nem um centavo. McDermott era assim, achava que podia pegar as coisas sem pagar por elas e o dr. Jordan também. Não que eu não sinta pena dele. Ele sempre foi magro e tenho a impressão de que está ficando cada vez mais magro. Acredito que ele esteja sendo vítima de um grande tormento.

Quanto a ter sido chamada de Grace, deve ter sido o hino. Minha mãe nunca disse isso, mas houve muitas coisas que ela nunca disse.

> Esplêndida Graça! Como é doce o som
> Que salvou uma infeliz como eu!
> Já estive perdida, mas agora fui descoberta,
> Fui cega, mas agora vejo.

Espero que tenha recebido esse nome por causa do hino. Eu gostaria de ser descoberta. Eu gostaria de ver. Ou de ser vista. Imagino se, aos olhos de Deus, isso significa a mesma coisa. Como diz a Bíblia,

Por ora, nós vemos através de um vidro, obscuramente; mas depois face a face.

Se é face a face, devem ser dois olhando.

Hoje foi Dia de Banho. Existem rumores de que vão nos fazer tomar banho nuas, em grupos, em vez de duas a duas, com combinação; dizem que economizará tempo e será mais econômico, já que será preciso menos água, mas acho a ideia indecente e, se tentarem aplicá-la, eu me queixarei às autoridades. Ou talvez não faça isso, já que essas coisas são empregadas para nos testar e devem ser aguentadas sem queixas, como aguento todo o restante, ao menos a maior parte. Os banhos já são bastante desagradáveis, as pedras do chão, escorregadias de crostas velhas de sabão, como uma gelatina, e sempre há uma inspetora observando, o que pode até ser bom, já que, de outra forma, iriam espalhar água. No inverno, você quase morre congelada, mas agora, no calor do verão, com todo o suor e a sujeira, que é muito maior depois de trabalhar nas cozinhas, não me importo tanto com a água fria, pois é refrescante.

Depois de terminados os banhos, passei algum tempo costurando. Estão com falta de uniformes masculinos na prisão, já que cada vez mais criminosos estão sendo admitidos, especialmente nos dias quentes de verão, quando a paciência fica curta e as pessoas tendem a se vingar; assim, devem usar meu par de mãos extra. Têm suas ordens e suas cotas a cumprir, tal como uma fábrica.

Annie Little estava sentada ao meu lado no banco e se inclinou para mais perto de mim e sussurrou: Grace, Grace, ele é bonito, o jovem doutor? Ele vai tirá-la da prisão? Você está apaixonada por ele? Acho que sim.

Não seja tola, murmurei para ela, falando essas bobagens, nunca me apaixonei por nenhum homem e não pretendo começar agora. Estou condenada à prisão perpétua e não tenho tempo para esse tipo de coisas aqui e, aliás, nem espaço tampouco.

Annie tem trinta e cinco anos, é mais velha do que eu, mas, além de nem sempre estar boa da cabeça, nunca cresceu. Isso acontece na penitenciária, algumas ficam com a mesma idade o tempo todo por dentro delas; a mesma idade que tinham quando foram presas.

Desça do seu pedestal, ela disse e me cutucou com o cotovelo. Você não se importaria com uma peça dura num canto estreito, isso nunca faz mal, e você é tão esperta, ela sussurrou, que encontraria lugar e tempo para isso, se quisesse. Bertha Flood fez isso com um carcereiro no barracão de ferramentas, só que ela foi pega, mas você nunca seria, você tem mão firme, poderia matar a sua própria vovozinha na cama e não despentear nem um fio de cabelo. E soltou uma risadinha desdenhosa.

Receio que ela tenha levado uma vida desonrosa.

Silêncio aí, disse a inspetora de serviço, ou vou anotar o nome de vocês. Estão ficando mais severas outra vez, agora que há uma nova inspetora-chefe e, se houver muitas anotações contra você, cortam seus cabelos.

Depois da refeição do meio-dia, fui enviada à casa do governador. Dora estava lá outra vez, pois tem um acordo com a senhoria do dr. Jordan para vir nos dias de grande lavagem de roupas e, como sempre, estava cheia de mexericos. Disse que, se contasse metade do que sabia, faria com que certa pessoa descesse um ou dois degraus de sua posição, pois havia muitos que eram sepulcros caiados de branco, usando seda negra e carregando lenços rendados e tendo dores de cabeça durante a tarde como se fossem completamente respeitáveis; outras pessoas podiam se dar por satisfeitas, mas ela não era de tampar o sol com a peneira. Ela disse que desde que o dr. Jordan viajara sua patroa passava horas andando de um lado para outro pela casa, olhando pela janela ou sentada como se estivesse em estupor; o que não era de admirar, pois ela certamente temia que ele tivesse fugido, como fez o outro. Então quem pagaria por seus caprichos e por tudo o que ela exigia?

Clarrie no geral ignora o que Dora fala. Não está interessada em mexericos sobre as classes superiores; só continua fumando seu cachimbo e dizendo Huum. Mas hoje ela disse por que deveria se importar com o que essas pessoas fazem, era melhor olhar as galinhas e os galos brigando no galinheiro e que, no que lhe dizia respeito, Deus colocara essas pessoas no mundo para sujar roupas, pois não conseguia ver nenhuma outra utilidade nelas. E Dora disse: Bem, quanto a isso eles estão fazendo um belo serviço, devo dizer, eles sujam tão rápido quanto eu consigo limpar e os dois estão juntos nesse serviço, para dizer a verdade.

Diante disso, um calafrio percorreu todo o meu corpo e eu não lhe pedi para se explicar. Não queria que ela dissesse nada de mau do dr. Jordan, pois, de um modo geral, ele tem sido muito amável comigo e também é uma diversão considerável na minha vida de monotonia e trabalho.

Quando o dr. Jordan voltar, deverei ser hipnotizada. Tudo já foi decidido; Jeremias, ou devo pensar nele como dr. DuPont, porque é assim que devo me lembrar de chamá-lo agora, vai fazer a hipnotização e os outros irão observar e ouvir. A mulher do governador explicou tudo e disse que eu não devo ter medo, pois estarei entre amigos que querem o meu bem e tudo o que terei que fazer é ficar sentada numa cadeira e dormir quando o dr. DuPont me mandar. Quando eu estiver adormecida, eles me farão perguntas. Dessa maneira, pretendem recuperar minha memória.

Eu disse a ela que não tinha certeza de querer recuperá-la, embora, é claro, fosse fazer o que desejavam. Ela disse que ficava contente de me ver com essa disposição de cooperar, que tinha muita fé em mim e certeza de que descobririam que eu era inocente.

Depois da refeição da noite, a inspetora nos deu material para tricotar, para levar às nossas celas e terminar mais tarde, pois estão com falta de meias. No verão, há luz até mais tarde e não é preciso desperdiçar nenhuma vela conosco.

Então agora estou tricotando. Sou ligeira para tricotar e posso fazer isto sem olhar, desde que sejam apenas meias e não algo complicado. E, enquanto tricoto, eu penso: O que eu colocaria no meu Álbum de Recordações, se tivesse um? Um pedaço da franja do xale da minha mãe. Um chumaço de lã vermelha, das luvas com flores que Mary Whitney teceu para mim. Um pedaço de seda, do xale bom de Nancy. Um botão de osso, de Jeremias. Uma margarida, do colar de margaridas que Jamie Walsh fez para mim.

Nada de McDermott, já que não quero me lembrar dele.

Mas o que deve ser um Álbum de Recordações? Seriam apenas as coisas boas de sua vida ou deveria ser de tudo? Muitas pessoas colocam neles gravuras de cenas e de acontecimentos que nunca presenciaram, como duques e as Cataratas do Niágara, o que, na minha opinião, é uma espécie de trapaça. Será que eu faria isso? Ou seria fiel à minha própria vida?

Um pedaço de algodão grosseiro, da camisola da penitenciária. Um pedaço de anágua manchado de sangue. Um retalho de lenço, branco com flores azuis. Cabelos-de-vênus.

47

Na manhã seguinte, logo depois do alvorecer, Simon parte para Richmond Hill, num cavalo alugado no estábulo atrás do seu hotel. Como todos os cavalos acostumados com uma sucessão de cavaleiros estranhos, o animal é teimoso, com a boca dura, e por duas vezes tenta raspá-lo contra cercas. Depois disso, se acalma e avança penosamente a um meio galope ritmado, com variações para um trote rápido e saltado. Apesar de empoeirada e repleta de sulcos em alguns lugares, a estrada é melhor do que Simon esperava e, com várias paradas em estalagens de beira de estrada para descanso e água, ele chega a Richmond Hill logo depois de meio-dia.

Continua não sendo realmente uma cidade. Há um armazém geral, um ferreiro, casas aqui e ali. A estalagem deve ser a mesma de que Grace se lembra. Ele entra, pede rosbife e cerveja e indaga sobre a localização da antiga casa do sr. Kinnear. O estalajadeiro não fica surpreso: Simon não é de forma alguma o primeiro a fazer essa pergunta. Na realidade, era uma verdadeira multidão, diz ele, na época dos assassinatos e desde então tem havido uma corrente constante de visitantes. A cidade está cansada de ser conhecida apenas por esse crime: deixem os mortos enterrados em paz, é o que ele pensa. Mas as pessoas querem espiar o local da tragédia; é uma vergonha. Era de esperar que quisessem ficar longe do problema – mas, não, querem fazer parte dele. Alguns chegam até mesmo a levar suvenires consigo – cascalhos do caminho de entrada, flores dos canteiros. O cavalheiro que agora é o dono da casa não fica mais tão contrariado, já que cada vez menos pessoas têm vindo. Ainda assim, ele não gosta de curiosidade inútil.

Simon lhe assegura que sua própria curiosidade não tem nada de inútil: ele é médico e está fazendo um estudo sobre Grace. É uma perda de tempo, diz o proprietário da estalagem, porque Grace era culpada.

– Ela era uma mulher bonita – acrescenta, com certo orgulho por tê-la conhecido. – Podia-se dizer que ela não seria capaz de fazer mal a uma mosca. Você nunca adivinharia o que ela estava planejando, por trás daquela carinha suave.

– Só tinha quinze anos na época, acredito – diz Simon.

– Mas podia passar por dezoito. Uma vergonha, tendo ficado tão má, com tão pouca idade.

Ele diz que o sr. Kinnear era um cavalheiro admirável, embora um pouco negligente, e que a maioria das pessoas gostava de Nancy Montgomery, apesar de estar vivendo em pecado. Ele também conhecera McDermott; um ótimo atleta e teria agido corretamente no fim, se não fosse por Grace.

– Foi ela quem o instigou e foi ela quem pôs o laço no pescoço dele também.

Ele diz que as mulheres sempre escapam com facilidade.

Simon pergunta por Jamie Walsh, mas Jamie Walsh se foi. Para a cidade, dizem alguns; para os Estados Unidos, dizem outros. Depois que a propriedade de Kinnear foi vendida, os Walsh tiveram que se mudar. Na verdade, não restam muitos na vizinhança que viviam aqui na época, já que houve muitas vendas e compras e idas e vindas desde então; a grama é sempre mais verde do outro lado da cerca.

Simon cavalga para o norte e tem pouca dificuldade em identificar a propriedade de Kinnear. Não pretendia ir direto até a casa – pretendia apenas olhá-la à distância –, mas o pomar, que era novo na época de Grace, havia crescido, obstruindo parcialmente a visão da casa. Logo se vê no meio do caminho de entrada e, antes que se dê conta, já amarrou o cavalo na cerca entre as duas cozinhas e está parado diante da porta da frente.

A casa é menor e, de certo modo, mais deteriorada do que ele imaginara. O pórtico com as colunas precisa de uma demão de tinta, as roseiras cresceram livremente, cheias de mato, e mostram apenas alguns botões infestados. O que se pode ganhar olhando para isso, Simon se pergunta, além, isto é, do *frisson* vulgar e da indulgência por um interesse mórbido? É como visitar o local de uma batalha: não há nada a ser visto, exceto com os olhos da mente. Esses confrontos com a realidade sempre são uma decepção.

Ele, no entanto, bate à porta da frente, depois bate outra vez. Ninguém atende. Está se virando para ir embora, quando a porta se abre. Uma mulher está parada ali, magra, rosto triste, não é velha, mas está envelhecendo, sobriamente vestida com um vestido estampado escuro e avental. Simon tem a sensação de que seria nisso que Nancy Montgomery teria se transformado, se estivesse viva.

– O senhor está aqui para ver a casa – ela diz. Não é uma pergunta.

– O patrão não está em casa, mas tenho instruções para mostrar tudo ao senhor.

Simon se espanta: como saberiam que ele estava vindo? Talvez ainda venham muitos visitantes, apesar do que o estalajadeiro disse? Teria o lugar se transformado numa espécie de museu de horrores?

A governanta – pois isso é o que ela deve ser – afasta-se para que Simon possa entrar no vestíbulo.

– Deve querer saber sobre o poço, imagino – ela diz. – Sempre querem.

– O poço? – Simon pergunta. Ele nunca ouviu nada sobre um poço. Talvez sua visita seja proveitosa, afinal, com alguns detalhes novos sobre o caso, nunca mencionados antes. – O que há com o poço?

A mulher lança-lhe um olhar de estranheza.

– É um poço coberto, senhor, com uma nova bomba. Certamente o senhor irá querer saber tudo sobre o poço ao procurar um lugar para comprar.

– Mas não estou querendo comprar nada – diz Simon, confuso. – Está à venda?

– E por que eu estaria mostrando a casa para o senhor? É claro que está para vender e não é a primeira vez. As pessoas que moram aqui nunca se sentem completamente confortáveis. Não que haja alguma coisa, fantasmas ou coisas assim, apesar de se pensar que poderia haver, e eu nunca gosto de descer ao porão. Mas atrai os curiosos.

Ela olha fixamente para ele: se não é um comprador, o que está fazendo aqui? Simon não quer ser considerado mais um curioso.

– Sou um médico – ele diz.

– Ah – ela diz, balançando a cabeça astutamente para ele, como se aquilo explicasse tudo. – Então, o senhor quer ver a *casa*. Nós de fato recebemos muitos outros médicos que querem vê-la. Mais do que os de outro tipo, mesmo os advogados. Bem, já que está aqui, pode vê-la. Aqui é a sala de visitas, onde tinham o piano, segundo me disseram, na época do sr. Kinnear, que a srta. Nancy Montgomery costumava tocar. Cantava como um canário é o que dizem dela. Muito musical ela era. – Sorri para Simon, o primeiro sorriso que concede.

A visita de Simon é completa. Ela lhe mostra a sala de jantar, a biblioteca, a cozinha de inverno, a cozinha de verão, o estábulo e o sótão, "onde aquele miserável do McDermott dormia". Os quartos de cima – "Só Deus sabe o que acontecia ali" – e o quartinho de Grace. A mobília é toda diferente, claro. Mais pobre, mais gasta. Simon tenta imaginar como deveria parecer na época, mas não consegue.

No melhor estilo de um mestre de cerimônias, a governanta deixa o porão para o fim. Acende uma vela e desce na frente, advertindo-o para não escorregar. A luz é turva, os cantos cobertos de teias de aranha. Há um cheiro úmido, de terra e vegetais armazenados.

– Ele foi encontrado bem aqui – diz a governanta com prazer – e ela estava escondida junto àquela parede. Mas não sei por que eles se deram o trabalho de escondê-la. O crime sempre aparece, e apareceu. É uma pena que não tenham enforcado aquela Grace, e não sou só eu quem diz isto.

– Tenho certeza de que não – diz Simon. Já viu o suficiente, quer ir embora. Na porta da frente, ele lhe dá uma moeda – parece a atitude certa – e ela balança a cabeça e a embolsa.

– O senhor pode ver os túmulos também, no cemitério da igreja, na cidade – ela lhe diz. – Não há nomes, mas não pode deixar de achá-los. São os únicos com estacas ao redor.

Simon lhe agradece. Ele sente como se estivesse escapulindo de algum vergonhoso espetáculo pornográfico. Em que tipo de *voyeur* ele se transformou? Um bem completo, aparentemente, já que vai direto para a igreja presbiteriana; fácil de encontrar, já que é a única torre de igreja à vista.

Atrás da igreja, está o cemitério, limpo e verde, os mortos mantidos sob rígido controle. Nada de ervas daninhas por ali, nenhuma coroa de flores despedaçada, nada de lixo ou confusão; nada como as florescências barrocas da Europa. Nenhum anjo, nenhum calvário, nenhuma bobagem desse tipo. Para os presbiterianos, o Céu deve se parecer com um estabelecimento bancário, com cada alma etiquetada, registrada e colocada no escaninho apropriado.

Os túmulos que ele procura são óbvios. Cada um tem uma cerca de estacas ao redor, as únicas daquele tipo no cemitério: para manter os ocupantes presos ali, sem dúvida, já que os assassinados têm a reputação de sair caminhando. Até os presbiterianos, ao que parece, não estão imunes à superstição.

A cerca de estacas de madeira de Thomas Kinnear está pintada de branco, a de Nancy Montgomery, de preto, uma indicação, talvez, do julgamento que a cidade fez dela: vítima de assassinato ou não, ela não era melhor do que deveria ser. Eles não tinham sido enterrados no mesmo túmulo – não havia necessidade de endossar o escândalo. Estranhamente, o túmulo de Nancy foi colocado aos pés do de Kinnear, e em ângulo reto em relação ao dele; o efeito é o de uma espécie de tapete de cama. Há uma grande moita de rosas enchendo quase todo o cercado de Nancy – a velha balada do panfleto, então, foi profética –, mas nenhuma trepadeira no de Thomas Kinnear. Simon colhe uma rosa do túmulo de Nancy, com o vago pensamento de levá-la para Grace, mas depois pensa melhor e desiste.

Ele passa a noite numa estalagem pouco atraente a meio caminho de volta para Toronto. Os vidros das janelas estão tão sujos que ele mal consegue ver do lado de fora, os cobertores cheiram a mofo; bem embaixo de seu quarto, um grupo de bebedores barulhentos faz baderna até depois da meia-noite. São os riscos de viagens pela província. Ele coloca uma cadeira contra a porta, para evitar alguma intrusão indesejável.

Pela manhã, levanta-se cedo e inspeciona as diversas picadas de insetos que adquiriu durante a noite. Lava o rosto na pequena bacia de água morna trazida pela camareira, que se desdobra como lavadora de pratos lá embaixo; a água cheira a cebola.

Depois de fazer o desjejum com uma fatia de presunto antediluviano e um ovo de idade incerta, ele segue seu caminho. Há poucas pessoas na estrada; ele cruza com uma carroça, um lenhador derrubando uma árvore morta em seu campo; um lavrador mijando na vala. Filetes de neblina flutuam aqui e ali acima dos campos, dissipando-se como sonhos à luz da manhã. O ar está nebuloso, o mato na beira da estrada está pesado de orvalho; o cavalo arranca bocados dele enquanto passa. Simon o freia sem muito empenho, depois o deixa prosseguir em seu trote lento. Ele se sente ocioso, afastado de todos os seus objetivos e esforços.

* * *

Antes de tomar o trem da tarde, ele tem mais uma incumbência. Quer visitar o túmulo de Mary Whitney. Quer se certificar de que ela realmente existiu.

A Igreja Metodista de Adelaide Street é a que Grace mencionou; ele consultou suas anotações. No cemitério da igreja, o granito polido está substituindo o mármore e os versos estão ficando escassos; a ostentação repousa no tamanho e na solidez, não na ornamentação. Os metodistas gostam de seus monumentos monumentais; como blocos, sem possibilidade de erros, como as linhas grossas, negras, colocadas nas contas finalizadas do livro de contabilidade de seu pai: *Integralmente pago*.

Ele caminha para cima e para baixo pelas fileiras de túmulos, lendo os nomes – os Bigg e os Stewart, os Fluke e os Chamber, os Cook e os Randolph e os Stalworthy. Finalmente o encontra, em um canto: uma pequena lápide cinza, que parece mais antiga do que os dezenove anos que se passaram. *Mary Whitney*; o nome, nada mais. Mas Grace disse que o nome foi só o que ela pôde pagar.

A certeza salta dentro dele como uma chama – a história dela é verdadeira, então –, mas se apaga igualmente depressa. De que valem essas lembranças físicas? Um mágico tira uma moeda de um chapéu e, como se trata de uma moeda de verdade e um chapéu de verdade, a plateia acredita que a ilusão também é real. Mas esta lápide é apenas isto: uma lápide. Para começar, não há nenhuma data gravada e a Mary Whitney enterrada sob ela pode não ter absolutamente nenhuma ligação com Grace Marks. Pode ser apenas um nome, um nome numa lápide, visto por Grace e usado por ela no desenrolar de sua história. Ela poderia ser uma velha, uma esposa, um bebê, qualquer pessoa.

Nada foi provado. Mas também nada foi refutado.

Na volta para Kingston, Simon viaja na primeira classe. O trem está quase cheio e, para evitar a multidão, vale a pena gastar. Enquanto é levado para leste e Toronto vai ficando para trás, como Richmond Hill e suas fazendas e seus prados, ele se vê imaginando como seria viver lá, na tranquilidade e na paisagem exuberante do campo; por exemplo, na casa de Thomas Kinnear, tendo Grace como sua governanta. Não apenas sua governanta: sua amante secreta e trancada. Ele a manteria escondida, sob um nome diferente.

Seria uma vida preguiçosa e indulgente, com seus próprios prazeres. Ele a imagina sentada numa cadeira na sala, costurando, a luz do lampião iluminando um lado de seu rosto. Mas por que apenas amante? Ocorre-lhe que Grace Marks é a única mulher que ele já conheceu com quem gostaria de se casar. É uma ideia repentina, mas, depois que a tem, ele a examina e considera. Pensa, com uma certa ironia mordaz, que ela também pode ser a única a satisfazer todos os requisitos veladamente sugeridos por sua mãe, ou quase todos: Grace não é, por exemplo, rica. Mas possui uma beleza sem frivolidades, uma domesticidade sem estupidez, maneiras simples, é prudente e circunspecta. Também é uma excelente costureira e certamente poderia tecer anéis de crochê ao redor da srta. Faith Cartwright. Sua mãe não teria nenhuma queixa nesse campo.

Depois, existem suas próprias exigências. Há paixão em algum lugar de Grace, ele tem certeza, embora exija uma certa busca para ser descoberta. E ela seria grata a ele, se bem que relutante. A gratidão por si só não o entusiasma, mas gosta da ideia de relutância.

Mas há a história com James McDermott. Estará ela dizendo a verdade a esse respeito? Ela realmente detestava e temia o sujeito tanto quanto alega? Ele a tocara, sem dúvida; mas quanto e com quanto do seu consentimento? Tais episódios aparecem diferentes em retrospecto do calor do momento, ninguém sabe disto melhor do que ele, e por que seria diferente para uma mulher? Quando uma pessoa prevarica, constrói desculpas para si mesma, procura sair da situação da melhor maneira possível. Mas e se, alguma noite na sala iluminada pelo lampião, ela lhe revelasse mais do que ele gostaria de saber?

Mas ele quer saber.

Loucura, é claro; uma fantasia perversa, casar-se com uma suspeita de assassinato. Mas e se ele a tivesse conhecido antes dos assassinatos? Ele considera a ideia e a rejeita. Antes dos assassinatos, Grace seria inteiramente diferente da mulher que ele conhece agora. Uma jovenzinha, quase sem formação; morna, branda e insossa. Uma paisagem sem graça.

Assassina, assassina, ele murmura para si mesmo. Possui uma atração, quase um cheiro. Gardênias de estufa. Sinistras, e também furtivas. Ele se imagina respirando esse cheiro enquanto puxa Grace para si, pressionando sua boca contra a dela. *Assassina*. Ele aplica isso à garganta dela como uma marca a ferro quente.

XIII
A CAIXA DE PANDORA

Meu marido havia inventado um tipo muito engenhoso de espiritoscópio... Eu sempre me recusara a colocar minhas mãos nessa tábua, que se moveria até as pessoas sob a influência de espíritos e soletraria letra por letra mensagens e nomes. Mas, quando estava sozinha, coloquei as mãos sobre a tábua e perguntei "Foi um espírito que levantou minha mão?", e a tábua rolou para a frente e soletrou "Sim"...

Você talvez pense, como eu também muitas vezes pensei, que tudo não passa de uma operação da minha *própria* mente, mas minha mente deve ser muito mais esperta do que eu, pois sua dona não faz a menor ideia de que ela possa soletrar letra por letra, páginas inteiras de assuntos correlacionados e em geral de difícil compreensão, sem que eu saiba nada sobre isso, pois não é senão quando o sr. Moodie os lê para mim, depois da comunicação ser suspensa, que eu fico sabendo do que se trata. Minha irmã, sra. Traill, é uma médium muito poderosa para essas comunicações e as recebe em línguas estrangeiras. Seus espíritos frequentemente abusam e a chamam de nomes muito feios... Bem, não pense que sou louca ou possuída por espíritos malignos. Eu desejaria que você também fosse completamente possuído por tão gloriosa loucura.

Susanna Moodie,
Carta a Richard Bentley, 1858.

Uma sombra esvoaça diante de mim,
Não tu, mas parecida contigo.
Ah, Cristo, se fosse possível
Por uma curta hora poder ver
As almas amadas, que pudessem nos dizer
Algo e onde estão!

      Alfred Lord Tennyson
      Maud, 1855.

Senti uma rachadura em minha mente –
Como se meu cérebro tivesse se partido.
Tentei emendá-lo – parte por parte –
Mas não consegui consertá-lo.

      Emily Dickinson,
      cerca de 1860.

48

Eles aguardam na biblioteca da casa da sra. Quennell, cada um numa cadeira de espaldar reto, cada um voltado, mas não de uma maneira óbvia demais, para a porta, que está ligeiramente entreaberta. As cortinas, de veludo marrom com debruns negros e borlas e que lembram a Simon funerais episcopais, foram fechadas; um lampião em forma de um globo foi aceso. Está colocado no centro da mesa, que é oval e feita de carvalho; eles estão sentados ao seu redor, silenciosos, ansiosos, decorosos e vigilantes, como um júri antes do julgamento.

A sra. Quennell, no entanto, está relaxada, as mãos placidamente cruzadas no colo; ela antecipa maravilhas, mas evidentemente não ficará surpresa com elas, sejam quais forem. Exibe o ar de um guia profissional para quem os encantos das, digamos, Cataratas do Niágara tornaram-se lugar-comum, mas que espera desfrutar vicariamente os êxtases dos visitantes neófitos. A mulher do governador apresenta uma expressão de ansiosa piedade, suavizada com resignação, enquanto o reverendo Verringer consegue parecer ao mesmo tempo benigno e desaprovador; há uma cintilação ao redor de seus olhos como se ele estivesse de óculos, o que não está. Lydia, sentada à esquerda de Simon, está vestida com um material brilhante e diáfano, violeta-claro com traços de branco, com um decote suficientemente grande para revelar suas encantadoras clavículas; ela exala um aroma úmido de lírios-do-vale. Ela torce seu lenço nervosamente; mas, quando seus olhos encontram os de Simon, sorri.

Quanto a Simon, ele sente que seu rosto revela um desdém cético e não muito agradável, mas é uma expressão falsa, já que por dentro ele está ansioso como um aluno de colégio no carnaval. Não acredita em nada, espera truques e pretende descobrir como aquilo funciona, mas ao mesmo tempo deseja ficar perplexo. Sabe que esse é um estado mental perigoso: deve preservar sua objetividade.

Há uma batida na porta, que se abre completamente; o dr. Jerome DuPont entra, conduzindo Grace pela mão. Ela não está usando gorro e seus cabelos presos brilham em reflexos vermelhos, à luz do lampião. Ela usa uma gola branca, algo que ele nunca a viu usar, e parece surpreendentemente jovem. Caminha titubeante, como se estivesse cega, mas seus olhos estão bem abertos, fixos em DuPont com a apreensão, a timidez, a súplica lívida e silenciosa que Simon – agora compreende – esteve esperando em vão.

– Vejo que estão todos reunidos – diz DuPont. – Estou gratificado pelo interesse e, espero poder dizer, pela confiança. O lampião deve ser retirado da mesa. Sra. Quennell, posso lhe pedir o obséquio? E abaixado, por favor, e a porta fechada.

A sra. Quennell se levanta e silenciosamente leva o lampião para uma pequena escrivaninha no canto. O reverendo Verringer fecha a porta com firmeza.

– Grace se sentará aqui – diz o dr. DuPont. Ele a coloca de costas para as cortinas. – Você está bem confortável? Ótimo. Não tenha medo, ninguém aqui quer lhe fazer mal. Eu expliquei a ela que tudo o que tem que fazer é me escutar e depois dormir. Você compreende, Grace?

Grace faz um sinal afirmativo com a cabeça. Está sentada rigidamente, os lábios apertados, as pupilas imensas à luz fraca. Suas mãos agarram os braços da cadeira. Simon já viu atitudes assim em enfermarias de hospitais – os que sentiam dor ou esperavam uma operação. Um medo animal.

– Este é um procedimento inteiramente científico – diz o dr. DuPont. Dirige-se aos demais e não a Grace. – Por favor, abandonem todos os pensamentos de mesmerismo e de outros procedimentos fraudulentos semelhantes. O sistema braidiano é completamente lógico e idôneo, tendo sido comprovado por especialistas europeus além de qualquer sombra de dúvida. Envolve o relaxamento deliberado e o realinhamento dos nervos, de modo que um sono neuro-hipnótico é induzido. A mesma coisa pode ser observada em peixes, quando acariciados ao longo da barbatana dorsal, e até mesmo em gatos; em organismos superiores, no entanto, os resultados são, evidentemente, mais complexos. Peço-lhes que evitem movimentos súbitos e ruídos altos, já que podem ser chocantes, e talvez até prejudiciais, para a paciente. Peço que permaneçam em completo silêncio até que Grace esteja dormindo, depois do que podem conversar em voz baixa.

Grace olha fixamente para a porta fechada como se pensasse em fugir. Ela está tão tensa que Simon quase pode senti-la vibrando, como uma corda esticada. Ele nunca a viu tão aterrorizada. O que DuPont disse ou fez com ela antes de trazê-la aqui? É quase como se a tivesse ameaçado; mas, quando ele lhe dirige a palavra, ela olha confiante para ele. Seja o que for, não é de DuPont que ela tem medo.

DuPont baixa ainda mais o lampião. O ar da sala parece adensar-se com uma fumaça quase invisível. As feições de Grace agora estão na sombra, exceto pelo brilho vítreo de seus olhos.

DuPont inicia seu procedimento. Primeiro ele sugere peso, sonolência; depois diz a Grace que seus membros estão flutuando, deslizando, que ela está afundando, cada vez mais fundo, mais fundo, como se fosse na água. Sua voz tem uma monotonia calmante. As pálpebras de Grace começam a baixar; ela respira profundamente e com regularidade.

– Você está adormecida, Grace? – DuPont lhe pergunta.

– Estou – ela responde, numa voz lenta e lânguida, mas perfeitamente audível.

– Você pode me ouvir?

– Sim.

– Pode ouvir somente a mim? Bom. Quando acordar, você não vai se lembrar de nada do que foi feito aqui. Agora, vá mais fundo. – Ele faz uma pausa. – Por favor, levante seu braço direito.

Lentamente o braço se ergue, como se fosse puxado por uma corda, até ficar esticado.

– Seu braço – diz DuPont – é uma barra de ferro. Ninguém pode dobrá-lo. – Ele olha ao redor. – Alguém gostaria de experimentar?

Simon fica tentado, mas decide não se arriscar; a essa altura, ele não quer nem ser convencido, nem desiludido.

– Ninguém? – diz DuPont. – Então permitam-me. – Ele coloca as duas mãos sobre o braço estendido de Grace e se inclina para a frente. – Estou empregando toda a minha força – ele diz. O braço não se move.

– Bom. Pode abaixar o braço.

– Os olhos dela estão abertos – Lydia diz, alarmada, e de fato duas meias-luas do branco estão aparecendo entre as pálpebras.

– É normal – DuPont diz –, mas não tem importância. Nesta condição, a paciente parece capaz de discernir certos objetos, mesmo com os olhos fechados. É uma peculiaridade da organização nervosa que deve envolver algum órgão sensorial ainda não mensurável por meios humanos. Mas vamos prosseguir.

Ele se inclina sobre Grace como se auscultasse seu coração. Em seguida, tira de algum bolso escondido um quadrado de pano – um véu comum de mulher, cinza-claro – e o deixa cair suavemente sobre a cabeça de Grace, onde ele ondula e se acomoda. Agora, há apenas uma cabeça, com o ligeiro contorno de um rosto por trás. A sugestão de uma mortalha é inevitável.

É teatral demais, de muito mau gosto, pensa Simon; cheira aos auditórios de cidades pequenas de quinze anos antes, com suas plateias de balconistas crédulos e fazendeiros lacônicos e suas mulheres sem graça e aos charlatães de fala macia que costumavam distribuir tolices transcendentais e conselhos médicos de curandeiro como desculpa para assaltar seus bolsos. Ele se esforça para escarnecer, mas sua nuca se arrepia.

– Ela parece tão... tão estranha – Lydia sussurra.

– "Que esperanças há de uma resposta ou retificação? Por trás do véu, por trás do véu" – diz o reverendo Verringer, com sua voz de citação. Simon não consegue saber se ele pretende ser cômico ou não.

– Como? – diz a mulher do governador. – Oh, claro, o caro sr. Tennyson.

– Ajuda a concentração – diz o dr. DuPont em voz baixa. – A visão interior é mais apurada quando escondida da visão externa. Agora, dr. Jordan, podemos viajar com segurança ao passado. O que quer que eu pergunte a ela?

Simon imagina por onde começar.

– Pergunte-lhe sobre a residência de Kinnear – ele diz.

– Que parte dela? É preciso ser específico.

– A varanda – diz Simon, que acredita que se deve começar gentilmente.

– Grace – diz DuPont –, você está na varanda, na casa do sr. Kinnear. O que você vê?

– Vejo flores – Grace diz. Sua voz está arrastada e de certo modo úmida. – É o pôr do sol. Estou tão feliz. Quero ficar aqui.

– Peça-lhe – Simon diz – para se levantar agora e andar pela casa. Diga a ela para ir na direção do alçapão no vestíbulo, aquele que leva ao porão.

– Grace – DuPont diz –, você deve...

Nesse momento, soa uma única pancada, forte, quase como uma pequena explosão. Terá vindo da mesa ou da porta? Lydia solta um gritinho e agarra a mão de Simon; seria grosseiro de sua parte retirá-la, então ele não a retira, especialmente porque ela treme como uma folha.

– Silêncio! – diz a sra. Quennell num sussurro penetrante. – Temos um visitante!

– William! – grita brandamente a mulher do diretor. – Sei que é meu querido! Meu pequeno!

– Por favor – diz DuPont, irritado. – Isto não é uma sessão espírita!

Por baixo do véu, Grace se mexe, inquieta. A mulher do diretor funga em seu lenço. Simon olha de relance para o reverendo Verringer. Na semiescuridão é difícil ter certeza de sua expressão; parece ser um sorriso de dor, como um bebê com gases.

– Estou assustada – diz Lydia. – Aumente a luz!

– Ainda não – Simon sussurra. Ele dá umas palmadinhas em sua mão.

Ouvem-se mais três batidas firmes em sequência, como se alguém batesse na porta, exigindo imperiosamente entrar.

– Isso é desproposital – diz DuPont. – Por favor, peçam que se retirem.

– Vou tentar – diz a sra. Quennell. – Mas estamos numa terça-feira. Estão acostumados a vir aqui às terças-feiras. – Ela inclina a cabeça e cruza as mãos. Depois de um momento, escuta-se uma série de barulhos em *stacatto*, como um punhado de seixos rolando por uma calha. – Pronto – ela diz –, acho que consegui.

Deve haver uma combinação, Simon pensa – algum cúmplice ou aparelho, do lado de fora da porta ou embaixo da mesa. Afinal, esta é a casa da sra. Quennell. Quem sabe de que maneira ela pode ter fabricado tudo? Mas não há nada embaixo da mesa, exceto seus pés. Como tudo isso funciona? Só por estar sentado ali, ele se sente ridículo, reduzido a um fantoche ignorante, um simplório. Mas agora não pode sair.

– Obrigado – diz DuPont. – Doutor, por favor, desculpe a interrupção. Prossigamos.

Simon está cada vez mais consciente da mão de Lydia na sua. Sua mão é pequena e muito quente. Na realidade, a sala toda é apertada demais para ser confortável. Ele gostaria de se separar, mas Lydia agarra sua mão com punho de ferro. Ele espera que ninguém esteja vendo. Sente um formigamento no braço; cruza as pernas. E tem uma visão súbita das pernas de Rachel Humphrey, nuas a não ser pelas meias, e de suas mãos nelas, segurando-a enquanto ela se debate. Debate-se deliberadamente, observando-o por entre os cílios semicerrados para ver o efeito que tem sobre ele. Ela se contorce como uma enguia ágil. Suplica como uma prisioneira. Escorregadia, uma pele suada, dela ou dele, seus cabelos úmidos sobre o rosto, por cima da boca dele, toda noite. Prisioneiro. A pele dela onde ele a lambeu brilha como cetim. Isso não pode continuar.

– Pergunte a ela – ele diz – se teve relações com James McDermott.

– Ele não pretendia colocar essa pergunta; certamente não no começo, e nunca de maneira tão direta. Mas não é isso – percebe agora – a única coisa que ele mais quer saber?

DuPont repete a pergunta para Grace numa voz normal. Há uma pausa; então, Grace ri. Ou alguém ri; não soa como Grace.

– Relações, doutor? O que quer dizer? – A voz é fraca, trêmula, insípida, mas completamente presente, completamente alerta. – Francamente, doutor, você é um grande hipócrita! Quer saber se eu o beijei, se eu dormi com ele. Se eu era sua amante! Não é isso?

– Sim – diz Simon. Ele está abalado, mas deve tentar não aparentar. Ele esperava uma série de monossílabos, meros sins e nãos arrancados dela, de sua letargia e seu estupor; uma série de respostas compelidas e sonolentas às suas perguntas firmes. Não essa zombaria crua. A voz não pode ser de Grace, mas, nesse caso, de quem será?

– Se eu fiz o que você gostaria de fazer com essa vagabundazinha que agarrou sua mão? – Há uma risadinha seca.

Lydia solta um grito sufocado e retira a mão, como se queimasse. Grace ri novamente.

– Você gostaria de saber, então eu lhe conto. Sim. Eu o encontrava lá fora, no quintal, de camisola, sob o luar. Eu me apertava contra ele, deixava que ele me beijasse e me tocasse também, por todos os lugares, doutor, os mesmos lugares em que gostaria de me tocar, porque eu sempre adivinho, eu sei no que está pensando quando está sentado naquela salinha de costura abafada comigo. Mas isso era tudo, doutor. Era só isso que eu o deixava fazer. Eu o tinha na palma da mão e ao sr. Kinnear também. Os dois dançavam conforme a minha música!

– Pergunte-lhe por quê – Simon diz. Ele não consegue entender o que está acontecendo, mas esta pode ser sua última oportunidade. Ele tem que manter o equilíbrio e seguir uma linha de questionamento direta. Sua voz, aos seus próprios ouvidos, soa como um grasnado rouco.

– Eu respirava assim – diz Grace. E emite um gemido erótico. – Eu me contorcia e me enroscava. Depois disso, ele dizia que faria qualquer coisa. – Ela reprime uma risadinha. – Mas por quê? Ah, doutor, você está sempre perguntando por quê. Enfiando o nariz em tudo e não só o nariz. Você é tão curioso! A curiosidade matou o gato, sabe disso, doutor? Deveria reparar no ratinho que está a seu lado, e no buraquinho peludo da ratinha também!

Para espanto de Simon, o reverendo Verringer dá uma risadinha, ou talvez esteja tossindo.

– Isto é um ultraje – diz a mulher do governador. – Não vou ficar sentada aqui ouvindo essa nojeira! Lydia, venha comigo! – Ela começa a se levantar; ouve-se o farfalhar de suas saias.

– Por favor – diz DuPont. – Sejam tolerantes. A modéstia deve vir em segundo lugar em relação aos interesses da ciência.

Para Simon, a situação inteira está fugindo de controle. Ele tem que tomar a iniciativa, ou pelo menos tentar; tem que impedir que Grace continue lendo sua mente. Ele já ouvira falar dos poderes clarividentes dos que estão sob hipnose, mas nunca acreditara neles.

– Pergunte a ela – ele diz com firmeza – se ela estava no porão da casa do sr. Kinnear, no sábado, dia 23 de julho de 1843.

– O porão – diz DuPont. – Você deve imaginar o porão, Grace. Volte no tempo, desça no espaço...

– Sim – diz Grace, em sua nova e fina voz. – Pelo corredor, levante o alçapão; desça a escada do porão. Os barris, o uísque, os legumes em caixas cheias de areia. Lá, no chão. Sim, eu estava no porão.

– Pergunte-lhe se ela viu Nancy lá.

– Ah, sim, eu a vi. – Uma pausa. – Como posso vê-lo, doutor. Por trás do véu. E posso ouvi-lo também.

DuPont parece surpreso.
– Irregular – ele murmura –, mas não desconhecido.
– Ela estava viva? – Simon pergunta. – Ela ainda estava viva quando você a viu?
A voz solta um riso abafado.
– Ela estava parcialmente viva. Ou parcialmente morta. Ela precisava – um som agudo e alto, como um gorjeio – que acabassem com seu sofrimento.
O reverendo Verringer respira fundo, ruidosamente. Simon pode sentir seu próprio coração batendo com força.
– Você ajudou a estrangulá-la? – ele pergunta.
– Foi meu lenço que a estrangulou. – Um novo gorjeio, uma risadinha. – Tinha um estampado tão bonito!
– Infame – murmura Verringer. Ele deve estar pensando em todas as orações que fez por ela, e toda a tinta e o papel que gastou também. As cartas, as petições, a fé.
– Foi uma pena perder aquele lenço; eu o tive por tanto tempo. Era da minha mãe. Eu devia tê-lo tirado do pescoço de Nancy. Mas James não me deixou fazer isso, nem pegar os brincos de ouro dela. Havia sangue neles, mas isso podia ser lavado.
– Você a matou – Lydia diz, sem ar. – Eu sempre achei isso. – Ela parece, acima de tudo, admirada.
– O lenço a matou. Mãos o seguraram – diz a voz. – Ela devia morrer. A recompensa do pecado é a morte. Mas ao menos desta vez o cavalheiro morreu também. Compartilharam a mesma sina!
– Oh, Grace – geme a mulher do diretor. – Eu pensava melhor de você! Todos esses anos você nos enganou!
A voz se diverte.
– Parem de falar bobagens – ela diz. – Vocês mesmos se enganaram! Eu não sou Grace! Grace não sabia de nada disso!
Ninguém na sala diz nada. A voz está cantarolando agora, uma música de tom agudo, mas fraca, como uma abelha.
– Rocha dos tempos, rachada para mim, Deixe-me esconder dentro de ti! Deixe que a água e o sangue...
– Você não é Grace – diz Simon. Apesar do calor da sala, sente frio por todo o corpo. – Se você não é Grace, quem é você?

– Rachada para mim... Deixe-me esconder dentro de ti...
– Você deve responder – diz DuPont. – Eu ordeno!
Ouve-se uma outra série de batidas, pesadas, rítmicas, como alguém dançando de tamancos em cima da mesa. Em seguida, em sussurro:
– Você não pode ordenar. Você tem que adivinhar!
– Sei que você é um espírito – diz a sra. Quennell. – Eles podem falar através de outros, em transe. Podem usar nossos órgãos materiais. Este está falando através de Grace. Mas às vezes eles mentem, você sabe.
– Não estou mentindo! – diz a voz. – Estou além da mentira! Não preciso mais mentir!
– Nem sempre se pode acreditar neles – diz a sra. Quennell, como se falasse de uma criança ou de uma criada. – Pode ser James McDermott, que veio aqui para manchar a reputação de Grace. Para acusá-la. Esse foi seu último ato em vida, e aqueles que morrem com a vingança no coração geralmente ficam presos no plano terreno.
– Por favor, sra. Quennell – diz o dr. DuPont. – Não é nenhum espírito. O que testemunhamos aqui deve ser um fenômeno natural. – Ele soa um pouco desesperado.
– Não sou James – diz a voz –, velha farsante!
– Nancy, então – diz a sra. Quennell, que não parece nem um pouco afetada pelo insulto. – Eles frequentemente são rudes – ela diz. – Eles nos xingam. Alguns são coléricos, esses espíritos presos na Terra que não toleram estarem mortos.
– Nancy não, sua idiota estúpida! Nancy não pode dizer nada, não pode dizer nem uma palavra, não com o pescoço daquele jeito. Era um pescocinho bonito! Mas Nancy não está mais zangada, ela não se importa, Nancy é minha amiga. Ela compreende agora, ela quer participar. Vamos, doutor – diz a voz, bajuladora agora. – Você gosta de charadas. Você sabe a resposta. Eu lhe disse que era *meu* lenço, o que deixei para Grace, quando eu, quando eu... – Ela começa a cantar outra vez: – *Oh, não, foi a verdade sempre presente em seus olhos que me fez amar Mary...*
– Mary não – diz Simon. Não Mary Whitney.
Ouve-se uma palmada clara, que parece vir do teto.
– Eu disse a James para fazer aquilo. Eu o instiguei. Eu estava lá o tempo todo!
– Lá? – diz DuPont.

A caixa de Pandora

– Aqui! Com Grace, onde estou agora. Estava tão frio, deitada no chão, e eu estava só; precisava manter o calor. Mas Grace não sabe, nunca soube! – A voz não era mais zombeteira. – Eles quase a enforcaram, mas isto seria errado. Ela não sabia de nada! Só tomei emprestadas suas roupas por algum tempo.

– Suas roupas? – diz Simon.

– Sua concha terrestre. Seu vestido de carne. Ela se esqueceu de abrir a janela, então eu não pude sair. Mas eu não queria lhe fazer mal. Não podem dizer nada a ela! – Agora a voz fina está implorando.

– Por que não? – Simon pergunta.

– O senhor sabe por quê, dr. Jordan? Quer vê-la de volta ao asilo? No começo, eu gostava de lá, podia falar alto. Podia rir. Podia dizer o que tinha acontecido. Mas ninguém me ouvia. – Há um soluço, pequeno e frágil. – Eu não era escutada.

– Grace – diz Simon. – Pare de fazer brincadeiras.

– Eu não sou Grace – diz a voz, mais hesitante.

– É você mesma? – Simon pergunta. – Você está dizendo a verdade? Não tenha medo.

– Está vendo? – queixa-se a voz. – Vocês são todos iguais, não me ouvem, não acreditam em mim, querem que tudo seja da sua maneira, não me escutam... – A voz desaparece, há um silêncio.

– Ela se foi – diz a sra. Quennell. – Sempre se pode dizer quando voltam para seu próprio reino. Pode-se sentir no ar; é a eletricidade.

Por um longo momento, ninguém diz nada. Então, o dr. DuPont aproxima-se de Grace.

– Grace – ele diz, inclinando-se sobre ela. – Grace Marks, pode me ouvir? – Ele coloca a mão em seu ombro.

Segue-se outra longa pausa, durante a qual se pode ouvir Grace respirando, agora mais irregularmente, como em um sono perturbado.

– Sim – ela diz finalmente. É a sua voz normal.

– Vou trazê-la de volta agora – diz DuPont. Ele levanta gentilmente o véu de sua cabeça, deixa-o de lado. Seu rosto está imóvel e tranquilo. – Você está flutuando para cima, para cima. Saindo das profundezas. Você não vai se lembrar de nada do que aconteceu aqui. Quando eu estalar os dedos, você acordará. – Ele vai até o lampião, aumenta a chama, depois volta e coloca a mão perto da cabeça de Grace. Seus dedos estalam.

Grace se agita, abre os olhos, olha ao redor com deslumbramento, sorri para eles. É um sorriso calmo, não mais tenso ou temeroso. O sorriso de uma criança obediente.

– Devo ter dormido – ela diz.

– Você se lembra de alguma coisa? – pergunta o dr. DuPont ansiosamente. – Algo do que acabou de acontecer?

– Não – diz Grace. – Eu estava dormindo. Mas devo ter sonhado. Sonhei com minha mãe. Ela estava flutuando no mar. Estava em paz.

Simon sente-se aliviado. DuPont também, por sua aparência. Ele a toma pela mão, ajuda-a a levantar-se da cadeira.

– Você pode se sentir um pouco tonta – diz-lhe gentilmente. – Isso acontece frequentemente. Sra. Quennell, pode providenciar para que ela seja colocada num quarto onde possa se deitar?

A sra. Quennell deixa a sala com Grace, segurando-a pelo braço como se ela fosse uma inválida. Mas ela caminha bastante ligeira agora e parece quase feliz.

49

Os homens permanecem na biblioteca. Simon fica satisfeito por estar sentado; não há nada de que ele gostaria mais no momento do que uma boa dose de conhaque puro, para acalmar os nervos, mas, na atual companhia, não há muita esperança de que isso aconteça. Sente-se um pouco tonto e se pergunta se sua febre estaria voltando.

– Cavalheiros – DuPont começa –, estou perplexo. Nunca tive uma experiência como esta antes. Os resultados foram inteiramente inesperados. Normalmente o paciente permanece sob o controle do operador.

– Ele soa bastante abalado.

– Há duzentos anos, ninguém estaria perplexo – diz o reverendo Verringer. – Seria um caso claro de possessão. Mary Whitney teria sido descoberta habitando o corpo de Grace Marks e, portanto, sendo responsável por incitar o crime e por ajudar a estrangular Nancy Montgomery. Um exorcismo teria sido feito.

– Mas estamos no século dezenove – Simon diz. – Pode ser uma condição neurológica. – Ele gostaria de dizer *deve ser*, mas não quer contradizer o reverendo Verringer tão abertamente. Além disso, ele ainda está muito perturbado e inseguro de seu terreno intelectual.

– Já houve casos como este – diz DuPont. – Já em 1816, houve Mary Reynolds, de Nova York, cujas bizarras alterações foram descritas pelo dr. S. L. Mitchill, de Nova York; já ouviu falar do caso, dr. Jordan? Não? Desde então, Wakley, do *Lancet*, escreveu extensivamente sobre o fenômeno; ele o chama de *consciência dupla*, apesar de rejeitar enfaticamente a possibilidade de se alcançar a chamada personalidade secundária por meio do neuro-hipnotismo, pois há uma grande chance do paciente ser influenciado pelo agente. Ele sempre foi um grande adversário do mesmerismo e outros meios relacionados, sendo bem conservador a esse respeito.

– Puysegeur descreve algo desse tipo, se bem me recordo – diz Simon.
– Pode ser um caso do que é conhecido como *dédoublement*: o paciente, quando num transe de sonambulismo, exibe uma personalidade completamente diferente da que tem quando está desperto, as duas metades não tendo nenhum conhecimento uma da outra.

– Cavalheiros, é muito difícil de acreditar – diz Verringer –, mas coisas estranhas aconteceram.

– A natureza às vezes produz duas cabeças em um só corpo – diz DuPont. – Então, por que não duas pessoas, do mesmo modo, em um único cérebro? Podem existir exemplos, não só de alternação de *estados* de consciência, como alega Puysegeur, como de duas personalidades distintas, que podem coexistir no mesmo corpo e ainda assim possuir conjuntos de memórias inteiramente diferentes e ser, para todos os fins práticos, dois indivíduos separados. Isto é, se vocês aceitarem – um ponto discutível – que somos o que lembramos.

– Talvez – diz Simon – também sejamos, preponderantemente, o que esquecemos.

– Se você estiver certo – diz o reverendo Verringer –, o que acontece com a alma? Não podemos ser meras colchas de retalhos! É um pensamento aterrador e que, se verdadeiro, escarneceria de todas as noções de responsabilidade moral e realmente da própria moralidade, tal como a definimos atualmente.

– A outra voz, o que quer que seja – diz Simon –, era notável por sua violência.

– Mas não sem uma certa lógica – diz Verringer secamente – e com capacidade de ver no escuro.

Simon lembra-se da mão quente de Lydia e vê-se enrubescendo. Naquele momento, gostaria que Verringer estivesse no fundo do mar.

– Se duas pessoas, por que não duas almas? – DuPont continua. – Isto é, se a alma deve ser trazida à baila. Ou três almas e pessoas, por que não? Considerem a Trindade.

– Dr. Jordan – diz o reverendo Verringer, ignorando o desafio teológico –, o que dirá sobre isso em seu relatório? Certamente os procedimentos desta noite foram bem pouco ortodoxos, do ponto de vista médico.

– Terei que considerar minha posição – diz Simon – com muito cuidado. No entanto, o senhor percebe que, se a premissa do dr. DuPont for aceita, Grace Marks está absolvida.

– Admitir tal possibilidade exigiria um salto no escuro – diz o reverendo Verringer. – Um que eu mesmo rezarei para ter a força de dar, pois sempre acreditei que Grace fosse inocente; ou assim esperava, na verdade, embora deva admitir que fiquei um pouco abalado. Mas, se o que presenciamos for um fenômeno natural, quem somos nós para questioná-lo? A base de todos os fenômenos é Deus, e Ele deve ter Suas razões, por mais obscuras que possam parecer aos olhos dos mortais.

Simon volta a pé para casa, sozinho. A noite está limpa e quente, com uma lua, quase cheia, envolta em uma auréola de névoa; o ar cheira a relva cortada e esterco de cavalo, com um laivo de cachorros.

Durante toda a noite, ele manteve um autocontrole razoável, mas agora seu cérebro parece uma castanha assando ou um animal raivoso. Uivos silenciosos ressoam dentro dele; há um movimento confuso e frenético, uma luta, embates aqui e ali. O que aconteceu na biblioteca? Será que Grace estava realmente em transe, ou estaria representando, e rindo por trás dos panos? Ele sabe o que viu e ouviu, mas pode ter sido apresentado a uma ilusão, que ele não pode provar ter acontecido.

Se ele descrever o que presenciou em seu relatório, e se esse relatório for incluído em qualquer petição submetida em favor de Grace Marks, ele sabe que isto imediatamente cortaria todas as possibilidades de sucesso. São os ministros da Justiça e seus auxiliares que leem tais petições; são pessoas práticas, cabeça-dura, que exigem provas concretas. Se o relatório vier a público, for registrado e amplamente circulado, ele se tornará instantaneamente objeto de risadas, em especial entre os membros estabelecidos da profissão médica. Isso seria o fim de seus planos para um hospício, pois quem subscreveria tal instituição, sabendo que seria comandada por um maluco que acredita em vozes místicas?

Não há como escrever o relatório que Verringer deseja sem cometer perjúrio contra si mesmo. O mais seguro seria não escrever nada, mas Verringer dificilmente o deixará escapar tão facilmente. No entanto, o fato é que ele não pode afirmar nada com certeza e ainda assim dizer a verdade, porque a verdade lhe escapa. Ou melhor, é a própria Grace que lhe escapa. Ela desliza na sua frente, mas fora do seu alcance, virando-se para trás para ver se ele ainda a está seguindo.

Bruscamente, ele a afasta do pensamento e volta-se para Rachel. Ela ao menos é algo que ele pode agarrar, segurar. Ela não vai escorregar pelos seus dedos.

A casa está às escuras; Rachel deve estar dormindo. Ele não quer vê-la, não sente nenhum desejo por ela esta noite – muito ao contrário; pensar nela, no seu corpo tenso e cor de osso, seu cheiro de cânfora e violetas murchas, causa-lhe uma leve náusea, mas ele sabe que tudo isto mudará assim que atravessar a soleira da porta. Ele começará a subir as escadas na ponta dos pés, pretendendo evitá-la. Depois, dará meia-volta na direção do quarto dela e a sacudirá para que acorde. Esta noite ele vai bater nela, como ela já implorou que fizesse; ele nunca fez isso antes, é algo novo. Quer puni-la por seu próprio vício por ela. Quer fazê-la chorar, mas não alto demais, pois Dora poderá ouvi-los e alardear o escândalo. É de admirar que ela ainda não os tenha ouvido; eles estão cada vez menos cuidadosos.

Ele sabe que está chegando ao fim do repertório; ao fim do que Rachel pode oferecer; ao fim dela. Mas o que virá antes do fim? E o fim propriamente dito – que forma irá assumir? Deve haver alguma conclusão, algum final. Não consegue pensar. Talvez esta noite ele deva se abster.

Ele destranca a porta com sua chave e abre-a o mais cuidadosamente possível. Ela está lá, logo ali, esperando por ele no saguão, no escuro, em seu penhoar amarrotado, que brilha palidamente à luz do luar. Ela o envolve com seus braços e o puxa para si, pressionando-se contra ele. Seu corpo treme. Ele tem vontade de empurrá-la para longe, como se ela fosse uma teia de aranha em seu rosto ou um emaranhado de fios gelatinosos. Em vez disso, ele a beija. Seu rosto está molhado; ela esteve chorando. Está chorando agora.

– Calma – ele murmura, acariciando seus cabelos. – Calma, Rachel.

– Era isto que ele queria que Grace fizesse – tremesse e se agarrasse a ele; imagina isto com frequência, mas, percebe agora, de uma maneira suspeitosamente teatral. Essas cenas eram sempre habilmente iluminadas, os gestos – incluindo os seus – lânguidos e graciosos, com uma espécie de estremecimento erótico, como as cenas de morte no balé. A angústia derretida é muito menos atraente agora que ele tem que lidar com ela de verdade, de perto e em carne e osso. Enxugar os olhos-de-corça é uma coisa, assoar o nariz-de-corça de gazela é outra bem diferente. Ele remexe em seu bolso à procura do lenço.

– Ele está voltando – Rachel diz num penetrante sussurro. – Recebi uma carta dele.

Por um instante, Simon não faz a menor ideia de quem se trata. Mas é claro que é o major. Simon o havia consignado, em sua imaginação, ao fundo de alguma devassidão e depois o esquecera.

– Ah, o que será de nós? – ela suspira. O melodrama da expressão não diminui a emoção, ao menos não para ela.

– Quando? – Simon sussurra.

– Ele me escreveu uma carta – ela soluça. – Diz que devo perdoá-lo. Disse que se emendou, que quer começar uma nova vida, é o que ele sempre diz. Agora vou perder você – é insuportável! – Seus ombros sacodem-se, os braços ao redor dele apertam-se convulsivamente.

– Quando ele chega? – Simon pergunta novamente. A cena que ele costumava imaginar, com uma prazerosa pontada de medo – ele enfiado dentro de Rachel, o major aparecendo na porta, a imagem do ultraje, e com a espada desembainhada –, retorna com nova vivacidade.

– Daqui a dois dias – Rachel diz com a voz embargada. – Depois de amanhã, à noite. No trem.

– Venha – diz Simon. Ele a conduz pelo corredor em direção ao quarto dela. Agora que ele sabe que escapar dela não só é possível como necessário, sente um intenso desejo. Ela acendeu uma vela; conhece seus gostos. As horas que lhes restam são poucas; a descoberta se avizinha; dizem que o pânico e o medo aceleram o coração e aumentam o desejo. Ele faz uma anotação mental para si mesmo – *é verdade* – enquanto talvez pela última vez a empurra de costas para cima da cama e cai pesadamente em cima dela, remexendo pelas camadas de pano.

– Não me deixe – ela se lamenta. – Não me deixe sozinha com ele! Você não sabe o que ele vai fazer comigo! – Desta vez, suas agoniadas contorções são reais. – Eu o odeio! Quisera que estivesse morto!

– Silêncio – sussurra Simon. – Dora pode ouvir. – Ele quase deseja que isso aconteça; naquele momento, sente grande necessidade de uma plateia. Ao redor da cama, ele alinha as sombras de uma assembleia de espectadores: não apenas o major, mas o reverendo Verringer, Jerome DuPont e Lydia. E, acima de tudo, Grace Marks. Ele quer que ela sinta ciúmes.

Rachel para de se mexer. Seus olhos verdes se abrem e olham diretamente nos olhos de Simon.

– Ele não tem que voltar – ela diz. As íris estão enormes, as pupilas, meros pontinhos de alfinetes; ela estaria tomando láudano novamente? – Ele poderia sofrer um acidente. Se ninguém o vir. Ele poderia sofrer um acidente, na casa; você poderia enterrá-lo no jardim. – Isso não é um improviso: ela deve ter arquitetado um plano. – Nós não poderíamos ficar aqui, ele poderia ser descoberto. Podíamos cruzar a fronteira para os Estados Unidos. De trem! Então ficaríamos juntos. Eles jamais nos encontrariam!

Simon pressiona sua boca contra a dela, para silenciá-la. Ela pensa que isto significa que ele consentiu.

– Oh, Simon – ela suspira. – Eu sabia que você jamais me deixaria! Amo você mais que a minha própria vida! – Ela beija todo o seu rosto; seus movimentos se tornam epiléticos.

É outro dos seus cenários para induzir a paixão, sobretudo nela mesma. Descansando a seu lado pouco tempo depois, Simon tenta visualizar o que ela devia ter imaginado. É como um melodrama chocante de terceira categoria, Ainsworth ou Bulwer-Lytton no que têm de mais sanguinário e banal: o major bêbado cambaleando pelos degraus da frente, sozinho, na penumbra, depois entrando no saguão. Rachel está lá: ele a ataca, depois agarra sua figura encolhida com uma luxúria brutalizada pelo álcool. Ela grita e implora piedade, ele ri como um demônio. Mas a salvação está próxima: um golpe certeiro com a pá, em sua cabeça, por trás. Ele cai com uma pancada surda e é arrastado pelos calcanhares pelo corredor até a cozinha, onde está a maleta de couro de Simon. Uma rápida incisão na jugular com o bisturi, o sangue jorra para dentro de um balde e tudo termina. Uma escavação ao luar e lá se vai ele para dentro do canteiro de repolhos, com Rachel usando um xale apropriado e agarrando uma lanterna escurecida e jurando que será eternamente dele, depois do que ousou fazer por ela.

Mas lá está Dora, observando da porta da cozinha, Não se pode permitir que ela escape; Simon a persegue pela casa, a encurrala na copa e a fura como a um porco, com Rachel tremendo e desmaiando, mas depois se recompondo como uma verdadeira heroína e vindo em seu auxílio. Dora exige mais escavação, um buraco mais fundo, seguida de uma cena orgíaca no chão da cozinha.

Basta para o burlesco da meia-noite. E depois? Então ele seria um assassino, com Rachel como única testemunha. Ele estaria casado com ela, acorrentado a ela, fundido com ela, que é o que ela quer. Ele jamais será livre. Mas aqui vem a parte que ela certamente não imaginou: uma vez nos Estados Unidos, ela estará incógnita. Não terá um nome. Será uma mulher desconhecida, do tipo frequentemente encontrado flutuando em canais ou outros trechos de água: *Mulher desconhecida encontrada boiando em canal*. Quem suspeitaria dele?

Que método ele usará? Na cama, num momento de delírio, seus próprios cabelos enrolados no pescoço, bastaria uma leve pressão. Isso sem dúvida causa um *frisson* e é digno do gênero. Pela manhã, ela terá se esquecido de tudo isso. Ele se volta para ela, a arruma. Acaricia seu pescoço.

A luz do sol o desperta; ele ainda está ao seu lado, na cama dela. Esqueceu-se de voltar para seu próprio quarto na noite passada e não era de admirar, estava exausto. Da cozinha, ele pode escutar Dora, fazendo barulho e dando pancadas. Rachel está deitada a seu lado, apoiada em um dos braços, observando-o; está nua, mas se enrolou no lençol. Há um machucado em seu antebraço, que ele não se lembra de ter feito.

Ele se senta.

– Preciso ir – sussurra. – Dora vai ouvir.

– Não me importo – ela diz.

– Mas a sua reputação...

– Não importa. Só vamos ficar aqui mais dois dias. – Seu tom de voz é prático; ela considera que tudo está arranjado, como um negócio fechado. Ocorre a ele – e por que só agora pela primeira vez? – que ela pode ser louca ou estar à beira de se tornar; ou uma degenerada moral, no mínimo.

Simon sobe as escadas furtivamente, carregando seus sapatos e seu casaco, como um estudante travesso voltando de uma farra. Sente frio. O que ele encarou simplesmente como uma espécie de representação, ela confundiu com realidade. Ela realmente pensa que ele, Simon, vai matar seu marido, e por amor a ela. O que irá fazer quando ele se recusar? Há um redemoinho em sua cabeça; o assoalho sob seus pés parece irreal, como se estivesse prestes a se dissolver.

Antes do desjejum, ele a procura. Ela está na sala de visitas, no sofá; ela se levanta e o saúda com um beijo apaixonado. Simon se desvencilha e diz a ela que está doente; uma febre recorrente, de malária, que ele contraiu em Paris. Se quiserem levar a cabo o que pretendem – ele coloca desta maneira para desarmá-la –, ele tem que tomar o remédio certo para sua febre, imediatamente, ou não poderá responder pelas consequências.

Ela leva a mão à sua testa, que ele tomou a precaução de umedecer com uma esponja, lá em cima. Ela fica adequadamente alarmada, mas há também um tom velado de júbilo: ela está se preparando para cuidar dele, para assumir um novo papel. Ele percebe o que vai em sua mente: ela vai fazer caldo de carne e geleias, vaï enrolá-lo em cobertores e folhas de mostarda, vai fazer bandagens em todas as partes do corpo dele que apareçam ou possam aparecer. Ele estará enfraquecido, frágil e desamparado e ela o dominará com firmeza: este é seu objetivo. Ele deve se livrar dela enquanto ainda há tempo.

Ele beija a ponta de seus dedos. Ela deve ajudá-lo, diz ternamente. Sua vida depende dela. Ele pressiona um bilhete dentro de sua mão, endereçado à mulher do governador: nele, pede o nome de um médico, já que não conhece nenhum no local. Quando ela tiver o nome, deve correr até o médico e obter o remédio. Ele escreveu a receita numa letra ilegível e lhe dá o dinheiro para isso. Dora não pode ir, ele diz, já que não se pode confiar nela para que se apresse. O tempo é essencial: seu tratamento deve começar imediatamente. Ela balança a cabeça, ela compreende: fará qualquer coisa, lhe diz com fervor.

Pálida e tremendo, mas com os lábios firmes, ela coloca sua touca e sai apressadamente. Assim que ela some de vista, Simon seca o rosto e começa a fazer as malas. Manda Dora ir buscar uma carruagem de aluguel, subornando-a com uma generosa gorjeta. Enquanto aguarda sua volta, ele escreve uma carta para Rachel, despedindo-se educadamente e alegando problemas com a saúde de sua mãe. Não se dirige a ela como Rachel. Inclui várias cédulas bancárias, mas nenhum termo de compromisso. Ele é um homem do mundo e não vai cair numa armadilha dessas, nem ser chantageado: nenhum processo por Quebra de Promessa, no caso de seu marido morrer. Talvez ela mesma mate o major, é bem capaz disto.

Ele pensa em escrever um bilhete para Lydia também, mas desiste. Ainda bem que ele nunca fez uma declaração formal.

A carruagem chega – é mais uma charrete – e ele arremessa suas duas valises dentro dela.

– Para a estação ferroviária – ele diz. Quando estiver longe e em segurança, escreverá para Verringer, prometendo algum tipo de relatório, para ganhar tempo. Talvez ele seja, afinal, capaz de desenvolver alguma coisa; algo que não vá desacreditá-lo completamente. Mas, acima de tudo, ele precisa colocar esse desastroso interlúdio decididamente atrás de si. Depois de uma rápida visita a sua mãe e de um rearranjo de suas economias, irá para a Europa. Se sua mãe conseguir viver com um pouco menos – e ela pode –, ele conseguirá custear isso, ainda que o dinheiro seja à conta.

Ele não se sente a salvo até estar no vagão do trem, com as portas firmemente trancadas. A presença de um condutor, uniformizado, é tranquilizadora para ele. Algum tipo de ordem é por si só reconfortante.

Quando estiver na Europa, continuará suas pesquisas. Estudará as muitas escolas de pensamento existentes, mas não lhes dará nenhuma contribuição; ainda não. Ele chegou ao limiar do inconsciente e olhou para a frente, ou melhor, olhou para baixo. Ele poderia ter caído. Poderia ter caído lá dentro. Poderia ter se afogado.

O melhor, talvez, seja abandonar as teorias e se concentrar nos meios e modos. Quando retornar aos Estados Unidos, irá colocar mãos à obra. Dará palestras, atrairá investidores. Construirá um manicômio-modelo, com terrenos bem cuidados e o melhor em drenagem e condições sanitárias. O que os americanos prezam acima de tudo é a aparência de conforto, em qualquer tipo de instituição. Um manicômio com quartos espaçosos e confortáveis, instalações para hidroterapia e bons instrumentos mecânicos poderá ter muito sucesso. Deve haver rodinhas que circulem com um ruído agradável, deve haver ventosas de borracha. Fios para ser ligados ao crânio. Aparelhos de medição. Ele incluirá a palavra "elétrico" em seus prospectos. O principal será manter os pacientes limpos e dóceis – as drogas serão uma ajuda – e os parentes, admirados e satisfeitos. Como nas escolas para crianças, os que têm que ser impressionados não são os próprios pacientes, mas aqueles que pagam as contas.

Tudo isso será um compromisso. Mas agora ele chegou – aparentemente de forma bastante abrupta – à idade certa para isso.

O trem parte da estação. Vê-se uma nuvem de fumaça preta, depois um apito longo e queixoso, que o segue pelos trilhos como um fantasma desnorteado.

Somente quando está a meio caminho da Cornualha é que ele se permite pensar em Grace. Será que ela pensará que ele a abandonou? Perdeu a confiança nela, talvez? Se ela realmente ignorar os acontecimentos da noite passada, terá razão em pensar desse modo. Ficará perplexa com ele, como ele ficou com ela.

Ela não saberá ainda que ele deixou a cidade. Ele a vê sentada na cadeira de sempre, costurando sua colcha de retalhos; cantando, talvez; aguardando seus passos à porta.

Lá fora, começa a chuviscar. Após algum tempo, o movimento do trem o induz ao sono; ele se recosta no banco. Agora Grace vem em sua direção, atravessando um amplo gramado banhado de sol, toda de branco, carregando uma braçada de flores vermelhas: são tão nítidas que ele vê as gotas de orvalho nelas. Seus cabelos estão soltos; seus pés, descalços. Ela sorri. Então ele vê que ela caminha não sobre a relva, mas sobre a água, e, quando ele estende os braços para abraçá-la, ela se desfaz como neblina.

Acorda, ainda está no trem, com a fumaça negra passando pela janela. Pressiona a boca contra o vidro.

XIV
A LETRA X

1º de abril de 1863. A prisioneira Grace Marks foi condenada por um duplo ou devo dizer (Bíblia) assassinato. Sua ousadia não mostra ser ela uma pessoa sensível e sua falta de gratidão é prova convincente de sua disposição infeliz.

1º de agosto de 1863. Essa infeliz mulher se transformou numa criatura perigosa e temo muito que ela ainda venha a nos mostrar o que é capaz de fazer. Infelizmente, ela tem partidários assistindo-a. Ela não ousaria mentir como faz se não contasse com a ajuda de pessoas próximas.

  Diário do Diretor,
  Penitenciária Provincial,
  Kingston, Canadá Oeste, 1863.

... seu comportamento exemplar durante todo o período de trinta anos de seu encarceramento na penitenciária, a última parte dos quais passou como presa de confiança na casa do diretor do presídio, e o fato de que um número tão grande de cavalheiros influentes de Kingston pudesse pensar que ela merecia e era digna de ser perdoada, tudo tende a mostrar que há espaço para sérias dúvidas sobre ter sido o horrendo demônio encarnado que McDermott tentou fazer o público acreditar que ela era.

  William Harrison,
  "Recordações da tragédia Kinnear",
  escrito para o *Newmarket Era*, 1908.

Minhas cartas! Todas papéis mortos, mudos e brancos!
E no entanto parecem vivas e frementes
Em minhas mãos trêmulas que desatam o cordão...

>Elizabeth Barrett Browning,
>*Sonnets from the Portuguese*, 1850.

50

*Para a sra. C. D. Humphrey, do dr. Simon Jordan,
Kingston, Canadá Oeste.*

15 de agosto de 1859

Prezada sra. Humphrey,

Escrevo com pressa, tendo sido convocado à minha casa com urgência por um assunto de família ao qual é imprescindível que eu atenda imediatamente. Minha querida mãe sofreu um colapso imprevisto em sua sempre imperfeita saúde e presentemente está às portas da morte. Rezo apenas para que eu possa chegar a tempo de assisti-la em seus últimos instantes.

Sinto muito não poder ficar para me despedir pessoalmente da senhora e para agradecer-lhe por sua amável atenção enquanto estive hospedado em sua casa, mas tenho certeza de que, com sua responsabilidade e seu coração de mulher, facilmente compreenderá a necessidade de minha súbita partida. Não sei por quanto tempo ficarei longe ou se de fato um dia poderei retornar a Kingston. Se minha mãe falecer, terei que cuidar dos negócios da família e, se ela nos for poupada ainda por algum tempo, meu lugar é a seu lado. Alguém que se sacrificou tanto por seu filho certamente merece algum sacrifício considerável em troca.

Meu regresso à sua cidade no futuro é altamente improvável, mas sempre preservarei as lembranças de meus dias em Kingston – lembranças das quais a senhora é parte estimada. A senhora sabe como admiro sua coragem diante da adversidade e quanto a respeito e espero que em seu coração consiga sentir o mesmo em relação

Ao seu sincero,

Simon Jordan.
P.S. No envelope anexo, deixei-lhe uma quantia que acredito cobrirá qualquer pequena despesa que permaneça em aberto entre nós.
P.P.S. Espero que seu marido logo esteja felizmente restituído ao seu convívio.
S.

Da sra. William P. Jordan, Laburnum House, Loomisville, Massachusetts, Estados Unidos, para a sra. C. D. Humphrey, Lower Union Street, Kingston, Canadá Oeste.

29 de setembro de 1850

Prezada sra. Humphrey

Tomo a liberdade de devolver-lhe as sete cartas dirigidas pela senhora ao meu querido filho, que se acumularam aqui em sua ausência; foram abertas por engano pela criada, o que justifica a presença de meu próprio selo nelas, em vez do seu.

Meu filho está atualmente fazendo um circuito de visitas a clínicas e asilos mentais particulares na Europa, uma pesquisa muito necessária para o trabalho em que está empenhado – trabalho do maior significado, que aliviará o sofrimento humano e que não deve ser interrompido por considerações menores, por mais premente que possam parecer a outros que não compreendem a importância de sua missão. Como ele está constantemente viajando, fiquei impossibilitada de remeter a ele suas cartas e as devolvo agora, supondo que deseje saber a razão da ausência de respostas, embora me permita observar que nenhuma resposta é, por si só, uma resposta.

Meu filho havia mencionado que a senhora poderia fazer alguma tentativa para restabelecer seu contato com ele e, embora ele muito corretamente não tenha se estendido sobre o assunto, eu não sou tão inválida, nem tão isolada do mundo que não fosse capaz de ler nas entrelinhas. Se a senhora aceitar um conselho franco, mas bem-intencionado de uma velha mulher, permita-me observar que, em uniões permanentes entre os sexos, discrepâncias de idade e fortuna sempre são prejudiciais; porém muito mais são as discrepâncias no ponto de vista moral. Uma conduta imprudente e precipitada é compreensível numa mulher colocada em sua situação – compreendo perfeitamente a insatisfação de não saber onde seu marido pudesse estar localizado, mas deve ter consciência de que, no caso do falecimento de tal marido, nenhum homem de princípio jamais tomaria como esposa uma mulher que tivesse antecipado essa posição prematuramente. Aos homens, por natureza e por decreto da Providência, é permitida uma certa latitude de comportamento; mas a fidelidade no casamento é sem dúvida o principal requisito em uma mulher.

No início da minha viuvez, achei a leitura diária da Bíblia muito calmante para a minha mente e um pouco de trabalho com agulha também ajuda a ocupar os pensamentos. Em acréscimo a esses remédios, talvez a senhora tenha uma respeitável amiga feminina, que possa confortá-la em sua aflição sem desejar saber sua causa. O que se acredita em sociedade nem sempre equivale à verdade, mas no que diz respeito à reputação de uma mulher, equivale à mesma coisa. É aconselhável, portanto, tomar todos os cuidados para preservar essa reputação, não espalhando os sofrimentos pessoais por onde possam tornar-se assunto de rumores maliciosos e, neste sentido, é recomendável evitar a expressão de seus sentimentos em cartas, que passam pelos correios públicos e podem cair nas mãos de pessoas que podem ser tentadas a lê-las sem o conhecimento do remetente.

Por favor, aceite, sra. Humphrey, os sentimentos que expressei e que lhe ofereço no espírito de um genuíno desejo pelo seu futuro bem-estar.
Atenciosamente,
(Sra.) Constance Jordan.

De Grace Marks, Penitenciária Provincial, Kingston, Canadá Oeste, para o dr. Simon Jordan.

19 de dezembro de 1859

Prezado dr. Jordan,

Escrevo-lhe com a ajuda de Carrie, que sempre permaneceu minha amiga e conseguiu este papel para mim e irá postar esta carta quando chegar o momento, em troca de ajuda extra com as rendas e manchas. O problema é que eu não sei para onde enviá-la, já que não sei para onde o senhor foi. Mas, se descobrir, a mandarei. Espero que consiga ler minha escrita, já que não estou muito acostumada a escrever e só possa dedicar um pouco de tempo a esta carta a cada dia.

    Quando soube que o senhor partiu tão subitamente, e sem mandar nenhum recado para mim, fiquei muito aflita, pois pensei que o senhor tivesse adoecido. Não conseguia entender que o senhor tivesse ido sem se despedir, depois de toda a conversa que tivemos, e desmaiei no corredor de cima e a camareira entrou em pânico e atirou um vaso de flores em cima de mim, vaso, água e tudo; o que rapidamente me fez recuperar os sentidos, embora o vaso tenha se quebrado. Ela pensou que eu estava tendo um ataque e que ficaria louca outra vez, mas este não era o caso e me controlei muito bem; foi apenas o choque de ouvir a notícia de forma tão súbita e as palpitações do coração que frequentemente têm me perturbado. Sofri um corte na testa por causa do vaso. É espantosa a quantidade de sangue que pode jorrar de um ferimento na cabeça, ainda que superficial.

    Fiquei infeliz com sua partida, já que gostava de nossas conversas, mas também disseram que o senhor escreveria uma carta ao diretor em meu favor, para me libertar, e fiquei com medo de que agora nunca mais o fizesse. Não há nada mais desencorajador do que esperanças erguidas e depois frustradas, é quase pior do que não ter tido esperanças desde o início.

    Espero fervorosamente que possa escrever a carta em meu favor, pela qual eu lhe seria muito agradecida, e espero que esteja passando bem.

De
Grace Marks

Do dr. Simon P. Jordan, aos cuidados do dr. Binswanger,
Bellevue, Kreutzlinger, Suíça, para o dr. Edward Murchie, Dorchester,
Massachusetts, Estados Unidos.

12 de janeiro de 1860

Meu caro Ed,

Perdoe-me por ter demorado tanto a lhe escrever e a comunicar-lhe minha mudança de endereço. O fato é que as coisas andaram um tanto confusas e levei algum tempo para me estabilizar. Como Burns observou, os melhores esquemas entre ratos e homens dão errado e fui forçado a fugir apressado de Kingston, pois me vi envolvido em circunstâncias complicadas que poderiam rapidamente se tornar bastante prejudiciais, tanto para mim quanto para minhas perspectivas futuras. Algum dia, tomando uma taça de xerez, poderei lhe contar toda a história, embora me pareça no momento menos uma história do que um pesadelo.

Entre seus elementos, está o fato de que meu estudo de Grace Marks tomou um rumo tão desconcertante no fim que mal sei dizer ao certo se eu mesmo estava acordado ou dormindo. Quando penso nas grandes esperanças com que iniciei esse projeto – determinado, pode ter certeza, a encontrar grandes revelações que surpreenderiam e impressionariam o mundo –, considero que tenho motivos para me desesperar. No entanto, seriam realmente grandes esperanças, ou apenas ambição pessoal? Do ponto de vista de onde estou agora, realmente não tenho certeza, mas, se for apenas a última, talvez eu tenha recebido o que merecia, pois no caso todo acho que me meti numa caçada de gansos, ou em uma infrutífera perseguição de sombras, e quase cheguei a perder meu próprio juízo em minhas tentativas assíduas de achar o de outras pessoas. Como meu homônimo, o apóstolo, joguei minha rede em águas profundas; mas, diferentemente dele, posso ter capturado uma sereia, nem peixe nem carne, mas ambos ao mesmo tempo, e cuja canção é doce e perigosa.

Não sei se me vejo como um otário involuntário ou, o que é pior, um idiota autoiludido, mas até mesmo estas dúvidas podem ser uma ilusão, e posso ter estado o tempo todo lidando com uma mulher tão transparentemente inocente que, em minha excessiva astúcia, não soube reconhecer. Devo admitir – mas só para você – que cheguei muito perto de um esgotamento nervoso com esse assunto. *Não saber* – agarrar-se a insinuações e presságios, a alusões, a sussurros atormentadores – é tão ruim quanto ser assombrado. Às vezes, à noite, seu rosto flutua diante de mim na escuridão, como uma bela e enigmática miragem...

Mas perdoe as divagações de um cérebro doente. Ainda tenho indicações de uma grande descoberta, se ao menos pudesse ver meu caminho com clareza, mas por enquanto vago no escuro, guiado apenas por fogos-fátuos.

Vamos, entretanto, a assuntos mais positivos: a clínica aqui é administrada segundo diretrizes muito eficientes e limpas e está explorando várias linhas de tratamento, incluindo hidroterapia, e poderia servir de modelo para meu próprio projeto, se chegar algum dia a se realizar. O dr. Binswanger tem sido muito hospitaleiro e me deu acesso a alguns dos casos mais interessantes. Para meu grande alívio, não há nenhuma assassina famosa entre eles, somente o que o notável dr. Workman de Toronto denomina de "loucos inocentes", assim como os usuais sofredores de males nervosos, os bêbados e os sifilíticos; embora, é claro, não se encontrem as mesmas aflições entre os abastados e os pobres.

Fiquei contentíssimo em saber que o mundo logo poderá ser favorecido com uma cópia sua em miniatura, por meio dos bons ofícios de sua estimada esposa – a quem peço transmitir minhas respeitosas lembranças. Como deve ser calmante ter uma vida familiar estabelecida, com uma esposa leal e digna de confiança, capaz de provê-la. A tranquilidade é realmente muito subestimada pelos homens, exceto pelos que não a têm. Eu o invejo!

Quanto a mim, receio que esteja condenado a vagar sozinho pela face da Terra, como um dos mais sombrios e lúgubres proscritos de Byron; mas eu ficaria muito reconfortado, meu caro companheiro, se puder apertar mais uma vez sua mão de verdadeiro amigo. Essa oportunidade pode acontecer em breve, pois entendo que as perspectivas de uma resolução pacífica das atuais diferenças entre o Norte e o Sul não são de esperar, e os estados sulistas falam seriamente de secessão. No caso de deflagração das hostilidades, meu dever para com meu país é claro. Como Tennyson diz a seu modo exageradamente botânico, é hora de colher "o botão vermelho-sangue da guerra". Dado meu atual estado mental tumultuado e mórbido, será um alívio ter um dever de algum tipo diante de mim, por mais deplorável que seja a ocasião que o exige.

Seu cansado e mentalmente abalado, mas sempre afetuoso amigo,

Simon

De Grace Marks, da Penitenciária Estadual, Kingston, para o Signor Geraldo Ponti, Mestre de Neuro-hipnotismo, Ventríloquo e Extraordinário Leitor de Mentes; aos cuidados do Teatro Príncipe de Gales, Queen Street, Toronto, Canadá Oeste.

25 de setembro de 1861

Caro Jeremias,

Seu espetáculo está num cartaz que Dora conseguiu e pendurou na parede da lavanderia, para enfeitar; eu percebi imediatamente que era você, embora tenha outro nome e tenha deixado a barba crescer desmedidamente. Um dos cavalheiros que faz a corte à srta. Marianne viu o espetáculo quando estava em Kingston e disse que o *Futuro escrito em letras de fogo* era de primeira classe e valia o preço do ingresso e que duas senhoras desmaiaram e ele disse que sua barba era vermelho vivo. Então suponho que você a tenha tingido ou então seja falsa.

Eu não tentei entrar em contato com você enquanto estava em Kingston, já que isto poderia causar dificuldades, se descoberto. Mas vi onde o espetáculo seria apresentado em seguida e é por isso que estou enviando esta para o teatro em Toronto, na esperança de que o encontre. Deve ser um novo teatro, já que não havia nenhum com esse nome quando estive lá da última vez; mas isto já foi há vinte anos, apesar de parecerem cem.

Como eu gostaria de ver você outra vez, conversar sobre os velhos tempos, na cozinha da sra. Parkinson, quando nos divertíamos tanto, antes de Mary Whitney morrer e a má sorte se apoderar de mim! Mas, para poder aparecer por aqui, você teria que se disfarçar mais, já que uma barba vermelha não seria suficiente de perto. E se descobrissem que era você, achariam que foram enganados, pois o que é feito no palco não é tão aceitável como a mesma coisa feita numa biblioteca e iriam querer saber por que você não é mais o dr. Jerome DuPont. Mas suponho que o outro pague melhor.

Desde o hipnotismo, as pessoas aqui parecem me tratar melhor e com mais estima, embora talvez seja apenas porque tenham mais medo de mim; às vezes é difícil saber a diferença. Eles não falam sobre o que foi dito naquela ocasião, pois são de opinião que isto poderia perturbar meu juízo; mas duvido que esse seja o caso. Mas, apesar de eu ter livre acesso à casa novamente e arrumar os quartos e servir o chá como antes, não teve nenhum efeito quanto à minha liberdade.

Tenho refletido com frequência sobre o motivo pelo qual o dr. Jordan partiu tão repentinamente, logo depois; mas, como você também foi embora pouco tempo depois, suponho que não saiba a resposta. A srta. Lydia ficou muito desconcertada com a partida do dr. Jordan e se recusou a descer para jantar por uma semana. Mandava que levassem a bandeja lá para cima e ficou de cama como se estivesse doente, o que tornou muito difícil a limpeza do seu quarto, com seu rosto pálido e suas olheiras, agindo como a rainha da tragédia. Mas as senhoritas têm permissão de agir dessa forma.

Depois disso, ela começou a frequentar mais festas com mais rapazes do que nunca e especialmente um certo capitão, mas não deu em nada e ela ficou com fama de festeira entre os militares; então houve brigas com sua mãe e, quando passou mais um mês, foi anunciado que ela estava noiva e iria se casar com o reverendo Verringer; o que foi uma surpresa, pois ela sempre fazia brincadeiras com ele pelas costas e dizia que parecia um sapo.

A data do casamento foi marcada muito mais cedo do que é de costume e fiquei muito ocupada costurando de manhã à noite. O vestido de viagem da srta. Lydia era de seda azul, com botões cobertos e duas camadas na saia; eu achei que iria ficar cega de tanto fazer bainha. Eles passaram a lua de mel nas Cataratas do Niágara, que dizem ser uma experiência que não pode ser perdida e da qual só vi quadros e, quando eles voltaram, ela era uma pessoa diferente, muito submissa e pálida, sem ter mais o espírito alegre. Não é uma boa ideia casar-se com quem não se ama, mas muitas fazem isto e acabam se acostumando com o tempo. E outras se casam por amor e se arrependem aos poucos, como dizem.

Por algum tempo, eu achei que ela gostava do dr. Jordan; mas não seria feliz com ele, nem ele com ela, pois ela não compreenderia seu interesse pelos lunáticos e suas curiosidades e as estranhas perguntas sobre legumes que ele costumava fazer. Então acho que foi melhor assim.

Quanto à ajuda que o dr. Jordan me prometeu, não ouvi falar nada, nem nada dele, exceto que tinha ido para a guerra sulista, notícias que foram trazidas pelo reverendo Verringer; mas, se está vivo ou morto, eu não sei. Além disso, houve muitos rumores correndo a respeito dele e de sua senhoria, que era uma espécie de viúva, e depois que ele se foi, ela podia ser vista vagando de maneira distraída pela beira do lago, de vestido negro e capa e um véu negro se agitando ao vento, e alguns disseram que ela pretendia se jogar na água. O caso foi muito comentado, especialmente na cozinha e na lavanderia, e ouvimos muita coisa dita por Dora, que já tinha sido a criada de lá. O que ela dizia você mal poderia acreditar, de duas pessoas aparentemente tão respeitáveis, com gritos e gemidos e um terrível entra e sai à noite, pior do que uma casa mal-assombrada, e a roupa de cama toda enxovalhada de manhã e em tal estado que a fazia corar só de olhar. E Dora disse que era de admirar que ele não tivesse matado essa senhora e enterrado o corpo no quintal, já que tinha visto uma pá pronta para isso e uma cova já cavada, o que fez seu sangue gelar, pois ele era o tipo de homem que arruinaria uma mulher depois da outra, depois se cansaria delas e as assassinaria só para se livrar delas e que toda vez que ele olhava para a viúva era com apavorantes olhos inflamados como os de um tigre, como se estivesse pronto a saltar sobre ela e enfiar seus dentes. E isso era a mesma coisa com a própria Dora, e quem poderia dizer se ela não seria a próxima vítima de seus frenesis vorazes? Dora tinha uma plateia cativa na cozinha, pois existem muitos que gostam de escutar uma história chocante, e devo dizer que ela contava uma boa história. Mas eu dizia para mim mesma que ela exagerava.

Nessa mesma época, a mulher do diretor do presídio me chamou à sala de visitas e me perguntou ansiosamente se o dr. Jordan alguma vez tinha feito avanços impróprios para mim; eu disse que não e que, de qualquer modo, a porta da sala de costura sempre fora mantida aberta. Então ela disse que fora enganada a respeito do seu caráter e que tinha abrigado uma víbora no seio de sua família; em seguida, disse que a pobre senhora de negro fora molestada por ele, tendo ficado sozinha em sua casa depois que a criada fora embora, mas que eu não deveria falar disto, pois causaria mais mal do que bem, e que, embora essa senhora fosse casada e seu marido tivesse sido abominável com ela e portanto não ter sido tão ruim quanto se ela fosse uma jovem, ainda assim o dr. Jordan se comportara de maneira muito imprópria e que tinha sido uma bênção a srta. Lydia nunca ter chegado a um compromisso com ele.

Não que eu ache que essa ideia tenha passado pela cabeça do dr. Jordan; nem acreditava em tudo o que estava sendo dito contra ele, pois eu sei o que é ter mentiras contadas sobre uma pessoa, sem que ela possa se defender. E as viúvas são muito chegadas a truques, até que fiquem velhas demais.

Mas tudo isso não passa de mexericos. Eis o que eu realmente gostaria de lhe perguntar: você realmente viu no futuro, quando olhou na palma de minha mão e disse cinco para a sorte, o que eu acreditei querer dizer que tudo terminaria bem no fim? Ou você só estava tentando me consolar? Eu gostaria muito de saber, já que o tempo às vezes se encomprida tanto que mal posso aguentar. Receio cair no desespero, com minha vida desperdiçada, e ainda não sei exatamente como isso aconteceu. O reverendo Verringer frequentemente reza comigo, ou devo dizer que ele reza e eu escuto; mas não adianta muito, só me faz ficar cansada. Ele diz que vai organizar outra petição, mas receio que não tenha mais utilidade do que as outras e seria melhor que ele não desperdiçasse papel.

A outra coisa que eu gostaria de saber é por que você quis me ajudar. Foi um desafio, para ser mais esperto que os outros, como acontecia com o contrabando que você fazia, ou foi por afeição e camaradagem? Uma vez você disse que nós éramos da mesma espécie e sempre tenho refletido sobre isto.

Espero que esta o alcance, mas, se isto acontecer, não sei como você fará chegar uma resposta de volta para mim, já que qualquer carta que eu receba eles certamente abrirão. No entanto, eu acho que você me mandou uma mensagem, pois alguns meses atrás recebi um botão de osso, dirigido a mim sem assinatura, e a inspetora-chefe disse: Grace, por que alguém mandaria para você um único botão? E eu disse que não sabia. Mas como era o mesmo tipo de botão que você me deu na cozinha da sra. Parkinson, achei que devia ter sido você, para que eu soubesse que não tinha sido esquecida. Talvez houvesse outra mensagem nele também, já que um botão serve para manter as coisas fechadas ou então para abri-las e você poderia estar me dizendo para ficar em silêncio sobre certas coisas que nós dois sabemos. O dr. Jordan acreditava que mesmo objetos comuns e desprezados podem ter um significado, ou despertar a lembrança de alguma coisa esquecida, e você poderia estar simplesmente me fazendo lembrar de você, o que realmente não era necessário, já que nunca o esqueci, nem sua gentileza comigo, nem jamais esquecerei.

    Espero que esteja com boa saúde, caro Jeremias, e que seu espetáculo de mágicas seja um grande sucesso.

    De sua velha amiga,
Grace Marks

Da sra. William P. Jordan, Laburnum House, Loomisville, Massachusetts, Estados Unidos, para a sra. C. D. Humphrey, Lower Union Street, Kingston, Canadá Oeste.

15 de maio de 1862

Cara sra. Humphrey,

Sua carta para meu querido filho chegou às minhas mãos hoje de manhã. Atualmente eu abro toda a sua correspondência, por motivos que logo explicarei. Mas primeiro permita-me assinalar que eu gostaria que a senhora se expressasse de maneira menos extravagante. Ameaçar cometer dano a si mesma, pulando de uma ponte ou outro local elevado, pode influenciar um jovem impressionável e sensível, mas não é o que acontece com sua mãe, mais experiente.

De qualquer forma, sua esperança de uma entrevista com ele deve ser desiludida. Com a deflagração de nossa atual e lamentável guerra, meu filho alistou-se no exército da União para lutar pelo seu país na qualidade de cirurgião militar e foi enviado imediatamente a um hospital de campo perto da frente de batalha. Os serviços postais foram tristemente interrompidos e as tropas são levadas com tanta rapidez de um lado para outro graças às ferrovias que durante meses não recebi nenhuma palavra dele, o que não era do seu feitio, pois sempre escreveu regularmente, e eu temi o pior.

Enquanto isso, fiz o que era possível em minha própria e limitada esfera. Essa infeliz guerra já matou e feriu tantos, e víamos as consequências disto diariamente, pois cada vez mais homens e rapazes eram trazidos para nossos hospitais improvisados, mutilados e cegos, ou fora de si com febres infecciosas; e cada um deles um filho querido e amado. As senhoras de nossa cidade ficaram completamente ocupadas, visitando-os e arranjando-lhes qualquer conforto caseiro que estivesse ao nosso alcance lhes proporcionar, e eu mesma ajudei-os da melhor maneira que pude, a despeito do meu próprio estado precário de saúde, e só podia esperar que, se meu querido filho estivesse deitado doente e sofrendo em algum outro lugar, alguma outra mãe estivesse fazendo o mesmo por ele.

Finalmente, um soldado convalescente desta cidade relatou ter ouvido o rumor de que meu querido filho fora atingido na cabeça por um estilhaço e, quando tinha ouvido falar dele pela última vez, estava oscilando entre este mundo e o próximo. Naturalmente, quase morri de preocupação e movi céus e terra para descobrir seu paradeiro; até que, para minha grande felicidade, ele nos foi devolvido, ainda vivo, mas tristemente enfraquecido tanto no corpo quanto no espírito. Em consequência de seus ferimentos, ele perdeu parte de sua memória, pois, apesar de se lembrar de seus queridos pais e dos acontecimentos de sua infância, suas experiências mais recentes haviam sido completamente apagadas de sua mente, entre elas seu interesse em manicômios e o período de tempo que passou na cidade de Kingston; incluindo quaisquer relações que possa ou não ter tido com a senhora.

Conto-lhe isso para que possa ver as coisas de uma perspectiva mais ampla – e, devo acrescentar, menos egoísta. Nossos próprios eventos particulares parecem realmente pequenos quando confrontados com os momentosos trabalhos da História, que só podemos esperar que sejam em prol de um bem maior.

Enquanto isso, devo congratular-me com a senhora pelo fato de seu marido ter sido finalmente encontrado, apesar de ter também de condoer-me pelas circunstâncias infelizes. Descobrir que o próprio esposo faleceu em decorrência de uma prolongada intoxicação e o resultante delírio não pode ter sido agradável. Fico feliz em saber que ele ainda não havia exaurido todos os seus recursos financeiros e quero sugerir-lhe, como uma questão prática, uma anuidade confiável ou – o que me serviu muito bem durante meus próprios sofrimentos – um modesto investimento em ações de estradas de ferro, se for uma companhia sólida, ou então em máquinas de costura, que certamente terão grande progresso no futuro.

O curso de ação que propõe ao meu filho, no entanto, não é nem desejável, nem factível, mesmo que ele tivesse condições de considerá-lo. Meu filho não tinha nenhum compromisso com a senhora, nem tem nenhuma obrigação. O que a senhora possa ter entendido como acerto não se constitui como tal. Também é meu dever informar-lhe que, antes de sua partida, meu filho ficou noivo e comprometido para casar-se com a srta. Faith Cartwright, uma jovem de excelente família e impecável caráter moral, o único obstáculo tendo sido sua própria honra, que o impediu de pedir à srta. Cartwright que se ligasse a um homem cuja vida logo seria posta em risco, e, a despeito do estado precário dele, e às vezes delirante, ela está decidida a respeitar o desejo das duas famílias, assim como os do seu próprio coração e atualmente me ajuda a cuidar dele com leal devoção.

Ele ainda não se lembra dela em sua própria pessoa, mas persiste em acreditar que ela se chama Grace – uma confusão compreensível, já que graça (*grace*) e fé (*faith*) estão muito próximas em conceito; mas perseveramos em nossos esforços e, como diariamente nós lhe mostramos diversos pequenos objetos caseiros que um dia lhe foram caros e o levamos para caminhadas pelos locais de beleza natural, temos crescentes esperanças de que sua memória completa retorne em breve, ou ao menos quanto dela for necessário, e que ele logo esteja apto a assumir seus compromissos matrimoniais. A maior preocupação da srta. Cartwright, como deveria ser a de todos que amam meu filho desinteressadamente, é rezar por sua recuperação e pelo completo uso de suas faculdades mentais.

Para encerrar, permita-me acrescentar que desejo que sua vida futura seja mais produtiva de felicidade do que tem sido a que levou no passado recente e que o entardecer de sua vida traga consigo uma serenidade que as paixões vãs e tempestuosas da juventude em geral infelizmente, se não de maneira desastrosa, impedem.

Sinceramente,
(Sra.) Constance P. Jordan.

P.S. Qualquer nova comunicação de sua parte será destruída sem ser lida.

Do reverendo Enoch Verringer, Presidente do Comitê para o Perdão de Grace Marks, Igreja Metodista de Sydenham Street, Kingston, Ontário, Domínio do Canadá, para o dr. Samuel Bannerling, The Maples, Front Street, Toronto, Ontário, Domínio do Canadá.

Kingston, 15 de outubro de 1867

Caro dr. Bannerling,

Tomo a liberdade de escrever-lhe, senhor, em conexão com o comitê do qual sou presidente, sobre uma valiosa missão que não pode deixar de lhe ser familiar. Como antigo assistente médico de Grace Marks, quando ela estava no manicômio de Toronto há quase quinze anos, sei que foi procurado por representantes de vários comitês prévios encarregados de submeter petições ao governo, em favor dessa desafortunada e infeliz e, para algumas mentes, erroneamente condenada mulher, na esperança de que acrescente seu nome à petição em questão – um acréscimo que, estou certo de que tem consciência disto, aumentaria consideravelmente o peso desta perante as autoridades governamentais, já que estas tendem a respeitar opiniões médicas bem-informadas como a sua.

Nosso comitê consiste em um grupo de senhoras, entre as quais se inclui minha própria esposa, e de vários cavalheiros de projeção e de clérigos de três denominações, incluindo o capelão do presídio, cujos nomes encontrará apensos. Tais petições foram malsucedidas no passado, mas o comitê espera, e confia, que, com as recentes mudanças políticas, mais notavelmente o advento de um Parlamento completamente representativo sob a liderança de John A. Macdonald, esta receberá a recepção que foi negada às anteriores.

Além disso, temos a vantagem da ciência moderna e dos progressos feitos no estudo das doenças cerebrais e dos distúrbios mentais – progressos que certamente depõem a favor de Grace Marks. Há alguns anos, nosso comitê contratou os serviços de um especialista em doenças nervosas, dr. Simon Jordan, que veio altamente recomendado. Ele passou vários meses nesta cidade fazendo um exame detalhado de Grace Marks, com particular atenção às suas lacunas nas lembranças relativas aos assassinatos. Na tentativa de recuperar sua memória, ele a submeteu à neuro-hipnose, nas mãos de um prático habilidoso dessa ciência – uma ciência que, após um longo eclipse, parece estar voltando a ser favorecida, tanto como um método de diagnóstico quanto curativo, embora até agora tenha obtido mais aceitação na França do que neste hemisfério.

Como resultado dessa sessão e das espantosas revelações nela produzidas, o dr. Jordan deu sua opinião de que a perda de memória de Grace Marks era genuína e não fingida – de que, no dia fatal, ela estava sofrendo os efeitos de um ataque histérico provocado pelo medo, que resultou em uma forma de *sonambulismo auto-hipnótico*, não muito estudado há vinte e cinco anos, mas bem documentado desde então, e que este fato explica sua amnésia subsequente. No decurso do transe neuro-hipnótico, Grace Marks exibiu não só uma memória completamente recuperada desses acontecimentos passados, como também produziu provas convincentes de uma *dupla consciência* sonambúlica, com uma distinta personalidade secundária, capaz de agir sem o conhecimento da primeira. Foi a conclusão do dr. Jordan, diante das provas, que a mulher conhecida por nós como "Grace Marks" não estava consciente no momento do assassinato de Nancy Montgomery, nem era responsável por suas ações ali – as lembranças dessas ações sendo retidas apenas pelo seu ser secundário e oculto. O dr. Jordan acrescentou a opinião de que esse outro ser deu fortes manifestações de sua continuada existência durante seu período de desordem mental em 1852, se o testemunho ocular da sra. Moodie e o de outros forem indicações.

Eu tinha a esperança de ter um relatório escrito para lhe apresentar e, nessa expectativa, nosso comitê adiou a submissão desta petição de ano para ano. O dr. Jordan pretendia efetivamente preparar tal relatório, mas foi chamado subitamente por causa de doença na família, seguida por negócios urgentes no continente, depois do que a deflagração da Guerra Civil, na qual ele serviu na qualidade de cirurgião militar, constituiu um sério impedimento a seus esforços. Fui informado de que ele sofreu ferimentos no curso das hostilidades e, apesar de agora estar se recuperando, ainda não recobrou força suficiente para ser capaz de completar sua tarefa. Caso contrário, não tenho dúvidas de que teria acrescentado suas cuidadosas e sinceras súplicas às nossas.

Eu mesmo estive presente na sessão neuro-hipnótica a que me referi, assim como a senhora que desde então consentiu em se tornar minha querida esposa, e nós dois ficamos profundamente afetados pelo que vimos e ouvimos. Comove-me às lágrimas pensar que essa pobre mulher foi injustiçada por falta de compreensão científica. A alma humana é um mistério profundo e grandioso, cujas profundezas só agora começam a ser sondadas. Bem disse São Paulo: "Agora vemos através de um vidro, embaçado, mas depois face a face." Podemos apenas especular sobre os propósitos do Criador em moldar a humanidade em tal complexo nó górdio.

Mas o que quer que o senhor possa pensar da opinião profissional do dr. Jordan – e estou bem consciente de que suas conclusões podem ser difíceis de aceitar para quem não esteja familiarizado com a prática da neuro-hipnose e que não tenha estado presente aos aludidos acontecimentos –, com certeza Grace Marks já esteve encarcerada por muitos anos, mais do que suficiente para expiar os seus pecados. Ela sofreu indescritível agonia mental e também agonia corporal e amargamente arrependeu-se de qualquer participação que possa ter tido nesse grande crime, estando consciente ou não dessa participação. Ela já não é uma jovem e tem uma saúde precária. Se estivesse em liberdade, algo certamente poderia ser feito por seu bem-estar temporal, assim como espiritual, e ela teria a oportunidade de meditar sobre o passado e de se preparar para uma vida futura.

Irá o senhor – poderá o senhor, em nome da caridade – ainda persistir na recusa de anexar seu nome à petição por libertação de Grace Marks e com isto talvez fechar os portões do Paraíso para uma pecadora arrependida? Certamente que não!

Eu o convido – eu lhe imploro mais uma vez – que nos ajude neste empenho altamente digno.

Sinceramente,
Enoch Verringer, M.A., Doutor em Divindade.

Do dr. Samuel Bannerling, The Maples, Front Street, Toronto, para o reverendo Enoch Verringer, Igreja Metodista de Sydenham Street, Kingston, Ontário.

1º de novembro de 1867

Prezado senhor,

Acuso o recebimento de sua carta de 15 de outubro e o relato de suas estripulias pueris a respeito de Grace Marks. Estou decepcionado com o dr. Jordan; troquei uma correspondência prévia com ele, na qual o adverti explicitamente contra essa astuta mulher. Dizem que não há alguém mais idiota do que um velho idiota, mas eu digo que não há idiota maior do que um jovem idiota e fico perplexo de que alguém com um diploma de médico se disponha a assistir a uma demonstração flagrante de charlatanismo e grotesca tolice como um "transe neuro-hipnótico", que só perde em imbecilidade para o espiritismo, o sufrágio universal e baboseiras semelhantes. Esse entulho de "neuro-hipnotismo", apesar de adornado com novas terminologias, não passa de mesmerismo, ou magnetismo animal, reescrito, e essa tolice doentia já foi desacreditada há muito tempo como sendo meramente uma cortina solene por trás da qual homens de antecedentes questionáveis e natureza libidinosa poderiam conseguir se impor a mulheres jovens do mesmo tipo, fazendo-lhes perguntas ofensivas e impertinentes e ordenando-lhes que executem atos indecentes, sem que estas pareçam consentir.

Assim, temo que o dr. Jordan seja crédulo a um grau infantil ou ele próprio um grande canalha; e assim, caso ele tivesse escrito seu autodenominado "relatório", este não valeria o papel em que foi escrito. Suspeito de que o ferimento a que o senhor se refere tenha sido sofrido não durante a guerra, mas antes, e que consistiu em um forte golpe na cabeça, que seria a única explicação para tanta imbecilidade. Se o dr. Jordan continuar com esse desordenado curso de pensamento, logo estará no manicômio particular, o qual, se bem me recordo, ele estava tão determinado a fundar.

Li o suposto "testemunho" da sra. Moodie, bem como outros de seus escritos, que joguei no fogo, que é o lugar deles – e onde, ao menos dessa vez, lançaram um pouco de luz, o que certamente não teriam feito de outra forma. Como o resto de sua espécie, a sra. Moodie é dada a efusões extravagantes e à invenção de convenientes contos de fada; e para fins de se obter a verdade, seria o mesmo que confiar nos "relatórios de testemunha ocular" de um ganso.

Quanto aos portões do paraíso aos quais se refere, não tenho absolutamente nenhum controle sobre eles e, se Grace Marks merece entrar por eles, ela sem dúvida será admitida sem qualquer interferência de minha parte. Mas certamente os portões da penitenciária jamais serão abertos para ela, se depender de um ato meu. Eu a analisei cuidadosamente e conheço seu caráter e sua disposição melhor do que o senhor jamais poderia. Ela é uma criatura desprovida de faculdades morais e com a propensão ao assassinato muito desenvolvida. Ela não é confiável para ser beneficiada com os privilégios comuns da sociedade e, se sua liberdade lhe for restituída, são grandes as chances de que mais cedo ou mais tarde outras vidas sejam sacrificadas.

Para encerrar, senhor, permita-me observar que não lhe cai bem, como membro do clero, apimentar suas ladainhas com alusões à "ciência moderna". Um pouco de conhecimento é algo perigoso, acredito que Pope certa vez observou. Dedique-se ao cuidado das consciências e à elaboração de sermões edificantes para a melhoria da vida pública e da moral privada, que Deus bem sabe quanto este país necessita, e deixe o cérebro dos degenerados para as autoridades que se especializam neles. Acima de tudo, no futuro, por favor, desista de me incomodar com esses apelos ridículos e inoportunos.

Seu humilde e obediente servo,
(Dr.) Samuel Bannerling

XV
A ÁRVORE DO PARAÍSO

Mas a persistência finalmente foi recompensada. Uma petição após a outra foram dirigidas ao governo e, sem dúvida, outras influências foram usadas. Essa malfeitora quase única recebeu o perdão e foi levada a Nova York, onde trocou de nome e logo depois se casou. Por tudo o que saiba o autor destas linhas, ela ainda vive. Se seu forte apetite por assassinato foi afirmado ou não nesse intervalo, não se sabe, já que ela provavelmente guarda sua identidade com mais de um nome falso.

Autor desconhecido,
História de Toronto e do Condado de York,
Ontário, 1885.

Sexta-feira, 2 de agosto de 1872
Visitei a cidade de 12 a 2 para ver o ministro da Justiça sobre Grace Marks, cujo perdão recebi esta manhã. Sir John pediu que eu e uma de minhas filhas acompanhássemos essa mulher a um lar que lhe foi providenciado em Nova York.

Terça-feira, 7 de agosto de 1872
Examinei e liberei Grace Marks, perdoada depois de cumprir 28 anos e dez meses de prisão. Parti com ela e minha filha para Nova York à 1h da tarde, por ordem do ministro da Justiça...

Diário do Diretor,
Penitenciária Provincial, Kingston, Ontário,
Domínio do Canadá.

Então neste Paraíso terrestre estará,
Se ler corretamente e me perdoar,
Quem luta por construir uma sombria ilha de felicidade
No meio do encapelado e frio oceano,
Onde se debatendo todos os corações dos homens devem estar...

    William Morris,
    O paraíso terrestre, 1868.

O imperfeito é nosso paraíso.

    Wallace Stevens,
    The Poems of Our Climate, 1938.

51

Pensei muitas vezes em escrever-lhe e informá-lo de minha boa sorte e escrevi muitas cartas para o senhor em minha cabeça e, quando eu tiver chegado à maneira certa de dizer as coisas, porei a pena no papel e então o senhor terá notícias minhas, se ainda estiver no mundo dos vivos. E, se não estiver, já terá conhecimento de tudo isso, de qualquer modo.

Talvez tenha ouvido falar do meu Perdão, ou talvez não. Não vi nada sobre isso em nenhum jornal, o que não é estranho, já que na época em que fui finalmente libertada essa já era uma história velha e desgastada e ninguém iria querer ler sobre ela. Mas sem dúvida foi melhor assim. Quando eu soube disso, tive a certeza de que o senhor devia ter enviado a carta para o governo, afinal, porque finalmente alcançou os resultados desejados, junto com todas as petições, mas devo dizer que levaram muito tempo nessa decisão e não disseram nada sobre sua carta, somente que se tratava de uma anistia geral.

A primeira vez que ouvi falar do perdão foi pela filha mais velha do diretor do presídio, cujo nome é Janet. Esse não era o diretor que o senhor conheceu, já que houve muitas mudanças desde que o senhor foi embora, e um novo diretor foi uma delas, e houve também dois ou três novos governadores e tantos novos guardas carcereiros e inspetoras que mal poderia me lembrar de todos. Eu estava sentada na sala de costura, onde o senhor e eu costumávamos ter nossas conversas à tarde, cerzindo meias – pois eu continuei a servir na casa com os novos diretores, como fazia antes –, quando Janet entrou. Ela era gentil e sempre sorria para mim, ao contrário de outros, e, apesar de não ser uma beleza, conseguiu ficar noiva de um jovem e respeitável fazendeiro, para o que teve os meus mais sinceros votos de boa sorte. Existem alguns homens, especialmente os mais simples, que preferem que suas esposas sejam comuns em vez de belas, já que se dedicam com mais energia ao trabalho e se queixam menos, e não há grandes chances de fugirem com outro homem, pois que outro homem se importaria em roubá-las?

Nesse dia, Janet entrou correndo na sala e parecia muito agitada. Grace, ela disse, tenho notícias surpreendentes.

Nem me dei ao trabalho de parar de costurar, pois, quando as pessoas diziam que tinham notícias surpreendentes, elas sempre se referiam a outra pessoa. Eu estava pronta para ouvi-la, é claro, mas não queria perder nem um ponto por causa disso, se entende o que quero dizer, senhor. Sim?, eu disse.

Seu perdão saiu, ela disse. Concedido por Sir John Macdonald e pelo ministro da Justiça, em Ottawa. Não é maravilhoso? Ela bateu palmas e, naquele instante, parecia uma criança, apesar de grande e feia, olhando um belo presente. Ela era uma daquelas pessoas que nunca acreditaram que eu fosse culpada, sendo por natureza de bom coração e sentimental.

Diante dessa notícia, eu larguei a costura. Imediatamente senti muito frio, como se fosse desmaiar, o que não fazia havia muito tempo, desde que o senhor partiu. É verdade?, perguntei. Se fosse outra pessoa, eu pensaria que estivesse fazendo uma brincadeira cruel comigo, mas Janet não gostava de brincadeiras desse tipo.

Sim, ela disse, é realmente verdade. Você foi perdoada! Estou tão feliz por você!

Percebi que ela achava que algumas lágrimas seriam apropriadas e derramei muitas.

Naquela noite, e apesar de seu pai, o diretor, ainda não ter o documento em mãos, somente uma carta a esse respeito, não houve jeito de não me retirar de minha cela na prisão e me mudar para o quarto vago na casa do diretor. Isso foi obra de Janet, a boa alma, mas ela teve a ajuda de sua mãe, pois meu perdão foi realmente um acontecimento incomum na rotina tediosa da prisão e as pessoas gostam de ter algum contato com acontecimentos desse tipo, para poder comentar com seus amigos depois; assim, fui o centro de toda aquela agitação.

Depois de apagar minha vela, deitei-me na ótima cama, usando uma das camisolas de algodão de Janet, em vez da grosseira e amarelada da prisão, e fiquei olhando para o teto no escuro. Eu me virava de um lado para outro e de alguma maneira não conseguia ficar confortável, acho que conforto é aquilo a que você está acostumado e, a essa altura, eu estava mais acostumada à minha estreita cama da prisão do que a um quarto de hóspedes com lençóis limpos. O quarto era tão grande que me parecia quase assustador, e eu puxei o lençol sobre minha cabeça para ficar mais escuro; então senti que meu rosto estava se dissolvendo e se transformando no rosto de outra pessoa e me lembrei de minha pobre mãe em sua mortalha, quando a deslizaram para o mar, e como eu pensei que ela já tinha mudado dentro do lençol e era uma mulher diferente e agora a mesma coisa estava acontecendo comigo. É claro que eu não estava morrendo, mas era, de certo modo, semelhante.

No dia seguinte, no desjejum, toda a família do diretor se sentou olhando para mim, com os olhos marejados de lágrimas, como se eu fosse algo raro e estimado, como um bebê resgatado de um rio, e o diretor disse que devíamos dar graças pela ovelha perdida que tinha sido salva e todos disseram um fervoroso amém.

Então é isso, pensei. Eu fui salva e agora devo agir como alguém que foi salvo. E assim tentei. Era muito estranho perceber que eu não seria mais uma assassina famosa, mas seria vista talvez como uma mulher inocente erroneamente acusada e injustamente aprisionada, ou pelo menos por tempo demasiadamente longo, e objeto de compaixão e não de horror e medo. Levei alguns dias para me acostumar com a ideia; na verdade, ainda não estou bem acostumada. Isso requer um novo arranjo do rosto, mas imagino que ficará mais fácil com o tempo.

É claro que, para aqueles que não conhecem minha história, eu não serei ninguém em particular.

Depois do desjejum naquele dia, senti-me estranhamente deprimida. Janet notou e me perguntou o motivo, e eu disse: Estive nessa prisão por quase vinte e nove anos, não tenho amigos ou família lá fora e para onde posso ir e o que vou fazer? Não tenho dinheiro, nem meios para ganhá--lo, não tenho roupas adequadas e é improvável que eu consiga uma colocação em qualquer lugar nas vizinhanças, pois minha história é muito conhecida. A despeito do perdão, que está muito bem, uma senhora de qualquer família direita não iria me desejar em casa, pois teria receio pela segurança dos seus entes queridos e isto é o que eu também faria na posição delas.

Eu não disse a ela: E também sou velha demais para ir para as ruas, pois não queria chocá-la, sendo ela bem-criada e metodista. Embora eu deva lhe dizer, senhor, que o pensamento realmente passou pela minha cabeça. Mas que chance eu teria? Na minha idade e com tanta concorrência, só ganharia um centavo cada vez que fosse com o pior marinheiro bêbado em algum beco e estaria morta pelas doenças dentro de um ano e senti uma pontada no coração só de pensar.

Então agora, em vez de parecer um passaporte para a liberdade, o perdão me parecia uma sentença de morte. Eu seria atirada nas ruas, só e sem amigos, para morrer de fome e de frio num canto qualquer, sem nada além da roupa do corpo, que eram aquelas com que viera para a prisão, e talvez nem mesmo essas, já que não tinha ideia do que havia acontecido com elas; pelo que eu sabia, já tinham sido vendidas ou doadas fazia muito tempo.

Oh, não, querida Grace, disse Janet. Tudo já foi pensado. Eu não queria contar-lhe tudo de uma vez, pois temíamos que o choque de tal felicidade depois de tanto sofrimento pudesse ser demais para você, como às vezes acontece. Mas já foi providenciado um bom lar para você, é nos Estados Unidos, e, quando você chegar lá, poderá deixar esse passado triste para trás, pois lá ninguém jamais saberá disso. Será uma vida nova.

Ela não usou exatamente essas palavras, mas esse foi o sentido.

Mas o que eu vou usar?, eu disse, ainda desesperada. Talvez eu estivesse mesmo com meu juízo perturbado, já que uma pessoa realmente em seu juízo perfeito teria perguntado primeiro sobre esse lar que fora providenciado, onde era e o que eu deveria fazer lá. Pensei mais tarde sobre a maneira como Janet colocara a questão. Um bom lar providenciado é o que se diz sobre um cão ou um cavalo que está velho demais para trabalhar e que você não quer manter nem abandonar.

Eu pensei nisso também, Janet disse. Ela era realmente uma criatura muito prestativa. Eu procurei nos depósitos e, por algum milagre, o baú que você trouxe ainda está lá com seu nome na etiqueta, suponho que seja por causa de todas as petições que foram feitas a seu favor depois do julgamento. No começo, devem ter guardado suas coisas porque acharam que logo seria libertada e depois devem ter se esquecido disso. Vou mandar trazê-lo para seu quarto e então o abriremos, está bem?

Eu me senti um pouco reconfortada, apesar de ainda ter alguma desconfiança. E tinha razão em sentir isso, pois, quando abrimos o baú, descobrimos que as traças haviam entrado e comido toda as peças de lã, o grosso xale de inverno de minha mãe entre elas; algumas das outras roupas estavam muito desbotadas e cheirando a mofo por terem ficado guardadas por tanto tempo num lugar úmido; os fios de algumas estavam quase podres e se podia enfiar a mão por eles. Qualquer peça de roupa precisa ser arejada de vez em quando e essas não tinham sido.

Tiramos tudo de dentro e espalhamos pelo quarto, para ver o que podia ser salvo. Havia os vestidos de Nancy, tão bonitos quando novos, agora praticamente arruinados, e as coisas que eu ganhara de Mary Whitney; eu as estimava tanto naquela época e agora pareciam inferiores e fora de moda. Havia o vestido que eu fizera quando estava na casa da sra. Parkinson, com os botões de osso de Jeremias, mas nada pôde ser salvo dele, exceto os botões. Encontrei a mecha de cabelo de Mary, atada com uma linha e enrolada num lenço, tal como eu tinha deixado, mas as traças também a tinham atacado, pois elas comem cabelo se nada mais puder ser encontrado e este não estiver guardado dentro de caixa de cedro.

As emoções que eu sentia eram fortes e dolorosas. O quarto parecia ter escurecido e eu quase podia ver Nancy e Mary começando a assumir suas formas dentro de suas roupas, só que não era um pensamento agradável, já que elas próprias estariam também no mesmo estado de deterioração. Eu quase desmaiei e tive que me sentar e pedir um copo de água e que a janela fosse aberta.

Janet também ficou desapontada; ela era jovem demais para ter previsto os efeitos de vinte e nove anos trancados em um baú, embora tenha tentado fazer o melhor possível, de acordo com sua natureza. Ela disse que, de qualquer forma, os vestidos agora estavam tristemente fora de moda e não podíamos deixar que eu fosse para a minha nova vida vestida como um espantalho, mas que algumas das coisas ainda podiam ser usadas, como a anágua de flanela vermelha e algumas das brancas, que poderiam ser lavadas com vinagre para se livrar do cheiro de mofo e depois quaradas ao sol e ficariam brancas como novas. Esse não era realmente o caso, pois, quando fizemos isso, elas ficaram realmente mais claras, mas não o que se poderia chamar de branco.

Quanto às outras coisas, ela disse, teríamos que procurar à nossa volta. Eu iria precisar de um guarda-roupa, ela disse. Não sei como conseguiu – suspeito de que tenha implorado um vestido de sua mãe e circulou entre suas conhecidas para recolher algumas outras peças, e acredito que o diretor do presídio tenha contribuído com o dinheiro para as meias e os sapatos –, mas no fim ela havia reunido uma boa quantidade de peças de vestuário. Achei as cores berrantes demais, como um estampado verde e um tecido grosso e de boa qualidade com listras de um tom magenta sobre azul-celeste; eram as novas tinturas químicas usadas no momento. Essas cores não combinavam exatamente comigo; mas quem esmola não pode escolher, como aprendi em muitas ocasiões.

Nós duas nos sentamos e ajustamos os vestidos. Éramos como mãe e filha trabalhando num enxoval, muito amigas e unidas, e, após algum tempo, me senti bastante animada. Minha única pena eram as crinolinas; tinham saído de moda; agora eram anquinhas de arame e feixes enormes de tecido puxados para as costas, com debruns e franjas, mais parecidos com um sofá, em minha opinião, e assim eu nunca mais teria a oportunidade de usar uma crinolina. Mas não se pode ter tudo na vida.

As toucas também tinham desaparecido. Agora só havia chapéus, amarrados sob o queixo, bem chatos e caídos para a frente, como um navio navegando sobre sua cabeça, com véus flutuando por trás como se fossem o rastro do navio. Janet arranjou um para mim e realmente me senti estranha na primeira vez em que o coloquei e me olhei no espelho. Não cobria minhas mechas de cabelos grisalhos, apesar de Janet dizer que eu parecia ter dez anos menos do que tinha, quase uma garota de fato, e é verdade que eu tinha mantido meu corpo e quase todos os meus dentes. Ela disse que eu parecia uma verdadeira senhora, o que é possível, já que agora há menos diferença no modo de vestir de uma criada e uma patroa do que havia antes e as modas são facilmente copiadas. Passamos horas alegres enfeitando o chapéu com laços de fita e flores de seda, embora, por diversas vezes, eu tenha desatado a chorar porque estava comovida. Uma mudança de sorte frequentemente tem esse efeito, tanto do bom para o mau quanto ao contrário, como tenho certeza de que o senhor deve ter notado na vida.

Enquanto estávamos empacotando e dobrando, cortei alguns pedaços dos diversos vestidos que tinha usado muito tempo atrás e que agora seriam jogados fora e perguntei se eu poderia ficar com uma camisola da prisão do tipo com que estava acostumada a dormir, como lembrança. Janet disse que achava que era uma lembrança estranha, mas fez o pedido para mim e ele foi concedido. Eu precisava de algo meu para levar comigo.

Quando tudo estava pronto, agradeci a Janet com profundo reconhecimento. Eu ainda estava temerosa sobre o que iria acontecer, mas ao menos eu iria parecer uma pessoa comum e ninguém ficaria me olhando e isto vale muito. Janet deu-me um par de luvas de verão, quase novas, não sei onde ela as conseguiu. E então ela começou a chorar e, quando lhe perguntei por que fazia isso, ela disse que era porque eu teria um final feliz e era como se fosse um livro. E eu me perguntei que livros ela andava lendo.

52

Sete de agosto de 1872 foi o dia da minha partida e jamais o esquecerei enquanto viver.

Depois do desjejum com a família do diretor, quando eu mal consegui comer alguma coisa de tão nervosa que estava, coloquei o vestido com que eu deveria viajar, o verde, com o chapéu de palha debruado na mesma cor e as luvas que Janet me dera. Meu baú foi fechado; não era o baú de Nancy, que cheirava demais a mofo, mas um outro fornecido pela penitenciária, de couro e não muito usado. Provavelmente pertencera a alguma pobre alma que morrera na prisão, mas já fazia muito tempo que eu não olhava os dentes de cavalo dado.

Fui levada à presença do diretor, era uma formalidade e ele não tinha muito o que dizer, salvo que me felicitava pela minha libertação; de qualquer modo, ele e Janet deveriam me acompanhar até o lar providenciado, como pedido especial do próprio Sir John Macdonald, pois pretendiam que eu lá chegasse a salvo e sabiam muito bem que eu não estava acostumada aos modernos meios de transporte, tendo estado trancafiada por tanto tempo e também porque havia muitos homens grosseiros pelo caminho, soldados dispensados da Guerra Civil, alguns aleijados e outros sem meios de sustento, e eu podia correr algum perigo. Assim, fiquei muito contente pela companhia.

Atravessei os portões da penitenciária pela última vez quando o relógio bateu meio-dia e isto entrou em minha cabeça como se fossem mil sinos. Até aquele instante, eu não podia realmente acreditar em meus sentidos; enquanto me vestia para a viagem, tinha me sentido mais entorpecida do que qualquer outra coisa e os objetos ao meu redor pareciam achatados e sem cor, mas agora tudo adquiria vida. O sol brilhava e todas as pedras do muro pareciam claras como o vidro e iluminadas como um lampião, era como passar pelos portões do inferno e entrar no paraíso; acredito que os dois estão localizados mais perto um do outro do que a maioria das pessoas imagina.

Fora dos portões havia uma castanheira e cada folha parecia debruada de fogo e, pousados na árvore, havia três pombos brancos, que brilhavam como os anjos de Pentecostes, e naquele instante soube que tinha sido realmente libertada. Em ocasiões de maior claridade ou escuridão do que o habitual, eu costumava desmaiar, mas, nesse dia, pedi a Janet seus sais aromáticos e permaneci de pé, apesar de apoiada em seu braço, e ela disse que não seria da minha natureza não me comover numa ocasião importante como aquela.

Desejei virar-me e olhar, mas lembrei-me da mulher de Lot e do pilar de sal e me refreei. Olhar para trás também significaria que eu lamentava a minha partida e tinha vontade de regressar, e este certamente não era o caso, como bem pode imaginar, senhor; mas ficará surpreso de me ouvir dizer que senti uma espécie de pesar. Pois, apesar da penitenciária não ser exatamente um lugar que se parecesse com um lar, tinha sido o único lar que eu conhecera por quase trinta anos e isto é um longo tempo, mais longo do que muitas pessoas passam na Terra e, embora fosse ameaçadora e um lugar de sofrimento e punição, ao menos eu conhecia seu jeito. Sair de um ambiente que lhe é familiar, por mais indesejável que seja, para o desconhecido é sempre motivo de apreensão e suponho que seja por isso que tantas pessoas têm medo de morrer.

Depois desse instante, voltei à luz do dia normal, embora um pouco zonza. Era um dia quente e úmido, tal como o clima às margens dos lagos costuma ser em agosto, mas, como havia uma brisa vinda das águas, o tempo não parecia tão opressivo; havia algumas nuvens, mas só do tipo branco, que não prenuncia chuva ou trovão. Janet tinha um guarda-sol, que ela segurava em cima de nós duas enquanto caminhávamos. Um guarda-sol era um item que me faltava, já que a seda do guarda-sol cor-de-rosa de Nancy tinha apodrecido.

Fomos para a estação ferroviária numa carruagem leve conduzida pelo criado do diretor. O trem não sairia antes de uma e meia, mas eu estava ansiosa para não me atrasar e, uma vez lá, não conseguia ficar sentada quieta na sala de espera das senhoras; tive que caminhar de um lado para outro na plataforma lá fora, pois estava muito agitada. Finalmente o trem chegou, um enorme e brilhante monstro de ferro soprando fumaça. Eu nunca tinha visto um trem tão de perto e, apesar de Janet me assegurar de que não era perigoso, tive que ser auxiliada nos degraus. Tomamos o trem até a Cornualha e, embora fosse uma viagem bem curta, achei que não sobreviveria a ela. O barulho era tão alto e o movimento, tão rápido, que pensei que iria ficar surda e havia muita fumaça negra e o apito do trem me assustou muito, mas me contive e não gritei.

Eu me senti melhor quando descemos na estação da Cornualha e dali fomos para as docas numa carruagem de duas rodas puxada por um pônei; tomamos um barco até o fim do lago, pois aquela forma de viagem me era mais familiar e eu podia respirar ar fresco. O movimento da luz do sol nas ondas primeiro me desorientou, mas esse efeito cessou quando eu parei de olhar para elas. Um lanche foi oferecido, que o diretor trouxera com ele num cesto, e eu consegui comer um pouco de frango frio e beber chá morno. Ocupei minha mente, observando as roupas das senhoras a bordo, que eram variadas e de cores vivas. Ao me sentar e levantar, tinha alguma dificuldade em manejar minhas anquinhas, pois algo assim exige prática e acho que eu não estava muito graciosa; era como ter outro traseiro amarrado por cima do verdadeiro e ambos seguindo-a para todo lado como um balde de alumínio amarrado a um porco, embora, é claro, eu não dissesse nada assim tão grosseiro para Janet.

Do outro lado do lago, passamos pela Alfândega dos Estados Unidos e o diretor disse que não tínhamos nada a declarar. Depois tomamos outro trem e fiquei contente pelo fato de o diretor ter vindo, pois, de outra forma, eu não saberia o que fazer com os carregadores e a bagagem. Enquanto estávamos sentadas nesse novo trem, que chacoalhava menos que o anterior, perguntei a Janet sobre meu destino final. Estávamos indo para Ithaca, Nova York – isto haviam me dito –, mas o que aconteceria comigo depois? Como era o lar providenciado, se eu seria uma criada e, se fosse o caso, o que tinham contado aos proprietários sobre mim? Eu não queria ser colocada numa posição falsa, percebe, senhor, ou ter que esconder a verdade sobre meu passado.

Janet disse que havia uma surpresa à minha espera e, como era um segredo, ela não podia me contar, mas era uma boa surpresa, ou pelo menos esperava que fosse. Ela chegou a me dizer que se referia a um homem, um cavalheiro, ela disse; mas, como tinha por hábito usar esse termo para qualquer um de calça que fosse mais do que um garçom, continuei sem saber de nada.

Quando perguntei que cavalheiro, ela disse que não podia me contar, mas que era um velho amigo meu, ou assim lhe deram a entender. Ela tornou-se muito reservada e não consegui extrair nem mais uma palavra dela.

Pensei em todos os homens que poderiam ser. Não conheci muitos, por falta de oportunidade, se poderia dizer, e os dois que eu talvez tivesse conhecido melhor, embora de maneira nenhuma por mais tempo, estavam mortos, e me refiro ao sr. Kinnear e a James McDermott. Havia o mascate Jeremias, mas eu não acreditava que ele estivesse metido no negócio de proporcionar bons lares, pois nunca tinha sido do tipo doméstico. Havia também meus antigos patrões, como o sr. Coates e o sr. Haraghy, mas certamente agora ou já estariam mortos ou muito velhos. O único outro que poderia me ocorrer, senhor, era o senhor mesmo. Devo admitir que a ideia me passou pela cabeça.

Assim, foi com ansiedade e também com expectativa que finalmente desci na plataforma da estação de Ithaca. Havia uma profusão de pessoas esperando o trem e todas falavam ao mesmo tempo e a correria dos carregadores, as muitas arcas e os baús sendo carregados ou transportados em carrinhos tornava difícil permanecer ali. Eu me segurei firmemente em Janet enquanto o diretor acertava a bagagem e depois ele nos conduziu ao outro lado do prédio da estação, o lado longe dos trens, onde começou a olhar ao redor. Franziu o cenho ao não ver o que esperava e consultou seu relógio e o relógio da estação; em seguida, consultou uma carta que retirou do bolso e meu coração começou a esmorecer. Mas ele olhou para cima, sorriu e disse: Ali está nosso homem, e realmente havia um homem correndo em nossa direção.

Tinha uma altura acima da média e era corpulento, mas ao mesmo tempo também era magro, com o que quero dizer que seus braços e suas pernas eram longos e que ele tinha uma parte central mais sólida e redonda. Tinha cabelos ruivos e uma longa barba ruiva e usava um bom terno preto, que a maioria dos homens tem agora se estiverem confortáveis em bens materiais, com uma camisa branca e um lenço escuro no pescoço e um chapéu alto que levava nas mãos, mantido diante de si como um escudo, pelo que se percebia que ele também estava apreensivo. Não era um homem que eu jamais tivesse visto em minha vida, mas assim que nos alcançou lançou-me um olhar inquiridor e caiu de joelhos a meus pés. Tomou minha mão, com luva e tudo, e disse: Grace, Grace, será que pode me perdoar? Na verdade, ele estava quase gritando, como se tivesse ensaiado por algum tempo.

Eu lutei para soltar minha mão, pensando que era um louco, mas, quando me voltei para Janet para pedir ajuda, ela estava afogada numa enchente de lágrimas sentimentais e o diretor estava radiante, como se não esperasse nada melhor, e vi que eu era a única que estava ali completamente perdida.

O homem soltou minha mão e se levantou. Ela não me reconhece, ele disse com tristeza. Grace, você não me reconhece? Eu a teria reconhecido em qualquer lugar.

Eu olhei para ele e realmente havia alguma coisa ligeiramente familiar nele, mas eu ainda não conseguia identificar. Então ele disse: Sou Jamie Walsh. E vi que era mesmo.

Em seguida, nos encaminhamos para um novo hotel perto da estação de trem, onde o diretor havia arranjado acomodações, e fizemos um pequeno lanche. Como pode imaginar, senhor, uma boa quantidade de explicações era esperada, pois a última vez que tinha visto Jamie Walsh foi no meu próprio julgamento por assassinato, quando foi seu próprio testemunho que tanto virou as mentes do juiz e do júri contra mim por estar usando as roupas da morta.

O sr. Walsh – pois assim eu o chamarei agora – passou a me contar que, na época, pensou que eu fosse culpada, apesar de não querer pensar assim, pois sempre gostara de mim, o que era verdade; mas, quando ficou mais velho e considerou o assunto, passou a acreditar no contrário e foi assaltado de culpa pela parte que ele havia desempenhado na minha condenação; só que, na ocasião, ele era apenas um rapaz e não era páreo para os advogados, que o levaram a dizer coisas cujo resultado ele só percebeu muito tempo depois. E eu o consolei, dizendo que era o tipo de coisa que podia acontecer a qualquer um.

Depois da morte do sr. Kinnear, ele e seu pai foram obrigados a deixar a propriedade, pois os novos proprietários não tinham nenhuma função para eles; ele arranjou um emprego em Toronto, que obteve em virtude da boa impressão que causou no julgamento como um rapaz inteligente e promissor, que foi o que escreveram sobre ele nos jornais. Portanto, pode-se dizer que ele começou a vida à minha custa. Ele economizou seu dinheiro por vários anos e depois foi para os Estados Unidos, pois era de opinião que lá haveria mais oportunidades para se tornar um homem de sucesso por conta própria – lá você era o que você tinha, não de onde você viera, e poucas perguntas eram feitas. Ele trabalhou na estrada de ferro e também no Oeste, economizando o tempo todo, e agora tinha sua própria fazenda e dois cavalos, tudo completo. Teve o cuidado de mencionar logo os cavalos, pois sabia quanto eu gostava de Charley.

Ele se casara, mas agora era viúvo, sem filhos, e nunca deixou de se atormentar com o que tinha acontecido comigo por sua causa e tinha escrito várias vezes para a penitenciária para saber como eu estava; mas não escrevia diretamente para mim, pois não queria me perturbar. E foi assim que ouviu falar do meu perdão e arranjou a questão com o diretor.

O desfecho foi ele implorar que eu o perdoasse, o que fiz prontamente. Eu não achava que podia guardar mágoa e disse-lhe que sem dúvida eu teria sido presa de qualquer modo, ainda que ele não tivesse mencionado os vestidos de Nancy. E depois que passamos por tudo isso, ele segurando minha mão o tempo todo, pediu que eu me casasse com ele. Disse que, embora não fosse um milionário, certamente poderia me oferecer um bom lar, com tudo o que era necessário, pois mantinha algum dinheiro no banco.

Fingi hesitação, embora a realidade é que não havia muitas outras escolhas possíveis, e seria uma grande ingratidão de minha parte dizer não, depois de todo o trabalho que tinham tido. Eu disse que não queria que ele se casasse comigo por um sentimento de dever ou de culpa e ele negou que esses fossem os seus motivos; alegou que ele sempre nutrira ternos sentimentos em relação a mim e que eu mal tinha mudado desde que era uma jovem – ainda era bonita de ver, foi como ele colocou. E eu me lembrei das margaridas no pomar do sr. Kinnear e sabia que ele estava pensando nisto também.

O mais difícil para mim era vê-lo como um homem maduro, já que o conhecera apenas como o tímido rapaz que tocara flauta no dia anterior à morte de Nancy e estava sentado na cerca no dia em que cheguei à casa do sr. Kinnear.

Finalmente eu disse sim. Ele já tinha o anel pronto, numa caixinha no bolso do colete, e estava tão dominado pela emoção que o deixou cair por duas vezes na toalha da mesa antes de colocá-lo no meu dedo e para isto eu tive que tirar a luva.

Os papéis para o casamento foram arranjados o mais rapidamente possível e, enquanto isso, permanecemos no hotel, com água quente levada até o quarto todas as manhãs, e Janet ficou comigo, como era mais apropriado. Tudo foi pago pelo sr. Walsh. Tivemos uma cerimônia simples com um juiz de paz e eu me lembrei de tia Pauline dizendo, há tantos anos, que eu sem dúvida me casaria com alguém inferior a mim e me perguntei o que ela pensaria agora; Janet ficou como dama de honra e chorou.

A barba do sr. Walsh era muito grande e vermelha, mas eu disse a mim mesma que isto podia ser mudado com o tempo.

53

São quase trinta anos desde o dia, quando ainda não tinha dezesseis anos de idade, em que percorri pela primeira vez o caminho de entrada da casa do sr. Kinnear. Era junho também. Agora, estou sentada na minha própria varanda, na minha própria cadeira de balanço; é fim de tarde e a paisagem diante de mim é tão pacífica que se poderia pensar que é um quadro. As rosas na frente da casa estão florescendo – são do tipo Lady Hamilton e muito bonitas, apesar dos ataques de pulgões. O melhor, dizem, é jogar pó de arsênico sobre elas, mas eu não gosto de ter esse tipo de coisas em casa.

As últimas peônias estão florescendo, uma variedade rosa e branca, bem cheias de pétalas. Não sei o nome, já que não as plantei; seu cheiro me lembra o sabão que o sr. Kinnear usava para se barbear. A frente da nossa casa dá para o sudoeste e a luz do sol é quente e dourada, embora eu não me sente diretamente ao sol, pois é ruim para a pele. Em dias como este, eu penso: Isto é como o Paraíso. Embora o Paraíso não fosse um lugar para onde eu pensava poder ir.

Estou casada com o sr. Walsh há quase um ano e, apesar de não ser o que a maioria das garotas imagina quando são jovens, talvez seja melhor assim, pois ao menos nós dois sabemos que tipo de barganha fizemos. Quando as pessoas se casam jovens, frequentemente mudam conforme envelhecem, mas como nós dois já envelhecemos, não haverá muitas decepções pela frente. Um homem mais velho já tem o caráter formado e não é provável que comece a beber ou ter outros vícios, porque, se fosse fazer isto, já o teria feito; ao menos essa é a minha opinião, e espero que o tempo me dê razão. Consegui convencer o sr. Walsh a aparar um pouco a barba e a fumar seu cachimbo apenas fora de casa e talvez, com o tempo, ambos, a barba e o cachimbo, desapareçam completamente, mas nunca é uma boa ideia importunar e forçar um homem, pois apenas os torna mais obstinados. O sr. Walsh não masca tabaco e cospe, como fazem alguns, e como sempre sou agradecida pelas pequenas bênçãos.

Nossa casa é uma casa de fazenda comum, branca, com janelas pintadas de verde, mas bastante cômoda para nós. Tem um vestíbulo na entrada com uma fila de cabides para os casacos de inverno, apesar de quase sempre usarmos a porta da cozinha, e uma escada com um corrimão simples. No alto da escada há uma arca de cedro para guardar colchas e cobertores. Há quatro dormitórios no andar de cima – um pequeno, destinado a quarto de bebê, depois o quarto principal e outro para o caso de termos hóspedes, apesar de nem esperarmos, nem desejarmos tê-los, e um quarto que atualmente está vazio. Os dois quartos mobiliados têm um lavatório cada um e também um tapete oval trançado, já que não quero tapetes pesados; são muito difíceis de ser arrastados pelas escadas e batidos na primavera, o que será pior à medida que eu envelhecer.

Há um quadro em ponto de cruz acima de cada cama, que eu mesma fiz, flores em um vaso no quarto melhor e frutas em uma tigela no nosso. A colcha no quarto melhor é uma Roda de Mistério e, no nosso, uma Cabana de Madeira; eu as comprei numa liquidação, de pessoas arruinadas que estavam de mudança para o Oeste, mas senti pena da mulher e paguei mais do que devia. Houve muitas coisas para providenciar, para tornar tudo confortável, pois o sr. Walsh havia desenvolvido hábitos de solteiro depois da morte de sua primeira mulher e algumas coisas tinham ficado em mau estado. Encontrei uma grande quantidade de teias de aranha e chumaços de poeira para varrer debaixo das camas, além de muita limpeza e polimento para fazer.

As cortinas de verão nos dois quartos são brancas. Eu gosto de cortinas brancas.

Embaixo, temos a sala de estar com um aquecedor e uma cozinha com despensa e lavanderia completas e a bomba dentro de casa, o que é uma grande vantagem no inverno. Há uma sala de jantar, mas não temos esse tipo de companhia com frequência. Na maioria das vezes, comemos na mesa da cozinha; temos dois lampiões de querosene e é muito confortável ali. Eu uso a mesa da sala de jantar para costurar, o que é especialmente útil quando estou cortando os moldes. Tenho uma máquina de costura agora, que funciona com uma manivela e é simplesmente como mágica e certamente fico contente de tê-la, pois poupa muito trabalho, especialmente para a costura simples, como fazer cortinas ou bainha de lençóis. Ainda prefiro fazer a costura mais fina à mão, apesar de meus olhos não serem mais o que eram.

Além do que descobri, temos o normal – uma horta, com ervas, repolhos e legumes e ervilhas na primavera e galinhas e patos, vaca e celeiro e uma charrete e dois cavalos, Charley e Nell, que são um grande prazer para mim e boa companhia quando o sr. Walsh não está aqui; mas Charley trabalha duro demais, pois é cavalo de arado. Dizem que logo virão máquinas que farão todo esse tipo de trabalho e, se for assim, o pobre Charley poderá ser deixado no pasto. Eu jamais deixaria que o vendessem para virar cola ou comida de cachorro, como alguns costumam fazer.

Há um empregado que ajuda na fazenda, mas não mora aqui. O sr. Walsh queria empregar uma garota também, mas eu disse que prefiro fazer o trabalho da casa eu mesma. Não quero ter uma criada morando aqui, pois bisbilhotam demais e escutam atrás das portas; além disto, é muito mais fácil para mim fazer o serviço direito logo da primeira vez do que ter alguém que faça errado e ter que fazer de novo depois.

Nosso gato chama-se Tabby; tem a cor normal que se pode esperar em um gato e é um bom caça-ratos, e nosso cachorro se chama Rex, é um *setter* e não muito inteligente, apesar de ter boa vontade e o pelo do mais belo tom marrom-avermelhado, como uma castanha polida. Não são nomes muito originais, mas não queremos ter a reputação na vizinhança de sermos originais demais. Frequentamos a igreja metodista local e o pastor é animado e gosta de um pouco do Fogo do Inferno aos domingos; no entanto, acho que ele não tem a menor noção de como o inferno realmente seja, não mais do que a congregação; são almas boas, apesar de limitadas. Mas achamos melhor não revelar muito do nosso passado, nem para eles nem para ninguém, pois só levaria a curiosidade e mexericos e daí a boatos infundados. Dissemos que o sr. Walsh foi meu namorado de juventude, que eu me casei com outro, mas enviuvei recentemente. Depois que a esposa do sr. Walsh faleceu, nós arranjamos para nos encontrar novamente, e casar. Esta é uma história facilmente aceita e tem a vantagem de ser romântica e de não causar nenhuma dor a ninguém.

Nossa igrejinha é bem local e antiquada, mas, na própria Ithaca, elas são mais modernas e há um bom número de espíritas por lá, com médiuns famosos visitando e ficando hospedados nas melhores casas. Eu não gosto de nada disso, pois nunca se sabe o que pode sair daí e, se eu quiser me comunicar com os mortos, posso muito bem fazer isto por minha própria conta; além do mais, temo que haja muita trapaça e fraude.

Em abril, vi o anúncio de um desses médiuns famosos, um homem, com seu retrato e, apesar da ilustração estar impressa de forma muito escura, pensei: Deve ser o mascate Jeremias, e de fato era, pois eu e o sr. Walsh tivemos a oportunidade de ir à cidade para alguns negócios e compras e cruzei com ele na rua. Estava mais elegantemente vestido do que nunca, de cabelos negros novamente e a barba aparada à maneira militar, o que deve inspirar confiança, e agora seu nome é sr. Gerald Bridges. Ele estava fazendo uma excelente imitação de um homem distinto, que se sente em casa no mundo, mas que tem a mente voltada para a verdade superior, e ele também me viu e me reconheceu e acenou respeitosamente com o chapéu, mas bem discreto, para não ser notado, e também uma piscadela, e acenei com a mão para ele, só um pouquinho, de luva, pois sempre uso luvas para ir à cidade. Felizmente o sr. Walsh não notou nada disso, pois teria ficado assustado.

Não quero que ninguém aqui saiba meu verdadeiro nome, mas sei que meus segredos estão seguros com Jeremias, como os dele estão seguros comigo. E me lembrei da época em que podia ter fugido com ele e me tornado uma cigana ou uma vidente médica, o que certamente fiquei tentada a fazer, e neste caso meu destino teria sido muito diferente. Mas só Deus sabe se teria sido melhor ou pior e agora eu já fiz todas as fugas que podia fazer nesta vida.

De um modo geral, o sr. Walsh e eu concordamos e as coisas correm muito bem entre nós. Mas há algo que me perturba, senhor, e, como não tenho nenhuma amiga próxima em quem confiar, estou lhe contando sobre isso e sei que guardará segredo.

É o seguinte. De vez em quando o sr. Walsh fica muito triste, segura minha mão, olha para mim com lágrimas nos olhos e diz: E pensar nos sofrimentos que lhe causei.

Eu lhe digo que ele não me causou nenhum sofrimento – foram os outros que os causaram e também o fato de ter tido simplesmente muito azar e mau julgamento –, mas ele gosta de pensar que foi o causador de tudo e acredito até que se responsabilizaria pela morte de minha pobre mãe também, se encontrasse uma maneira de fazer isto. Ele gosta também de imaginar os sofrimentos e não descansa enquanto não lhe conto uma ou outra história sobre a vida na penitenciária ou no asilo de lunáticos em Toronto. Quanto mais rala eu faço a sopa e mais rançoso o queijo e quanto mais pioro as conversas grosseiras e os avanços dos carcereiros, mais ele gosta. Ele ouve tudo como uma criança ouvindo um conto de fada, como se fosse algo maravilhoso, e depois me implora que lhe conte mais. Se eu acrescento os tremores de frio à noite sob o cobertor fino, as surras quando havia queixas, ele fica fascinado e, se adiciono o comportamento impróprio do dr. Bannerling para comigo e os banhos frios, despida e enrolada num lençol e a camisa de força num quarto escuro, ele quase entra em êxtase; mas sua parte favorita da história é quando James McDermott me arrastava pela casa do sr. Kinnear, procurando uma cama adequada para seus propósitos vis, com Nancy e o sr. Kinnear mortos no porão e eu quase fora de mim de terror, e ele se culpa por não ter estado lá para me resgatar.

Eu mesma queria esquecer logo essa parte de minha vida, em vez de ficar remoendo isto de maneira tão doentia. É verdade que eu gostei da época em que o senhor esteve na penitenciária, pois isso foi uma pausa na minha rotina, que era quase sempre a mesma. Agora que penso nisso, o senhor ficava tão ansioso quanto o sr. Walsh para me ouvir falar dos meus sofrimentos e atribulações na vida, e não apenas isto, como também anotava tudo. Eu podia perceber quando seu interesse começava a diminuir, pois seu olhar começava a vagar, mas eu ficava alegre sempre que conseguia arranjar algo que lhe interessasse. Seu rosto se ruborizava e o senhor sorria como o sol no relógio da sala e, se o senhor tivesse orelhas como as de um cachorro, elas ficariam em pé, com os olhos brilhando e a língua para fora, como se tivesse achado uma galinha silvestre no mato. Isso me fazia sentir como se eu tivesse alguma utilidade neste mundo, apesar de nunca ter compreendido exatamente o que o senhor procurava com aquilo tudo.

Quanto ao sr. Walsh, depois de lhe contar algumas histórias de tormentos e aflições, ele me prende em seus braços e acaricia meus cabelos e começa a desabotoar minha camisola, já que essas cenas geralmente acontecem à noite, e ele diz: Algum dia você me perdoará?

No começo, isso me incomodava muito, embora eu não dissesse nada. O fato é que bem poucas pessoas compreendem o verdadeiro significado do perdão. Não são os culpados que precisam ser perdoados; na verdade, são as vítimas, porque são elas que provocam toda a confusão. Se ao menos fossem menos fracas e descuidadas e mais prevenidas, se deixassem de ficar se metendo em dificuldades, pense em toda a tristeza do mundo que seria poupada.

    Eu tive ódio no meu coração por muitos anos, contra Mary Whitney e especialmente contra Nancy Montgomery; contra as duas, por se deixarem morrer como deixaram e por me deixarem para trás com todo o peso disso. Por muito tempo não consegui encontrar em mim formas de perdoá-las. Seria muito melhor se o sr. Walsh me perdoasse, em vez de ser tão insistente sobre isto e querer que o perdão seja ao contrário; mas talvez com o tempo ele veja as coisas sob uma luz mais verdadeira.

    Quando ele começou com isso, eu disse que não tinha nada para perdoá-lo e que ele não devia preocupar sua cabeça com essa história toda; mas esta não era a resposta que ele queria. Ele insiste em ser perdoado, parece que não consegue se sentir confortável sem isso e quem sou eu para recusar a ele uma coisa tão simples?

    Assim, agora, toda vez que isso acontece, eu digo que o perdoo. Coloco as mãos em sua cabeça como se fosse um livro, viro os olhos para cima e faço uma expressão solene e depois o beijo e choro um pouco; depois que eu o perdoo, ele volta ao seu normal no dia seguinte, tocando sua flauta como se fosse um rapaz novamente e eu tivesse quinze anos e estivéssemos no pomar fazendo cordões de margaridas na casa do sr. Kinnear.

    Mas não me sinto muito bem com isso, perdoando-o dessa maneira, porque sei que estou contando uma mentira. Mas acho que não é a primeira que conto e, como Mary Whitney costumava dizer, uma mentirinha como as que os anjos contam é um preço pequeno a pagar para se ter paz e tranquilidade.

Penso frequentemente em Mary Whitney hoje em dia e na ocasião em que atiramos as cascas de maçã por cima dos ombros e tudo se realizou, de certa forma. Tal como Mary disse, casei-me com um homem cujo nome começa com a letra J e, como também disse, primeiro tive que cruzar as águas três vezes, já que foram duas vezes no barco para Lewiston, indo e voltando, e depois novamente quando vim para cá.

Às vezes sonho que estou novamente no meu quartinho na casa do sr. Kinnear, antes de todo o horror e a tragédia, e me sinto a salvo lá, sem saber o que estava por vir. E às vezes sonho que ainda estou na penitenciária e que acordarei e me verei trancada na minha cela, tremendo de frio no colchão de palha, numa fria manhã de inverno, com os carcereiros rindo lá fora no pátio.

Mas, na verdade, estou aqui, em minha própria casa, em minha própria cadeira, sentada na varanda. Abro e fecho meus olhos e me belisco, mas tudo continua sendo verdade.

Agora há outra coisa que não contei para ninguém.

Eu tinha acabado de completar quarenta e cinco anos quando fui libertada e em menos de um mês completarei quarenta e seis e pensei que já havia passado muito do tempo de poder ter filhos. Mas, a menos que esteja muito enganada, estou com três meses de atraso; ou é isto ou uma mudança de vida. É difícil acreditar, mas já houve um milagre em minha vida, então por que deveria ficar surpresa se houver outro? Casos assim estão relatados na Bíblia e talvez Deus tenha decidido me recompensar um pouco por tudo o que sofri quando jovem. Mas pode facilmente ser um tumor, como o que por fim matou minha pobre mãe, pois, apesar de me sentir pesada, não tive enjoos pela manhã. É estranho saber que você carrega dentro de si mesma a vida ou a morte, mas não saber qual. Embora tudo possa ser resolvido com uma consulta a um médico, reluto muito em dar tal passo; então suponho que só o tempo poderá dizer.

Enquanto fico sentada aqui na varanda às tardes, costuro a colcha de retalhos que estou fazendo. Apesar de já ter feito muitos acolchoados, esse é o primeiro que faço para mim mesma. É uma Árvore do Paraíso; mas estou mudando um pouco o padrão para adequá-lo às minhas próprias ideias.

Já pensei muito sobre o senhor e sua maçã e a charada que me propôs na primeira vez que nos encontramos. Não compreendi na época, mas o senhor devia estar tentando me ensinar alguma coisa e talvez agora eu tenha adivinhado. Da maneira como compreendo as coisas, a Bíblia deve ter sido pensada por Deus, mas foi escrita por homens. E, como tudo o que os homens escrevem, tal como os jornais, eles conseguem entender a história principal de maneira certa, mas alguns dos detalhes saem errados.

O padrão dessa colcha chama-se Árvore do Paraíso e quem quer que tenha dado esse nome ao padrão disse mais do que sabia, já que a Bíblia não diz Árvore. Diz que havia duas árvores diferentes, a Árvore da Vida e a Árvore do Conhecimento; mas acredito que tenha havido apenas uma e que o Fruto da Vida e o Fruto do Bem e do Mal eram um só. E se você o comesse morreria e, se não o comesse, morreria também; mas, se o comesse, seria menos ignorante quando chegasse o momento de sua morte.

Tal arranjo parece ser mais como a vida realmente é.

Conto isso apenas para o senhor, pois sei que não é a interpretação aprovada.

Na minha Árvore do Paraíso, pretendo colocar uma borda de cobras enroscadas; ficarão parecidas com vinhas ou, para alguns, simplesmente como um padrão de amarras, pois farei os olhos muito pequenos; mas para mim serão cobras, já que, sem uma ou duas cobras, a principal parte da história ficaria faltando. Alguns dos que usam esse padrão fazem várias árvores, quatro ou mais num quadrado ou círculo, mas estou fazendo apenas uma única árvore grande, em fundo branco. A própria Árvore é feita de triângulos, em duas cores, escuro para as folhas e de uma cor mais clara para os frutos; estou usando roxo para as folhas e vermelho para os frutos. Agora existem muitas cores vivas, como as tinturas químicas que surgiram, e acho que ficará muito bonita.

Mas três dos triângulos da minha Árvore serão diferentes. Um será branco, da anágua que eu ainda tenho e que pertenceu a Mary Whitney; outro será amarelo desbotado, da camisola da prisão que pedi como lembrança quando saí de lá. E o terceiro será de um algodão claro, um estampado florido rosa e branco, cortado do vestido que Nancy usava no primeiro dia em que cheguei à casa do sr. Kinnear e que usei no barco para Lewiston, quando estava fugindo.

Ao redor de cada um, vou bordar pontinhos vermelhos, para misturá-los como parte do padrão.

E assim ficaremos todas juntas.

POSFÁCIO DA AUTORA

Vulgo Grace é uma obra de ficção, apesar de baseada na realidade. Sua figura central, Grace Marks, foi uma das mais notórias mulheres canadenses da década de 1840, tendo sido condenada por assassinato aos dezesseis anos de idade.

Os assassinatos de Kinnear-Montgomery ocorreram no dia 23 de julho de 1843 e foram amplamente noticiados não apenas nos jornais canadenses, como também nos jornais dos Estados Unidos e da Inglaterra. Os detalhes eram sensacionais: Grace Marks era extraordinariamente bonita e também muito jovem; a governanta de Kinnear, Nancy Montgomery, havia previamente dado à luz uma criança ilegítima e era amante de Thomas Kinnear; em sua autópsia, foi constatado que ela estava grávida. Grace e seu colega, o criado James McDermott, tinham fugido juntos para os Estados Unidos e a imprensa assumiu que eram amantes. A combinação de sexo, violência e a deplorável insubordinação das classes mais baixas era muito atraente para os jornalistas da época.

O julgamento foi realizado no começo de novembro. Somente o assassinato de Kinnear foi julgado; como os dois acusados foram condenados à morte, o julgamento do assassinato de Montgomery foi considerado desnecessário. McDermott foi enforcado diante de uma enorme multidão no dia 21 de novembro, mas, desde o início, as opiniões sobre Grace estavam divididas, e, graças aos esforços de seu advogado, Kenneth MacKenzie, e de um grupo de respeitáveis cavalheiros – que encaminharam petições a seu favor, usando como argumentos sua juventude, a fraqueza do sexo feminino e sua suposta estupidez –, sua sentença foi comutada para prisão perpétua; ela ingressou na Penitenciária Provincial de Kingston no dia 19 de novembro de 1843.

Continuou-se a escrever sobre ela no decorrer do século e ela continuou a polarizar as opiniões. As atitudes em relação a ela refletiam a ambiguidade da época sobre a natureza das mulheres: seria Grace um demônio feminino, um monstro sedutor, a instigadora do crime e verdadeira assassina de Nancy Montgomery ou seria uma vítima involuntária, forçada ao silêncio pelas ameaças de McDermott e por temer pela própria vida? Em nada ajudou o fato de ela própria ter dado três versões diferentes do assassinato de Montgomery, ao passo que James McDermott deu duas.

Tomei conhecimento da história de Grace Marks pela primeira vez no livro *Life in the Clearings*, de Susanna Moodie (1853). Moodie já era conhecida como autora de *Roughing It in the Bush*, um relato desalentador da vida dos pioneiros no que era então o Alto Canadá e agora é Ontário. A sequência, *Life in the Clearings*, pretendia mostrar o lado mais civilizado do "Canadá Oeste", como então era chamado, e incluía descrições admiráveis tanto da Penitenciária Provincial, em Kingston, quanto do Asilo de Lunáticos, em Toronto. Tais instituições públicas eram visitadas como zoológicos e, em ambas, Moodie pediu para ver a principal atração, Grace Marks.

O relato que Moodie faz do assassinato é de terceira mão. Nele, Moodie identifica Grace como o pivô do crime, movida por amor a Thomas Kinnear e ciúmes de Nancy e usando a promessa de favores sexuais para instigar McDermott. McDermott é retratado como inebriado por ela e facilmente manipulado. Moodie não consegue resistir ao potencial por melodrama literário e o esquartejamento do corpo de Nancy não só é pura invenção, como o mais puro estilo Harrison Ainsworth. A influência de *Oliver Twist*, de Dickens – um dos favoritos de Moodie –, é evidente na história dos olhos injetados que ela dizia assombrar Grace Marks.

Logo depois de ter visto Grace na penitenciária, Susanna Moodie encontrou-a no Asilo de Lunáticos, em Toronto, onde estava confinada no pavilhão dos violentos. As observações em primeira mão de Moodie são de um modo geral acuradas; portanto, se ela relata sobre uma Grace berrando e saltando, isto é sem dúvida o que ela viu. No entanto, logo depois da publicação do livro de Moodie – e pouco depois da nomeação do humanitário Joseph Workman como superintendente médico do manicômio –, Grace foi considerada sã o suficiente para ser mandada de volta à penitenciária; lá, de acordo com os registros, suspeitou-se de que ela tenha sido engravidada durante sua ausência. Era um alarme falso, mas quem no manicômio poderia ser o suposto perpetrador? Os pavilhões do asilo eram separados; os homens com acesso mais fácil às pacientes femininas eram os médicos.

No decorrer das duas décadas seguintes, Grace aparece de tempos em tempos nos registros da penitenciária. Ela certamente era alfabetizada, já que o diário do diretor a descreve escrevendo cartas. Ela impressionou um número tão grande de pessoas respeitáveis – clérigos entre eles – que estes trabalharam incansavelmente a seu favor e submeteram muitas petições destinadas a conseguir sua libertação, procurando opinião médica para dar suporte ao seu caso. Dois escritores confirmam que ela foi criada de confiança por muitos anos na casa do "governador" – provavelmente o diretor da penitenciária –, embora os registros reconhecidamente incompletos da prisão não mencionem isto. No entanto, era costume da época, na América do Norte, contratar prisioneiros para trabalhos por dia.

Em 1872, Grace Marks finalmente recebeu o perdão; os registros mostram que ela foi para o estado de Nova York, acompanhada pelo diretor e sua filha, para um "lar providenciado". Escritores posteriores alegam que ela se casou ali, apesar de não existir nenhuma prova, e, depois dessa data, todos os rastros dela desaparecem. Se ela realmente foi a coassassina de Nancy Montgomery e amante de James McDermott está longe de ficar claro; nem se ela foi genuinamente "louca" ou se só estava fingindo – como muitos faziam – para conseguir melhores condições para si mesma. A verdadeira personalidade da histórica Grace Marks permanece um enigma.

Thomas Kinnear parece ter vindo de uma família das Terras Baixas da Escócia, de Kinloch, perto de Cupar, em Fife, e ser o meio-irmão mais novo do herdeiro da propriedade; embora, estranhamente, uma edição do fim do século dezenove do *Burke's Peerage* o liste como tendo morrido aproximadamente na mesma época em que apareceu no Canadá Oeste. A casa Kinnear, em Richmond Hill, permaneceu de pé até o fim do século e se constituiu num ponto de atração de curiosos. A visita de Simon Jordan à casa baseia-se no relato de um desses visitantes. Os túmulos de Thomas Kinnear e Nancy Montgomery estão no cemitério presbiteriano de Richmond Hill, apesar de não estarem marcados. William Harrison, escrevendo em 1908, relata que a cerca de madeira ao redor deles tinha sido retirada, numa época em que todas essas cercas de madeira foram removidas. A roseira do túmulo de Nancy também desapareceu.

Algumas notas adicionais: detalhes da vida na prisão e no manicômio foram retirados dos registros disponíveis. A maior parte das palavras na carta do dr. Workman é dele mesmo. "Dr. Bannerling" expressa opiniões que foram atribuídas ao dr. Workman após sua morte, mas que não poderiam ter sido realmente suas.

A disposição da residência dos Parkinson tem muito em comum com a do castelo Dundurn, em Hamilton, Ontário. Lot Street, em Toronto, era antigamente uma parte da Queen Street. A história econômica de Loomisville e o tratamento dado às moças das tecelagens assemelham-se vagamente às de Lowell, Massachusetts. O destino de Mary Whitney tem paralelos nos registros médicos do dr. Langstaff, de Richmond Hill. Os retratos de Grace Marks e James McDermott na página 20 são de suas confissões, publicadas pelo *Star and Transcript*, de Toronto.

A mania do espiritismo na América do Norte começou no norte do estado de Nova York no fim dos anos 1840, com as "batidas" das irmãs Fox, que eram originalmente de Belleville – onde Susanna Moodie residia na época e onde se converteu ao espiritismo. Apesar de logo atrair um bom número de charlatães, o movimento espalhou-se rapidamente e atingiu o ápice no fim da década de 1850, sendo especialmente forte no norte do estado de Nova York e na região de Kingston-Belleville. O espiritismo era a atividade quase religiosa da época na qual se permitia às mulheres uma posição de poder, apesar de duvidosa, já que elas supostamente eram apenas o canal da vontade do espírito.

O mesmerismo foi desacreditado como procedimento científico no começo do século, mas era amplamente praticado por apresentadores de espetáculos de má reputação na década de 1840. Com o "neuro-hipnotismo" de James Braid, que acabou com a ideia de um "fluido magnético", o mesmerismo começou a recuperar a credibilidade e, por volta de 1850, angariara alguns seguidores entre médicos europeus, embora ainda não a ampla aceitação como técnica psiquiátrica que viria a alcançar nas últimas décadas do século.

A rápida geração de novas teorias sobre doenças mentais era uma característica de meados do século dezenove, assim como a criação de clínicas e hospícios, tanto públicos quanto privados. Havia uma intensa curiosidade sobre fenômenos como memória e amnésia, sonambulismo, "histeria", estados de transe, "doenças nervosas" e a importância dos sonhos, tanto entre cientistas quanto escritores. O interesse médico nos sonhos estava tão disseminado que até mesmo um médico do interior como o dr. James Langstaff registrava os sonhos de seus pacientes. A "Dissociação da personalidade", ou *dédoublement*, foi descrita no começo do século; era seriamente discutida na década de 1840, apesar de ter entrado ainda mais em voga nas últimas três décadas do século. Tentei relacionar as especulações do dr. Simon Jordan às ideias da época que lhe teriam sido acessíveis.

Obviamente, transformei acontecimentos históricos em ficção (como fizeram muitos comentaristas desse caso que, no entanto, alegavam estar escrevendo história). Não mudei os fatos conhecidos, embora os relatos escritos sejam tão contraditórios que poucos fatos emergem como inequivocamente "conhecidos". Estaria Grace ordenhando a vaca ou colhendo cebolinhas quando Nancy foi atingida com o machado? Por que o cadáver de Kinnear estava vestido com a camisa de McDermott? E onde McDermott conseguiu aquela camisa – de um mascate ou de um amigo do exército? Como o livro ou a revista coberto de sangue acabou na cama de Nancy? Qual dos vários possíveis Kenneth MacKenzie era o advogado em questão? Quando em dúvida, tentei escolher a possibilidade mais plausível, acomodando ao mesmo tempo todas as possibilidades sempre que isto fosse factível. Onde meras insinuações ou simplesmente lacunas aparecem nos registros, eu me senti livre para inventar.

Agradecimentos

Gostaria muito de agradecer aos seguintes arquivistas e bibliotecários, que me ajudaram a encontrar algumas das peças que faltavam, e sem sua experiência profissional este livro não teria sido possível:

Dave St. Onge, curador e ativista, Museu do Serviço Correcional do Canadá, Kingston, Ontário; Mary Lloyd, bibliotecária de História Local e Genealogia, Biblioteca Pública de Richmond Hill, Richmond Hill, Ontário; Karen Bergsteinsson, arquivista de referências, Arquivos de Ontário, Toronto; Heather J. MacMillan, arquivista, Divisão de Arquivos Governamentais, Arquivos Nacionais do Canadá, Ottawa; Betty Jo More, arquivista, Arquivos da História dos Serviços Psiquiátricos e de Saúde Mental do Canadá, Centro de Saúde Mental de Queen Street, Toronto; Ann-Marie Langlois e Gabrielle Earnshaw, arquivistas, Arquivos da Sociedade Legal do Alto Canadá, Osgoode Hall, Toronto; Karen Teeple, arquivista sênior, e Glenda Williams, recepcionista, Arquivos da Cidade de Toronto; Ken Wilson, dos Arquivos da Igreja Unificada, Universidade de Victoria, Toronto; e Neil Semple, que está escrevendo a história do metodismo no Canadá.

Gostaria também de agradecer a Aileen Christianson, da Universidade de Edimburgo, Escócia, e Ali Lumsden, que ajudaram a rastrear as origens de Thomas Kinnear.

Além dos materiais dos arquivos citados acima, consultei os jornais da época, especialmente o *Star and Transcript* (Toronto), o *Chronicle and Gazette* (Kingston), *The Caledonian Mercury* (Edimburgo, Escócia), *The Times* (Londres, Inglaterra), o *British Colonist* (Toronto), *The Examiner* (Toronto), o *Toronto Mirror* e *The Rochester Democrat*.

Encontrei muitos livros úteis, em especial: Susanna Moodie, *Life in the Clearings* (1853, reeditado por Macmillan, 1959), e *Letters of a Lifetime*, editado por Ballstadt, Hopkins e Peterman, University of Toronto

Press, 1985; Capítulo IV, Anônimo, em *History of Toronto and County of York, Ontario,* Volume I, Toronto: C. Blackett Robinson, 1885; *Beeton's Book of Household Management,* 1859-61, reeditado por Chancellor Press em 1994; Jacalyn Duffin, *Langstaff: A Nineteenth-Century Medical Life,* University of Toronto Press, 1993; Ruth McKendry, *Quilts and Other Bed Coverings in the Canadian Tradition,* Key Porter Books, 1979; Mary Conway, *300 Years of Canadian Quilts,* Griffin House, 1976; Marilyn L. Walker, *Ontario's Heritage Quilts,* Stoddart, 1992; Osborne and Swainson, *Kingson: Building on the Past,* Butternut Press, 1988; K. B. Brett, *Women's Costume in Early Ontario,* Royal Ontario Museum/University of Toronto, 1966; *Essays in the History of Canadian Medicine,* editado por Mitchinson and McGinnis, McClelland & Stewart, 1988; Jeanne Minhinnick, *At Home in Upper Canada,* Clarke, Irwin, 1970; Marion Macrae e Anthony Adamson, *The Ancestral Roof,* Clarke, Irwin, 1963; *The City and the Asylum,* Museum of Mental Health Services, Toronto, 1993; Henri F. Ellenberger, Hacking, *Rewriting the Soul,* Princeton University Press, 1995; Adam Crabtree, *From Mesmer do Freud: Magnetic Sleep and the Roots of Psychological Healing,* Yale University Press, 1993; e Ruth Brandon, *The Passion for the Occult in the Nineteenth and Twentieth Centuries,* Knoft, 1983.

A história dos assassinatos de Kinnear e Nancy foi tratada como ficção narrativa duas vezes anteriormente: *A Master Killing,* de Ronald Hambleton (1978), que se preocupa principalmente com a perseguição aos suspeitos, e de Margaret Atwood, na peça de televisão para a CBC *The Servant Girl* (1974, dirigida por George Jonas), que se baseou inteiramente na versão de Moodie e não pode ser considerada definitiva.

Por fim, gostaria de agradecer à minha pesquisadora-chefe, Ruth Atwood, e Erica Heron, que copiou os padrões de colchas; minha inestimável assistente, Sarah Cooper; Ramsay Cook, Eleanor Cook e Rosalie Abella, que leram o manuscrito e fizeram sugestões valiosas; minhas agentes, Phoebe Larmore e Vivienne Schuster, e meus editores, Ellen Seligman, Nan A. Talese e Liz Calder; Marly Rusoff, Becky Shaw, Jeanette Kong, Tania Charzewski e Heather Sangster; Jay Macpherson e Jerome H. Buckley, que me ensinaram a apreciar a literatura do século dezenove; Michael Bradley, Alison Parker, Arhur Gelgoot, Gene Goldberg e Bob Clark; dr. George Poulakakis, John e Christiane O'Keeffe, Joseph Wetmore, Black Creek Pioneer Village, e Annex Books; e Rose Tornato.

Impressão e Acabamento:
LIS GRÁFICA E EDITORA LTDA.